KB186956

장자를 만나다

南華經解 宣穎註

편자 박완식

박문사

장자를 만나다

책머리에

장자, 그는 누구인가? 최고의 대문호이자, 위대한 철학자라고 말들 한다. 그런 장자에 대해 모르는 이가 없다. 전국시대의 참혹한 혼란기에 고뇌하고 사유했던 정신적 자유와 초탈의 세계를 문학으로 승화시켜준 신(神)의 유산이 『장자』 중에서도 내편(內篇)이다.

이러한 『장자』는 동서양을 막론하고 고금의 모든 사람이 한 번쯤 읽어보고자 하는 필독서이다. 하지만 심오한 그의 사상과 난해한 문장은 혼자서 읽기에 너무 벅찬 고전이다. 우리나라의 경우만 보더라도 오랜 세월에 걸쳐 수많은 번역서가 다양한 형태로 출간되어왔다. 이처럼 많은 책이 간행되었다는 것은 그만큼 독자의 지대한 관심으로 수요의 층이 넓다는 것이며, 아울러 그 모든 책을 정리할만한 대표서적이 없었음을 말해주는 것이다.

더욱이 어느 주석을 전문으로 다룬 번역서는 겨우 몇 종이 있으나, 그 난해한 사상을 직역(直譯)하는 정도에 그쳐 그 의미를 전달하는 데에 또한 한계가 있다. 이에 심도 있는 내용과 철저한 분석, 그리고 일반 독자의 편의를 한꺼번에 충족시킬 수 있는 번역서가 필요하다고 생각하였다.

본서는 청대 초기의 학자, 노장과 불학에 깊은 조예가 있었던 선영(宣穎)의 『남화경해(南華經解)』를 저본으로 하여 그 가운데 장자의 핵심이 되는 내편만을 번역하였다. 이본(異本)과의 해설 차이와 구두의 문제가 있는 부분은 선영의 주해를 위주로 해석하여 전문성을 기하였다.

그리고 경문(經文)과 주해 모두 현토(懸吐)를 하였고, 매 편마다 전편의 뜻을 일목요연하게 이해할 수 있도록 그 앞부분에 개요(槪要)를 붙였으며, 경문은 다시 단락별로 구분하여 그 주된 뜻을 밝혀주었다.

경문의 번역은 직역(直譯)과 의역(意譯)으로 이중 번역을 하였다. 원문을 독해하려는 독자를 위해 경문의 충실한 직역과 일반인의 용이한 이해를 돕기 위해 의역을 덧붙인 것이며, 선영(宣穎)의 주해는 직역과 의역을 종합한 중간의 형태로 번역하였다.

그러나 이것만으론 부족한 부분과 상호 참조할 문제가 있을 경우, 다시 그 아래에 필자의 강설(講說)을 덧붙였다. 이는 감산 덕청(憨山 德淸)의 『장자내편주(莊子內篇註)』와 진고응(陳鼓應)의 『장자금주금석(莊子今註今釋)』, 부패영(傅佩榮)의 『소요지락(逍遙之樂)』 등을 참고하여, 필자의 의견을 주로 서술하되 필요한 부분에는 도표를 첨부하여 이해를 도왔다.

이로 보면 본서는 단순한 번역이 아니다. 필자의 나태함과 옅은 식견으로 탈고하기까지 숱한 세월이 흘렀다. 지금도 윤색하고 수정해야 할 부분이 많지만 보면 볼수록, 강의하면 할수록 또 다른 의미가 엿보인다. 이런저런 이유에서 수차의 강의를 거쳐 보완하느라 늦춰진 것이다. 따라서 간행 이후에도 끊임없이 수정, 증보판을 낼 것이며, 나머지 외편(外篇)과 잡편(雜篇)도 뒤이어 번역, 출간할 예정이다.

선영의 주해는 심도 있는 내용과 문단의 분석이 여느 책에 비해 보다 더 치밀하다. 이 때문에 전편의 의미를 파악하기 이전에는 원문보다 어렵다고 느껴지는 부분이 많을 것이다. 이 책을 읽는 독자에게 바람이 있다면 한 번의 독서를 통하여 모든 것을 이해하려 들지 말라는 것이다. 인내심을 가지고 원문과 주해를 거듭 반추(反芻)하다 보면 끝내는 선영의 주해가 장자를 이해하는 데에 큰 도움이 되는 점을 깨닫게 될 것이며, 나아가 번역서와 주해가 없이 그 원문만으로도 장자의 사상과 문학을 이해할 수 있는 그날을 앞당겨줄 매개체라 믿는다.

2014년 3월,
천잠산 아래 우헌(尤軒)에서
박완식(朴浣植) 적다.

장자를 만나다

차례

장자를 만나다

남화경해 자서 南華經解 宣穎 自敍

개요

이는 선영(宣穎)의 주석서, 『남화경해』에 대한 자서이다.

그는 장자의 사상을 논술함에 앞서 인의와 예악이라는 외화(外華)에 치중한 유가의 말폐를 신랄하게 비판한 뒤에, 이의 폐해를 바로잡고자 내면의 근본진리를 밝혀준 것이 곧 『장자』임을 강조한 것이다.

『장자』의 단점이 되는 부분이라면 지나치게 드높은 기개를 내보인 까닭에 혼륜(渾淪)하고 온윤(溫潤)한 기상이 결여된다는 점이다. 공자와 같은 성인을 만나지 못하여 독수성(獨修聖)으로써 규각(圭角)을 갈아내지 못한 결과임을 아쉬워한 것이다.

하지만 장자는 유가의 인의와 예악의 겉치레를 배제하고 일이관지(一以貫之)의 내면사상을 밝혀준 공자의 충실한 후계자이지, 결코 불가의 선구자가 아님을 강조하였다. 이는 장자가 유가의 이단자로 지목되는 것을 결코 받아들일 수 없다는 선영의 의식을 밝혀준 대목이다.

嗚呼라 天地開闢以來로 世愈積而事愈增하야 至於綢繆繁飾而無遺者는 皆非人之所能爲也라 一道之精蘊이 不至於暢發이면 不止者也니 譬之果木컨대 由一仁而發兩荄하고 由兩荄上達하야 而千枝萬葉이 生焉하니 此千枝萬葉은 豈非皆一仁之中之所全으로 蘊而不發이면 不止者乎아 特寓之於無而見之於有어늘 人自不克知耳니라

夫世自鴻蒙으로 以迄周盛히 則由根荄而枝葉畢具者也라 枝葉蔽芾이어늘 不可復剪일세 人이 胥悅其燦然이라 故로 有世道之責者 亦就燦然者하야 相爲維持하니 此聖人之不得已也니라

아, 하늘과 땅이 창조된 이후로 세대가 흐르면 흐를수록 세상의 일은 더욱 복잡하여 이리저리 뒤엉키고 겉치레만을 꾸미기에 이르렀다. 그 어느 것 하나 없이 모든 것들이 그처럼 변해갔다. 이러한 현상은 인간이 그처럼 조장한 것인 양 보이지만 사실은 그렇지 않다. 정미하고 심오한[精蘊][1] 하나의 도[一道]가 널리 끝까지 발산하지 않고서는 멈출 수 없는, 자연의 섭리에 의한 산물이다.

이를 과일나무에 비유하면, 하나의 씨앗에서 두 개의 떡잎이 돋아나고, 두 떡잎이 위로 커가면서 수많은 가지와 잎이 돋아나게 된다. 수많은 가지와 잎은 모두 하나의 씨앗 속에 갖춰 있었던 것으로, 속에 쌓여 있다가 밖으로 모조리 발산하지 않고서는 멈출 수 없는, 그런 이유 때문이 아니겠는가. 이는 오직 무(無)의 세계에 숨겨져 있다가 유(有)의 현상으로 나타난 데에 지나지 않는다. 그러나 그러한 사실을 자각한 사람이 없으므로 무지몽매에 이른 것이다.

태초[鴻蒙]의 소박한 세상으로부터 주대(周代)의 찬란한 융성기에 이른 것은 뿌리와 떡잎으로부터 비롯하여 수많은 가지와 잎들이 클 수 있는 대로 모두 자랐고, 덮을 수 있는 대로 모두 뒤덮어버린 현상이다. 온통 가지와 잎들이 무성하게 뒤덮인 것을 다시는 잘라내지 않았다. 왜냐면 사람들 모두가 그처럼 화려하게 빛나는 것을 좋아한 까닭에 통치자 역시 그처럼 화려한 부분을 함께하면서 이를 유지해 왔기 때문이다. 이는 성인이 마지못해 그처럼 했을 뿐이다.

夫聖人이 欲盡以精蘊示人이나 勢必有所不能이어늘 而先剪棄其枝葉이면 則是率天下而獸也라 心尤有所不忍일세 故로 姑就燦然者 爲維持하야 而以其精蘊으로 俟之上智一貫之才하야 而不敢輕爲示하나니 此聖人之體大而思深하사 爲愛天下之至也니라 後有上智之才 出焉이면 能自窺乎其精蘊이로되 窺之而學未及聖人之大且深也면 則不復能

1) 정온(精蘊) : 만유(萬有)의 세계를 창출할 수 있는 진리의 핵을 말함.

有所俟라 於是에 日取而津津道之하고 道之不已而筆之爲書하야 而反側摹畫之하나니 此莊子所爲作也라

성인이 정미하고도 심오한 도의 진리를 모든 사람들에게 다 보여주고 싶었지만, 당시의 상황이 그처럼 할 수만도 없는 처지였다. 그렇다고 먼저 그 가지와 잎을 잘라내면, 이는 천하 사람들을 모두 짐승으로 만드는 격이다. 그러니 성인의 마음에 더더욱 차마 할 수 없는 일이었다.

이 때문에 어쩔 수 없이 그 찬란한 겉치레를 유지하면서도 그 정미하고 심오한 도의 진리만큼은 일이관지(一以貫之)[2]의 도를 깨달을 수 있는 상지인(上智人)이 나올 때까지 기다렸을 뿐, 감히 남들에게 보여주지 않았다. 이는 성인의 드넓은 도체(道體)와 깊은 사려(思慮)로 천하 사람을 사랑하는 마음이 지극했기 때문이다.

따라서 후세에 '상지인'——일이관지의 철인(哲人)이 나온다면 그 정미하고 심오한 도의 진리를 엿볼 수 있을 것이다. 하지만 진리를 엿보았을지라도 그의 학문이 성인처럼 크고 깊은 경지에 미치지 못하면 더 이상 또다시 기다릴 수만은 없는 일이다. 이에 날마다 그 진리를 들추어 끝없이 말해주었고, 한 걸음 더 나아가 말하는 데에 그치지 않고 이를 기록하여 책으로 만들어 꼼꼼하게 그림으로 그려 눈앞에 보여주기까지 하였다. 장자가 이 책을 쓰게 된 이유는 바로 여기에 있다.

向使以莊子之才로 而得親炙孔子ㄴ댄 其領悟 當不在顔子下오 而磨礱浸潤하야 以渾融其筆鋒舌巧면 又惡知其出不違如愚之下哉아 不幸而聖人沒하고 微言絶하야 百家幷噪 無異禽鳥鬪鳴일세 莊子 於是에 不能自禁하고 而發爲高論綺言하야 以刪葉尋本하고 披枝見心하니 此又莊子之不得已也오 後人이 讀之에 乃得徜徉其駘蕩之姿・浩瀚之

2) 일이관지(一以貫之) : 하나의 이치로 모든 것을 관통한다는 것. 『논어』「里仁」.

勢와 空靈幻化・殊詭清越(字音 활)之趣하니 此則莊子之不幸이나 而後人之幸也라

지난날 장자처럼 뛰어난 재주로 공자의 문하를 찾아가 몸소 가르침을 받았더라면 그의 깨달음은 당연히 안연(공자 제자)의 아래에 있지 않았을 것이며, 공자의 문하에서 갈고 닦으며 무젖고 윤택하여 그의 날카로운 필치와 기교 넘치는 말들을 혼연(渾然)하고 원만하게 융화시킬 수 있었더라면 장자 또한 "공자의 말씀을 어기지 않고서 그저 바보처럼 받아들이는[不違如愚]"[3] 안연의 경지에 어찌 미치지 못할 턱이 있었겠는가?

그러나 장자가 생존한 당시, 불행스럽게도 공자는 이미 돌아가셨고 은미한 진리의 말들이 사라져, 제자백가의 지껄이는 말은 마치 새떼들이 앞다투어 지저귀는 소리와 다를 바 없었다. 장자가 이에 참을 수 없어 고준한 의논과 아름다운 언어를 토로(吐露)하여 잎을 잘라내어 뿌리를 찾고 나뭇가지를 헤쳐 그 속을 내보여 주었다. 이 또한 장자의 처지에서 마지못해 그처럼 할 수밖에 없었던 일이다.

그러나 후인들이 이 책을 읽으면서 장자의 걷잡을 수 없는 모습, 끝없이 드넓은 기세, 공령(空靈)[4]과 환화(幻化), 수궤(殊詭)[5]와 청활(淸越)[6]의 지취(旨趣)에 자유자재의 소요(逍遙: 徜徉)함을 얻을 수 있도록 마련해 주었다. 이는 장자에게 있어서는 불행한 일이지만 후인으로선 다행한 일이다.

嗚呼라 莊子之文은 眞千古一人也라 少時 讀史記에 謂其言洸洋自

3) 不違如愚 : 상게서, 「爲政」.
4) 공령(空靈) : '변화가 많아 파악하기 힘들다, 또는 시문이 생동적으로 쓰여 진부하지 않다'의 뜻.
5) 수궤(殊詭) : 남다르게 변화무쌍함을 말함.
6) 청활(淸越) : 여운이 맑게 울려오는 옥소리.[越, 猶揚也.]

恣以適己라하고 及覽李太白集에 稱之曰南華老仙이 發天機於漆園이라하야늘 予 私心嚮往하야 取而讀之로되 茫然不測其端倪也라 乃旁搜名公宿儒之評註 不下數十家로되 而未嘗不茫然也오 郭子玄이 以此擅勝名家로되 又未嘗不茫然也라 則意子長太白所稱이 卽此茫然無端하야 任意滑稽者 是乎아 竊疑其必不然也라

吟諷之下에 漸有所解하야 屛去諸本하고 獨與相對하니 則渙然釋然에 衆妙畢出하야 尋之有故하고 而瀉之無垠하니 眞自恣也며 眞仙才也며 眞一派天機也라 乃知古今에 能讀莊子者 惟子長太白耳오 諸家는 但摘其數句之工・一字之巧하야 遂謂能讀莊子라하고 甚且字句之間에 大半强作解事라 譬之主人覿面而旁猜張李니 其支離可笑 有不勝言者로다

슬프다. 장자의 문장은 진정 만고에 으뜸가는 문장가라 하겠다. 내 어릴 적, 『사기(史記)』에서 "그(莊子)의 말은 바다처럼 드넓고 거침없이 자유자재하다"(「老子韓非列傳」)라는 대목을 읽었고, 이태백은 그의 「대붕부(大鵬賦)」에서 장자에 대해 말하기를, "남화노선(南華老仙: 莊子)이 천기(天機)를 칠원(漆園)에서 밝혔다."라는 구절을 보고서, 나는 마음에 흠모한 바 있어 『장자』를 읽어보았지만, 너무나 아득하여 그 실마리조차 헤아릴 수 없었다.

이에 사방으로 저명한 선비들의 평주(評註)를 무려 수십 가(數十家) 넘게 찾아보았으나 황당하지 않은 주석서가 없었다. 곽자현(郭子玄: 郭象)의 『장자』 주해(註解)는 가장 훌륭한 주석서라는 명성을 독차지했으나, 그의 주해 또한 황당하지 않은 바 없었다. 생각해 보면 사마천(司馬遷)[7]과 이태백이 이처럼 말한 것은 아무런 이유 없이 마음대로 지껄

7) 사마천(司馬遷) : 중국 전한(前漢)의 역사가(? BC 145~? BC 86). 자는 자장(子長)이다. 기원전 104년에 공손경(公孫卿)과 함께 태초력(太初曆)을 제정하여 후세 역법의 기초를 세웠으며, 역사책 『사기(史記)』를 완성하였다.

인 것일까? 나는 반드시 그렇지 않으리라고 생각했다.

그래서 읊조리고 읽는 사이에 차츰차츰 이해되는 바 있어, 여러 가지 주석서를 버려둔 채 오직 경문만을 마주하니 얼음 풀리듯 의심이 사라지고 모든 오묘함이 모두 나타나기에 이르렀다. 따라서 그 의미를 찾아보면 거기에는 그만한 이유를 가지고서 끝없이 쏟아낸 장광설(長廣舌) 그 자체였다. 『장자』의 문장은 참으로 자유자재로 쓴 글이며, 참으로 신선의 재예이며, 참으로 한 줄기의 천기(天機)이다.

이에 고금을 통틀어 『장자』를 가장 잘 읽은 이는 오직 사마천과 이태백일 뿐, 그 밖의 수많은 학자들은 그저 단 몇 구절의 뛰어난 말, 한 글자의 기교만을 뽑아들고서 마침내 『장자』를 잘 읽었다 말하고, 심지어는 자구(字句)의 사이에 태반은 억측의 엉터리 해석임을 알게 되었다. 그들의 주석은 마치 주인을 마주하고서 정작 그의 성씨가 장 씨인지 이 씨인지 이리저리 헤아려 보는 격이다. 그들의 지리(支離)하고 가소로운 문장은 이루 말할 수 없을 정도였다.

噫라 莊子之難讀이 如是乎아 予 此本에 不敢於莊子有加오 但循其窾會하야 細爲標解하야 而不以我與焉이라 庶幾莊子本來面目이 復見於天下하야 不致覿面旁猜而已오 若其玄風妙旨則鹿門茅氏 嘗曰 太史公이 於莊子之學에 未必知라하니 夫以太史公으로도 能賞其文이나 尚未必知其學이온 況於予乎아 然每一披卷에 文理旣暢하야 神怡意適之際에 躍如有見하니 則夫去聖旣遠이로되 而爲學人津筏은 有不可誣者로다

아, 『장자』란 이처럼 이해하기 어려운 책일까? 나는 이 주석서를 저술함에 있어 감히 장자의 뜻에 한 글자도 더할 수 없다. 단 그 핵심을 따라 자세히 해석하였을 뿐, 나의 사견(私見)을 덧붙이지 않았다. 이 때문에 조금이나마 장자의 본래 면목이 다시 천하에 나타나게 되었다. 이

제는 더 이상 주인을 마주 대하고서 장 씨인지 이 씨인지 이리저리 헤아려 보지 않도록 마련해주었을 뿐이다.

장자의 현묘한 종풍(宗風)과 종지(宗旨)에 대해 녹문(鹿門) 모씨(茅氏)[8]는 일찍이 "태사공[司馬遷]은 장자학(莊子學)에 대해 반드시 알았다고 말할 수 없다."고 평하였다. 태사공으로서도 그 문장만을 감상했을 뿐, 그 학술에 대해 반드시 알았다고 말할 수 없다는 것이다. 그렇다면 나와 같은 사람이야 오죽하겠는가.

그러나 언제나 『장자』를 펼쳐보면 이젠 문맥에 막힘이 없어 마음과 정신이 기쁘고 자적(自適)하는 즈음에 때로는 마치 튀는 듯한 견해가 새록새록 하기도 한다. 이로 보면 떠나가신 성인이 이미 오래되었지만 배우는 이들의 나루터요 뗏목이 되었음은 거짓이 아님을 알 수 있다.

夫莊子 旣不避聖人罕言之戒하고 而於聖人之不欲剪者를 剪之하고 聖人之不輕示者를 示之라 此莊子所以維末流之窮하야 而一出於忍俊不禁이오 一出於苦心致覺者也라 後世 分別九流에 乃以異端目之로되 予謂莊子之書는 與中庸相表裏나 特其言用處少하고 而又多過於取快之文하니 固所謂養之未至에 鋒芒透露라 惜不及親炙乎聖人者여 若具區馮氏는 謂爲佛氏之先驅라하나 嗚呼라 莊子 豈佛氏之先驅哉아

康熙六十年 歲次辛丑에 句曲後學 宣穎 茂公氏는 自序하노라

장자는 이미 공자의 "말을 적게 하라[罕言]"(『논어』「子罕」)는 경계를 피하지 않고서 성인이 자르고자 원하지 않았던 가지와 잎을 미련 없이 잘라버렸고, 성인이 가벼이 내보이지 않았던 도의 정수를 남김 없이 밝혀주었다. 이는 장자가 끝까지 흘러가버린 말류(末流)를 유지하고자, 한편으로는 더 이상 자신의 뛰어난 재주를 도저히 숨길 수 없는 데에서

8) 녹문(鹿門) 모씨(茅氏) : 명대의 대학자 모곤(茅坤: 1512~1601). 자(字)는 순보(順甫), 호는 녹문(鹿門)이다. 가정(嘉靖) 17년(1538)에 진사에 급제하였다.

나온 것이요, 또 다른 하나는 고심으로 깨달음을 다한 데에서 나온 것이다.

후세에 이르러 구류(九流)[9]를 분류하는 과정에 장자를 도가에 넣어 이단으로 지목했지만, 나는 『장자』라는 책은 『중용』과 서로 안팎으로 하나라고 생각한다. 특히 『장자』는 작용처(作用處)를 말한 부분이 적고 또 지나치리만큼 통쾌하게 쓴 문장이 많다. 이는 "함양이 지극하지 못해 칼날이 드러나 보인 것"으로 성인의 문하에 이르러 친히 수업하여 원만하게 닦아가지 못한 점이 애석하다. 구구(具區) 풍씨(馮氏)는 "장자는 불씨(佛氏)의 선구(先驅)이다."고 말하지만, 아! 장자가 어찌 불씨의 선구이겠는가.

강희 60년(1721) 신축에 구곡(句曲)의 후학 선영 무공(宣穎 茂公)은 자서(自序)하다.

9) 구류(九流) : 중국 한나라 때의 아홉 개의 학파. 유가(儒家), 도가(道家), 음양가(陰陽家), 법가(法家), 명가(名家), 묵가(墨家), 종횡가(縱橫家), 잡가(雜家), 농가(農家)를 말한다.

소요유 逍遙遊

개요

「소요유」는 일신의 구속에서 벗어나 자유자재로 노닒을 말한다. 이는 모두 세 단락으로, 첫 단락에서는 대붕(大鵬)에 관한 우언을 3차례 인용하면서 대도(大道)를 밝혀주었고, 이어 제2단락에서는 성인무명, 신인무공, 지인무기를 들어 그에 해당되는 인물을 예시했으나 지인무기만큼은 공란으로 남겨두었다. 마지막 단락 또한 제2의 단락과 같이 지인무기의 경지는 그 누구를 들어 말하지 않았다. 이의 도표는 다음과 같다.

제1단락	大鵬의 逍遙遊와 小大之辨	北冥有魚 - 此小大之辨也	大鵬 3차 인용
제2단락	無己無功無名의 第一 實例	故夫知效一官 - 聖人無名	世人 知行
			聖人無名=宋榮子
			神人無功=列子
			至人無己=莊子
제3단락	無己無功無名의 第二 實例	堯讓天下 - 樽俎而代之矣	聖人無名= 堯와 許由의 문답
		肩吾問于 - 喪其天下焉	神人無功= 肩吾와 連叔의 문답
		惠子謂 - 安所困苦哉	至人無己= 惠施와 莊子의 문답

‖ **선영 주** ‖

莊子는 明道之書라 若開卷에 不以第一義示人이면 則爲於道에 有所隱이니라 第一義者는 是有道人之第一境界니 卽學道人之第一工夫

也라 內篇에 以逍遙遊로 標首는 乃莊子心手注措하야 急欲與天下로 撥霧覩靑하야 斷不肯又落第二見者也라 何也오 天下人이 汩沒於嗜慾之場하야 何事로 不鑽研究竟過오 其所不能到者는 只是逍遙遊오 其所不肯爲者도 亦只是逍遙遊라 不知逍遙遊 三字는 一念不留하야 無入而不自得이 是第一境界也오 一塵不染하야 無時而不自全이 是第一工夫也라

蓋至逍遙遊而累去矣오 至於累空而道見矣라 然且世人이 非惟不能到라 抑亦不肯爲者는 其病根을 斷可知矣로다 何也오 從來로 嗜慾之累는 識者 遣而去之 亦不爲難이어니와 若夫等而上之면 則有爲名이오 又等而上之면 則有爲功이니 二者之累 較難去焉이라 雖然이나 崇實則逃名이오 貴德則賤功이라 遣而去之 猶不爲難이어니와 若夫累之最難遣者는 惟有己焉이라

夫嗜慾功名 盡去로되 而知能意見之尙存하고 彼此區畛之猶隔하야 陰陽慘舒之弗同於天地는 皆己之未化者之爲累也니 而於道에 能吻合乎哉아 故로 逍遙遊一篇文字는 只是至人無己一句文字라 至人無己一句는 是有道人第一境界也오 語惠子曰何不樹之無何有之鄕·廣莫之野, 彷徨乎無爲其側, 逍遙乎寢臥其下는 學道人第一工夫也라

『장자』는 도를 밝힌 책이다. 이 책을 펼칠 적에 사람들에게 제일의제(第一義諦)를 보여주지 않는다면 도를 밝히면서 정작 숨기는 바 있는 것이다. 제일의제란 도를 소유한 자의 제일의 경계(境界)이자, 곧 도를 배우는 사람들의 가장 으뜸가는 공부이다.

내편(內篇)에 「소요유(逍遙遊)」로 첫머리의 표제를 삼은 것은 장자의 마음과 손이 잠시 멈췄던 부분으로, 천하 사람들과 다 함께 서둘러 가려진 안개를 헤치고 푸른 하늘을 보고서 단연코 제2의 견해에 떨어지지 않도록 하기 위함이었다. 이는 무엇 때문일까? 천하 사람들이 무슨

일로 오로지 기욕(嗜慾)의 장(場)에 골몰하여 구경(究竟)의 경지를 갈고 닦지 않은 것일까? 그들이 이르지 못한 경지는 오직 '소요유'요, 그들이 기꺼이 하지 않은 것 또한 '소요유'이다.

참으로 모를 일이다. '소요유' 세 글자는 한 생각도 집착하지 아니하여 어느 곳에서나 자득(自得)하지 않음이 없는 것이 제일의 경계요, 한 티끌에도 물들지 않고서 어느 때이든 스스로 온전하지 않음이 없는 것이 으뜸가는 공부이다. 소요유에 이르러 누(累)가 사라지고, 누가 없음에 이르러서 도가 나타나게 된다.

그러나 세상 사람들은 여기에 이르지 못할 뿐 아니라, 또한 기꺼이 행하지 않으려는, 그 병폐의 뿌리를 단연코 알 수 있다. 무엇 때문일까? 예로부터 육신에 의한 기욕(嗜慾)의 누란 식견 있는 사람이라면 그 정도쯤 버리는 일 또한 어렵게 여기지 않았다. 하지만 한 단계 위로 올라가면 명예를 위하고, 또 한 단계 위로 올라가면 공업(功業)을 위하게 된다. 이 두 가지의 누는 비교적 버리기 어려운 것들이다.

그러나 내면의 실상(實相)을 높이 받들면 명예를 멀리할 수 있고, 덕행을 귀중히 여기면 공업을 천히 여길 수 있다. 이 두 가지를 버리는 것은 그래도 그렇게 어렵지는 않지만, 가장 버리기 어려운 누는 오직 자기의 몸이다. 기욕과 공명의 누를 모두 버렸을지라도 나의 지능(知能)과 의견(意見)이 아직도 남아 있고 피차(彼此)를 구분 짓는 한계가 오히려 막혀 있어서, 길흉[陰陽]과 걱정·즐거움의 사심(私心)으로 천지 대자연의 원기(元氣)와 같지 못함은 모두 자기의 몸을 탈바꿈시키지 못한 것이 나의 누가 되기 때문이다. 그렇게 하고서야 어떻게 도에 하나가 될 수 있겠는가.

이 때문에 「소요유」 1편의 문자는 다만 '지인은 몸이 없다[至人無己]'는 한 구절에 있을 뿐이다. '지인무기(至人無己)' 한 구절은 도를 소유한 사람의 제일 경계요, 혜자(惠子)에게 말한 "어떤 것도 없는[無何有] 땅, 드넓은 들녘에다 심어놓고서 그 곁에서 하릴없이 방황하고 그 아래에서 누워 잠자면서 소요(逍遙)하지 않는가."라는 대목은 도를 배우는 사람의 으뜸가는 공부이다.

○ 克己 二字는 孔子嘗言之라 被先儒解喫力了어니와 讀莊子無己엔 便以爲放蕩無稽라하니 殊不思孔子對學者 說箇克己로되 莊子는 就至人 說箇無己니 未爲少謬也라 倘不欲無己댄 又何爲而克己也哉아

莊子作文은 爲千古學人 解粘釋縛이니 豈宋儒能測其涯涘耶아 故로 竊謂孔子之絶四也·顏子之樂也·孟子之浩然也·莊子之逍遙遊也는 皆心學也라하노라

○ 극기(克己) 두 글자는 공자가 일찍이 말한 것이어서 선유들이 이에 대해 온 힘을 다해 해석을 가한 바 있다. 그러나 장자의 무기(無己)를 읽을 적엔 갑자기 방탕하고 허무맹랑하다고 생각한다. 그것은 공자는 '배워나가는 사람[學者]'을 대상으로 극기를 말하였고, 장자는 완성자 '지인(至人)'의 경지에서 무기(無己)를 말한 것으로, 조금도 잘못된 말이 아님을 생각지 못하였기 때문이다. 공자가 '무기'를 원하지 않았다면 또한 무얼 위해 극기를 하겠는가.

장자가 이 책을 쓴 이유는 천고에 학인(學人)들의 집착을 녹여주고 속박을 풀어주고자 함이다. 어떻게 송대 유학자들이 장자의 경지를 헤아릴 수 있겠는가. 이 때문에 나는 삼가 '공자의 절사(絶四)'[1], '안연의 낙도(樂道)', '맹자의 호연지기(浩然之氣)', '장자의 소요유'는 모두가 똑같이 '마음을 닦는 학문[心學]'이라고 생각한다.

○ 逍遙遊 主意는 只在至人無己라 無己는 所以爲逍遙遊也어늘 說與天下에 人皆不信하나니 非其故意不信이라 是他見識이 只道得這箇地步니라 譬如九層之臺에 身止到得這一層이면 便不知上面一層이

1) 절사(絶四) : 『논어』 「자한(子罕)」에 절사(絶四)라는 말이 있다. 이는 공자가 사사로운 생각이나 기필코 하려는 것이나 고집하거나 자아를 내세우지 않음을 말한다.

是何氣象이라 然則非其信之不及이라 乃其知不及耳로다

前大半篇은 只爲此故로 特地蕩漾出小知不及大知一語하야 以抹倒庸俗然後에 快展己說焉이니라 鯤鵬은 大오 蜩與鷽鳩는 小니 小不知大意只如此오 其餘 前前後後는 都是憑空嘘氣하야 盡行文之致而已라

○ 「소요유」의 주된 뜻은 "지인은 몸이 없다."는 한 구절에 있을 뿐이다. 자기의 몸이 없어야만 자유자재의 소요유를 누릴 수 있다. 그러나 세상 사람들에게 이를 말해주어도 그들은 모두 믿지 않는다. 그것은 고의로 믿지 않으려는 것이 아니라, 그들의 견해와 인식의 한계가 단이 정도이기 때문이다. 비유하면 9층 누대에 그 자신이 겨우 1층을 오르는 데에 그쳤다면 그 위층에서 바라보는 풍경이 그 어떤 것인지 모르는 격이다. 그렇다면 그들의 믿음이 미치지 못한 것이 아니라, 그들의 앎이 미치지 못하기 때문이다.

앞부분의 절반 이상은 단지 이런 이유 때문에 특별히 거침없이 "작은 지혜는 큰 지혜에 미치지 못한다[小知不及大知]."라는 한마디 말을 하여 이로써 용렬하고 저속한 자들을 거꾸러뜨린 뒤에 흔쾌히 자기의 말을 펼쳐가고 있다. 곤어와 붕조는 큰 것이요, 매미와 메까치는 작은 것이다. "작은 것이 큰 것을 모른다."는 뜻은 단 이와 같은 것이며, 그 나머지 앞의 여러 부분과 뒤의 여러 부분은 모두 허공을 달리면서 공기를 들이마시는 경지에서 작문[行文]의 극치를 다했을 뿐이다.

○ 前半篇은 只是寄喩 大鵬所到를 蜩與鷽鳩不知而已라 看他컨대 先說鯤化하고 次說鵬飛하고 次說南徙하고 次形容九萬里하고 次借水喩風하고 次敍蜩鳩然後에 落出二蟲何知오하니 文復生文이오 喩中夾喩라 如春雲乍起에 層委疊屬하야 遂爲垂天大觀이니 眞古今橫絶之文也라

○ 앞부분의 절반은 다만 큰 붕조가 하늘 높이 날아가는 바를 매미와 메까치가 모른다는 것을 비유로 들어 말했을 뿐이다. 그 문장을 살펴보면 먼저 곤어의 변화를, 다음에 붕조의 비상(飛翔)을, 그다음에 남쪽으로 옮겨가는 모습을, 그다음에 9만 리 장천을, 그다음에 물과 바람을 빌려 비유를, 그다음에 매미와 메까치를 서술한 뒤에 "두 벌레(매미와 메까치)가 이를 어찌 알랴."라는 구절로 끝맺고 있다.

문장은 다시 또 다음 문장을 낳고, 비유 가운데 또 다른 비유를 들고 있다. 마치 봄 구름이 갑자기 피어올라 층층첩첩 쌓여 마침내 온통 하늘을 뒤덮는 장관을 연출한 것과 같다. 참으로 고금에 빼어난 문장이다.

○ 點小知不及大知는 便可收束이어늘 却又生出小年不及大年하야 作一配襯하니 似乎又別說一件事者라 令讀者不能捉摸하니 眞古今橫絶之文也라

○ "작은 지혜는 큰 지혜에 미치지 못한다."라는 구절을 쓴 것은 곧 문장을 거두어 끝맺은 것인데, 또다시 "짧은 생은 장수의 삶에 미치지 못한다."라는 구절을 써서 위의 문장과 하나의 짝[配對: 配襯]을 지어 말하였다. 이 또한 별개의 일을 말한 것처럼 보여서 독자로 하여금 파악하지 못하도록 하니 참으로 고금에 빼어난 문장이다.

○ 以小年大年으로 襯明小知大知하니 大勢可收束矣어늘 却又生出湯問一段來은 似乎有人謂齊諧殊不足據라하야 而特以此證之者라 試思鯤鵬蜩鳩는 都是影子니 則齊諧眞假 有何緊要耶아 偏欲作此誕謾不羈하야 洸洋自恣然後에 用小大之辨也 一句로 銷住하니 眞古今橫絶之文也라

○ 짧은 생과 장수의 삶으로써 작은 지혜와 큰 지혜를 짝을 지어 밝

혀주니 문장의 큰 맥락을 거두어 끝맺은 셈이다. 그런데 갑자기 또다시 하나의 '탕 임금의 물음'에 대한 하나의 단락을 쓴 것은 어떤 사람이 "제해(齊諧)는 근거할 것이 못 된 것으로 생각된다."라고 하여, 특별히 이것으로 그에 대해 증명한 것처럼 보인다.

생각해 보면 곤어, 붕조, 매미, 메까치는 모두 주체가 아닌 객체로서의 그림자이다. '제해'의 진위(眞僞)가 뭐 그리도 중요한 것일까. 오로지 이의 문장을 허탄하고 부질없고 얽매임 없어 끝없이 드넓고 스스로 거침없이 쓴 후에 "크고 작은 것의 분별"이라는 한 구절로 끝맺으니 참으로 고금에 빼어난 문장이다.

○ 中間一段은 是通篇正結構處니 亦止得至人無己・神人無功・聖人無名 三句耳라 却先於前面에 隱隱列三項人次第然後에 順手點出三句로되 究竟에 又只爲至人無己一句耳오 神人無功・聖人無名은 都是陪客이니라

何以知之오 看他上面에 宋榮子 譽不勸・非不沮는 是無名이오 列子 於致福에 未數數然은 是無功이오 乘天地・御六氣四句는 是無己라 一節進似一節이라 故로 知至人句 是主也라

○ 중간의 한 단락은 전편(全篇)의 문장을 대변하는 결구처(結構處)이다. 이 또한 "지인(至人)은 몸이 없고 신인(神人)은 공(功)이 없고 성인(聖人)은 이름이 없다."라는 세 구절에 그칠 뿐이다. 먼저 앞의 문장에서 보이지 않게 세 조항의 인물을 차례로 나열한 뒤에 붓 나가는 대로 이 세 구절을 써내려가다가 결국에는 또한 "지인은 몸이 없다."라는 한 구절을 위주로 썼을 뿐, "신인은 공이 없고 성인은 이름이 없다."라는 구절은 모두 곁 구절일 뿐이다.

무엇으로 이를 알 수 있는가. 위의 문장을 살펴보면, 송영자(宋榮子)가 칭찬을 하여도 더 힘쓰지 않고 비난하여도 그만두지 않는 것은 "성

인이란 이름이 없음"이요, 열자(列子)가 복 받는 일에 대해 급급하지 않음은 "신인이란 공이 없음"이요. "천지의 정기를 타고서 6기의 변화를 부린다."는 4구절은 "지인이란 몸이 없음"이다. 이는 한 문단에서 보다 더 한 문단씩 그 뜻이 앞으로 나아가고 있다. 이 때문에 '지인' 구절이 주된 문장임을 알 수 있다.

○ 中段入手에 撇却知效一官等人을 不過如斥鴳而已라(蜩鳩同此) 宋榮子 · 列子는 固在斥鴳之上이나 若乘天御氣之人은 其大鵬乎인저 莊子胸眼之曠이 如是라

○ 중간 단락에 들어가 "지혜는 하나의 관직을 다할 만하다.[知效一官]" 등의 사람이란 메추라기와 같다는 데 지나지 않을 뿐이라고 배격하고 있다.(매미와 메까치도 이와 같다.) 송영자와 열자는 메추라기의 경지 그 위에 있다고 할 수 있으나, 천지의 정기를 타고 육기(六氣)의 변화를 부리는 사람이야말로 바로 그가 큰 붕조이다. 장자의 드넓은 가슴과 안목이 이와 같다.

○ 借宋榮子하야 爲聖人無名作影하고 借列子하야 爲神人無功作影하고 至乘天地正四句하야 爲至人無己作影也로되 獨不借一人點破之라 莊生之意는 何爲哉오 讀至篇末에 方知之라

○ 송영자를 빌려 "성인은 이름이 없다."라는 구절의 그림자를 삼고, 열자를 빌려서 "신인은 공이 없다."라는 구절의 그림자를 삼고, "천지의 정기를 타고……" 4구절에 이르러 "지인은 몸이 없다."라는 구절의 그림자를 삼았음에도 그 구절만은 유독 어떤 한 사람을 빌려 점찍어 말하지 않았다. 장자의 그런 뜻은 무엇 때문이었을까? 「소요유」의 끝 부분을 읽노라면 바야흐로 이를 알 수 있을 것이다.

○ 至人無己 三句는 後面에 整用三大截하야 發明之로되 其次第與前倒轉하야 自無名而無功而無己하야 歸於所重하야 以爲一篇之結尾也라(宋榮子·列子·許由·姑射神人에 或取其事하고 或取其言하야 皆借意發揮니 所謂寓言十九 是也라 若定派某爲聖人이오 某爲神人이라하고 且從而品評其是非當否면 則癡人之前에 不可說夢이어늘 尙足與之讀莊子乎아)

○ "지인은 몸이 없다.……" 3구절은 뒷부분에서 크게 3단락으로 정돈하여 이를 밝혔지만, 그 차례는 앞 문장과는 달리 거꾸로 돌려서 '무명(無名)'으로부터 '무공(無功)'에, 그리고 '무기(無己)'의 순으로 이르러 가장 귀중한 바로 귀결을 지어 「소요유」 1편의 결미(結尾)로 삼고 있다.(송영자·열자·허유·막고야 신인은 때로는 그 일을 취하거나 그들의 말을 취해서 모두 그 뜻을 빌려 밝힌 것이다. 이른바 "우언(寓言)이 열에 아홉이다."라는 것이 바로 이것이다. 만일 "누구는 성인"이요, "누구는 신인"이라 하여 그 유파(流派)를 결정짓고 또 뒤따라서 그 시비와 가부(可否)를 품평한다면, 어리석은 사람 앞에서는 꿈 이야기도 할 수 없는 법인데 그와 함께 『장자』를 읽을 수 있겠는가.)

1. 大鵬의 逍遙遊와 小大之辨
(대붕의 소요유와 작고 큰 것의 차이)

소요유는 명예, 이끗, 녹봉, 권력, 지위 따위의 속박에서 벗어나 걸림이 없는 광대무변(廣大無邊)의 세계에서 자유자재한 정신세계를 누리는 것인바, 지인(至人)의 소요유를 밝히고자 먼저 대붕(大鵬)을 들어 우언을 쓰고 있다.

작은 지혜는 큰 지혜에 미치지 못한다는 것으로 작은 것과 큰 것의 차이를 밝혀 "성인의 무명(無名), 신인의 무공(無功), 그리고 지인의 무기(無己)"를 이끌어 내고 있다.

‖ 경문 ‖

北冥에(海水 冥冥無涯故로 曰冥也니 字當作溟이라) **有魚**하니 **其名爲鯤**이라 **鯤之大 不知其幾千里也**오 **化而爲鳥**하니 **其名爲鵬**이라 **鵬之背 不知其幾千里也**니 **怒**(猶奮也라 字法[2])이라)**而飛**에 **其翼**이 **若垂天之雲**이러라

직역 ‖

北冥(바닷물이 아득하여 끝이 없는 까닭에 冥이라 하니, 冥 자는 의당 溟으로 써야 한다.)에 물고기가 있으니 그 이름을 鯤이라 한다. 鯤의 크기가 그 몇천 리인지 알 수 없고, 변화하여 새가 되니 그 이름을 鵬이라 한다. 鵬의 등이 그 몇천 리인지 알 수 없으니 怒(奮과 같음. 字法)하여 날에 그 날개가 하늘에 드리운 구름과 같다.

의역 ‖

북쪽 바다가 끝없이 아득하여 그 바다를 북명(北冥)이라 한다. 그곳

---

2) 字法 : 문장을 구사하는 데에는 세 가지 요소가 필요하다. 장법(章法), 구법(句法), 자법(字法)이다. 기승전결(起承轉結)의 장법 속에 구절구절을 구성하는 문장이 있고, 글자 하나하나를 절묘하게 쓰는 자법이 있다.

에 물고기 한 마리가 살고 있다. 그 이름을 곤어라 한다. 곤어의 크기가 얼마나 크던지 몇천 리가 되는지 알 수 없다.

곤어가 변해서 한 마리의 새가 되는데 그 이름을 붕조라 한다. 붕조 역시 워낙 커서 그 등이 몇천 리나 되는지 알 수 없다. 붕조가 큰 날개를 힘차게 퍼덕이며 날아오르자, 그 날개는 마치 하늘을 뒤덮은 구름과도 같았다.

‖ **선영 주** ‖

無端敍起一魚一鳥하야 **以爲寓意**나 **尙非寓意所在**며 **以爲托喩**나 **尙非托喩之意所在**라 **方是虛中結撰**하야 **閒閒布筆**이라

아무런 서두(序頭) 없이 한 마리의 곤어와 한 마리의 붕조를 서술하여 이로써 우의(寓意)로 삼았으나, 그 우의는 오히려 곤어와 붕조에 있지 않다. 그리고 이로써 가탁의 비유[托喩]로 삼았으나, 가탁한 비유의 뜻은 오히려 곤어와 붕조를 말하려는 데에 있지 않다. 그것은 허공 한가운데서 문장을 엮어가되 한가롭게 붓을 펼쳐나간 것이다.

○ **從魚遞鳥 本極整齊**어늘 **特拖怒而飛兩句**하야 **言其翼之如許**하야 **以申上背之甚大**하니 **斷不肯作板排之筆**이라(此處飛字는 虛요 若圖南之飛는 尙在引齊諧語中이라)

○ 곤어에서 붕조로 바꿔 쓴 것은 본래 지극히 정돈된 문장이다. 그런데 특별히 "날개를 퍼덕이며 날아오르자['怒而飛……']"라는 두 구절을 끌어다가, 붕조의 날개가 그와 같이 크다는 것을 통하여 위 문장에서 말했던 '붕조의 등'이 매우 큼을 거듭 말한 것이다. 장자의 글은 단연코 판박이[板排]의 문장을 쓰지 않는다.(이곳의 飛 자는 虛字이며, '圖南'의 飛 자는 오히려 齊諧의 문장을 인용하고 있다.)

강설

곤어와 붕조 이는 모두 우언(寓言)이다. 실재의 동물이 아니다. 곤어와 붕조가 그 어떤 모습을 가진 동물인지 이를 본 사람도, 자세히 기록한 사람도 없다. 단 아래 문장에서 언급할 대인의 광대한 도체(道體)를 가탁하고자 먼저 비유를 들어 말했을 뿐이다.

이 비유에 담긴 뜻은 큰 존재가 크게 변하여 크게 노는[大物 → 大變 → 大遊] 경지를 말하고자 함이다. 모든 사람의 본체는 지극히 크다.[至大] 나의 그 본성에 그 무엇 하나 갖춰 있지 않은 게 없다. 이처럼 무변광대(無邊廣大)한 나의 본체에 따라 성현으로 탈바꿈한다는 것이 바로 곤어가 변해서 붕조가 되는 경지이다. 그리고 붕조에겐 붕조의 위대한 삶이 있다. 그의 삶 자체가 본성에 따른 위대한 작용이자 무한한 진리의 구현이다. 바로 본체에 부합되는 성현의 대용(大用)이 나타나는 경지를 비유함이다.[本體至大(存在의 무한) = 鯤 → 大變(鯤變爲鵬: 率性作聖) → 大用(稱體妙用無限)]

북쪽 바다[北溟]라는 북쪽이란 아직 만물이 발생하지 않은[萬物未生] 북쪽, 현무(玄武)의 땅이다. 바로 무(無)의 세계를 말한다. 무의 세계는 '한 물건[一物]'이라는 언어조차 붙일 수 없는 본체(本體)의 대기(大機)로 해석하기도 한다. 이처럼 곤어는 큰 존재를 비유하고, 붕조는 마치 응신불(應身佛)처럼 지상에 나타난 현신(現身)으로 대용(大用)을 이뤄내는 것이다.

수천지운(垂天之雲)은 두 가지로 해석한다. 위에서 선영(宣穎)은 '하늘에 드리운 구름처럼 큰 날개'의 뜻으로 해석하였고, 또 다른 일설은 수(垂) 자는 수(陲)와 같은 글자로, 가장자리[邊]를 말한다. 수천지운(垂天之雲)은 '변천지운(邊天之雲)'이라는 뜻으로, 하늘가에 펼쳐놓은 구름[天邊之雲]이라는 뜻으로 보았다.

‖ **경문** ‖

是鳥也(單落鳥라) **海運則將徙於南冥**하나니(運은 動也라 今海濱에 猶有六月海動之語하니 海動에 必有大風하야 水自海底沸起에 聲聞數里라 大鵬이 乘此風而後에 可徙也라) **南冥者**는 **天池也**라(解南冥束一句라)

齊諧者는 **志怪者也**니(引齊諧 又先解一句라 ○ 故與上作一樣句法이라 頓挫鼓舞而下에 有似步虛之聲이라) **諧之言**에 **曰鵬之徙於南冥也**에 **水擊三千里**하야(翼大不可驟起라 須就海面하야 平遆而上이라 故로 水翼相擊하야 至於三千里之遠이라) **摶扶搖而上者九萬里**니 **去以六月息者也**라(息은 是氣息이라 大塊噫氣也니 卽風也라 六月에 氣盛多風이라야 大鵬이 乃便於鼓翼이라 此 正明上六月海運則徙之說也라)

직역 ‖

이 새(붕조만을 쓰고 있다.)는 바다가 움직이면 장차 南冥으로 옮겨가니(運은 바다의 움직임이다. 지금도 海濱에는 오히려 六月海動이라는 말이 있다. 바다가 움직일 적에 반드시 큰 바람이 일어난다. 바닷물이 해저로부터 들끓어 용솟음치는데 그 소리가 몇 리까지 들려온다. 큰 붕조가 그 바람을 탄 후에야 옮겨가게 된다.) 南冥이란 天池이다.(남명을 해석하여 한 구절로 묶었다.)

齊諧란 怪奇를 기록한 것이니(齊諧를 인용하면서 또 먼저 한 구절을 들어 해석하였다. ○ 고의로 위 문장과 똑같은 句法으로 썼다. 갑자기 문장을 꺾어 춤추는 듯이 내려오면서 허공을 걷는 듯한 소리가 있다.) 齊諧의 말에 이르기를, "鵬이 남명으로 옮겨갈 적에 수면으로 삼천 리를 치고서(날개가 커서 갑자기 날아오를 수 없다. 반드시 해면에서 수평으로 쭉 뻗어 치고 가다가 솟아오른다. 그러므로 해수와 큰 날개가 서로 부딪치면서 삼천 리 멀리까지 이른 것이다.) 扶搖를 박차고 오르기를 九萬里하니 六月의 息으로써 떠나간 자이다.(息은 氣息이다. 大塊의 噫氣이니 곧 바람이다. 유월에 氣가 성하여 바람이 많아야만 붕조가 이내 날개를 치기에 편리하다. 이는 바로 위의 문장에서 말한 '유월에 바다가 움직이면 옮겨간다.'는 말을 밝힌 것이다.)"고 하였다.

의역

붕조는 너무나 몸집이 큰 새이기에, 선뜻 날아오를 수 없다. 이 때문에 바다가 진동하면서 회오리바람, 즉 돌풍이 일어나는 유월이면 비로소 그 거센 바람을 타고서 아득한 남쪽 바다로 날아가게 된다. 남쪽 바다를 천지(天池)라 말한다.

『제해』란 일설에는 사람의 이름이라고도 하나, 제나라의 괴담을 적어놓은 책이라는 것이 정설이다. 『제해』에서 다음과 같이 말하였다.

"붕조가 남쪽 바다로 옮겨갈 때면 그 날개가 워낙 커서 갑자기 날아오를 수 없다. 반드시 해수면을 따라 포물선으로 해면을 박차며 쭉 뻗어 가다가 솟아올라야 한다. 이 때문에 3천 리 저 멀리 수면을 따라 날개를 치며 날아오르다가 아래에서 소용돌이치는 회오리바람을 만나면 이를 박차고 하늘 위로 솟구쳐 9만 리 하늘 높이 올라갔을 적에야 비로소 훨훨 날 수 있다. 이처럼 붕조는 대지에서 내뿜어대는 유월의 숨[息], 즉 6월의 폭풍, 바로 그런 거센 돌풍을 타고서 남쪽 바다로 날아가는 것이다."

‖ 선영 주 ‖

引齊諧나 尚未畢하고 就圖南處 且住라

『제해』를 인용했으나 오히려 끝까지 쓰지 않고 "남쪽 바다로 날아가려고 한다."는 부분에서 멈추고 있다.

강설

『재해』를 들어 말한 것은 중언(重言)이다. 『장자』의 「잡편(雜篇) 우언(寓言)」 제27에서 말한 "우언은 십에 9를, 중언은 십에 7이다.[寓言十九, 重言十七.]"라는 '중언'을 말한다. 중언이란 세상 사람들이 중히 여기는, 남의 말을 빌려 자신이 말했던 부분을 증명하면서 그 사실을 부각시키거나 그 가치를 높이려는 데에 사용되는 수사기법이다. 이처럼 중언으로 말하면 100에 70퍼센트 정도는 남들이 믿어준다고 한다. 이를 중언십칠(重言十七)이라 한다. 이러한 문장기교는 장자가 흔히 사용하는 기법이다.

앞에서 북쪽이 무(無: 眞空)의 본체라 한다면 남쪽은 현상세계를 뜻하는 유(有: 色界)의 작용임을 알 수 있다. 『도덕경』에서 말한 "유는 무에서 나온다[有生於無]"(「去用」 제40)의 개념을 북쪽바다와 남쪽바다를 들어 비유하여, 이를 우언(寓言)으로 말한 것이다.

‖ 경문 ‖

野馬也(遊氣)**塵埃也**는 **生物之以息相吹也**라(有物이면 卽有氣라 彼此氣息相吹於下하니 凌空視之에 不勝紛紜蓊鬱이라 所爲野馬塵埃者也라) **天之蒼蒼**이 **其正色邪**아 **其遠而無所至極邪**아(此從下視上之勢也라 仰視橫空에 但見一色蒼然이라 果天之正色乎아 抑高遠無窮故로 見得一氣如此乎아 不知케라 上之視下 且看下之視上이라 橫揷三句 爲反照作地니 奇絶이라) **其視下也 亦若是**라(句) **則已矣**니라(上之視下 猶下之視上이니 可見野馬塵埃는 非臆說也라 則已矣者는 至此에 乃不須更上也라)

직역 ‖

野馬(遊氣)와 塵埃는 생물이 氣息(호흡)으로써 서로 불어대는 것이다.(物이 있으면 곧 氣가 있다. 피차가 氣息을 아래에서 서로 불어대니 하늘 높이에서 이를 봄에 紛紜과 蓊鬱을 이길 수 없다. 野馬와 塵埃가 되는 것이다.) 하늘의 蒼蒼함이 그 正色일까? 그 멀어서 끝이 다한 바 없어서일까?(이는 아래에서 위를 보는 사세이다. 橫空을 우러러봄에 단지 一色으로 蒼然하게 보일 뿐이다. 과연 하늘의 정색일까? 아니면 高遠하여 무궁한 까닭에 一氣가 이처럼 보인 것일까? 알 수 없다. 위에서 아래를 보는 것이 또 아래에서 위를 보는 것이다. 橫으로 三句를 삽입하여 反照할 터전을 삼으니 기이하고 절묘하다.) 그가 아래를 봄 또한 이와 같을 것이니,(句讀) 곧 그칠 뿐이다.(위에서 아래를 봄이 아래에서 위를 보는 것과 같으니, 야마와 진애는 臆說이 아니다. 則已矣란 이 정도쯤에 이르면 더 이상 다시 올라갈 것이 없다.)

의역

아지랑이와 티끌은 대지 위에 생명체를 지닌 모든 것들이 서로 숨을 내쉬면서 뿜어대어 어지럽고 자욱함이 이루 말할 수 없다. 저 아득한 허공을 우러러 바라보면 하나의 푸른빛만이 보일 뿐이다. 과연 그 빛이 하늘의 원래 빛깔[本色: 正色]일까? 아니면 워낙 높고 멀리 있어서 끝이 없는 까닭에 하나의 기체가 이처럼 보이는 것일까?

붕조가 높다란 허공 위에서 아래로 대지를 굽어보면 그 역시 아래에서 하늘을 바라보는 것과 똑같을 것이다. 붕조가 이쯤의 높이에서 훨훨 날아가면 이젠 더 이상 다시 올라갈 게 없다.

‖ 선영 주 ‖

上文은 將齊諧之言하야 歇住하고 此處는 且把大鵬九萬里上面光景하야 代他淩空下視形容一番이라 然身在九萬里之下하니 何由知他九萬里上에 作何意況邪아 於是에 插入天之蒼蒼三句하야 言下之視上이 乃如此然後에 倒煞云其視下 豈異邪아하니 筆勢跳脫無比라

위 문장에서는 『제해』의 말을 들어 끝을 맺었고, 이곳에서는 붕조가 9만 리 하늘 위에서의 광경을 들어 높은 하늘 위에서 아래를 굽어보는 모습을 대신하여 한 차례 형용한 것이다. 그러나 나의 몸은 9만 리 아래에 있다. 저 높은 9만 리 하늘 위에서 나는 붕조의 세계가 그 어떤 정황일지 어떻게 가늠할 수 있겠는가. 이에 "천지창창(天之蒼蒼)……" 이하 3구절[天之……至極邪]을 삽입하여 아래에서 위를 바라보면 이와 같다 말하고서 느닷없이 거꾸로 "하늘 위에서 아래를 굽어보는 것도 어찌 이와 다르랴."라고 말하니 초탈한 문장의 기세를 그 어느 문장과도

비할 수 없다.

○ **則已矣者**는 **大鵬至此**에 **乃始不費扶搖 卽起**라 **後風斯在下 乃培風也**와 **下面積水一喩**는 **是全發揮此句文字**니라(逐句逐節을 細細讀之라)

○ '즉이의(則已矣)'는 붕조가 이 정도 올라가야만 비로소 부요의 폭풍이 없이 곧장 솟구칠 수 있다는 뜻이다. 그 뒤의 문장에서 "바람이 이에 아래에 있다." "이에 바람을 북돋는다."라는 구절과 아래 문장에서 말한 '적수(積水)'라는 하나의 비유는 모두 이 구절의 글 뜻을 밝혀준 것이다.(句句節節이 꼼꼼히 읽어야 한다.)

강설

지구에서 허공을 바라보면 푸른 바다처럼 그윽한 쪽빛으로 물들어 있다. 장자는 그 생각을 전환하여 허공에서 지구를 굽어볼 적에도 이와 같은 모습일 것이라고 인식하였다. 이처럼 우리도 세상을 살면서 한번쯤은 인식의 전환이 필요하다. 우리의 마음을 저 붕조처럼 하늘 높이 날아 올려 지구에서 생각했던 하늘과 다르다는 점을 느껴야 한다. 우주에서 바라보는 지구는 아름다운 푸른빛으로 감싸 있다는 우주인들의 말처럼 장자는 일찍이 현대 우주인이 보고 느꼈던 세계를 이미 상상으로 인식한 것이다. 장자는 하나의 우주인으로서 거리감에서 느끼는 미감(美感)을 깨달은 것이다. 우리도 이와 같이 무한과 영원이라는 다른 각도의 세계를 통하여 현재 내가 처해있는 나의 세계를 반조해보면 우리의 속 좁은 가슴이 조금은 더 넓혀지지 않을지? 생각을 바꾸면 나 자신이 행복하고 남에게도 너그러울 수 있다.

"역약시즉이의(亦若是'則'已矣)" 구절은 대체로 두 가지로 해석하고 있다. 일반적으로는 "역약시이이의(亦若是'而'已矣)"의 뜻으로 해석하여, 즉(則) 자를 이(而) 자로 보았다. 이는 "또한 이와 같을 뿐이다."라는 풀이이다. 그러나 선영은 '역약시(亦若是)'에서 구두를 끊어 '즉이의(則已矣)'로 끝을 맺었다. "하늘에서 아래를 굽어보는 것 또한 이와 같을 것이다. 곧 더 이상을 올라갈 게 없다."는 뜻으로 해석한 것이다. 본서는 선영(宣穎)의 주석을 대본으로 하였기에 이를 따른 것인바, 독자는 또 다른 일설을 참고하기 바란다.

‖ **경문** ‖

且夫水之積也 不厚면 則其負大舟也 無力이라 覆杯水於坳堂(坳音要니 與凹同이라 坳堂은 堂之坎處라)之上이면 則芥爲之舟어니와 置杯焉則膠는(粘着於地라) 水淺而舟大也글세니라

직역 ‖

또 물의 積聚가 深厚하지 않으면 그 大舟를 실어주기에 힘이 없다. 杯水를 坳堂(坳의 音은 要니 凹와 같다. 坳堂은 堂의 坎處이다.)의 위에 부으면 芥는 배가 되거니와 잔을 두면 膠(땅에 달라붙음)한 것은 물이 얕고 배가 크기 때문이다.

의역 ‖

수많은 강물 줄기가 모여들어 물길이 깊지 않으면 큰 배를 띄울 수 있는 역량이 없는 것이다. 움푹 파인 토방 위에 한 잔의 물을 부으면 지푸라기쯤이야 배처럼 둥둥 뜰 수 있겠지만, 술잔을 올려놓으면 땅바닥에 찰싹 달라붙을 것이다. 그것은 물은 옅은데 그에 걸맞지 않게 너무 큰 배를 띄웠기 때문이다.

‖ **선영 주** ‖

欲明九萬里而後에 已之라 故로 先置此一喩니라

"9만 리를 떠나간 뒤에 그만두는 것"을 밝히고자 한 까닭에 먼저 이 하나의 비유를 둔 것이다.

○ 以水喩風은 固是妙於言風이나 以杯水喩水는 先爲妙於言水오 以舟喩翼은 固是妙於言翼이나 以芥喩舟는 先爲妙於言舟니 皆觸手成雋之文이니라

○ 물을 들어 바람을 비유한 것은 직접 바람을 들어 말한 것보다 절묘하다. 하지만 한 잔의 물로써 물을 비유함은 앞서 물을 말한 것보다 더 절묘하고, 배를 들추어 붕조의 날개를 비유함은 직접 날개를 들어 말한 것보다 절묘하다. 하지만 또한 지푸라기로써 배를 비유함은 앞서 배를 들추어 말한 것보다도 더 절묘하다. 이는 모두 장자의 손에 닿는 족족 빼어난 문장을 이룬 것이다.

‖ 경문 ‖

風之積也 不厚면 則其負大翼也 無力이라 故로 九萬里則風斯在下矣니 而後에 乃今培風하야 背負青天而莫之夭(折也)閼(音遏이니 止也라)者而後에 乃今將圖南이니라(想此時에 何其自在快活고)

직역 ‖

바람의 積聚가 深厚하지 않으면 그 大翼을 실어주기에 힘이 없다. 그러므로 九萬里 올라가면 바람이 이에 아래에 있다. 그런 후에야 이제 바람을 북돋아 등으로 靑天을 지고서 夭(折)閼(音은 遏이니 그침이다.)할 자 없는 후에야 이제 곧 장차 남쪽으로 도모하는 것이다.(상상해보면 이 때에 그 얼마나 자유자재하고 통쾌했을까.)

의역

돌풍의 힘이 거세지 않으면 붕조의 큰 날개를 떠받쳐줄 수 없기 마련이다. 이 때문에 붕조가 9만 리 하늘 높이 날면 바람은 그 아래에 있게 된다. 그래야만 비로소 세찬 바람을 타고서 하늘을 등에 지고 날아가는 길에 그 어느 것도 붕조의 앞길을 가로막지 못할 것이다.

이처럼 한 점의 장애가 없어야 비로소 자유자재로 통쾌하게 남쪽 바다로 날아갈 수 있다.

‖ 선영 주 ‖

前文의 海運·扶搖·六息이 都是說風이로되 不曾露出風字라가(後人所以旁猜라) 至此承上一喩하야 接出風字來하야 見其與大翼相須之至라

앞글에서 말한 해운(海運), 부요(扶搖), 육식(六息: 6월의 폭풍)이 모두 바람을 말한 것이지만, 일찍이 바람 풍(風) 자를 전혀 드러내지 않다가(후인이 사방으로 헤아려 보아야 할 것이다.) 여기에 이르러 하나의 비유를 뒤이어서 바람 풍(風) 자를 이어 씀으로써 그 바람과 붕조의 큰 날개가 서로 필요로 함을 지극히 나타낸 것이다.

○ 引齊諧中間에 着此數節하야 洗發形容하야 與下語로 作一隔이 如山帶橫空一般이라

○ 『제해』를 인용한 중간에 이 몇 절(節)을 붙여 깔끔하게 묘사하여 아래 문장과 하나의 간격을 두었다. 이는 마치 산허리에 허공을 띠고 있는 것과도 같다.

○ 看此一節컨대 大鵬之所以橫絶南北은 直具如此源委라 夫脫鬐鬣於海島하야 張羽毛於天門하야 乘長風而薄霄漢하고 擴雲霧而煽太

清이 斯其超忽이니 豈復恆境也哉아

○ 이 1절(節)을 살펴보면 붕조가 남쪽 북쪽 바다를 가로질러 날아갈 수 있었던 것은 곧 이와 같은 전말(顚末: 源委)을 갖추었기 때문이다. 곤어의 지느러미가 바다에서 벗어나 하늘 높이 붕조의 날개를 펼쳐 만리장풍을 타고서 하늘 끝자락까지 솟구치고, 구름과 안개를 헤치면서 허공에 나는 존재가 바로 붕조의 초탈세계이다. 이 어찌 '흔히 볼 수 있는 경계'이겠는가.

○ 以上은 大鵬之逍遙遊라

○ 위의 문장은 대붕의 소요유이다.

강설

붕조의 소요유는 곧 지인무기의 경지를 말하기에 앞서 그 길을 열어주고 있는 것이다. 따라서 붕조의 소요유에 필요한 조건은 지인무기에 상당하는 조건들이다. 붕조에게 그 전제가 되는 곤어의 존재, 그리고 소요유의 비상에 필요한 큰 바다, 거센 바람, 드높은 하늘 등은 지인에게 필요한 경지들을 비유함이다. 이러한 지인의 세계는 「소요유」의 끝 부분에서 무하유(無何有)의 광막(廣漠)한 들녘으로 묘사하였다.

장자 문장의 여러 특성 가운데 하나로 도치법을 자주 쓰고 있다. '이후내금(而後乃今)'은 '내금이후(乃今而後)'의 도치법이다. 배풍(培風)은 승풍(乘風)이라는 뜻과 같다.

‖ 경문 ‖

蜩與鷽鳩(山鵲이니 有文彩長尾觜脚赤이라 ○ 鷽音 學이라) 笑之曰 我決起(猶言直起니 不待水擊三千이라)而飛하야 搶(突也)楡枋이라가 時則不至而控

於地而已矣로니 奚以之(指鵬)九萬里而南爲오

직역

蜩와 鷽鳩(山鵲이니 문채가 있고 꼬리가 길며 부리와 다리가 붉다. ○ 鷽의 독음은 '학')가 웃으면서 말하기를, "우리는 決起(直起라는 말과 같으니, 수면으로 삼천 리를 치면서 올라갈 필요가 없다.)하여 날아 楡枋에 搶(突起)하다가 때로는 이르지도 못하고 땅에 내려올 따름이니 무엇하려고 그(鵬을 가리킴)는 九萬里 길에 남쪽으로 날아가는 것일까?"라고 하였다.

의역

하늘에 드리운 구름처럼 큰 날개로 활공하듯 남쪽바다로 날아가는 붕조의 그림자가 아마 땅바닥에 크게 드리워졌을 것이다. 이때, 자그마한 매미와 메까치가 붕조를 올려다보면서 비웃으며 말하였다.

"우리는 수면으로 3천 리 멀리 날갯짓할 필요 없이 펄쩍 뛰어올라 느릅나무와 다목나무 가지 끝에 솟구쳐 오르기도 하지만, 때론 그마저도 날아가지 않고 땅바닥에 내려앉을 뿐이다. 붕조는 무얼 하려고 9만 리 하늘 높이 날아 머나먼 남쪽 바다로 가려는 것일까?"

‖ 선영 주 ‖

此 又齊諧之言也니 引齊諧始畢이라

이 또한 『제해』의 문장이다. 『제해』의 인용문은 비로소 여기에서 끝났다.

○ 以上은 蜩與鷽鳩 以鵬遊로 爲笑라

○ 위의 문장은 매미와 메까치가 붕조의 소요유를 비웃는 것이다.

강설

『도덕경』 제41 「동이(同異)」에서 "가장 훌륭한 선비는 도를 들으면 부지런히 행하고, 중간의 선비는 도를 들으면 있는가 없는가 의심하고, 가장 못난 선비는 도를 들으면 크게 비웃는다. 비웃지 않으면 도라고 할 수 없다.[上士聞道, 勤而行之; 中士聞道, 若存若亡; 下士聞道, 大笑之. 不笑, 不足以爲道.]"라고 하니, 이에 대한 주석에서 "탐욕이 넘쳐나는 못난이들은 도의 유약한 부분을 보면 겁을 낸다고 말하며 도의 질박한 부분을 보면 비루하다고 여긴 까닭에 크게 비웃는 것이다. 그들의 웃음거리가 되지 않으면 도라고 말할 수 없다.[下士貪狼多欲, 見道柔弱, 謂之恐懼; 見道質朴, 謂之鄙陋, 故大笑之. 不爲下士所笑, 不足以名爲道.]"라고 하였다. 이는 그들이 몰라서 비웃는 것이다. 견식의 부족으로 비웃는 것이지, 고의로 불신(不信)하려는 것은 아니다.

따라서 매미와 메까치가 붕조를 비웃는 것은 당연한 일이다. 즉 도대불용(道大不容), 도가 너무 커서 세상 사람들의 작은 가슴으로 받아들일 수 없었기 때문이다. 이 때문에 노자는 다시 "나를 아는 이 적을수록 나는 고귀한 존재[知我者希, 則我貴矣.]"라고 말한 바 있다.

경문

適莽蒼者는 **三餐**(言飯三盂라)**而反**이로되 **腹猶果然**하고(飽如果實之綻이니 字法이라) **適百里者**는 **宿舂糧**하고 **適千里者**는 **三月聚糧**하나니(適莽蒼者 豈知此乎아) **之**(猶此)**二蟲**이 **又何知**리오

직역

莽蒼을 가려는 者는 三餐(三盂의 밥을 말함)으로 돌아오되 배[腹]는 果(배부름이 果實의 벌어짐과 같다. 字法)와 같고, 백 리를 가려는 者는 一宿할 양식을 찧고 천 리를 가려는 者는 三月의 양식을 모으니(莽蒼을 가는 자가 어떻게 이를 알겠는가.) 그[之](此 자와 같음) 二蟲이 또 어떻게 알랴?

의역

나그네가 길을 떠나는 일이나 새가 날아가는 것은 매한가지이다. 가까운 근교[莽蒼]을 가려는 사람은 세 끼니를 챙겨 나갔다가 그날로 돌아오는데, 먹었던 음식이 채 소화되지 않아서 익은 과일 터질 듯이 배가 불룩하고, 백 리 길을 가려는 사람은 하룻밤 묵을 양식을 찧어 준비하고, 천 리 길을 가려는 사람은 3개월의 양식을 비축하는 법이다.

이로 보면 근교를 날아가려는 새가 어떻게 9만 리 먼 길을 떠나가는 붕조의 마음을 알 수 있겠는가. 하물며 한 자리에 둥지를 틀고 사는 매미와 메까치가 붕조의 큰 뜻을 모르는 것은 너무나도 당연한 일이다.

‖선영 주‖

將言二蟲之卑에 先總作一喩라 鳥之飛는 與人之行으로 等耳라 適近者는 不能知遠이니 二蟲이 豈足以知鵬이리오 此是前半篇引言之意也라 天下之爲二蟲者 豈少哉아 彼夫棲心寥闊而見笑於籓籬하나니 斯崢嶸之高論을 不欲驟披於聾俗也라

장차 매미와 메까치의 비루한 뜻을 말하기에 앞서 하나의 비유를 들어 총괄하고 있다. 새가 나는 것이나 사람의 발걸음은 똑같다. 가까운 곳을 가는 나그네는 먼 곳으로 떠나가는 사람의 뜻을 알지 못하기 마련이다. 그처럼 작은 매미와 메까치가 어떻게 붕조의 큰 뜻을 알 수 있겠는가. 이는 이편의 전반부에서 인용한 뜻을 함축한 것이다.

이 세상에는 매미·메까치와 같은 부류의 사람들이 어찌 적겠는가. 고요하고 드넓은 데에 마음을 함양하는 고상한 인물들이 이웃 사람의 비웃음을 당하기에 십상이다. 이처럼 고매한 논지를 준비되어 있지 않은, 귀머거리와도 같은 속인들에게 말해주고 싶지 않다.

강설

숙용량(宿舂糧)은 미리 양식을 찧는다는 뜻이 아니라, 용일숙지량(舂一宿之糧)이라는 말로 하룻밤을 묵을 양식을 찧는다는 것이며, 삼월취량(三月聚糧)이란 삼 개월 동안 양식을 모으는 것이 아니라 취삼월지량(聚三月之糧), 즉 삼 개월간 먹을 수 있는 양식을 마련한다는 뜻이다. 이는 모두 도장법(倒裝法)이다.

"가까운 근교…" 이하 세 구절은 사람의 먼 여정과 가까운 여정에 따라 필요한 양식 또한 많고 적기 마련이다. 이 또한 사람의 크고 작은 견해에 따라 그들의 생각과 취향에 원대함과 천근(淺近)함이 있기 마련이다. 이는 곧 붕조와 메까치를 비유함이다.

‖ 경문 ‖

小知는 不及大知오(斷一句라 ○ 正) 小年은 不及大年이니라(襯一句라 ○ 陪)

직역

小知는 大知에 미치지 못하고(一句로 단정하였다. ○ 正[主文]) 小年은 大年에 미치지 못한다.(一句를 붙여둔 것이다. ○ 陪[客句])

의역

작은 지혜는 큰 지혜에 미치지 못하고, 짧은 삶은 장수(長壽)의 삶에 미치지 못한다.

‖ 선영 주 ‖

以上若干文字는 只爲要點小知不及大知一句어늘 却卽忙又襯一喩作排句하야 蟬聯而下하니 洸洋自恣之甚也라

앞에서 말한 얼마 되지 않은 문자는 다만 "작은 지혜는 큰 지혜에 미치지 못한다."는 한 구절의 뜻을 밝히려는 것이다. 그런데 도리어 서둘러 또 하나의 비유를 붙여 대구(對句: 排句)로 나란히 연이어 쓰니 아주 끝이 없고 거침이 없는 문장이다.

‖ **경문** ‖

奚以知其然也오(喝 一句니 駘蕩鼓舞리) **朝菌**은 **不知晦朔**히고 **蟪蛄**는 **不知春秋**하나니 **此 小年也**오 **楚之南**에 **有冥靈者**하니(冥은 海也오 靈은 龜也니 海中大龜라) **以五百歲**로 **爲春**하고 **五百歲**로 **爲秋**하며 **上古**에 **有大椿者**하니 **以八千歲**로 **爲春**하고 **八千歲**로 **爲秋**어늘 **而彭祖 乃今以久**(高壽也니 字法이라)**特聞**하야(老彭이 浪得壽名하니 可笑라) **衆人匹之**하나니(慕而效之라) **不亦悲乎**아(瀟洒搖曳라)

직역 ‖

무엇으로 그것이 그런지를 알 수 있는가.(一句로 喝破하니 駘蕩하고 鼓舞하다.) 朝菌은 晦朔을 알지 못하고 蟪蛄는 春秋를 알지 못하니 이는 小年이요, 楚의 남쪽에 冥靈이라는 것이 있으니(冥은 바다요, 靈은 거북이니 바다의 큰 거북이다.) 五百歲로써 봄을 삼고 五百歲로써 가을을 삼으며 上古에 大椿이라는 것이 있으니 八千歲로써 봄을 삼고 八千歲로써 가을을 삼았는데, 彭祖가 이제 곧 久(高壽. 字法)로써 특별히 所聞이 나서(老彭이 부질없이 장수의 이름을 얻으니 可笑롭다.) 衆人이 그를 짝하려 하니(사모하여 본받음이다.) 또한 슬프지 않는가.(瀟洒하게 흔들어 끌어나간 것이다.)

의역 ‖

어떻게 작은 지혜는 큰 지혜에, 짧은 삶은 장수에 미치지 못한 줄을 아는가. 아침에 태어났다가 저녁에 죽어가는 버섯[朝菌]은 그믐과 초하루가 있는 줄 알지 못하고, 한철을 사는 쓰르라미는 봄과 가을이 있는 줄을 모른다. 이것이 곧 짧은 생을 사는 존재들이다.

초나라 남쪽에 큰 바다거북이 살고 있는데, 그는 5백 년을 봄 한 철로 삼고 5백 년을 가을 한 철로 삼는다. 그리고 아주 옛날 옛적에 대춘나무가 있었는데, 그 나무는 8천 년을 봄 한 철로 삼고 8천 년을 가을 한 철로 삼았다.

인간으로서 가장 장수한 인물로 손꼽히는, 오늘날 7, 8백 년 살았다고 전해오는 팽조의 장수란 이처럼 대춘나무와 큰 거북의 장수에 비해 보면 진정 장수를 누린 게 아니다. 그럼에도 팽조는 부질없이 장수했다는 이름을 얻게 되었다. 이 때문에 가소롭게도 많은 사람들이 팽조를 사모한 나머지 그처럼 오래오래 살기를 원하고 있다. 이 또한 슬픈 일이 아니겠는가.

‖ 선영 주 ‖

此節은 只是陪襯小知不及大知니 見得於年에 亦有然者오 並非又敘一事也라 此處는 已颯沓收束前半篇矣라(不知晦朔과 不知春秋 兩'知'字는 與小知知字不同이라 此止是言其短促하야 不及到那時耳라)

이 절(節)에서는 다만 "작은 지혜는 큰 지혜에 미치지 못한다."는 구절의 배객(陪客)으로 붙여 쓴 것이다. 향년(享年) 또한 그러한 것임을 나타낼 뿐, 아울러 또 다른 하나의 일을 서술한 것이 아니다. 여기에서는 벌써 소요유의 전반부를 거듭거듭[颯沓: 重疊貌] 추슬러 끝을 맺은 것이다.(不'知'晦朔과 不'知'春秋의 두 知 자는 小'知'의 知 자와는 다르다. 이는 다만 그 목숨이 짧아서 그 시절에 이르지 못함을 말한다.)

강설

조균(朝菌)은 흔히 "아침에 났다가 저녁에 죽는 버섯"이라는 설로 말하고 있다. 그러나 곽경번(郭慶藩)의 『장자집석(莊子集釋)』, 마숙륜(馬

叔倫)의 『장자의증(莊子議證)』, 왕숙민(王叔岷)의 『장자교석(莊子校釋)』에서는 『회남자(淮南子)』 「도응훈(道應訓)」에서 말한 조수(朝秀)로 보았다. '조수'란 아침에 태어났다가 저녁에 죽는 벌레의 이름[朝菌, 朝生暮死之蟲也.]이라고 한다.

그러나 필자는 식물 버섯으로 보았던 구설(舊說)이 보다 타당하다고 생각한다. 첫째, 소년(小年)을 말하면서 쓰르라미는 동물이고 버섯은 식물로 대칭을 이뤄 말했기에 대년(大年)에서도 동물인 거북이라는 명령(冥靈)과 식물인 대춘(大椿)을 대칭으로 들어 말했다는 점이다. 둘째, 이의 문장은 『열자(列子)』 권5, 「탕문(湯問) 제5」("湯問棘曰 上下四方有極乎? 棘曰 無極之外, 復無極也." … "荊之南, 有冥靈者, 以五百歲爲春, 五百歲爲秋. 上古有大椿者, 以八千歲爲春, 八千歲爲秋. '朽壤之上有菌芝'者, 生於朝死於晦.")에 근거를 두고 있는데, 『열자』에서 분명히 썩은 흙덩이에서 아침에 피어났다가 저녁에 사라지는 버섯으로 말하고 있다.

우리의 속담에 "개똥밭에 굴러도 이승이 좋다."라고들 한다. 이처럼 삶을 버리지 못하고 목숨에 연연한 것은 무엇 때문일까? 물론 가지가지 이유가 있을 것이다. 어떤 이는 평소 자신이 즐겨 입던 옷만 잃어버려도 몇 날 며칠 아쉬워하는 법인데, 일생 걸치고 살았던 몸을 쉽사리 던져버릴 수 없을 것이라 한다. 너무나 사랑하는 몸이기에 자신을 위해 이래저래 큰돈을 쓰게 되고[甚愛必大費], 일생 간직한 게 많기에 이런저런 혈연 그리고 생을 다 바쳐 이뤄놓은 것들을 버려놓고 가기에는 너무나 많은 것을 잃어야 하는[多藏必厚亡](『도덕경』 「立戒」 제44) 아쉬움에도 떠나기 어려울 것이다. 동녘에 해 뜨면 반드시 서산에 지는 것처럼 태어나면 반드시 가야 할 길이지만, 정녕 말처럼 쉽게 미련을 버릴 수 있는 부분도 아니다.

‖ **경문** ‖

湯之問棘也 是已라(又起奇絶이라)

窮髮(北方 不毛之地라)**之北**에 **有冥海者**하니(冥海 又在其北이라) **天池也**라 **有魚焉**하니 **其廣**이 **數千里**라 **未有知其修者**니 **其名爲鯤**이오 **有鳥焉**하니 **其名爲鵬**이라 **背若泰山**하고 **翼若垂天之雲**하야 **摶扶搖・羊角**(添羊角語 奇라 羊角之紋은 團紐而上하니 鵬之盤風似之라)**而上者 九萬里**니 **絶雲氣**하며(最高則無雲이라) **負青天然後**에 **圖南**하나니라

且適南冥也에 **斥鴳**이(音晏이니 與鷃同이니 卽鶴鶉也오 亦名鴽라) **笑之曰 彼且奚適也**오 **我騰躍而上**하되 **不過數仞而下**하야 **翱翔蓬蒿之間**하노니 **此亦飛之至也**어늘 **而彼且奚適也**오하니(複句作態라) **此小大之辨也**라(又鎖一句라)

직역

湯이 棘에게 물음에 이런 것이었다.(또 문장을 일으킴이 기이하고 절묘하다.)

窮髮(북방의 불모지)의 북에 冥海라는 것이 있으니(冥海는 또 그 북쪽에 있다.) 天池이다. 물고기가 있으니, 그 廣이 數千里라 그 길이를 알 수 없다. 그 이름을 鯤이라 한다. 새가 있는데 그 이름을 鵬이라 한다. 등이 태산과 같고 날개가 하늘에 드리운 구름과 같아서 扶搖・羊角(羊角을 첨가한 말이 기이하다. 羊角의 紋樣이 團紐하면서 올라가니, 鵬의 盤風이 이와 같다.)을 치면서 올라가는 것이 九萬里니, 雲氣가 끊어지며(가장 높이 오르면 구름이 없다.) 青天을 짊어진 연후에 남쪽으로 圖謀한다.

또 南冥을 갈 적에 斥鴳(音은 晏이니 鷃과 같으니 곧 鶴鶉이며 또 鴽라 이름한다.)이 그를 비웃으며 이르기를, "저들은 어디로 가는가. 나는 騰躍하여 올라가되 數仞에 지나지 않고 내려와 蓬蒿의 사이에서 翱翔하니, 이 또한 낢이 지극한 것인데, 저들은 또 어디로 가는가." 하니(複句로 斥鴳의 態를 썼다.) 이것이 小大의 分辨이다.(또 一句로 끝맺음이다.)

의역

탕 임금이 극(棘)에게 물은 것 중에 이런 말이 있었다.

풀 한 포기 살지 못하는 불모지, 북쪽에 바다가 있다. 그 이름을 천지(天池)라 한다. 그곳에 물고기 한 마리가 살고 있다. 그 물고기의 너비가 몇천 리나 되는지 사람들은 도저히 그 크기를 알 수 없다. 그 이름을 곤어라 한다.

새 한 마리가 살고 있는데 그 이름을 붕조라 한다. 그 등은 태산처럼 크고, 그 날개는 하늘을 뒤덮은 구름과도 같다.

붕조는 워낙 큰 새라 혼자 날아오를 수 없다. 부요, 양각이라는 회오리바람을 박차고 솟구쳐 저 9만 리 하늘 높이 올라서야 한다. 구름 한 점 찾아볼 수 없을 만큼 저 높이 솟아올라야 한다. 이처럼 저 멀리 푸른 허공을 등에 지고 남녘을 향하여 남해로 날아가는 것이다.

붕조가 이처럼 하늘 높이 솟구쳐 남쪽 바다로 날아가는데, 작은 늪 속에 사는 메추라기가 비웃으며 말하였다.

"저들은 어디로 날아가는 것일까? 우리는 그 자리에서 펄쩍 뛰어올라 몇 길 높이를 벗어나지 않고 다시 땅바닥으로 내려앉아 쑥대밭 사이를 오갈 뿐이다. 이것만으로도 우리가 날 수 있는 능사(能事)를 다한 셈인데, 저 붕조는 도대체 어디로 날아가는 것일까?"

이것이 바로 큰 것과 작은 것의 차이이다.

‖ 선영 주 ‖

湯問・齊諧는 大率相類耳라 若惟恐人이 有不信故로 又徵之라 止是隨手澹宕之文이로되 却波瀾詭譎하야 令人欲迷라

'탕 임금의 물음'과 『제해』는 대체로 같다. 오직 사람들이 믿지 않을까 두려워한 까닭에 이를 증험한 것이다. 이는 손닿은 대로 따라 거침없이 쓴 문장에 지나지 않지만, 도리어 파란(波瀾)과 궤휼(詭譎)이 있어 사람들을 혼미하게 만들고자 하였다.

○ 前引齊諧處엔 擬議雜出터니 此更不多半語하고 輕銷云此小大之辨也라하야 便將前幅하야 隱隱總收하니 有一葦防瀾之妙이오 且筆鋒이 已渡起下文이라

○ 앞에서 인용한 『제해』의 부분에서는 이런저런 생각과 의논을 뒤섞여 썼는데, 여기에서는 다시 반 구절도 더하지 않고 가볍게 끝맺으면서 "이것이 크고 작은 분별이다."라고 말하여 문득 앞 문장을 가지고서 보이지 않게 총결을 지어 거둬들였다. 이는 하나의 갈댓잎으로 거센 물결을 막아내는 절묘함이 있고, 또 필봉(筆鋒)이 벌써 아래 문장으로 건너가 새로운 문장을 일으켜 세우고 있다.

강설

탕임금이 극에게 물은 부분은 『열자(列子)』 권5, 「탕문(湯問)」 제5("**湯問棘曰 上下四方有極乎? 棘曰 無極之外, 復無極也.**" … "荊之南, 有冥靈者, 以五百歲爲春, 五百歲爲秋. 上古有大椿者, 以八千歲爲春, 八千歲爲秋. 朽壤之上有菌芝者, 生於朝死於晦; 春夏之月有蠓蚋者, 因雨而生, 見陽而死. 終髮北之北有溟海者, 天池也. 有魚焉, 其廣數千里, 其長稱焉, 其名爲鯤; 有鳥焉, 其名爲鵬, 翼若垂天之雲.")에 보인다.

척안(斥鴳)의 척(斥)은 작은 연못을 말하며, 안(鴳)은 메추라기이다. 작은 늪지에 사는 작은 새를 말한다.

붕조가 남해로 날아간 데에 대해 여기까지 세 차례나 언급하고 있다. 처음엔 자신의 말로, 둘째는 『제해』를 인용해서, 여기에서는 『열자』「탕문」을 인용하였다. 이처럼 재삼 반복하여 말한 장자의 의도는 무엇일까? 노자는 『도덕경』에서 "진리의 본체인 도가 크고 만물을 덮어주는 하늘이 크고 만물을 실어주는 땅이 크고 그곳에 살고 있는 사람 또한 크다."라고 말하였다. 장자는 일찍이 노자가 말한 이 사상을 따라 인간의 위대함을 언급하고자 이 세상에 둘도 없는 붕조를 들어 지인무기(至

人無己)를 비유한 것이다. 큰 창고에 한 톨 낟알과 같은, 작은 존재의 인간이 아닌, 대우주와 함께하는 인간의 자화상을 그리고자 붕조를 들어 말하였다. 그와 같은 지인무기의 경지는 언제나 천지자연과 하나가 되어 당당하게 천지인(天地人) 삼재(三才)로 그 조화를 함께하는 것이다.

2. 無己無功無名의 第一 實例 (지인, 신인, 성인의 경지)

여기에서는 메추라기로 비유되는 세인(世人)의 지행(知行), 그리고 이어서 성인무명(聖人無名)에는 송영자(宋榮子), 신인무공(神人無功)에는 열자(列子)를 들어 말했으나, 지인무기(至人無己)의 경지에 대한 비유만은 공석으로 남겨두었다.

‖ 경문 ‖

故로 **夫知**(去聲)**效一官**하고(可稱一官之職이라) **行比一鄕**하고(和於一鄕之人이라) **德合一君**(行契一君之用이라)**而徵一國者**도(治信一國之民이라) **其自視也 亦若此矣**니라(如斥鴳之自以爲至라)

직역 ‖

그러므로 知(去聲: 지혜)가 一官을 效하고(가히 一官의 職責에 알맞은 것이다.) 行이 一鄕에 比하고(一鄕의 사람들과 화합함이다.) 德이 一君에 合하여(행실이 一君의 用에 契合함이다.) 一國에 徵信한 者도(一國의 백성이 그 다스림을 믿음이다.) 그 스스로 봄이 또한 이와 같다.(마치 메추라기가 스스로 지극하다고 생각한 것과 같다.)

의역 ‖

이 때문에 그의 재주와 지혜는 하나의 벼슬을 맡기기에 걸맞고 행실과 하는 일은 한 고을 사람들과 잘 어울리고 덕망과 인성은 한 임금의 마음과 의기투합하여 한 나라의 신임을 얻을 수 있는 자, 또한 그들 자신을 스스로 돌이켜보면 메추라기가 제 스스로 지극하다 생각한 것과 다를 바 없다.

‖선영 주‖

以下數節은 **乃入正意**라 **此四項人**은 **其至淺者**니 **便是小不知大樣子**라

이 아래의 몇 절은 바로 주된 뜻[正意]로 들어간 것이다. 이 네 가지 유형의 사람은 그 지극히 얕은 자들이다. 이는 곧 작은 지혜로 큰 지혜를 알지 못한다는 표본이다.

○ **筆意止緣上斥鴳語**하야 **輕飄一絲引來**라

○ 이 글을 쓴 뜻은 위의 문장에서 언급한 메추라기에 관한 말을 이어서 가볍게 실오라기 하나를 나풀거리며 끌어내려는 데 있다.

강설

이는 작은 늪지의 작은 새를 반영한 것으로, 작은 것은 큰 것을 모른다는 뜻이다. 세상을 뒤덮을 수 있는 능력, 예전에 일찍이 없던 깊은 학문, 하늘을 버틸 만한 문장, 이는 모두 이 세상에 대단한 것들이지만 장자의 견지에서 보면 극히 하찮은 일에 지나지 않을 뿐이다. 무엇 때문인가. 이는 세속의 용도, 즉 사람들에게 유용한 용도가 있기[有用之用] 때문이다.

‖ 경문 ‖

而宋榮子 猶然(笑貌)笑之러라(一轉에 撇去上文이라) 且擧世譽之라도 而不加勸하고 擧世非之라도 而不加沮하야 定乎內(心)外(物)之分하고 辨乎榮(守內則榮이라)辱(狥外則辱이라)之境하니 斯已矣라 彼其於世에(世務) 未數數(猶汲汲이라)然也니라

직역 ‖

宋榮子가 猶然(笑貌)히 그를 비웃었다.(한 번 문장을 전변하면서 위의 문장을 털어버린 것이다.)

또 온 세상이 그를 기려도 더 勸勉하지 않고 온 세상이 그를 그르다 하여도 沮喪하지 않고서 內(心)外(物)의 分際를 정하고 榮(內心을 지키면 영화이다.)辱(外物을 따르면 오욕이다.)의 경계를 分辨하니 이에 그칠 뿐이다. 그는 그 世務에 數數(汲汲과 같음)然하지 않았다.

의역 ‖

그러나 송영자는 그들을 보면서 터져 나오는 웃음을 참을 수 없었다.

송영자는 온 누리 사람들이 그를 칭찬할지라도 그 말에 고무되어 더 이상 힘쓰지도 않았다. 그리고 온 누리 사람들이 그를 욕할지라도 그들의 시비에 의기소침하여 더 이상 멈추지도 않았다. 그는 안으로의 마음과 바깥의 사물에 대한 구분을 정하였고 내심(內心)을 지키는 영화와 외물(外物)에 부림 받는 오욕의 한계를 분별하였다.

하지만 그 역시 여기에 그쳤을 뿐, 더 이상의 경지에는 나가지 못하였다. 그는 세상의 명예를 추구하는 일에 급급해하지 않았다.

‖ 선영 주 ‖

此節은 稍進이라(影無名意라)

이 절은 조금 앞으로 나아간 것이다.(聖人無名의 의의를 반영함이다.)

강설

이는 성인무명(聖人無名)의 뜻을 반영한 글이다.

여기에서 말한 내외와 영욕은 고유의 도덕과 권력의 지위에 대한 가치를 말한다. 맹자는 "군자는 세 가지의 즐거움이 있으나 왕천하(王天下)는 여기에 들어 있지 않다."고 하였다. 군자의 즐거움은 천륜(天倫)과 도덕의 참 즐거움을 말한다. 세 가지의 즐거움을 얻으면 왕천하의 일이란 허공에 스쳐 지나가는 뜬 구름과도 같다. 과연 나와 그 무슨 상관이 있겠으며, 그 마음이 동요되겠는가. 그러나 왕천하 또한 즐거운 바 없는 것도 아니다. 하지만 그 즐거움은 높은 지위와 큰 권력에 있지 않다. 은택이 널리 펼쳐지면 온 천하 사람들이 사랑하고 존경할 것이며, 덕업이 드높으면 요순 이후 성군(聖君)의 도통(道統)을 계승한 것이다. 그러므로 옛사람은 지위와 세력을 중히 여기지도 않지만 또한 지위와 세력을 가벼이 여기지도 않는다.[3)]

그러나 벤다이크의 말처럼 "죽음을 두려워한 나머지, 삶을 시작조차 못 하는 사람이 많다."라고 하지만, 과연 권력의 시작은 죽음을 두려워하지 않을 만큼 목숨을 걸어야 할 절대적 가치가 있는 것일까? 정히 그렇다면 이사(李斯)가 측중지탄(厠中之嘆)을 하면서 벼슬길에 나갔다가 죽음을 불사할 양으로 분서갱유(焚書坑儒) 등 갖은 방법으로 권력을 독점하였다. 그러나 끝내는 형장의 이슬로 사라지기 직전에 황구지탄(黃狗之嘆)을 한 것은 무엇 때문일까? "내 일찍이 시골에 묻혀 누렁이(黃狗)와 사냥이나 하고 살았더라면 오늘 이런 참변은 면했을 것인데, 결국 내 욕심이 나를 망쳤구나."라고. 이사는 그 무엇을 위해 생을 바쳤

3) 옛사람은 … 않는다. : 『日講四書解義』 권25. "三者, 乃天倫道德之眞樂, 君子有此三樂, 豈以王天下動其心哉? 夫王天下之所以可樂者, 非以其勢之尊·位之崇也. 恩澤溥遍則來四海九州之愛戴, 德業隆盛則繼聖帝賢王之道統. 故古人不以勢位爲足重, 而亦不以勢位爲可輕."

는가. 온갖 부귀와 권력을 독점이 과연 목숨과도 바꿀 만한 영광의 가치였을까? "가을 달 밝은 밤, 봄바람 부는 날, 탁주 한 사발 들이키며, 반갑게 서로 만나 고금에 숱한 이야기들을 모두 한 바탕 웃음거리에 부쳐두고 싶다.[秋月春風, 一壺濁酒喜相逢, 古今多少事, 都付笑談中]"는 『삼국지연의』 첫부분이 새삼스럽다.

장자는 일찍이 "비천한 일을 할수록 얻어지는 바 많다."4)라고 갈파하였다. 권좌를 지향하여 인간의 양심과 기본적인 도덕성을 버리고서 이처럼 파렴치한 일을 자행한 이면에는 우선 얻어지는 것이 보이기 때문이다. 그러나 그 이후의 세계를 생각지 않으면 안 될 것이다. 장자는 바로 이러한 가치 기준을 내외와 영욕으로 구분 지어 말한 것이다.

‖ 경문 ‖

雖然이나 猶有未樹也라(一轉에 撇去上文이라 ○ 能樹則無所倚矣어늘 今猶有所倚而未能卓然自樹하니 謂猶著內外·榮辱之見也라)

夫列子 御風而行하야 泠然善也라가(在人世炎熱之外矣라) 旬有五日而後에 反하나니 彼於致福者에(修身福世之事라) 未數數然也라

직역 ‖

그러나 오히려 수립하지 못한 것이다.(한 번 전변하면서 위의 문장을 털어버린 것이다. ○ 능히 서면 의지할 바 없는데 지금도 오히려 의지한 바 있어 卓然하게 스스로 樹立하지 못하였다. 오히려 內外, 榮辱의 견해에 집착한 것임을 말한다.)

列子는 바람 타고 행하여 泠然히 잘 지내다가(人世의 炎熱 밖에 있다.) 一旬이요 또 五日이 지난 후에야 돌아오니 그는 복을 招致하는 것(修身, 福世의 일)에 數數然하지 않았다.

4) "비천한 … 많다.":「雜篇 說劍」. "宋人有曹商者, 見莊子曰 一悟萬乘之主而從車百乘者, 商之所長也. 莊子曰 秦王有病召醫, 破癰潰痤者, 得車一乘; 舐痔者得車五乘. 所治愈下, 得車愈多, 子豈治其痔邪? 何得車之多也?"

의역

그러나 송영자의 경지는 아직도 탁월하게 자립하지 못하였다. 그것은 내외, 영욕의 견해에 집착한 나머지 이를 초탈하지 못했기 때문이다. 이는 "성인이란 이름이 없다."는 경지에 해당되는 인물로 송영자를 들어 예시한 것이다.

열자는 맑은 바람을 타고 이리저리 노닐면서 애타는 인간 세상을 벗어나 시원하게 잘 지내다가 보름 만에야 되돌아온다. 그는 몸을 닦아 세상에 복이 되는 공업에 급급해하지 않았다.

此節은 **又進**이라(影無功意라)

이 절은 또 한 걸음 앞으로 나아간 것이다.(神人無功의 의의를 반영함이다.)

강설

이는 신인무공(神人無功)의 뜻을 반영한 글이다.

‖ **경문** ‖

此雖免乎行이나(無行地之迹이라) **猶有所待者也**어니와(又一轉에 撇去上文이라 猶待風也라) **若夫乘天地**(陰陽二氣라)**之正**하고 **而御六氣之辨**하야(六時消息이라) **以遊無窮者**ㄴ댄(寄心無極之先이라) **彼且惡乎待哉**리오(夫焉有所倚리오)

직역

이는 비록 행함을 면했으나(땅에 행한 자취가 없다.) 오히려 待한 바 있는 자이거니와(또 한 번 전변하면서 위의 문장을 털어버렸다. 하지만 아직도 바람을 기다리고 있다.) 만일 천지(음양 二氣)의 正을 타고서 六氣(六時의 消息)의 辨을 부리어 무궁에 노닌 자(마음을 무극의 先에 부쳐둔 것이다.)일진대 그는 또한 무엇을 기다리겠는가.(어찌 기대는 바 있으리오?)

의역

열자는 땅 위에서 걸어 다니는 그의 발자취를 찾아볼 수 없다. 하지만 그는 아직도 바람을 필요로 한다. 그에게 바람이 없었더라면 그처럼 시원하게 허공을 날을 수 있었을까? 이는 "신인이란 공이 없다."는 경지의 인물로 열자를 들어 예시한 것이다.

그러나 그들과는 다른 어떤 사람이 하나 있다. 천지 음양의 바른 도를 따라서 6기(六氣: 六時)[5] 소식(消息)의 변화를 부리면서 무극(無極: 無窮) 이전의 경지에 마음을 두고서 소요(逍遙)하였다. 그런 그에게 열자의 바람도 한낱 구차스런 물건일 뿐, 더 이상 그 무엇이 필요하겠는가.

‖ 선영 주 ‖

此節至矣라 **外不見物**하고 **內不見心**하야 **身與元化**로 **俱**하고 **神與造物**로 **遊**하니 **嗚乎**라 **至矣**로다(影無己意라)

이 절은 지극하여 더할 수 없다. 밖으로는 만물을 보지 않고 안으로는 마음조차 보지 않는다. 그의 몸은 천지의 조화와 함께하고 그의 정신은 조물주와 함께 노닐고 있다. 아! 지극하다.(至人無己의 의의에 대한 반영이다.)

강설

이는 지인무기(至人無己)의 뜻을 반영한 글이다.

앞에서 "성인이란 이름이 없다."라는 경지의 인물로는 송영자를, "신

---

5) 6기(六氣) : 陰, 陽, 風, 雨, 晦, 明을 말함. 선영은 이를 육시(六時)라 하여 한 해를 여섯으로 나눈 기간, 또는 하루를 여섯으로 나눈 곧 신조(晨朝), 일중(日中), 일몰(日沒), 초야(初夜), 중야(中夜), 후야(後夜)를 말한다.

인이란 공이 없다."라는 경지의 인물로는 열자를 들어 말했는데, '지인무기'는 이 단락에 이르러서는 유독 그 이름을 밝히지 않았다. 이 경지는 장자를 놓아두고 또 다른 인물을 들어 말할 수 있을까? '지인무기'란 그 누구에게도 사양할 수 없는 장자의 자부심이다. 그리고 지극한 도의 경지란 그에 걸맞은 인물이 아니면 가벼이 전할 수도 없고 허여(許與)할 수도 없다는 자중(自重)의 마음이다. 이처럼 '지인무기' 1구에서 장자 자신에 대한 대단한 자부심과 도에 대한 자중감을 엿볼 수 있다.

장자의 말을 통해 신인과 지인의 동이점을 살펴보면 다음과 같다.

먼저 신인과 지인의 같은 점은 모두가 인간세상을 벗어나 허공에 소요자재한다는 점이다. 그러나 신인과 지인의 차이점으로, 신인이란 시공의 한계와 타에 의지할 수밖에 없는 부자유이다.

첫째, 신인은 바람이 없으면 하늘을 날지 못한다는 점, 즉 어풍(御風)이란 바람을 필요로하기에 신인은 바람으로부터 자유로울 수 없다. 이 때문에 장자는 "오히려 바람이 필요하여 기다리는 바 있다.[猶有所待者]" 라고 지적하였다. 이처럼 필요하여 의지하게 되면 반드시 그것으로부터 압박을 받게 된다. 사람이란 압박을 받은 바 있으면 자유롭지 못하다. 그것은 자신이 자신을 지배하지 못하고 외부의 힘에 의해 이끌어간 데에서 비롯한다. 외부의 힘에 이끌려간다는 것은 즉 외부의 힘에 의한 제한을 받게 되고 심하면 지배를 당하는 것이다. 이러한 견련(牽連), 즉 이끌려간다는 것이 바로 '대(待)' 자의 뜻이다." 이것이 신인과는 다른 경지의 하나이다. 또 다른 하나는 시간의 한계이다. "15일 만에 되돌아온다. [旬有五日而後反]"는 것이 곧 15일 이후는 장담할 수 없다는 시간의 한계점이자 곧 부자유이다. 신인이 지인에 미치지 못한 경지는 바로 여기에 있으며, 이것이 곧 차이점이다.

그러나 지인 경지에서 말한 장자의 정신세계는 육신의 속박에서 벗어나 위로 상승하여 자신과 만물이 상통하는 근본진리의 경지에 이르는 것이다. '지인무기'의 기(己) 자는 육신의 오온(五蘊), 육근(六根) 감각과 욕구에서의 초탈은 물론 일체의 재능・학문・제작(制作)까지도 이 경지에 이르러서는 모두 얼음 녹듯이, 눈 사라지듯이 전혀 찾아볼 수 없으며, 한 걸음 더 나아가 의식의 세계 역시 찾아볼 수 없는 경지이다. 이는 불교에서 말한 철저한 적멸의 세계이다.

‖ 경문 ‖

故로 曰至人은 無己오 神人은 無功이오 聖人은 無名이라 하니라

직역 ‖

그러므로 "至人은 몸이 없고 神人은 功이 없고 聖人은 이름이 없다."고 말한다.

의역 ‖

이 때문에 "최상의 지인은 소아(小我)의 몸이 없고 그다음의 신인은 세상의 공업(功業)이 없고 성인은 세인(世人)의 명예가 없다."고 말한 것이다.

‖ 선영 주 ‖

此三句는 一篇之主也오 第一句는 又三句中之主也라

이 세 구절은 「소요유」의 주제이고, 첫 구절은 또한 세 구절 가운데 주제이다.

○ 今以天地之大而生我오 以我而遊處於天地之大之間이로되 而且其蕃變而消息者 無一不備於我니 亦惡往而不得乎哉아 乃無端而據爲我하나니 無端據爲我라가 久之而忘所爲據而竟無往之非我라

是故로 進而與天下爭功者도 我也오 卽退而與天下讓功者도 亦我也며 進而與天下爭名者 我也오 卽退而與天下讓名者도 亦我也라 再推

而凡一事之畔援과 一念之欣羨者도 無非我也며 卽矯而人之畔援者를 弗畔援之하며 人之欣羨者를 弗欣羨之者도 亦無非我也라

總之컨대 我見未忘也라 簞瓢陋巷之子 不改其樂을 以爲樂簞瓢陋巷인댄 是樂貧也라 樂貧은 是見有我之處貧也라 非樂也며 以爲非樂簞瓢陋巷而樂道也ㄴ댄 樂道는 是見有我之處道也니 亦非樂也라

然則其樂不容言也니 不容言而已始化矣라 故로 曰顔氏之子는 坐忘也라하니 此可以言逍遙遊也라 方舟於河에 有虛舟來觸而不怒하나니 何則고 以其有舟而無有舟焉者也ㄹ세라 夫我且不怒면 彼於何에 有浸假오 而我爲虛舟焉이면 遡游而下라도 可也오 遡洄而上이라도 可也오 風恬波靜이라도 可也오 驚飈怒濤라도 可也니 焉往而不得其徜徉이리오 而況於方舟之一觸乎아 然則無己之爲逍遙遊 思過半矣리라(細玩此批에 無己之妙解 了然超於下二句니 何止於數等이리오)

○ 오늘날 크나큰 천지가 나를 낳아주었고 나의 몸으로 크나큰 천지 사이에 노닐면서 살고 있으나, 그 수많은 변화로서 소식(消息: 生滅)하는 그 어느 것 하나 나에게 갖추어 있지 않은 게 없다. 또한 어디를 간들 자득하지 않으랴? 그러나 이에 부질없이 자아(自我)를 위하는 데 집착하게 된다. 부질없이 자아를 위하는 데 집착하다가 오랜 시간이 흐른 뒤에는 집착하고 있다는 사실조차 망각함으로써 결국 어느 곳에서나 자아에 집착하지 않은 바 없다.

이 때문에 앞으로 나아가 천하 사람들과 더불어 공을 다툰 자도 자아요, 곧 뒤로 물러나 천하 사람들과 더불어 공을 사양한 자 또한 자아이며, 앞으로 나아가 천하 사람들과 더불어 명예를 다투는 자도 자아요, 곧 뒤로 물러나 천하 사람들과 더불어 명예를 사양한 자 또한 자아이다.

다시 이를 유추해 보면, 하나의 일에 대한 반원(畔援)[6]과 한 생각의

기쁨, 부러움까지도 자아 아닌 것이 없다. 곧 이를 바로잡아서 반원한 사람을 반원하지 못하도록 한 것과 기뻐하고 부러워하는 사람을 기뻐하고 부러워함이 없도록 하는 것 역시 자아 아닌 게 없다.

이를 종합하여 보면 자아의 견해를 잊지 못하기 때문이다. 하나의 도시락과 표주박으로써 깊은 골짜기에 살았던 안자(顔子)가 그 즐거움을 바꾸지 않은 것을 하나의 도시락과 표주박으로써 깊은 골짜기에 사는 것을 즐거워 한 것이라고 생각한다면 이는 가난을 즐긴 것이다. 가난을 즐긴다[樂貧]는 것은 내 자신이 가난에 처하여 있음을 본 것이지, 즐거움이 아니다. 그리고 하나의 도시락과 표주박으로써 깊은 골짜기에 사는 것을 즐긴 것이 아니라 도를 즐긴 것이라고 생각한다면 도를 즐김[樂道]은 내 자신이 도에 처하여 있음을 본 것이지, 이 또한 즐거움이 아니다.

이로 보면 그 즐거움이란 말로 형용할 수 없다. 말로 형용할 수 없을 적에야 비로소 자연스럽게[化] 된 것이다. 이 때문에 "안씨의 아들은 앉아 모든 것을 잊었다.[坐忘]"고 말한 것이다. 이런 경지에 이르러야만 진정 '소요유'라 말할 수 있다.

강하에 방주를 띄웠을 적에 빈 배가 와서 부딪히면 성내지 않는다. 무엇 때문일까? 그것은 분명 배의 존재는 있으나 배를 소유한 자 없었기 때문이다. 또 내가 성내지 않으면 그가 어디에다가 다시 다른 생을 빌리려 하겠는가. 내가 빈 배[虛舟]라면 물길을 따라 흘러내려 가도 괜찮고 물길을 거슬려 올라가도 괜찮고 바람 자고 물결이 고요해도 괜찮고 몰아치는 바람과 성난 파도에도 괜찮다. 어느 곳을 간다 한들 자유자재를 얻지 않을 수 있겠는가. 하물며 방주(方舟)가 한 번 부딪친 것쯤이야…. 이렇게 생각하면 '무기(無己)'가 곧 소요유가 된다는 데 대해 생각이 벌써 절반을 지낸 것이다.(이 비평을 자세히 음미해 보면 無己에 대한 절묘한 해석이 분명하여 아래 문장의 두 구절보다 뛰어나니 어찌 몇 등급에 그치

6) 반원(畔援) : 저쪽을 저버리고 이쪽을 돕는 행위.

겠는가.)

강설

성인무명은 유가를, 신인무공은 도가를, 지인무기는 장자 자신을 말하고 있다. 이로 보면 성인과 신인까지도 소지(小知)의 개념으로, 장자 자신은 대지(大知)로 설정한 것이다. 성인과 신인이 뱁새처럼 작은 존재는 아니라 하지만 그렇다고 대지(大知)라기에는 손색이 있음을 분명히 말하고 있다. 장자의 대단한 자부심과 도에 대한 자중감을 다시 한 번 느낄 수 있는 부분이다.

장자에게 지인무기의 경지는 두 가지로 나타나 있다. "천지의 정기를 타고 육기의 변화를 부리어 무궁한 경지에 노니는 자[夫乘天地之正, 而御六氣之辨, 以遊無窮者.]"라는 것이 그 하나이며, 또 다른 하나는 소요유 끝 부분에서 말한 '무하유지향(無何有之鄕)'이다. 그 아무것도 없는 세계이다. 전자는 지인의 정신적 세계에서의 소요유를, 후자는 지인 일신상의 생활양상에서의 소요유를 말해주고 있다.

그리고 안연의 경우, 유가의 『논어』에서는 극기복례(克己復禮)의 극기(克己)에서 출발하여 인(仁)을 이루고 있다. 그러나 일신의 사욕을 극복한 극기에서 한 단계 위로 올라가면 자연 『장자』에서 말한 '지인무기'의 경지에 이르게 될 것임은 자명한 사실이다. 이 때문에 안연이 「인간세」에서 말한 '좌망(坐忘)' 및 '심재(心齋)'로 지인무기의 경지를 구현하고 있다. 좌망이란 앉은 자리에서 모든 것을 잊는다는 것으로 상아(喪我)와도 같으며, 심재 역시 마음에 그 어떤 것도 없는 경지를 말한다. 이처럼 장자와 안연의 세계를 종합하면 장자가 지향하는 지인무기의 세계가 무엇인지 알 수 있으며, 나아가 내칠편(內七篇)의 전체에 관류하는 사상임을 알 수 있다. 다시 말하면 그것은 「제물론」에서는 '상아' 또는 '물아양망(物我兩忘)', 「대종사」의 진인(眞人), 진지(眞知), 「응제왕」의 혼돈(混沌)은 모두 이를 대변해주는 것이기 때문이다.

앞에서 "성인이란 이름이 없다."라는 경지의 인물로는 송영자를, "신인이란 공이 없다."라는 경지의 인물로는 열자를 들어 말했는데, "지인은 몸이 없다."라는 이 단락에 이르러서는 유독 그 이름을 밝히지 않았다. 그 경지란 장자를 놓아두고 또 다른 인물을 들어 말할 수 있을까? '지인무기(至人無己)'란 그 누구에게도 사양할 수 없는 장자의 자부심과 지극한 도의 경지란 그에 걸맞은 인물이 아니면 가벼이 전할 수도 없고 허여(許與)할 수도 없다는 자중(自重)을 찾아볼 수 있다.

3. 無己無功無名의 第二 實例

다시 요임금이 천하를 사양한 고사를 들어 성인의 무명(無名)을, 이어서 견오(肩吾)와 연숙(連叔)의 문답을 통하여 신인의 무공(無功)의 세계를 전제하였고, 편말에서 혜시(惠施)와 장자의 대화를 통하여 무용지용(無用之用)이 곧 '지인무기'의 소요유임을 밝히고자 '지인무기'의 정신세계를 묘사하였다. 그러나 앞 단락과 같이 '지인무기'의 경지는 그 누구를 들어 말하지 않았다.

‖ **경문** ‖

堯讓天下於許由曰 日月出矣어늘 **而爝火不息**하니 **其於光也**에 **不亦難乎**아 **時雨降矣**어늘 **而猶浸灌**하니 **其於澤也**에 **不亦勞乎**아 **夫子立**이면 **而天下治**어늘 **而我猶尸之**하니(妙) **吾自視缺然**이라(妙) **請致天下**하노이다

직역 ‖

堯가 천하를 許由에게 사양하기를, "일월이 나왔으나 爝火가 그치지 않으니 그 빛에 또 어렵지 않은가. 時雨가 내렸는데도 오히려 浸灌하니 그 윤택에 또한 수고롭지 않겠습니까? 부자가 서면 천하가 다스려질 것인데 내가 오히려 이를 尸[主]하니(絶妙) 나 스스로 봄에 缺然합니다.(絶

妙) 청컨대 천하를 드리겠습니다."

의역

요임금이 허유에게 천하를 사양하면서 말하였다.

"해와 달이 솟았음에도 여태껏 횃불을 끄지 않으니 찬란한 햇빛에 비하기 또한 어렵지 않겠습니까? 단비가 이미 내렸음에도 아직껏 물을 퍼대고 있으니 논밭을 적셔주는 것 또한 괜한 헛고생이 아니겠습니까?

선생께서 황제의 지위에 오르시면 천하가 절로 다스려질 것인데 제가 이 자리를 차지하고 있자니 저 스스로 돌이켜 봄에 겸연쩍습니다. 바라건대 천하를 그대에게 바치겠으니 임금의 자리를 받아주시오."

‖ 선영 주 ‖

辭令이 逸品이라

문장이 일품이다.

강설

공맹은 요순을 존숭함에 반하여 노장의 입장에서 요순을 폄하한다는 것은 유학에 대한 비판이다. 이 때문에 노장은 요순의 시대보다 한 시대 더 위로 소급하여 으레 황제 등 태고시대를 묘사하기에 이른 것이다.

‖ 경문 ‖

許由曰 子治天下에 天下旣已治也어늘(許由說得是라) 而我猶代子면 吾將爲名乎아 名者는 實之賓也니 吾將爲賓乎아(說得是라) 鷦鷯(小鳥一名巧婦)巢於深林에 不過一枝오 偃鼠(偃은 一作鼴이니 鼠名이니 好偃河而飮水라)飮河에 不過滿腹이니 歸休乎君이여 予無所用天下爲로다(無所用이라 妙妙라) 庖人이 雖不治庖나 尸祝이 不越樽俎而代之矣니라(又找一喩

鴳鴳然이라)

직역

許由가 말하기를, "그대가 천하를 다스림에 천하가 이미 다스려졌는데도(許由의 말이 옳다.) 내가 오히려 그대를 대신하면 나를 장차 名目을 위하라는 것인가. 이름이란 實의 賓이니 나를 장차 賓을 위하라는 것인가.(옳은 말이다.) 鷦鷯(작은 새. 一名 巧婦.)가 깊은 숲에 둥지를 틀 적에 한 가지에 지나지 않고 偃鼠(偃은 一本에서는 鼴으로 쓰니 쥐 이름이니 河에 엎드려 물 마시기를 좋아한다.)가 河水를 마실 적에 배를 채운 데 지나지 않으니, 그대는 돌아가 쉴지어다. 나는 천하를 다스리는 데 소용이 없다.(쓸모가 없다. 絶妙絶妙하다.) 庖人이 비록 庖廚를 다스리지 못해도 尸, 祝이 樽俎를 넘어가 그를 대신하지 않는다.(또 하나의 비유를 끌어다가 鴳鴳然하다.)"

의역

허유가 말하였다.

"그대가 천하를 다스려서 천하가 이미 잘 다스려졌는데도 내가 다시 그대를 대신하여 다스린다면 그대는 나에게 명목에 집착하라는 것인가. 명목이란 실상의 허울로서 객체(客體)이다. 나에게 그런 객체의 허울을 추구하라는 것인가.

뱁새가 우거진 나무숲에 둥지를 튼다 한들 그에게 필요한 건 나뭇가지 하나에 지나지 않는다. 언서(偃鼠)라는 생쥐 역시 도도히 흐르는 황하에 엎드려 물을 마신다 할지라도 그에게 필요한 건 자신의 배 하나 채우는 데 지나지 않는다. 나 또한 이 세상에 많은 것을 필요로 하는 사람이 아니다.

그대는 속히 돌아가라. 나에게 있어 천하를 다스리는 것은 아무런 쓸모가 없다. 부엌지기가 아무리 부엌일을 제대로 하지 못할지라도 시동(尸童)과 축관(祝官)이 제자리의 술동이와 제기를 버려두고 부엌지기의 일을 대신할 수는 없는 법이다."

‖ **선영 주** ‖

許由以名爲賓而不居라 以上은 證聖人無名意也라

허유는 그 이름을 허울뿐인 객으로 생각하여 그 자리에 머물지 않았다. 위의 문장은 성인무명(聖人無名)의 뜻을 증명한 것이다.

강설

이는 성인무명의 뜻을 거듭 밝힌 부분이다. 그렇다면 위에서 언급한 송영자 부분과 이를 종합하면 장자가 '성인무명'을 어떻게 인식하고 있는지 알 수 있다. 송영자의 성인무명에 대해서는 사람들의 칭찬과 비난을 벗어나 자신의 주관을 동요하지 않은 데에 있었다. 명(名) 자란 사람들이 말하는 시비로 인식한 것이다. 그러나 여기에서는 제왕의 지위, 즉 천작(天爵)으로 일컬어지는 내면의 덕이 아닌, 사람들에 의해 이뤄지는 벼슬[人爵] 따위를 명(名)으로 인식한 것이다.

이로 보면 성인무명이란 사람들의 시비 소리와 사람들이 만들어낸 벼슬 따위를 초탈한 경지이다. 이는 자아와 피아의 관계 속에서 자아의 주관을 잃지 않음을 성인무명으로 인식한 것이다.

이 절에서 허유는 천하를 건네주려는 요임금의 청에 대해 세 가지 이유를 들어 거절하였다. 첫째는 허유 나는 허울에 해당하는 겉치레의 벼슬을 위해 살지 않을 것이라는 점, 둘째는 나뭇가지 하나만을 필요로 하는 뱁새와 제 배 하나 채우면 되는 생쥐를 자신에 비유하여 나에겐 천자의 지위가 필요치 않다는 점, 셋째는 사람마다 제각기 할 일이 있다는 점이다.

‖ 경문 ‖

肩吾 問於連叔曰 吾聞言於接輿호니 大而無當하고 往而不返(猶顧라)일세 吾驚怖其言이 猶河漢而無極也라(不可得其首尾라) 大有逕庭하야(逕은 門外路也오 庭은 堂前地也니 勢相遠隔이라 今言大有逕庭은 則相遠之甚也라) 不近人情焉이로이다

직역 ‖

肩吾가 連叔에게 묻기를, "나는 接輿에게 말을 들으니, 워낙 커서 해당됨이 없고 떠나가 되돌아오지 않기에(返은 顧와 같다.) 나는 그의 말이 河漢으로서 다함이 없는 것과 같음이 놀랍고 두렵습니다.(그 首尾를 얻을 수 없다.) 크게 逕庭(逕은 문밖의 길이며, 庭은 堂 앞의 땅이다. 형세가 서로 遠隔하다. 여기[至今]에서 '크게 逕庭이 있다.' 말한 것은 서로 멂이 심함이다.)이 있어 인정에 가깝지 않습니다."

의역 ‖

견오가 연숙에게 물었다.

"제가 접여가 하는 말을 들었는데, 워낙 광대하여 그 어디에도 걸맞지 않고 한 번 말을 내놓으면 끝이 없습니다. 저는 그의 말이 은하수처럼 끝을 찾을 수 없는 것에 놀랍고 두려워하였습니다. 현실과 너무 큰 차이가 있어서 세속 사람들의 생각에 가깝지 않습니다."

‖ 선영 주 ‖

言前에 先作虛摹니라

말하기에 앞서 허상으로 이를 묘사하고 있다.

‖ 경문 ‖

連叔曰 其言이 **謂何哉**오 **曰 藐姑射之山**에(北海中에 有此山이라 此蓋以山喩身中也라) **有神人焉**하니(身中之神이라) **肌膚若冰雪**하고(體純抱素라) **淖**(音綽)**約**(淖約은 善容止라)**若處子**하야(專氣守柔라) **不食五穀**하고(絶世味라) **吸風飮露**하야(納天地之淸冷이라) **乘雲氣**하고(凌太虛라) **御飛龍**하야(秉陽德이라) **而遊乎四海之外**하며(與造物遊라) **其神 凝**하야(養神之極이라) **使物不疵癘而年穀熟**이라 하니(天地位요 萬物育이라) **吾是以**로 **狂**(同誑이니 疑其爲誑이라)**而不信也**하노라

직역 ‖

連叔이 말하기를, "그의 말이 무얼 말하던가." 하니, 말하기를, "'아득한 姑射(고야)의 山(北海 가운데 이 산이 있다. 이는 산으로써 肉身을 비유함.)에 神人(몸속의 神)이 있으니, 肌膚는 冰雪과 같고(신체가 순수하여 소박함을 안고 있다.) 淖(音은 綽)約(淖約은 행동거지를 잘함이다.)이 處子(專氣로 부드러움을 지킴)와 같아서 오곡을 먹지 않고(世味를 끊음) 바람을 호흡하고 이슬을 마시면서(천지의 淸冷함을 받아드림) 雲氣를 타고(太虛를 능멸함) 飛龍을 부리어(陽德을 잡음) 사해의 밖에 노닐며(造物主와 더불어 놀다.) 그 정신이 凝集되어(精神 涵養의 極致) 만물로 하여금 疵癘하지 않고 年穀이 익게 한다.(천지가 제자리를 얻고 만물이 길러짐이다.)' 하니, 저는 이로써 狂(誑과 같으니 그 거짓말인가 의심함)이라 여겨져 믿기지 않았습니다."

의역 ‖

연숙이 그에게 말하였다.

"그분의 말씀이 뭐라고 하시던가."

"'저 멀리 아득한 곳에 고야(姑射)라는 산이 있고 그 산에 신인(神人) 한 분이 계신다. 살갗이 얼음과 흰 눈처럼 깨끗하고 아름다운 자태는 아가씨처럼 부드럽다. 우리가 흔히 먹는 오곡을 먹지 않고 시원한 바람

을 들이마시거나 해맑은 이슬을 마시면서 하늘 높이 구름을 타고서 용을 말처럼 부리어 사해(四海) 밖에서 조물주와 함께 노닐고 있다. 그 신인은 전혀 하는 일이 없고 그 정신이 응집되어 있는 것만으로도 만물이 병들지 않게 되고 그 해에 풍년이 든다.'고 말하였습니다. 저는 이처럼 허황한 이야기라 생각한 까닭에 그의 말이 거짓말이라 생각되어 믿을 수 없었습니다."

‖ **선영 주** ‖

寓言至精이라 肩吾는 徒詑其語句耳라

우언이 지극히 정밀하다. 견오는 부질없이 그의 말을 부풀러 말하였다.

○ 接輿見地如此하니 無怪乎其欲箴砭吾夫子라

○ 접여의 견지(見地)가 이와 같으니 그가 공자에게 일침을 가하고자 했던 일을 이상하게 생각할 것이 없다.

강설

『논어』에 보이는 초나라의 광인(狂人) 접여는 공자의 처세에 상반된 인물이다. 장자가 접여를 높인다는 것은 상대로 공자를 폄하하는 말이다. 「대종사」의 끝 부분에서 다시 접여를 들어 논술하고 있다는 것은 그만큼 장자의 심중에 도가에 근접한 접여를 존숭하고 유가를 폄하하고 있음을 말해주는 것이다.

그리고 여기에 묘사된 신인은 남성이지만 여성화된 중성의 인물로 묘사하였다. 그러나 이는 신인의 정신세계를 비유하고 있다. 따라서 고야산은 육신의 비유, 즉 오온(五蘊=色受想行識)의 세계를, 신인은 육체 속의 정신[神心]을 비유하고 있다.

견오가 미치광이라 하여 믿지 않은 것[狂而不信]은 이미 『도덕경』에서 간파한 바 있다. "가장 훌륭한 선비는 도를 들으면 부지런히 행하고, 중간의 선비는 도를 들으면 의심하여 긴가민가하고, 아래 선비는 도를 들으면 크게 웃는다. 웃지 않으면 도라고 말할 수 없기[上士聞道, 勤而行之; 中士聞道, 若存若亡; 下士聞道, 大笑之. 不笑, 不足以爲道.]" 때문이다. 이로 보면 견오가 믿지 못한 것은 당연한 일이다. 견오의 견지에서는 그럴 수 있는 일이 있을 수 있을까? 황당무계한 말이 아닐까? 의심할 수밖에 없다. 그는 상사(上士)의 지위에 이르지 못하였으니까.

‖ **경문** ‖

連叔曰 然하다(宜汝不信이라) **瞽者**는 **無以與乎文章之觀**이오 **聾者**는 **無以與乎鐘鼓之聲**이니 **豈惟形骸有聾盲哉**리오 **夫知**도 **亦有之**라 하더니(韓文公이 化此하야 便有上李浙東一篇文字라) **是**(此)**其言也 猶時**(同是)**女**(汝)**也**로다(豈若汝耶아)

之人也 之德也는(之字는 指神人이라) **將磅礴萬物**하야(一氣鼓動) **以爲一**일세 **世蘄乎亂**이니(蘄는 求也오 亂은 治也라 ○ 所以福世者 乃是如此라) **孰弊弊**(經營貌라)**焉 以天下爲事**리오(何有勞天下之迹이리오) **之人也**는(音節鼓舞頓挫라) **物莫之傷**이라 **大浸 稽天而不溺**하고 **大旱**에 **土石流**하고 **土山焦**라도 **而不熱**하나니(正寫物莫之傷이니 言雖天地之害氣나 亦不能侵之라) **是其塵垢粃糠**으로도(至粗之緖라) **將猶陶鑄堯舜**(唐虞治功이라)**者也**어니 **孰肯以物爲事**리오(乃物自治耳라)

직역 ‖

連叔이 말하기를, "그렇겠다.(네가 믿지 못함이 당연하다.) '瞽者는 文章의 구경을 함께 할 수 없고, 聾者는 鐘鼓의 소리를 함께할 수 없으니 어찌 오직 形骸에만 聾盲이 있겠는가. 心知에도 또한 그것이 있다.(韓文公이 이를 변화하여 곧 上李浙東書의 一篇 文字를 썼다.)' 하더니, 이런 그의 말은 이[時](是와 같음) 너[女](汝)와 같다(어쩌면 그리도 너와 같은가!)

그[之](之는 神人을 가리킴) 사람의 그 德은 장차 만물에 磅礴하여(一氣의 鼓動) 이로써 일체를 삼기에 世人이 다스려주기를 구하나(蘄는 求함이요 亂은 다스림이다. ○ 世上에 福이 되는 者 곧 이와 같다.) 누가 弊弊(經營하는 모양)하게 천하로써 일을 삼겠는가.(어찌 天下 일에 노력하는 자취가 있겠는가.)

그 사람은(音節의 고무가 갑자기 꺾였다.) 物이 그를 傷할 수 없다. 大浸이 하늘에 이르러도 빠지지 않고 大旱에 土石이 흐르고 土山이 불타도 뜨거워하지 않으니,(바로 그 어떤 물건이든 그에게 상해를 끼칠 수 없음을 묘사한 것이다. 아무리 비록 천지의 해로운 기운이라 할지라도 또한 그를 침범하여 해칠 수 없다.) 이는 그의 塵垢와 粃糠으로도(지극히 거친 실마리이다.) 장차 오히려 堯舜(唐虞의 治功)을 陶鑄할 자이니 누가 기꺼이 物로써 일을 삼겠는가.(이에 곧 물건들이 절로 다스려진다.)" 하였다.

의역

연숙이 말하였다.

"그럴만하겠다. 네가 그의 말을 믿지 못한 것은 너무나도 당연하다. '장님은 아름다운 색깔을 함께 볼 수 없고, 귀머거리는 아름다운 음악을 함께 들을 수 없다. 장님과 귀머거리란 어찌 외형의 몸에만 있겠는가. 마음의 지혜에도 또한 장님과 귀머거리가 있다.'는 옛말이 있더니만 그런 말은 어쩌면 그렇게도 꼭 너를 두고 한 말 같은지.

신인의 덕화는 널리 만물에 혜택을 입혀주어 모두 하나로 만들어준다. 이 때문에 사람들은 그분께 이 세상을 다스려주기를 바라지만, 신인이 무엇 때문에 천하를 다스리는 데 허둥대며 고생을 하려고 하겠는가.

그분은 이 세상 그 어떤 것으로도 그를 해칠 수 없다. 홍수가 하늘 끝까지 넘실대도 그는 빠져 죽지 않는다. 큰 가뭄에 무쇠와 바위가 녹아내리고 대지와 산자락이 훨훨 불타도 그는 뜨거움조차 느끼지 않는다.

이는 그분의 티끌과 때, 그리고 쭉정이와 겨만 가지고서도 요순의 치적(治績)쯤이야 거뜬히 이룩해 낼 수 있다. 무엇 때문에 세속의 일을 위해 애써 일하려 하겠는가."

‖ **선영 주** ‖

德修於心而功被於世니 我何與焉이리오

덕을 마음에 닦아 공덕이 세상에 입혀지니 내 어찌 이에 상관함이 있겠는가.

○ 堯舜은 治功之盛者일세 借以抑揚하니 乃行文之勢耳라 或欲爲二帝爭氣면 則莊子當啞然一笑라

○ 요순은 정치 업적이 가장 훌륭한 자이기에 그를 빌려 억누른 것이다. 이는 문장을 써나가는 데 자연스러운 추세이다. 혹시라도 요순 두 임금과 기를 겨루고자 한 것이라고 말한다면 장자는 기가 막혀 한 차례 껄껄 웃을 것이다.

강설

"홍수가 하늘 끝까지 넘실대도 그는 빠져 죽지 않는다. 큰 가뭄에 무쇠와 바위가 녹아내리고 대지와 산자락이 훨훨 불타도 그는 뜨거움조차 느끼지 않는다."는 것은 자연의 엄청난 재해 앞에서도 그는 조금도 해를 입지 않는다는 것이다. 이는 '신인무공'의 경지임에도 「제물론」·「대종사」·「덕충부」에 나타난 '지인'의 경지와 다를 바 없다. 이로 보면 신인과 지인의 경지에 공통점이 있다는 사실을 알 수 있다.

이의 원문을 도표로 정리하면 다음과 같다.

<table>
<tr><th colspan="2">神人과 至人의 共通點</th></tr>
<tr><td>逍遙遊</td><td>(神人=身) 大浸稽天而不溺 大旱土石流土山焦而不熱
(神人=神) 乘雲氣 御飛龍 而遊乎四海之外 其神凝</td></tr>
<tr><td>齊物論</td><td>(至人=身) 至人神矣 大澤焚而不能熱 河漢沍而不能寒 疾雷破山暴風振海 而不能驚
(至人=神) 若然者 乘雲氣 騎日月 而遊乎四海之外</td></tr>
<tr><td>大宗師</td><td>(至人=身) 若然者 登高不慄 入水不濡 入火不熱</td></tr>
<tr><td>德充符</td><td>(至人=身) 死生亦大矣 而不得與之變
雖天地覆墜 亦將不與之遺</td></tr>
</table>

그러나 신인무공과 지인무기는 분명 다른 경지로, 장자는 이를 똑같이 인식하지 않았다. 신인과 지인은 마치 유가에서 말한 현인과 성인의 경지와 같다. 성인과 현인은 그 규모는 같으나, 현인은 인위의 노력으로, 성인은 무위이화(無爲而化)의 자연이라는 차이점이 있다. 장자가 바라보는 신인과 지인의 차이 역시 그 무언가를 필요로 하는 자취[有迹]가 있으면 그것은 신인이고, 필요로 하는 것이 없으면 지인의 경지이다.

신인은 세속에서 음식으로 삼는 곡물 따위는 먹지 않지만 바람과 이슬 등을 먹어야 하고, 구름이나 용 등의 힘을 빌려야 날 수 있고, 그 정신을 응집해야 하는 노력을 필요로 한다. 그러나 지인의 경우는 그 어떤 존재도 있지 않을 뿐 아니라 본래 할 일조차 없는 경지이다. 이것이 신인과 지인의 차이점인바, 이를 도표로 정리하면 다음과 같다.

<table>
<tr><th colspan="2">神人과 至人의 差異點</th></tr>
<tr><td>神人 無功</td><td>至人 無己</td></tr>
<tr><td>有迹</td><td>無迹</td></tr>
<tr><td>吸風飮露,
乘雲氣, 御飛龍, 其神凝</td><td>一物不留, 一物勿隔,
本無可爲, 本無一事</td></tr>
</table>

‖ 경문 ‖

宋人이 資章甫而適諸越이러니 越人이 斷髮文身이라 無所用之러라(妙喩 以文爲戱라) 堯治天下之民하야 平海內之政하고 往見四子(何如人고 當亦身中之事라)藐姑射之山이라가 窅然(窅音杳니 深遠貌라)喪其天下焉이러라(進於不與焉이라)

직역 ‖

宋人이 章甫를 資本으로 하여 越에 갔더니 越人이 斷髮과 文身을 하여 그게 所用이 없었다.(절묘한 비유이다. 문장으로 유희를 삼은 것이다.)

堯가 천하의 백성을 다스려 海內의 정사를 평정하고 네 분의 선생(어떤 인물일까? 의당 이 또한 身中의 일이다.)을 아득한 姑射山으로 찾아갔다가 窅然(窅의 音은 杳. 深遠한 모양)히 그 천하를 잊어버렸다.(관여함이 없는데 나아감이다.)

의역 ‖

송나라 사람이 제사지낼 적에 머리에 쓴 장보(章甫)라는 은대(殷代)의 옛 관을 싸들고 월나라에 장삿길을 나섰다. 그러나 정작 월나라 사람들은 머리를 빡빡 자르고 몸에는 화려한 문신을 하여 그들에겐 장보라는 관이 아무 쓸모가 없었다.

요 임금이 천하의 백성을 잘 다스려 사해의 정사를 안정시키고 저 멀리 고야산으로 네 명의 신인을 찾아보러 갔다가 자신이 천하를 다스리는 천자라는 사실마저 까마득히 잊어버렸다.

‖ 선영 주 ‖

設喩搖曳하야 幷堯舜也하고 進一步하야 文致冷然이라

비유를 베풀어 여운[搖曳]을 남기면서 요순까지 아우르고, 한 걸음 더 나아가 시원한 문장을 다하였다.

○ 姑射神人은 雖唐虞之事業이라도 不足爲多라 以上은 證神人無功意也라

○ 고야산의 신인은 요순이 천하를 주고받은 일, 이 세상에 가장 위대한 성인으로 이 세상에 가장 큰 일을 하였지만 이를 훌륭하게 여기지 않는다. 위의 문장은 "신인은 공이 없다."라는 뜻을 증명하였다.

강설

고야산의 네 사람이 누구일까? 감산(憨山) 스님은 "설결(齧缺)·피의(披衣)·왕예(王倪)의 무리"라 하여 그 실존 인물을 들어 증명하고 있으나, 고야산 자체가 어차피 우언의 산명(山名)일 뿐이다. 고야산이 사람의 육신을 비유한 것이라면 네 사람이란 당연히 우리 몸속에 있는 존재로, 그것은 곧 근본 마음에 존재하는 진상(眞常)·진락(眞樂)·진아(眞我)·진정(眞淨)이라는 네 가지의 덕[四德]을 비유한 것이다. 이는 요임금이 마음의 본원을 반조[心源返照]하여 도의 본체를 훤히 깨달은 경지[道體洞見]이다. 이처럼 도의 본체를 깨달았기에 그처럼 큰 천하마저도 미련 없이 잊을 수 있었음을 말해주는 것이다.

‖ **경문** ‖

惠子(名은 施니 爲梁相이라) 謂莊子曰 魏王이 貽我大瓠之種이어늘 我樹之成하니(結瓠成熟) 而實(瓠中之子라) 五石이오(一瓠容如許子라) 以盛水漿에 其堅不能自擧也일세(一人之力 不能勝이라) 剖之以爲瓢하니 則瓠落(猶廓落이라)無所容이라 非不呺然(呺音鴞니 虛大貌라)大也나 吾爲(去聲)其無用而掊(擊碎)之하노라

직역

惠子(이름은 施이니 양나라 재상)가 장자에게 말하기를, "魏王[7])이 나에게 大瓠의 종자를 주었는데, 내 이를 심어 成熟하니(박이 맺혀 成熟함) 씨앗[實](박 속의 씨앗)이 五石(하나의 박에 이렇게 씨앗이 담긴 것이다.)이었고, 이로써 水漿을 담으니 그 堅重을 스스로 들 수 없어서(한 사람의 힘으로 이길 수 없다.) 이를 쪼개어 바가지로 삼으니, 瓠落(廓落과 같음)하여 용납할 바 없었다. 呺然(呺의 音은 鴞니 虛大한 모양)하게 크지 않은 것은 아니나 나는 그 쓸모없는 것 때문에 그것을 깨버렸다.[掊는 쳐부수다.)"고 하였다.

의역

혜자가 장자에게 말하였다.

"위나라 혜왕(惠王)이 나에게 큰 박의 씨앗을 선물로 주기에 내 이를 심었는데, 정작 박이 익고 보니 그 박이 얼마나 크던지 박 속에 든 씨앗만도 다섯 섬이 되었다.

여기에 물과 장을 담으니 워낙 무거워서 도저히 들 수 없었다. 그래서 이를 쪼개어 바가지를 만들었다. 그러나 이 역시 워낙 커서 놓아둘 만한 장소가 없었다. 휑하니 크지 않은 것은 아니지만, 나는 그 바가지가 쓸모없다고 생각되어 깨버렸다."

‖ **선영 주** ‖

摹寫鈍物이 如畫라

노둔한 혜자를 한 폭의 그림처럼 묘사하였다.

7) 魏王 : 『맹자』 첫 편에서 말한 양 혜왕(梁惠王) 앵(罃)을 말함.

강설

혜자와 장자와의 문답은 소지(小知)는 대지(大知)에 미치지 못한다는 우언이다. 혜자가 큰 박을 가지고서도 이를 사용하지 못한다는 것은 '소지'에 의해 큰 물건을 크게 쓸 줄 아는 지혜[大知大用]가 없다는 점이다. 혜자의 작은 안목의 한계를 들어 진정한 '대용'이 무엇인가를 아래에서 밝혀주고자 이를 전제로 삼은 것이다.

"워낙 커서 놓아둘 만한 장소가 없었다.[瓠落無所容]"라는 것은 흔히 "바가지가 워낙 커서 거기에 알맞게 담아둘 만한 물건이 없다."라는 뜻으로 말하고 있으나, 바로 뒤의 장자의 답변을 살펴보면, 이를 강호에 옮겨놓고서 배로 사용해야 한다는 말과 연결 지어 볼 때, 이를 둘 곳이 없음을 걱정하는, 그 장소로 봐야 한다.

‖ 경문 ‖

莊子曰 夫子는 固拙於用大矣로다(陡醒一句라) 宋人이 有善爲不龜(音均이니 凍折也라)手之藥者 世世洴澼(音平辟이니 漂灌也라)絖으로(同纊이니 絮之細者라) 爲事러니 客이 聞之하고 請買其方百金한대 聚族而謀曰 我世世爲洴澼絖이라도 不過數金이어늘 今一朝而鬻技百金이라하니 請與之하노라

客得之하야 以說(去聲)吳王이러니 越有難에 吳王이 使之將하야 冬與越人水戰할세 大敗越人하야 裂地而封之하니 能不龜手는 一也로되 或以封하고 或不免於洴澼絖은 則所用之異也ㄹ세니라(喩意一折에 愈醒이라) 今子 有五石之瓠호되 何不慮(猶思)以爲大樽하야 而浮于江湖하고(樽者는 酒器니 可爲腰舟以渡라) 而憂其瓠落無所容가 則夫子猶有蓬之心也夫ㄴ저(心有所蔽 如蓬蒿然이라)

직역

莊子가 말하기를, "夫子는 참으로 큰 것을 쓰는 데 못났다!(갑자기 一句로 覺醒시킨 것이다.) 宋人이 손이 트지 않는[不龜(독음은 均. 凍傷으로 벌어지는 것)手] 약을 잘 만드는 者가 世世로 솜[絖](纊과 같음. 가는 솜)을 빨래[洴澼](音은 平辟.)하는 것으로 일을 삼았는데, 客이 이 소식을 듣고서 그 비방을 百金으로 사기를 請하자, 一族이 모여서 모의하기를, '우리가 世世로 솜을 빨아도 數金에 지나지 않았는데, 지금 一朝에 技倆을 百金에 팔게 되었으니, 그에게 주기를 청하노라.' 하니, 客이 이를 얻어 이로써 吳王에게 유세하였다.

越이 難을 일으키자, 吳王이 그를 장수로 삼아 겨울에 越人과 더불어 水戰을 할 적에 越人을 大敗시켜서 땅을 잘라 그를 封하여주니, 손을 트지 않게 하는 것은 一般이지만 或者는 이로써 封해 받고 或者는 솜 빨래를 免하지 못한 것은 사용한 바의 차이 때문이다.(譬喩의 뜻이 한 번 꺾어 돌면서 더욱 일깨워 주고 있다.)

지금 그대가 五石의 박을 소유하고서 어찌하여 大樽(술그릇. 허리춤에 배처럼 차고 건너는 것.)을 만들어 강호에 띄울 것은 생각지[慮](思와 같음) 않고 그 瓠落하여 용납할 바 없음을 걱정하는가. 부자는 오히려 마음에 蓬蒿가 있다.(마음에 가린 바, 蓬蒿와 같다.)"

의역

장자가 그에게 말하였다.

"선생은 정말 큰 물건을 쓸 줄 아는 솜씨가 없다!

송나라에 손이 트지 않는 약을 잘 만드는 사람이 있었다. 그는 대대로 솜 빨래하는 것으로 가업을 삼아왔는데, 한 길손이 이 말을 전해 듣고서 그 비방을 백금을 주고 사겠다고 청하였다.

그 일족이 모여 상의하기를, '우리 집안은 대대로 솜을 빨아왔지만 고작 몇 푼 얻은 데 지나지 않았으나, 하루아침에 우리의 비법을 백금(百金)에 사겠다고 하니 그에게 우리의 비법을 전해주고자 한다.'라고 하였다.

길손이 그 비방을 얻어서 오나라 왕에게 유세를 하였는데, 때마침 월나라에서 오나라에 쳐들어왔다. 오나라 왕은 그를 장수로 삼았다. 한겨울에 월나라 사람들과 수전(水戰)을 벌려 월나라 사람들을 크게 격퇴시키자, 오나라 왕은 전공(戰功)에 대한 감사로 그에게 땅을 떼어 봉해주었다.

손을 트지 않게 하는 비방은 한 가지이지만, 한 사람은 그 비방으로써 봉읍(封邑)을 얻고 한 사람은 줄곧 솜 빨래를 면하지 못한 것은 그 비방을 사용하는 방법이 달랐기 때문이다.

지금 그대에게 박의 씨앗이 다섯 섬이나 들어 있던 큰 박을 가지고서 어찌하여 큰 술통을 만들어 허리춤에 차고서 강물을 건너는 배처럼 강호에 띄워 사용할 것을 생각지 못하고, 바가지가 워낙 커서 놓아둘 장소가 없다고 부질없는 걱정만 하는가. 선생의 마음은 쑥대밭처럼 온통 잡초로 뒤덮여 있다!"

‖ **선영 주** ‖

不適於用者는 所以全其大用也라 瓠而無瓠之用이면 乃有超於瓠之用焉이니 知超於瓠之用者는 豈第江湖之適己哉아 何期反來惠子之揶揄리오

쓰기에 알맞지 않은 것은 그 대용(大用)을 온전히 한 것이다. 박으로서 보통 박의 용도가 없다면 그것은 보통 박의 용도를 초월한 것이다. 보통 박의 용도를 초월하여 크게 쓸 줄 아는 자는 어찌 단순히 강호의 배로 적합하게 쓰는 데 그치겠는가. 그럼에도 어쩌다가 도리어 혜자의 야유를 받을 줄이야 생각이나 했겠는가.

강설

빨래꾼과 오나라 장수가 똑같은 비방을 가졌다는 것은 기회의 균등과 능력의 동일성을 말해주는 것이다. 그러나 똑같은 것일지라도 사용하는 방법에 따라 두 사람의 방향은 하늘과 땅 차이이다. 그렇듯이 범인과 성인은 그 본성이야 한 가지이다. 그러나 마음이 혼미하여 끝없는 번뇌를 일으키면 중생이요, 마음을 깨달아 끝없는 오묘한 작용을 일으키면 성인이다. 성인과 범인의 차이는 그 마음을 잘 쓰느냐 못 쓰느냐에 달려 있다.[凡聖, 其性則一也 而一心昏迷, 起無邊煩惱者, 衆生也; 一心覺悟, 起無邊妙用者, 聖人也. 聖凡之差, 所用工拙故也.]

‖ 경문 ‖

惠子曰 吾有大樹하니 **人謂之樗**라(音樞이니 似椿而理疎葉臭하야 不中用이라) **其大本**은 **擁腫而不中繩墨**하고 **其小枝**는 **卷曲而不中規矩**하야 **立**(植也)**之塗**에 **匠者不顧**하니 **今子之言**은 **大而無用**이라 **衆所同去也**로다(無肯相從者라)

직역

惠子가 말하기를, "나에게 큰 나무가 있는데, 사람들은 이를 樗(音은 樞이니 大椿나무처럼 생겼으나 결이 거칠고 잎에 악취가 나므로 사용하기에 알맞지 않다.)라 한다. 그 大本은 擁腫으로서 繩墨에 맞지 않고 그 小枝는 卷曲하여서 規矩에 맞지 않아서 길에 세워두어도[立](심다.) 匠者가 돌아보지 않았다. 지금 그대의 말은 크지만 쓸모가 없다. 衆人이 다 같이 떠나가는 것이다.(기꺼이 상종한 자 없다.)" 하였다.

의역

혜자가 다시 말하였다.

"나에게 큰 나무 한 그루가 있다. 사람들은 그 나무를 가죽나무라고 부른다. 가죽나무의 큰 줄기는 종기가 나듯 울퉁불퉁하여 먹줄을 칠 수 없고, 작은 가지는 비틀리고 굽어서 잣대를 댈 수 없어서 길 곁에다 심어놓아도 어느 목수 하나 거들떠보지도 않는다.

지금 그대의 말은 가죽나무처럼 크기는 크지만 아무런 쓸모가 없다. 그래서 많은 사람들이 상종하려 들지 않고 모두 그대 곁을 떠나간 것이다."

‖ 선영 주 ‖

大瓠有超於瓠之用이면 則大樹有超於樹之用은 亦理之至易明者어늘 而惠子 方且以之鈍置莊子하니 嗚呼라 以惠子作聰明之人而聆外世之曠論이 猶之以水沃石也니 何怪莊子發端에 卽有小不知大之嘆이리오

큰 박에 보통 박의 용도를 초월한 바 있다면 큰 나무에도 보통 나무의 용도를 초월한 바 있으리라는 것 또한 지극히 명백한 이치이다. 그럼에도 혜자는 이걸 가지고 장자를 멍청하다고 몰아붙였다.

아! 혜자처럼 총명한 사람으로서도 세속을 벗어난, 막힘없는 장자의 말을 듣고서도 이해하지 못함이 마치 바위에 물을 붓는 격이다. 이로 보면, 『장자』 소요유의 첫 부분에서 곧바로 "작은 것은 큰 것을 알지 못한다."고 말했던 탄식을 어찌 괴이쩍게 생각할 것이 있겠는가.

‖ 경문 ‖

莊子曰 子獨不見狸狌(音生이니 猫類라)乎아 卑身而伏하야 以候敖者할세(伺物之遊而攫之라) 東西跳梁하야(跳則跨空하야 似梁之穹然일세 故曰跳梁이라) 不避高下라가 中於機辟하고 死於網罟어니와 今夫斄牛는(旄牛) 其大 若垂天之雲하니 此能爲大矣로되 而不能執鼠니라

今子有大樹하야 患其無用인댄 何不樹之於無何有之鄉, 廣莫(曠遠貌

라)之野하야 彷徨乎無爲其側하며 逍遙乎寢臥其下오 不夭斤斧하야(不折於斤斧라) 物無害者라 無所可用이어니 安所困苦哉리오(離却困苦에 心與天休矣라)

직역

莊子가 말하기를, "그대는 홀로 狸·狌(音은 生이니 고양이류)을 보지 못했는가. 몸을 낮추고 엎드려 敖者를 기다리다가(작은 동물이 노는 것을 살피다가 그를 덮친다.) 동서로 跳梁(도약하면서 허공을 건너뛰는 것이 마치 높다란 상량처럼 보이기에 이를 跳梁이라 한다.)하여 고하를 피하지 않다가 機辟에 걸리고 網罟에 죽거니와 지금 斄牛(旄牛)는 그 크기가 하늘에 드리운 구름과 같으니, 이는 크기야 하지만 생쥐도 잡지 못한다.

지금 그대가 큰 나무를 소유하고서 그 쓸모없다 근심한다면 어찌하여 無何有의 고을, 廣莫(曠遠한 모양)의 들녘에 이를 심어놓고 彷徨하면서 그 곁에서 無爲하며 逍遙하면서 그 아래에서 寢臥하지 않는가. 斤斧에 夭折(斤斧에 꺾이지 않음이다.)하지 않고 物이 해칠 者 없을 것이다. 쓸만한 것이 없으니 어찌 困苦할 바 있겠는가.(困苦를 여읨에 마음이 하늘로 더불어 빛나게 된다.)" 하였다.

의역

장자가 말하였다.

"그대는 너구리와 살쾡이를 보지 못했는가. 그들이 몸을 바싹 낮추고서 엎드린 채 작은 동물이 놀러 나오기를 기다리다가, 작은 동물을 덮칠 적에 이쪽저쪽으로 팔짝팔짝 뛰면서 허공을 가로질러 대들보만큼 높이 날면서 높고 낮은 곳을 가리지 않지만, 결국은 덫에 걸리거나 그물에 걸려 죽음을 면치 못한다. 그러나 저 검은 소는 큰 몸집이 마치 하늘에 드리운 구름만큼이나 우람하다. 그처럼 큰 덩치를 가지고 있지만 생쥐 한 마리 잡지 못한다.

지금 그대가 큰 나무를 가지고서 그 나무가 쓸모가 없다고 걱정한다면, 무엇 때문에 그 어떤 것도 존재하지 않는 땅, 드넓은 들녘에 심어 놓고서 그 나무 곁에서 하릴없이 서성이고 그 나무 아래에서 한가롭게 누워 잠자지 않는가.

그 나무는 세속 사람들이 필요로 하는 재목감이 못 되기에 자귀와 도끼에 잘려나가지 않고, 그 어떤 것도 그 나무를 해치려 들지 않는다. 이처럼 아무런 쓸모가 없으니 어찌 괴롭힘을 당하겠는가. 그는 괴로움을 멀리 여의어 그의 마음이 하늘과 더불어 빛날 것이다."

‖ **선영 주** ‖

純是一派寓言이라 巧便逐物者는 自納於陷罟之區일세 敦龐全身者는 必謝夫多能之智니라 於二者之間에 而擇術焉이면 甯爲狸狌乎아 抑甯爲犛牛乎아 然則大樹는 不當爲衆所同去也 明矣라 無何有之鄕은 何鄕也오 一物不留之處에 與之爲不留 卽無何有之鄕也오 廣莫之野는 何野也오 一物勿隔之宇에 與之爲不隔 卽廣莫之野也라 彷徨乎無爲는 本無可爲也오 逍遙乎寢臥는 本無一事也라 如是則旣無與物相攖者어늘 而物之攖我라도 又安所得加之之的哉아 此世所目爲無用而獨適於淸虛者也라

이는 순전히 우언의 일종이다. 얄팍한 기교로 사물을 따르는 자는 제 자신을 함정과 그물 속으로 몰아넣는다. 따라서 수더분한 마음으로 자기의 몸을 온전히 하려는 자는 반드시 재능이 뛰어난 지혜를 버려야만 한다. 이 두 가지의 사이에서 하나의 처세술을 선택한다면 차라리 너구리와 살쾡이가 되겠는가. 아니면 차라리 검은 소가 되겠는가. 그렇다면 큰 나무에 "많은 사람이 모두 떠나가지" 않을 것임이 명백하다.

"그 어떤 것도 없는 땅"은 어떤 곳일까? 한 물건도 남아 있지 않은 곳이다. 그와 더불어 하나도 남김 없는 것이 곧 "그 어떤 것도 없는

땅"이다. "드넓은 들녘"이란 어떤 곳일까? 어떠한 사물에도 막힘이 없는 곳이다. 그와 더불어 막힘이 없는 것이 곧 "드넓은 들녘"이다. "하릴없이 서성거림"은 본래 작위(作爲)가 없는 것이요, "누워 잠자면서 자유자재"한 것은 본래 하나의 일도 없는 것이다.

이와 같은 경지에 이르면 이미 상대[物]로 더불어 서로 해침이 없는데, 그가 나를 해치려 해도 또한 어떻게 나에게서 해를 가할 수 있는 표적을 얻을 수 있겠는가. 이는 세상 사람의 입장에서 보면 쓸모없는 일이라고 말하겠지만 그는 홀로 청허(淸虛)한 데에서 유유자적한 것이다.

○ 以上은 證至人無己意也라 無名句는 引許由하고 無功句는 引姑射神人하고 此句는 獨引自己言語니 莊子 豈輕以無己許他人哉아 抑又不第於此處에 見之也라 前番에 一引宋榮子하고 一引列子하되 至乘天地・御六氣하야 獨不一點其人焉이라 則莊子之自負를 斷可知矣로다 雖然小知不及大知를 開口에 已言之하니 則無己二字之爲秘密法藏과 聖神化境을 莊子或亦自負知之로되 而不敢遂謂至之라 是以津津於至人也夫ㄴ저

○ 위의 문장에서는 "지인은 몸이 없다."는 뜻을 증명한 것이다.

무명(無名) 구절에 대해서는 허유를, 무공(無功) 구절에 대해서는 고야산 신인을 들어 밝혔지만, 이 구절에서는 유독 자기의 말만을 인용했을 뿐, 그 누구를 들추어 말하지 않았다. 장자가 어떻게 무기(無己)의 경지를 남들에게 가벼이 허락할 수 있었겠는가.

아니, 또한 여기에서만 그처럼 보여준 것이 아니다. 앞에서 한 번은 송영자를, 한 번은 열자를 들어 인용했지만 "천지의 정기를 타고 6기(六氣)의 변화를 부리는" 대목에 이르러서만은 유독 그 어떤 사람도 점찍어 말하지 않았다. 이는 곧 장자의 자부임을 단연코 알 수 있다.

그러나 "작은 지혜는 큰 지혜에 미치지 못한다."라는 것을 입을 열

어 이미 말한 바 있다. 이는 곧 무기(無己) 두 글자란 비밀법장(秘密法藏)과 성신(聖神)의 무위자연 경지가 된다는 사실에 대해서, 장자는 간혹 이를 알고 있다고 자부하면서도 감히 "이런 경지에 이르렀다."라고는 말하지 않았다. 이 때문에 지인(至人)에 대해 진진(津津)하게 말한 것이다.

○ 證無名·無功兩句에 援引兩人하야 文意亦甚顯이로되 至此句하야 獨隱躍其辭로되 只於大瓠·大樹에 作兩段閒言閒語하야 令人深思而自得之하니 此莊子旣以自負오 又善於立言也라

○ 성인의 무명(無名), 신인의 무공(無功) 두 구절을 증명함에는 두 사람을 인용하여 문장의 뜻 또한 매우 뚜렷하지만, 이 구절에 이르러서는 유독 그 문장을 은은하게 치달리다가 다만 큰 박, 큰 나무에 대한 두 단락에 이르러 한가로운 언어를 구사하여 읽는 이로 하여금 깊이 사색하여 스스로 터득게 해주었다. 이는 장자가 이미 자부하였고 또 문장을 잘 쓴 것이다.

○ 大瓠一段은 劈口에 就點用大하고 大樹一段은 煞尾에 說到無苦라 試想古今에 雖蓋世才能과 冠古學問과 撑天制作이라도 都只算做用小니라 何也오 以其爲有用之用也일세니라 有用之用은 便是形下之器耳니 性分中之緖餘耳라 但在這上面著脚이면 未有不勞心焦思하야 擾攘一世者라 莊子視之에 不堪困苦로다 若至人然乎哉아 至人은 無己라 一切 才能·學問·制作이 到此하야 都冰融雪釋이로되 人視其塊然無用하나니 與大瓠大樹로 相去幾何오 却不知其參乾坤·籥萬物하야 方寸之際 浩浩落落하야 莫可涯涘라 如是라야 而乃爲逍遙遊也리라

○ 큰 박에 대한 단락에서는 첫머리에서 '크게 사용하는 것[用大]'을 들어 말하였고, 큰 나무에 대한 단락에서는 맨 끝 부분에서 괴롭힘을 당함이 없다는 것을 말하였다.

시험 삼아 고금의 사람들을 생각해 보자. 비록 세상을 뒤덮을 법한 재능, 천고에 으뜸가는 학문, 하늘을 떠 받치는 문장으로서도 모두가 '작게 사용하는 것[用小]'을 계산해서 했을 뿐이다. 무엇 때문일까? 그것은 쓰임이 있는 보통의 쓰임만을 위했기 때문이다. 쓰임이 있는 쓰임이란 곧 형이하(形而下)의 도구[器]일 뿐이다. 체성(體性)의 본분에 있어서는 한낱 부질없는 실마리이다. 다만 이런데다가 발을 붙이면 노심초사하면서 한 세상을 정신없이 살지 않을 자 없을 것이다. 장자가 그들을 볼 적에 괴로운 마음을 이기지 못할 것이다.

지인(至人)과 같은 이라면 그렇게 하겠는가. 지인은 몸이 없기에 모든 재능, 학문, 문장이 여기에 이르러서는 모두 다 얼음처럼 풀리고 눈처럼 녹아내렸다. 하지만 세속 사람들은 그것을 흙덩이처럼 쓸모없는 것으로 보게 된다. 이는 쓸모없는 것으로 생각하는 큰 바가지, 큰 나무와 무슨 차이가 있겠는가. 지인은 천지와 함께하고 만물을 열어주어 마음의 도량이 끝없이 드넓고 아득하여 끝난 곳을 찾아볼 수 없다. 이와 같아야만 곧 소요유임을 몰랐기 때문이다.

○ 如是而乃爲逍遙遊인댄 則至人以下에 未許一人得與其事乎ㄴ저 不知케라 學道之人은 便要學至人之事라 莊子點化惠子收尾處 數句는 純是說心學上事라가 却特意點破逍遙二字하니 其教後來學人이 深矣로다

○ 이와 같아야만 곧 소요유라 할 수 있다면 지인 이하는 어느 한 사람도 그런 경지에 이르렀다고 인정할 수 없을 것이다. 알 수 없다. 도를 배우는 사람은 곧 지인의 경지를 배우려고 생각해야 할 것이다.

장자가 하나하나 혜자를 교화시켰던 부분의 결미 몇 구절은 순전히 심학(心學)에 관한 일들을 말하다가 갑자기 특별한 뜻으로 '소요(逍遙)' 두 글자를 들어 말하니 후세의 학인(學人)을 가르쳐주려는 그 뜻이 깊다.

○ 分三大段看이니 起處로 至小大之辨也는 是前一大段이오 知效一官으로 至聖人無名은 是中一大段이오 堯讓天下로 至末은 是後一大段이라 前極參差變化하다가 後獨三截分應하야 澹宕住筆而餘音嫋然하니 眞浸淫不制之文이라

○ 세 대단락(大段落)으로 나누어 볼 수 있다. 첫 부분에서 "작고 큰 것의 분별[小大之辨也]" 구절까지는 앞의 첫 대단락이며, "지혜는 하나의 관직을 맡을 만하다.[知效一官]" 구절로부터 "성인은 이름이 없다.[聖人無名]" 구절까지는 중간의 대단락이며, "요임금이 천하를 사양하다.[堯讓天下]" 구절로부터 끝 부분에 이르기까지는 끝의 대단락이다.

앞에서는 이런저런 변화를 들어 말하다가 뒷부분에 이르러서 유독 세 대목으로 나누어 담담하고 거침없이 문장을 멈췄지만 그 여운만은 여전히 가냘프게 울려 나오고 있다. 참으로 폭 젖어들고 넘쳐나 아무나 지을 수 없는 문장이다.

강설

너구리와 살쾡이의 약삭빠른 재주는 쓸모가 있는 능력[有用之用]들이다. 세상을 뒤덮는 조조와 제갈량의 재능[蓋世才能], 예전에 일찍이 없었던 이사(李斯)와 진회(秦檜)의 뛰어난 학문[冠古學問], 하늘을 버틸 수 있는 한퇴지와 소동파의 문장[撑天制作] 등은 모두 한 세상을 좌지우지했던 그들이지만 모두가 작게 쓴 것들이다. 그것은 세속적인 용도로서 일신에 고뇌와 화환(禍患)를 면하기 어려웠기 때문이다.

혜자가 말한 '쓸모없다[無用]'는 것은 세속의 가치 기준에서 이른 말이

다. 그러나 장자가 말한 무용지용(無用之用)은 세속의 안목으로 '쓸모없다'는 것이 참다운 도인의 용처(用處)임을 뜻한다. 이로 보면 앞에 쓰인 '무용(無用)'의 용(用)은 세속의 용을, '지용(之用)'의 용(用)은 도인의 용을 말한다. 이와 같이 세속적인 용도가 없어야 참으로 도인의 용임을 말해주는 것이다. 이러한 용례는 수없이 많으나 모두가 이러한 문장구조를 이루고 있다.

초탈	세속의 가치		도인의 가치
無	用	之	用
不	材	之	材
無	爲	之	爲
不	明	之	明
無	地	而	行
無	翼	而	飛
無	知	之	知
不	祥	之	祥
不	具	之	具

장자를 만나다

제물론 齊物論

개요

「제물론」은 두 가지 뜻으로 해석된다. 하나는 제(齊) 자를 동사를 사용하여 백가쟁명(百家爭鳴)의 물론(物論)을 제일(齊一), 즉 하나로 정리한다는 뜻이다. 이는 선영(宣穎)의 논지이다. 가볍게 말하면 인간사회에서 일어나는 숱한 옳고 그른 것, 훼담과 칭찬 등이 모두 똑같은 것으로 우열이 없음을 말한다. 세상을 살다 보면 갖가지 시비와 훼예(毁譽)로 칭찬과 비판을 면할 수 없다. 그러나 누가 남들을 칭찬하고 비판할 수 있는 자격이 있는 걸까? 칭찬과 비판을 받은 사람은 이에 어떻게 대처해야 할까?

보편적인 사람들은 으레 남들의 말에 신경을 쓰고 고뇌하면서 온갖 생각을 동원하여 그 원인에 대해 상상하지만, 지혜로운 사람은 그 사람에게 분명하게 말한다. 그러나 말이란 여기에서 끝나는 게 아니다. 말은 다시 말을 만들어낸다. 그리고 가장 지혜로운 사람은 아예 듣지 않는다. 사람들이란 변한다. 한 사람에 대해서도 좋게 말하였다가 다시 좋지 않게 말하기도 한다. 그 누가 수많은 사람들의 입을 막을 수 있을까? 나의 마음을 남에게 신경 쓰게 되면 쉽사리 피곤해지기 마련이다. 이처럼 남들에게 신경을 쓸수록 스스로 자신의 손발을 묶을 뿐이다. 「제물론」은 이처럼 이해하기 어렵지만 매우 중요한 문제이다.

또 다른 하나의 해석은 제(齊)는 평등이라는 의미로, 제물(齊物)이란 인간과 모든 존재의 가치가 똑같다는 만물평등설이다. 이는 현대인으로서도 쉽게 생각지 못할 부분으로, 인간중심의 세계에서 벗어나 '만물의 평등'을 주장했다는 사실이다. 만물의 존재에 귀천이 없다는 것이 바로 그것이다.

위와 같이 물론을 하나로 정리한다거나 모든 존재가 평등함은 그 무엇으로부터 비롯되는 것일까? 이는 「제물론」의 첫 부분과 끝 부분을 보면 알 수 있다. 「제물론」은 남곽 자기의 상아(喪我)로 비롯하여 호접몽의 물화(物化)로 끝맺고 있다.

'상아'는 「소요유」에서 말한 무기(無己)의 세계이다. 아(我)는 기(己)이며, 상(喪)은 무(無) 자와 같은 의미이다. 지인무기의 경지는 기욕성색(嗜慾聲色)의 육근 욕구를 버리는 것이야 말할 게 없고, 세상에서 유용하게 높이는 지혜, 품행, 덕망 그리고 공명심, 더 나아가 의식까지도 모두 사라진 적멸(寂滅)의 세계를 꿈꾸었다. '상아' 또한 이와 같다. '상아'는 곧 고목사회(枯木死灰)와도 같은 몸과 마음을 말한다. 몸에는 육감(六感)이 사라지고 마음에는 정식(情識)이 사라진 경지이다. 이처럼 '상아'는 철저한 무(無)의 경지를 말해주는 것이다.

'물화'는 물아양망(物我兩忘)의 경지이다. 주관과 객관의 세계가 모두 사라진 경지이다. 이처럼 '상아'와 '물화'의 관계는 주관적인 나를 버리면 객관세계의 존재 또한 사라짐을 말한다. 자아의 주관으로 자기중심세계를 세웠기에 이에 따른 대립과 충돌이 야기되는 것이다. 따라서 자기중심세계를 버리면 객관의 존재 또한 동화됨을 말한다.

「제물론」은 모두 7절로 구성되어 있으며 그 주된 뜻은 다음과 같다.

	自 ~ 至	要 旨
第1節	南郭子綦 - 怒者其誰耶	喪我(喪耦) = 枯木死灰 三籟音響
第2節	大知閑閑 - 亦有不芒者乎	百家爭鳴
第3節	夫隨其成心 - 莫若以明	莫若以明: 自知曰明. 知常曰明. 즉 깨달음 明(覺悟)의 대상은 照之於天.
第4節	以指喩指 - 此之謂以明	道通爲一
第5節	今且有言於此 - 此之謂葆光	天地與我並生 萬物與我爲一
第6節	故昔者堯問 - 寓諸無竟	寓言三故事 1. 堯舜問答: 자기중심의 배타성과 開心의 포용성. 2. 齧缺王倪問答: 가치 기준의 不特定. 3. 瞿鵲子長梧問答: 득도자의 死生一如觀.
第7節	罔兩 - 胡蝶夢	罔兩問景: 無待之旨. 胡 蝶 夢: 物化之旨.(物我兩忘)

‖ 선영 주 ‖

嗚呼라 大道旣喪而百氏之爭鳴也에 其弊 可勝道哉아 昌黎韓子曰 凡物이 不得其平則鳴이라하니 夫遊處食息於天地之間에 有何不平耶아 凡有不平은 皆非道之所與也라 若夫四氣推移而蟲鳥風雷各應其候는 此亦天地自然之運이오 非有所作而致之어늘 而乃與墨客之喋喋者로 同類而稱하니 此昌黎氏之過也라 且人苟非客氣所動而喜則諷兪하고 怒則叱咤하고 哀則涕泣하고 樂則謳歌하야 當其中節은 莫非至和者 爲之也어늘 而謂之不平乎哉아

聖人이 著六經以明道하니 其間에 豈無激昂奮厲長吟短歎之辭리오 要以發於至當而敎人以中節之和면 豈可謂六經爲不平之書而開簧鼓之竇歟아 六經之作은 非得已也라 其意는 欲吾道之在萬世에 旦而復旦

하야 以點畫으로 寄其鈴鐸하야 苟可爲而止者오 不欲過費其一吷也라

何則고 性道는 不可得聞이오 多言은 易以成歧라 卽義易之書는 文王이 成之爲文王이오 周公이 成之爲周公이오 孔子 成之爲孔子로되 惟其皆不詭道라 故로 集爲一經이나 要以襲古易厭이오 創今多端이라 聖哲도 且然이온 而況於截譎之末技者乎아 孔子嘗曰 予欲無言이라하고 又曰 不知而作者는 我無是也라하니 蓋聖人之謹於言也如是어늘 後世著作 浩如煙海하고 學士家汗牛充棟하며 眼穿舌敝로되 而去道益遠이라

原其禍컨대 蓋始於戰國焉이라 彼其時에 處士橫議하야 慕富貴者 挾陰陽捭闔之說하야 傾危人主하고 躐取卿相하니 識者鄙之로되 而好高務奇之士 遂退而著書하야 人各一編하야 以誇勝儔類하고 流譽來祀하야 秦漢迄今에 濫觴已極하야 子史文集之函은 石渠金馬에 每不勝收라

然이나 攬其言旨趣면 率多無病而呻吟하고 不歡而舞蹈者焉이라 間雖中有所感이나 而喜怒未半에 繪藻必工하고 哀樂旣至에 淫溢不已하며 執一區之私見하야 熒大道之弘通하니 斯則昌黎所謂不平之鳴者乎아 不知而作은 每追咎於橫議所由來일세 然後에 知欲無言者는 不可謂非夫子幾先之藥石이오 而齊物論者는 殆亦莊生沸羹之冰雪與ㄴ저

슬프다. 대도(大道)가 상실됨으로써 제자백가들이 각기 자기의 주장을 펼치고 논쟁하니 그 폐단을 이루 말할 수 있겠는가. 창려(昌黎) 한유(韓愈)가 말하기를, “모든 물건은 평안하지 못하면 울음 운다.”라고 하였다. 그러나 천지 사이에 놀고 거처하고 먹고 호흡하는 데에 무슨 불평이 있을 수 있겠는가. 대체로 불평이 있다는 것은 모두 도와 함께 하지 못하기 때문이다.

사계절이 변화하면서 가을의 벌레 소리, 봄의 새소리, 겨울의 바람

소리, 여름의 우렛소리가 각각 그 기후에 따라 상응한 소리를 내는 것 또한 천지의 자연스러운 운행이지, 억지로 그처럼 한 것이 아니다. 그럼에도 이처럼 자연스러운 소리를 시인묵객의 재잘거리는 따위와 같은 부류로 말한다는 것은 한유의 잘못된 말이다.

또한 사람들의 마음에 객기와 사심으로 동한바 없이 기쁘면 반갑게 이야기하고 성나면 꾸짖고 욕하며 슬프면 눈물 흘리며 흐느끼고 기쁘면 즐겁게 노래하여 절도에 맞는 감정을 표현한다는 것은 지극히 조화를 이룬[至和者] 자연스러운 본성을 따르지 않은 바 없다. 어떻게 이를 불평이라고 말할 수 있겠는가.

성인이 육경(六經)을 저술하여 도를 밝히려다 보니 그 사이에 어찌 격앙(激昂)·분려(奮厲)·장음(長吟)·단탄(短歎)의 문장이 없을 수 있겠는가. 중요한 것은 지극히 타당한 도리로 밝혀 사람들에게 절도에 알맞은 조화[和]를 가르치려는 것이다. 어떻게 성인의 육경을 불평 어린 책으로 백가쟁명(百家爭鳴)의 실마리를 열어주었다고 말할 수 있겠는가. 성인이 육경을 저술한 것은 마지못해서이다. 성인이 경전을 저술한 의도는 우리의 도가 만세에 전하여 밝고 또다시 밝아 한 글자의 점획(點畫)으로써 많은 이를 경각시켜주는 목탁으로 삼으려는, 어쩔 수 없는 고심에서 저술한 것일 뿐, 입에서 나오는 그 작은 바람 소리처럼 시부렁대고자 함이 아니다.

무엇 때문인가. 성(性)과 도(道)는 들을 수 없는 현묘한 이치인데, 많은 말은 쉽사리 수많은 갈래를 만들어내는 것이다. 복희씨 『주역』의 경우, 문왕이 괘사(卦辭)를 씀으로써 문왕의 『주역』이, 주공(周公)이 효사(爻辭)를 씀으로써 주공의 『주역』이, 공자가 십익(十翼)을 씀으로써 공자의 『주역』이 이뤄졌지만, 오직 그들은 모두 도를 속이지 않았다. 그러므로 모두 한 권의 책으로 모아 『주역』이라는 하나의 경전을 만들어낸 것이다. 하지만 옛것을 그대로 답습하면 쉽게 싫증 내기에 오늘날 새로운 말들을 지어내어 이런저런 말들이 많아지게 된 것이다. 성자와 철인 또한 이처럼 새로운 문장을 저술하였는데, 더욱이 교활한 말을 지껄이는, 하찮은 글재주를 지닌 자들이야 오죽하겠는가.

공자가 일찍이 "나는 말이 없고자 한다." 말하였고, 또한 "알지 못하고서 글을 쓴다는 것은 나에겐 없다."라고 잘라 말하였다. 공자는 만고의 대성인으로서도 이처럼 말조심을 하였는데, 후세의 저서들이 아득한 바다처럼 끝이 없고, 학자 집안의 하고많은 책들은 수레에 실으면 소가 비지땀을 흘릴 정도이고 방 안에 쌓아놓으면 들보에 닿을 정도이다. 눈이 뚫어져라 책을 보고 혀가 닳도록 책을 읽어보지만, 도와의 거리는 더욱 멀어지게 된다.

그 화근을 파헤쳐보면 이런 현상은 전국시대에 비롯된 것들이다. 그 당시 처사(處士)들이 제멋대로 지껄이며 부귀를 탐닉한 자들이 음양 상생(相生) 상극(相剋)의 패합설(捭闔說)[1]을 가지고 임금을 불안스럽게 만들면서 그 자신은 정작 높은 지위를 단숨에 뛰어넘어 취하였다. 식자들은 그들의 행위를 비루하게 여겼지만, 고상함을 좋아하고 기이한 데 힘쓰는 선비들이 마침내 물러나 책을 저술하여 사람마다 각기 한 편씩 지어 동류에게 자랑하고 후세에 명예를 전하여, 진한(秦漢)으로부터 오늘에 이르기까지 그 남상(濫觴)이 이미 극에 이르러 제자(諸子), 역사, 문집의 책들을 석거각(石渠閣)[2]과 금마문(金馬門)[3]에 이루 다 거두어들일 수 없을 정도이다.

그러나 그 내용들을 살펴보면 대체로 병이 없음에도 괜스레 신음하고 기쁘지 않은 데도 춤을 추는 자들이다. 물론 그중에 감정이 없는 것은 아니지만, 환희와 분노가 절반이 되지 않음에도 반드시 정교하게 그

1) 패합설(捭闔說) : 왕후(王詡)는 전국 시대 귀곡(鬼谷) 선생의 이름인데, 『귀곡자(鬼谷子)』를 지었다. 그는 사회 현상은 바뀌는 것이라고 보고 그 변화에 대처하여 주도권을 잡는 법, 특히 미묘한 심리 변화를 이용하여 교묘하게 계략을 진행하는 이른바 췌마법(揣摩法)을 연구하였다. 〈패합(捭闔)〉은 이 책의 편명으로, 개폐(開閉), 억양(抑揚), 허실(虛實) 등을 끝없이 펼쳐 나가는 변론술이 담겨 있다. 패합은 전국 시대 종횡가(縱橫家)의 설로 열고 닫는다는 뜻이다.

2) 석거각(石渠閣) : 한(漢)나라의 장서각(藏書閣).

3) 금마문(金馬門) : 한나라 때 문학의 인사가 근무하던 곳으로, 후세의 한림원(翰林院).

감정들을 묘사하고, 슬픔과 즐거움이 이미 이르면 끓어오르는 감정이 멈추지 않으며, 하나의 작은 사견(私見)에 집착하여 크고 막힘없는 대도(大道)를 현혹하고 있다. 이는 한유(韓愈)가 말한 "마음이 평안치 못해 우는 자"일까?

공자가 "알지도 못하고서 저작"한다는 지적은 으레 처사들이 제멋대로 지껄이는 잘못을 미루어 꾸짖은 것이다. 그리고서 "나는 말이 없었으면 한다."는 것은 공자가 앞서 그렇게 될 조짐을 미리 알고서 이를 치유하려던 약석(藥石)이 아니라고 말할 수 없다. 그렇다면 「제물론」 또한 장자가 물이 펄펄 들끓은 솥에 끼얹는 차가운 빙설(氷雪)임을 알 수 있다.

○ 曹子建이 論文에 以氣爲主하니 可見從來著一家言에 未有不具一段必達之氣者也라 氣旣盛에 從而折之면 必未易降이어늘 今莊生不務逆折하고 只是從而淡之하니 眞釜底抽薪之法也라

○ 조자건(曹子建: 조조의 아들 曹植의 字)이 문장을 논평함에 있어 기(氣)를 주로 삼았다. 이로 보면 예로부터 일가(一家)의 문장을 저술함에 있어 하나의 '반드시 통하는 기(氣)'를 갖추지 않는 문장이 없음을 볼 수 있다. 기(氣)가 이미 성대한 지경에 이르렀는데 이를 뒤이어서 꺾으려 들면 반드시 쉽게 낮추어지지 않는 법이다. 여기에서 장자는 그 기세를 거슬러서 꺾으려고 애쓰지 않았다. 다만 문장에 따라 담담(淡淡)하게 서술하였다. 이는 참으로 들끓는 솥 밑에서 섶을 빼내버린 법이다.

○ 謂其所言叛道면 徒爾無益이어늘 彼且曰雖不合道나 實且快意라하니 殊未足以淡之라 謂其非徒無益이라 將來에 但資覆瓿며 彼且曰藏之名山하야 以俟知者나 猶未足以淡之어늘 今莊子開口에 引子綦

一段하니 直是世間에 原未有我라 風聲甫濟에 衆竅爲虛오 眞氣將歸에 形骸自萎라 不特大命旣至에 自家不得主張이라 抑且當場傀儡니 未知是誰提線고 我於此處에 直欲大哭이어늘 乃猶較長論短하니 所爭은 是何閒氣耶아 如此說來에 尙未道及物論이로되 蚤已令人冷却十分矣니 眞淡之之至也라

○ 그들이 말한바 도에 어긋나면 한낱 도움이 없을 정도에 그치지 않는다. 그럼에도 그들은 또한 “비록 도에 부합되지 않을지라도 실로 마음이 통쾌하다.”라고 말들 한다. 이는 매우 담담(淡淡)하지 못한 문장이다. 그것은 한낱 도움이 없을 정도에 그치는 것이 아니라, 머지않아 휴지처럼 깨어진 동이나 바를 뿐이다. 그들은 또한 “자신의 문장을 명산에 잘 소장하였다가 알아줄 자가 나오기를 기다린다.”라고 말하지만 오히려 담담하지도 못하다.

그러나 여기에서 장자는 운을 띠자마자 남곽 자기(南郭子綦)에 관한 단락을 인용하였다. 남곽 자기는 세간에 살고 있는 사람이지만 원래 자아를 생각지 않은 자이다. 바람 소리가 멈추자 나무숲에 수많은 크고 작은 구멍들이 텅텅 비어 있듯이 진기(眞氣)가 장차 다하여 생을 마치고 돌아가려 하자 형체가 스스로 시들어가는 것이다.

죽음이 다가오면 자신이 마음대로 주장할 수 없을 뿐 아니라, 아니, 우리는 현재 하나의 꼭두각시일 뿐이다. 그 누가 당기는 줄에 춤을 추는지도 알 수 없다. 나는 이 부분에서 대성통곡을 하고 싶다. 그럼에도 사람들은 오히려 하찮은 잘잘못을 따지고 있다. 그들의 다툼이란 그 얼마나 부질없는 짓인가. 장자가 이와 같이 말한 것은 아직 물론(物論)에까지 언급하지 않았지만 이미 벌써 모든 사람들을 완전히 차갑게 만들었다. 참으로 담담함이 지극하다.

○ 說到衆言並起는 無異小鳥鬪鳴이온 況乾坤到處야 是道一說도 便

有不盡이어늘 彼此俱囿하야 眞宰分別하니 何其多事把持오 辯者忽而兩邊俱掃하고 忽而融釋通家하야 令其火氣都盡하니 眞淡之之至也라

○ 제자백가의 말들이 한꺼번에 일어난 것만으로도 작은 새떼들이 앞다투어 지저귀는 것과 다를 바 없다고 말하는데, 하물며 드넓은 건곤의 도처에서 일어나는 수많은 말들이야 오죽하겠는가. '도(道)'라는 한마디의 말을 꺼낸 것만으로도 미진함이 있다고 하는데 피차(彼此)라는 상대의 분별의식에 갇혀 진재(眞宰)를 분별하려든다. 어쩌면 그리도 많은 일을 가지고 버리지 못한 것일까? 장자의 말은 논변하던 자들이 어느덧 '피차'라는 양쪽을 모두 쓸어버리고 어느덧 모든 사람들의 말들을 원만하게 풀어주어 그 뜨겁던 열기를 모두 식혀주었다. 참으로 담담함이 지극하다.

○ 他人爭執是非 誠爲多言이어늘 我却與之分剖는 獨非多言耶아 莊子連我今有謂도 一幷掃却하니 旣是大道希夷라 總以冥漠爲至하니 現身說法이라 眞淡之之至也라

○ 남들이 다투어 시비를 고집하는 것도 참으로 쓸데없는 말이 많다고 말하는데, 내가 도리어 그들과 논쟁하고 분별한다는 것은 유독 말이 많은 게 아닐까? 장자는 "내 지금 말하는 것"까지도 모조리 쓸어버렸다. 이는 이미 소리도 형체도 찾아볼 수 없는 대도(大道)이다. 모두 아득함[冥漠]으로 지극함을 삼으니 현신(現身) 설법이라 하겠다. 참으로 담담함이 지극하다.

○ 連引堯問等數節은 大聖人胸界之寬과 悟境之達이 如此라 直將造化情性物我變態를 一眼看破하고 一心超寄어늘 而我方與人으로 鼓其筆舌하고 辨其方隅ㄴ댄 一何少味오 總把自己推倒니 純是現身說法

이라 眞淡之之至也라

○ 연이어 '요임금의 물음' 등 몇 절을 인용한 것은 위대한 성인의 가슴과 도량이 드넓음과 깨달음의 경계가 막힘 없음이 이와 같다. 따라서 곧 조화(造化), 정성(情性), 물아(物我), 변태(變態)를 한눈에 간파하였고 마음까지 초월하였는데 내가 남들과 필설(筆舌)을 노닥거리고 그 어느 쪽인가를 논변한다면 이 얼마나 의미가 없는 짓인가. 이 때문에 총괄하여 자신까지도 뒤집어엎어 버린 것이다. 이는 순전히 현신 설법이다. 참으로 담담함이 지극하다.

○ 使我與若이 爭勝이면 則是同在夢中이라 俱不能相知어니와 我於大夢之中에 忽開醒眼하야 付之相忘이면 喞喞嘵嘵不休라도 我亦概不來管하야 自爾優游無竟이니 眞淡之之至也라

○ 만일 내가 너와 논쟁한다면 그것은 모두 꿈속에 있으면서 모두가 꿈속에 있는 줄을 모른 것이다. 하지만 내 깊은 꿈속에 불현듯 밝은 눈을 뜨고서 모든 것을 잊게 되면 그들이 아무리 끊임없이 지껄일지라도 내 또한 조금도 상관치 않고 스스로 유유자적함이 끝이 없을 것이다. 참으로 담담함이 지극하다.

○ 罔兩一節은 行止坐起에 遞遞有待而然이라 應轉喪我니 眞淡之之至也라

○ 망양(罔兩) 1절은 걷고 멈추고 앉고 일어서는 데에 서로 번갈아 이어가면서 그 무엇인가 기댈 수 있는 존재가 있어야 그처럼 할 수 있다. 이는 맨 앞에서 말한 상아(喪我) 구절에 상응한 전변(轉變)이다. 참으로 담담함이 지극하다.

○ 夫道는 視之而不見하고 聽之而不聞이로되 亦無視而弗見이오 無聽而弗聞이라 至於無視弗見·無聽弗聞이면 盈天地之間에 尚有物乎아 尚有彼物此物之歧乎아 物且不得이온 論將安附오 故로 物化면 則一片淸虛하고 四大皆空矣라 眞淡之之至也라

○ 도(道)는 보려고 해도 보이지 않고 들으려고 해도 들리지 않는다. 하지만 또한 보려고 하면 보이지 않는 게 없고 들으려고 하면 들리지 않는 게 없다. 보려고 하면 보이지 않은 게 없고 들으려고 하면 들리지 않는 게 없는 경지에 이르면 천지의 사이에 삼라만상이 가득하여도 오히려 만물이 있다고 말하겠는가. 오히려 저것, 이것[彼物此物]의 구분이 있다고 하겠는가. 만물 그 자체도 말할 수 없는데 물론(物論)을 장차 그 어디에 부칠 수 있겠는가. 그러므로 '물화(物化)'의 경지에 이르면 온통 티 한 점 없이 맑고 텅 비고 사대(四大)가 모두 공(空)이다. 참으로 담담함이 지극하다.

1. 南郭의 吾喪我(남곽선생의 무아경지)

첫머리에 상아(喪我) 경지를 제시하여 아집과 자기중심의 사고를 없애야 함을 말하였고, 이어서 세 가지의 피리를 묘사하여 천뢰(天籟)를 통하여 자아의 본성을 비유하고 있다.

‖ 경문 ‖

南郭子綦(居南郭하야 因以爲號하다) **隱**(憑也)**几而坐**하야 **仰天而噓**하야 **嗒焉**(解體貌)**似喪其耦**어늘(喪耦는 忘形也라 形與神이 爲耦라)

직역 ‖

南郭子綦(南郭에 거주한 까닭에 이로 인하여 자호를 삼았다.)가 의자에 기대[隱](의지함) 앉아 하늘을 우러러 한숨 쉼에 嗒焉(몸이 풀린 모양)하여 그의 짝을 잃은 듯(喪耦는 형체를 잊음이다. 형체와 정신이 짝을 이루었다.) 하였는데,

의역 ‖

남곽에 은둔하면서 남곽으로 아호를 삼은 자기(子綦)가 있었다. 그가 의자에 몸을 기대고 앉은 채, 머리를 들어 하늘을 바라보면서 서서히 숨을 내쉬는 모습이 정신과 육체의 상대관념을 초월하여 자아를 잊은 듯, 몸이 풀려 있었다.

‖ 선영 주 ‖

子綦 此時에 **六處休復**하야 **同一湛然**이라

자기는 이때 6처(六處)[4]가 쉬고 회복하여 담연(湛然)함과 같았다.

---

4) 6처(六處) : 육근(六根). 눈 · 귀 · 코 · 혀 · 몸 · 생각.

강설

침상에 몸을 묻고 있는 남곽 자기의 모습이란 눈에 초점을 잃고 넋을 잃은, 마치 임종을 맞이한 상태이다. 이 세상에 원래 '나'라는 육신의 존재는 영원한 것이 아니다. 바람이 스쳐 지나간 나무에 텅 빈 구멍만이 남아 있듯이 지난날 잠시나마 이글거렸던 정욕(情欲)의 마음도, 활기찼던 젊은 시절의 육신도 이제는 모두 사라져버린 시점에 이르렀다. 어쩌면 자연의 섭리가 인간의 마지막 그날이나마 도인의 모습으로 바꿔주려고 고목처럼, 꺼져버린 재처럼 모든 정식(情識)을 놓아버리게 한 것일까?

우리가 일상에 이런 경지에 있다면 그를 어떤 사람이라 말해야 할까? 남곽 자기가 의자에 기대어 있는 그 모습은 좌선의 모습이며, 넋을 잃은 듯 그 모습은 깊은 선정(禪定)에 든 적막의 세계이다. 도인의 깊은 정신세계는 임종을 맞아 진공의 세계로 돌아가려는 인간의 마지막 모습과 닮은꼴이 아닐까? 이 때문에 "사람이 죽음을 맞이하여서는 그 말이 선량하다."고 말했을지도 모를 일이다.

‖ 경문 ‖

顔成子游(子綦弟子) 立侍乎前이라가 曰 何居(音은 基니 助語라)乎 形固可使如槁木이며(無生氣也라) 而心固可使如死灰乎아(無煙焰也라) 今之隱几者는 非昔之隱几者也로소이다

직역

顔成子游(子綦의 제자)가 앞에 모시고 서 있다가 말하기를, "어찌하여(居의 독음은 基이니 어조사.) 형체는 참으로 槁木과 같게 되었으며(생기가 없음) 마음은 참으로 死灰(연기와 화염이 없음)와 같게 되었습니까? 지금 의자에 기대고 있는 자는 옛적에 의자에 기대고 있는 자가 아닙니다."

의역

그의 제자 안성 자유가 스승을 모시고 그 곁에 서 있다가 말하였다. "어찌 된 일이십니까? 꼼짝하지도 않은 선생의 몸이 마치 메마른 나무처럼 생기가 없고, 식어버린 선생의 마음은 마치 꺼져버린 재처럼 불씨를 찾아볼 수 없는 것처럼 되셨습니까? 지금 의자에 기대고 계신 선생의 모습과 마음은 지난날 의자에 기대고 계셨던 선생이 아닙니다."

‖ 선영 주 ‖

怪問之辭니 語致搖曳라

괴이쩍게 여겨서 묻는 말인데 말에 여운을 남기고 있다.

강설

고목이란 육신의 욕망과 충동을 상실한 것으로, 육근(六根)과 육진(六塵)을 초탈한 상태, 즉 「대종사(大宗師)」에서 말한 "사지와 육신을 버린 것이다.[墮肢體]" 사회(死灰)란 마음에 의식과 생각이 일어나지 않은 것으로 이 역시 "총명의 지견(知見)을 버린 것이다.[黜聰明]" 고목사회는 이처럼 "형체와 지견을 버리고서 대도와 하나 되는 세계로 이를 좌망이라고 말한다.[離形去知, 同於大通, 此謂坐忘.]" 이와 같이 장자의 사상은 중국에 불교가 들어오기 이전부터 불교의 선정삼매(禪定三昧)와 이미 맥을 함께하고 있었다.

‖ 경문 ‖

子綦曰 偃아(子游名) 不亦善乎아 而(同爾)問之也여 今者에 吾 喪我러니 汝知之乎아 汝聞人籟而未聞地籟오 汝聞地籟而未聞天籟夫인저

직역

子綦가 말하기를, "偃(子游의 이름)아! 또한 선하지 않느냐. 네[而](爾와 같음)의 물음이여. 이제 내가 나를 잃어버렸더니 네가 이를 알았느냐. 너는 人籟는 들었으나 地籟는 듣지 못하였고, 너는 地籟는 들었으나 天籟는 듣지 못하였구나."

의역

자기가 말하였다.

"언(偃)아! 네 물음이 참으로 훌륭하다. 내 이제야 편협하고 집착된 나를 잃어버렸더니만 네가 이를 알았다는 말이더냐?

하지만 너는 인뢰(人籟)는 들었으나 지뢰(地籟)는 듣지 못하였고, 지뢰는 들었으나 천뢰(天籟)는 듣지 못하였구나."

‖ 선영 주 ‖

從旁觀之曰 喪其耦는 是外邊揣摹說話오 子綦自道에 直云吾喪我는 方是從心地淨盡中하야 流出一絲不掛之語라

객관자 안성 자유의 입장에서 살펴보면 "그의 짝을 잃었다." 함은 외적인 측면에서 헤아려 하는 말이고, 남곽 자기가 스스로 말할 적에 곧바로 "내가 나를 잃어버렸다." 함은 바야흐로 마음이 모두 청정한 가운데에서 실오라기 하나 걸치지 않은 말이 흘러나온 것이다.

○ 方言喪我하고 憑空以聲籟致問하니 其胸中是何托悟오 妙不容言이라

○ 바야흐로 '나를 잃어버렸다[喪我]'고 말하고서는 갑작스럽게 밑도 끝도 없이 소리가 울려나옴[聲籟]을 들어 물었다. 장자의 가슴속을 도대

체 그 무엇으로 알 수 있을까? 오묘함을 말로 형용할 수 없다.

○ 兩未聞이 妙라 常在耳邊이어늘 汝却不曾聽得이로다

○ 두 곳의 '미문(未聞: 未聞地籟, 未聞天籟)' 구절은 절묘하다. 항상 귓전에 들려오는 소리인데도 너(子綦)는 도리어 일찍이 이를 듣지 못한 것이다.

강설

장자의 상아(喪我)는 곧 좌망(坐忘)이다. 이는 불가(佛家)의 입정(入定)과도 같다. 남곽 자기는 은궤(隱几)에서 오상아(吾喪我)에 이르고 있는바, 이는 선사가 좌선하는 가운데 선정(禪定)에 들어간 것과도 같다. 남곽 자기의 '은궤'는 좌선시[打座時]를, '오상아'는 입정시(入定時)를 가리킨다.

오상아(吾喪我)의 오(吾)와 아(我) 자는 나의 자아 입장에서 말하면 오(吾)이고, 타인의 상대 입장에서 말하면 아(我)라 말하기도 하고, 여기에서 말한 '오' 자는 또한 자아의 참 주재자[自我眞宰]를, 상아(喪我)의 아(我)는 혈육의 육신을 말하기도 한다.

이처럼 자아에는 진아(眞我)와 가아(假我)가 존재하는바, '진아'는 모든 것을 낳아주는 본체의 진리, 즉 적연부동(寂然不動: 고요하여 움직이지 않음)의 본성과 모든 사물에 따라 감응할 수 있는 작용의 세계, 즉 감이수통(感而遂通: 감응하여 통하는)의 감응이 있다.

그러나 이에 반하여 '가아'는 몸과 마음으로 나누어 이를 버려야 할 대상이다. 몸에는 감각과 욕구의 대상이 있고, 마음에는 분별사량, 즉 편견과 의식 따위가 이에 상당한다. 육근(六根)의 기욕이 심하게 일어나면 몸을 해치게 되고, 의식이 변사(變詐)스러울수록 정신이 피폐하고 본성을 잃게 된다. 이 때문에 이를 배제해야 할, 즉 무기(無己) 또는 상아(喪我)의 '아'의 대상으로 삼은 것이다.

이를 도표로 정리하면 다음과 같다.

<table>
<tr><td rowspan="4">我</td><td rowspan="2">眞我
眞宰</td><td>本體
(寂然
不動)</td><td>無名無相
眞性甚深
이름도 형상도 그 어떤 것도 존재하지 않는,
참 본성은 매우 심오하여 지극히 미묘하다</td><td>秋月當空
(空山無人)
가을 달이 하늘에 뜨면
(빈 산에 사람은 없는데)</td><td>主翁常在
주인공이 항상 존재하고</td></tr>
<tr><td>作用
(感而
遂通)</td><td>隨物隨應
모든 일에 따라 막힘 없이 통하는 것</td><td>千江自印
(水流花開)
수많은 강물 위에 달 그림자 비추네
(물은 흐르고 꽃은 피네)</td><td>隨處作主
어느 곳에서나 주인공이다</td></tr>
<tr><td rowspan="2">假我</td><td>心</td><td>意
分別思量</td><td>機變設詐
日夜相代
기변과 거짓으로 밤낮으로 이어지고</td><td>鑿 性
성품을 해치고</td></tr>
<tr><td>身</td><td>眼 耳 鼻 舌 身
色 聲 香 味 觸</td><td>嗜慾熾盛
忘生徇欲
기욕이 넘쳐나
삶의 본질을 잃다</td><td>害 身
몸을 해치다</td></tr>
</table>

'나를 잃어버렸다'는 '상아(喪我)'의 세계는 오온(五蘊)과 육근(六根)을 모두 벗어난 경지, 즉 오온개공(五蘊皆空)이 바로 그것이다. 이처럼 나의 몸에 육근과 육진이 없는 '고목'의 상태와 마음에 한 생각도 일어나지 않은[心不起念] '사회(死灰)'의 세계가 곧 '상아'이다.

이처럼 아(我)란 몸과 마음 두 부분[身心兩處], 즉 기욕(嗜慾) 성색(聲色)의 세계와 사량(思量) 분별(分別)의 의식을 말하며, 상(喪)이란 이러한 나의 육체적 감각 및 욕구와 시비(是非) 및 편견 따위의 심리상태를 모두 놓아버린 고목사회(枯木死灰)의 세계를 말한다. 육신이란 고뇌의 근본이고 지혜는 누(累)의 근본, 즉 '신위고본, 지위누근(身爲苦本, 智爲累根)'이기에 타형석지(墮形釋智) 또는 이형거지(離形去智)의 상아(喪我)를 원하는 것이다.

이를 도표화하면 다음과 같다.

喪我	身	墮肢體 身無根塵	離 形 形如枯木	同於大通	坐 忘 捨假求眞
	心	黜聰明 心不起念	去 知 心如死灰		

여기에서 말한 '인뢰'와 '지뢰'는 사람의 몸과 마음의 감각, 그리고 언어에 해당하는 것이며, '천뢰'는 그 자아의 주체를 말함과 동시에 모든 사람들이 말을 할 수 있는 천기[天籟, 乃人人發言之天機也.]를 말한다.

감산(憨山) 덕청(德淸)선사는 이에 대해 다음과 같이 말하였다.

장차 물론(物論)을 하나로 가다듬고자 함에 세 가지의 피리를 첫머리로 삼은 것은 사람들에게 자신의 말이 곧 천기(天機)에서 나온 것임을 깨닫게 하기 위해서이다. 만일 기심(機心)을 잊을 수 있다면 무심(無心)의 말은 마치 바람이 불자 땅 위의 구멍에서 나오는 소리와 같으니, 또 어찌 시비가 있겠는가! 이 세 가지 피리를 설정한 뜻을 밝게 알면 「제물론」의 대의를 알 수 있을 것이다.[將要齊物論而以三籟發端者, 要人悟自己言之所出, 乃天機所發. 果能忘機, 無心之言, 如風吹竅號, 又何是非之有哉? 明此三籟之設, 則大意可知.]

덕청의 말은 언어에 국한하여 지뢰와 천뢰를 말한 것이다. 아래의 문장을 살펴보면 인간의 감정과 일상의 생활에 나타나는 모든 형태, 인간의 30여 가지 심리상태와 그 모습들이 지뢰와 천뢰 아닌 것이 없다.

‖ **경문** ‖

子游曰 敢問其方하노이다(求指其處) **子綦曰 夫大塊噫氣 其名爲風**이

라 是唯無作이언정 作則萬竅怒呺(音豪)어늘 而(同爾)獨不聞之翏翏(音溜니 長風聲이라)乎아

山林之畏佳(隈維)에(畏佳는 舊云音韋翠니 字當作嵬崔니 山之角尖處也라 余按 畏字는 古通作隈라 音威니 曲處也라 佳는 一音危니 六書正訛에 云隸作惟維 俱同하니 則佳는 卽古之維字矣라 維는 方隅也라 此云畏佳는 乃言樹林이 在山曲之隅者라 風聲이 惟木易感이어늘 而木林之在山隈之維者는 尤居含風之處라 故로 將言大木竅穴에 須於此處形容之니 何必改作嵬崔乎아) 大木百圍之竅穴이 似鼻, 似口, 似耳하며(三者는 取象於身이라) 似枅,(音基니 柱上橫短木이니 承棟者 揷於柱頭如笄也라) 似圈, 似臼하며(三者는 取象於物이라) 似洼(深池)者, 似污(窊也)者하니(二者는 取象於地라 ○ 以上은 竅形이라) 激者,(如水激聲) 謞者,(如箭去聲이라 謞音은 哮니 箭聲也라) 叱者,(出而聲粗) 吸者,(入而聲細) 叫者,(高而聲揚) 譹者,(譹音은 豪니 下而聲濁이라) 宎者,(宎音杳니 深而聲留라) 咬者라(咬音腰니 鳴而聲淸이니 此是鳥鳴之咬어늘 或以當皦噭字하니 非라 ○ 以上은 竅聲이라)

前者 唱于어든(聲輕) 而隨者 唱喁(音魚, 聲重)하야 冷風則小和하고(去聲) 飄風(大風)則大和라가(將竅聲에 又總寫四句라) 厲(暴)風濟(渡也라 風已過去也니 如旣濟之濟라)則衆竅爲虛어늘(聲寂矣) 而獨不見之調調(搖動貌)之刁刁(動漸微貌)乎아(聲則無可聞矣로되 惟樹尾調調然動而刁刁然微하야 尙餘披靡之勢를 有可見耳라)

직역

子游가 말하기를, "감히 그 方(곳)을 여쭈옵니다.(그곳을 가리켜 주기를 구함이다.)"

子綦가 말하기를, "大塊의 噫氣를 그 이름을 바람이라 한다. 이는 일어나지 않을지언정 일어나면 萬竅가 怒呺(音은 豪)하는데 네[而](爾와 같음) 홀로 翏翏(音은 溜, 長風의 소리.)함을 듣지 못하였는가.

山林의 畏佳에(畏佳는 舊說에 이르기를, "音은 韋翠니, 그 글자는 마땅히 嵬崔로 써야 한다. 산등성이 높은 곳이라." 한다. 내가 살펴보니 '畏' 자는 옛적에 '隈'

자와 통용하고 있다. 音은 '威'니 굽이진 곳이다. 隹는 또 다른 독음으로는 危이다. 『六書正訛』에 이르기를 隷書에서 '帷', '維' 자와 함께 쓰고 있으니 隹는 곧 옛 '維' 자이다. 維는 모서리이다. 여기서 말하는 畏隹는 굽이진 산모퉁이에 있는 나무숲이다. 바람 소리는 나무에 가장 쉽게 느낄 수 있는데 산등성이의 모퉁이에 있는 나무숲은 더욱더 바람을 잘 받는 곳이다. 그러므로 장차 큰 나무의 竅穴을 말하려 함에 앞서 그곳을 형용한 것인데 어찌 구태여 嵔崔로 고칠 게 있겠는가.) 大木 百圍의 竅穴이 코와 같고 입과 같고 귀와 같으며(세 가지는 사람의 몸에서 형상을 취함.) 枅와(음은 基. 기둥 위에 가로지른 짧은 나무로 棟梁을 떠받들어 기둥머리에 꽂은 것이 비녀와 같다.) 같고 圈과 같고 臼와 같으며(세 가지는 만물에서 형상을 취함.) 洼(깊은 못)와 같고 汚(웅덩이) 窊와 같으니(두 가지는 땅에서 형상을 취함. ○ 以上은 구멍의 形狀이다.) 激한(격렬한 물소리와 같음) 것과 謞한(화살이 날아가는 소리. 謞의 音은 哮. 화살 나는 소리.) 것, 叱한(거칠게 내쉬는 소리) 것, 吸한(가늘게 몰아드는 소리) 것, 叫한(높이 드날리는 소리) 것, 譹한(譹의 음은 豪. 나직하게 둔탁한 소리) 것, 宎한(宎의 음은 杳. 깊숙이 잠기는 소리) 것, 咬한(咬의 음은 腰. 맑게 울리는 소리. 이는 새가 우는 소리인데 或者는 '齩'·'嚙' 자로 보니 잘못된 것이다. ○ 이상은 구멍에서 울려나는 소리이다.) 것들이다.

앞서 唱于(가벼운 소리)하면 뒤따르는 게 唱喁(음은 魚. 묵중한 소리)하여 冷風은 작게 和答(去聲)하고 飄風(큰바람)은 크게 화답하다가(구멍의 소리를 가지고 모두 네 구절로 묘사하고 있다.) 厲風(暴風)이 濟하면(건너다. 바람이 지나감이니, 既濟의 '濟' 자와 같음) 衆竅가 虛(소리가 고요히 멈춤)하게 되는데 너만이 홀로 그 調調(나풀거리는 모양)함의 刁刁(점점 미세해지는 모양)를 보지 못하였는가.(소리는 들을 수 없지만 나무 끝이 나풀거리며 微動하는데 오히려 휩쓸리는 기세가 남아 있어 이를 볼 수 있다.)"

직역

자유가 자기에게 물었다.

"지뢰니 천뢰이니 하는 것이 그 무엇인지 가르쳐주십시오."

“대지에서 내뿜는 기운을 바람이라 말한다. 바람이 불지 않으면 몰라도 바람이 한 차례 일어나면 각기 다른 수많은 나무 둥지의 구멍에서 울부짖는 소리가 울려 나온다. 사방팔방에서 불어대는 장풍(長風)의 소리를 너만 듣지 못했다는 말이더냐?

산등성이 높은 곳, 굽이진 모퉁이에 우거진 나무숲은 언제나 거센 바람이 쉽게 닿는 곳이다. 1백 아름드리나 되는 크나큰 나무에 갖가지 모습을 한 구멍들이 널려 있다. 어떤 것은 사람의 코와 입을, 그리고 귀를 닮은 구멍들이 있는가 하면 어떤 것은 상량을 떠받치는 두공(斗栱)과 같고 술잔과 같고 절구통과 같아 하나의 물상(物象)을 닮았다. 그리고 또 어떤 것은 땅 위의 깊은 연못과 같고 얕은 웅덩이와 같기도 한다. 이는 모두 나무 둥지의 구멍에 보이는 갖가지 형상들이다.

여기에서 울려나오는 바람 소리 역시 가지가지이다.

세차게 흐르는 물소리처럼 콸~콸거리는 바람 소리,

화살이 나는 소리처럼 씽~씽거리는 바람 소리,

거칠게 나무라는 듯한 바람 소리,

흐~흑 가늘게 들이키는 듯한 바람 소리,

큰소리로 고함치는 듯한 바람 소리,

나직하게 둔탁한 듯한 바람 소리,

깊숙한 데에서 우~웅거리며 울려나오는 듯한 바람소리,

새가 울듯이 가냘픈 바람 소리.

이 모두가 나무구멍에서 울려나오는 소리로, 각기 다른 것들이다.

이에 그치지 않는다. 앞서 가볍게 휘휘 바람 소리가 울리면 뒤따라서 묵중하게 윙윙 바람 소리가 울려오고, 산들바람이 가볍게 불면 구멍의 바람 소리 또한 가느다랗게 울려오고, 거센 바람이 세차게 불면 구멍에서 울려 나오는 바람 소리 역시 크기 마련이다. 나무 구멍에서 울려나오는 바람 소리는 이처럼 끊임없는 연쇄반응을 지니고 있다.

그러나 그처럼 불어대던 폭풍이 멎으면 수많은 나무 구멍에서 울려나오던 바람 소리 역시 언제 그랬냐는 듯이 아무런 흔적 없이 모두 사라지게 된다. 이럴 적에 바람 소리는 사라져 귀로 들을 순 없지만 아직도 나뭇가지 끝이 나풀거리다가 서서히 나뭇잎으로 옮겨가면서 미동하는 모습이 남아 있다. 이를 눈으로 볼 수 있다. 너는 그런 것을 보지 못했다는 말인가."

‖ **선영 주** ‖

寫地籟에 忽而雜奏라가 忽而寂收는 乃只是風作風濟之故라

지뢰를 묘사할 적에 갑자기 온갖 바람 소리가 울려오다가 갑자기 고요히 사라져가는 것은 곧 바람이 일어나고 바람이 멎었기 때문이다.

○ 以聞起하야 以見收는 不是置聞說見이라 止是寫聞이라가 忽化爲烏有하야 借眼色爲耳根襯尾하니 妙筆妙筆이로다

○ 들리는 바람 소리로 문장을 시작하여 눈으로 보이는 나뭇가지로 끝맺은 것은 듣고 보는 데에 그 뜻이 있는 것이 아니라, 다만 들리는 바람 소리를 묘사하다가 갑자기 변해서 그 어떤 것도 존재하지 않는[烏有: 何有와 같음] 세계로 변화하면서 눈에 보이는 색계(色界)를 빌려다가 귀로 들을 수 있는 성계(聲界)를 위해 말미(末尾)를 붙여놓은 것이다. 절묘하고 절묘한 문장이다.

○ 初讀之에 拉雜崩騰이 如萬馬奔趨와 洪濤洶湧이로되 旣讀之에 希微杳冥이 如秋空夜靜에 四顧悄然이라

○ 첫 부분을 읽을 적에는 꺾이고 뒤섞이고 무너지고 비등하는 문장의 기세(氣勢)가 마치 1만 마리의 말들이 내달리고 큰 파도가 솟구치는 듯하지만, 이를 모두 읽고 나면 보이지 않고 아득함이 마치 가을 하늘

고요한 밤에 사방을 둘러봐도 그 무엇 하나 없어 쓸쓸한 것과 같다.

강설

언덕 위에 서 있는 1백 아름의 큰 나무는 사람의 몸을 비유함이며, 바람 소리를 내어주는, 즉 지뢰(地籟)를 생성하는 나무 둥지에 뚫린 갖가지 형태의 구멍[竅形], 그것은 곧 사람의 감정과 형태를 낳아주는 오온(五蘊), 육근(六根)의 세계이다. 온갖 구멍에서 울려나는 바람 소리는 곧 아래 문장에서 말할 인간의 30여 가지 심리상태와 그 모습들을 말한다. 이처럼 지뢰는 인간의 정태(情態), 곧 일상생활의 모든 양상을 말한다.

소리가 나오려면 조건이 성숙하여야 한다. 밖으로는 바람이 불어야 하고 그 바람을 받아들일 수 있는 구멍이 필요하다. 나무 구멍의 형태는 인체의 모습[人形], 물건의 모습[物形], 지면의 모습[地形]에 따라 작은 형태에서 큰 형태의 순[自小至大]으로, 그러나 바람 소리는 큰소리에서 작은 소리의 순[自大至小]으로 나열하였다.

이 부분의 수사기법은 첫째, 앞에서는 소리가 울려나고 뒤에서는 고요[先奏後收]를, 둘째는 청각의 소리로 시작했다가 흔들리는 나뭇잎의 시각[以聞起 以見收]으로, 셋째는 앞에서는 수많은 병마가 치몰아가는 듯하다가 뒤에서는 가을밤 고요한 하늘처럼[萬馬奔騰, 秋空夜靜] 선동후정(先動後靜)의 구조를 가지고 있다. 장자의 문장은 이처럼 빈틈없는 구성과 기법으로 최고의 문학세계를 형성하고 있다.

‖ 경문 ‖

子游曰 地籟는 **則衆竅 是已**오(上節) **人籟**는 **則比竹**이 **是已**어니와(簫也라 籟는 原是簫라 地籟天籟는 皆是借用其字라 故로 此處는 止一句送過라) **敢問天籟**하나이다 **子綦曰 夫吹萬不同**이나(披拂衆竅) **而使其自己也**라(使聲由竅自出이라 使字는 如中庸說鬼神使天下之人的使字라) **咸其自取**어니와(每竅 皆各

成一聲이라) **怒者**는 **其誰邪**오(怒는 卽怒呺之怒니 聽之則竅自爲聲이나 抑思奮而怒之者는 其誰耶아)

직역

子游가 말하기를, "地籟는 衆竅가 이것이요(上節) 人籟는 比竹(피리. 籟는 원래 簫이다. 地籟, 天籟는 모두 그 글자를 借用한 것이다. 그러므로 이곳은 한 구설을 써나가는 네 그칠 뿐이다.)이 이것이려니와 감히 天籟를 여쭈옵니다."

子綦가 말하기를, "불어댐이 만 가지로 같지 않으나(수많은 구멍을 헤치고 떨리는 것이다.) 그 자기로 하여금 하도록 해준다.(소리를 구멍에서 나오도록 만든 것이다. '使' 字는 『중용』에서 말한 "귀신이 천하의 사람으로 '하여금[使]'……"이라는 '使' 자와 같다.) 모두가 그 스스로 취한 것이지만(구멍마다 모두 각기 하나의 소리를 이루고 있다.) 怒하게 한 자는 그 누구일까?(怒는 곧 怒呺의 怒이니, 이를 들으면 구멍에서 스스로 소리를 낸 것이지만, 아니 다시 생각해 보면 奮發하여 이를 성내게 만든 자는 그 누구일까?)"

의역

자유가 다시 물었다.

"지뢰란 위에서 말한 수많은 나무구멍에서 울려나오는 바람 소리를 말하며, 인뢰란 대나무로 만든 피리에서 울려 나오는 소리를 말한 것이라 말할 수 있는데, 천뢰가 뭔지 알 수 없기에 감히 여쭈는 것입니다."

자기가 다시 답하였다.

"나무숲에 바람이 불면 수많은 구멍을 헤치고 울려 나오는 소리가 갖가지로 다르다. 하지만 제각기 그 구멍에서 소리를 나오도록 만들어준 것이 있다. 모두 그 구멍마다 제각기 스스로 하나의 소리를 낸 것이지만, 다시 생각해 보면 이를 진동시켜 소리를 나오도록 만들어준 자는 그 누구일까?"

‖ **선영 주** ‖

寫天籟에 更不須另說하고 止就地籟上하야 提醒一筆하니 便陡地豁然이로다

천뢰를 묘사함에 다시 또 다른 말을 필요로 하지 않는다. 다만 지뢰의 측면에 나아가 하나의 붓을 번쩍 들어 일깨워주자, 천뢰의 의미가 갑자기 탁 트여 나타난 것이다.

○ 待風而鳴者는 地籟也오 而風之使竅自鳴者는 卽天籟也니 此兩處分別이니라

바람이 불어주어야 소리가 나는 것은 지뢰이며, 바람 불어 그 나무의 구멍으로 하여금 스스로 소리가 울려 나오도록 만들어준 것은 천뢰이다. 이처럼 지뢰와 천뢰는 두 부분에서 분별이 된다.

○ 夫風之吹一也로되 所吹則萬有不同이니 可謂極參差之致也라 而風但使之自鳴에 且每竅各取一聲以鳴이니 蓋風雖吹之나 而有不與也라 於不與而極參差之變焉이오 於極變易이나 仍一不與之妙焉이니 彼衆竅者는 眞以爲自已耶아 自取耶아

果其自己自取則噫氣未作之先에 何以寂然이며 旣濟之後에 何以又寂然고 則怒呺者는 非無端而怒也라 必有怒之者而怒也니 而怒者는 其誰耶아 悟其爲誰則衆竅于喁 皆不能無待也已라 看他四句中에 寓無限意思轉折이오 又極淨極圓하며 極透極脫하니 文之聖也라(使自已는 對吹字說이니 言雖吹之而未嘗與也라 咸字는 對萬不同說이니 言雖萬不同而無弗徧也라 咸은 則極參差而無弗徧이오 咸其自取則無弗徧而仍未嘗與矣라 寫自然妙用에 便曲盡也라 ○ 批中待字는 卽後罔兩節의 四個待字라) 寫地籟는 如彼鋪排하고

寫天籟는 如此冷峭라

대지에 바람이 부는 것은 한 가지이지만, 나무마다 소리를 내며 불어대는 것은 각기 만 가지로 다르다. 똑같지 않음의 극치를 다했다 말할 만하다. 바람은 나무에 그로 하여금 스스로 소리를 나게 할 뿐이요, 또 각각 구멍마다 각기 한 소리를 취하여 울리니, 바람은 나무에 불어주면서도 상관하지 않는다. 상관하지 않으면서도 온갖 변화를 다하고, 변화를 다하면서도 여전히 하나도 상관하지 않은 오묘함이 있다. 저 수많은 구멍들은 스스로 자기가 만든 것일까? 스스로 취한 것일까?

과연 스스로 자기가 만들고 스스로 취한 것이라면 대지의 바람이 일어나기 전에는 어째서 고요하고, 이미 바람이 멎은 뒤에는 어째서 또다시 고요한 것일까? 소리가 울려 나오는 것은 아무런 이유 없이 울려 나오는 것이 아니라, 반드시 그들에게 소리를 낼 수 있도록 만들어주는 것이 있어 소리가 생겨난 것이다. 소리를 나오게 만든 자는 그 누구일까? 그가 누구인가를 깨달으면 산등성이의 수많은 나무구멍에서 울려나오는 "가볍게 휘휘 부는 바람 소리"란 모두 그 무엇을 기다림이 없지 않은 것이다.

그 네 구절 가운데 끝없는 전변(轉變)과 곡절(曲折)의 뜻이 담겨 있음을 볼 수 있고, 또 지극히 청정하고 지극히 원만하고 지극히 투철하고 지극히 초탈하니 문장의 성인이라 하겠다.('使自己'는 '吹' 자와 대칭으로 말한 것이다. 비록 바람을 불어주어도 일찍이 상관함이 없다. '咸' 자는 '萬不同'과 대칭으로 말한 것이다. 비록 만 가지로 같지 않지만 두루 다하지 않음이 없다. '咸'은 곧 각기 다른 것들을 다하여 두루 하지 않음이 없다. "모두가 그 스스로 취한 것이다." 함은 두루 하지 않음이 없으면서도 여전히 일찍이 상관이 없는 것이다. 자연의 妙用을 묘사함에 있어 곡진하게 다하였다. ○ 주석 가운데 '待' 자는 아래 '罔兩' 절의 네 군데의 '待' 자이다.)

지뢰를 묘사함에는 그처럼 많은 문장을 나열하였으나 천뢰를 묘사함에는 이처럼 냉엄하고도 드높다.

○ 原爲申解喪我하야 今將地籟天籟하야 敷說一番하고 截然而止하야 更無一字挽及이러니 末句에 劈面相詰하여 子游도 亦寂無所疑하니 眞冰壺濯魄之文이로다

○ 원래는 거듭 '상아(喪我)'를 해석하기 위해서 여기에 지뢰와 천뢰를 가지고 한 차례 말하고서 끊은 듯이 멈추어 다시는 한 글자도 언급하지 않다가, 끝 구절에서 대놓고 힐책하여 자유 또한 고요히 의심한 바 없으니, 진정 얼음처럼 조촐한 병이요, 찬물을 끼얹어 정신이 바짝 나게 일깨워주는 문장이다.

○ 要明我不足據일세 從天地間得其尤無根者는 無如聲籟라 於此에 觸悟면 尚有不化之形骸乎아

○ 자아란 근거할 수 없음을 밝히고자 한 까닭에 천지 사이에서 더욱 근거할 수 없는 것을 찾는다면 소리[聲籟]만 같은 것도 없다. 여기에서 깨달으면 오히려 변하지 않은 형체가 있을 수 있겠는가.

○ 形與聲이 都是天地借境이로되 而形之難化爲甚이라 故로 人每執形而鮮執聲하니 但使能將形聲等觀이면 胸中에 有何不化리오 今子綦 解喪我에 不寫形骸之假하고 但寫一派虛聲하나니 眞上智人說法之事也라(人生知覺運動은 何異衆竅之鳴이리오 怒者其誰耶는 分明有個主宰自家니 都是假的이라 蓋已把我字하야 說得灰冷矣라)

○ 형체와 소리는 모두 하늘과 땅에서 빌린 경계이지만 형체를 변화시키기는 매우 어렵다. 이 때문에 사람들은 항상 형체에 집착하나 소리에 집착하는 이는 적다. 다만 형체와 소리를 대등하게 하나로 관(觀)하면 가슴속에 그 무엇을 변화시키지 못할 턱이 있겠는가.

여기에서 자기(子綦)가 상아(喪我)를 해석하면서 형체의 가환(假幻)을 묘사하지 않고 하나의 헛소리만을 묘사하였다. 참으로 상지인(上智人)이 설법하는 일이다.(인생의 知覺運動은 어찌 많은 구멍의 울림소리와 다르겠는가. '성을 내게 하는 것은 그 누구일까?'라는 것은 분명 하나의 주재인 자기가 있으니 모두가 거짓이다. 이미 '我' 자를 가지고서 차갑게 말한 것이다.)

○ 以上은 引子綦之言畢이니라

○ 이상은 인용한 자기의 말을 끝맺고 있다.

강설

위의 선영(宣穎)의 주에서 말한 지뢰와 천뢰에 대한 구분[待風而鳴者, 地籟也; 而風之使竅自鳴者, 卽天籟也.]은 명확하다. 바람에 의해 울려 나오는 소리로 현상에서 들을 수 있는 대상, 즉 소청(所聽)의 소리는 지뢰이며, 이런 소리를 울려 나오도록 만들어주는 원리, 즉 능청(能聽)의 주체(主體)는 천뢰이다.

다시 말하면, 나무의 형상, 크기와 구멍에 근거하여 나오는 갖가지의 소리는 지뢰이며, 천뢰는 이처럼 만들어내는 자신의 존재이다. 조건이 이뤄지면 소리가 나고 그렇지 못하면 나오지 않는다. 따라서 그 소리를 들을 적에 굳이 높낮이의 음향을 분별할 게 없다. 단 일체 조건에 따른 그 존재의 본체를 따를 뿐, 그 배후의 주재까지는 따지지 않는다.

이 때문에 천뢰의 중점은 들려오는 소리에 있는 것이 아니라, 듣는 이의 주체에 있다. 내면의 주체에 의한 소리[天籟]는 육신의 감각기관이라든지, 의식 또는 사량(思量)에 의한 마음의 지각으로 듣는 것이 아니라, 기(氣)로 듣는 데에 있다. 장자가 말한 '기'는 일체생성변화의 기본 원소이다. 기가 모이면 태어나고 흩어지면 죽는다. 장자의 '기'는 유가에서 말한 이(理)에 상당하는 것으로 본체의 존재이다.

결론은 육신의 귀로 듣지 않는 것이 진정 내면주체로 듣는 것이요,

내면주체로 듣는다는 것은 육신의 귀로 듣지 않음을 말한다. 일체 그 자신의 본성, 즉 천기(天機)에서 스스로 이처럼 만들어내는 것인바, 굳이 현상에 보이는 인뢰와 지뢰의 소리를 들을 것이 있겠는가.

이로 미루어나가면 사람의 말, 즉 시비 따위의 물론(物論)과 인간의 갖가지의 모습과 심리상태의 현상에 보이거나 들을 수 있는, 감각으로 느낄 수 있는 모든 것은 지뢰이며, 시비 따위를 이뤄주는 저변의 세계가 천뢰이다.

2. 百家爭鳴과 衆人役役 (제자백가의 시비와 世人의 고달픈 삶)

전국시대 제자백가의 논쟁에 대한 비평과 세인(世人)들의 고달픈 삶을 심도 있게 다루고 있다.

‖ 경문 ‖

大知는(去聲) 閑閑하고(廣博也) 小知는(去聲) 間間하며(去聲이니 細別也라) 大言은 炎炎하고(光談也) 小言은 詹詹이라(諄複也) 其寐也에 魂交하고 其覺(音敎)也에 形開하야 與接爲搆하야(與物相接而營搆生이라) 日以心鬪하나니(各用心計相角이라) 縵者와(寬人也) 窖者와(險人也) 密者라(謹人也) 小恐은 惴惴오(憂懼) 大恐은 縵縵이라(迷漫失精) 其發若機括은(片言中肯) 其司是非之謂也오(捷人也) 其留如詛盟은(誓不動搖) 其守勝(以執己勝人)之謂也오(拗人也) 其殺如秋冬은 以言其日消也오(其琢削 使天眞日喪하니 刻人也) 其溺之所爲之는(猶往) 不可使復之也오(其一往에 不可復返하니 蕩人也라) 其厭(독음 안)也(閉藏也라 大學見君子而後에 厭然이라)如緘은(秘固) 以言其老洫(深)也오(其閉藏이 老而愈濬하니 深人也라) 近死之心은 莫使復陽也니라(其陰戾無復生意하니 鷙人也라) 喜怒哀樂과 慮(多思)嘆(多悲)變(反復)慹과(音執이니 怖也라) 姚(美好)佚(縱逸)啓(開放)態여(修飾이라 ○ 又疊十二字하야 以總摹其情이

라) 樂出虛오(本虛器니 樂由此作이라) 蒸成菌이니라(偶而生氣鬱勃이라 ○ 二句는 收上如此種種人情이니 皆是自無而有어늘 偶與氣會耳라)

직역

大知(去聲: 지혜)는 閑閑(드넓음)하고 小知(去聲)는 間間(去聲. 작은 것까지 따지는 것)하며 큰 말은 炎炎(번뜩이고 빛남)하고 작은 말은 詹詹(거듭 되풀이하는 말)하다. 그 잠들었을 적엔 魂과 사귀고 그 잠 깨서는[覺](音 敎) 形體가 열려 접함으로 더불어 얽히게 되어(物로 더불어 서로 접하여 生을 營搆함이다.) 날마다 이로써 마음과 싸우니(각기 心計를 써서 서로 다툼이다.) 縵者(느긋한 사람)와 窖者(陰險한 사람)와 密者(삼가는 사람)이다.

작은 두려움은 惴惴(근심과 두려움)하고 큰 두려움은 縵縵(迷漫으로 정신을 잃음)하다. 그 發言이 機括과 같음은(片言이 肯綮에 적중함) 그 是非를 맡음을 말하며(말 잘하는 사람) 그 머무름을 詛盟(맹세코 동요하지 않음)과 같이 함은 그 이기기를 固守함(자기의 固執으로써 남을 이기는 것)을 말하며(어깃장 놓는 사람) 그 殺(衰落)함이 秋冬과 같음은 그날로 소멸함을 말하며(그 깎아내림으로써 天眞함을 날로 잃음. 각박한 사람.) 그 해나가는[之](往과 같음) 바에 沒溺함은 하여금 되돌아오지 못하며,(그 한 번 떠나감에 다시 되돌아오지 않음. 放蕩한 사람.) 그 가림[厭](閉藏貌. 『대학』에 "군자를 본 이후에 厭然히……"라고 하였다.)이 封緘(秘固)한 듯함은 그 늙을수록 洫함(깊어감)을 말함이며,(그 감춤이 늙을수록 더욱 깊음이다. 속을 알 수 없는 사람.) 죽음에 가까운 마음이란 하여금 陽으로 회복할 수 없다.(그 陰凶하고 사나워 다시 生意가 없는 것이다. 모질게 사나운 사람.)

기쁨, 성냄, 슬픔, 즐거움과 慮(생각이 많음), 嘆(슬픔이 많음), 變(반복), 慹(音 執. 공포), 姚(아름다움), 佚(방종), 啓(개방), 態(수식. ○ 또 12글자를 중복으로 말하여 그 정상을 모두 모사하고 있다.)여!

音樂은 虛에서 나오고(본래 虛器인데 음악은 이로 말미암아 나온다.) 蒸發로 菌이 이뤄진다.(우연으로서 氣가 생하여 鬱勃한 것이다. ○ 二句는 위의 이와 같은 갖가지 인정을 끝맺음이니, 모두가 無로부터 有가 이뤄져 우연히 氣와 더불어 會合된 것이다.)

의역

큰 지혜는 드넓고 작은 지혜는 세세한 것까지 따지며 큰 말은 기염이 성하고 작은 말은 거듭 말을 되씹는다.

그들은 잠이 들면 꿈속에서도 이런저런 생각으로 정신이 뒤엉키고, 잠을 깨면 긴장된 몸으로써 바깥 사물과 접촉하면서 삶을 영위(營爲)하고자 날이면 날마다 각기 마음에 온갖 계책을 내어 다투고 있다.

이 때문에 그들의 마음 씀씀이에 따라서 사람도 가지가지이다.

부드럽고 느긋한 척 간악한 사람, 함정을 파놓고 말하는 음흉한 사람, 자기의 마음을 드러내 보이지 않고 삼가는 사람이 있는가 하면 그다지 대수롭지 않은 두려움에도 근심과 공포로써 고개를 숙인 채 기운이 없고, 큰 두려움에는 아예 넋이 빠져 정신을 잃기 마련이다.

말하는 것도 가지가지이다. 말할 적에 날카로운 화살을 쏘는 것처럼 한두 마디의 말로써 그 핵심을 맞추는 것은 오로지 남들의 시비를 살펴 공격하여 말로써 이기려는 사람이다.

말하지 않을 적에는 마치 무슨 맹세나 한 것처럼 침묵으로 일관한 채 기회를 엿보는 것은 자기의 고집으로써 남을 이기고자 어깃장을 놓은 사람이다.

수척하고 메마른 얼굴에 가을, 겨울의 초목처럼 생기가 없는 것은 그 원기(元氣)를 깎아내림으로써 날마다 천진(天眞)함을 잃어 가는 각박한 사람이다.

자신이 하는 일에 온통 빠져버린 것은 한 번 떠나가면 다시 되돌아올 줄 모르는 탕아(蕩兒)이다.

제 마음을 깊숙이 감춰두고 무슨 비밀이라도 숨기듯 싸두는 것은 사람이 살다 보면 늙을수록 감추는 게 많기 마련인데 그의 마음을 더욱 알 수 없는 사람이다.

하는 일마다 죽을 짓만 가려서 하는 마음은 모질게 음흉하고 사나운 사람으로 다시는 힘찬 생기가 넘치게 할 수 없다.

그뿐만 아니라 그들은 때로는 기쁨을, 때로는 성냄을, 때로는 슬픔을, 때로는 즐거움을, 때로는 수많은 생각을, 때로는 수많은 슬픔을, 때로는 방황을, 때로는 공포의 두려움을, 때로는 아름다움을, 때로는 방종을, 때로는 개방을, 때로는 자태를 내보기도 한다. 이처럼 열두 가지의 모습은 모두 종잡을 수 없는 그들의 마음을 보여주는 것들이다.

이처럼 사람의 갖가지 마음이란 마치 음악 소리가 속이 텅 빈 공간에서 울려 나오고, 버섯이 땅에서 피어오르는 훈김에서 피어나는 것과 같다. 이 모두 무(無)에서 유(有)가 이뤄져 우연스럽게 기(氣)와 더불어 만남으로써 이뤄진 것들이다.

‖ **선영 주** ‖

上文子綦는 **止寫得一層影子**오 **正意**는 **毫末之及**이라가 **莊子 緊接過來**하야 **鋪敘一番**이라

위 문장에서 말한 남곽 자기는 하나의 그림자를 묘사한 데에 그칠 뿐, 말하고자 하는 원뜻은 털끝만큼도 언급하지 않다가 장자가 이에 긴밀하게 이어 오면서 한 차례 서술하여 펼쳐놓은 것이다.

○ **此節**은 **是與地籟節**로 **相配文字**라 **大知小知以下**는 **點次物態三十餘種**이니 **與衆竅怒呺一段**으로 **配讀之**에 **又一樣拉雜崩騰**이 **如萬馬奔趨**라 **洪濤洶湧**이오 **樂出虛二句**는 **與風濟竅虛一段**으로 **配讀之**에 **又一樣希微杳冥**이 **如秋空夜靜**에 **四顧悄然**이라 **皆天機浩蕩之文**이로다

○ 이 절은 지뢰 절과 짝이 되는[配對] 글이다. 대지(大知), 소지(小知) 이하는 30여 가지의 숱한 사람들의 모습들을 차례로 쓴 것이다. '중규노효(衆竅怒呺)' 단락과 짝을 맞추어 읽으면 이 또한 하나같이 1만 마

리 말이 내달리고 큰 파도가 솟구치는 듯하다가, '악출허, 증성균(樂出虛, 蒸成菌)' 두 구절에 이르러 '풍제규허(風濟竅虛)' 단락과 배대하여 읽노라면 이 또한 하나같이 가을 하늘 고요한 밤에 사방을 둘러봐도 그 무엇 하나 없어 쓸쓸한 것처럼 보일 뿐이다. 이 모두 천기(天機)가 호탕한 문장이다.

강설

이는 앞에서 말한 지뢰에 상당하는 문장이다. 지뢰는 자연의 객관세계에 나타난 온갖 변화를, 이 부분은 인간의 주관세계에 나타난 온갖 심리현상과 그 형태의 변화를 말해주고 있다. 이의 도표는 아래와 같다.

自 然		人 間	
地籟 作用	風	逆順境界	喜怒愛樂已發處
	衆 竅	五蘊 六根	
	怒 號 風 聲	三十情態 (分別覺知 六塵煩惱)	
天籟 本體	怒者 其誰	其所萌	人人各有之本性 (眞性甚深微妙處)

이 때문에 풍지생(馮芝生)은 "대지소지(大知小知) 이하는 또 다른 하나의 문단이다. 이 단락에서 말한 바는 위에서 말한 것과 다르면서도 연관이 있다. 위의 대풍(大風) 단락은 형상화된 언어를 통하여 자연계의 사물에 존재하는 온갖 변화를 묘사한 것이며, 이 단락은 형상화된 언어를 통하여 심리현상의 온갖 변화를 묘사한 것이다. 위는 객관세계를, 이는 주관세계를 말하고 있다."(『三論莊子』)고 하였다.

풍지생의 말한 바와 같이 지뢰는 자연의 현상이기에 무심하지만 지뢰에 상당하는 사람의 말은 유심(有心)이다. '유심'이란 자신이 설정한 편견 내지 의식에 의한 것이기에 이는 곧 물론(物論)을 야기시키는 근원이다. '유심'의 말은 고목사회(枯木死灰)의 반대현상이다.

‖ 경문 ‖

日夜 相代乎前이로되 而莫知其所萌이니

직역 ‖

日夜로 앞에서 서로 가름하지만 그 萌芽된 바를 알 수 없으니

의역 ‖

이처럼 수많은 정감(情感)의 형태들이 밤낮 가리지 않고 나의 마음을 끊임없이 괴롭히고 있다. 하지만 그게 도대체 어디에서 생겨난 것일까? 알 수 없는 일이다.

‖ 선영 주 ‖

此節은 是與天籟節로 相配文字라

이 절은 천뢰 절과 배대되는 글이다.

○ 日而夜하고 夜而日하야 互古互今에 止此一遞一遞라 將種種物態의 明抽暗換하야 曾無頃刻之停하니 倘曰我可爲政인댄 何不克據其一息耶아 雖然이나 對此茫茫에 問誰發縱고 又眇不可得이라 見固不可得而見이오 聞幷不可得而聞이니 較之天籟컨대 更爲杳冥이라 急須從此致想이면 尚可省却半世波汲也라

○ 해지면 밤이 되고 밤이 새면 낮이 되어 고금이 다하도록 하나의 순환과 교체가 있을 뿐이다. 갖가지 사물의 형태는 일월의 명암(明暗)에 따라 바뀌면서 잠시도 머물지 않는다. 만일 내가 정치를 한다고 한

다면 어떻게 그 한 호흡의 순간일지라도 여기에 근거하지 않을 수 있겠는가. 그러나 이에 대하여 찾으려 하면 아득하여 알 길이 없다. 누가 이를 조종[發縱]하는 것일까? 이 또한 아득하여 전혀 알 수 없다. 보려고 해도 볼 수 없고 들으려 해도 들을 수 없다. 천뢰에 비교하면 더욱 아득하고 아득하여 보이지 않는다. 서둘러 이 부분에 대해 생각을 다하면 오히려 반생애의 파급(波汲)을 줄일 수 있다.

○ **日夜相代乎前**은 **卽吹萬不同三句意也**오 **莫知其所萌**은 **卽怒者其誰意也**니라 **提醒天下**에 **其辭愈冷**이라 **莫知二字**는 **寫盡一世人懵懂**이라

○ '주야로 앞에서 서로 가름한다[日夜相代乎前]'는 것은 곧 '취만부동(吹萬不同)' 이하 세 구절의 뜻이며, '그 맹아를 알 수 없다[莫知其所萌]'는 것은 곧 '노자기수(怒者其誰)'의 뜻이다. 천하 사람을 일깨워줌에 그 문장이 더욱 냉엄하다. '막지(莫知)…' 두 글자는 온 세상 사람들의 어리석음을 지극히 묘사하고 있다.

강설

이 부분은 「덕충부」를 참고하면 보다 쉽게 이해할 수 있을 것이다.

"사생 존망과 궁달(窮達) 빈부(貧富)와 현명함과 불초함, 훼방과 칭찬, 굶주림과 목마름, 추위와 더위는 일의 변화요, 천명의 운행이다. 이는 밤낮없이 나의 앞에서 서로 순환하고 있지만 나의 지혜로 그 시초를 엿볼 수 없다.[死生存亡, 窮達貧富, 賢與不肖, 毁譽饑渴, 寒暑, 是事之變, 命之行也. 日夜相代乎前, 而知(智)不能規乎其始者也.]"

이는 나의 일상생활을 통하여 나의 운명과 나의 현실이 목전에 펼쳐지고 있으나 그것이 어디에서 비롯된 것인 줄 알 수 없다. 일상의 생활은 분명 색계(色界)이다. 그 색계의 주체인 진공(眞空)의 본원에 대해

아는 이가 거의 없음을 말한다.

‖ **경문** ‖

已乎已乎여(息心語) **旦暮得此**하야(相代之化) **其所由以生乎**아

직역

그만두자! 그만두어야지!(마음에 포기하는 말) 旦暮로 이(서로 가름하는 造化)를 얻어서 그들은 이로 말미암아 살아가는가.

의역

그것이 어디에서 생겨나는지 알 수 없다. 이젠 더 이상 알려고 하지 말자! 조석으로 끊임없이 나의 마음을 괴롭히는, 수많은 정감들을 가지고 그들은 이렇게 살아가는 것일까?

‖ **선영 주** ‖

承上文日夜句하야 **從而咏嘆之**하고 **下二節**은 **又爲莫知句**하야 **轉側蕩漾**하야 **要人醒眼**이라

위 문장 일야(日夜) 구절을 이어받아 뒤따라 이를 영탄(詠嘆)하였고, 아래 2절 또한 '막지(莫知)' 구절을 위해 헤아릴 수 없는 전변과 끝없이 아득한 문장으로 사람의 눈을 일깨워주고자 하였다.

강설

일상의 소용돌이 속에서 끝없이 허우적대며 발버둥치며 살아가는 것이 진정 인간의 어쩔 수 없는 현실일까? 여느 사람들의 한계는 여기일까? 이처럼 나를 조정하는 존재가 그 무엇인지 알지 못한 채, 그저 살아가는 게 중생의 비극이다.

‖ 경문 ‖

非彼면(卽上之此也라) 無我오 非我면 無所取니(咸其自取라) 是亦近矣나(造化 不離己身이니 言亦近似라) 而不知其所爲使며(到底 使然者는 是誰오) 若有眞宰나(點眞宰니 又故作彷彿之詞라) 而特不得其朕이며(無端可尋) 可行已信이나(運動我者는 已信有之라) 而不見其形이로소니 有情(實有此理)而無形이니라(但終無纖迹이라 ○ 止一意反復摺疊이라)

직역 ‖

저것이 아니면(바로 위에서 말한 '得此'의 此이다.) 自我가 없고 자아가 아니면 취할 바 없으니(모두 그 스스로 취한 것이다.) 이 또한 近似하나(조화는 나의 몸에서 떠날 수 없으니, 또한 近似하다 말한다.) 그 부리는 바를 알지 못하며(결국 그처럼 만든 자는 누구일까?) 眞宰(진재를 나타냄이니, 또한 고의로 방불하게 한 말이다.)가 있는 듯하나 특히 그 兆朕을 얻을 수 없으며(단서를 찾을 수 없다.) 가히 행함으로 이미 믿을 수 있으나(나를 움직이게 한 자 이미 있음을 믿을 수 있다.) 그 형체를 볼 수 없으니, 情이 있으나(실제로 그 이치가 있다.) 형체가 없다.(다만 끝까지 가느다란 실오라기 자취마저도 없다. ○ 하나의 뜻으로 반복하여 거듭 말한 것이다.)

의역 ‖

그처럼 수많은 정감이 없으면 내가 있을 수 없고, 내가 없으면 정감을 취할 바 없다. 이로 보면 모두 나 스스로 취한 것이다. 이런 정감의 조화야말로 나의 몸에서 떠날 수 없다. 또한 그럴싸해 보이지만 결국 무엇이 그처럼 만드는 것인지 알 수 없다.

참 주재자가 있는 듯하지만 그 조짐조차 찾아볼 수 없고, 나의 정감을 움직이는 작용이 있다는 사실은 분명히 믿을 수 있는데 그 형체를 볼 수 없고, 그 이치는 분명 존재하지만 끝까지 가느다란 실오라기와 같은 형체 하나 찾아볼 수 없다.

‖ 선영 주 ‖

此節은 作四折하니 淡蕩眞宰無形이라

이 절은 네 번이나 꺾어 쓴 것이다. 담탕(淡蕩)한 진재(眞宰)는 형체가 없다.

강설

「제물론」의 벽두에서 말한 상아(喪我)란 나의 가아(假我)를 버리고 진심(眞心)과 진아(眞我)의 존재를 추구하는 것이다. 여기에서 말한 진재(眞宰)는 진심, 또는 진아를 말한다. 여느 사람들은 정확한 자신의 진재를 깨닫지 못하지만 자신의 마음속에 본성이 존재한다는 인식이 없는 것은 아니다. 어렴풋이 느끼는 데에 그쳤기 때문에 그 존재의 실체를 보지 못한 것이다. 따라서 여기에서 말한 진재와 이신(已信)과 유정(有情)은 모두 진심과 진아를 말한다.

‖ 경문 ‖

百骸, 九竅, 六藏을 賅(音은 該니 備也라)而存焉하니 吾誰與爲親고(言試卽有形求之면 此許多件數에 倚那一件爲主오 下面若干摺疊은 都承此句去라) 汝皆說(悅)之乎아(將同親之乎아) 其有私焉가(還是親一件乎아) 如是댄 皆有爲臣妾乎아(如是二字는 承上二句라 皆說 旣不得이오 有私 又不得이오 或一槪不親이니 皆有之而賤爲役使輩乎아) 其臣妾은 不足以相治也라(旣同爲役使면 則無主니 何以相治리오) 其遞相爲君臣乎아(抑互爲主使乎아) 其有眞君이 存焉이라(還是形骸之外에 別有眞君 存焉이라 此句는 逗出이니 亦止作婉醒之辭라)

직역

百骸, 九竅, 六藏[5]을 갖추고[賅](音은 該, 갖춰짐) 있으니 내 누구와 더불어 친히 할까?(시험 삼아 곧 有形에서 구한다면 이 허다한 件數 가운데 어느

一件에 의하여 주를 삼을까? 아래의 몇몇 거듭된 말은 모두 이 구절을 뒤이어 쓴 것이다.) 네 모두 그들을 좋아[說: 悅]할까?(또 이를 다 친히 할까?) 그 私를 둘까?(아니면 하나만 친히 할까?) 이와 같을진대 모두 신첩으로 삼아둘까? (如是 두 글자는 상문 두 구절을 이어 쓴 것이다. 모두 다 좋아할 수도 없고 사사로이 할 수도 없고 또 모두 친히 할 수도 없고 혹 하나를 친할 수도 없으니, 모두 소유하고서 천히 役使하는 무리로 삼을까?) 그 臣妾은 족히 서로 다스릴 수 없다.(이미 다 함께 役使가 되면 주인이 없으니 어떻게 서로 다스릴 수 있겠는가.) 그 번갈아가며 서로 君臣을 삼을까?(아니, 서로 주인과 役使로 삼을까?) 그 眞君이 존재한다.(또한 形骸의 밖에 따로 眞君이 있다. 이 구절은 끝맺음을 한 것이니, 또한 부드럽게[婉順] 일깨워 주는 말로써 쓴 것에 그칠 뿐이다.)

의역

사람의 몸에는 백 개의 뼈마디, 그리고 구규(九竅), 즉 두 개의 눈, 두 개의 귀, 두 구멍의 코, 하나의 입, 하체의 두 구멍이 있고, 또 여섯 내장(內臟)이 모두 갖춰져 있다. 내 시험 삼아 이 유형(有形)에서 구한다면 이 숱한 육신 가운데 어느 것에 의지하여 주를 삼을까? 네 모두 그 육신들을 모두 친히 할까? 아니면 하나만 친히 할까?

모두 다 좋아할 수도 없고 사사로이 할 수도 없고 또 모두 친히 할 수도 없고 혹 하나를 친할 수도 없다면 모두 소유하고서 천히 부리는 종을 삼을까? 이처럼 다 함께 종이 된다면 주인이 없으니 어떻게 서로 다스릴 수 있겠는가. 아니, 주인과 종을 서로 교대로 바꾸어 볼까? 또한 형체의 밖에 따로 진군(眞君)이 있다.

‖ 선영 주 ‖

緣上節推宕而下니 上節은 無形이오 此節은 將有形處 翻跌也라 似辯似詰하고 一反一復하야 至末句一逗하야 却還在無形處主張하니 譬

5) 六藏 : 심장·간장·비장·폐·신장을 오장(五臟)이라 하는데, 신장에 양장(兩臟)이 있기 때문에 육장이라 한다.

如分雲漏月이라(吾誰與는 先問一句오 下面兩句는 就親一邊하야 摺疊兩句하고 就不親一邊하야 摺疊一句하고 就遞親과 遞不親하야 雙承摺疊然後에 點醒이라)

상절(上節)에 이어서 막힘없이 미루어 써내려 온 문장이다. 위의 절에서는 형체가 없고 이 절에서는 형체가 있는 곳을 들어 뒤집어놓은 것이다. 논변한 듯하고 힐책한 듯하고 한 번 반복하여 맨 끝 구절의 끝맺음에 이르러서 갑자기 형체가 없는 데에서 주장하였다. 비유하면 구름을 열치고 달빛이 새어 나오는 것과 같다.('내, 누구와 함께 할까[吾誰與]'는 먼저 묻는 한 구절이요, 아래 두 구절은 '친히 한다'는 쪽에서 두 구절을 거듭 겪어 쓰고, '친히 할 수 없다'는 쪽에서 한 구절을 거듭 겪어 쓰면서 서로 친히 함을 번갈아 말하고 서로 친히 하지 않음을 번갈아 말해 나가면서 쌍으로 거듭 겪어 쓴 것을 뒤이어 쓴 뒤에 각성시키는 것으로 끝맺고 있다.)

○ **兩節一句一轉 纍纍然如線貫珠垂**하야 **筆尖輕弄**하야 **不復著紙**라

○ 두 절은 한 구절마다 한 번씩 전변(轉變)하면서 첩첩이 쌓여 마치 실에 구슬을 꿰어 드리운 것처럼 첨예한 붓끝으로 가볍게 유희하듯 써내려가 다시는 종이에 붓이 닿지 않았다.

‖ 경문 ‖

如求得其情與不得이 **無益損乎其眞**이니라(不以人得之而益이오 不以人不得而損은 蓋眞固自如耳라) **一受其成形**에 **不亡以待盡**이어늘 **與物**로 **相刃**(逆也)**相靡**하야(順也) **其行**이 **盡如馳而莫之能止**하나니 **不亦悲乎**아

직역 ‖

만일 그 情을 구하여 얻든 얻지 못하든 그 眞君에는 益損이 없다.(사람이 얻음으로써 더해진 것도 아니요, 사람이 얻지 못함으로써 減損해지는 않은

것은 眞君은 참으로 自如한 때문이다.) 한 번 그 成形을 받음에 亡[6]하지 않고 다함[죽음]을 기다리는데 物로 더불어 서로 刃(거슬림)하고 서로 靡(順)하여 그 행함이 모두 달리는 듯하여 멈추지 않으니 또한 슬프지 않은가.

의역

진군(眞君)의 진실을 알든 모르든 진군이란 사람이 앎으로써 더해진 것도 아니요, 사람이 모름으로써 줄어드는 것도 아니다. 진군 그 자체가 본래 여여(如如)할 뿐이다.

사람들은 어느 날 하나의 몸을 받은 뒤로 제 몸 하나 지키면서 그대로 죽기를 기다리며 외적 사물과의 접촉에서 서로 거슬려 부딪치기도 하고 서로 따르면서 순종하여 고달픈 삶의 종종걸음이 마치 달리는 말처럼 멈추지 않아 어느덧 세월은 흘러가 버린다. 아, 이 또한 슬프지 않은가.

‖선영 주‖

眞君所在는 人知라도 不加益이오 人不知라도 不加損이라 惟人自受形以來로 守之待死하야 與物相攖於隙駒光中하니 爲足悲耳로다

진군이 존재하는 바는 사람이 이를 안다 할지라도 더 커지는 게 없고 사람이 모른다 할지라도 더 줄어든 것도 없다. 오직 사람이 형체를 받아 태어난 후로 그 몸을 지키면서 죽음을 기다리며 사물(事物)로 더불어 빠른 세월 속에 서로 얽혀 살고 있다. 너무나 슬픈 일이다.

6) 亡 : 엄영봉(嚴靈峯)의 『장자장구신편(莊子章句新編)』 등에서는 불망(不亡)을 불화(不化)로 바꿔, "천지조화에 함께 하지 않은 채, 한 목숨이 다하기를 기다린다."로 보았으나, 선영(宣穎)은 이를 "몸 하나 지키면서 한 목숨이 다하기를 기다린다."로 보았다. 여기에서는 선영의 뜻에 따라 국역하였다.

강설

'여구득기정(如求得其情)'의 정(情)은 실정(實情)으로 진리라는 뜻이며, '무익손호기진(無益損乎其眞)'의 진(眞)은 진재(眞宰)로 실정(實情)을 말한다. 실정이니 진재니 하는 것은 우주의 진리기에 인간이 손댈 수 있는 영역이 아니다. 단 그 존재를 깨달으려는 것이다. 사람이 그 존재를 추구하여 깨달음을 얻든 얻지 못하든 인간의 근본진리는 변함이 없다. 하늘의 밝은 달은 구름의 여하에 따라 밝고 어둠의 차이는 있으나 달의 본체는 변함이 없는 것과 같다. 구름이 없다 하여 달의 본체가 더 커지고 구름이 끼었다 하여 달의 본체가 줄어드는 것은 아니다.

깨달은 사람이든 어리석은 사람이든 본성의 주체는 이처럼 변함이 없으나, 현불초(賢不肖)와 지우(智愚)의 차이에 따라 일상생활에 혼미와 명철의 구분이 생겨나는 것이다. 이 때문에 주자(朱子)는 「소학제사(小學題辭)」에서 "혼미의 지난날 인의예지의 본성이 부족했던 것도 아니니, 깨달음을 얻은 오늘날 어찌 그 본성이 넉넉하다고 하겠는가.[昔非不足, 今豈有餘?]"라고 말하였다.

위에서 말한 '일수기성형(一受其成形)'의 성형(成形)이란 기질성(氣質性)에 의한 형체를 말하며, 앞서 말한 진재(眞宰)는 유가의 본연성(本然性)에 상당한다. 기질성과 본연성에 대한 관계는 퇴계선생의 말(『퇴계문집』 17권, 「答奇明彦」)을 눈여겨볼 필요가 있다.

"천지의 본연성은 비유하면 하늘 위에 떠있는 달이며, 인간의 기질성은 비유하면 시냇물 가운데 있는 달이다. 비록 하늘에 떠있는 달과 물속에 잠긴 달은 다른 것처럼 보이지만 그 달이라는 자체는 하나일 뿐이다.

달이 물속에 잠겨 있을 적에 물결이 고요하면 달 또한 고요하고 물결이 일어나면 달 또한 출렁거린다. 달이 동함에 있어 시냇물이 잔잔하게 흐르고 맑으면 달빛이 또렷하게 선명한 것은 물속에 잠긴 달이 동함에 장애가 없는 것이다. 하지만 시냇물이 갑자기 급류를 만나 세차게 흐르거나 거센 바람으로 물결이 출렁대거나 바위에 부딪혀 물방울이 솟구치면 달빛은 부서지고 번뜩거리고 산란하고 사라지게 된다. 심하면 아예 달을 찾아볼 수조차 없다. 이로 보면 시냇물 속에 잠긴 달에 명암의 차이가 생기는 것은 모두 달빛이 그렇게 만든 것일 뿐, 시냇물과는 하등 상관이 없다고 말할 수 있을까?[天地之性, 譬則天上之月也; 氣質之性, 譬則水中之月也. 月雖若有在天在水之不同, 然其爲月則一而已矣. 蓋月之在水, 水靜則月亦靜, 水動則月亦動. 其於動也, 安流淸漾, 光景映徹者, 水月之動, 固無礙也. 其或水就下而奔流, 及爲風簸而蕩, 石激而躍, 則月爲之破碎閃颭, 凌亂滅沒, 而甚則遂至於無月矣. 夫如是, 豈可曰水中之月 有明有暗, 皆月之所爲, 而非水之所得與乎?]"

장자가 말한 "외적 사물과 정신없이 부딪치면서 고달픈 삶의 종종걸음이 세월과 함께 흘러간다."는 것은 곧 퇴계 선생이 말한 거센 물결 속에 사라져버린 달을 비탄해 하는 말이다.

장자의 이런 비애(悲哀)는 아래에 3단계로 서술되어 있다. 비(悲)→애(哀)→대애(大哀)로의 진행을 통하여 깨달음의 필요성을 역설적으로 당부하는 말이다. 무엇이 슬픔인가[悲]? 세속에 휩쓸려 멈추지 않은 채, 죽음의 길로 치닫기 때문이다. 너무 어릴 적 집을 잃어 고향이 어딘지도 모르는 고아처럼 방황하는 삶의 궤적이 슬프지 않은가. 무엇이 더한 슬픔인가[哀]? 죽는 날까지 하루도 편할 날 없이 지내온 세월에 이룬 게 있는가. 해는 저물고 막다른 길목에 그 어디에서 휴식을 취할까?[日暮途窮, 於何歸宿?] 무엇이 가장 큰 슬픔인가[大哀]? 육신의 죽음에 따라 나의 영혼 역시 사라져간다. 잠시 숨을 붙이고 살아온 세월, 생전이나 사후에 그 무엇을 이뤘는가.[暫時屬息, 成何用處?] 이의 도표는 아래와 같다.

悲	與物相馳而莫之能止	生死事大 弱喪彷徨
哀	終身茶役	日暮途窮 於何歸宿
大哀	形化 心亦化	暫時屬息 成何用處

‖ 경문 ‖

終身役役而不見其成功하며(所行이 皆幻妄耳라) **苶然**(苶音은 涅이니 疲貌라)**疲役**(疲於所役이라)**而不知所歸**하나니(日暮途窮에 於何歸宿고) **可不哀邪**아

직역 ‖

종신토록 役役하되 그 성공을 볼 수 없으며(행한 바 모두 幻妄이다.) 苶(苶의 독음은 涅)然(피곤한 모양)히 일에 피곤하여도(일한 바에 피곤함이다.) 돌아갈 바를 알지 못하니(해는 저물고 갈 곳이 없는데 어느 곳을 찾아가 잠을 잘까?) 가히 슬프지 않으랴.

의역 ‖

일평생 일에 시달려도 얻어지는 바 없이 모두 헛일이며, 일에 지쳐 몸이 나른해도 어디로 가야 할지? 해 질 녘에 갈 곳 없는 나그네와도 같다. 어찌 슬프지 않겠는가.

‖ 선영 주 ‖

與下凡三節은 **疊疊爲世人寄痛**하야 **以深見其可悲**라 **直從明眼慈心**하야 **流出一副血淚來也**로다

아래 문장과 더불어 모두 3절은 거듭거듭 세인을 위하여 통책(痛責)을 붙여 그 가엾이 여기는 마음을 나타내주었다. 이는 곧 밝은 눈과 자비의 마음에서 한 줄기 피눈물을 흘린 것이다.

○ **不見其成功**이 **妙**며 **不知其所歸** **妙**라 **經營一生**에 **將謂託業千古**나 **以我觀之**컨대 **不啻電光石火** **霎時影現耳**니 **是何結局耶**아

○ "그 이뤄진 것을 볼 수 없다."라는 구절이 절묘하며, "그 돌아갈

바를 알지 못한다."라는 구절이 절묘하다. 일평생 경영하는 일에 대해 장차 천고의 위업을 맡긴 것처럼 생각하지만, 나의 입장에서 보면 전광석화(電光石火)가 삽시간에 스쳐 가는 그림자에 그칠 정도가 아니다. 어떻게 이처럼 문장을 끝맺을 수 있었을까?

‖ 경문 ‖

人謂之不死나 奚益이리오(方其役役에 固謂不死라 然이나 縱生인들 何用가) 其形이 化에 其心이 與之然하나니(一旦形化而心亦隨化하야 靈氣蕩然矣라) 可不謂大哀乎아

직역 ‖

사람들이 "죽지 않았다."고 말하나 무슨 도움이 되겠는가.(바야흐로 役役하면서도 참으로 죽지 않았다고 생각한다. 그러나 비록 살았다 한들 무슨 소용이 있겠는가.) 그 形體가 化함에 그 마음이 그와 더불어 그렇게 되니(하루아침에 형체가 죽으면 마음 또한 따라 죽어 신령한 기운이 모두 사라지게 된다.) 큰 슬픔이라 말하지 않으랴?

의역 ‖

사람들은 그처럼 고달프게 살면서도 "나는 죽지 않았다."고 말들 한다. 그러나 아무리 살았다 할지라도 그런 삶이 나에게 무슨 소용이 있겠는가.

그 어느 날, 하루아침에 사람의 목숨이 다하면 마음 또한 그 몸을 따라 죽음으로써 신령한 기운이 모두 사라지게 된다. 이를 참으로 큰 슬픔이라 말하지 않을 수 있겠는가.

‖ 선영 주 ‖

眞宰旣喪이어늘 指其暫時屬息하야 謂之方生이나 成何用處리오 蓋旣

爲形役則幾希之心도 **亦與形俱徂耳**라 **此猶不悟**니 **豈不加一倍可哀耶**아

참 주재자[眞宰]를 이미 잃어버렸는데도 그 잠시 숨이 붙어 있는 것을 가리켜 살아 있다 말하지만 어디에 쓸 곳이 있겠는가. 마음이 형체에 부림을 당하면 짐승과 거의 다를 바 없는 그 마음마저도 또한 그 형체와 함께 떠나가게 된다. 그럼에도 오히려 이를 깨닫지 못한다. 어찌 곱절이나 슬픔이 더하지 않으랴!

‖ **경문** ‖

人之生也 固若是(指上節)**芒乎**아(芒은 昧也니 喪其眞宰而不知라) **其獨我芒**이오 **而人**은 **亦有不芒者乎**아

직역 ‖

사람들의 生이란 참으로 이처럼(上節을 가리킴) 芒(芒은 혼매. 그 眞宰를 잃고서도 모르는 것이다.)한 것일까? 그 홀로 나만이 芒하고 남들은 또한 芒하지 않은 자 있다는 것일까?

의역 ‖

인간의 삶이란 본래 이처럼 혼미하여 참 주재자를 잃고서도 모르는 것일까? 아니면 나만 혼미하고 남들은 또한 혼미하지 않은 자 있다는 것일까?

‖ **선영 주** ‖

怪嘆衆生汶汶하야 **反借自己**하야 **爲普天一哭**이라

중생이 흐리멍덩함을 이상하게 생각하여 탄식하면서 도리어 자기를

빌려 천하 수많은 사람을 위하여 한 번 통곡한 것이다.

○ 自起首로 至此히 殊未道及物論一字하고 引子綦喪我之言하야 發揮出若干文字할세 將世人一切知覺形骸하야 盡爲幻化하야 使人大失所恃하야 疊疊感傷하니 則物論一節이 乃其至小至小라 如此下筆이 固是透悟며 亦文字中爭上截法也니 其空靈澹蕩을 切須細細吟之어다

○ 첫머리로부터 여기까지 물론(物論)이라는 한 글자도 언급하지 않았고, 자기(子綦)의 상아(喪我)라는 말을 인용하여 약간의 문자를 밝힐 적에 세인(世人)들의 일체 지각(知覺)과 형해(形骸)를 들어 모두 환화(幻化)라 말하여, 사람들이 그렇게 철석같이 믿고 살았던 나의 몸을 잃게 하여 거듭거듭 슬픔에 젖어들게 하였다.

물론(物論) 1절은 곧 지극히 작고 지극히 작은 것이다. 이와 같이 문장을 써 내려가는 것이 참으로 투철하게 깨친 것이며 또한 문자 가운데 최상을 다투는 법이다. 변화무쌍하고 생동감 있으며 담담하면서도 거침없는 그의 문장을 간절하게 세세히 음미해야 할 것이다.

○ 諷誦一過에 始而萎喪이러니 旣而瞥如하야 有所獨遇하니 謂莊子不得道를 吾不信也라

○ 한 차례 읽을 적에 처음에는 시들한 것처럼 느꼈지만 한참 후에는 별안간 마음에 와 닿을 바 있으니 "장자가 도를 얻지 못했다."라는 말을 나는 믿을 수 없다.

○ 以上은 冒頭라

○ 이상은 첫 부분이다.

강설

앞에서 말한 큰 슬픔[大哀]은 육신의 부림에 따른 결과이다. 나의 몸에서 일어나는 감정과 그 모습들이 지뢰와 같다는 점에서 보면, 이는 지뢰의 온갖 바람 소리를 울려 내주는 천뢰의 근본을 깨닫지 못하고, 오로지 귀로 듣는 데에서 일어나는 혼란과도 같다.

따라서 장자의 큰 슬픔은 인간의 모든 생각과 행동을 낳아주는 근본의 주체를 깨닫지 못한다면 허깨비와도 같은 환화공신(幻化空身)에 사로잡혀 덧없이 나의 영혼까지 잃게 된다는 점을 안타까워한 것이다.

3. 照之於天(天理로 사물을 관조하다)

시비의 논쟁은 오묘한 도를 깨닫지 못한 데에서 나온 것인바, 천리(天理)로 사물을 관조하여 밝은 안목을 갖추어야 함을 말하고 있다. 그것이 바로 '조지어천(照之於天)'이요, '이명(以明)'이다.

‖ 경문 ‖

夫隨其成心(心自何成이리오 有成之者는 則成心之中에 妙道存焉이라)**而師之**면(大宗師) **誰獨且無師乎**아(人人具有) **奚必知代而自取者有之**리오(不特知相代之故하야 取於造化者 有之라) **愚者**도 **與有焉**이어니와(卽不知其故者도 宗師未嘗不在니라 蓋眞君을 雖不可見이나 而實具於人人之心이라 眞君은 卽宗師也라) **未成乎心而有是非**면(今未見妙道於心이오 而以意見妄生是非라) **是**는 **今日適越而昔至也**니라(未嘗實到오 懸爲臆度耳라 此句는 乃當時辨士話端이어늘 未見道而妄說者 似之라) **是**는 **以無有爲有**니(本無是非而妄爲有라) **無有爲有**는 **雖有神禹**라도 **且不能知**온(旣可妄生이어니 有何底止리오) **吾獨且奈何哉**아(況智不若禹者哉아 禹嘗鑄鼎에 能知神奸故로 以爲言이라)

직역

그 成心에 따라서(마음 스스로 어떻게 이룰 수 있겠는가. 이를 이뤄준 자가 있다. 곧 이뤄진 마음[成心] 가운데 오묘한 도가 있다.) 이(大宗師)를 스승 삼으면 누가 홀로 스승이 없겠는가.(사람마다 모두 소유하고 있다.) 何必[奚必] 相代함을 알고서 스스로 취한 자만이 이를 두었겠는가.(특히 相代의 故[所以然]는 조화에게서 취한 것임을 아는 자만이 이를 소유한 것은 아니다.) 어리석은 자도 함께 지니고 있거니와(그 所以然을 알지 못한 자도 宗師가 일찍이 존재하지 않은 바 없다. 비록 眞君을 볼 수 없으나 실로 사람 사람의 마음에 갖춰져 있다. 眞君은 곧 宗師이다.) 마음에 이루지 못하고서 是非를 두면(오늘날 마음에 오묘한 도를 보지 못하고서 의견으로써 부질없이 시비를 낸 것이다.) 이는 금일에 越을 가면서 옛적에 이르렀다 함이다.(일찍이 진리를 깨닫지 못하고 臆度을 달고 있다. 이 구절은 당시 辯士들의 말인데, 도를 보지 못하고서 허튼소리를 한 자 이와 같다.) 이는 있지 않은 것으로써 有를 삼음이니(본래 시비가 없이 망령되이 있다고 생각한 것이다.) 있지 않은 것으로써 有를 삼는 것은 비록 神禹로서도 또한 알 수 없는데,(이미 부질없이 내었거니 어찌 그침이 있겠는가.) 내 홀로 어찌하랴?(하물며 智慧가 禹만 같지 못한 者에야? 禹는 일찍이 솥을 주조하면서 神奸을 알았던 까닭에 이를 말한 것이다.)

의역

사람의 마음이란 제 스스로 이뤄진 게 아니라, 이를 이뤄준 자가 있다. 그 이뤄진 마음[成心]에는 오묘한 도가 담겨 있다. 그러므로 그 이뤄진 마음을 따라 그 대종사(大宗師)를 스승으로 삼으면 사람마다 모두 마음을 소유하고 있는데 어느 누가 스승이 없는 사람이 있겠는가.

수많은 정감의 소이연(所以然)이 조물주에게서 얻어온 것임을 아는 자만이 소유할 수 있다는 것은 아니다. 그 소이연을 알지 못하는 어리석은 이에게도 일찍이 대종사는 존재하지 않은 바 없다. 진군(眞君)이란 볼 수 없으나 모든 사람의 마음에 갖춰져 있기 때문이다. 진군이 바로 대종사이다.

그러나 오늘날 마음속에 오묘한 도를 깨닫지 못하고서 사사로운 의견으로 부질없는 시비를 한다는 것은 정작 오늘 월나라를 찾아가면서 옛날 옛적에 이르렀다고 말한 것과 다를 바 없다. 도를 깨닫지 못하고 허튼소리를 한 자들이 이와 같다.

이는 있지도 않은 것을 있다고 생각한 자이다. 있지도 않은 것을 있다고 생각하는 것은 아무리 신과 같은 지혜를 지닌 우임금으로서도 어차피 알 수 없는 일이다. 하물며 우임금의 지혜만 갇지 못한 나야 오죽하겠는가.

‖ **선영 주** ‖

此方接入物論이니 **親見斯道者 何庸費辭**리오 **則物論之起 皆妄造耳**라(此節은 言是非 自無而有라)

이 부분에서야 비로소 많은 사람들의 이런저런 말에 대해 접어든 것이다. 몸소 도를 깨달은 자는 어찌 말을 허비할 게 있겠는가. 많은 사람의 의논이 일어난 것은 모두 부질없이 만들어낸 것이다.(이 절은 시비가 無로부터 생겨나게 됨을 말한 것이다.)

강설

성심(成心)에 대한 학설은 수없이 많지만, 크게 두 가지로 나뉜다. 하나는 선영(宣穎)의 말처럼 "천리(天理)가 혼연(渾然)한 마음"으로 보는 것과 이와는 반대로 "자기만이 옳다고 생각하는 마음" 즉 편견을 고집하는 마음으로 해석하고 있다. 여기에서는 선영의 주설에 따라 국역하였다.

여기에서 장자는 혼미한 까닭에 없는 것을 있는 것처럼 망언을 지껄이게 되고 따라서 수많은 물론이 횡행하게 된다[迷悟→ 以無爲有→ 妄言→ 物論橫行]고 인식하였다. 이처럼 물론의 병근(病根)은 혼미에 있기에 아래 문장에서 이에 반하는 명(明), 즉 깨달음을 제시한 것이다.

‖ 경문 ‖

夫言은(緊接物論) **非吹也**니(天籟는 自然이니 言非其比라) **言者有言**이니(生是生非) **其所言者 特未定也**라(皆未足據라) **果有言邪**아(人止知矢口而談이니 果算得句話說耶아) **其未嘗有言邪**아(抑算不得句話說耶아) **其以爲異於鷇**(音은 寇니 初生鳥라)**音**인댄 **亦有辨乎**아(異乎아) **其無辨乎**아(不異乎아)

직역 ‖

대체로 말이란(緊密하게 物論에 붙여 말한 것이다.) 불어대는 것이 아니다.(天籟는 자연이니, 그 비할 바 아님을 말한다.) 말이란 말이 있으니(옳음과 그름을 낸 것이다.) 그 말한 것은 특별히 정해진 게 아니다.(모두 근거할 것이 없다.) 과연 말이 있는가.(사람들은 입을 벌려 말할 줄만 알 뿐이다. 과연 言句에 맞는 말이라 할 수 있을까?) 그 일찍이 말을 두지 않은 것일까?(아니, 언구에 맞지 않은 말이라 해야 할지.) 그 鷇(音은 寇. 갓 태어난 새)音과 다르다고 생각할진대 또한 分辨이 있는가.(다른지?) 그 分辨이 없는가.(다르지 않은지?)

의역 ‖

말이란 절로 불어대는 천뢰(天籟)가 아니다. 말은 또 말을 낳아 시비를 불러일으킨다. 그런 말들은 모두 근거할 만한 게 못된다. 사람들은 입을 벌려 말할 줄만 알 뿐, 진정 말에 맞는 말을 했다고 할 수 있을지? 아니면 말에 맞지 않은 말이라 말해야 할지?

하지만 그들은 모두 갓 태어난 새끼 새들이 지저귀는 소리와 다르다고 생각한다. 그렇다면 결국 분별이 있는 것일까? 아니면 없는 것일까?

‖ **선영 주** ‖

只因言亦聲籟邊事하야 忽接前文하야 將吹字劈手判過니 靈快無比로다

단, 말 또한 성뢰(聲籟) 측면의 일임을 인하여 갑자기 앞 문장에 이어서 '취(吹)' 자를 가지고 단번에 둘로 나누어 놓았다. 명쾌함이 비할 바 없다.

○ 上二句는 如利刃剖物에 劃然兩分이오 下將言字하야 輕輕掉弄하야 等之小鳥啁啾하니 蚤把高談雄辯하야 付之灰燼이로다(此節은 言是非 原不足據라 ○ 鳥生須母哺之者를 謂之鷇오 能自啄食者를 謂之雛라 爾雅에 云生哺鷇오 生啄雛라하니라)

○ 위의 두 구절은 예리한 칼날로 물건을 자름에 쫙 벌어져 둘로 나뉜 것과 같고, 아래에서는 '언(言)' 자를 가지고서 가볍게 희롱하여 작은 새들이 지저귀는 것과 같다 하니, 일찍이 고담(高談)과 웅변을 모두 잿더미 속에 던져버린 것이다.(이 절에서는 시비란 원래 근거할 게 없음을 말한 것이다. ○ 새가 갓 태어나 어미 새가 먹여주어야 하는 새끼를 鷇라 하고, 스스로 먹이를 쪼아 먹을 수 있는 새끼를 雛라고 한다. 『爾雅』(字典類)에 "갓 태어나 먹여주는 것은 鷇요, 태어나 쪼아 먹을 줄 아는 새끼를 雛라 한다."고 하였다.)

강설

선영(宣穎)은 '언비취야(言非吹也)'의 언(言)이란 시비를 불러일으키는 사람의 말로서 이는 그 어떤 목적과 의도에 의한 변사스러운 마음[機心]에서 비롯된다 하였고, 이에 반하여 취(吹)는 무심의 천뢰(天籟)로 자연에 의한 도의 핵심[道樞]으로 보았다. 이처럼 상반된 두 글자로 인식함에 따라 세속사람의 말은 혼미한 자의 시비 소리이며, 천뢰의 무심은 깨달은 자의 자연에 따른 말이라 간주하였다. 이의 도표는 아래와 같다.

言非吹也		
言	↔	吹
人言有心	↔	天籟無心
世人之言　機心所發	↔	天籟之吹 發於自然
言者有言 生是生非	↔	以明因是 道樞無窮

‖ 경문 ‖

道惡乎隱(晦也)而有眞僞며(何所晦而用人分眞分僞之言고) 言惡乎隱而有是非오(何所晦而用人分是分非之辯고) 道惡乎往而不存이며(觸處 皆是라 本不須言이니라) 言惡乎存而不可리오(一言一道라 亦不須辯이라) 道隱於小成이오(偏見之人은 乃致道隱耳라) 言隱於榮華라(浮誇之說은 乃致言隱耳라) 故로 有儒墨之是非하야(儒墨二家는 因小成晦道와 榮華晦言하야 乃起而是非之라) 以是其所非而非其所是하나니(是彼所非而非彼所是하야 以正之라) 欲是其所非而非其所是ㄴ댄 則莫若以明이니라(二家는 欲以己之是非로 正彼之是非而愈生是非하니 無益也라 莫若以道는 原無隱言이오 原無隱者는 同相忘於本明之地니 則一總不用是非면 大家俱可省事矣리라 ○ 明字는 正對惡乎隱說이라)

직역 ‖

道는 어디에 隱(어둠)하여 眞僞가 있으며(어느 곳에서 어두워져 사람이 진위를 구분 지어 말하는가.) 말은 어디에 隱하여 是非가 있는가.(어느 곳에서 어두워져 사람이 시비를 구분 지어 논변하는가.) 道는 어디에 간들 存在하지 않으며(모든 곳이 다 옳기에 본래 말이 필요하지 않다.) 말은 어디에 있든 可하지 않겠는가.(한 마디 말이 하나의 道라, 또한 논변이 필요하지 않다.) 道는 小成에 어두워지고(편견을 가진 사람은 곧 도를 어두워지게 한다.) 말은 榮華에 어두워진다.(浮誇한 말은 곧 말을 어두워지게 한다.)

이 때문에 儒墨의 是非가 있어(儒墨 二家는 小成으로 도가 어두워지고 榮華로 말이 어두워짐으로 인하여 이에 일어나 시비하게 된다.) 이로써 그가 그르다 한 것은 옳다 하고, 그가 옳다 한 것은 그르다 하니,(그가 그르다 한 것을 옳다 여기고, 그가 옳다고 한 것을 그르다 하여 바로잡는다.) 그 그릇된 바를 옳다 하고 그 옳다 한 바를 그르다 한다면 밝음으로써 함만 같지 못하다.(二家는 자기의 시비로써 저 사람의 시비를 바로잡고자 하여 더욱 시비를 만들어내니 도움이 없다. "道로써 함만 같지 못하다." 함은 원래 숨겨진 말이 없고, 원래 숨김이 없는 자는 본래 밝은 곳을 함께 서로 잊음이니, 모두 하나같이 시비를 하지 않으면 모두 다 일이 줄어들 것이다. ○ '明(莫若以明)' 자는 바로 '惡乎隱'을 상대하여 말한 것이다.)

의역

도는 본래 진위(眞僞)의 상대개념을 초월한 것인데 어디에 가려 진실과 거짓이 있으며, 말은 원래 소박한 것인데 어디에 가려 옳고 그름이 나오는 것일까? 도는 어디에나 모두 존재하기에 본래 말이 필요하지 않으며, 말은 어디에서나 옳은 것이기에 또한 논변이 필요하지 않다. 편견을 지닌 사람에 의해 도는 가려지고 과장된 말에 의해 말은 가려지게 된다.

이 때문에 유가(儒家)와 묵가(墨家)는 편견으로 도가 가려지고 과장된 말로 말을 가려 시비를 일으키게 됨으로써 상대가 그르다 한 것을 옳다 여기고, 상대가 옳다고 한 것을 그르다 하여 바로잡는다. 유묵(儒墨) 이가(二家)가 이처럼 자기의 시비로써 상대의 시비를 바로잡고자 한다면 "근본자리를 밝게 깨달음"만 같지 못하다.

‖ 선영 주 ‖

此節은 有四層이라 道與言은 本無隱이라 何處不是리오 是第一層이니라 偏見之人이 言道에 又文以浮誇之說하야 而道始隱하고 言始隱이라 是第二層이니라 儒墨二家는 自負言道宗匠이라하야 憤其隱也而以此之是非로 正彼之是非라 是第三層이라 然以是非而正是非는 未得

也니 莫若以本明者로 聽之라 是第四層이라

이 절에는 네 층이 있다.

도와 말은 본래 숨김이 없다. 어느 곳인들 옳지 않겠는가. 이것이 제1층이다.

편견을 가진 사람은 도를 말함에 또 부과(浮誇)한 말로 꾸밈으로써 도가 비로소 어두워지고 말이 비로소 어두워지게 된다. 이것이 제2층이다.

유묵(儒墨) 이가(二家)는 도(道)의 종장(宗匠)이라 자부하여 그 숨겨지게 된 것을 분히 여겨 이의 시비로써 그의 시비를 바로잡으려 한다. 이것이 제3층이다.

그러나 시비로써 시비를 바로잡는다는 것은 있을 수 없다. 본래의 밝음으로 따르는 것만 못하다. 이것이 제4층이다.

○ 明字는 是齊字의 第一等道理라

○ '명(明)' 자는 '제(齊)' 자의 제1의 도리이다.

○ 此處에 明字 一見이라(此節은 言是非俱用不著이요 還他明字一著이라)

○ 이곳에 '명(明)' 자를 한 차례 나타낸 것이다.(이 절은 시비라는 글자를 모두 쓰지 않고, 도리어 '明' 자를 한 차례 쓴 것이다.)

강설

선영은 주해에서 이 절을 4단계로 인식한 것은 참으로 치밀한 분석이다. 이를 도표화하면 다음과 같다.

1단계	道惡乎隱-言惡乎存而不可	도와 언어의 본질 규명
2단계	道隱於小成-言隱於榮華	편견에 의한 浮華 (病根)
3단계	故有儒墨之是非-非其所是	儒墨의 논쟁 (物論 奮起)
4단계	欲是其所非-莫若以明	논쟁의 종식 (悟道의 齊物論)

도란 위로 하늘에 솔개가 날고 아래로 연못에 물고기가 뛰는, 그 삼라만상에 나타나지 않은 바 없다. 이처럼 도가 명명백백하다면 이를 표현하는 언어 역시 명명백백한 것이다.

그러나 문제의 발생은 무지한 편견에 의해 수많은 시비가 야기되는 것이다. 여기에서 말한 '도은어소성(道隱於小成)'의 소성(小成)이란 편견을 지닌 사람[偏見之人]을 말한다. 편견이란 인식 부족의 한계이자 편협성을 말한다. 인식의 부족은 첫째, 최고의 경지를 모른다[究竟處不得]는 것, 둘째, 전체의 진리를 모른다[全體眞理不得]는 점이다. 이처럼 일부분만을 고집하기에 자연히 편협하기 마련이다. 이렇게 편협하게 가려진[隱] 데에서 도의 진위(眞僞)와 언어의 시비가 나오게 된다. 이는 아래 문장에서 말한, 피아(彼我)에 의한 분별의식이 바로 편견에 의한 소치이다.

편견을 지닌 이들의 시비의 양상은 수없이 많지만 이를 정리하면 대충 네 가지로 말할 수 있다. 시비란 자신의 입장만을 내세우는 관점의 차이, 언어 사용의 미숙에 의한 문제점, 현실 이해에 의한 충돌, 경쟁심에 의한 생트집 등에서 나온 것이다. 그 모두가 원인은 피아의 대립에서 비롯되는 것들이다. 이에 의해 수많은 물론(物論), 즉 말이 많아지는 것이다.

따라서 유가는 예악을 중시하여 후장(厚葬)을 주장한 데 반하여 묵가는 예악을 경시하여 박장(薄葬)을 주장하였다. 그러나 도가의 관점에서 보면 유가와 묵가의 주장은 모두 그들의 편견에 의해 도의 전체와 최고의 경지를 깨닫지 못한 데에서 가려진[隱蔽] 폐해라고 인식한 것이다.

이 때문에 장자는 마지막 단계에서 그들의 편견이라는 병근(病根)에 곧 이를 치료할 약이 있음을 간파하고서 명(明) 자를 제시하게 된 것이다. '명'이란 깨달음이자 그것은 드넓은 시야이다. 『도덕경』에서 '명' 자에 대해 다음과 같이 언급하였다. "떳떳한 이치를 아는 것을 밝음이라 한다.[知常曰明]"(致虛極 제15), "자기의 입장에서 보지 않기에 밝다.[不自見故明]"(益謙 제22), "자신을 아는 자 밝다.[自知者明]"(辯德 제33), "작은 것까지 보는 것을 밝다고 말한다.[見小曰明]"(歸元 제52). 이는 모두 깨달음을 말한다.

공자 당시 도를 깨달음에 대해 문도(聞道: 朝聞道 夕死 可矣)라고 말했을 뿐, 오도(悟道)라는 단어는 불교가 전래된 이후의 용어이다. 따라서 도가에서 오도의 경지를 흔히 '명'으로 말한 것이다. 깨달은 자만이 양자(兩者)의 모순된 시비를 평정할 수 있다고 본 것이다. 이는 마치 당상(堂上)에 올라 있어야 당하(堂下) 사람의 시비를 판결할 수 있다는 것과 같은 논리이다.

‖ 경문 ‖

物無非彼며 物無非是라(是非는 因彼此對立而爭이니 不知케라 相觀則皆彼也오 各據則皆此也니라) 自彼則不見하고(看彼則昏이라) 自知則知之라(自知則明이라) 故로 曰彼出於是하고(彼者는 由此而指也라) 是亦因彼라하니(此者는 因彼而成也라) 彼是는(此) 方生之說也라(可見彼此 乃相生無窮之說也라) 雖然이나 方生方死오(隨起면 亦隨仆이라) 方死方生이며(隨仆면 又隨起라) 方可方不可오(有是면 卽有非라) 方不可方可라(有非면 卽有是라) 因是因非오 因非因是니(不能爲同이오 不能爲異하야 從而因之라) 是以로 聖人不由(不由是非之途라)而照之於天하나니(以明也라 自然之明故로 曰天이라) 亦因是也니라(因則是非兩化라)

직역 ‖

物은 彼 아닌 것이 없으며 物은 是 아닌 것이 없다.(시비는 피차의 대립으로 인하여 다투는 것이니 서로 觀할 줄 모르면 모두 彼요 각각 근거하면 모두 此이다.) 彼로부터 하면 보지 못하고(彼를 보면 昏迷하다.) 스스로 알면 지혜롭다고 한다.(자신의 입장에서만 알면 明哲하다고 여긴다.) 이 때문에 "彼는 是에서 나오고(彼는 此로 말미암아 가리킨 것이다.) 是 또한 彼로 因한다." 하니(此는 彼로 因하여 이뤄진 것이다.) 彼是[彼此]가 바야흐로 만들어내는 말들이다.(彼此가 이에 서로 무궁한 말을 만들어 냄을 볼 수 있다.) 비록 그러하나 바야흐로 生하면 바야흐로 죽고(일어남에 따라 또 엎어짐이 따르게 된다.) 바야흐로 죽으면 바야흐로 生하며(엎어짐에 따라 또 일어남이 따르게 된다.) 바야흐로 可하면 바야흐로 不可하고(是가 있으면 곧 非가 있다.) 바야흐로 不可하면 바야흐로 可하다.(非가 있으면 곧 是가 있다.) 是로 因하면 非로 因하게 되고 非로 因하면 是로 因하게 되니,(能히 같이 하지도 못하고 能히 달리하지 못하여 따라서 因한 것이다.) 이로써 성인은 말미암지 않고(시비의 길을 따르지 않는다.) 天으로 비춰보니(밝기 때문이다. 자연의 밝음 때문에 天이라 한다.) 또한 이것으로 因한 것이다.(因하면 시비가 모두 변화된다.)

의역

사물을 상대적 대립에서 보면 모두가 각기 대립이 이뤄지는 것이다. 그 입장에서 살펴보면 보이는 것마다 그것 아닌 게 없고, 또 이 입장에서 살펴보면 보이는 것마다 이것 아닌 게 없다.

그 입장에서만 살펴보면 이 입장을 보지 못하여 혼미하고, 그 자신의 입장만을 알면 모두가 자신이 진정 지혜롭다고 잘못 인식하게 된다. 이 때문에 "저것은 이것에서 나오고, 이것 또한 저것으로 인하여 이뤄진다."고 말하였다.

이처럼 피차가 서로 끝없는 말을 만들어내지만 말이란 생기면 또 뒤따라 사라지게 되고 사라지면 또 뒤따라 일어나게 되며, 옳다고 하면 곧 그름이 있고 그르다 하면 곧 옳음이 있다. 옳다고 하면 그름이 있게 되고 그르다 하면 옳음이 있게 된다.

이 때문에 성인은 시비의 길을 따르지 않고 자연의 밝음인 천(天)으로써 비춰본다. 또한 이것을 따른 까닭에 시비가 모두 사라지게 된다.

‖ **선영 주** ‖

此節은 亦有四層이라 無彼此 是第一層이오 生彼此 是第二層이오 是中有非와 非中有是 是第三層이오 是非總不足由니 惟因爲妙 是第四層이라

이 절 역시 네 층이 있다.

피차가 없다는 것이 제1층이요, 피차를 낳는다는 것이 제2층이요, 옳음 가운데 그름이 있는 것과 그름 가운데 옳음이 있다는 것이 제3층이요, 시비를 모두 말미암을 수 없으니, 오직 인(因)함이 오묘함이 된다는 것이 제4층이다.

○ 因字는 承明字來니 是齊字의 第一個方法이라

○ '인(因)' 자는 '명(明)' 자를 이어온 것이다. 이는 '제(齊)' 자의 제일의 방법이다.

○ 此處에 因字一見이라(此節은 言是非互藏其宅이요 又還他因字一著이라)

○ 이곳에 '인(因)' 자를 처음 나타낸 것이다.(이 절은 시비가 하나의 집에 서로 간직돼 있음을 말하고, 또 그 '因' 자를 한 차례 쓴 것이다.)

○ 以上 一大段에 前兩節은 接入物論이오 後兩節은 明字 一煞하고 因字 一煞이라

○ 이상의 문장은 하나의 대 단락 가운데 앞의 2절은 물론(物論)을

끌어들였고, 뒤의 2절은 '명(明)' 자를 한 번 쓰고 '인(因)' 자를 한 번 쓴 것이다.

강설

선영은 이 또한 4단계로 분석하였다. 이를 도표화하면 다음과 같다.

1단계	物無非彼-物無非是	彼我가 없는 본질 규명 (無彼此)
2단계	自彼則不見-方生之說也	피아에 의한 무한대립 (生彼此)
3단계	雖然方生方死-因非因是	시비의 상호 파생 (是非 互藏)
4단계	是以聖人不由-亦因是也	시비의 종식 (悟道의 照天)

이 역시 앞에서 말한 구조와 일치한다. 첫째는 원래 피아가 없는 본체에서 출발한다.

둘째는 피아의 형성이다. 하나는 둘을 낳음으로서 대립의 구도가 형성되는바, 그것이 곧 피아의 성립이다. 피(彼)'란 상대방을, 시(是: 我)란 이쪽을 말한다. 피아의 개념은 상대적임과 아울러 동시에 나타나며, 피와 아란 상호 대립의 관계이면서도 상호 필요로 하는 존재이다.

예를 들면 어머니가 아들을 낳으면 모자(母子)라는 명칭이 동시에 나타나게 된다. 언어의 표현상에 이와 같고, 시비의 판단에서도 이와 같다. 장자가 말한 피아의 개념은 "세계란 아(我)와 비아(非我)의 구성체"라는 말과 일맥상통하며, 이천(伊川)선생이 말한 "모든 사물에는 반드시 대립이 존재한다.[物必有對]"는 뜻이다.

이러한 필연의 대립 속에서 그가 그 방면에서 관찰하면 그의 소견은 그 방면 아닌 것이 없으나, 이 방면에서 관찰하면 그의 소견은 이 방면 아닌 것이 없다. 저쪽을 보면 이쪽을 모르고 이쪽에서 보면 저쪽을 모른다. 자신이 알고 있는 바는 그저 진리의 일부분을 인식하고 있을 뿐이다. 이러한 편견의 대립은 또다시 무한한 대립의 관계 속에서 끝없는 파장을 일으키게 된다.

셋째는 피아에 의해 파생된 시비는 선이든 악이든 일정한 고정체가 아니기에 그 가치의 혼란은 끝없이 순환하면서 혼란에 혼란을 야기하게 된다. 이 때문에 피차 간에 일어난 시비는 끝이 없다. 우리나라의 경우 2, 3백 년에 걸친 사색당쟁(四色黨爭)과 성리학의 논쟁이 이의 본보기이다. 물론 긍정적인 면에서는 당쟁이란 상호의 의견을 맘껏 개진하는 민주주의의 장이요, 성리학의 논쟁은 유구한 역사를 통한 수많은 학자들의 학설 토론의 장을 마련한 것이다. 그러나 그들의 피아 시비 속에서 과연 무엇을 얻었고, 그 시비의 결과는 오늘날까지도 끝나지 않은 진행과정 중에 있다.

넷째는 피아의 시비를 한꺼번에 숙청할 수 있는 관건은 천(天) 자요, 인(因) 자이다. '천'이란 자연의 본체이며, 피아의 대립이 없는 세계이다. 이것이 곧 깨달음의 대상이다. 인간의 깨달음은 대우주의 자연 섭리를 대상으로 밝은 지혜를 얻는 것이다. '인'함이란 따르는 것이다. 깨달음을 통하여 인간의 본래 밝은 마음을 따르는 것이다. 이처럼 깨달음을 통하여 자연의 진리를 터득하고 터득한 그 깨달음에 따라 피아의 시비를 관조하여 하나로 정리해 나가는 것이다.

‖ **경문** ‖

是(此)**亦彼也**며 **彼亦是**(此)**也**니(我爲此오 人爲彼니 從人觀之면 則俱倒轉矣라) **彼亦一是非**며 **此亦一是非**니(今乃各起意見이라) **果且有彼是**(此)**乎哉**아 **果且無彼是**(此)**乎哉**아 **彼是**(此)**莫得其偶**를(相對之形) **謂之道樞**라하니(彼此는 匹偶之오 相求之로되 了不可得이라야 乃道之樞紐라) **樞始得其環中**하야 **以應無窮**이라(凡物은 奇圓而偶方이라 環之圓也 旋轉無端이어늘 環而又中이면 則空虛不倚라 得樞者는 似之而應物無窮이니 豈著是非之迹也哉아) **是亦一無窮**이며 **非亦一無窮也**니(是非之應은 皆可無窮이라) **故**로 **曰莫若以明**이라 하노라(握無窮之妙者는 非本明之照乎아 ○ 道樞 明이라야 始得之니라)

직역

是(此) 또한 彼이며 彼 또한 是(此)이니(我는 此가 되고 人은 彼가 되니 저 사람을 따라 보면 모두 거꾸로 전변된다.) 彼 또한 하나의 是非이며 此 또한 하나의 是非이니(이제 각기 의견을 일으킴이다.) 과연 또 彼是(彼此)가 있는 것일까? 과연 또 彼是가 없는 것일까? 彼是의 그 偶(상대의 형상)를 얻을 수 없는 것을 道樞라 말하니(피차는 匹偶가 되고 서로 구하지만 전혀 얻음이 없어야만 곧 도의 樞紐이다.) 樞로서 비로소 그 環中을 얻어 이로써 무궁히 응하였다.(모든 物은 奇는 圓型이요 偶는 方型이다. 環의 圓이 끝없이 旋轉하는데 環으로서 또 中으로 하면 공허하여 偏倚함이 없다. 樞를 얻은 者는 이처럼 물에 응함이 무궁하니 어찌 시비의 자취를 남기겠는가.) 是 또한 하나의 무궁함이며 非 또한 하나의 무궁함이다.(시비의 응은 모두 무궁하다.) 이 때문에 "밝음으로써 하는 것만 못하다."고 말한 것이다.(무궁의 妙를 잡은 자는 본래 밝음으로 비춤이 아니겠는가. ○ 道樞가 밝아야 비로소 얻을 수 있다.)

의역

이것 또한 저것이며 저것 또한 이것이다. 이처럼 그 사람의 입장에서 바꿔보면 모두 반대가 된다. 그러나 그들이 각기 하나의 의견을 일으키면 저것 또한 하나의 시비이고 이것 또한 하나의 시비이다.

이로 보면 진정 저것과 이것이 있는 것일까? 아니면 저것과 이것이 없는 것일까? 저것과 이것의 상대적 존재를 초월한 것을 곧 도(道)의 지도리[樞]라 한다.

도의 지도리이기에 그 원의 중심에서 무한한 변화에 대처할 수 있다. 이처럼 도의 지도리를 얻은 자는 사물의 변화에 무한한 대처를 할 수 있으니, 어찌 시비의 자취를 남기겠는가. 옳음 또한 하나의 무한한 대처가 있고 그릇됨 또한 하나의 무한한 대처가 있다. 이 때문에 "근본자리의 밝음으로써 하는 것만 못하다."고 말한 것이다.

‖ 선영 주 ‖

一申明字라

한 차례 '명(明)' 자를 거듭한 것이다.

○ 明字 再見이라

○ '명(明)' 자를 다시 나타낸 것이다.

강설

"하늘의 섭리로 관조한다.[照之於天]"는 하늘의 섭리는 여기에서 말한 도추(道樞)이다. 깨달음의 마음은 이를 대상으로 하여 수많은 시비의 물론(物論)을 정리하여 하나로 귀결짓는 것이다.

4. 道通爲一 (진리의 입장에서 보면 모두 하나로 통한다)

제자백가의 견해는 우주의 온전한 진리를 위배한 것으로 오로지 자신의 편견에 의해 형성된 것이다. 그러므로 진리의 입장에서 모두 하나로 통하는 인식론이 필요하기에 다시 '이명(以明)'을 제시하고 있다.

‖ 경문 ‖

以指로 喩指(枝指)之非指론 不若以非指로 喩指之非指也며(指之外에 別有屈信之者하니 不特枝指非指라 幷指亦非指也니라 然則指與枝指는 一樣耳어늘 多此分別矣라) 以馬로 喩馬(白馬)之非馬론 不若以非馬로 喩馬之非馬也니라(馬之外에 別有馳驅之者니 不特白馬非馬라 一樣耳어늘 多此分別矣라) 天地는 一指也며(別有升降之者라) 萬物은 一馬也라(別有消息之者라 ○ 可見凡有形者

는 皆假也니 當同作一例觀이오 引通爲一意也라) **可乎可**며(因其可) **不可乎不可**라(因其不可)

道는(凡路) **行之而成**이오(因所行) **物**은(凡物) **謂之**(稱名)**而然**이니라(因所名) **惡乎然**고 **然於然**이오(因其然) **惡乎不然**고 **不然於不然**이니라(因其不然) **物固有所然**하며(本來有然이라) **物固有所可**하야(本來有可라) **無物不然**하며(皆有然) **無物不可**라(皆有可) **故**로 **爲是**하야 **擧莛**(梁橫)**與楹**과(柱直) **厲**(醜人)**與西施**와(美人) **恢**(大)**恑**(同詭)**憰**(變詐)**怪**(怪異라 四者는 皆非常之端也라) **道通爲一**이니라(以道觀之면 皆通爲一이라) **其分也 成也**며(氣分則爲成物之始라) **其成也 毁也**라(旣成又所以爲毁散之地라) **凡物無成與毁**하야(可見成不是成이오 毁不是毁라) **復通爲一**이니 **唯達者**아 **知通爲一**하야(達者는 照之於天也라) **爲是不用而寓諸庸**이니라(去私見而同于尋常이라) **庸也者**는 **用也**오(無用之用이라) **用也者**는 **通也**오(無用之用者는 以道通爲一故也라) **通也者**는 **得也**니(通爲一則得道라) **適得**(無心於得而適然得之라)**而幾矣**니(盡乎道矣라) **因是已**니라(通爲一이면 則無所用其分別이니 道孰有妙於因乎아 ○ 適得而幾矣라하야 輕飄一線하고 又有下節文字라)

직역

指로써 指(枝指)의 指 아님을 비유할 바엔 指 아닌 것으로써 指의 指가 아님을 비유한 것만 못하며,(손가락 밖에 따로 屈伸한 것이 있으니, 枝指가 손가락 아닐 뿐 아니라, 아울러 손가락 또한 손가락이 아니다. 그렇다면 指와 枝指는 한 가지인데도 이처럼 分別이 많다.) 馬로써 馬(白馬)의 馬 아님을 비유할 바엔 馬 아닌 것으로써 馬의 馬가 아님을 비유한 것만 못하다.(말 밖에 따로 달리는 것이 있으니, 백마가 말이 아닐 뿐 아니라, 아울러 말 또한 말이 아니다. 그렇다면 말과 백마는 한 가지인데도 이처럼 분별이 많다.) 천지는 하나의 指이며(따로 升降한 것이 있다.) 만물은 하나의 馬이다.(따로 消息하는 것이 있다. ○ 무릇 형체가 있는 것은 모두 가탁이다. 모두 일례로 보아야 할 것이며, 끌어다가 하나의 뜻으로 통하여야 함을 볼 수 있다.) 可한 것을 可하다 하고(그

可함으로 因한 것이다.) 不可한 것을 不可하다 한다.(그 不可함으로 인함이다.)

道(모든 도로)는 行함으로써 이뤄지고(行한 바로 인한 것이다.) 物(모든 물건)은 일컬음으로써(이름을 일컬음이다.) 그렇게 된 것이니(이름한 바로 인한 것이다.) 어떻게 해서 그렇게 되는가. 그런 것을 그렇다고 한다.(그 그러함으로 인함이다.) 어떻게 해서 그렇지 않다 하는가. 그렇지 않은 것을 그렇지 않다고 한다.(그 그렇지 않음으로 인함이다.) 物에는 참으로 그런 것이 있으며(본래 그러함이 있다.) 物에는 참으로 可한 바 있으니(본래 可함이 있다.) 物마다 그렇지 않음이 없으며(모두 그러함이 있다.) 物마다 可하지 않음이 없다.(모두 可함이 있다.)

그러므로 이를 爲하여 莛(가로지른 上欂)과 楹(곧은 기둥)[7], 厲(추한 사람)와 西施(美人), 恢(大)·恑(詭와 같음)·憰(變詐)·怪(怪異. 네 가지는 모두 떳떳지 못한 실마리이다.)를 열거한 것이 道에서 보면 통하여 하나가 된다.(도로써 보면 모두가 통하여 하나가 된다.)

그 分散이 成就요(氣가 분산되면 物의 시초가 이뤄진다.) 그 成就가 毁損이다.(이미 성취되면 또한 毁散의 터전이 된다.) 모든 만물에 成就와 毁損이 없으니(성취는 성취가 아니오, 훼손은 훼손이 아님을 볼 수 있다.) 다시 통하여 하나가 된다.

오직 達者만이 통하여 하나가 됨을 알기에(達者는 天으로 관조하는 것이다.) 이를 爲하여 쓰지 않고서 庸에 부치니(私見을 버리고 尋常과 함께 한 것이다.) 庸이란 用이요(無用의 用) 用이란 通함이요(無用의 用은 道로 통하여 하나로 삼기 때문이다.) 通함이란 얻음이니(통하여 하나로 삼으면 도를 얻을 수 있다.) 適得으로서(얻음을 무심으로 하여 適然히 얻은 것이다.) 거의 다하니(道에 다함이다.) 이로 因할 뿐이다.(통하여 하나로 하면 그 分別을 쓸 바가 없으니, 道가 어디로 因하여 奧妙함이 있겠는가. ○ "適得而幾矣"라 하여 가볍게 하나의 실마리를 흩날리고 또한 下節의 문자를 두었다.)

---

7) 莛과 楹 : 莛과 楹을 작은 풀과 큰 나무로 해석한 주석도 없지 않으나 宣穎의 주해에 따라 번역함.

의역

보편적인 공상(共相)의 손가락으로써 "특수한 개체(個體)의 육손이 손가락은 보편적인 손가락이 아니다."라고 말할 바에는 "제3의, 손가락이 아닌 전혀 다른 존재, 예컨대 막대 따위 등으로써 육손이 손가락은 보편적인 손가락이 아니다."고 말한 것만 못하며, 보편적인 공상의 말로써 "특수한 개체의 백마는 보편적인 말이 아니다."라고 말할 바에는 "제3의, 전혀 말이 아닌 존재, 예컨대 소나 염소 따위를 들어 백마는 보편적인 말이 아니다."라고 말한 것만 못하다. 이는 A의 관점으로 B는 A가 아니라고 말하기보다는 C의 관점에서 B는 A가 아니라고 말하는 것만 못하다는 뜻이다.

무릇 형상이 있는 것은 모두 가탁(假託)이다. 사물의 이치가 본래 하나라는 점에서 살펴보면 모두 일례로 보아야 할 것이다. 따라서 하늘과 땅이 위아래로 엄청난 차이를 가지고 있으나 진리의 관점에서 보면 하나의 손가락이며, 삼라만상이 각기 다르지만 진리의 관점에서 보면 똑같은 하나의 말이다. 그러나 자신의 의견으로 상대개념을 설정한 까닭에 자기가 옳다고 생각한 것을 옳다 하고 옳지 않다고 생각한 것을 옳지 않다고 여기게 된 것이다.

모든 도로는 사람이 다니는 발길에 따라 생기는 것이고 모든 물건은 사람이 붙이는 이름에 따라 그렇게 불리게 된 것이다. 그렇다면 어째서 그런 것을 그렇게 여기는 것일까? 그렇다고 여기는 것을 그렇다 말한 것이다. 어떻게 해서 그렇지 않은 것을 그렇지 않게 여기는 것일까? 그렇지 않다고 여기는 것을 그렇지 않다 말한 것이다.

모든 사물에는 본래 그런 것이 있고 모든 사물에는 본래 옳은 것이 있다. 그러므로 어떤 사물이든 모두 그렇지 않은 것이 없고 어떤 사물이든 모두 옳지 않은 것이 없다.

이 때문에 가로지른 상량과 곧은 기둥, 추악한 여인과 아름다운 서시(西施), 그리고 일체 희기(稀奇)하고 괴이(怪異)한 것들을 열거해도 도(道)의 입장에서 보면 모두가 하나로 통하게 된다.

기(氣)가 분산되면 만물의 시초가 이뤄지고 이미 성취되면 또한 분산의 터전이 된다. 이 때문에 전체적인 입장에서 보면 성취는 성취가 아니오, 훼손은 훼손이 아니므로 모든 만물에는 성취도 훼손도 없다. 달관자가 이처럼 천리(天理)로 관조하면 모든 만물은 다시 하나로 통하게 된다.

이 때문에 달관자만이 사견(私見)을 버리고서 만물이 하나가 되는 평상(平常)의 용(庸)과 함께 할 수 있다. 용(庸)이란 곧 무용(無用)의 용(用)이요, 무용의 용이란 도의 입장에서 하나로 통하는 것이다. 만물을 하나로 통하면 도를 얻을 수 있다. 하나로 도를 통하면 그 분별을 쓸 바 없어 무심(無心)으로 적연(適然)하여 도에 다하지만 그저 이로 인할 뿐이다.

‖ **선영 주** ‖

一申因字라

한 차례 '인(因)' 자를 거듭 말하고 있다.

○ 因字 再見이라(指與馬로 發端者는 因公孫龍有白馬指物二篇而折之也라)

○ '인(因)' 자를 두 번째 나타난 것이다.(손가락과 말로써 실마리를 열어준 것은 公孫龍의 '「白馬」', '「指物」' 두 편으로 인하여 이를 절충한 것이다.)

강설 ▌

장자가 여기에서 육손이 손가락[枝指]과 백마(白馬)를 들어 논변한 것은 궤변가 공손룡(公孫龍)의 저서 『공손룡자(公孫龍子)』 14편 가운데 「지물론(指物論)」·「백마론(白馬論)」 2편에 대해 반박하기 위함이다. 이를 살펴보면 궤변론은 그 당시 상당한 영향을 끼쳤던 것으로 생각된다.

말과 백마, 손가락과 육손이 손가락이란 공상(共相)과 개체(個體)의 관계이다. 육손이 손가락과 백마는 개체의 특수성이며, 손가락과 말은 공상의 보편성이다.

이에 관계되는 구절[以白馬喩白馬之非馬, 不若以非馬喩白馬之非馬也.]에 대해 해석이 제각각이나, 크게 세 가지로 집약된다.

먼저 A(個體)의 관점에서 A는 B(共相)가 아니라고 말하는 것은 B의 관점에서 A는 B가 아니라고 말하는 것만 못하다. A는 이것[此] 또는 아(我)를, B는 피(彼) 또는 타인을 말한다. 장자의 의중은 결국 차(此)라는 한쪽에서 가늠[衡量]하는 기점을 삼은 것이 도리어 피(彼)의 쪽에서 가늠의 기점을 삼은 것만 못하다는 것이다. 이는 "육손이의 손가락으로써 '육손이의 손가락이란 손가락이 아니다.'라고 말할 바에는 '육손이의 손가락이 아닌 것으로 육손이의 손가락은 손가락이 아니다.'라고 말하는 것만 못하며, 백마(白馬)로써 '백마는 말이 아니다.'라고 말할 바에는 '백마가 아닌 것으로써 백마는 말이 아니다.'라고 말하는 것만 못하다."고 해석한 것이다.

또 다른 해석은 위와 달리 선영(宣穎)의 뜻에 따르면 다음과 같다.

"보편적 공상(共相)의 손가락으로써 '특수한 개체의 육손이 손가락은 보편적인 손가락이 아니다.'라고 말할 바에는 '제3의, 손가락이 아닌 전혀 다른 존재, 예컨대 막대 따위 등으로써 육손이 손가락은 보편적인 손가락이 아니다.'라고 말하는 것만 못하며, 보편적 공상의 말로써 '특수한 개체의 백마는 보편적인 말이 아니다.'라고 말할 바에는 '제3의, 전혀 말이 아닌 존재, 예컨대 소나 염소 따위를 들어 백마는 보편적인 말이 아니다.'고 말하는 것만 못하다."

선영의 견해는 말이 아닌 전혀 다른 존재, 소나 염소 따위를 예로 들어 백마 등의 개체는 보편적 공상의 말이 아니라고 비유함만 못하다는 표현은 일목요연하여 형상화된 언어의 복잡성과 궤변을 설파하였다. 결론은 백마는 일반 보편성의 말과는 다르지만 백마이든 흑마이든 적토마이든 여전히 그것은 한낱 말에 지나지 않는다. 장자는 이러한 궤변의 논변에 빠지지 않기를 바란 것이다.

위에서 말한 A・B・C나 선영이 언급한 소나 염소 따위 역시 모두 유형(有形)의 존재이다. 그러나 근대의 석학 탄허(呑虛)스님과 초굉(焦竑)의 『장자익(莊子翼)』에서는 "A의 유형으로 B의 유형을 비유하기보다는 유형의 손가락이 아닌, 유형의 말이 아닌[非指・非馬] 무형(無形)의 진리의 관점에서 B의 유형은 A의 유형이 아니라고 비유한 것만 못하다."라고 해석하였다. 이는 삼라만상의 현상존재를 통하여 삼라만상을 비유하는 것이 삼라만상을 총괄하여 귀결 지을 수 있는 진리의 경지에서 삼라만상의 차별을 관조하여 통일시키는 것만 못함을 말한다.

이처럼 무형의 진리로 유형의 차별세계를 하나로 귀결 지어야 한다고 인식하였다. 천지와 만물이란 도의 견지에서 보면 모두 하나의 이치[一指, 一馬]이다. 이로 보면 천지와 만물은 유형의 차별세계를, 하나의 손가락과 하나의 말이란 천지만물의 동질성인 공통된 개념을 말하였다. 천지만물에는 모두 공통점이 있다는 것으로 「덕충부」에서 말한 바와 같이 "그 같은 점으로 보면 만물이 모두 하나이다.[自其同者視之, 萬物皆一也.]"라는 뜻이다. 이로 보면 백마나 육손이 손가락은 여기에서 말한 만물의 존재이며, 손가락이 아닌[非指] 것은 여기에서 말한 하나의 이치[一指, 一馬]를 말한다.

"천지일지야 만물일마야(天地一指也 萬物一馬也)" 구절에 대한 또 다른 일설이 있다. 천지란 큰 것을, 하나의 손가락이란 작은 것을, 만물은 많은 것을, 하나의 말이란 적은 것을 말한다고 하여, 대소(大小)와 다소(多少)의 상대적 관념으로 모두가 비교에서 비롯된 산물이다. 예컨대 1백세 장수를 8백세 팽조에 비할 수 없지만, 반년 살다 죽은 요절을 조생모사(朝生暮死)의 조균(朝菌)에 비하면 장수이다. 장자는 이러한 상대적 관념의 논쟁을 종식시키고자 이를 초월한 본체로 회귀를 꾀하였다고 한다. 이는 참고로 갖춰놓은 것일 뿐이다.

‖ 경문 ‖

已(旣通爲一이라)而오 不知其然을(未嘗有心이라) 謂之道라(所謂適得而幾也라) 勞神明爲一(若勞心爲一이라)而不知其同也를(不知其同於不一이라) 謂之朝三이니라(忽帶一喩라)

何謂朝三고 曰 狙公(狙音은 苴니 狙公은 猿長也라) 賦芧할세(同杼니 橡也니 卽栩實也라) 曰 朝三而暮四라한대 衆狙 皆怒이어늘 曰 然則朝四而暮三이라한대 衆狙皆說하니(悅) 名實은 未虧로되(朝暮之數 正同이라) 而喜怒爲用하니(不一者를 勞心爲一者는 其勞等耳어늘 而舍彼取此하니 與衆狙로 何異리오) 亦因是也라(亦字는 妙라 幷爲一之道는 亦以渾忘하야 不與爲是니 此因字는 微乎微乎 ㄴ저) 是以로 聖人은 和之以是非하야 而休乎天均(鈞)하나니(均은 平也라 天均은 自然之平이라 雖和通是非나 而息心自然하야 一念不起니 何勞之有리오) 是之謂兩行이니라(我與物이 皆聽之라)

직역 ‖

이윽고(이미 통하여 하나가 된 것이다.) 그 그러함을 알지 못한 것을(일찍이 마음을 두지 않은 것이다.) 道라 말한다.(이른바 "適得而幾"이다.)

神明을 수고롭게 하나로 하여(마음을 수고롭게 하여 하나로 삼은 것과 같다.) 그 같은 줄 알지 못한 것을(그 하나가 아닌 것을 같게 한 것인 줄 모른 것이다.) 朝三이라 말한다.(갑자기 하나의 비유를 띠고 있다.)

무엇을 朝三이라 말하는가. 狙公(狙音은 苴. 狙公은 우두머리 원숭이.)이 상수리(芧: 杼와 같음. 橡이니 곧 상수리 열매.)를 주면서 "아침에는 셋, 저녁에는 넷을 주겠다."고 하자, 여러 원숭이들이 모두 성내었다. "그렇다면 아침에는 넷, 저녁에 셋을 주겠다." 하니, 여러 원숭이들이 모두 說(悅: 기뻐함)하였다.

名實이 虧(變)함이 없는데도(조모의 수효가 똑같다.) 喜怒의 用을 삼으니(하나로 통하지 못한 것을 헛되이 애를 써서 하나로 삼은 자 역시 그 고생이 원숭이들과 똑같은 것이다. 저것을 버리고 이것을 취하니, 여러 원숭이와 무엇이 다르겠는가.) 또한 이로 因한 것이다.('亦' 자는 절묘하다. 아울러 하나로 하는 道 또한 모두 잊고서[渾忘] 관여하지 않음으로써 옳음으로 삼은 것이다. 이 '因' 자는 미묘하고 미묘하다.) 이로써 성인은 시비로써 和하여 天均에 休하나니(均은 平함이다. 天均은 자연의 평등함이다. 비록 시비를 和通하나 자연히 마음을 쉬어서 한 생각도 일어나지 않으니, 어찌 수고로움이 있겠는가.) 이를 兩行이라 말한다.(자아와 物이 모두 따르는 것이다.)

의역

그러나 이미 모든 사물을 하나로 통하지만 그 소이연(所以然)은 알 수 없다. 그것은 그 소이연을 알려고 하는 데에 일찍이 마음을 두지 않았기 때문이다. 바로 그것을 도라 말한다.

당시의 궤변가들은 괜스레 마음과 지혜를 다해 '일치(一致)'됨을 구하였으나 그 하나가 아닌 것을 억지로 일치시키게 한 것인 줄 모른다. 바로 그것을 조삼(朝三)이라 말한다.

무엇을 조삼이라 말하는가. 우두머리 원숭이[8] 한 마리가 여러 아래 원숭이들에게 상수리를 나누어주면서 "너희에게 아침에는 석 되, 저녁에는 넉 되를 주겠다."라고 말하자, 여러 원숭이들이 모두 화를 냈다.

우두머리 원숭이는 다시 말하였다.

"그렇다면 너희에게 아침에 넉 되, 저녁에 석 되를 주겠다."

여러 원숭이들은 그 말을 듣고서 모두 기뻐하였다.

이처럼 아침저녁의 수효가 똑같다. 명칭과 실질이 하나도 변한 게 없지만 기뻐하고 화를 내는 마음을 달리하였다. 이는 궤변가들이 똑같지 않은 것을 헛되이 애를 써서 하나로 삼았던 까닭에 똑같은 일을 가지고서 저것을 버리고 이것을 취한 꼴이니 여러 원숭이와 무엇이 다르겠는가. 하지만 그 원숭이들 역시 그들이 옳다고 생각하는 주관심리의 작용에 따라 희로(喜怒)를 달리했을 뿐이다. 궤변가 또한 마찬가지이다.

이 때문에 성인은 비록 숱한 시비를 조화시키나 자연에 따라 마음을

8) 우두머리 원숭이 : 일설에는 원숭이를 기르는 사람으로도 보았음.

쉬면 한 생각도 일어나지 않는다. 어찌 심신의 헛고생이 있을 수 있겠는가. 이를 곧 자아와 물(物)을 모두 따르는 것이라 한다.

‖ 선영 주 ‖

緣上文適得而幾矣一句하야 拖此一段發明하고 爲達者更加一鞭하야 直須連知通爲一的心이 都歸渾化라 如佛家에 纔以一言으로 掃有하고 隨以一言으로 掃空이라야 方是一絲不掛오 不然이면 與紛紜者로 一間耳라 然要去此心인댄 不須別法也라 只消因是已妙妙라 不特因物이라 而因物之道도 亦出於因하니 此聖人所謂兩任自然이라 至矣至矣로다

위 문장 "적득이기의(適得而幾矣)" 한 구절을 따라 이 한 단락을 끌어다 밝히고 달자(達者)를 위하여 다시 하나의 채찍을 더하여 반드시 통하여 하나 되는 마음까지 모두 혼화(渾化)로 귀결됨을 알아야 한다. 마치 불가에서 겨우 한마디의 말로써 유(有)를 쓸어버리고 따라서 한마디의 말로써 공(空)까지 쓸어버려야 바야흐로 한 실오라기도 걸리지 않는 것과 같다. 그렇지 않으면 분운(紛紜)한 자와 한 칸의 사이가 있을 뿐이다.

그러나 이 마음을 버리고자 한다면 다른 법이 필요치 않다. 모름지기 '인시이(因是已)' 구절이 절묘하고 절묘하다. 물(物)로 인할 뿐 아니라, 물을 인하는 도 또한 인(因)에서 나온 것이다. 이는 성인이 이른바 둘을 모두 자연에 맡겨둔 것이다. 지극하고 지극하다.

○ 疊結一因字하니 是分外에 一至微至妙之因이로다

○ 거듭 하나의 '인(因)' 자로 끝맺었으니, 이는 분수 밖에 하나의 지극히 미묘한 인(因)이다.

○ 因字 三見이라

○ '인(因)' 자가 세 번째 나타난 것이다.

○ 以上一大段은 凡三節에 明字 一煞하고 因字 兩煞이라

○ 이상 하나의 대단락은 모두 3절로 '명(明)' 자를 한 차례 썼고 '인(因)' 자를 두 차례 썼다.

강설

앞에서 제시한 도추(道樞)를 여기에서는 천균(天均)이라 하였다. 천균이란 피아에 모두 통하는 쌍통(雙通)이 곧 양행(兩行)이다. 도추와 천균과 양행이라는 일련선상의 추이는 도추의 중도(中道)로 천균의 균형을 유지하면 피아 시비의 모순과 충돌을 절충, 조화할 수 있음을 말해주고 있다.

‖ 경문 ‖

古之人은 其知有所至矣로다 惡乎至오 有以爲未始有物者하니(無極) 至矣盡矣라 不可以加矣며 其次는 以爲有物矣로되(生太極) 而未始有封也며(尙無彼此之界라) 其次는 以爲有封焉이로되(分陰陽이라) 而未始有是非也니(尙無爭論之跡이라) 是非之彰也는 道之所以虧也오(渾然者를 傷矣라) 道之所以虧는 愛之所以成이라(私心은 至是非而成이라) 果且有成與虧乎哉아 果且無成與虧乎哉아(倘自未始有物로 觀之컨대 冥漠之中에 道原自全이라) 有成與虧여 故(同古)昭氏之鼓琴也오(成一調而衆調 反虧라) 無成與虧여 故昭氏之不鼓琴也로다(藏全於冥漠이라 ○ 帶一喩라)

직역

옛사람은 그 知慧가 지극한 바 있다. 어디에 이르렀는가. 애당초 物이 있지 않다(無極)고 생각한 자 있으니 지극하고 극진하기에 더할 수 없으며, 그다음은 物이 있으나(태극을 낳음) 애당초 封함이 있지 않다(오히려 피차의 경계가 없음)고 생각하며, 그다음은 封함이 있으나(음양으로 나뉨) 애당초 시비가 있지 않다(오히려 쟁론의 자취가 없다.)고 생각하니, 시비의 나타남은 道가 虧損된 바이며(혼연함을 傷함이다.) 道의 虧損된 바는 사랑이 이뤄진 바이니(私心이 시비에 이르러 이루어짐이다.) 과연 또한 成就와 虧損이 있는 것일까? 과연 또한 성취와 훼손이 없는 것일까?(만일 애당초 物이 있지 않은 경지에서 살펴보면 冥漠 가운데 道는 원래 스스로 온전한 것이다.) 成就와 虧損이 있음은 故(古와 같음) 昭氏가 거문고를 켜는 것이오(한 곡조를 이룸으로써 많은 곡조가 도리어 훼손된 것이다.) 성취와 휴손이 없음은 옛 昭氏가 거문고를 켜지 않은 것이다.(온전함이 冥漠에 감추어져 있다. ○ 하나의 비유를 띄고 있다.)

의역

옛사람의 지혜에는 지극한 경지가 있다. 어떤 경지까지 이르렀을까? 태초의 우주란 무극(無極)으로서 애당초 어떤 것도 존재하지 않았다고 생각한 자가 있었다. 그의 지혜는 최고의 경지에 이르러 이에 더할 수 없다.

그 다음 사람은 태극이란 존재하지만 애당초 피차의 경계가 없다고 생각하였으며, 그 다음은 음양으로 나뉘어 있으나 애당초 시비의 논쟁은 있지 않다고 생각하였다.

시비의 논쟁이 나타났다는 것은 도의 혼연(渾然)함을 손상한 것이며, 도의 혼연함을 손상했다는 것은 사심(私心)의 사랑에 의해 시비의 논쟁이 이뤄진 데에서 형성된 것이다.

그렇다면 진정 도의 성취와 훼손이 있는 것일까? 아니면 진정 도의 성취와 훼손은 없는 것일까? 하지만 애당초 무극으로서 어떤 것도 존재하지 않았던 경계에서 살펴보면 아무것도 없는 명막(冥漠)한 가운데 도는 원래 그 스스로 온전한 것이다.

성취와 훼손이 있다는 것은 옛날 소씨(昭氏)가 거문고를 켜서 하나의 곡조를 이룸으로써 그 나머지 수많은 곡조가 도리어 훼손된 것이며, 성취와 훼손이 없다는 것은 옛날 소씨가 거문고를 켜지 않음으로써 그 온전함이 아무 것도 없는 명막한 가운데 감추어져 있다.

‖ **선영 주** ‖

遡道之根이면 冥然漠然이 斯爲至盡이오 遞降遞遷하야 至於是非濫觴之極矣라 在爲是非者는 欲以此明道나 却不知私愛成이면 而道反虧하니 何如一端不起者之爲渾然乎아

鼓琴一喩 最爲親切하다 撥絃叩音에 偶成一調나 却不知衆調置在何處며 緯文緝藻에 自成一論이나 却不知衆論이 置在何處라 未幾에 再移一調에 而此調又詘矣며 未幾에 再出一論而此論又詘矣라 故로 是非者는 一成則虧오 不用則全이니라

도의 근원을 거슬러 올라가면 명연(冥然) 막연(漠然)함이 이에 지극하고 극진함이요, 후대로 내려오면서 변천할수록 시비의 남상이 극도에 이른 것이다. 시비를 삼은 자는 이로써 도를 밝히고자 하나 사사로운 사랑을 이루면 도가 도리어 훼손됨을 모른 것이다. 어떻게 실마리 하나 일어나지 않은 혼연이라는 것과 같을 수 있겠는가.

거문고를 켠다는 하나의 비유는 가장 친절하다. 현(絃)을 당겨 소리를 켬에 우연히 한 곡조를 이룰지라도 그 밖의 수많은 곡조는 어느 곳에 놓여 있는지 알 수 없으며, 문장을 엮어서 스스로 하나의 의논을 이루나 그 밖의 수많은 의논들이 어느 곳에 놓여 있는지 알 수 없다. 얼마 안 가서 다시 또 다른 곡조로 옮겨감에 그 곡조 또한 사라지는 것이며, 얼마 후 또다시 하나의 의논이 나옴으로써 그 의논 또한 사라지

는 것이다. 그러므로 시비의 논쟁이란 한 번 이뤄지면 훼손되고 쓰지 않으면 온전하다.

강설

여기에서 말한 '미시유물(未始有物)'이란 가장 이해하기 어려운 부분이다. 우리가 살고 있는 현실세계는 모든 물질의 존재인데, 무엇 때문에 장자는 최고의 지혜를 말하면서 애당초 만물이 존재하지 않는 세계를 깨닫는 것으로 말했을까? 만물의 본질은 허환(虛幻)한 것이며 변화의 연속이다. 사람이 이 세상에 태어나기 전에 그 어디에 있었으며, 죽은 후에는 그 어디에 존재하는 것일까? 이처럼 사후의 결과로 보면 어떠한 것도 존재하지 않으며, 그 태어난 시초로 보면 그 어떤 것도 존재하지 않은 데에서 비롯된 것이다. 무에서 시작하고 다시 무로 돌아간 것이다. 인간은 물론 이 세상에 존재하는 모든 것은 다 그러하다. 이 때문에 근본적으로 존재하지 않았다고 말한 것이다. 이러한 점을 깨달아 도(道)의 본원에 이르면 그는 현실을 초월한 최고의 지혜를 소유한 인물이다.

이처럼 '고지인기지(古之人其知)'의 지(知) 자는 깨달음이라는 말과 같다. 이는 도가와 불가의 상통한 부분이다. 장자는 깨달음의 경지를 3단계로 설정했다. 무극의 근본 도리를, 그다음으로 태극의 존재를, 그다음으로 음양의 현상을 깨달음이다. 이는 인간의 인식능력이 사람에 따라 차등이 있으므로 깨달음 역시 천심(淺深)이 있음을 말해주는 것이다. 이 3단계 이하의 인식은 바꿔 말하면 인간의 편견과 애욕이 작용한 시비만을 인식한 것이다. 이는 도의 본체를 파괴하는 주범이다. 장자는 이처럼 자연의 섭리를 깨달음의 대상으로 삼을 뿐, 인간사회의 시비를 대상으로 삼지 않는다.

'애지소이성(愛之所以成)'이란 나의 몸이 있으면 애착이 일어나고 애착이 생기면 이에 따른 이해에 의해 시비가 이뤄지는 것이다. 시비는 다시 도를 훼손시키는 데로 발전하게 된다. 이와 같이 장자가 무기(無

己)와 상아(喪我)를 주장하는 데에는 곧 일기(一己)와 자아(自我)를 문제시한 데에서 출발하고 있음을 다시 한 번 찾아볼 수 있다.

'소씨지불고금(昭氏之不鼓琴)'은 『중용』의 "희로애락의 감정이 일어나지 않은 곳[喜怒哀樂未發處]"이며, 불가에서 말한 "부모가 나를 낳기 이전의 소식[父母未生前]"이다. 도의 본원이 되는 적연부동(寂然不動)으로 혼연(渾然)한 이치이다. '소씨지고금(昭氏之鼓琴)'은 아름다운 곡조를 이뤘으나 더 이상의 곡조는 없을까? "사람들은 뜰에 가득 피어난 꽃을 아름답다고 말하지만 한 가지에 흐드러지게 피어난 꽃은 다시는 필 수 없는 빈 가지[長說滿庭花色好, 一枝紅是一枝空.]"임을 자각하지 못한 것이다. 지금 피어난 꽃이 아름답다지만 다시 피어난 꽃을 보면 지난날의 꽃은 시들고, 다시 피어난 꽃 또한 그 뒤에 피어난 꽃을 보면 다시 보지 않을 것이다. 이 때문에 "한 번 이뤄지면 훼손되고 쓰지 않으면 온전하다."고 말한 것이다.

∥ 경문 ∥

昭文(姓名)**之鼓琴也**와 **師曠之枝**(猶拄)**策也**와(曠은 乃瞽者로되 拄策而行에 與有目으로 同이라) **惠子之據梧也**여(據槁梧而吟이라 昭文下에 隨手 又添兩個也) **三子之知**는(大聲) **幾**(盡也)**乎**(聰明이 皆盡於此中이라) **皆其盛者也**라(同爲盛名) **故**로 **載**(傳也)**之末年**이로되(傳稱於後) **惟其好之也 以爲異於彼**라하야(自以爲異於人이라) **其好之也**로 **欲以明之**하니 **彼**(且欲以曉於人이라)**非所明而明之**라(此三子 所私喩耳라 非人所其明而强欲明之이라) **故**로 **以堅白之昧**로 **終**하고(此는 與堅石白馬之辯으로 欲衆其明之而卒歸於昧하니 昧者와 何異리오) **而其子 又以文之綸**으로(緖也) **終**하야 **終身無成**이니라(每鼓則音虧라)

직역 ∥

昭文(姓名)이 거문고를 뜯는 것과 師曠이 지팡이[策]를 짚는 것(枝: 拄와 같음. 曠은 봉사로되 지팡이를 짚고 길을 감에 눈이 있는 이와 같다.)과 惠子가

梧에 기댐이여!(槁梧에 기대여 읊은 것이다. 昭文 구절의 아래 손가는 대로 따라 또 두 가지를 첨가하였다.) 三子의 知(거성, 지혜)는 거의 다(幾: 극진함. 총명이 모두 그 일에 극진하였다.)하여 모두 그 성한 자(다 함께 성대한 이름을 가지고 있다.)들이다.

그러므로 말년에까지 傳(載: 전함. 후세에 전하려 일컬어짐.)하였지만 오직 그 좋아함이 저들과 다르다 생각하여(스스로 남다르다 생각한 것이다.) 그가 좋아하는 것으로써 밝히고자 하니(이로써 저 사람을 깨우치고자 함이다.) 그의 밝은 바 아닌 것으로써 그를 밝히려는 것이다.(이 세 사람은 사사로이 비유한 것이다. 남들의 밝지 않은 바로써 억지로 밝히고자 함이다.) 그러므로 堅石의 昧로써 끝맺고(이는 堅石白馬의 변으로 더불어 그 밝은 사람을 밝히고자 하였지만 마침내 혼매한 데로 귀결된다. 그 혼매한 자와 무엇이 다르겠는가.) 그 昭文의 아들은 또 昭文의 綸(실마리)으로써 끝맺어 終身토록 이뤄짐이 없다.(매양 絃을 걸 때마다 음이 훼손되는 것이다.)

소문(昭文)이 거문고를 뜯는 것과 사광(師曠)은 봉사지만 지팡이를 짚고 길을 갈 적에 눈이 있는 사람과 같은 것[9]과 혜자(惠子)가 마른 오동나무 책상에 기대어 변설을 늘어놓음이여! 이 세 사람의 지혜는 총명하므로 제각기 그들 일에 지극하여 모두 다 성대한 이름을 가지고 있는 자들이다.

이 때문에 그들의 명성은 후세에까지 일컬어졌지만 그들의 좋아하는 것이 스스로 남다르다 생각한 나머지 그가 좋아하는 것으로써 저 사람을 깨우치고자 하였다. 그것은 남들이 밝게 알지 못하는 것으로써 억지로 남을 밝히고자 한 것이다.

이 때문에 견석론(堅石論)과 백마비마론(白馬非馬論)으로 많은 사람을 밝히고자 했지만 결국은 혼미한 데 귀결된다. 그 혼미한 자와 무엇

9) 사광(師曠)은 …같은 것 : 일설에는 이를 지팡이가 아닌 북채로 해석하여 북채를 세우고 거기에 몸을 기댄 채 가락에 귀를 기울였다고 하나, 선영의 해석을 따름.

이 다르겠는가. 일례를 들면, 소문의 아들은 그 아버지의 거문고 줄을 이어받아 거문고를 뜯을 적마다 가락이 훼손이 되는 데 그쳤을 뿐, 그는 일생 동안 아무런 성취도 없었다.

‖ 선영 주 ‖

殫精一技면 求明而得昧하고 圖成而得虧라 敗盡彼興이로다

하나의 기량에 정신을 다하면 밝음을 추구하나 혼미함을 얻고 성취됨을 도모하나 훼손됨을 얻게 된다. 하나가 패하여 사라지면 또 다른 것이 일어나게 된다.

강설

이 부분은 내로라하는 당대의 걸출한 인물 몇몇을 들어 말하고 있다. 그들은 여느 사람에 반하여 하나의 행복한 이들로 여느 사람보다 뛰어나지만 결국 그들 역시 영원한 게 아니다. 그들이 사랑하고 좋아하는 것은 분명 남들과 다르며, 남들이 할 수 없는 것을 성취한 건 사실이다. 남들이 도저히 이해할 수 없는 「견백론(堅白論)」의 저자, 공손룡(公孫龍) 역시 그중 한 사람이다.

소문과 사광 등이 하나의 기예에 온통 정력을 바쳐 이뤘다손 지더라도 완물상지(玩物喪志)일 뿐 아니라, “군자는 도와 덕이 온전하기에 하나의 그릇이 아니다.[君子不器]”라는 공자의 말에도 위배되는 것이다. 아무리 아름다운 그릇[瑚璉]이 이뤄져도 그것은 군자의 온전한 덕은 아니다.

설령 골프의 제1인자라도, 바둑의 국수(國手)일지라도, 제1의 전문기술자일지라도 그들은 그 분야에 뛰어난 인물일 뿐, 결코 성자(聖者)는 아니다. 올림픽의 기록을 봐라, 십여 년 전의 기록과 오늘의 기록에 차이가 날로 있다는 것을. 이처럼 기예는 또 다른 상위의 기예를 연출하여 그 정상 위에 또 다른 정상을 향하여 나가는 것이다. 이것이 곧 인간의 경쟁에 의한 부산물들이다. 장자는 일찍이 기예의 경쟁은 결코 최고가 되지 못할 뿐 아니라, 또 다른 경쟁으로 치닫게 된다는 점을 간파한 것이다.

「견백론」에 대해 살펴보면, 공손룡(325-250B.C.)은 순자(荀子)·추연(鄒衍)과 동시대의 인물이며, 그 주된 뜻은 하나의 '견고한 하얀 돌[堅白石]'은 견고함과 하얀 것과 돌이라는 존재로 분리된다. 즉 성상(性狀)과 색감(色感)과 형질(形質)로 전혀 다른 것이기에 동시의 감각으로 느낄 수 없다. 인간의 감각은 각기 분리되어 있기에 하나의 감각기관만으로는 대상의 전체를 확정 지을 수 없다. 예컨대 시각이란 그것이 하얀색이고 그것이 돌멩이라는 것을 감지(感知)하고, 촉각이란 그것이 단단하고 그것이 돌멩이라는 것을 감지할 수 있다. 이 때문에 견고하다, 하얗다, 돌이라는 세 가지 점을 동시에 성립하기 위해서는 몇몇 감각기관에 의한 '의식의 판단'과 '개념의 정의'가 더해졌을 적에 '견고한 하얀 돌[堅白石]'이라는 세 가지의 속성이 비로소 성립되는 것이다. 혜시와 공손룡은 명가(名家), 즉 궤변론가이다. 현대의 논리학, 언어학, 논변학파에 근접한 학파이다.

‖ 경문 ‖

若是(如昭文等이라)**而可謂成乎**ㄴ댄 **雖我**나 **亦成也**오(以虧爲成이면 則孰非成者오) **若是而不可謂成乎**ㄴ댄 **物與我 無成也**라(本無所爲成이라) **是故**로 **滑疑**(不明貌라)**之耀**는(不明中之明이라) **聖人之所圖**(啚)**也**라 **爲是不用而寓諸庸**하나니(去私智而同于尋常이라) **此之謂以明**이니라(特加此之謂三字는 與欲以明之者로 致其分別이라)

직역 ‖

이와 같은 것을(昭文 등과 같음) 성취라 말한다면 비록 나로서도 또한 성취하였고(虧損으로써 성취라 생각하면 그 누가 성취가 아니겠는가.) 이와 같은 것을 성취라 말하지 않는다면 物과 我는 성취가 없는 것이다.(본래 이뤄진 바 없다.)

이런 까닭에 滑疑(밝지 못한 모양)의 빛남(밝지 않은 가운데 밝음)은 성인이 도모(숭상)한 바이다. 이는 쓰지 않고 庸에 부쳤기 때문이니(사사로운 지혜를 버리고 尋常에 함께 함이다.) 이를 '밝음으로써 한 것이라' 말한다.(특별히 '此之謂' 三字를 더하여 이를 밝히려는 자로 더불어 그 분별을 다하려는 것이다.)

의역

이와 같은 훼손을 성취라 생각한다면 누구에게 성취가 없겠는가. 나 역시 성취한 게 없고, 이와 같은 것을 성취라 말하지 않는다면 본래 이뤄진 바 없다. 타인이든 자아이든 모두 성취한 바 없는 것이다.

이런 까닭에 밝지 않은 가운데 빛나는 밝음을 성인이 숭상한 것이다. 이는 사견을 버리고서 만물이 하나가 되는 평상의 용(庸)과 함께 하였기 때문이다. 이를 '밝음으로써 한 것이라' 말한다.

‖ 선영 주 ‖

接上文無成하야 澹宕搖擺下來니 夫以無成之事로 求明而適以得昧니 未知不相明者之爲至明也라 是故로 聖人은 圖之하야 屛其私愛하고 混諸庸常하야 乃爲了然於未始有物之際也라 我所謂以明如此니 豈非所明而明之之謂哉아

앞 문장의 '무성(無成)'에 이어 담담하고 거침없이 흔들거리며 내리쓴 문장이다. 이는 성취가 없는 일로써 밝음을 추구하나 혼미함을 얻을 뿐이다. 서로 밝히지 않은 것이 지극히 밝음이 되는 줄을 알지 못한 것이다. 이 때문에 성인이 이를 도모하여 그 사사로운 사랑을 물리치고 용

상(庸常)에 혼합하여야 이에 애당초 어떤 물건도 존재하지 않는 경지를 요달(了達)할 수 있다. 내가 이른바 밝음이 이와 같다 하니 어찌 밝히지 않은 바로써 밝음을 삼는 게 아니겠는가.

○ **此三節**은 **再申明字**니 **其義愈顯**이라

○ 이 3절은 다시 '명(明)' 자를 거듭함이니 그 뜻이 너욱 뚜렷하다.

○ **明字 三見**이라

○ '명(明)' 자가 세 번째 나타난 것이다.

강설

여기에서 말한 "밝지 않은 가운데 빛나는 밝음[滑疑之耀]"이란 세속에서 밝음의 가치라고 말하지 않는 밝음[不明之明]을 말한다. 이는 소문·사광 등의 일기일예(一技一藝)란 세속에서 높이 평가하는 유(有)의 세계에서 밝은 바와는 다르다. 이 단락의 앞부분에서 밝힌 바와 같이 장자의 깨달음은 본래 만물이 존재하지 않은 무극의 세계를 대상으로 하는 것인바, "밝지 않은 가운데 빛나는 밝음"이란 현상의 기예를 초탈한 본초의 밝음을 지향하는 것이다.

5. 天地與我幷生 (천지도 나와 함께 나왔다)

천지만물은 모두 나와 하나이다. 전국시대 호사가의 분분한 저서로 인해서 시비가 끊이지 않았으나, 상대성을 초월한 진리의 입장에서 보면 시비논쟁은 물론 천지만물까지도 모두 하나임을 말하고 있다.

‖ 경문 ‖

今且有言於此하니 **不知**케라 **其與是類乎**아(是는 我也니 無是非면 則與我類라) **其與是不類乎**아(有是非면 則與我不類라) **類與不類**를 **相與爲類**면(勞心爲一은 與不一者로 同이라) **則與彼無以異矣**리라

직역 ‖

이제 여기에 말이 있으니, 알 수 없다. 그가 이[是: 我]로 더불어 같은 유일까?(是는 我를 말하니, 시비가 없으면 나와 더불어 같은 유이다.) 그가 이로 더불어 같은 유가 아닐까?(시비가 있으면 나와 더불어 유가 아니다.) 같음과 같지 않음을 서로 더불어 유로 삼으면(헛되이 애를 써서 하나로 만드는 것은 하나로 하지 않은 자와 같다.) 곧 그로 더불어 다름이 없을 것이다.

의역 ‖

지금 여기에 어떤 사람이 말을 하였다고 하자. 시비가 없으면 나와 같은 유인데 그의 말이 나와 같은 유일까? 시비가 있으면 나와 같지 않은 유인데 그의 말이 나와 같지 않은 유가 아닐까? 부질없이 노력하여 같든 같지 않든 하나로 만들면 그들과 다를 바 없을 것이다.

‖ 선영 주 ‖

天下物論이 **爲何紛多**오 **倡之者 本一好事先生**이 **偶爾著述耳**라 **雖不合道**나 **未至於多也**러니 **又有好事者 起而勝之則漸紛矣**오 **又有好**

事者起하야 更從而勝之則愈紛矣라 如此相踵하야 各欲後來居勝하야 紛挐遂不可詰이라 然則是非之弊 生於倡言者猶淺이오 而生於辯言者爲甚也로다

莊子此篇은 所以於生是非者에 數言提撕하고 於爭是非者에 反覆開譬하며(自儒墨之是非以後 皆是也라) 甚且曰勞神明爲一而不知其同也라

類與不類를 相與爲類也라하니 譬之竿頭에 更進一步하야 言我今說汝爭辯도 亦爲多事則汝之云云은 更不足道를 可知라 推倒衆人自己하야 便不留分毫壘罅니 雖是道妙無痕이나 亦是現身說法也라 以下는 純發此意라

천하 사람의 말들이 무엇 때문에 이처럼 어지럽고 많은 것일까? 맨 먼저 제창한 자, 본래 일을 만들어내기를 좋아하는 한 사람이 우연찮게 하나의 책을 저술한 때문이다. 그의 책은 도에 부합되지 않으나 법이 많은 데까지는 이르지 않았는데, 또 다른 호사자가 뒤를 이어 태어나 그를 이기려 함으로써 차츰차츰 어지럽게 되었고, 또다시 호사자가 그 뒤에 태어나 다시 그 뒤를 따라서 그들을 모두 이기려 함으로써 더욱 어지럽게 되었다. 이와 같이 서로 뒤이어 제각기 훗날 승리를 얻고자 함으로써 결국 어지러움을 말할 수 없게 된 것이다. 이로 보면 시비의 폐단이 맨 처음 제창한 자에게서 나왔을 때에는 그래도 그다지 심하지 않았는데, 그를 논변하고 반박한 자가 나오면서 보다 더 심하게 된 것이다.

『장자』는 이 편에서 이 때문에 시비를 발생한 자에 대해 자주 들어 말하였고 시비를 논쟁한 자에 대해 반복하여 개진(開陳)하였으며,(儒墨의 시비가 벌어진 뒤로부터 모두 이러하다.) 심하게는 부질없이 애를 써서 하나로 만들면서도 그와 같음을 알지 못하고 있다.

“같음과 같지 않음을 모두 하나로 같게 한다.”라고 하니 이를 비유하면 백척간두(百尺竿頭)에서 다시 한 걸음 더 나아가 말하기를 “내가 지

금 너희와 논쟁을 한다는 것 또한 쓸데없는 일이라."고 말한즉 너희가 운운한 말 따위에 대해 다시 말할 게 없음을 알 수 있다. 요컨대 중인(衆人)과 자기마저 거꾸러뜨려 털끝만큼도 하자를 남기지 않았다. 도란 오묘하여 자취가 없으나 이 또한 현신설법(現身說法)이다. 아래 문장은 모두 이 뜻을 밝힌 것이다.

‖ 경문 ‖

雖然이나 **請嘗言之**하리라(雖無異나 亦試詳言之하리라) **有始也者**하고(各發事幾之端이라) **有未始有始也者**하고(此는 我謂其無也라) **有未始有夫未始有始也者**하며(此乃超矣라 ○ 三句는 以氣言이라) **有有也者**하고 **有無也者**하며(各據一端) **有未始有無也者**하고(此는 我謂其無也라) **有未始有夫未始有無也者**하니(此는 乃超矣라 ○ 四句는 以形言이라) **俄而有無矣**나 **而未知有無之果孰有孰無也**오(以道照之면 有果是有며 無果是無乎아) **今我則已有謂矣**나(雖欲齊衆論이나 然已添話端이라) **而未知吾所謂之其果有謂乎**아 **其果無謂乎**아(以道照之면 何處安頓이리오) **天下莫大於秋毫之末**(語小댄 莫破則秋毫爲大라)**而泰山爲小**며(語大댄 莫載則泰山爲小라) **莫壽乎殤子**(逝者는 如斯則殤子爲壽라)**而彭祖爲夭**라(眞常은 不毁則彭祖爲夭라) **天地**는 **與我並生**이오(皆生于道라) **而萬物**은 **與我爲一**이니(化源不二라 ○ 如是면 則天下 皆通爲一也라) **旣已爲一矣**ㄴ댄 **且得有言乎**아(物論多事라) **旣已謂之一矣**ㄴ댄 **且得無言乎**아(齊物論亦多事라) **一與言**이 **爲二**오 **二與一**이 **爲三**이니(所說之一也와 說一之言也와 與道之本一也도 爲三이라) **自此以往**으론 **巧曆**도 **不能得**이온(雖曆家善算으로도 亦不能盡其數라) **而況其凡乎**아(凡常人也라 ○ 將有謂流弊에 暢寫一番이라)

직역 ‖

그러나 청컨대 일찍이 말해 보리라.(비록 다름이 없으나 또 시험 삼아 이를 자상히 말하리라.) 始라 한 것이 있고(각각 事機의 실마리를 일으킨 것이다.) 애당초 '始라 한 것이 있다'는 것조차 없고(이는 내가 그 無라 말한 것이다.) 애당초 '애당초 始라 한 것이 있다는 것조차 없다'는 것마저 없으며,(이는 곧 초월이다. ○ 세 구절은 氣로써 말한 것이다.) 有라 한 것이 있고 無라 한 것이 있고(각기 하나의 실마리에 근거함이다.) 애당초 '有無라 한 것이 있다'는 것조차 없고(이는 내가 그 無라 말한 것이다.) 애당초 '애당초 有無라 한 것이 있다는 것조치 없다'는 것마저 없으니,(이는 곧 초월이다. ○ 네 구절은 形으로써 말한 것이다.) 잠깐 사이에 有無가 있으나 알 수 없다. 有無라는 것이 과연 어떤 것이 有이고 어떤 것이 無일까?(道로써 관조하면 有는 과연 有라 할 수 있으며, 無는 과연 無라 할 수 있을까?) 지금 나는 이미 말함이 있으나(비록 衆論을 하나로 하고자 하나 이미 말의 실마리를 다한 것이다.) 알 수 없다. 내가 말한 것은 그 과연 말함이 있는 것일까? 그 과연 말함이 없는 것일까?(道로써 관조하면 어느 곳에 두어야 할까?)

천하에 秋毫의 末보다 더 큰 것이 없고(작은 것을 말하면 깨뜨릴 수조차 없는, 즉 秋毫는 큼이 된다.) 태산이 작은 것이 되며(큰 것을 말하면 실을 수조차 없는, 즉 태산도 작다.) 殤子보다 더 장수를 누린 게 없고(떠나감이 이와 같은, 즉 夭折[殤子]한 자도 장수를 누린 것이다.) 彭祖가 요절함이 된다.(眞常이란 훼손되지 아니한, 즉 彭祖가 요절함이 된다.) 천지는 나로 함께 生하고(모두 道에서 발생한 것이다.) 만물은 나로 더불어 하나가 되니(조화의 본원은 둘이 아니다. ○ 이와 같은 즉 천하가 모두 통하여 하나가 된다.) 이미 하나가 된다면 또한 말함이 있다고 할까?(物論은 쓸데없는 일이다.) 이미 하나라고 말한다면 또한 없는 것일까?(齊物論 또한 쓸데없는[多事] 일이다.) 一과 말이 둘이 되고 둘과 一이 셋이 되니('말한 바 하나라는 것'과 '一이라 말했던 말'과 '道의 본원이 하나라는 것'으로 더불어 셋이 된다.) 이로부터 미뤄나가는 것은 巧歷으로도 할 수 없는데(비록 계산에 능숙한 曆家로서도 또한 그 數를 다할 수 없다.) 하물며 그 범인이야.(범상한 사람. ○ 장차 流弊를 말하려 함에 한 차례 通暢하게 묘사한 것이다.)

의역

달리 말할 것도 시험 삼아 한 번 자세히 말하리라.

이 우주에는 하나의 시초라는 기(氣)의 실마리가 있고, 또 그 이전에는 애당초 '하나의 시초라는 기의 실마리가 있다'는 것조차 없다는 무(無)의 세계가 있고, 또 그 이전에는 애당초 '애당초 하나의 시초라는 기의 실마리가 있다는 것조차 없다는 무의 세계'마저도 없는 초월의 세계가 있다.

또 우주의 최초 형태에는 유(有)란 것과 무란 것이 있고, 또 그 이전에는 애당초 '유무가 있다'는 것조차 없는 무의 세계가 있고, 또 그 이전에는 애당초 '애당초 유무가 있다는 것조차 없다는 무의 세계'라는 것마저 없는 초월의 세계가 있다.

우주의 기(氣)와 형태를 살펴보아도 잠깐 사이에 '유'와 '무'의 세계가 형성된다. 그러나 도(道)의 관점에서 살펴보면, '유'란 진정 '유'라 할 수 있을까? '무'란 진정 '무'라 할 수 있을까? 지금 나는 여기서 중론(衆論)을 하나로 바로잡고자 이미 나의 의견을 말했지만 도의 관점에서 살펴보면, 나의 말 역시 진정 말한 것이 될까? 아니면 말하지 않은 셈이 될까?

사람들은 가을 털끝이 가장 작다고 말하지만 도(道)의 미세한 부분을 날이 깨뜨릴 수조차 없다는 관점에서 살펴보면 가을 털끝보다 더 큰 것이 없고, 사람들은 태산이 가장 큰 것처럼 말하지만 도의 큰 부분을 들어 천지로서도 실을 수조차 없는 관점에서 살펴보면 태산이란 지극히 작은 것이며, 시시각각으로 변화하는 천지조화로 살펴보면 요절한 어린아이보다 더 장수를 누린 자가 없고, 영원불멸의 진리 관점에서 살펴보면 팽조는 도리어 요절한 셈이다.

천지는 나와 더불어 모두 도에서 함께 시작했고 함께 태어났으며, 만물은 나와 더불어 조화의 본원은 둘이 아니다. 이와 같이 천하는 모두 하나로 통하는 것이다. 이처럼 이미 하나가 되었다면 많은 사람들의 이런저런 말이란 모두 쓸모없는 것인데 더 이상 또한 달리 말이 있을 수 있겠는가. 이미 하나가 되었다면 여러 사람의 말을 하나로 귀결 지으려는 나의 말 또한 더 이상 '말할 게 없다'고 말할 것조차 있겠는가.

'진리는 하나'라고 인식하는 것과 '진리는 하나'라고 말한 것이 이미 두 단계를 거쳤을 뿐 아니라, 이 두 단계에 '도의 본원이 하나'는 그 진리 자체를 종합하면 이미 세 단계가 이뤄진 셈이다. 이처럼 계산해 나가면 아무리 셈하기에 뛰어난 역가(曆家)로서도 그 수효를 다할 수 없을 것인데, 하물며 보통 사람들이야 오죽하겠는가.

旣謂之一인댄 便是有言이라함은 妙妙라 圜悟는 說華嚴要旨曰心佛衆生이 三無差別이라 卷舒自在하야 無礙圓融이라 此雖極則이나 終是無風匝匝之波라하니 正莊子此處義也라

"이미 일(一)이라 말한다면 그것은 곧 말을 한 것"이라 함은 절묘하고도 절묘하다.

원오(圜悟) 선사가 『화엄경』 요지에 대해 말하기를 "마음과 부처와 중생, 셋은 차별이 없다. 권서(卷舒)가 자재하여 막힘없이 원융하다. 이는 비록 극칙(極則)이나 마침내 바람이 없이도 두루두루 물결이 일어난다."라고 하니, 바로 이곳에서 말한 장자의 뜻이다.

강설

이는 위 제4 단락의 '미시유물(未始有物)'과 같은 개념이다. 앞에서 3단계로 말한 것처럼 이 역시 3단계로 설정하여 '유형(有形)의 시초', '무형(無形)의 존재', '초탈의 세계'로 말하였다. 제4 단락은 무(無)에서 유(有)의 세계로 만물의 창조를 말했으나 여기에서는 유에서 무의 세계로 만물의 환원(還元)을 말하고 있다.

여기에서 말한 시(始: 始也者)는 시간과 존재, 즉 기화(氣化)의 유행으로 말하며, 유와 무[有也者 無也者]는 공간, 즉 유형(有形)의 발생으로

말한다. 『도덕경』 제1장에서 “이름 붙일 수 없는 것은 만물의 시초요, 이름 붙일 수 있는 것은 만물의 어머니이다.[無名, 萬物之始; 有名, 萬物之母.]”고 하였고, 제42장에서 “도는 하나를 낳고 하나는 둘을 낳는다.[道生一, 一生二.]”고 하였다. 기화 유행의 시초와 유형 발생의 유무는 이름을 붙일 수 있는, 둘의 세계, 즉 음양의 변화이다. 여기에서 한 단계 올라가면 무형의 세계로서 유형의 세계와 반대되는 개념이다. 여기에서 한 단계 더 올라가면 유무의 상대개념을 초탈한, 철저한 무의 세계이다. 이는 이름 붙일 수 없는 명연(冥然) 막연(漠然)의 혼돈세계이다. 이를 도표화하면 아래와 같다.

<table>
<tr><th colspan="2" rowspan="2">노자</th><th rowspan="2">제4단락</th><th colspan="3">제5단락</th></tr>
<tr><th>시간과 존재 (氣)</th><th>공 간 (形)</th><th></th></tr>
<tr><td>道
(‘道’生一)</td><td rowspan="2">無
名</td><td>未始有物
(無 極)</td><td>未始有夫未始有始也者</td><td>未始有夫未始有無也者</td><td>超 越</td></tr>
<tr><td>一
(道生‘一’)</td><td>有 物
(生太極)</td><td>未始有始也者</td><td>未始有無也者</td><td>無形의
존재</td></tr>
<tr><td>二
(一生‘二’)</td><td>有
名</td><td>有 封
(分陰陽)</td><td>始也者</td><td>有也者 無也者</td><td>有形의
시초</td></tr>
</table>

요절한 어린아이보다 더 장수를 누린 자가 없다. 따라서 장자의 관점에서 보면 대소(大小)와 다소(多少)의 개념이란 상대적 비교로 말한 것이지, 절대적인 것은 아니다. 추호의 끝이란 지극히 미세한 것이나, 그보다 더 미세한 세균에 비해 보면 그 또한 몹시 큰 것이고, 태산을 먼 곳에서 바라보면 뒷동산보다 작아 보이고, 영원의 시간에서 보면 1백 년을 살든 1천 년을 살든 순간에 지나지 않는다. 이처럼 현실의 행복과 불행도 마찬가지이다. 더 큰 불행의 입장에서 불행을 보면 그것이나마 다행한 일이다. 이처럼 모든 사물은 그보다 더 작은 물건에 비해 보면 크고, 그보다 큰 물건에 비해 보면 작다. 따라서 모든 물건은 모두 크기도 하고 또한 작기도 하다. 이런 논리에 의해 이러한 궤변이 나

온 것이다.

물론 특정의 관계 속에 크고 작은 차이는 절대적이다. 예컨대 추호와 태산이라는 양자(兩者)의 특정관계에서 보면 태산은 크고 추호는 작다는 것은 절대적이다. 장자는 비록 상대 사물의 절대성을 무시한 것이지만, 장자의 목적은 현상계의 차이를 구별하려는 것이 아니라, 인간의 시야를 확장하여 현상계의 시공(時空) 한계를 타파하려는 데에 있다. 현상계의 시간과 공간의 한계를 타파하여야 폐쇄적인 정신과 그 마음에서 탈출할 수 있기 때문이다.

'일여언위이(一與言爲二)'란 하나라고 말할 수 있는 인식대상의 하나와 하나라고 말한 언어로서의 하나를 말하며, '이여일위삼(二與一爲三)'이란 하나라는 인식과 언어로 표출한 하나, 그 둘에다가 본래 하나라는 그 자체를 말한다. 따라서 '일여언(一與言)'의 하나와 '이여일(二與一)'의 하나는 그 의미가 다르다. 전자의 하나라는 것은 말로 표현하기 이전에 하나라고 말할 수 있는, 인식의 대상이라는 점이며, 후자의 하나라는 것은 그 언어와 인식을 초월한 본초의 하나라는 존재를 말한다.

‖ **경문** ‖

故로 **自無適有**로도 **以至於三**이온(齊物論且然이라) **而況自有適有乎**아(物論이 又當何如오) **無適焉**이오(不如一無所適이라) **因是已**니라(莫善於因이라)

직역 ‖

그러므로 無로부터 有에 가기까지에도 三에 이르는데(齊物論 또한 그러하다.) 하물며 有로부터 有에 가는 것이야!(物論 또한 어떠할까?) 감이 없고(하나로서 가는 바 없는 것만 같지 못하다.) 이로 因할 뿐이다.(因한 것보다 더 좋은 것이 없다.)

의역

그러므로 무(無)의 진리에서 하나라는 유(有)에 이르는 것만으로도 벌써 세 단계가 이뤄졌는데, 하물며 유의 세계에서 유로 뻗어 나가는 것은 더 이상 말할 게 없다. 이 때문에 도라는 하나의 근본 자리에서 그 어디에도 뻗어 나가는 바 없는 것만 같지 못하다. 오직 이를 따르는 것보다 더 좋은 것은 없다.

‖ 선영 주 ‖

上文에 暢寫有謂之弊 似眞與彼無異矣러니 至此하야 止用抑揚之筆하야 跌轉彼論하야 以見其必有甚焉하니 詞不費而意愈警이라 是加一倍醒法이로다

위 문장에서 '말의 폐단'이 참으로 그와 더불어 다름이 없다는 것을 통창(通暢)하게 묘사하다가 여기에 이르러선 억양의 필법을 사용하여 그들의 논으로 전변하면서 그것은 반드시 더 심함이 있음을 나타내니, 말을 허비하지 않으면서도 뜻은 더욱 경계시켜주고 있다. 이는 한 곱절 더해 각성시켜주는 문법이다.

○ 此三節은 再申因字라 大意는 承勞神明爲一節來而煞因字處則兩邊管著이로다(物論과 齊物論은 俱莫善於因이라)

○ 이 3절은 다시 '인(因)' 자를 거듭 쓴 곳이다. 대의(大義)는 '노신명위일(勞神明爲一)' 구절을 이어오다가 갑자기 '인(因)' 자가 있는 곳에서 양쪽으로 관계하여 쓰고 있다.(物論과 齊物論은 모두 因보다 더 좋은 것은 없다.)

○ 以上一大段은 凡六節에 明字 一煞하고 因字 一煞이라

○ 이상의 한 대단락은 모두 6절에 '명(明)' 자를 한 차례 썼고 '인(因)' 자를 한 차례 썼다.

‖ 경문 ‖

夫道는 未始有封이며(無不在) 言은 未始有常이어늘(無不可) 爲是(有封有常)而有畛也니(使有分域) 請言其畛하리라 有左有右하며 有倫有義하며 有分有辯하며(辯細於分) 有競有爭하니(爭甚於競) 此之謂八德이니라(疵德也)

직역 ‖

道는 애당초 封함이 있지 않으며(있지 않은 바 없다.) 말은 애당초 常이 있지 않은데(可하지 않은 바 없다.) 이(封이 있고 떳떳함이 있다.) 때문에 畛이 있으니,(곧 分域이 있다.) 청컨대 그 畛을 말하리라. 左가 있고 右가 있으며 倫이 있고 義가 있으며 分이 있고 辯이 있으며(논변은 구분 짓는 데에서 미세하게 된다.) 競이 있고 爭이 있으니(爭이란 競 자보다 심하다.) 이는 八德이라 말한다.(疵德)

의역 ‖

도를 어떤 도라는 한계를 설정하여 말하면 그것은 이미 영원한 진리가 아니다.[道可道 非常道] 도는 어디나 존재하기에 애당초 피차의 한계가 있지 않다. 이름을 붙일 수 있는 그 이름은 영원한 진리의 이름이 아니다.[名可名 非常名]이름을 붙일 수 없는 말은 모두 소박한 존재이기에 애당초 그 어떤 일정한 의미에 국한되지 않는다. 이것저것이라는 한계와 일정한 의미를 부여한 데에서 곧 분별과 시비가 생겨나는 것이다.

그 분별에 대해 말하리라. 좌우의 존비(尊卑) 상하(上下)가 있으며, 윤(倫)의 친소(親疎)와 의(義)의 귀천(貴賤)이 있으며, 객관 만물에 대한 분석과 주관 내면세계의 옳다고 여기는 것에 대한 미세한 논변이 있으며, 마음을 위주로 하는 끊임없는 다툼과 힘을 위주로 하는 다툼이 있다. 이를 그릇된 여덟 가지의 덕이라 말한다.

‖ 선영 주 ‖

八德은 皆引成語니 有分有辯을 尤此處切證이라

여덟 가지의 그릇된 덕은 모두 성어(成語)를 인용하고 있는데, 분(分)과 변(辯)이 있음을 더욱 이곳에서 간절히 증명한 것이다.

‖ 경문 ‖

六合之外는 聖人이 存而不論하고 六合之內는 聖人이 論而不議하고(就事論事면 不加擬議라) 春秋經世는 先王之志라 聖人이 議而不辯하나니라(不得不加擬議로되 但不存明辯之跡이라)

직역 ‖

六合의 밖은 성인이 存하되 論하지 않고 六合의 內는 성인이 論하되 議하지 않고(일에 나아가 일을 論하면 擬議를 가할 것이 없다.) 春秋의 經世는 선왕의 뜻이라 성인이 議하되 辯하지 않는다.(擬議를 가하지 않을 수 없지만 다만 明辯의 자취가 있지 않다.)

의역 ‖

상하 사방, 즉 우주 밖의 존재는 성인이 그 존재를 인정하되 그에 대해 말하지 않는다. 우주의 안은 성인이 대강 말할 뿐, 자세히 의논하지 않는다. 『춘추』는 세상을 다스리는 일을 기록한 선왕의 뜻이라 성인이 자세히 의논하되 논변까지는 하지 않는다.

‖ 선영 주 ‖

聖人이 何畛之有리오 或存或論或議 皆各因其當然耳라

성인에게 어찌 한계가 있을 수 있겠는가. 혹 존하고 혹 논하고 혹 의논함은 모두 각각 그 당연함을 따르는 것이다.

○ 看他忽然擧春秋하니 莊子胸中에 未嘗須臾忘夫子也라

○ 그(장자)가 갑자기 「춘추」를 열거한 것을 보면 장자의 가슴속에는 일찍이 잠깐도 공자를 잊은 적이 없다.

강설

여기에서 말한 존(存)과 논(論)과 의(議)와 변(辯)의 차이는 사고(思考)와 언어상의 상략(詳略)을 말한다. '존'이란 우주 밖의 진리는 그에 대해 아는 데에 한계가 있고 증명하기 어렵기에 마음속으로 그런 것이려니 생각만 할 뿐 언어로 표출하지 않음이며, 우주 내의 사물(事物), 즉 일월(日月) 성신(星辰) 산천(山川) 해악(海嶽) 등에 대한 '논'이란 객관적 사실을 가지고 그 사실에 논술할 뿐 자신의 주관적 사고(思考)를 덧붙이지 않음이며, 춘추에 대한 '의'란 그 사실에 덧붙여 선왕의 그 의의를 부연하여 밝히는 데에 그칠 뿐이나, '변'이란 자신의 주관적 사고에 의해 선악과 시비를 명확히 말하는 것이다.

‖ 경문 ‖

故로 分也者는 有不分也며(不在於分之跡이라) 辯也者는 有不辯也라(不在於辯之迹이라)

曰 何也오 聖人은 懷之하고(不自見) 衆人은 辯之하야 以相示也라(各相矜) 故로 曰辯也者는 有不見也라하노라

직역

그러므로 分이란 分하지 않음에 있고(分의 자취에 있지 않다.) 辯이란

辯하지 않음에 있다.(辯의 자취에 있지 않다.)

무엇 때문인가. 성인은 이를 품고(스스로 보지 않음이다.) 衆人은 이를 논변하여 서로 내보인다.(각기 서로 자랑함이다.) 그러므로 "辯이란 보지 못함이 있다."고 말한다.

의역

그러므로 분별함은 곧 그 어떤 것도 분별하지 못함이며, 논변은 곧 그 어떤 것도 논변하지 못한 결과를 낳게 된다.

무엇 때문인가. 성인은 말없이 모든 이치를 체득하여 가슴속 깊이 품고서 스스로 내보이지 않으며, 많은 사람들은 재잘대는 논변으로써 서로 과시하여 내보인다. 이 때문에 "모든 논변이란 도를 보지 못한 바 있다."고 말한다.

‖ 선영 주 ‖

不貴分辯之迹이 語最明이라

분변의 자취를 귀중히 여기지 않는다는 것이 가장 명백한 말이다.

‖ 경문 ‖

夫大道는 不稱이오(無可名) 大辯은 不言이오(無是非) 大仁은 不仁이오(無小德) 大廉은 不嗛이오(無圭角이라 嗛音歉이니 猴頷貯食也니 蹇澁之意라 穀梁傳에 一穀不升을 謂之嗛이라) 大勇은 不忮니라(無客氣害人之心이라 ○ 此는 五者之圓也라)

직역

大道는 稱할 수 없고(이름 할 수 없다.) 大辯은 말할 수 없고(是非가 없다.) 大仁은 仁이 없고(小德이 없다.) 大廉은 嗛이 없고(圭角이 없음이다. 嗛

音은 歉이니 원숭이의 턱에 음식물을 저장함이니 蹇謙하다는 뜻이다. 『穀梁傳』에 어느 한 곡식이 흉년[不升] 든 것을 嗛이라 한다.) 大勇은 해코지하지 않는다. (객기로 사람을 해치는 마음이 없음이다. ○ 이는 다섯 가지의 원만함이다.)

의역

위대한 도는 밝로 형용할 수 없고, 위대한 논변은 시비로 따질 수 없고, 위대한 인(仁)은 어느 한 부분에 치우치는 작은 덕이 아니며, 위대한 청렴은 원만하여 모가 나지 않으며, 위대한 용맹은 대의를 위한 것이지 객기로 남을 해코지하려는 마음이 없다.

‖ 선영 주 ‖

歷引古語證之니 止大道不昭大辯不言二句是主라

하나하나 옛말을 인용하여 논증했으니, 이는 "위대한 도는 밝지 않고" "위대한 논변은 말하지 않는다."라는 두 구절이 주가 될 뿐이다.

‖ 경문 ‖

道는 昭而不道오 言은 辯而不及이오(不勝辯) 仁은 常而不成이오(有常愛則不周라) 廉은 清而不信이오(外示皦然則中不可知라) 勇은 忮而不及이니(恃力이면 必敗라) 五者 圓이어늘 而幾向方矣니라(五者 本渾然圓通이어늘 今務於所見이면 則滯於迹而盡向方矣니 方은 不可行也라)

직역

道는 밝음으로서 道가 아니오, 말은 辯으로서 미치지 못하고,(辯을 이기지 못함이다.) 仁은 떳떳함으로서 이루지 못하고,(일정한 사랑이 있으면 두루 할 수 없다.) 廉은 淸廉으로서 믿지 못하고,(바깥으로 皦然함을 보이면 속을 알 수 없다.) 勇은 해코지로서 미치지 못하니(힘을 믿으면 반드시 敗한다.)

다섯 가지는 원만한 것인데 거의 方으로 향한 것이다.(다섯 가지는 본래 혼연하여 원만하게 통하는데, 오늘날 보이는 바에 힘쓰면 발자취에 정체되어 모두 方으로 향하게 된다. 方이란 원만하게 행할 수 없음을 말한다.)

의역

도는 이름이 없는 것인데 뚜렷하게 말로 나타내면 그것은 참다운 도가 아니다. 말은 시비가 없는 것인데 논변으로 서로 다투면 논변에 논변은 이루 끝이 없다. 인은 편애가 없는 것인데 어느 한 사람에게 집착한 사랑이 있으면 사랑을 두루 베풀 수 없다. 청렴은 모나지 않는데 바깥으로 또렷하게 내보이려 하면 그 마음속에 그 무슨 꿍꿍이가 있는지 알 수 없다. 용맹은 남을 해치지 않은 것인데 자신의 힘만을 믿고서 남에게 해코지하려는 마음이 있으면 반드시 패하게 된다.

위의 다섯 가지는 본래 혼연(渾然)하여 원만하게 두루 통하는데, 오늘날 남들에게 보여주는 현상에 힘쓰면 세간의 저속한 발자취에 정체되어 자칫 모두 모가 져서 도를 행할 수 없을 것이다.

‖ 선영 주 ‖

反釋上文이라

도리어 위 문장을 해석한 것이다.

‖ 경문 ‖

故로 知止其所不知면 至矣라(但知不知를 爲不知耳라) 孰知不言之辯과 不道(猶言)之道리오(孰知以不知而涵知 尤謂至哉아) 若有能知면 此之謂天府니라(渾然之中에 無所不藏이라) 注焉而不滿하며 酌焉而不竭이로되 而不知其所由來니(形容天府) 此之謂葆光이니라(葆는 韜藏也라 光芒을 都蘊蓄不露니 就天府中하야 又推出一義라)

직역

그러므로 知란 그 알지 못한 바에 그치면 지극하다.(다만 알 수 없는 진리를 아는 것을 알 수 없는 경지라고 말했을 뿐이다.) 누가 말이 없는 논변과 말[道: 言과 같음]이 없는 말을 알겠는가.(어느 누가 알지 못함으로써 앎을 함양함이 더욱 지극한 것인 줄 알랴?) 만일 이를 능히 알면 이를 天府라 말한다.(渾然한 가운데 간직하지 않는 바 없다.) 부어도 가득 차지 않으며 퍼내되 고갈되지 않지만 그 유래한 바를 알 수 없으니(天府를 형용함이다.) 이를 葆光이라 말한다.(葆는 싸서 감추는 것이다. 빛을 모두 감추어 드러내지 않음이니, 天府에 나아가 또 다른 하나의 의의를 추출한 것이다.)

그러므로 진정한 앎이란 의식과 분별을 통하여 알 수 없는 진리의 근본자리를 억지로 알려고 하거나 또는 알았다고 말한 것은 참된 지식이 아니다. 그 알 수 없는 진리란 알 수 없음을 깨닫는 데에 그치면 최고의 지식이다. 그러므로 말이 없는 논변과 말이 없는 말을 누가 알겠는가.

도란 혼연(渾然)한 가운데 모든 것을 간직하지 않은 게 없다. 이를 아는 이가 있다면 이를 '하늘의 창고', 내지 '자연의 보고(寶庫)[天府]'라 한다. 그것은 마치 바다처럼 드넓어서 아무리 부어도 가득 차지 않으며 아무리 퍼내도 고갈되지 않는다. 더하지도 줄지도 않은 법해(法海)와도 같다. 그게 어째서 그런 것인지 그 원인을 알 수 없다. 이를 "빛을 모두 감추어 드러내지 않은 경지[葆光]"라 한다. 이처럼 무한한 대도(大道)를 간직한 '자연의 창고'는 현묘하고 또 현묘한[玄之又玄] 진리의 세계이기에 이를 알 수 없는 것이다.

‖ 선영 주 ‖

全乎大道之初를 體者 如是라

대도(大道)의 원초를 온전히 체득한 자가 이와 같다.

○ 以上의 一大段은 凡六節로 發明不須有謂的餘意라 八德之分畛은 不足尙이오 五者之向方은 不可爲라 惟天府之不測과 葆光之澄涵을 有道者願託志焉이로다

○ 이상의 한 대단락은 모두 6절로서 말을 필요로 하지 않는다는 여의(餘意)를 밝힌 것이다. 팔덕(八德)의 분진(分畛)은 높일 만한 게 없고, 다섯 가지가 행할 수 없는데 향한다는 것은 해서는 안 될 일이다. 도가 있는 자는 오직 헤아릴 수 없는 천부(天府)와 청정함양의 보광(葆光)에 대해 뜻을 두어야 함을 원한 것이다.

강설

천부(天府)는 하늘의 창고, 즉 자연의 보고(寶庫)를 말한다. 바다처럼 무한대의 저장고이나 빛을 드러내 보이지 않는 암흑의 창고이다. 그러나 이는 빛의 본원으로 어느 날 갑자기 빛이 쏟아지면 시방세계에 널리 비춰준다. 이처럼 '자연의 보고'는 무한대의 광활함과 아울러 빛을 감추고 있기에 성인 또한 화광동진(和光同塵)으로 밝지 않은 밝음(滑疑之耀)을 숭상하는 것이다.

6. 寓言三故事 (우언의 세 고사)

이는 요임금과 순임금과의 문답을 통해 자기중심의 배타성과 마음을 여는 포용성을 말하였고, 설결(齧缺)과 왕예(王倪)의 문답을 통해 '만물의 존재에 공통의 표준이 있는 것일까?'라는 점을 제시하여 인간중심의 편협한 사고를 지적하였고, 끝으로 구작자(瞿鵲子)와 장오(長梧)의 문답을 통해 득도자의 사생일여관(死生一如觀)과 그 정신세계를 묘사하였다.

‖ 경문 ‖

故로 昔者에 堯問於舜曰 我欲伐宗(一國)膾(一國)胥敖하야(一國) 南面而不釋然하노니(芥蔕於心也라) 其故 何也오

舜曰 夫三子者는 猶存乎蓬艾之間이어늘(托生小處라) 若(汝)不釋然은 何哉오(汝何爲芥蔕於心而欲伐之哉아) 昔者에 十日並出하야 萬物皆照어늘(各不相礙也라) 而況德之進乎日者乎아(日은 猶懸象之迹耳오 德은 則天地同流어늘 何日則十者並出不礙而德不能容三子偕存乎아 說三子는 一喩오 說堯도 又一喩라)

직역

그러므로 옛적에 堯가 舜에게 묻기를 "내, 宗(一國)과 膾(一國)와 胥敖(一國)를 정벌하고자 하여 南面으로서 釋然치 못하니(마음에 털어 버리지 못함이다.) 그 까닭은 무엇 때문인가."

舜이 말하기를 "세 사람은 오히려 蓬艾의 사이에 있는데(작은 곳에 더부살이를 하고 있다.) 당신[若: 汝]이 釋然치 못함은 무엇 때문입니까?(너는 어찌하여 마음에 털어 버리지 못하고 그를 정벌하려 하는가.) 옛적에 열 개의 태양이 함께 나와 만물을 다 비춰주었는데(각기 서로 장애가 되지 않는다.) 하물며 德이 태양보다 월등[進]한 자야….(태양이란 오히려 懸象의 자취요, 德은 천지와 같이 유행하는 것이다. 어찌하여 태양은 열 개가 함께 나와도 장애가 되지 않는데, 큰 덕을 지니고서 세 사람이 함께 존재함을 용납하지 못하는가. 세

사람을 말한 것은 하나의 비유요, 堯를 말한 것 또 하나의 비유이다.)"

의역

그러므로 옛날 요임금이 순임금에게 물었다.

"나는 종(宗), 회(膾), 서오(胥敖) 세 나라를 정벌하고 싶은 생각에 가장 높은 천자의 자리에 있으면서도 마음이 석연치 않은 것은 무엇 때문일까?"

순임금이 말하였다.

"세 나라는 황무지 작은 땅에 더부살이하는 하찮은 사람들입니다. 임금께서 그들을 정벌하려는 생각에 마음이 석연치 않음은 무엇 때문입니까? 옛날 열 개의 태양이 한꺼번에 하늘에 솟아 그림자 하나 없이 만물을 모두 비춰주었습니다. 더구나 태양보다 더 훌륭한 임금의 덕으로서 어찌 세 나라의 임금을 용납하지 못하실 턱이 있겠습니까?"

‖ 선영 주 ‖

以下는 皆證分也者有不分也, 辯也者有不辯也之意라

아래의 문장은 모두 "분별은 곧 분별이 아니며, 논변은 곧 논변이 아니다."는 뜻을 증명한 것이다.

○ 此는 一引證也라 衆論各持 猶三子之存乎蓬艾也어늘 必欲辭而闢之인댄 何異堯之不釋然乎아 進德者는 如十日並照而無相掩之心이면 則遊於廣莫矣리라

○ 이는 하나의 인증이다. 여러 의논을 각기 견지(堅持)함은 마치 세 나라의 임금이 쑥대밭 황무지에 끼어 있는 소국(小國)들과 같은 일이다. 구태여 논변을 가하여 그들을 물리치고자 한다면 요임금이 세 나라

에 대해 마음을 놓지 못하고 신경을 썼던 것과 그 무엇이 다르겠는가. 덕으로 나아가는 자가 마치 열 개의 태양이 함께 비추는 것처럼 서로 가리는 마음이 없으면 어떤 것도 존재하지 않는 드넓은 땅에 노닐 수 있을 것이다.

‖ 경문 ‖

齧缺이(堯時賢人) 問乎王倪(高士)曰 子知物之所同是乎아 曰 吾惡乎知之리오(妙) 子知子之所不知邪아 曰 吾惡乎知之리오(愈妙) 然則物無知邪아(俱不知니 意者컨대 物本無知耶아) 曰 吾惡乎知之리오

직역

齧缺(요임금 당시 현자)이 王倪(高士)에게 묻기를, "그대는 物의 모두 옳은 바를 아십니까?"

"내 어찌 알겠는가!"(절묘한 문장이다.)

"그대는 그대가 모르고 있는 바를 알고 계십니까?"

"내 어찌 알겠는가!"(더욱 절묘한 문장이다.)

"그렇다면 物이란 알 수 없는 것입니까?"(모두 알지 못하니, 생각하여 보건대 物이란 본래 알 수 없는 것일까?)

"내 어찌 알겠는가!"

의역

요임금 때 현자 설결이 왕예(王倪)에게 물었다.

"그대는 모든 존재의 절대가치의 표준이 되는 바를 아십니까?"

"내 어찌 그걸 알 수 있겠는가!"

"그대는 그대가 모르고 있는 사실을 알고 계십니까?"

"내 어찌 그걸 알 수 있겠는가!"

"그렇다면 모든 존재에 대해 아무것도 알 수 없다는 것입니까?"

"내 어찌 그걸 알 수 있겠는가!"

‖ **선영 주** ‖

昔에 張公無盡이 擧事法界・理法界하야 至理事無礙法界 曰 正好說禪이로다 圜悟笑曰 不然하다 正在法界裏在니 蓋法界量未滅이라 若到理事無礙法界量滅이라야 始好說禪이니라 張公嘆曰 美哉之論을 豈易聞乎아하니 今讀此一節則已先道破也로다 物之所同是는 是事法界也오 子知物之所同是乎아 曰吾惡乎知之는 是理法界也오 子知子之所不知邪아 曰吾惡乎知之는 是理事無礙法界也오 則物無知邪아 曰吾惡乎知之는 是理事無礙法界量滅也라 微妙乃不容言이로다(非王倪之見에 有淺深이오 因問辭愈進이면 則愈妙耳라)

옛날 장무진이 사법계(事法界), 이법계(理法界)를 들어 이사무애법계(理事無礙法界)에 이르러 "선(禪)을 아주 잘 말하였다!"고 말하자, 원오선사가 웃으면서 말하였다.

"그렇지 않다. 아직은 법계 속에 있으니 법계의 양변사(量邊事: 테두리의 일)가 모두 사라진 것은 아니다. 그 이사무애법계의 양변사마저 사라질 때에 이르러서야 비로소 선을 잘 말할 수 있다."

그의 말에 장무진이 탄식하면서 말하였다.

"아름다운 법문을 어찌 쉽사리 들을 수 있겠습니까?"

지금 이 1절을 읽어보면 장자는 이미 원오선사에 앞서 이를 설파한 것이다.

'모든 존재의 절대가치의 표준이 되는 바'란 사법계(事法界)요,

'그대는 모든 존재의 절대가치의 표준이 되는 바를 아십니까? 내 어찌 그걸 알 수 있겠는가!'라는 것은 이법계(理法界)요,

'그대는 그대가 모르고 있는 사실을 알고 계십니까? 내 어찌 그걸 알 수 있겠는가!'라는 것은 이사무애법계(理事無礙法界)요,

'그렇다면 모든 존재에 대해 아무것도 알 수 없다는 것입니까? 내 어찌 그걸 알 수 있겠는가!'라는 것은 이사무애법계의 양변사(量邊事)마저 사라진 것이다.

그 미묘함은 이에 말로 형용할 수 없다.(왕예의 견해에 천심(淺深)이 있는 것이 아니요, 물음으로 인하여 나아갈수록 더욱 오묘하다.)

‖ 경문 ‖

雖然이나 嘗試言之하노라 庸詎知吾所謂知之 非不知邪며(或是小明가) 庸詎知吾所謂不知之非知邪리오(或是大徹가)

직역

그러나 일찍이 시험 삼아 말하리라. 어떻게 내가 안다고 말한 것이 모르는 것이 아님을 알 수 있을 것이며,(혹 이는 작은 밝음일까?) 어떻게 내가 모른다고 말한 것이 알고 있는 것이 아님을 알 수 있겠는가.(혹 이는 크게 깨침일까?)

의역

하지만 그 문제에 대해 한 번 말해보자. 내가 안다고 했지만 진정 알지 못하는 것이 아닌 줄을 어떻게 알 수 있을 것이며, 내가 모른다고 했지만 진정 알고 있는 것이 아닌 줄을 어떻게 알 수 있겠는가.

‖ 선영 주 ‖

一轉하야 純乎化境이라

한 번 전변하여 순전히 무위자연의 경지[化境]이다.

‖ 경문 ‖

且吾嘗試問乎女(汝)하리라 民溼寢則腰疾(一症)偏死어늘(半身不遂니 又一症이라) 鰌然乎哉아 木處則惴慄恂懼어늘 猨猴然乎哉아 三者孰知正處오(三者는 居之異니 孰是孰不是오) 民食芻豢하고 麋鹿食薦하고(草也) 蝍蛆(蜈蚣)甘帶하고(蛇也) 鴟鴉嗜鼠하나니 四者孰知正味오(四者는 食之異니 孰是孰不是오 ○ 上段은 將民一邊하야 雙配하고 此는 將民一邊하야 單領이니 敘法變化라) 猨은(似猴하니 猿臂라) 猵狙(音은 偏胆이라 似猿하니 狗頭赤眉鼠目이라)以爲雌하고(猿은 爲猵狙之雌也라) 麋(似鹿)與鹿交하고 鰌與魚遊하며(皆言非其類而相與爲之匹偶라) 毛嬙・麗姬는 人之所美也로되 魚見之深入하고 鳥見之高飛하고 麋鹿見之決驟하나니 四者는 孰知天下之正色哉아(四者는 色之異니 孰是孰不是오 ○ 上兩段에 民一邊은 居前하고 此는 將民一邊하야 倒揷하니 敘法變化라)

‖ 직역 ‖

또 나는 일찍이 시험 삼아 너[女: 汝]에게 물으리라. 사람이 습한 곳에서 잠자면 腰疾(하나의 병증)과 偏死(반신불수. 또 다른 하나의 병증.)가 있는데 미꾸라지[鰌]도 그러한가. 나무 위에 살면 惴慄과 恂懼가 있는데 猨猴도 그러한가. 세 가지에 어떤 것이 正處라고 알 수 있을까?(세 가지의 거처하는 바 다르다. 누가 옳고 누가 옳지 않은가.) 사람은 芻豢을 먹고 麋鹿은 풀[薦: 草]을 먹고 지네[蝍蛆: 蜈蚣]는 뱀[帶: 蛇]을 달게 먹고 鴟鴉는 쥐를 달게 먹는다. 네 가지는 어떤 것이 正味라고 알 수 있을까?(네 가지의 음식이 전혀 다르다. 누가 옳고 누가 옳지 않은가. ○ 위 단락에서는 백성의 一邊을 가지고 雙으로 配對하였는데, 여기에서는 백성의 一邊으로 하나만을 들어 말하니, 서술법의 변화이다.) 猨(원숭이와 유사하니 원숭이의 어깨를 닮았다.)은 猵狙(音 偏胆. 원숭이와 같으니, 개의 머리에 붉은 눈썹과 쥐의 눈을 가지고 있다.)를 암컷으로 삼고(猿은 猵狙의 암컷을 구함) 麋(사슴과 유사함)는 사슴과 더불어 교배하고 미꾸라지는 물고기와 더불어 놀며(모두 그 유가 아닌데도 서로 더

붙어 짝이 됨을 말한다.) 毛嬙과 麗姬는 사람들이 아름답게 여기는 바이지만 물고기는 그를 보면 물속 깊이 들어가고 새는 그를 보면 하늘 높이 날아가고 麋鹿은 그를 보면 빨리 달려 도망가니 네 가지에 어떤 것이 천하의 正色이라고 알 수 있을까?(네 가지의 色이 다르다. 어느 것이 옳고 어느 것이 옳지 않은가. ○ 앞의 두 단락에서 백성의 一邊은 앞에 있었는데, 여기에서는 백성의 一邊을 가지고서 가부로 삽입하니, 서술법의 변화이다.)

의역

또 그 문제에 대해 너에게 한 번 물어보겠다. 사람이 습(濕)한 곳에서 잠을 자면 요통(腰痛)과 반신불수(半身不遂)로 고생을 하지만 물속에 사는 미꾸라지도 그렇던가. 나무 위에서 살면 두려움과 무서움이 있는데 원숭이 또한 그렇던가. 이 셋 가운데 어느 것을 올바른 거처라 할 수 있을까?

사람은 소, 염소 따위의 살코기를 먹고 사슴은 풀을 먹고 지네는 뱀을 좋아하고 올빼미는 쥐를 좋아한다. 이 넷 가운데 어느 것을 올바른 맛이라 할 수 있을까?

원숭이는 개의 머리에 붉은 눈썹, 쥐의 눈을 가진 편달(猵狚)과 짝을 짓고, 큰사슴은 작은 사슴과 교배하고 미꾸라지는 물고기와 짝을 짓는다. 모장(毛嬙)과 여희(麗姬)는 사람마다 모두 미인이라 하지만 물고기는 그를 보면 물속 깊이 숨고 새는 그를 보면 하늘 높이 날아가고 큰사슴은 그를 보면 재빨리 달아나 버린다. 이 넷 가운데 어느 것을 이 세상의 올바른 아름다움이라 할 수 있을까?

‖선영 주‖

居處也와 食味也와 顔色也 各以所得으로 爲安이니 未可以此之是로 訾彼之非也라 天下事 皆如此矣로다

거처와 음식과 안색은 각기 얻은 바의 속성으로써 편안함으로 삼는다. 이것의 옳음으로써 저것의 그릇된 바를 비방해서는 안 된다. 천하의 일이 모두 이와 같다.

○ 三孰知字는 妙라 旣未必誰爲眞知일세 然則俱不可知也라 映惡乎知之는 如寒潭秋月이로다

○ 세 곳의 '숙지(孰知)'라는 글자는 절묘하다. 이미 그 어느 것을 참으로 아는 것이라 기필할 수 없다. 그렇다면 모두 알 수 없는 것이다. "내 어떻게 알 수 있겠는가!"라는 구절은 마치 차가운 호수 위의 가을 달처럼 밝게 비춰주고 있다.

강설

이는 거처와 음식, 그리고 여색에 대해 각기 그들 자신이 좋아하는 바를 최고의 낙으로 삼는다. 그렇다면 어느 한 존재의 최고 가치로 타의 가치를 부정할 수 없다. 장자가 여기에서 말하고자 한 것은 인간중심의 세계, 즉 인본주의(人本主義)에서 벗어나 만물의 존재가치를 평등하게 인정하는 것이다.

이는 도가에서 인간의 가치관을 파괴하려는 것이 아니라, 인간 위주의 소극적 세계관을 탈피하여 모든 존재에 제각기 도가 충만함을 인식하려는 것이다. 이처럼 「제물론」의 주요관점은 인류중심의 가치관을 버리고 만물 그 자체에서 만물의 평등성을 인정하여 인간의 가치관을 확장해 나가려는 것이다.

‖ **경문** ‖

自我觀之컨댄 仁義之端과 是非之塗 樊然殽亂하니 吾惡能知其辨이리오

직역

나로부터 보건대 인의의 실마리와 시비의 길이 樊然히 뒤섞여 어지러우니 내 어떻게 그것을 分辨할 줄 알겠는가."

의역

나의 입장에서 보면 인의(仁義)의 실마리와 시비의 길이 어수선하고 어지럽다. 내 이찌 그 구별을 알 수 있겠는가."

‖ 선영 주 ‖

是非를 俱不可執이라 蕩然任之니 吾固無所用吾知也라

시비를 모두 고집할 수 없다. 제멋대로 맡겨두어야 한다. 나는 참으로 나의 지혜를 쓸 곳이 없다.

강설

이는 인간중심에 의한 인의와 시비의 기준으로써 타의 존재가치를 평가하면 그것이 바른 기준이 될 수 있을까? 자아중심의 세계관으로 타의 세계를 평가한다는 것은 곧 편견이요 자신의 한낱 의견에 지나지 않을 뿐이다.

‖ 경문 ‖

齧缺曰 子不知利害긴댄 則至人은 固不知利害乎아 王倪曰 至人은 神(神全)矣라 大澤焚而不能熱하며 河漢沍而不能寒하며 疾雷破山하고 暴風振海로되 而不能驚이라 若然者는 乘雲氣하고 騎日月하야 而遊乎四海之外하나니(與逍遙篇으로 同解라) 死生도 無變於己온(屈信一理라) 而況利害之端乎아

직역

齧缺이 말하기를, "그대가 利害를 모른다면 至人은 참으로 이해를 모르는 것입니까?"

王倪가 말하기를 "至人은 神(精神이 온전함)이라, 大澤이 불타도 그를 뜨겁게 할 수 없으며 河漢이 얼어도 그를 차갑게 할 수 없으며 疾雷가 山을 打破하고 暴風이 海浪을 振動하되 그를 놀라게 할 수 없다. 그와 같은 자는 雲氣를 타고 日月을 타고서 사해의 밖에 노니니(「소요유」와 같은 해석) 死生으로도 몸에 변함이 없는데(屈信의 하나의 이치) 하물며 利害의 실마리야…."

의역

설결이 말하였다.

"그대가 이해(利害)를 모른다 하니, 그렇다면 지인(至人)이란 참으로 이해를 모르는 것입니까?"

왕예가 답하였다.

"지인은 정신이 온전하다. 가뭄으로 큰 호수가 메말라 불이 붙을지라도 그를 뜨겁게 할 수 없고 매서운 추위로 황하와 한수(漢水)가 꽁꽁 얼어 얼음으로 뒤덮일지라도 그를 떨게 하지 못하며 천둥벼락이 내리쳐 산이 갈라지고 모진 바람이 바다를 뒤흔들어 거센 물결이 일어날지라도 그를 놀라게 할 수 없다.

그런 분은 구름을 타고 해와 달에 올라앉아 세상 밖에 노닒으로써 죽음과 삶으로도 그의 몸에 변화가 없는데, 하물며 이해의 하찮은 일쯤이야…."

‖ 선영 주 ‖

利害字는 從上居味色之異影下하야 又洗發一層이라(不知其正이면 則是無利害也라)

이해라는 글자는 위 문장의 거처, 음식, 여색의 정도가 각기 다르다는 그림자를 따라 써내려가면서 또 한층 말끔히 씻어낸 것이다.(그 정도를 알지 못하면 이는 이해가 없다.)

○ 神遊於至虛에 雖生死大事라도 無毫髮足以相攖이온 何況利害아 然則是非之塗 一太空雲過耳니 烏容分辯哉아

○ 정신이 태허(太虛)에 노닐면 아무리 생사대사일지라도 털끝만큼도 서로 걸림이 없다. 하물며 이해쯤이야…. 이로 보면 분분한 시비의 길은 허공에 스쳐 가는 하나의 구름일 뿐이니 어찌 분별할 것이 있겠는가.

○ 以上은 二引證也니 自成一篇絶妙文字로다

○ 위는 두 번째 인증이다. 이 자체로 한 편이 완성된 절묘한 문자이다.

강설

여기에서 말한 "지인은 정신이 온전하다."는 부분은 「소요유」에서 일찍이 언급한 부분으로 신인과 지인의 경지에 대한 공통점이다. 뜨거움과 차가움과 우레와 번개 따위의 외물에 피해를 보지 않는다는 것은 인간의 육신을 지닌 이상 있을 수 없는 현실이다. 이는 초월의 정신세계를 극화한 것이다.

‖ 경문 ‖

瞿鵲子 問於長梧子(長梧封人)曰 吾聞諸夫子하니(孔子也라 莊子 學於子夏로되 所稱夫子는 多係孔子也라) 聖人은 不從事於務하야(世故) 不就利하고 不違害하며 不喜求하고 不緣道하며(不踐跡) 無謂有謂하고(不言之言) 有謂

無謂하야(言而不言) **而遊乎塵垢之外**를(凡非眞性이면 皆塵垢也라) **夫子以爲孟浪之言**이어니와(孟浪은 音漫瀾이니 無邊岸貌니 言不著實也라) **而我以爲妙道之行也**라하니 **吾子以爲奚若**고

직역

瞿鵲子가 長梧子(長梧封人)에게 묻기를, "내 夫子(공자. 장자는 子夏에게 배웠지만 그가 일컫는 夫子는 대부분 공자에 관계된다.)에게 들으니, '성인은 世務[世故]에 종사하지 않아서 利에 나가지 않고 해를 피하지 않으며 구함을 기뻐하지 않고 道를 인연하지 않으며(자취를 밟지 않음) 말이 없되 말이 있으며(말이 없는 말) 말이 있되 말이 없어(말하였지만 말이 없음) 塵垢(무릇 眞性이 아니면 모두가 塵垢이다.)의 밖에 노닌다.'는 것을 夫子는 이를 孟浪(孟浪의 字音은 漫瀾. 끝과 언덕이 없는 모양이니, 착실하지 못함을 말한다.)한 말이라 하지만 나는 妙道의 行이라 생각하니, 吾子는 어떻다고 생각합니까?"

의역

구작자가 장오자에게 물었다.

"제가 공자에게 들은 이야기입니다. '성인은 세상의 일에 힘쓰지 않아서 이익을 따르지 않고 해를 피하지도 않으며 구하는 것을 좋아하지 않고 도를 따르지 않으며 말이 없으나 말이 있고 말이 있으나 말이 없으며 세속의 밖에 노닌다.'라는 것을 공자는 허무맹랑한 말이라 하였지만 저는 오묘한 도를 행한 것으로 생각됩니다. 선생께서는 이를 어떻게 생각하십니까?"

‖ **선영 주** ‖

聖人은 **一切渾忘**하야 **不著纖迹**이라

성인은 일체를 모두 잊고서 털끝만 한 자취도 붙어 있지 않다.

‖ 경문 ‖

長梧子曰 是는 **黃帝之所聽熒**(猶惑)**也**어늘 **而丘也 何足以知之**리오 **且汝亦大早計**로다(方聞言에 遽揣爲妙道之行이라) **見卵而求時夜**며(雞報更也라) **見彈而求鴞炙**이로다(卵固可生雞나 然見卵에 豈遂能有雞이리오 彈固可射鴞나 然見彈에 豈遂能有鴞哉아 皆早計之喩라)

직역

長梧子가 말하기를, "이는 黃帝로서도 듣고서 眩惑(熒: 惑과 같음)된 것인데, 丘[공자 이름]가 어떻게 이를 알 수 있겠는가. 네 또한 너무 일찍 헤아린 것이다.(말을 듣자마자 문득 妙道의 行이라고 생각한 것이다.) 鷄卵을 보고서 時夜(닭은 시간을 알려준다.)를 求함이며, 彈丸을 보고서 鴞炙을 구함이다.(알은 병아리를 깰 수 있으나 알을 보고서 어떻게 닭이 있다 할 수 있겠는가. 탄환은 올빼미를 쏘아 맞힐 수 있으나 탄환을 보고서 어떻게 올빼미를 잡았다고 할 수 있겠는가. 모두 너무 빠른 계책을 비유한 것이다.)

의역

장오자가 답하였다.

"그것은 황제와 같은 분으로서도 이 말을 듣고서 의혹을 가졌던 부분들인데, 공자가 어떻게 이를 알 수 있겠는가. 그뿐만 아니라, 네 역시도 그 말을 듣자마자 오묘한 도를 행함이라고 생각하는 것 또한 너무 일찍 내린 속단이다. 달걀은 병아리를 깰 수 있으나 정작 달걀을 보면서 첫새벽을 알리는 수탉 울음소리를 찾는 격이며, 탄환이란 올빼미를 쏘아 잡을 수 있으나 정작 탄환을 보고서 올빼미 구이를 찾는 격이다.

‖ 선영 주 ‖

一邊掃孔子하고 一邊掃瞿鵲이라

한편으로는 공자를 쓸어버리고 한편으로는 구작을 쓸어버린 것이다.

‖ 경문 ‖

予嘗爲汝妄言之하리니(自謙도 亦不足知오 姑臆言之라) 汝亦以妄聽之奚오(何如오) 旁日月하며(明並日月하고) 挾宇宙하야(道貫上下古今이라) 爲其脗(音은 吻이니 合口也라)合하고 置其滑(音骨)涽하야(音은 昏이라 滑涽은 未定貌니 是非殽亂을 置之不問이라) 以隸(卑賤)相尊하니(寓於至賤爲貴니 猶寓諸庸也라) 衆人은 役役호되(勞) 聖人은 愚芚하사(混沌相安이라) 參萬歲而一成純하야(同眞常而不雜이라) 萬物盡然(無物不然이라)而以是相蘊이로다(以同然相蘊이니 何有是非之辨이리오)

予惡乎知說(悅)生之非惑邪며 予惡乎知惡死之非弱喪(自幼流亡이라)而不知歸者邪아(迷其故鄕也라 妙喩라) 麗之姬는(又夾一喩) 艾封人之子也라 晉國之始得之也에 涕泣沾襟이러니 及其至於王所하야(獻公也라 戰國의 强侯는 但稱王故로 便稱之也라) 與王同匡(安也)牀하야 食芻豢而後에 悔其泣也니 予惡乎知夫死者 不悔其始之蘄生乎리오

夢飮酒者(樂)는 旦而哭泣하고(哀) 夢哭泣者(哀)는 旦而田獵하나니(樂) 方其夢也에 不知其夢也하야 夢之中에 又占其夢焉이라가 覺而後에 知其夢也라 且有大覺(旣死)而後에 知此(在生)其大夢也어늘 而愚者自以爲覺하야(以生爲覺) 竊竊然(猶察察然)知之하야(自稱多知) 君乎(貴)牧乎여하니(賤) 固哉라(分貴分賤에 何其滯也오) 丘也與汝 皆夢也며 予謂汝夢도 亦夢也라 是其言也 名爲弔詭니라(弔는 至也니 詩에 神之弔矣라하니라 詭는 異也니 弔詭는 至異於俗也라) 萬世之後에 而一遇大聖하야 知其解者면 是旦暮

遇之也니라(至久라도 猶爲至速이니 甚言其希有也라)

직역

내 일찍이 너를 위해 허튼소리를 할 것이니,(自謙인 것조차 스스로 망각한 채, 잠시 臆說을 한 것이다.) 네 또한 헛되이 들어봄이 어떨지[奚: 何如]? 일월을 함께하고(밝음은 일월과 함께함) 우주를 끼고서(道는 上下古今에 일관함) 그 脗(字音은 吻. 입을 다문 것이다.)合을 위하고 그 滑涽대로 내버려두어(滑의 字音 骨. 涽의 字音 昏. 滑涽은 정하지 못한 모습. 시비의 殽亂을 不問에 부친 것이다.) 종[隸: 卑賤]으로써 서로 높이니,(지극히 비천함에 부쳐둠을 귀하게 생각하니, 臨諸侯과 같다.) 衆人은 役役(勞苦)하되 聖人은 愚芚(혼돈으로 서로 편안함이다.)하사 萬歲에 同參하여 하나같이 순수함을 이루어(貞常과 함께 하여 뒤섞임이 없다.) 만물이 모두 그와 같아서(物마다 그 같지 않음이 없다.) 이로써 서로 滷縕하고 있다.(똑같음으로써 서로 滷縕하니 어찌 시비의 논변이 있겠는가.)

내 生을 좋아함[說: 悅]이 惑이 아닌 줄 어찌 알 것이며, 내 죽음을 싫어함이 弱喪(어렸을 적에 집을 잃음)으로서 돌아갈 줄을 모르는 자가 아님을 어찌 알겠는가.(그 고향을 잃어버림이다. 절묘한 비유이다.)

麗姬(또 하나의 비유를 들고 있다.)는 艾封人의 딸이다. 晉國에서 그를 처음 얻었을 적에 눈물이 옷깃을 적셨는데 그 왕(獻公을 말함. 전국시대의 강성한 제후들은 모두 왕이라 일컬은 까닭에 이처럼 말한 것이다.)의 처소에 이르러 왕과 더불어 편안[匡: 安]한 침상을 함께 하여 芻豢을 먹은 후에야 그 울었던 것을 후회하였다. 내 어찌 죽은 자가 그 처음 생을 구했던 것을 후회하지 않았음을 어찌 알 수 있겠는가.

꿈속에 술을 마신 자(즐거움)는 아침나절에 哭泣(슬픔)하고 꿈속에 哭泣(슬픔)한 자는 아침나절에 田獵(즐거움)을 하니, 바야흐로 그 꿈속에 그 꿈인 줄 모르고서 꿈속에서 또 그 꿈을 점치다가 잠 깬 뒤에야 그 꿈인 줄 안다. 또 크게 잠 깬(大覺: 이미 죽음을 말함) 뒤에야 이것[此: 生存의

時間이 그 大夢인줄 알게 되는데 어리석은 자는 스스로 잠 깨었다고 생각하여(삶으로써 잠 깨었다 생각함) 竊竊然(察察然과 같음)하게 안다고 하여(스스로 지혜가 많다고 일컬음) 君(貴)이여 牧(賤)이여 하니 고루하다.(貴賤을 분별함에 어쩌면 그처럼 執着하는가.) 丘와 너는 모두 꿈에 있으며 내가 너에게 꿈을 말해주는 것 또한 꿈이다. 이런 말을 弔詭라 이름 한다.(弔는 다다름이니, 『詩經』에 "神의 다다름을……"이라 하니라. 詭는 다름이니, 弔詭는 세속과 다름에 이름을 말한다.) 만세의 후라도 한 번 그 해석할 줄 아는 大聖人을 만나면 이는 旦暮에 만난 것이다.(지극히 오래일지라도 오히려 지극히 빠른 것이니 매우 드묾을 말한다.)

의역

내가 너를 위해 허튼소리를 한 번 할 것이다. 너 역시 허튼소리로 들어보는 것이 어떨지?

밝은 지혜는 해와 달을 함께하고 도(道)는 상하 사방을 일관하여 우주 만물과 하나가 되고 시비의 혼란을 불문(不問)에 부치고서 세속의 존비(尊卑) 귀천을 잊은 채 서로 높였다. 이처럼 차별의식을 모두 망각한 것이다.

세속 사람은 힘들여 고생들을 하지만, 성인은 어수룩한 채 편히 살면서 고금의 무수한 변화와 함께하면서도 하나같이 순일(純一)과 함께하여 뒤섞임이 없다. 모든 사물이 그와 같지 않은 것이 없어 이처럼 똑같이 서로 감싸고 있으니 어떻게 시비의 논변이 있을 수 있겠는가.

삶을 좋아하는 것이 잘못된 생각이 아닌 줄 내 어찌 알 것이며, 죽음을 싫어한다는 것이 마치 어릴 적에 집을 잃고서 고향을 찾아갈 줄 모르는 자와 같지 않은 줄 내 어찌 알겠는가.

절세미인 여희는 애(艾) 땅 성문지기[封人]의 딸이었다. 진(晉)나라에서 처음 그를 데리고 갈 적에 그 여인은 너무 슬퍼서 눈물로 옷깃을 흠뻑 적셨는데, 왕의 궁전에 이르러 왕과 함께 편안한 침상에 잠자리를 함께하면서 맛있는 살코기를 먹은 뒤에야 그 옛날 고향 땅을 떠날 적에 슬피 울었던 제 자신을 처음으로 후회하였다. 그처럼 죽은 사람도 이승에 있으면서 그처럼 죽지 않으려고 버둥거리며 삶을 추구했던 그 지난날들을 죽은 후 저승에서 후회하지 않았을지 내 어찌 알 수 있겠는가.

꿈속에서 즐겁게 술을 마시던 사람은 아침나절에 슬피 울고 꿈속에 슬피 울던 사람은 아침나절에 즐겁게 사냥을 떠난다. 꿈속에서는 그것이 꿈인 줄 모르고서 꿈속에서 또 그 꿈을 점치다가 잠을 깨어나서야 그것이 꿈인 줄 알게 된다.

인생 또한 마찬가지로 죽음의 세계에 이르러 기나긴 잠에서 깨어난 뒤에야 그 삶의 시간들이 긴긴 잠자리에 한바탕 꿈인 줄 깨닫게 된다. 그러나 어리석은 사람이란 삶 그 자체를 스스로 잠 깨었다고 생각하며 스스로 지혜가 많다고 일컬어 '고귀한 임금이여 비천한 목자여' 하여, 어쩌면 그렇게도 귀천을 따지는 데에 집착하는지. 고루하기 짝이 없다.

공자도 너도 모두 꿈속에 있다. 내가 너에게 꿈이라고 말하는 나 역시 한바탕 꿈에 지나지 않는다. 이런 말을 괴이한 이야기라 말한다. 이런 이야기를 아는 위대한 성인을 아득한 만세 이후라도 만날 수만 있다면 그것은 일조일석(一朝一夕)에 만난 것처럼 아주 빠른 것이라고 말할 수 있다.

‖ **선영 주** ‖

要明聖人一切渾忘하야 **必說到生死一致處**니 **與齧缺言神人一樣**이로되 **獨其寫生死一致**하야 **必進一層**하야 **說生不如死**일세 **先捎弱喪一小喩**하고 **又夾麗姬一小喩然後**에 **生出夢覺一大喩**니 **其行文節次推起**로다

요컨대 성인이 일체를 모두 잊음을 밝히고자 반드시 생사가 하나라는 데까지 말하고 있다. 설결이 신인(神人)을 말한 것과 한가지이지만

오직 그 생사일체를 묘사하여 반드시 한층 더 나아가 삶은 죽음만 같지 못함을 말하고자 먼저 어려서 집 잃은 아이[弱喪]라는 하나의 작은 비유를 들었고, 또다시 여희라는 하나의 작은 비유를 든 이후에 꿈속과 깨어남이라는 하나의 큰 비유를 들고 있다. 그 문장을 쓰는 절차를 미루어나가면서 일으키고 있다.

○ **大家都在夢中**이어늘 **惟有聖人**이 **先看得夢破**일세 **所以爲其脗合**하고 **置其滑涽**하며 **無謂有謂**하고 **有謂無謂**니(莊子引意 止此數句하니 切症이라) **世人是非**는 **眞乃不足掛齒**로다

○ 많은 사람들은 모두 꿈속에 있는데 오직 성인만이 먼저 꿈을 간파한 까닭에 "그 만물과 하나 되고 그 어지러운 대로 내버려두며 말이 없되 말이 있고 말이 있되 말이 없으니,"(장자가 인용한 뜻은 이 몇 구절에 그치니 病症에 간절하다.) 세상 사람들의 시비는 참으로 입에 담을 것조차 없다.

○ **以上**은 **三引證也**니 **自成一篇絶妙文字**로다

○ 위의 문장은 세 번째 인증이다. 이 자체만으로 한 편이 완성된 절묘한 문자이다.

○ **止要證聖人**이 **不用分辯**하야 **以明今亦不必有謂**니 **却俱從全體大悟處**하야 **寫來灑落混融**하니 **三幅**이 **俱是橫空大落墨之勢**로다

○ 다만 성인이란 분별을 쓰지 않음을 증명하고자 이로써 오늘날 또한 구태여 말할 것이 없음을 밝혔다. 이 모두가 전체 대오처(大悟處)를 따라 해맑고 혼융(混融)하게 묘사하니 세 폭이 모두 허공을 가로지르는

큰 필력을 가지고 있다.

강설

여기에는 세 가지의 비유를 통하여 도가의 생사관을 밝혀주고 있다.

첫째, 약상(弱喪)이란 어린 나이[幼弱: 幼年]에 집을 잃었다는 뜻이다. 도가의 생사관은 사람이 살아 있음을 어린 나이에 집을 떠나 밖에 있는 것이라 생각한 까닭에 죽음은 곧 제집을 찾아 돌아가는[歸家] 것이다. 이처럼 자연스러운 현상이기에 어떠한 슬픔도 가지지 않고 죽음을 제집으로 돌아가는 것처럼[視死如歸] 인식하는 것이다.

둘째, 여희(麗姬)가 왕궁에 일찍이 찾아오지 않았던 것을 후회한 것처럼 사람이 살아 있을 적에 온 힘을 다해 죽음을 회피하지만 사후에는 반드시 그 어리석음을 후회할 것이라는 비유이다.

셋째, 인생은 일장춘몽이라, 언제나 사후(事後)에 그 잘잘못을 깨달은 것처럼 환몽의 인생을 사후(死後)에 깨닫게 됨을 말한다.

이처럼 위의 비유는 성인이 생사를 모두 잊고서 생사가 둘이 아닌 제물(齊物)의 사상을 밝혀주고자 함이다. 이의 도표는 아래와 같다.

聖人一切渾忘 = 生死一致(齊物: 生死不二)	
弱喪一小喩	視死如歸
麗姬一小喩	生不如死
夢覺一大喩	蕉鹿人間

'조모에 만남[旦暮遇之]'이란 천만 년의 장구한 세월을 건너 일조일석의 만남처럼 생각한다는 것으로 감동을 주는 말이다. 장자는 시간에 구애받지 않고서 자신의 깨달음을 알아줄 사람을 무한정 기다리는 것이다. 같은 시대의 사람들이 알아주지 않는다면 만세 이후라도 지기(知己)를 만날 경우, 그것은 목전(目前)에서 만난 사람과 같다고 인식한 것이다. 장자의 그러한 마음은 서한(西漢)의 양웅(揚雄)이 『태현경(太玄

經)』을 지어 놓고서 "후세에 나와 같은 학자가 나오면 알 것이다." 말했던 것과 북송(北宋)의 소옹(邵雍) 역시 『황극경세서(皇極經世書)』를 저술한 후, 양웅과 똑같은 말을 남겼던 것처럼 궤를 함께하는 것이다.

‖ 경문 ‖

既使我與若辯矣에 若勝我오 我不若勝인댄 若果是也며 我果非也邪아 我勝若이오 若不吾勝이면 我果是也며 而(爾)果非也邪아(兩端이 輕輕引起以下層하야 轉如環燦花之舌이라) 其或是也며 其或非也邪아 其俱是也며 其俱非也邪아 我與若이 不能相知也ㄴ댄 則人固受其黮(音은 曇이라 上聲이니 黑甚也라)闇이니(人亦將昧於所從이라) 吾誰使正之오(又徐徐度出一個話頭라) 使同乎若者로 正之댄 既與若同矣니(是他那邊人이라) 惡能正之리오 使同乎我者로 正之ㄴ댄 既同乎我矣니(是我這邊人이라) 惡能正之리오 使異乎我與若者로 正之ㄴ댄 既異乎我與若矣니(是는 別立一說的人이라) 惡能正之리오 使同乎我與若者로 正之댄 既同乎我與若矣니(是는 兩邊倒的人이라) 惡能正之리오 然則我與若與人이 俱不能相知也니 而待彼也邪아(總煞一句라 尙待誰正이라)

化聲(是非變化之聲이라)之相待는(欲待人正이라) 若其不相待니(但不能正이면 則與不待로 同이라) 和之以天倪하고(倪는 端也라 人之造端은 皆屬有心이로되 天倪는 則無端矣라) 因之以曼衍이(無畔岸也라) 所以窮年也라(優游卒歲하야 以因任으로 爲消遣而已矣라 ○ 俗本에 此二十五字는 在後亦無辨之下는 訛라) 何謂和之以天倪오 曰 是不是와 然不然이니라(無定) 是若果是也ㄴ댄 則是之異乎不是也라 亦無辨이며 然若果然也ㄴ댄 則然之異乎不然也라 亦無辨이니(有定이면 則俱非니 蓋天倪는 無是非之端也라) 忘年忘義하야(因之以曼衍也라) 振於無竟이라(鼓舞於無窮之際라) 故로 寓諸無竟이니라(卽自寓於無窮之際라)

직역

만일 내가 너와 논변할 적에 네가 나를 이기고 내가 너를 이기지 못했다면 네가 과연 옳고 내가 과연 그릇된 것일까? 내가 너를 이기고 네가 나를 이기지 못했다면 내가 과연 옳고 네[而 爾]가 과연 그릇된 것일까?(두 실마리를 가볍게 이끌어서 아래층을 일으켜 세워 찬란한 꽃송이로 둘러싼 허공 울리는 것과 같다.) 그 어떤 것은 옳으며 그 어떤 것은 그릇된 것일까? 그 모두 옳으며 그 모두 그릇된 것일까?

나와 네가 서로 알지 못한다면 사람들은 참으로 그 黮[字音은 曇, 上聲이니 暗黑이 심함이다.]闇함을 받게 될 것이니,(사람 또한 장차 따르는바 혼미하게 된다.) 우리가 누구로 하여금 이를 바로잡을까?(또 서서히 하나의 화두를 헤아려 냄이다.)

너와 같은 자로 하여금 바로잡으면 이미 너와 더불어 같으니(이는 그쪽 사람이다.) 어떻게 능히 바로잡을 수 있겠는가. 나와 같은 자로 하여금 바로잡으면 이미 나와 같으니(이는 우리 쪽 사람이다.) 어떻게 능히 바로잡을 수 있겠는가. 나와 너와 다른 자로 하여금 바로잡으면 이미 나와 너와 다르니(이는 따로 하나의 말을 세운 사람이다.) 어떻게 능히 바로잡을 수 있겠는가. 나와 너와 같은 자로 하여금 바로잡으면 이미 나와 너와 같으니(이는 양쪽으로 기운 사람이다.) 어떻게 능히 바로잡을 수 있겠는가. 그렇다면 나와 너와 사람이 모두 서로 알지 못함이니 다른 사람을 기다릴까?(모두 한 구절로 끝맺음이다. 오히려 누가 바로잡아주기를 기다리는 것이다.)

化聲(시비변화의 소리)을 서로 기다림이(사람이 바로잡아주기를 기다림이다.) 그 서로 기다리지 않은 것과 같으니,(모두 바로잡아주지 못한다면 기다리지 않은 것과 같다.) 天倪(倪는 실마리. 사람이 만들어내는 실마리는 모두 유심에 속하지만 天倪는 곧 실마리가 없다.)로써 和하고 曼衍(畔岸이 없음)으로써 因함이 天年을 다한 바이다.(優游로써 해를 마쳐 因任으로써 消遣할 따름이다. ○ 俗本에 이 25字는 아래 '亦無辨' 구절 아래에 있는데 잘못된 것이다.)

무엇을 '天倪로써 和함이라' 말하는가. 옳고 옳지 않음과 그렇고 그렇지 않음이니(一定함이 없다.) 옳음이 만일 정말로 옳은 것이라면 옳음이란 옳지 않은 것과 다름을 또한 논변할 것이 없으며, 그러함이 만일 정말로 그렇다고 한다면 그러함이란 그렇지 않은 것과 다름을 또한 논변할 것이 없으니,(일정함이 있으면 모두 그릇된 것이다. 天倪는 시비의 실마리가 없기 때문이다.) 年을 잊고 義를 잊어(이로 因하여 曼衍함이다.) 無竟에 떨친 까닭에(무궁의 즈음에 고무함이다.) 無竟에 부칠 수 있다.(곧 스스로 무궁의 즈음에 부침이다.)"

의역

가령 나와 네가 말다툼을 한다고 보자, 네가 나를 이기고 내가 너에게 졌을 경우, 진정 너의 논변이 옳았고 나의 말은 잘못되었을까? 내가 너를 이기고 네가 나에게 졌을 경우, 진정 나의 논변이 옳고 너의 말은 잘못되었을까? 아니면 그중 하나는 옳고 그중 하나는 잘못된 것일까? 그렇지 않으면 양쪽 모두 옳고 양쪽 모두 잘못된 것일까?

나와 네가 모두 알 수 없다면 제삼자도 혼미를 거듭할 뿐이다. 그렇다면 우리가 누구로 하여금 바로잡을 수 있을까?

너와 입장이 같은 사람에게 바로잡아달라고 하면 그는 이미 너희 쪽 사람으로 너와 의견이 같다. 어떻게 바로잡을 수 있겠는가. 나와 입장이 같은 사람에게 바로잡아달라고 하면 그는 이미 우리 쪽 사람으로 나와 의견이 같다. 어떻게 바로잡을 수 있겠는가. 나와 너와 입장이 다른 제삼자에게 바로잡아달라고 하면 그는 이미 나와 너와 달리 또 다른 하나의 말을 세운 사람이다. 어떻게 바로잡을 수 있겠는가. 나와 너와 입장이 같은 제삼자에게 바로잡아달라고 하면 그는 이미 나와 너, 양쪽으로 기운 사람이다. 어떻게 바로잡을 수 있겠는가. 그렇다면 나도 너도 제삼자도 모두가 알 수 없다. 또 다른 그 누구를 기다려야 하는 것일까?

이처럼 분분한 시비의 소리를 그 누가 바로잡아주기를 기다렸지만 모두 바로잡아주지 못한 것으로 보면 애당초 기대하지 않은 것과 마찬가지이다. 무심으로 실마리 하나 없는 천예(天倪)로써 모든 것을 조화시키고 끝이 없는 만연(曼衍)을 따르는 것이 천수(天壽)를 다할 수 있다.

'실마리 하나 없는 천예로써 모든 것을 조화시킨다.'는 무엇을 말한 것일까? 옳다는 의견과 옳지 않다는 의견, 그렇다는 의견과 그렇지 않다는 의견으로 일정하지 않다. 그 옳다는 의견이 진정 옳은 것이라면 옳다는 의견이란 옳지 않다는 의견과 전혀 다르다는 것은 두말할 필요가 없다. 그렇다는 의견이 진정 그렇다고 한다면 그렇다는 의견은 그렇지 않다는 의견과 전혀 다르다는 것은 더 말할 필요가 없다. 이처럼 일정한 대립구조가 있으면 그것은 모두 그릇된 것이다. 이 때문에 시비의 실마리가 없는 천예로써 모든 것을 조화시켜야 한다고 말한 것이다. 그러므로 생사의 나이를 잊고 시비의 의리를 잊고서 끝이 없는 경지에 고무하여야 한다. 이 때문에 스스로 끝이 없는 경지에 머물 수 있다."

‖ 선영 주 ‖

三引證後에 攏入本意하야 止用澹蕩輕搖之筆하야 作一段收尾라

세 차례 인증한 뒤에 본의(本意)로 끌어들여 담담하고 거침없이 가벼이 흔들어대는 필치로써 한 단락을 거두어 끝맺을 뿐이다.

강설

감산 덕청은 이 문장에 이르러 다음과 같이 논평하였다.

이는 사람들의 숱한 말들을 하나로 귀결 짓는 마지막 부분의 결론이다. 「제물론」에서 맨 먼저 상아(喪我)로 시작한 것은 사람들의 숱한 시비의 논쟁이란 모두 아집(我執)에 의해 비롯되었기 때문이다. 따라서 아집에 의한 말들을 하나로 통일시키려면 반드시 먼저 자아를 잊어야 한다는 것이 이의 주된 뜻이다.

그다음으로 세상 사람의 언어와 음성이 본래 모두가 천기(天機)에서

나오는 것이나, 다만 기심(機心)이 있느냐 없느냐의 차이에 의해 범인과 성인의 구분이 있다. 이처럼 사람에 따라 소지(小知)와 대지(大知)의 차이가 있기에 각기 자신의 견해를 고집하여 반드시 옳다고 한다. 따라서 천기에 부합되지 않은 숱한 인간의 숱한 논쟁들이 지뢰의 수많은 구멍에서 울려나오는 천기의 소리와 달라지는 것이다.

이렇게 된 것은 무엇 때문인가? 이는 사람들이 '천진(天眞)의 주재(主宰)'를 알지 못한 채, 오로지 혈육의 육신만을 인식하여 이를 자아로 삼은 까닭에 아견(我見)의 집착으로 시비의 강변(强辯)을 낳은바, 이 모두가 혼미에 의한 잘못이다. 이 때문에 진재(眞宰)를 제시하여 먼저 '근본 진리[本眞]'를 깨달아야 한다는 필요성을 강조한 것이다.

'근본 진리'를 깨닫고자 한다면 먼저 육체를 버려야 한다. 이 때문에 뒤이어 백해구규(百骸九竅)를 말한 것이다. 이는 허환(虛幻)의 육체를 간파하여 '참 주재자[眞宰]'를 깨닫게 하고자 함이다. '참 주재자'를 깨달으면 자연히 모든 말이 도에 부합되어 모두 '천진의 주재'에서 나오게 된다. 이것이 이른바 천뢰이다.

오늘날 사람들의 말들이 똑같지 않은 것은 각기 다른 기심(機心)에서 야기되어 시비를 고집한 때문이다. 따라서 장자는 시비의 단서를 말하면서 먼저 "부언비취야(夫言非吹也: 사람들의 숱한 말들은 자연스러운 소리가 아니다.)"인 구절을 제시한 것이다. 그리고 뒤이어 언급한 수많은 시비의 묘사는 모두 '비취(非吹: 자연스러운 소리가 아니다)' 두 글자의 의미를 밝혀준 것이다. 단 범인은 혼미하여 깨닫지 못하거니와 성인은 이미 깨달은 자이기에 뭇 사람의 시비를 따르지 않는다. 따라서 성인의 모든 말은 모두 천도(天道)에 의한 관조[照之於天]이다. 이 때문에 아래의 문장에서 굳이 억지로 시비를 조화시키려 하지 않고, 단 "천균(天均)으로 종식시킬 뿐이다."

이와 같이 거듭거듭 논하다가 맨 끝에 이르러 장자는 시비를 바로잡아줄 사람이 없다고 인식했다. 예컨대 온 세상 고금 사람들이 모두 꿈속에서 잠꼬대하니, 반드시 대각(大覺)의 성인이 나와야만 이를 바로잡을 수 있다. 아니, 대각의 성인은 고사하고, 자신의 진재(眞宰)를 깨달을 정도만 되어도 물론(物論)의 시비는 절로 밝혀질 것이다. 이처럼 깨달음을 얻어 시비가 절로 밝혀지면 모든 말들이 모두 천진에서 나오기에 천뢰와 다름없다.

크게 깨달음을 얻지 못하면 모든 말들을 "천도(天道)로 관조하여 천균(天均)으로 종식시키는" 노력이 있어야 한다. 이 때문에 '화시이천예(和之以天倪)'로 결어(結語)를 삼은 것이다.

이는 「제물론」 전체의 맥락이며 입언(立言)의 주지(主旨)이다. 단 문장의 파란과 드넓음에 따라 그 의미를 엿보기 어렵다. 아래 문장에서는 형상과 그림자, 그리고 꿈과 환상에 관한 이야기로 총괄하여 끝맺으면서 신실한 공부를 보여주고 있다.

7. 莊周夢胡蝶(장주의 꿈에 호랑나비)

음영(陰影)과 그림자와의 문답으로써 기다림이 없다[無待]는 사상을 비유하였고, 이어 장자의 꿈에 호랑나비를 통하여 만물의 변화[物化]를 묘사하였다. 이는 상아(喪我)를 끝맺는 부분으로 물아양망(物我兩忘)이 곧 물화(物化)임을 밝히고 있다.

‖ 경문 ‖

罔兩이(影外微陰) 問景(影同)曰 曩子行이라가 今子止하고 曩子坐라가 今子起하니 何其無特操與아(無獨立之操라) 景曰 吾有待而然者邪아(影不能自主오 須待形也라) 吾所待又有待而然者邪아(形亦不能自主오 須待眞宰也라) 吾待蛇蚹(蛇腹下齟齬라)蜩翼邪아(蚹는 隨乎蛇오 翼은 隨乎蜩니 吾之有待如之라) 惡識所以然하며 惡識所以不然이리오(俱有待而不自知라 上所以引蛇蚹蜩翼은 皆取至微無知之物이라)

직역

罔兩(그림자 밖의 미세한 음영)이 그림자[景: 影과 같음]에게 묻기를, "조금 전에 그대가 행하다가 이제 그대가 그치며, 조금 전에 그대가 앉았다가 이제 그대가 일어나니 어떻게 그처럼 特操가 없는가."(독립의 지조가 없음)

그림자가 말하기를, "나는 기다림이 있어 그런 것일까?(그림자는 스스로 주장할 수 없고 반드시 형체를 기다린다.) 내가 기다린 바 또한 기다림이 있어 그런 것일까?(형체 또한 스스로 주장할 수 없으며 반드시 眞宰를 기다리는 것이다.) 나는 뱀의 발[蛇蚹: 뱀의 腹部 아래에 들쭉날쭉 돌기된 것]과 매미의 날개[蜩翼]를 기다리는 것일까?(발[蚹]은 뱀을 따르고, 날개[翼]는 매미를 따르니, 나의 기다림이 있는 것이 이와 같다.) 어찌 그런 바를 알며, 어찌 그렇지 않은 바를 알 수 있으랴?(모두 기다림이 있으나 스스로 알지 못한 것이다. 위의 문장에서 뱀의 발과 매미의 날개를 인용한 것은 모두 지극히 미세한 無知한 물건을 취함이다.)"

의역

그림자 밖의 미세한 음영(陰影)이 그림자에게 물었다.

"당신은 조금 전에는 걷더니만 지금은 멈춰 섰고, 얼마 전엔 앉아 있더니만 지금은 서 있으니 어떻게 그처럼 제 멋대로 할 수 있는 지조가 없는가?"

그림자가 음영에게 말하였다.

"나는 사람의 형체가 움직이는 대로 해야 하기 때문에 그런 것일까? 나에게 필요한 사람의 형체 또한 반드시 진재(眞宰)가 필요해서 그런 것일까? 나는 뱀의 비늘과 매미의 날개 따위와 같은 존재가 필요한 것일까? 어째서 그런지를 알 수 있으며, 어째서 그렇지 않은지를 알 수 있겠는가."

‖ 선영 주 ‖

此一喻는 分明是喪我며 分明是相代乎前而不知니 隱隱便接轉前幅文字라

이 하나의 비유는 분명 자아를 잃음이며 분명 이는 앞에서 서로 교대하면서도 알지 못함이다. 은은하게 전폭의 문자를 이어 쓰면서 전변한 것이다.

○ 設喻之妙 沁入至微하니 除是天仙도 不能寄想到此라 及看破에 愚人도 亦須解頤로다

○ 비유를 쓴 오묘함은 깊숙이 지극히 미세한 데 몰입하니, 이는 천신(天神)으로서도 그 상상이 여기에 이르지 못할 것이다. 이를 간파함에 미쳐서는 어리석은 사람 또한 반드시 입을 벌린 채 다물지 못할 것이다.

강설

음영의 망양(罔兩)은 그림자에, 그림자는 사람의 형체에, 사람의 형체 또한 그 또 다른 존재에 의해 생존하고 있다. 이로 미뤄보면 인간의 형체 또한 한낱 그림자의 존재에 지나지 않는다. 그렇다면 그 무언가에 의지하고 있는 인간의 형체란 그 무엇을 대상으로 의지하고 있는 것일까? 이렇게 유추해나가면 결국 우주의 진정한 실체가 그 무엇인가를 쉽게 찾을 수 없다.

모든 사람의 형체 뒤에는 이를 조종하는 존재가 있다. 추구하는 바 있으면 반드시 필요한 것이 있으나, 조금도 추구하는 바 없으면 필요한 바 없기에 구속도 없다. 예컨대 부귀공명을 추구하려면 그에 따른 권모술수와 여러 사정으로 고뇌가 필요하나, 이를 추구하지 않으면 자유로

운 자연인이 될 수 있다. 이것이 진정한 이상이자 또한 그를 자주독립의 세계로 이뤄주는 것이다.

삼라만상은 모두 필요로 하는 바 있다. 진정 필요로 하는 것은 도(道)이다. 도라는 입장에서 보면 만물은 모두 평등하여 이를 하나로 정돈할 필요조차 없다.

‖ 경문 ‖

昔者에 莊周夢爲胡蝶에 栩栩然(忻暢貌라)胡蝶也라 自喩適志與하야 不知周也러니 俄然覺에 則蘧蘧然(有形貌)周也라 不知케라 周之夢에 爲胡蝶與아 胡蝶之夢에 爲周與아 周與胡蝶은 則必有分矣니(以常形論之컨대 必有分別이로되 乃今以夢幻觀之컨대 何又相爲而不能自辨耶아) 此之謂物化니라(周可爲蝶이오 蝶可爲周니 可見天下無復彼物此物之迹이오 歸於化而已라)

직역 ‖

옛적에 莊周가 꿈에 胡蝶이 되어 栩栩然(기쁘고 쾌창한 모양)히 호접이었다. 스스로 기쁘고 뜻에 自適한 듯하여 장주인지도 몰랐는데, 잠깐 뒤 잠 깸에 蘧蘧然(형체가 있는 모양)한 장주였다. 알 수 없다. 장주의 꿈에 호접이 된 것인까? 호접의 꿈에 장주가 된 것인까? 장주와 호접은 반드시 분별이 있으니(떳떳한 형체로 논하면 반드시 분별이 있으나 이에 夢幻으로써 살펴보건대 어쩌면 서로가 되어 스스로 分辨할 수 없는 것일까?) 이를 物化라 말한다.(莊周가 호접이 되고 호접이 장주가 되니, 천하에는 저것 이것의 자취가 없으며 化에 귀결됨을 볼 수 있을 뿐이다.)

의역 ‖

지난날, 그 언젠가 장주는 꿈속에 호랑나비가 되어 훨훨 날아다니는 한 마리 호랑나비였다. 너무도 기쁘고 유쾌하여 자기가 장주라는 사실조차 깨닫지 못하였다. 그러다 얼마 뒤 꿈에서 깨어보니 사람의 형체를 지닌 틀림없는 장주였다.

알 수 없는 일이다. 장주의 꿈에 호랑나비가 되었을까? 호랑나비의 꿈에 장주가 되었을까? 장주와 호랑나비의 형체에는 반드시 분별이 있으나 이에 몽환(夢幻)으로 살펴보면 어쩌면 서로 변하여 분별할 수 없는 것일까? 이를 만물의 변화라 말한다.

‖ **선영 주** ‖

上面若干文에 推倒物論者 十居二三이요 連自己齊物論하야 一倂推倒者 十居七八이라가 至末에 忽現身一譬하니 乃見己原是絶無我相하야 一絲不掛人이라 意愈超脫하고 文愈縹緲로다

위의 몇몇 문장에 물론(物論)을 타도하여 전도시킨 것은 10에 2, 3이고, 장주 자신이 제기한 「제물론」까지도 하나같이 타도하여 전도시킨 것은 10에 7, 8인데, 끝 부분에 이르러 갑자기 장자 자신을 들어 하나의 비유로 삼았다. 여기에서 장자는 원래 전혀 아상(我相)이 없어 한 실오라기마저도 걸림이 없는 사람임을 볼 수 있다. 그 뜻은 더욱 초탈하고 문장은 더욱 아득하다.

○ 我도 一物也오 物도 一我也니 我與物이 皆物也로다 然我與物이 又皆非物也라 故로 曰物化라하니라 夫物化則傾耳而聽하고 瞪目而覩에 果且有物乎哉아 果且無物乎哉아 執之爲物이면 了不可得이니 乃且有不齊之論乎哉아 乃且有不齊之論而須我以齊之乎哉아

○ 자아도 한 물건이요 만물도 하나의 자아이다. 자아와 만물이 모두 만물이다. 그러나 자아와 만물이 또한 모두 만물이 아니다. 그러므로 '만물의 변화'라 말한 것이다. 만물의 변화는 귀 기울여 듣고 눈을 휘둥그레 봄에 과연 만물이 있는 것일까? 과연 만물이 없는 것일까? 이

에 집착하여 만물이라 하면 전혀 깨달을 수 없다. 이에 똑같지 않은 의논이 있는 것일까? 이에 똑같지 않은 의논이 있음으로써 반드시 내가 이를 가지런히 해야 하는 것일까?

○ 己與物이 不知是一是二아 尙有未喪之我乎아 尙有可親之形乎아 遙遙 接轉前幅이니 所謂以大筆起오 以大筆收라 物論之在中間은 不啻遊絲蚊響之度碧落耳로다 付之不足齊는 是高一層齊法이라

○ 자기와 만물이란 하나일까? 둘일까? 알 수 없다. 그래도 잃지 않은 자아가 있는 것일까? 오히려 친히 할 수 있는 형체가 있는 것일까? 멀리멀리 앞의 문장을 이어 전변(轉變)하니 이른바 대문장으로써 일으키고 대문장으로써 끝맺은 것이다. 물론(物論)이 중간에 있음은 아지랑이와 모깃소리가 허공을 지나는 정도만큼도 안 될 뿐이다. 이를 가지런히 못 한 데 부친 것은 한층 더 높이 가지런히 하는 법이다.

○ 將物化收煞齊物論하니 眞紅鑪一點雪也로다

○ '만물의 변화' 한 구절을 가지고서 「제물론」을 거두어 끝맺었다 이는 참으로 붉게 이글거리는 화로 위에 한 송이 눈 녹듯이 사라져버린 것이다.

○ 起束連身子都撤去하니 不是齊物論이오 中間에 大半寫齊他也是多事니 又不止是齊物論이라 一從闊處啓悟하고 一從當身啓悟니 行文이 斷無實寫之法이로다

○ 문장을 일으키고 끝맺음에 있어 장자 자신까지도 모두 거둬버렸다. 이는 「제물론」이 아니다. 중간의 절반 이상은 다른 사람의 말을 가

지런히 한다는 것 자체도 부질없는 일이다. 또한 이는 「제물론」에 그치는 정도가 아니다. 하나같이 탁 트인 곳에서 깨달음을 얻었고 하나같이 자신에게서 깨달음을 얻으니, 문장을 써 나아감에 단연코 실제대로 묘사한 법을 찾을 수 없다.

강설

육신의 감각은 현상에 몰닉하고 내면의 이성(理性)은 자아에 집착함으로 「제물론」의 첫머리에서 상아(喪我)를 제시하여 "형체는 고목처럼[形如枯木]" "마음은 꺼져버린 재처럼[心如死灰]" 아상(我相)을 배제함으로써 상대적 가치와 인식의 세계에서 벗어나 "도로 통하여 모두가 하나[道通爲一]" 되는 경지로 회귀한 것이다. 여기에서 말한 물화(物化)의 경지 인간과 만물이 하나임을 대변하는 것이다.

이런 경지에서 "천지는 나와 함께 태어나고 만물은 나와 하나가 되고[天地與我竝生 萬物與我爲一]" 나아가 최고의 깨달음의 세계, 즉 심지의 무(無)의 경지[未始有物]에 이르게 된 것이다.

이처럼 도(道)의 입장에서 보면 만물은 평등하다. 그러나 인간에게 다른 점이 있다면 그것은 오도(悟道)의 가능성이다. 이 때문에 장자는 한편으로 만물과 인간의 평등성을 그처럼 강조하면서도 또 다른 한편으론 진인(眞人) 지인(至人) 신인(神人) 천인(天人) 성인(聖人) 5종의 인물을 자주 말하여, 인간과 만물의 차이점은 오도의 가능성에 있음을 천명하였다.

그러나 만물과 인간의 차이점은 물론, 인간과 인간 사이에도 또 하나의 차이점이 있다. 장자가 그처럼 '진인'이라 말한 것은 보통 사람이란 가인(假人)이라는 뜻이다. 나아가 보통 사람이란 미진하고 신비하지 못하고 인욕적이며 어리석은 사람이라는 말이다. 따라서 보통 사람은 수양을 통해서만 진(眞)이니 지(至)니 신(神)이니 천(天)이니 성(聖)이니 하는 글자를 더할 수 있다. 이는 뱁새에서 붕조로의 변신을 염원하는 장자의 간절한 노파심이기도 하다.

양생주 養生主

개요

「양생주」 또한 두 가지의 뜻으로 해석된다. 생명의 주체[生之主]를 기른다는 것과 양생(養生)의 주된 공부를 말한다. 생명의 주체는 정신(영혼)이며, 양생의 주된 공부는 정신을 함양하는 데에 있다. 정신을 함양하는 방법은 자연의 섭리에 맡겨두는 것이며, 외편(外篇) 제11 「달생(達生)」에서 다시 이를 밝혀주고 있다.

이편은 3단락으로 구성되어 있으며, 첫 단락에서 제시한 '연독이위경(緣督以爲經)'은 「양생주」 전체의 강령이다. 끝이 있는 생명으로 끝이 없는 망상의 고뇌를 벗어나기 위해서는 중허(中虛)의 도를 따라야 한다. 이는 자연의 섭리를 순종하는 것이다.

제2단락은 포정해우(庖丁解牛)의 고사를 빌려 복잡다단의 인간사회를 얽히고설킨 소의 근골(筋骨)에 비유하였다. 따라서 처세의 방법은 소를 해체하는 것처럼 첫째는 "그 고유한 이치를 따르고[因其固然]", "천리에 의해[依乎天理]" 근육의 결에 따라 해체하되, 둘째는 "두려운 마음으로 조심하고 또 조심[怵然爲戒]"하는 근신과 주의를 기울고, 셋째는 썼던 칼을 잘 다듬어 넣어두는 것이다. 이처럼 순리에 따라 일을 처리하되 언제나 조심하고 끝마무리를 잘하는 것으로 처세(處世)의 도리를 삼은 것이다. 포정해우의 의의는 아래 「인간세」에서 보다 더 구체적이며 보다 더 자세히 밝혀주고 있다.

제3단락은 3소절(小節)의 비유를 들어 말하고 있다. 먼저 우사(右師)의 외다리를 들어 형체의 존폐(存廢), 다리가 모두 있든 없든 개의치 않는 관념을 밝힌 것으로 「덕충부(德充符)」 전체의 뜻은 이 주제를 밝힌 것이다. 그 뒤를 이은 택치(澤雉)의 비유는 연못에 한가로이 노니는 자유에 반하여 우리 속에 구속당한 비애를 밝혔고, 끝으로 노담(老聃)의 죽음을 조문한 진일(秦佚)을 통하여 생사를 하나로 생각하여 애락(哀樂)의 감정에 괴로워하거나 구속당해서는 안 됨을 밝혀주었다. 이편의 마지막 결어(結語)에서 "섶은 모두 불타 사라지지만 불의 원소는 전해간다[指窮於爲薪, 火傳也.]"는 구절은 육신이야 죽음을 맞이하지만 영혼의 정신은 죽지 않는다는 것으로 그의 정신생명은 인류의 역사 속에 영원히 존재하는 의의와 그 가치를 비유하였다.

‖ **선영 주** ‖

原夫天之生物也에 不遺餘力矣오 一物之生에 無不以全體之天與之라 而蒼蒼者는 旋運無有窮己로되 物於其間에 或不知晦朔하고 或不知春秋하며 卽或以數百千年爲春秋하니 要無不同歸於盡者라 然猶可諉曰物得氣之濁者耳오 人最靈矣로되 僅僅支吾百年之內하야 無論夭折強半이오 卽上壽曾不啻隙駒一過而澌滅無餘矣니 是豈天之於人에 有所靳而人乃不克肖與아 雖然亦旣以全與之로되 則人之不克肖는 天이오 亦人之不肖도 天焉耳라

夫塊然而生者는 形也니 形無能爲也오 淵然而寄者는 神也니 神又無以爲也라 若夫居中用事하야 交搆無方하야 役役不止하야 使形神兩敝者는 則知爲之害己라 形譬則民이오 神譬則君也라 知之爲害는 譬則奸臣이 竊柄하야 外疲役其民하고 內侵耗其君하야 至於君昏民困하야 國隨以喪에 而奸臣이 與之俱燼하야 適以自賊也라

嗚呼라 自古로 未有君失其所以爲君하야 昧昧從事코 而不喪邦者어늘 奈何習而弗察哉아 有志者는 痛覆亡之相尋하야 圖安養之至計하나니 其或晏居珍奉은 不足言矣어니와 進之則節嗜損慾하야 以養精焉하며 更進之則導引吐納하야 以養氣焉이라 總斯兩家를 譬則國脈將衰에 而忠臣智士 爲之維持培擁이니 非不差可久存이나 而較之聖主當陽에 無爲而治하야 化流無窮者ㄴ댄 則猶相去之遠矣로다

夫生有眞宰孜孜久視之事어늘 而毫未問其主人하니 可不謂貿於擇術與아 跡象所不留와 與功力所弗措之地에 不朽之道 在焉하니 卽孰有外於養神還虛者乎아 物理之在天壤에 用之亦傷이오 不用之亦傷이라 觸之則缺하고 磨之則磷하며 摩娑之則刓而支之頓之에 又適爲腐蠹之積也하나니 善養者는 知之하야 惟用之而不用也며 不用之而用也하야 神明日試而無物相攖則與造物者遊矣라 古今之常新者 無如日月하니 惟遊於至虛라 故로 物莫之傷이라 善乎라 沈存中之言이여 曰 日月有氣而無質일세 雖相值而無礙라하니 夫至於相值而無礙면 則以虛體遊虛空이어니 又安往不得其常新也리오 況於天蒼蒼者 非眞有體也어늘 而旋運於一物不值之際니 何怪其無窮已乎아 養生主者는 養生之主니 能肖天則肖乎天乎인저 遊刃恢恢는 固緣督之妙用이오 而緣督之妙用은 固法天之精義矣라

살펴보건대, 하늘이 만물을 낳아줄 적에 조금도 여력(餘力)을 남겨두지 않고 모두 쏟아 부었다. 하나의 물체를 낼 적에 전체의 천리(天理)로 부여해 주지 않음이 없다. 그러나 푸르고 푸른 하늘의 선회는 끝이 없으련만 만물의 생명은 그 사이에 살면서 어떤 것은 그믐과 초하루조차 알지 못하고 어떤 것은 봄과 가을을 알지 못하고 어떤 것은 억 수백 수천 년으로 하나의 계절을 삼기도 한다. 하지만 그처럼 장수를 누리는 존재 또한 언젠가는 제 운명이 다하지 않는 날이 없다.

그럼에도 사람들은 오히려 "만물은 혼탁한 기운을 얻어 태어났고 사람은 가장 신령하다."라고 말들 하지만, 사람의 운명 역시 겨우겨우 백 년 이내를 지탱하는데, 요절한 사람의 수효가 절반이 넘은 것은 말할 게 없고 8, 90세의 상수(上壽)를 누린다 할지라도 빈틈을 스쳐 지나가는 말처럼 순식간에 흔적도 없이 사라지게 된다. 어찌하여 하늘은 사람의 수명에 이처럼 인색하며, 사람은 끝없이 영원한 하늘을 닮지 못한

것일까? 그러나 또한 이미 온전한 천리를 부여해 주었지만, 사람이 하늘을 닮지 못한 것도 하늘의 뜻이요, 또한 사람이 하늘을 닮을 수 없다는 것도 하늘의 뜻이다.

하나의 살덩어리를 지니고 태어난 것은 사람의 형체이다. 형체란 그 어떤 것도 능동적으로 할 수 없다. 형체의 깊은 곳에 담겨 있는 것이 사람의 정신이다. 정신 또한 그 어떤 것도 능동적으로 할 수 없다. 그런 형체와 정신 가운데에서 용사(用事)하여 이리저리 서로 얽히게 하고 끝없는 일을 조장하여 형체와 정신을 모두 피폐하게 만드는 것은 앎[知: 心思, 知覺分別 또는 妄想]에 의한 폐해이다.

형체는 백성에 비유되고 정신은 임금에 비유된다. 앎에 의한 피해는 간신에 비유되는 것으로 간신이 국권을 도적질하여 바깥으로 백성을 피곤하게 부리고 안으로는 임금을 침해(侵害)하여 임금이 혼미하고 백성이 곤궁하여 나라가 뒤이어 멸망하게 되면 간신도 그들과 함께 불타게 됨으로써 결국은 자신을 해치게 된다.

아! 예로부터 임금이 그 임금으로써 해야 할 바를 잃어 혼미하게 종사한 나머지 나라를 잃지 않을 자 없는 법인데, 어째서 이를 익히 보면서도 살피지 못한 것일까? 뜻이 있는 사람은 끝없는 국가의 멸망을 마음 아프게 생각하여 편안하게 함양할 지극할 계책을 도모하게 된다. 편안하게 거처하고 몸을 잘 받드는 것은 말할 나위 없으려니와 이에 한 걸음 더 나아가면 기욕(嗜慾)을 절제하여 정신을 함양하고, 또 여기서 한 걸음 더 나아가면 도인(導引)과 토납(吐納)으로써 기(氣)를 함양하고 있다. 이런 두 부류의 사람을 비유하면 나라의 운명이 기울어가는 즈음에 충신과 지사(志士)가 앞장서서 심신을 다 바쳐 나라를 유지하고 북돋아 주는 것과 같다. 이로써 조금이나마 연장하여 지탱할 수야 있었겠지만, 성군(聖君)이 왕위에 올라 무위(無爲)의 정치로써 무궁한 덕화를 베풀었던 선정에 비해 보면 이는 오히려 거리가 먼일이다.

태어나면서부터 진재(眞宰)를 받아왔기에 부지런히 끊임없이 살펴보아야 할 일임에도 털끝만큼도 그 주인공에겐 묻지 않는다. 이는 삶의 선택이 잘못되었다고 말하지 않을 수 있겠는가. 발자취와 형상이 머물 수 없는 그곳, 공부와 힘을 부칠 수 없는 터전에 불후(不朽)의 도가 존재한다. 그 누구든 정신을 길러 허(虛)의 근본으로 되돌아가야 함을 도외시할 수 있겠는가.

만물의 이치는 천지의 사이에 존재하면서 이를 사용해도 손상되고 사용하지 않아도 또한 손상되어가는 것이다. 부딪히면 부서지고 갈아내면 닳아지고 어루만지면 깎이기에 아무리 이를 지탱하고 정돈할지라도 또한 부식되거나 좀만 쌓여갈 뿐이다. 이를 잘 함양하는 사람은 이 점을 알고서 오직 이를 사용하면서도 사용하지 않고, 이를 사용하지 않으면서도 사용하기에 나의 신명(神明)을 날마다 사용하면서도 객관사물과 서로 얽힘이 없어 조물주와 함께 노닐 수 있다.

예나 제나 항상 새롭게 존재하는 것으로는 해와 달만 한 것이 없다. 해와 달은 지극히 공허한 우주에서 순환하기에 그 어떤 만물도 해와 달을 해칠 수 없기 때문이다. 훌륭하다! 심존중(沈存中)의 말이여. "해와 달은 기체(氣體)는 있으나 형질(形質)이 없는 까닭에 서로가 만날지라도 걸림이 없다."고 한다. "서로 만날지라도 걸림이 없다."는 데에 이르면 공허한 형체로써 허공에서 순환하니 또한 항상 새로움을 얻지 않을 수 있겠는가. 더욱이 하늘이 저처럼 짙푸른 색으로 보이는 것은 참으로 형체가 있는 것이 아니다. 그 어떤 물체와도 서로 부딪히지 않는 곳에서 선회하니 부궁할 수밖에 없는 이치이다. 이를 어떻게 괴이쩍게 생각할 수 있겠는가.

양생주(養生主)는 양생(養生)의 주재이다. 하늘을 닮으면 하늘과 같은 존재이다. 포정이 칼날을 놀림에 드넓은 공간이 있다는 것은 연독(緣督)의 묘용(妙用)이요, 연독의 묘용은 참으로 하늘을 본받은 정의(精義)이다.

○ 誰爲生主無可指也오 眞宰眞君은 前篇에 又已昭揭일세 此篇은

止寫養之之妙니라

○ 어떤 것이 '생명의 주체'로서 가리킬 수 없는 존재일까? 진재(眞宰)와 진군(眞君)은 「제물론」에서 또한 이미 분명하게 제시해주었다. 이 편에서는 이를 함양하는 오묘한 비법을 묘사했을 뿐이다.

○ 開口에 便將知字하야 說破病症하고 將緣督二字하야 顯示要方이라 解牛之喩는 無過寫此二字하야 要人識得督在何處耳오 斷不是拘定四方하야 取那中間也라 若如此댄 與子莫執中으로 何異리오

○ 입을 열자마자 곧 '지(知)' 자를 들추어 병증(病症)을 설파하였고, 연독(緣督) 두 글자를 들추어 묘방(妙方)을 보여준 것이다. 소를 해체하는 비유는 이 두 글자로 묘사하여 사람들에게 독(督)의 빈틈이 어느 곳에 있는가를 알려준 것이지, 결코 동서남북 사방에 얽매여 그 한중간을 취한다는 것이 아니다. 만일 한중간을 잡는다면 그것은 융통성 없는 자막(子莫)의 집중(執中)과 무엇이 다르겠는가.

○ 公文軒 三節은 止隨手點三證하야 以見主之所不在에 都不足留意오 不是散敘事蹟之文이라 末三句는 至奇至妙하니 生主之義 難言일세 止一喩로 覿面迸出이어늘 遂索解人不得也로다

○ 공문헌(公文軒) 3절은 손 가는 대로 세 증거를 들어 생명의 주재가 있지 않은 곳에는 모두 마음을 두어서는 안 됨을 보여준 것이지, 이런저런 쓸모없는 사실을 서술한 것이 아니다.

끝 세 구절은 지극히 기이하고 지극히 오묘하다. 양생주의 뜻은 말로 표현하기 어려운 까닭에 하나의 비유로써 우리의 앞에 내보여준 것이지만, 결국 이를 찾아 이해하려는 사람을 보지 못하였다.

1. 緣督以爲經 (中虛의 도를 常道로 삼으라)

한정이 있는 삶으로써 끝없는 망상을 버리고, 오직 중허(中虛)의 도를 따르는 것이 자연의 이치에 맡겨두는 양생의 비방(秘方)이다.

‖ 경문 ‖

吾生也 有涯하고(年命은 在身有盡이라) **而知也 無涯**어늘(心思는 逐物無邊이라) **以有涯**로 **隨無涯**하니 **殆已**로다(日敝一日이니 豈不危乎아) **已而爲知者**는(已相隨於殆로되 猶自多其知라) **殆而已矣**니라(其危不可救라)

직역 ‖

나의 生은 끝이 있으나(年命은 몸에 있어 다함이 있다.) 知란 끝이 없는데(마음과 생각이 사물을 따라 끝이 없다.) 끝이 있는 것으로써 끝이 없는 것을 따르니 위태로울 뿐이다.(날이 갈수록 날마다 피폐하니 어찌 위태롭지 않겠는가.) 이윽고 知를 위한 者는(이미 모두 위태로운 것을 따르면서도 오히려 스스로 그 지각을 훌륭하게 여긴 것이다.) 위태로울 뿐이다.(그 위태로움을 구제할 수 없다.)

의역 ‖

나의 삶은 육신에 관계되므로 생명의 한계가 있으나 마음과 생각에서 일어나는 지각이란 온갖 사물에 따라 끝이 없다. 한계가 있는 삶으로써 끝이 없는 마음과 생각의 지각을 따라 날이 갈수록 피폐하니 어찌 나의 생명이 위태롭지 않겠는가. 그럼에도 그 지각을 훌륭하게 여긴다면 그 위태로움에서 벗어날 수 없다.

‖ 선영 주 ‖

先說破人生病苦處也라 **苦在多知**어늘 **逐知不已**하니 **是膠漆盆中通**

病이로다

먼저 인생의 병고(病苦)가 있는 곳을 설파하였다. 괴로움이란 지각(번뇌현상)이 많은 데 있는 법이다. 그럼에도 번뇌망상을 따라 멈추지 않으니 이는 칠통처럼 어리석은 이들의 공통된 병폐이다.

강설

여기에서 말한 '지야무애(知也無涯)'의 지(知)는 사물에 따라 끝없이 일어나는 심사(心思), 즉 망상을 말한다. 물론 지각(知覺)이라는 지(知)자는 우리가 날마다 접촉하는 TV, 인터넷, 신문 등을 통하여 얻어지는 생활정보 역시 이에 해당한다. 그러나 이처럼 넘쳐나는 정보는 나의 마음에 안녕과 행복을 제공한다는 것보다는 부정적 측면이 더 많다. 현대인의 용어를 빌리면 이는 스트레스의 원인이다. 현실사회의 끝없는 스트레스, 그것은 사람을 가장 괴롭히는 부분이며 만병의 근원이기도 하다.

도연명의 시에서 발한 것처럼 "인생은 백 년을 채 못 살지만 으레 천 년의 근심을 안고 있다.[生年不滿百, 常懷千歲憂.]"는 것이 바로 그것이다. 백 년도 못 사는 인생이 한정된 생명[生也有涯]이며, 천 년의 근심이 '끝없는 망상[知也無涯]'이다. 이는 양생(養生)에 있어 최악의 병근(病根)이다.

‖ **경문** ‖

爲善에 **無近名**하고(以爲善에 無迹可稱이라) **爲惡**에 **無近刑**이오(以爲惡에 又無迹可懲이라) **緣督**(中也)**以爲經**이면(常也라 循乎中하야 以爲常道라) **可以保身**이며 **可以全生**이며 **可以養親**이며 **可以盡年**이리라

직역

善을 함에 명예에 가까움이 없고(선을 함에 일컬을 만한 자취가 없다.) 惡

을 함에 형벌에 가까움이 없고(악을 함에 또한 징계할 만한 자취가 없다.) 督(中)을 인연하여 이를 經道로 삼으면(떳떳함. 중도를 따라 이를 떳떳한 도로 삼은 것이다.) 가히 이로써 몸을 보존할 수 있으며 가히 이로써 生을 온전히 할 수 있으며 가히 이로써 어버이를 봉양할 수 있으며 가히 이로써 향년을 다할 수 있을 것이다.

의역

남들이 칭찬할 만한 선행도 하지 않고, 형벌을 범할 수 있는 악행도 하지 않고, 중도(中道)를 따라 이로써 떳떳한 도를 삼아야 한다. 그렇게 하면 몸을 보존할 수 있으며 삶을 온전히 할 수 있으며 어버이를 받들 수 있으며 장수를 누릴 수 있다.

‖ 선영 주 ‖

次說與除病要方也라 不可指其爲善이오 不可指其爲惡이니 善惡之迹에 俱無所倚오 惟緣中道以爲常也라 何故로 兼言爲惡고 夫徇知有爲而爲神明之累는 善與惡이 均也라 知善惡之均者는 於緣督之義에 其庶乎ㄴ저 緣督二字는 一篇妙旨라 惟循中之所在하야 自己毫不與力이니 下文은 俱發此句라(督之爲中者는 [illegible] 奇經八脈에 中脈을 爲督이요 衣背中縫을 謂之督이라하니 見禮記深衣註하다)

다음으로 앞서 말한 병고(病苦)를 제거할 묘방(妙方)을 말해준 것이다. 그것을 선이라 가리킬 수 없고, 그것을 악(惡)이라 가리킬 수 없다. 선악의 자취에 모두 의지한 바 없고, 오직 중도(中道)에 따라 떳떳함을 삼은 것이다.

무엇 때문에 악을 겸하여 말하였는가. 그렇게 해야 한다는 인식[知]에 따라 억지로 행하여 신명(神明)에 누를 끼치게 됨은 선이나 악이나 매한가지이다. 선이나 악이 모두 이처럼 똑같이 신명에 누를 끼치게 된다는 사실을 깨달은 자는 연독(緣督)의 의의에 거의 가깝게 다가선 사람이라 하겠다.

'연독' 두 글자는 「양생주」 1편의 오묘한 뜻이다. 오직 중도(中道)의 있는 바에 따라서 자기는 털끝만큼도 더불어 힘쓰지 않음이다. 아래 문장은 모두 이 구절의 뜻을 밝힌 것이다.(督이 中 자의 뜻이 된다는 것은 趙以夫가 말하기를, "奇經의 여덟 脈 가운데 中脈을 督이라 하였고, 옷의 등솔기 한 가운데를 꿰매는 것을 督이라 하니, 이는 『예기』 「深衣」의 주에 보인다." 하였다.)

강설

"중도를 따라 이로써 떳떳한 도를 삼는다."는 구절은 「양생주」 전편(全篇)의 종지이자, '망상의 병을 제거해주는 묘방'이다. 긴장과 스트레스를 풀어줄 수 있는 유일한 방법이다. 여기에서 말한 중도는 아래의 포정해우에서 말할, 칼을 놀릴 수 있는 빈틈을 말한다.

'위악무근형(爲惡無近刑)'에 대해 구구한 말들이 많다. 이는 "악한 일을 하더라도 형벌을 받을 정도까지는 하지 마라."라는 적당주의의 말이 아니다. 형벌을 받지 않을 정도의 악행을 해도 좋다는 뜻으로 본다면 이는 악은 악이되 그리 흉악하지 않은 악으로, 선도 악도 아닌 반선반악(半善半惡)인 셈이다.

장자는 그 아래에 연독(緣督)을 말하기 위해 이의 전제(前提)로 '위선무근명(爲善無近名)' '위악무근형(爲惡無近刑)' 두 구절을 말한 것이다. 선악을 초탈한 허(虛)의 세계를 말하기 위함이다. 이로 보면 두 구절은 선악 그 자체를 벗어나 허(虛)의 세계를 따라야 함을 강조하기 위해 이를 들어 말한 것이다.

이 두 구절을 이해하기 쉽게 바꾼다면, '무근명지선(無近名之善)' '무근형지악(無近刑之惡)'이다. 세속 사람들이 흔히 말하는 '명예 얻기 쉬운 선'을 행하지도 말고, 세속 사람들이 흔히 말하는 '형벌당할 수 있는 악'을 행하지도 말라는 뜻이다. 이와 같이 세속에서 말한 선악을 모두 행하지 말라는 뜻이지, 선과 악을 적절하게 대처하는 절충주의나 회색분

자를 말하려는 것이 아니다. 선악 그 자체를 벗어난 중도와 허(虛)의 세계를 지향하고자 함이다.

여기에 또 하나의 문제점은 양친(養親)이다. 자신의 양생(養生)으로써 부모를 받든다는 것은 장자의 학설에 걸맞지 않은 사상이다. 장자의 내편(內篇) 전체에 '양친'에 관한 언급은 찾아보기 힘들다. 장자는 부모를 효성으로 받드는 따위의 인의, 예악에 대해 언급한 예가 없다.

따라서 일설에는 친(親) 자는 신(新)과 통용된다고 하여, 예컨대 친민(親民)을 신민(新民)으로 읽는 것처럼 양친(養親)은 양신(養新)의 뜻이니 새로운 활력을 기르는 것이라고 해석하였다. 참신한 면이 없지 않으나, 진정 '양신'의 뜻이 옳은지는 앞으로 조금 더 확인을 거쳐야 할 문제이다.

또 다른 일설에는 친(親)이란 신(身) 자와 통용되니 '양친'을 양신(養身)이라 하여 "몸을 기른다."로 해석하고 있다. 그러나 바로 위에 보신(保身)이 있다. 보신(保身)이나 양신(養身)은 거의 유사한 뜻이므로 이 또한 그 의의가 중복된다는 점에서 반드시 옳다고 인정할 수 없다. 따라서 필자는 "의문은 의문대로 전한다.[以疑傳疑]"는 의의에 따라 후일을 기다리며 원문대로 번역했을 뿐이다.

2. 庖丁解牛(포정의 소 잡는 칼)

백정이 소를 잡는 고사는 소의 힘줄과 큰 뼈만큼 얽힌 사회의 복잡함을 비유한 것이다.

소는 세상사 또는 사회, 즉 객관세계를 비유한다. 이처럼 복잡다단(複雜多端)한 사회의 세상사에 대처하는 방법은 그 고연(固然)한 바와 천리(天理)를 따라야 함과 아울러 "두려운 듯이 경계[怵然爲戒]"하는 근신(謹愼)과 소심한 태도, 그리고 "칼을 잘 다듬어 넣어두는" 선장(善藏), 세 가지이다. 이것이 처세술이자 양생주의 주된 종지이다.

‖ 경문 ‖

庖丁이(庖人名丁) 爲文惠君하야 解牛할세 手之所觸과(以手推牛) 肩之所倚와(以身就牛) 足之所履와(以足踏牛) 膝之所踦에(膝壓牛라 四句는 解牛之形이라) 砉(音翕)然嚮然하고 奏刀騞(音畫)然하야(俱用刀聲이요 却以奏刀니 安在中間이리오 句法錯落이라) 莫不中音하야(中乎音節이라 ○ 四句는 解牛之聲이라) 合於桑林之舞하며(湯禱桑林舞樂이어늘 今合其舞節이니 承手觸四句也라) 乃中經首之會어늘(經首는 咸池樂章이라 會는 節也라 今中此音節은 承砉然四句也라)

번역

庖丁(庖人의 이름이 丁이다.)이 文惠君을 위하여 소를 해체할 적에 손의 抵觸한 바와(손으로 소를 밀침이다.) 어깨의 의지한 바와(몸으로 소에 다가섬이다.) 발의 밟은 바와(발로써 소를 밟음이다.) 무릎의 짓누르는 바에(무릎으로 소를 누름이다. ○ 이 네 구절은 소를 해체하는 형상이다.) 砉(音은 翕)然 嚮然이고 칼의 나아감이 騞(音은 畫)然하여(모두 칼의 소리를 사용하고서 곧바로 칼질을 해나감이니 어찌 가운데 틈이 있을 수 있겠는가. 句法을 뒤섞어 쓰고 있다.) 音節에 맞지 않은 것이 없어(음절에 맞은 것이다. ○ 이 네 구절은 소를 해체하는 소리이다.) 桑林의 춤에 부합되며(湯임금이 桑林에서 기도할 적에 춤추던 음악인데 오늘날 그 춤추는 節奏에 부합됨이니 手觸 이하 네 구절을 이어 쓴 것이다.) 이내 經首의 會에 맞자,(經首는 咸池의 악장이다. 會는 음절이다. 이제 이 음절에 맞는다는 것은 砉然 이하 4구를 이어 쓴 것이다.)

의역 ‖

소잡이 정(丁)이라는 사람이 문혜군을 위해 소를 잡을 적에 손으로 소를 누르는 것과 어깨로 소를 밀치는 것과 발로써 소를 밟는 것과 무릎으로 소를 짓누를 적마다 소의 뼈와 살이 해체되면서 쉬익쉬익, 쫘악쫘악 소리가 나고 칼이 움직일 적마다 싹둑싹둑 잘려나갔다. 그 칼질의 소리와 살덩이가 잘리는 소리는 살벌한 것이 아니라 모두 음률에 맞았다.

포정이 소를 잡는 손발의 놀림은 어찌나 유연하고 아름답던지 탕임금의 상림(桑林)이라는 춤사위와도 같았고, 칼질하는 소리는 요임금의 악장(樂章)인 경수(經首)의 운율처럼 울려왔다.

‖ **선영 주** ‖

借解牛喩意니 **寫得形聲俱活**이라

소의 해체를 빌려 비유한 뜻인데 소를 잡는 몸놀림과 칼질하는 소리를 모두 살아 있는 듯이 묘사하였다.

강설

덩치가 큰 소를 해체한다는 것은 가장 살벌한 행위이다. 도살장은 피와 창자와 살덩이와 뼈다귀가 나뒹구는 참혹한 현장이다. 그러나 하나의 음악 소리와 춤사위처럼 연출한다는 것은 소를 해체하는 기술이 도의 경지에 이르렀음을 말해주는 것이다. 포정이 좋아하는 내면의 세계는 곧 도에 있다. 이 때문에 참혹한 살육의 현장이 그 내면의 정신세계에 의해 아름다운 음악회로 탈바꿈된 것이다.

포정의 칼은 인간의 정신을, 소는 객관세계의 만유(萬有)와 인간사 전반을 비유하는 말이다. 사람이 사회생활을 한다는 것은 포정이 소를 해체하는 행위와도 같다. 사회는 얽히고설킨 소의 힘줄만큼이나 복잡하고 어려운 세계이다. 여기에서 칼날을 다치지 않은 것처럼 세상사에 막힘없는 원활한 처신은 곧 도인의 세계라 할지도 모른다.

장자는 포정이 소를 해체하는 솜씨를 오도(悟道)의 경지로 승화하여 비유함과 아울러 아래 문장에서는 '오도'의 과정을 말해주고 있다. 이는 먼저 사실을 제시한 후, 그 이론을 논증하는[先事實 後論證] 문장 구조이다.

‖ 경문 ‖

文惠君曰 譆라 善哉라 技 蓋至此乎아

庖丁이 **釋刀**코 **對曰 臣之所好者**는 **道也**어늘 **進乎技矣**니이다(言久之에 幷技亦是道라) **始臣之解牛之時**에 **所見**이 **無非牛者**러니(視牛難解라) **三年之後**에 **未嘗見全牛也**며(牛一身 無非解處라) **方今之時**하야(久而愈熟) **臣以神遇而不以目視**하고 **官知止**(手足耳目之官을 不用이라)**而神欲行**이라(心神自運) **依乎天理**하야(牛身自然之腠理라) **批大郤**하고(批開間隙所在라 郤은 與隙同이라) **導大窾**하되(引刀而入骨節之空이라) **因其固然**하야(刀不妄加) **技經肯綮之未嘗**이온(肯은 著骨肉也요 綮는 結處也라 言我技精妙하야 骨肉聯著處에 吾刀未嘗一經之라) **而況大軱**(音孤니 大骨이라)**乎**아

‖ 직역 ‖

文惠君이 말하기를, "아, 선하다. 技藝가 여기에까지 이르렀는가."

庖丁이 칼을 놓고서 대답하기를, "신이 좋아한 바는 도였는데 기예에까지 나아간 것입니다.(오래 함에 아울러 기예까지도 또한 도임을 말한 것이다.) 처음 신이 소를 해체할 적에 보이는 바가 온전한 소 아닌 것이 없더니(소를 봄에 해체하기 어려웠다.) 삼 년 후에는 일찍이 온전한 소를 찾아볼 수 없었으며(소의 한 몸에 해체할 곳 아닌 것이 없었다.) 바야흐로 지금에는(오래될수록 더욱 익숙함이다.) 신이 神으로써 만나고 눈으로 보지 않고 官의 知覺이 멈추고(손, 발, 귀, 눈의 감각기관을 쓰지 않았다.) 神이 행하고자 합니다.(마음과 정신으로 스스로 운전함이다.) 天理에 따라서(소의 몸에 있는 자연한 腠理이다.) 大郤을 쪼개고(틈이 있는 곳에서 쪼개는 것이다. 郤은 隙과 같다.) 大窾을 誘導하되(칼을 끌어 골절의 빈틈에다가 넣은 것이다.) 그 固然함으로 인하여(칼을 마음대로 더하지 않았다.) 기예는 肯綮을 스친 적이 일찍이 없는데(肯은 뼈에 붙어 있는 살이며, 綮은 힘줄이 맺힌 곳이다. 나의 기예가 정묘하나 골육이 연이어 붙어있는 곳에 나의 칼은 일찍이 한 번도 이를 스친 적이 없음을 말한다.) 하물며 大軱(音은 孤, 큰 뼈)야…!

의역

소 해체하는 걸 보고 있던 문혜군이 감탄해 말하였다.

"아, 훌륭하다. 어떻게 그 기량이 이런 경지에까지 이를 수 있는가!"

포정이 칼을 내려놓고서 대답하였다.

"제가 좋아하는 것은 도입니다. 오래 하다 보니 소 잡는 기량까지도 도의 경지에 이른 것입니다.

제가 처음 소를 잡을 적에는 어찌나 해체하기 어렵던지 어디부터 칼을 대야 하는지, 보이는 것이라곤 통째로 서 있는 소 한 마리 그 자체였습니다. 그러나 3년이라는 세월이 흐른 뒤에는 소를 바라보면 해체할 소의 부위가 한눈에 쏙 들어와 나의 눈에는 온전한 소를 찾아볼 수 없었습니다.

19년이 지난 오늘날에는 더욱 능란한 솜씨를 지녀서 저는 정신으로 소를 잡는 것이지, 눈으로 보지 않기에 손, 발, 귀, 눈 따위의 감각기관을 따르지 않고 그저 마음과 정신에 따라 절로 칼질을 할 뿐입니다.

이 때문에 저는 소의 몸에 있는 자연스러운 살결과 힘줄을 따라 살과 뼈 사이의 커다란 틈새에 칼을 대고 골절(骨節)의 빈자리에 칼을 그어나감으로써 소의 고유한 결구(結構)에 따를 뿐, 마음대로 칼을 놀리지 않습니다.

이 때문에 저의 기량이 정밀하고 오묘하여 제 칼은 뼈와 살이 엉이어 붙어 있는 곳을 한 번도 스친 적이 없습니다. 하물며 큰 뼈를 건드리는 일이 있을 수 있겠습니까?

‖ 선영 주 ‖

由道通技하야 神行虛中이라 人止知道精技粗어늘 今日進乎技는 妙妙라 試想志道境界와 與遊藝境界컨대 孰淺孰深고 凡大郤大窾之所在는 皆督也오 批之導之를 因其固然이니 則緣之而已라

도(道)로 말미암아 기예(技藝)를 통달하여 정신이 허(虛)한 가운데 행한 것이다. 사람들의 인식은 대체로 "도란 정미(精微)한 형이상이요, 기예는 조악(粗惡)한 형이하"라 하여, 이를 상하로 구분 지어 말한 데에 그칠 뿐이다. 그러나 "오늘날 나의 기예가 도의 경지에 나아갔다."라고 말한 것은 형이상과 형이하가 하나로 융합된 경지를 말해주는 것이기에 절묘하고 절묘한 부분이다. 초학시절 '도에 뜻을 둔[志於道]' 경지는 구도(求道)의 수련 과정이며, 학문의 마지막 단계의 '기예에 노니는[遊於藝]' 경지는 득도(得道) 이후의 자재행(自在行)이다. 그 어느 것이 얕고 어느 것이 심오한 것일까? 한 번쯤 생각해보라.

대극(大郤)과 대관(大窾)이 있는 바는 모두 독(督)이요, 이를 쪼개고 이를 유도해 나가는 것은 그 고연(固然)한 바로 인함이니, 그것은 곧 독(督)을 따른 것일 뿐이다.

강설

'칼솜씨(기예)에 나아갔다[進乎技矣]'는 구절은 "나의 칼솜씨가 도의 경지에 이르게 되었다.[技 進乎道矣]"는 뜻이다. "나의 칼솜씨가 일찍이 힘줄도 건드리는 적이 없었다.[技經肯綮之未嘗]"는 문장은 '기미상경어긍계지처(技未嘗經於肯綮之處)'라는 뜻이다. 장자의 문장은 이처럼 생략과 도치법을 동시에 구사한 부분이 적지 않아 난해하기 짝이 없다.

위의 문장은 포정이 도를 얻기까지의 과정을 묘사한 것이다. 포정의 득도(得道) 경지는 3단계이다. 포정이 처음 백정 노릇을 할 적에 3년 이전에는 해체해야 할 소의 부위를 분명하게 볼 수 없었다. 이는 객관세계 사물상의 처리방법이 보이지 않음을 비유함이며, 3년 이후에 해체해야 할 부위가 분명히 보인다는 것은 객관세계의 이치를 깨달아 사물을 관조함을 말하며, 19년이 지난 오늘날 육체의 감각기관을 떠나 정신세계로 행한다는 것은 공자가 말한 "마음 가는 대로 행하여도 법도에서 벗어나지 않은[從心所欲不踰矩]" 경지이다. 이는 도의 경지에 나아가 어떤 사물에도 흔들리지 않고 자신이 주재되어 자유자재한 삶을 누리는 것이다.

‖ 경문 ‖

良庖 歲更刀는 割也며(割肉) 族(衆)庖 月更刀는 折也어니와(中骨而折이라 ○ 搖二句) 今臣之刀는 十九年矣라 所解數千牛矣로되 而刀刃이 若新發於硎이니다(砥石)

직역 ‖

良庖가 해마다 칼을 바꾸는 것은 割(살을 자름)함이며 族(많은 사람들)庖가 달마다 칼을 바꾸는 것은 부러졌기 때문이지만(뼈에 부딪혀 칼날이 부러짐. ○ 두 구절을 흔들어 여운을 둠.) 지금 臣의 칼은 十九年이라, 해체한 바 數千 마리의 소이지만 칼날이 硎(숫돌)에서 새로 갈아낸 듯합니다.

의역 ‖

솜씨 좋은 백정이 해마다 칼을 바꾸는 것은 살을 자르기 때문이며 보통 백정이 달마다 칼을 바꾸는 것은 함부로 뼈에 부딪혀 칼날이 부러졌기 때문입니다. 그렇지만 제 칼은 19년이나 되어 해체한 소가 무려 수천 마리입니다. 하지만 칼날이 숫돌에서 방금 갈아낸 듯합니다.

‖ 선영 주 ‖

上旣行於虛中이 乃落出全刃之妙라 刃은 卽神通之喩也라

위 문장에서 이미 허한 가운데 행함이 바로 칼날을 온전하게 할 수 있는 오묘함을 말해준 것이다. 칼날[刃]이란 곧 신통(神通)을 비유한 말이다.

강설

이는 처세에 세 부류의 사람이 있음을 비유한 말이다. 보통 사람은 족포(族庖)의 수준으로 달마다 칼을 바꾸는 자이다. 그만큼 세상일에 부딪혀 골머리를 앓음에 따라 정신을 손상하여 수명이 단축되는 것이다. 신경을 많이 쓰는 사람일수록 그에 따른 휴식이 필요하다. 무디어진 칼날을 다시 갈아내는 준비의 시간으로, 한 달에 한 번쯤은 큰 휴식이 필요한 셈이다. 그렇지 않으면 그 칼은 버려야 한다. 속된 말로 그 어디에 가서 뇌를 바꾸어 와야 할 일이다. 그보다 좀 낫다는 학자나 현인은 양포(良庖)이다. 족포의 칼에 비교할 수준이 아니다. 1년에 한 번 칼은 바꿔야 한다는 것은 1년에 한 번쯤은 휴식으로 재충전이 필요한 자이다.

그러나 포정의 칼은 무려 19년 동안, 수많은 소를 해체했듯이 숱한 세상일에 부딪히면서도 숫돌에서 곧 갈아낸 칼날처럼 서슬이 파랗다는 것은 조금도 정신을 손상하지 않음을 말한다. 그는 곧 성인으로 외식 사물에 어떤 침해도 당하지 않은 존재이다. 예컨대 흙산이 불탈지라도 뜨거운 줄을 모르고 물결이 하늘까지 넘실대는 홍수 속에서도 빠지지 않는 진인(眞人)의 경지이다. 아무리 험난한 세상에서도 생명을 온전히 가질 수 있고 몸을 보존할 수 있고 수명을 누릴 수 있음을 비유하는 말이다.

이처럼 칼날의 손상 여부에 따라 정신의 피해 척도가 결정되고 생명의 장단(長短)이 결정지어지는 것이다.

‖ **경문** ‖

彼節者有間이오 而刀刃者無厚니 以無厚로 入有間이면 恢恢乎其於遊刃에 必有餘地矣라 是以로 十九年이로되 而刀刃이 若新發(磨也)於硎이니다

직역

저 節이란 틈이 있고 칼날이란 두께가 없으니 두께가 없는 것으로써 틈이 있는 데 들어가면 恢恢하여 그 칼날을 놀리기에 반드시 餘地가 있습니다. 이 때문에 十九年으로서도 칼날이 숫돌에서 새로 發(갈다)한 것과 같습니다.

의역

저 뼈마디에는 틈이 있고 칼날은 두께가 없습니다. 두께가 없는 칼날을 뼈마디의 빈틈에다가 넣으니 널찍하여 칼날을 놀리기에 아주 여유가 있습니다. 이 때문에 제 칼은 19년이 되었으나 칼날은 숫돌에서 방금 갈아낸 것과 같습니다.

‖ 선영 주 ‖

發明上句之故로 以無厚로 入有間이라하니 措語 精入無倫이요 有餘地는 妙라 凡盤錯之會에 必有餘地在焉하니 眼明心細者는 自知之라

위 구절의 뜻을 밝히려는 까닭에 "두께가 없는 것으로 틈새가 있는 데 넣는다."라고 하니 문장을 씀이 정밀하여 비유할 수 없는 경지에 들어갔으며, "여유가 있다."라는 말은 절묘하다. 모든 반근착절(盤根錯節)의 얽힌 곳에도 반드시 넉넉한 땅이 있으니 눈이 밝고 마음이 꼼꼼한 자는 스스로 이를 알 수 있다.

강설

골절과 근육의 '사이'는 앞서 말한 연독(緣督)의 허(虛)이다. 칼날을 손상하지 않은 비법은 빈틈의 사이에 있다. 우리가 살아가는 세상에 아무리 어려운 일이라도 반드시 그 어디엔가는 빈틈이 있기 마련이다. 그 빈틈을 찾아 처리하는 것이 바로 '연독'이다.

‖ 경문 ‖

雖然이나 每至於族하야(筋骨聚處) 吾見其難爲하고 怵然爲戒하야 視爲止하며 行(行刀)爲遲하야 動刀甚微라가 謋(音畫解貌) 然已解하야(骨肉披散) 如土委地어든(如土崩然) 提刀而立하야 爲之四顧하고 爲之躊躇하야 滿志코 善刀(整好其刀)而藏之니이다

직역 ‖

비록 그러나 항상 族(筋骨이 모인 곳)에 이르러서는 내 그 하기 어려움을 보고 怵然히 경계하여 시각은 멈추며 行(칼질을 해나감)함을 더디 하여 칼 놀림이 매우 미미하다가 謋(音은 畫, 解體된 모양)然히 이미 해체(뼈와 살이 벌어짐)되어서는 흙이 땅에 맡기듯(흙이 무너지는 듯함)하여 칼을 잡고서 서서 그를 위해 사방을 돌아보고 그를 위해 躊躇하여 뜻에 만족하고 칼을 善히 하여(그 칼을 잘 다듬어 둠) 넣습니다."

의역 ‖

하지만 힘줄과 뼈가 뒤엉킨 곳을 닿을 적마다 저는 그런 부위란 해체하기 어렵다는 점을 잘 알고 있습니다. 두려운 마음으로 조심조심 눈길을 멈춘 채 서서히 칼질을 해나갑니다. 칼 놀림을 아주 미미하게 하다가 살과 뼈가 쫙 벌어지면서 마치 흙덩이가 땅바닥에 쏟아지는 듯하면 칼을 든 채 일어서서 넌지시 사방 주위를 돌아보고 떠날 수 없어 잠시 머뭇거리다가 흐뭇한 마음으로 칼을 잘 챙겨 넣습니다."

‖ 선영 주 ‖

寫未用之先에 如此審顧하고 旣用之後에 如此寶惜하니 世亦有善養如此者乎아

칼을 사용하기 이전에는 이와 같이 자세히 살펴보고, 이미 사용한 뒤

에는 이처럼 보배처럼 아끼는 것을 묘사하고 있다. 이 세상에 또 이처럼 양생(養生)을 한 자가 있을까?

강설

이는 아무리 뛰어난 지혜와 능력이 있을지라도 경거망동의 행위는 생명을 해치는 법이다. 더욱이 어려운 일을 당해서는 말할 나위 없다. 조심에 또 조심해야 한다.

양생이란 나에게 없는 것을 찾아서 보완하려고 생각지 말고, 나에게 있는 것을 잘 간직하는 것이 양생의 마지막 단계이며, 가장 중요한 방법이다. 어느 사람이 젊은 시절 그리 좋지 않았던 건강이 노년에 접어들면서 더욱 왕성하자, 이를 묻는 제자에게 대답하기를, "화롯불을 뒤적이면 뒤적일수록 쉽게 꺼지는 것인바, 다독다독 잘 감싸두는 것이 불씨를 오래 보존하는 방법이다."고 말하였다. 선장(善藏)이란 곧 이를 말한다.

‖ **경문** ‖

文惠君曰 善哉라 **吾聞庖丁之言**하고 **得養生焉**이로다(刀可養으로 知生亦可養이라)

직역

文惠君이 말하기를, "善하다. 나는 庖丁의 말을 듣고 養生을 얻었노라."(칼을 잘 보관한다는 것으로 生 또한 잘 함양할 수 있음을 알 수 있다.)

의역

문혜군이 말하였다.

"훌륭하다. 나는 백정 포정의 말을 듣고서 양생(養生) 또한 백정의 칼처럼 잘 챙겨야 한다는 점을 알았노라."

‖ **선영 주** ‖

養生一句는 點睛이라

양생(養生)이라는 한 구절은 화룡점정(畵龍點睛)이다.

○ 養生之妙는 止在緣督一句이오 引庖丁一段은 止發明緣督一句라 夫中央爲督이니 督豈有一定之處乎哉아 又豈有件物事 可指之爲督乎哉아 凡兩物相際之處를 謂之中이니 無此中이면 則此與彼無相麗之用이라 然而稍移一分이면 則爲此物矣이오 稍移一分이면 則又第爲彼物矣라 然則中固無有物也라 遊於無有物而傷之者 誰哉아 此緣督之義는 固無踰於解牛者也라 至虛之處 乃中也라

○ 양생의 오묘함은 '연독(緣督)' 한 구절에 있을 뿐이며, 포정의 말을 인용한 한 단락은 '연독' 한 구절의 뜻을 밝힌 데 그칠 뿐이다.

한가운데를 독(督)이라 하니, 독이란 어찌 일정한 곳에 있을 수 있겠는가. 또한 어찌 하나의 사물을 대상으로 가리켜 독이라 할 수 있겠는가. 대체로 두 사물이 서로 만나는 곳을 중(中)이라 말한다. 이러한 중간의 매개체가 없다면 이것과 저것이 서로 함께 할 수 있는 작용이 있을 수 없다.

그러나 그 중간에서 한 푼이라도 이쪽으로 옮겨가면 이쪽 물건이 되고, 한 푼이라도 저쪽으로 옮겨가면 또한 저 물건이 된다. 그렇다면 중(中)이란 참으로 어떤 일정한 존재가 없는 자리이다. 어떤 존재도 없는 데에 노니는 그를 상해할 자, 그 누가 있겠는가. '연독'의 뜻은 참으로 소를 해체하는 비유보다 더 훌륭한 것은 없다. 지극히 공허한 자리, 그 어떤 것도 거치적거리지 않은 데가 바로 '중'이다.

강설

포정해우는 포정의 오도(悟道)에 의한 양생으로 자신의 도를 성취하고, 나아가 문혜군에게 깨달음을 전해주는 과정을 말하고 있다. 이는 자신의 성취에 그치지 않고 남들까지 함께 공유하는 명명덕(明明德) 신민(新民)이자, 상구보리(上求菩提) 하화중생(下化衆生)의 자리리타(自利利他)이다.

3. 安時處順(삶과 죽음을 편히 받아드려라)

이는 다시 세 단락으로, 첫째는 육체의 불구 또한 자연이며, 둘째는 육신의 안락보다는 정신의 자유를, 그리고 감정에 얽매이거나 괴로움을 당해서는 안 된다는 것이며, 셋째는 영혼의 생명이 영원하기에 슬퍼하거나 싫어할 것이 없음을 말하고 있다.

‖ **경문** ‖

公文(姓)**軒**(名)이 **見右師**(刖者 爲右師之官이라)**而驚曰 是何人也**오 **惡乎介也**오(介는 特也니 謂一足이라) **天與**아(天生如此아) **其人與**아(抑人刖之아) **曰**(右師答) **天也**오 **非人也**라 **天之生是使獨也**여 **人之貌**는 **必有與**(匹偶)**也**라 **以是**로 **知其天也**며 **非人也**로다(接口에 斷二句요 中間에 掉二句며 又重押二句니 雖小節奏나 亦頓挫纍纍然이라)

직역

公文(성)軒(이름)이 右師(다리 잘린 者가 右師 벼슬을 하였음)를 보고서 놀라 말하기를, "이 어떤 사람인가. 어찌다가 介(介란 하나이니, 외다리를 말함)가 되었는가. 하늘인가.(하늘이 이처럼 낳아줬을까?) 그 사람인가.(아니면 사람이 그의 다리를 자른 것일까?)"

말하기를,(우사의 대답) "하늘이요, 사람이 아니다. 하늘이 이를 내심에 하여금 홀로 함이여. 사람의 용모는 반드시 與(짝: 두 다리)가 있다. 이로써 그 하늘인 줄 알며 사람이 아니다."(말을 이어서 두 구절을 끊고 중간에서 두 구절의 여운을 두었으며 또다시 거듭 두 구절을 쓰니, 비록 작은 節奏에서도 또한 갑자기 꺾어가면서 첩첩이 쌓아두고 있다.)

의역

우사(右師)는 고대 관명이며, 개(介)는 외다리를 말한다. 공문 헌이 형벌을 당하여 한쪽 다리가 잘린 우사를 보고서 깜짝 놀라 말하였다.

"도대체 무슨 사람이 이런가! 어쩌다가 외다리가 되었는가. 하늘이 이렇게 하나의 다리로 낳아줬는가. 아니면 사람들이 그렇게 만든 것인가."

우사가 대답하였다.

"하늘이 이렇게 낳아준 것이지, 사람들이 이렇게 한 것은 아니다. 하늘이 나의 다리를 외발로 내려줌이여, 남들의 다리는 두 발을 내려준 것이다. 그러기에 하늘이 내려준 것이지, 사람이 한 짓이 아님을 알고 있다."

‖ 선영 주 ‖

介足付之天然이니 則形骸之不足爲損益也 明矣로다

외다리를 하늘이 그런 것으로 맡겨두었다. 이로 보면 몸이란 손익(損益)이 될 수 없음이 분명하다.

강설

운명이란 만남[遭遇]을 말한다. 모든 일이 일어나 겪는 것들을 통칭 만남이라 한다. 조건이 성숙하면 일이 생기게 되고 이처럼 발생한 일들은 모두 자연스러운 일로 받아들여야 한다. 과거에 모종의 숱한 일로 빚어진 현상을 사람들은 그저 운명으로 받아들이는 것이다. 공자와 맹자 역시 자신의 고난을 하늘의 뜻으로 생각하여 받아들였던 것처럼 우사 역시 자신의 억울한 수형(受刑) 역시 천명으로 순응한 것이다. 이는 "그 어찌할 수 없음을 알고서 천명처럼 편안히 받아들이는[知其不可奈何而安之若命, 德之至也.]" 장자의 순응이다. 일종의 체념과 포기의 미학인 셈이다.

"하늘이 나의 다리를 외발로 내려줌이여, 남들의 다리는 두 발을 내려준 것이다.[天之生是使獨也, 人之貌, 必有'與'也]"고 하여 선영(宣穎)은 여(與)를 필우(匹偶), 즉 짝이라 해석하여 두 다리를 말하고 있다. 이는 '생시사독(生是使獨)'의 독(獨) 자에 대한 대칭으로 여(與) 자를 해석하여 '외다리'와 '두 다리'로 인식하였다. 따라서 '인지모(人之貌)'의 인(人)은 나와 대칭되는 '타인'으로 해석한 것이다. 그러나 또 다른 일설에 의하면, 여(與) 자는 아래의 「덕충부(德充符)」에서 말한 "도여지모 천여지형(道'與'之貌 天'與'之形: 도는 나에게 용모를, 하늘은 형체를 주었다.)"을 근거로 '여' 자를 부여(賦與)하다의 뜻으로 해석하였다. 이처럼 부여하다의 뜻으로 해석할 경우, "하늘이 나의 다리를 외발로 내려줌이여, 모든 사람들의 몸은 반드시 하늘이 부여한 것이다."라는 말이 된다. 남들의 두 다리이든 나의 외다리이든 그 모두가 하늘이 내려주었다는 뜻이다. 이 또한 참고가 될 만한 가치가 있다고 본다.

‖ **경문** ‖

澤雉 十步一啄하며 **五步一飮**하되 **不蘄**(求)**畜乎樊中**하나니(言雖飮啄之艱이 如此나 不求樊中之養이라) **神雖王**이나(去聲) **不善也**일세니라(蓋樊中에 雖無驚懼之苦나 亦不以爲適也라)

직역

澤雉는 十步에 한 번 쪼아 먹으며 五步에 한 번 마시지만 새장 속에 길러지는 것을 蘄(求)하지 않으니(비록 飮啄의 어려움이 이와 같으나 새장에 갇혀 길러지는 것을 찾지 않는다.) 神이 비록 王(去聲: 왕성)하나 좋아하지 않는다.(새장 속에는 아무런 놀램과 두려움이 없으나 또한 이를 자적함으로 삼지 않는다.)

의역

늪가의 꿩은 열 걸음 걸어 겨우 먹이 하나 쪼아 먹고 다섯 걸음 걸어 겨우 물 한 모금 마시며 살아가자니 하루 종일 움직여야 배를 채울 수 있지만 새장 속에서 배불리 먹이를 쪼아 먹으며 길러지기를 바라지 않는다. 새장 속에는 아무런 놀라움과 두려움이 없으나 마음이 편치 못하다.

‖ **선영 주** ‖

籠中雖安이나 甯爲飮啄이니 則飮食居處之不足爲重輕也 明矣라

새장 속이 아무리 편안해도 차라리 멀리 걸어 다니면서 물 마시고 먹이를 쪼아 먹는다. 이로 보면 음식과 거처란 경중(輕重)이 될 수 없음이 분명하다.

강설

양생이란 음식, 거처, 의복에 진정 구속이 없는 자유를 말한다. 인권이 유린되고 자유를 박탈당한 경제의 풍요는 결코 행복할 수 없음을 말해주고 있다. 장자는 일찍이 동물원에서 배불리 사육되는 동물보다는 자연 속에서 야생의 자유를 누리는 삶이 양생의 본질임을 밝혀주고 있다.

‖ 경문 ‖

老聃이 死에 秦失이(一本作佚) 弔之할세 三號而出커늘 弟子曰 非夫子之友邪아 曰 然하다(是吾友) 然則弔焉을 若此可乎아(又問) 曰 然하다(可也) 始也에 吾以爲其人也러니(成得箇人) 而今非也라 向吾入而弔焉에 有老者哭之하되 如哭其子하며 少者哭之하되 如哭其母하니 彼其所以會之라(感會人情如此라) 必有不蘄言(稱譽)而言이며 不蘄哭而哭者라(感人之至) 是遁天(失其天然)倍情하야(增益人情) 忘其所受니(忘初生之本이라) 古者에 謂之遁天之刑이니라(遁其天然하야 牽於俗情이 如被刑然이라) 適來도 夫子時也며(時當生) 適去도 夫子順也니(時當死) 安時而處順이면 哀樂이 不能入也니(平時에 以死生으로 付之淡忘이면 則人之哀樂이 從何感入乎아 老子有愧於此라) 古者에 謂是帝之懸解라하니라(人爲生死所苦는 猶如倒懸이라 忘生死면 則懸解矣라)

직역 ‖

老聃이 죽었을 적에 秦失(一本에서는 '佚'자로 썼음)이 조문하면서 세 차례 號哭하고 나오자, 제자가 묻기를, "夫子의 벗이 아닙니까?" 말하기를, "그렇다!"(그는 나의 벗이다) "그렇다면 조문을 이와 같이 해도 됩니까?"(또 물었다) 말하기를, "그렇다!(괜찮다) 처음에 나는 그만한 사람으로 여겼었는데(하나의 완성된 인물) 지금은 아니다. 조금 전, 내가 들어가 조문할 적에 늙은이는 곡하기를 제 자식 곡하듯 하고 젊은이는 곡하기를 제 어머니 곡하듯 하였다.

그가 그들을 感會함이(인정을 끌어모음이 이와 같다.) 반드시 칭찬(명예를 말함)을 구하지 않았지만 칭찬하게 만든 것이며 반드시 곡을 구하지 않았지만 곡하게 만든 것이다.(사람을 감동시킴이 지극함) 이는 天然을 遁하고(그 천연을 잃음) 인정을 倍하여(인정을 더함) 그 받은 바를 잊은 것이다.(처음 태어난 근본을 잊음) 옛적에 이를 천연을 遁한 刑이라고 말한다.

(그 천연을 어기고 俗情에 이끌림이 형벌을 받음과 같음)

때마침 生來도 夫子의 時이며(태어나야 할 때를 당함) 때마침 死去도 夫子의 順함이니(죽어야 할 때를 당함) 時를 편안히 여기고 順에 처하면 哀樂이 들어올 수 없으니(平時에 死生으로써 담담히 잊는 데에 부쳐두면 저 사람들의 슬픔과 즐거움이 어디로부터 느껴 들어갈 수 있겠는가. 노자는 이 부끄러움을 산 것이다.) 옛적에 이를 帝의 懸解라 말한다.(사람이 생사의 괴로움을 당하는 것이란 마치 거꾸로 매달아 놓은 것과 같다. 생사를 잊으면 거꾸로 매달려 있는 데서 풀려난 것이다.)

해설

노담이 죽었을 때, 진일이 그의 빈소를 찾아가 조문할 적에 겨우 세 차례 곡하고서 나오자, 제자가 물었다.

"선생님의 벗이 아닙니까?"

"그렇다! 그는 나의 벗이다."

"그렇다면 이처럼 형식적으로 조문을 해도 됩니까?"

"그렇다. 조문을 오기 전까지만 해도 나는 그가 하나의 완성된 인물로 여겼었더니만 지금은 나의 생각이 달라졌다. 조금 전, 내가 빈소에 들어가 조문할 적에 늙은이는 제 자식을 잃은 듯이, 젊은이는 제 어머니를 잃은 듯이 곡하였다.

노담이 그들의 인정을 이끌어 모은 것이 이와 같은 것으로 보아 반드시 나를 칭찬하라고 말하지는 않았지만 칭찬을 하도록 만든 것이며, 반드시 곡을 하라고 말하지 않았지만 곡을 하도록 만든 것이다. 이는 생사의 천리(天理)를 잃고 애락(哀樂)의 속정(俗情)을 더하여 처음 태어난 근본을 잊은 것이다. 옛적에 이는 천리를 어기고 속정에 이끌린 데서 받는 형벌이라 한다.

그가 어쩌다 태어난 것도 태어나야 할 때를 맞춰 태어난 것이고, 어쩌다 죽는 것도 그가 죽어야 할 때를 당하여 죽은 것이다. 평상시 죽고 사는 것을 편히 여겨 담담히 잊는다면 그들의 슬픔과 즐거움을 누구로부터 느낄 수 있겠는가. 노담은 그 부끄러움을 산 것이다. 사람이 생사의 괴로움을 당하는 것은 마치 거꾸로 매달아 놓은 것과 같은 일이다. 하지만 생사를 잊으면 거꾸로 매달려 있는 데서 풀려난 것이므로 옛적에 이를 "하늘의 매달림에서 풀려남이라."라고 한다.

‖ **선영 주** ‖

養生者는 惟恐至於死하야 不知生不因吾樂之而來며 死亦不因吾哀之而不去라 是生死는 吾無所與之也라 無所與之면 則外其生而生存하고 忘其死而有不死者矣니 則生死之不足爲向背也 明矣라

양생(養生)을 한 자는 오로지 죽음에 이를까 두려워한 나머지, 삶이란 내가 좋아함으로 인하여 온 것이 아니며, 죽음 또한 내가 슬퍼함으로 인하여 떠나가지 않는 것도 아니라는 사실을 모른다. 삶과 죽음이란 내가 상관할 수 있는 게 아니다. 이를 상관할 수 없다면 그 삶을 벗어날지라도 생존하고 그 죽음을 잊을지라도 죽지 않을 것이다. 이로 보면 생사를 지향할 것도 버릴 수도 없음이 명백하다.

○ 三節은 輕輕點撥說養生하되 乃反說死不足哀니 是何等見地오

○ 3절은 가볍게 양생을 들추어 말하면서 도리어 죽음이란 슬퍼할 게 없다 말하니 이 어떤 견지(見地)라 해야 할까?

강설

장자는 평소 노담에 대해 폄하한 적이 없다. 이 역시 노담을 폄하하려는 것이 아니라, 둔천지형(遁天之刑)을 경계하여 현해(懸解), 즉 해탈을 얻도록 권하는 데에 그 목적이 있다.

‖ 경문 ‖

指窮於爲薪이어니와 火傳也 不知其盡也니라(指는 可指而見者也니 可指之薪은 雖盡이나 而不可指之火는 自傳하야 無有盡時也라)

직역 ‖

가리킬 수 있는 것은 섶에서 다할 수 있거니와 불의 傳함은 그 다함을 알 수 없다.(指란 가리켜 볼 수 있는 것이니, 가리킬 수 있는 섶은 비록 다할지라도 가리킬 수 없는 불은 스스로 전해져 다할 때가 없다.)

섶에 붙은 불길은 육안으로 볼 수 있는 것이어서 손가락으로 가리킬 수 있지만, 보이지 않는 불의 원소는 스스로 전해지고 또 전해져 그 언제 다할지 알 수 없다.

‖ 선영 주 ‖

忽接此三句는 如天外三峯이 隱躍映現이라

갑자기 이 세 구절을 이어 쓴 것은 마치 하늘 밖에 세 봉우리가 은은히 솟구쳐 비쳐오는 것과 같다.

○ 乍讀之에 似乎突然諦玩之妙 不容言이라 其筆脉이 自上節로 飄下而收全篇之微旨하니 悠然又奕然이라

○ 문득 이를 읽으면 갑자기 자세히 음미한 오묘함을 말로 형용할 수 없을 듯하다. 장자의 문장 맥락이 위의 노담절(老聃節)로부터 살랑살랑 산들바람 불 듯 내려오면서 전편(全篇)의 은미한 뜻을 거두어 끝맺으니, 유연(悠然)하고도 또 혁연(奕然)하다.

○ 人之哀死也는 以爲死則此生盡矣니 殊不知其所謂生은 特形生耳오 有生生者를 彼未嘗知也며 其所謂死는 特形死耳오 有不死者를 彼未嘗知也라

夫形萎而神存하고 薪盡而火傳하니 火之傳 無盡而神之存이 豈有涯哉아 但人不知養이면 則與生同盡이니 前篇所謂其形化 其心與之然하나니 誠可大哀也라 知養之則遊刃之際에 寶光湛然하야 旁日月, 挾宇宙니 烏有盡哉아 所謂主者 如是如是라

○ 사람이 죽음을 슬퍼하는 것은 죽으면 이 삶이 다했다고 생각한 때문이다. 그가 생각하는 삶이란 형체의 삶일 뿐, 삶의 생명을 내어주는 자를 그는 일찍이 알지 못한 것이며, 그가 생각하는 죽음이란 형체의 죽음일 뿐, 죽지 않는 존재가 있음을 일찍이 알지 못했다는 사실을 모른 것이다.

형체는 시들어 죽었지만 정신은 존재하고, 섶은 모두 불탔지만 불의 원소는 영원히 전해진다. 불의 원소가 영원히 전해지니 신(神)의 존재 어찌 다함이 있겠는가. 사람이 이를 함양할 줄 모르면 나의 목숨과 함께 신은 사라지게 된다. 전편(前篇)에서 말한 "형체가 변화하여 죽어감 [illegible] 다."라는 것이 바로 이를 말한다. 이를 함양할 줄 알면 칼날을 놀리는 즈음에 보배 광채가 담담하게 쏟아져 해와 달을 양옆에 끼고 우주를 함께 할 것이니 어찌 다함이 있겠는가. 이른바 양생주(養生主)의 주(主: 眞宰)란 바로 이런 것이고 이런 것이다.

○ 神字는 是此篇之主니라 却不曾說出라가 止點火傳二字하야 使人恍然得之라 試思吾身中에 一點光明이 果是何物고(篇中에 神遇, 神行, 神王은 都非神字正面이라 ○ 陸龜山曰 逍遙遊一篇은 子思所謂無入而不自得이오 養生主一篇은 孟子所謂行其所無事라)

○ '신(神)' 자는 「양생주」의 주재이다. 일찍이 이[神]를 말하지 않다가 단 '화전(火傳)' 두 글자만을 들추어 말함으로써 모든 사람들이 분명하게 알 수 있도록 마련해주었다. 한 번 생각해 보라. 나의 몸에 한 점의 광명이란 과연 어떤 물건일까?(「양생주」 가운데 神遇, 神行, 神王은 모두 '神' 자의 정면이 아니다. ○ 육구산이 말하기를, "「소요유」 1편은 子思가 『중용』에서 밝힌 '어느 곳을 들어가도 자득하지 않음이 없다.'는 것이요, 「양생주」 1편은 『맹자』에서 말한 '그 하릴없는 바를 행함이다.'는 것이다.")

강설

인간의 육신은 죽어도 그 정신은 죽지 않은바[死而不死], 그 무엇을 길러야 할까? 생명의 주체는 삶의 원소지만 인간의 주체는 육신이 아닌 영혼의 정신세계이다. 그러므로 태어난 몸을 순히 받아들이고 죽음 또한 담담하게 대처해야 한다. 육신의 죽고 삶은 하나의 허상에 지나지 않는다. 따라서 육신에 대한 탐착과 생사에 대한 애증을 버리고 진정 그 무엇을 보존하고 길러야 할 것인가를 말해주고 있다.

인간세 人間世

개요

이의 주된 뜻은 인간사회의 갈등구조 및 대인관계와 자아의 처신을 말해주고 있다. 권모술수가 횡행하는 전란의 시대에 무고한 사람들이 참혹하게 살육을 당하여 피비린내 나는 인간역사의 현장은 사람이 사람을 죽이는 아수라장이자 함정이다. 눈으로 차마 볼 수 없는 참혹한 사회, 장자는 이처럼 험악한 인간의 세상을 들추어내어 그들에게 대인관계의 처세(處世)와 자아의 처신[自處]를 어떻게 할 것인가를 말해주고 있다.

이 편은 모두 7절로 나뉘어 있다. 첫 절에서는 안회와 공자의 문답을 통하여 포악한 통치자와 함께하기 어렵다는 점을 서술하였다. 재주를 믿고서 허튼짓을 한다거나 이유 없이 모종의 일을 강행하려 들으면 경국제세(經國濟世)는커녕 한 몸을 보존하기도 어렵다. 인간의 온갖 분쟁의 근원은 상호 간의 명예욕과 지혜 다툼에 있다. 명예와 지혜를 말끔히 떨쳐버리는 정신이 바로 마음을 비워두는 심재(心齋)이다.

제2절은 제나라에 사신으로 가는 섭공 자고(葉公子高)를 통하여 신하란 임금과 함께하기 어렵다는 점을 묘사하고 있다. 신하로서 임금을 대할 적에 일어나는 의구심(疑懼心), 상대국가 군주의 불신감, 그 모두가 신하에게 어려운 문제들이다. 이를 구제하는 방법은 오직 자신을 망각하고 마음을 비우는 것이다. 이는 안회의 '심재'와도 같은 점이다.

제3절은 안합(顔闔)과 거백옥(蘧伯玉)의 문답을 빌려 태자와 서로 함께하기 어려운 점을 말하고 있다. 따라서 그에 따라 순응하면서도 자신의 능력을 내세워서는 안 됨을 말하고 있다.

이상의 3절은 모두 대인관계를 서술한 처인(處人)의 도리이며, 이하의 4절은 모두 자기의 처신을 서술한 처기(處己)의 도리이다.

제4절은 장석(匠石)의 말을 들어 세속에서 높이 평가하는 유용(有用)한 재능이 곧 자신의 삶을 고달프게 만드는 도구임을 제시하여 무용(無用)을 대용(大用)으로 삼고 있다. 제5절 역시 남백자기(南伯子綦)의 말을 빌려 '유용'의 폐해를 들어 말하고 있다. 제6절 또한 지리소(支離疏)의 쓸모없는 몸을 빌려 생을 온전히 누리고 피해를 입지 않는 도를 말하였다. 제7절은 초광접여(楚狂接輿)의 노래를 통하여 난세의 위태로움을 묘사하고 있다. 이처럼 처세의 어려운 점을 통하여 조심하고 또 조심해야 경계하고 있다.

위의 7절을 도표로 정리하면 다음과 같다.

<table>
<tr><td rowspan="3">上言材能之累</td><td>제1절
顔淵
孔子問答</td><td rowspan="3">處人之道</td><td>위나라의
포학한
임금</td><td>안연의 문제점
恃智妄作
無事而强行</td><td>공자의 대답
心齋坐忘
虛己涉世</td><td>心虛也</td><td rowspan="3">虛心安命</td></tr>
<tr><td>제2절
葉公子高
孔子問答</td><td>제나라와
초나라는
대등한
나라</td><td>섭공의 문제점
不能安命
多憂自苦
當行而不行</td><td>공자의 대답
忘身也
養中也</td><td>忘身
養中
亦虛也</td></tr>
<tr><td>제3절
顔闔
蘧伯玉問答</td><td>태자의
횡포</td><td>안합의 문제점
有道無道
皆不可</td><td>거백옥의
대답
順也
(隨緣應身:
達變知機
不可恃才輕觸)</td><td>順性
亦虛也</td></tr>
<tr><td rowspan="4">下言不材全生之道</td><td>제4절
匠石</td><td rowspan="4">處己之道</td><td colspan="2">櫟社不材
保其天年</td><td rowspan="2">絶聖棄智
全生遠害
(聖智俗諦)</td><td>借散木
第一喩</td><td rowspan="4">不材之材</td></tr>
<tr><td>제5절
南伯子綦</td><td colspan="2">不材自全</td><td>借散木
第二喩</td></tr>
<tr><td>제6절
支離疏</td><td colspan="2">支離其形</td><td rowspan="2">自寇自煎</td><td>借人 第三喩</td></tr>
<tr><td>제7절
楚狂接輿</td><td colspan="2">孔聖 不知止</td><td>莊子
自喩接輿</td></tr>
</table>

‖ 선영 주 ‖

蓋上古之世에 嘗少事矣는 其人少也오 中古之世에 嘗有事矣는 其人多也오 叔季之世에 嘗多事矣는 其人紛不可紀也일세니라 今使一人으로 處於寥廓之宇하야 優游自得이면 與太古何異리오 惟羣萃雜處而機變叢生이라 卽是以觀컨대 可以知閱世之故矣라

人與人相聚而成人間하고 人與人相積而成人間之世라 始而交接하고 中而交搆하고 終而交殘하야 紛紛藉藉하야 少一跌足而禍患隨至일세 孟子謂齊宣하사되 方四十里로 爲阱於國中이라하니 以今觀之컨대 九州之內 孰非罟擭陷阱之區與아

嗚呼라 人之處斯世也 難矣며 生人之樂 盡矣라 其間에 號爲傑出者 或力足以制弱이오 智足以駕愚오 勢分足以懾卑賤하야 而方其輾轉角勝하니 抑何儱也오 鳴豫未瞬에 變害乘之하니 嗚呼라 勢分智力은 正罟擭陷阱之區也어늘 而謂爲人間世之長策與아

雖然이나 江河之流는 猶未有已니 必欲逃世以免患인댄 安所得寥廓之宇而處之리오 且妙道之行이 磅礴宇宙而窮於吾與之徒니 謂之何與아 夫今之世 猶古之世오 今之人 猶古之人也라 天生今之億萬人이 無異於太古初生之一人也리 卽機智放紛而其所爲初者 未嘗不在也라 我周旋於億萬人間호되 如處獨焉이면 如蹈虛焉하야 御至紛如至少하고 視多事爲無事하야 未嘗有我오 未嘗有人하야 以其太古로 遇其太古에 亦未有不游刃有餘者也라 雖駢闐偪人이나 而已翶翔於寥廓矣라

상고시대에 일이 적었던 것은 일찍이 사람이 적었기 때문이며, 중고시대에 일들이 생겨난 것은 사람이 많아졌기 때문이며, 말세에 수많은 일들이 일어난 것은 사람들이 너무 많아 셀 수 없었기 때문이다. 하지만 오늘날 어느 사람이 고요하고 드넓은 집에 살면서 여유롭게 자족한 삶을 누린다면 태고시대와 그 무엇이 다르겠는가. 오로지 많은 사람들

이 뒤섞여 삶으로써 수많은 기변(機變)이 발생하기 때문이다. 이런 현상으로 살펴보면 수많은 세월 속에 어떻게 세상이 전해왔는가를 알 수 있다.

사람과 사람이 서로 모여 인간사회를 형성하고, 사람과 사람이 서로 모여 시간이 흐르면서 인간의 세대가 형성되어가는 것이다. 처음에는 서로 만나고 중간에는 서로 얽히고 마침내는 서로 잔혹한 일들이 어지럽고 낭자하여 조금이라도 한 번 발을 헛디디면 재화와 환란(患亂)이 뒤따르게 된다. 이 때문에 맹자는 말하기를, "제 선왕이 나라 한가운데에다가 사방 40리의 함정을 파놓았다."[1)]라고 하였다. 오늘날의 세상을 맹자의 말에 따라 살펴보면 온 천하 그 어느 곳이든 온통 그물과 덫과 함정의 지역이 아니겠는가.

아! 슬프다. 사람이 이런 세상에 살아가기 어렵고 사람들의 삶 속에는 즐거움이 다하였다. 그 사이에 걸출하다고 불리는 자가 간혹 힘으로 약한 자를 제재하고, 지혜로 어리석은 자를 농가하고, 세력으로 미천한 자들을 위협하면서 바야흐로 그런 부류의 사람들이 끊임없이 나부고 있다. 그 얼마나 고달픈 일인가. 슬픈 일이든 즐거운 일이든 한순간이 못되어 곧바로 변고와 폐해가 뒤따르고 있음에도 말이다. 아! 슬프다. 세력, 지혜, 힘이란 바로 죽음을 부르는 그물이요 덫이요 함정이 숨겨져 있는 곳이다. 그럼에도 사람들은 이런 유들을 인간 세상의 가장 훌륭한 계책이라고 생각하는가.

그러나 강물처럼 흐르는 세상은 오히려 그치지 않는 법, 반드시 세상을 피하여 우환을 면하려 한다면 어찌 고요하고 드넓은 집을 찾아서 그곳에 살지 않을 수 있겠는가. 또 오묘한 도의 유행이 우주에 가득하여 나와 함께하는 모든 사람들과 함께하는 것이다.

이는 무엇을 말하는가. 오늘날 세상은 옛 세대와 같고 오늘날 사람

1) 제 선왕이 …함정을 파놓았다. : 『맹자』「梁惠王 上」. "臣始至於境, 問國之大禁, 然後敢入. 臣聞郊關之內, 有囿, 方四十里. 殺其麋鹿者, 如殺人之罪, 則是方四十里, 爲阱於國中, 民以爲大, 不亦宜乎?"

은 옛사람과 같다. 하늘이 오늘날의 억만 명의 사람을 내어주었지만 태초에 처음 태어난 그 한 사람과 다를 바 없다. 흉악한 기지(機智)가 분분하지만 그 본초(本初)의 진성(眞性)이란 일찍이 지니지 않은 바 없다. 이는 내 자신이 억만 명이라는 수많은 사람들 사이에 살고 있지만 나 홀로 사는 것처럼 생활한다면 마치 허공을 나는 것과 같아서 지극히 어지러운 일을 지극히 적은 일처럼 다스리고, 하고많은 일을 하릴없는 것처럼 보게 되어 일찍이 마음속에 자아를 두지 않을뿐더러 나의 마음속에 타인도 두지 않을 것이다. 자아의 태고세계로써 타인의 태고세계와 서로 만난다면 그 또한 마치 칼날을 놀림에 넉넉함이 있지 않은 바 없을 것이다. 그렇게 되면 아무리 하고많은 세상사가 몰려들어 나를 핍박할지라도 나는 이미 고요하고 드넓은 세계에 노닐게 될 것이다.

○ 人間世는 不過有二端하니 處人與自處 是已라 處人之道는 在不見有人이니라 不見有人이면 則無之而不可니 前三段 是其事也오 自處之道는 在不見有已니 不見有已면 則以無用而藏身이니 後四段 是其事也라

○ 인간의 세상은 두 가지 일에 지나지 않는다. 사람들 사이에서의 처신과 스스로의 처신이 바로 그것이다.

사람들 사이에서 처신하는 도는 그 사람이 있는 것을 보아서는 안 된다. 그 사람이 있는 것을 보지 않으면 그 어느 곳을 갈지라도 안 될 일이 없다. 앞의 세 단락은 바로 그에 관한 일이다.

스스로의 처신의 도는 자기의 몸이 있다는 것을 보아서는 안 된다. 자기의 몸이 있는 것을 보지 않으면 쓸모가 없음으로써 자기의 몸을 감출 수 있다. 뒤의 네 단락은 바로 그에 관한 일이다.

○ 凡處人而攖患者는 又只因自處未能冥然이라 蓋與人生競病根은

在用己之見 未消也라 所以로 前說處人이오 後說自處니 是一套事라 處人間世는 除却大道 便是術法이라 莊子 此篇은 直究到本源之地 淘汰得瑩淨無塵하야 徹內徹外하야 並無兩件物事니 眞見道之精言也라

대체로 사람들 사이에서의 처신에 있어 환을 당하는 것은 또한 스스로의 처신에 있어 아무것도 없는 무(無)의 세계를 견지하지 못한 데서 기인했을 뿐이다. 이는 사람들과 다툼을 만들어내는 병근(病根)은 사신을 남들 앞에 내세우는 견해가 사라지지 않은 데에 있기 때문이다. 이런 까닭에 앞에서는 사람들 사이에서의 처신에 대해 말하였고, 뒤에서는 스스로의 처신을 말하였다. 이는 하나의 일이다. 인간 세상에 대처하는 것은 오직 대도(大道)로 함이 곧 그 방법이다.

『장자』의 「인간세」는 곧바로 본원의 경지를 티끌 하나 없도록 말끔히 도태시켜 안팎으로 철저하게 하여 두 가지 일[處人, 自處]이 모두 없게 한 데까지 이르렀다. 참으로 도를 깨달은 정수의 말이다.

○ 讀前三段에 圭角化盡이니 却不是摸稜學問이오 都從胸中融透處來니라 一切炫長沽美以取禍戾는 如楊德祖輩는 見之에 須出一身白汗이오 讀後四段에 才情廢盡이니 却不是藏拙學問이오 都從冥漠合德中來니라 卽爲善不密하야 聲譽著聞은 如龔勝輩니 見之에 亦如冷水澆背也라

앞의 세 단락을 읽어보면 장자의 예리한 규각(圭角)이 모두 사라져 원만하게 변하였다. 이는 두루뭉술 넘어가는 모릉(摸稜)[2]의 학문이 아

2) 모릉(摸稜) : 모서리를 잡고 임시방편으로 넘어가려는 방법. 즉, 일을 처리할 때 명백하게 결단을 내리지 말고 이쪽저쪽을 다 걸치게 하라는 의미. 『구당서(舊唐書)』(권94) 「소미도열전(蘇味道列傳)」에 의하면, "일 처리는 명백하게 결단하려 하지 말라. 만약 착오라도 있게 되면 반드시 견책을 입어 쫓겨나게 된다. 그저 모서리를 문지르며 양쪽을 다 붙들고 있는 것이 좋다. 이 말을 전해 들은 당시 사람들이 이를 비꼬아 그에게 '소모릉(蘇摸稜)'이

니라, 이는 모두 막힘없는 가슴속 통투(通透)한 곳에서 우러나온 것이다. 양덕조(楊德祖: 楊修, 曹操의 才臣)처럼 자신의 장점을 나타내고 아름다움을 사려다가 재화(災禍)를 취한 모든 이들이 이를 보면 반드시 온몸에 식은땀이 날 것이다.

뒤의 네 단락을 읽으면 재주와 정감이 모두 사라져 찾아볼 수 없다. 이는 일부러 못난 척 감춘 학문이 아니라, 모두 명막(冥漠)하여 천지와 덕이 하나인 그 가운데서 나온 것이다. 공승(龔勝)[3]의 무리처럼 선을 행하되 은밀히 감추지 못하여 명성이 드러난 자들이 이를 보면 또한 등에 찬물을 끼얹는 것과 같을 것이다.

○ 七大段文字에 不自著一語로되 而意旨隱躍하야 無不盡하니 眞大鑪錘手라

일곱 대단락의 문자에 스스로 한마디 말을 붙이지 않았지만 그 뜻이 은연중 뛰는 듯하여 다하지 않음이 없다. 참으로 위대한 대장장이의 솜씨이다.

란 별명을 붙여주었다.[嘗謂人曰處事不欲決斷明白, 若有錯誤, 必貽咎譴, 但模稜以持兩端可矣. 時人由是號爲蘇模稜.]" 이는 분명하게 자신의 견해를 밝혀 스스로 입지를 좁히지 말고, 양다리를 걸쳐놓고 상황에 따라 유리한 쪽을 잡는 것이 처세의 묘방이라고 스스로 밝힌 내용이다.

3) 공승(龔勝) : 한(漢)나라 사람인데, 어릴 적부터 학문을 좋아하고 경전에 밝아 애제(哀帝) 때 광록대부(光祿大夫)에 이르렀다. 그 후 왕망(王莽)이 찬위(簒位)하여, 강학좨주(講學祭酒)·태자사우(太子師友) 등의 불렀으나 끝내 벼슬에 나가지 않았다. 그러나 왕망은 보다 예우를 갖춰 끊임없이 부름으로 마침내 음식을 먹지 않고서 자결하였다.

1. 顔淵의 心齋(안연의 빈 마음)

이로부터 아래 4단락은 모두 사람들 사이에서의 처신을 말한다.

<table>
<tr><td colspan="6">제1절 顔淵 問答</td></tr>
<tr><td>제1소절</td><td colspan="3">此言涉世之大者 以諫君爲第一</td><td colspan="2">不信忠諫 殺身之道</td></tr>
<tr><td>제2소절</td><td colspan="3">先存諸己而後存諸人</td><td colspan="2">身在井上 救井中人</td></tr>
<tr><td>제3소절</td><td colspan="3">此言拒諫之人 忠謹事之 祇增其怒</td><td colspan="2">好名致刑</td></tr>
<tr><td rowspan="3">제4소절</td><td>內直</td><td colspan="2">與天爲徒(畏天)</td><td colspan="2" rowspan="3">雖亦無罪不能及化
(師心=未能忘身↔聖人大化)</td></tr>
<tr><td>外曲</td><td colspan="2">與人爲徒(畏大人)</td></tr>
<tr><td>上比</td><td colspan="2">與古爲徒(畏聖人之言)</td></tr>
<tr><td>제5소절</td><td colspan="3">心齋 虛心御物</td><td colspan="2">己化而物自化</td></tr>
<tr><td rowspan="6">제6소절</td><td colspan="2" rowspan="6">一言頓悟
頓忘有己
(無聽之以心
而聽之以氣)</td><td colspan="3">有心無心之喩</td></tr>
<tr><td colspan="2">有 心</td><td>無 心</td></tr>
<tr><td colspan="2">絶跡 易</td><td>無行地難</td></tr>
<tr><td colspan="2">爲人使 易以僞</td><td>爲天使 難以僞</td></tr>
<tr><td colspan="2">以有翼 飛者矣</td><td>以無翼 飛者也</td></tr>
<tr><td colspan="2">以有知 知者矣</td><td>以無知 知者也</td></tr>
</table>

이는 위나라의 폭정을 가탁하여 인간의 분쟁을 비유한 것으로, 분쟁의 원인을 규명하여 보면 명예를 추구하고 지혜를 남용한 데에 있다. 이러한 공명심과 사사로운 지혜를 버리고 마음을 비워 밝은 경지에 이른 것을 심재(心齋)라 한다.

‖ 경문 ‖

顔淵이 **見仲尼**하고 **請行**한대 **曰 奚之**오 **曰 將之衛**니이다 **曰 奚爲焉**고 **曰 回聞衛君**이 **其年壯**하고(少年) **其行獨**하야(自用) **輕用其國**호되(以國事爲戲라) **而不見其過**하며 **輕用民死**하야(好殘民命이라) **死者 以國量乎澤若蕉**라(國中에 民死之多 若以比量乎山澤若蕉草之多也라 夾一喩作態라) **民其無如矣**니이다(將無所歸라) **回嘗聞之夫子**호니 **曰 治國**은 **去之**하고(無所

事也) **亂國**은 **就之**라(欲相也라) **醫門多疾**이라하니(夾一喩) **願以所聞思其則**컨대(思救之之法이라) **庶幾其國有瘳乎**し저(可治而愈也라 顔子는 以衛君暴虐으로 欲往救正之라 ○ 舊以衛君으로 爲蒯聵라하나 考之컨대 顔回는 生於魯昭公二十一年庚辰하고 卒於魯哀公五年辛亥하니 其卒時 爲衛出公輒之三年이오 踰十年에 蒯聵始卽位하니 則此當是衛靈公이거나 或衛輒이어늘 據云其年壯하니 則是輒也라)

직역

顔淵이 仲尼를 뵙고 行하기를 청한대,

"어디로 가려느냐?"

"장차 衛나라로 가렵니다."

"무엇을 하려느냐?"

"回는 듣자니, 衛君이 그 나이 壯盛(少年)하고 그 행함을 獨斷(自用)하여 가벼이 그 나라를 쓰되(나랏일을 장난으로 생각하였다.) 그 잘못을 보지 않으며 가벼이 백성의 死刑을 써서(사람들의 목숨 죽이는 것을 좋아하였다.) 죽은 자들을 온 나라로써 셈하면 山澤과 蕉草에 比量할 정도라,(나라에 죽은 사람들이 워낙 많아서 마치 山澤과 건초더미에 비할 정도로 많았다. 하나의 비유를 들어 묘사하였다.) 백성들이 그 갈 곳이 없습니다. 回는 일찍이 夫子에게 들으니, '다스려진 나라는 떠나가고(일할 게 없기 때문이다.) 어지러운 나라는 찾아가야 한다.(그를 돕고자 한 것이다.) 醫門의 문에 병자가 많다.'(하나의 비유를 든 것이다.) 하시니, 원컨대 들었던 바로써 그 법을 생각해보면(그를 구제할 방법을 생각한 것이다.) 거의 그 나라를 낫게 할 수 있을 것입니다."(치료하여 낫게 함이다. 안자는 위나라 임금이 포학하다고 여김으로써 그를 찾아가 바로잡아 구제코자 한 것이다. ○ 舊說에 위나라 임금을 蒯聵라고 말하는 이가 있으나 살펴보면 안회는 魯 昭公 21년 庚辰에 태어났고 魯 哀公 5년 辛亥에 죽었다. 안연이 죽었을 당시 衛 出公 輒의 3年이었고, 10년이 지나서야 蒯聵가 처음으로 즉위하였다. 이로 보면 이는 의당 衛 靈公이거나 아니면 衛 輒을 말한 것으로 여겨지는데, 여기에서 "그의 나이가 젊다."고 말한 것으로 보아 이는 出公 輒을 말한다.)

의역

안연이 공자를 뵙고서 문하를 떠나기를 청하자, 공자가 안연에게 물었다.

"어디로 가려고 하느냐?"

"위나라로 가렵니다."

"무엇을 하려고…?"

"저는 듣자니, 위나라 임금이 나이 어리고 정사를 행하는 데 제멋대로 독단하여 나랏일을 장난처럼 생각하면서도 제 잘못을 알지 못하며, 함부로 백성 죽이기를 좋아한 나머지 나라에 수많은 백성의 주검이 마치 산과 연못, 그리고 풀 더미처럼 널려 있습니다. 이 때문에 백성들이 그 어디에도 갈 곳이 없습니다.

제가 지난날 선생님께 이런 말씀을 들었습니다. '잘 다스려진 나라는 할 일이 없기에 떠나가고 어지러운 나라를 찾아가 구제해야 한다. 훌륭한 의사의 집에는 수많은 환자가 모여들기 마련이다.'라고 하셨습니다. 제가 선생님께 들었던 말씀에 따라 포악한 그를 구제하여 바로잡을 방법을 생각했습니다. 아마 위나라의 병폐를 고칠 수 있을 것입니다."

강설

여기에서 말한 공자와 안연의 문답은 당연히 사실이 아닌 허구이다. 공자는 유가의 대성자인데 장자 학설을 선양하는 도가인물로 탈바꿈되어 있다. 공자는 경국제세(經國濟世)를 지향하는 성인이며, 안자는 공자 문하에 가장 훌륭한 제자이다. 이들을 빌려 정말인 것처럼 믿도록 만든 것이다. 공자는 "어지러운 나라는 살지 말고 위태로운 나라는 아예 들어가지 마라.[亂邦不居, 危邦不入.]"(『논어』「泰伯」)라고 하였는데, 장자는 이와 상반된 말을 하였다. "다스려진 나라는 하릴없으니 떠나가고 어지러운 나라를 찾아가 다스려야 한다.[治國去之, 亂國就之.]"라고 제시하였다. 이처럼 이는 모두 가탁의 우언에 지나지 않음을 알 수 있다.

또한 위나라의 임금 또한 공자 당시의 괴외(蒯聵)니 출공 첩(出公輒)

이니 말들 하지만, 이는 당시 백성들을 잔혹하게 살상하는 군주를 가탁한 말일 뿐, 어느 시대 어느 임금으로 특정 지어 고찰할 필요가 없다.

'이국량호(以國量乎)'의 량(量) 자에 대해 호문영(胡文英)의 『장자독견(莊子獨見)』, 주계요(朱桂曜)의 『장자내편증보(莊子內篇證補)』에서는 양(量) 자를 만(滿)의 뜻으로 해석하여 "죽은 이들이 나라에 가득하여 장례를 치르지 못하고 들판에 버려진 주검들이 풀 더미처럼 잔뜩 깔려 있다."고 하였다. 그러나 선영의 본주에서는 양(量)을 비량(比量), 즉 비견하여 헤아릴 만하다의 뜻으로 처리하고 있다.

‖ **경문** ‖

仲尼曰 **譆**라 **若**(汝)**殆往而刑耳**리라(幾乎往而被所戮耳라) **夫道**는 **不欲雜**이니(不欲雜其心이라) **雜則多**하고(多端) **多則擾**하고(擾人) **擾則憂**하고(擾人則招憂患이라) **憂而不救**라(自罹憂면 則安能救人이리오) **古之至人**은 **先存諸己**오 **而後存諸人**하나니(有其具然後應物이라) **所存於己者** **未定**이어늘(雜也) **何暇**에 **至於暴人之所行**이리오(己尙未定이면 何暇에 管到暴虐者之行事哉아)

직역 ‖

仲尼가 말씀하시기를 "슬프다. 네(若)가 가면 아마 형을 당하리라.(아마 가면 죽음을 당하게 될 것이다.) 道는 뒤섞이고자 하지 않으니(그 마음을 뒤섞지 않고자 함이다.) 뒤섞이면 많고(事端이 많음) 많으면 흔들게 되고(남을 흔듦) 흔들면 우환이 있고(남을 뒤흔들면 憂患을 自招함) 우환이 있으면 구제할 수 없다.(자기가 우환에 걸려들면 어떻게 남을 구제할 수 있겠는가.) 옛적의 至人은 먼저 자기를 보존하고서 뒤에 남을 보존하니(그 갖춰짐이 있어야만 남에게 응할 수 있다.) 자기를 보존한 바 정해지지 않았는데(뒤섞임) 어느 겨를에 暴人의 행한 바에 이르겠는가.(자기도 오히려 안정하지 못하면서 어느 겨를에 포악한 자의 행사에 관여할 수 있겠는가.)

의역

공자가 말씀하셨다.

"아! 슬프다. 네가 그곳에 가면 아마 죽음을 면치 못할 것이다. 네 마음의 도는 번잡스러워서는 안 된다. 마음이 번잡스러우면 일이 많게 되고 나의 일이 많으면 남을 귀찮게 뒤흔들게 되고 남을 뒤흔들면 나 자신이 우환을 자초하게 되고 나 자신이 우환을 쉬으면서 어떻게 남을 구제할 수 있겠는가. 옛 지인(至人)은 먼저 자기의 몸을 충실하게 보존하여야 그 뒤에 남을 도울 수 있다. 자기의 몸조차 제대로 보존하지 못하고서 어느 겨를에 포악한 자의 일에 관여할 수 있겠는가.

‖ 선영 주 ‖

將欲政人인댄 先以己爲根本이니라 以下若干文은 俱提於此라

장차 남을 바로잡고자 한다면 먼저 자신을 근본으로 삼아야 한다. 이 아래의 몇몇 문장은 모두 이 점을 제시하였다.

강설

"도는 번잡하고자 하지 않는다.[夫道不欲雜]"는 번잡이란 뒤에서 말하고자 하는 심재(心齋), 즉 허정(虛靜)과 상반된 말이다. 이의 진행과 결과는 다음 도표와 같다.

心	事	人	報	身
雜駁	繁多	動搖	禍患	刑死
↕	↕	↕	↕	↕
虛靜	無爲	安定	吉祥	莊嚴

허정이 심재를 하는 이유는 먼저 자신을 보존함이며 그런 후에야 남

들까지 보존할 수 있기[古之至人, 先存諸已, 而後存諸人.] 때문이다. 이는 『논어』에서 말한 바와 같이 나 자신이 우물 위에 있어야 우물 속에 빠진 이를 구제할 수 있는 것과 같다.

‖ 경문 ‖

且若(汝) 亦知夫德之所蕩而知之所爲出乎哉아 德蕩乎名하고(矜名故也라) 知出乎爭이라(爭善故也라) 名也者는 相軋也오(名起則相傾壓이라) 知也者는 爭之器也니(爭起則以知爲具라) 二者는(名, 爭) 凶器라 非所以盡行也니라(非所以盡乎行世之道也라)

직역 ‖

너는 또한 덕을 蕩失하게 되는 바와 지혜가 나오게 되는 바를 아는가. 德은 명예로 蕩失되고(명예를 자랑하였기 때문이다.) 지혜는 다툰 데서 나온 것이다.(선을 다투기 때문이다.) 명예란 서로 軋轢하고(명예가 생기면 서로 뒤엎고 눌리게 된다.) 지혜란 다투는 기구이니(다툼이 일어나면 지혜로써 기구를 삼는다.) 두 가지의 것은(명예와 다툼) 흉기이다. 모두 행할 바 아니다.(이는 세상에 극진히 행할 도리가 아니다.)

의역 ‖

너는 또한 덕의 진실한 바를 잃게 되고 지혜가 밖으로 드러나게 되는 그 원인을 알고 있는가. 덕의 진실은 명예를 자랑한 데에서 잃게 되고 지혜는 서로 잘난 척하려고 다투는 데서 나온다.

명예가 생기는 일이면 서로 뒤엎고 억누르게 되는 원인이며, 지혜란 서로 싸우는 데에 필요한 도구이다. 이로 보면 명예와 다툼이라는 이 두 가지는 한낱 흉기에 지나지 않는다. 그러므로 이는 모두 세상에 행해서는 안 될 것들이다.

‖ 선영 주 ‖

矜名爭善之心은 **一毫不可行於世**니라

명예를 자랑하고 선을 다투려는 마음은 털끝만큼이라도 세상에 행할 수 없다.

강설 ‖

난세에 호걸이 많은 나오는 이유는 무얼까? "지혜는 서로 이기려고 다투는 데서 나오기" 때문이다. 서로의 승리를 위해 온갖 지혜가 난무하는 가운데 "전쟁에서는 속임수도 싫어하지 않는다.[兵不厭詐]" 이뿐만이 아니다. 전쟁터가 아닌 지혜의 싸움에서도 마찬가지다. 그 일례로 『삼국지』에 등장하는 조조(曹操)와 양수(楊修)를 보면 알 수 있다. 두 사람의 지혜 차이는 30리 차이가 난다.[知不知三十里] 조조는 자신의 의중을 간파한[絶妙好辭, 一盒酥, 門中活闊] 양수를 결국 계륵(鷄肋)을 빌미 삼아 죽인다. 명예를 다투는 지혜는 결국 양수 자신을 희생물로 만들었을 뿐이다.

‖ 경문 ‖

且德厚信矼이나(音은 羌이니 慤實貌라) **未達人氣**하며(已實不用知而未孚於人之氣라) **名聞不爭**이나 **未達人心**이오(已雖不爭名이나 而未通於人之心이라) **而彊以仁義繩墨之言**으로 **術**(同述이니 一本作衒하다)**暴人**(暴君)**之前者**는 **是以人惡有其美也**ㄹ세(人不諒其誠이라 故惡其有矜名爭善之心이니라) **命之曰菑人**이라하리니(暴君이 將謂其徒來害己라) **菑人者**는 **人必反菑之**하나니(旣謂其來形己短하야 有害於己면 則必反加之害矣라) **若**(汝)**殆爲人菑夫**ㄴ저

직역 ‖

또 德性이 純厚하여 미덥고 진실[矼]하나(音은 羌, 정성스럽고 진실한 모

양) 人氣에 達하지 못하며(자기는 실로 지혜를 쓰지 않았을지라도 남들의 氣에 미더움을 주지 못한 것이다.) 名聞을 다투지 않으나 인심을 達하지 못하고서(자기는 비록 명예를 다투지 않았으나 남들의 마음에 통하지 못한 것이다.) 仁義와 繩墨의 말로써 억지로 暴人(暴君)의 앞에서 術('術'과 같으니, 一本에서는 '衒'으로 썼음)한 자는 이로써 남들이 그 아름다움 둔 것을 미워할 것이다.(남들이 그의 진실을 헤아리지 못한 까닭에 명예를 자랑하고 선을 다투는 마음이 있다고 증오한 것이다.) 그를 命名하여 '남을 해치는 사람'이라 할 것이니(暴君은 장차 그가 나에게 해를 끼치러 온 것으로 생각하게 된다.) '남을 해치는 사람'은 남들이 반드시 도리어 그를 해치게 될 것이니(이미 그가 와서 나의 단점을 나타내어 나에게 해가 된다 생각하면 반드시 거꾸로 그에게 해를 가하게 된다.) 너는 아마 사람들에게 해를 당할 것이다.

의역

또 어떤 한 사람의 덕성이 순후하고 미덥고 진실하여 얄팍한 지혜를 쓰지 않았을지라도 남들이 나를 어떻게 이해하고 있는가를 이해하지 못하면 자신은 비록 그와 명예를 다투지 않았다 하지만 그들의 마음을 모른 것이다.

만일 네가 인의와 법이 되는 말들을 포악한 임금 앞에서 애써 자랑하려고 한다면 그 폭군은 네 진실을 이해하지 못하고 반드시 명예를 자랑하고 선을 다투는 마음이 있다고 증오할 것이다.(일설: 남의 잘못을 들춰내고 자기의 잘한 점을 자랑하려는 것으로 생각하여 너를 미워하게 될 것이다.)

그는 그런 너를 보면서 '남에게 해를 끼치는 사람'이라고 말할 것이다. 생각지도 않은 네가 찾아와 '나에게 해가 되는 사람'이라고 생각되면 그는 반드시 거꾸로 그런 너에게 해를 가하게 될 것이다. 그렇다면 너는 아마 그들에게 해를 당하게 될 것은 뻔하다.

‖ 선영 주 ‖

有矜名爭善之心이면 固不可行矣오 卽無此二者之心이라도 而未能見信於人이면 則彼亦將謂汝炫美而掩己라하야 必加害矣리라

명예를 자랑하고 선을 다투려는 마음이 있으면 참으로 행할 수 없으며, 설령 이 두 가지의 마음이 없을지라도 사람에게 믿음을 사지 못하면 그 또한 장차 "너의 아름다움을 사랑하여 나를 가리고자 한다."고 생각하여 반드시 해를 더하게 될 것이다.

강설 ‖

"시이인악유기미야(是以人惡有其美也)" 구절에 대해 두 가지의 해석이 있다. 하나는 위에서 번역한 바와 같이 선영(宣穎)의 뜻을 따라 "그 폭군은 반드시 명예를 자랑하고 선을 다투는 마음이 있다고 증오할 것이다.[是以로 人이 惡有其美也로세]"라는 것이며, 또 다른 일설은 "남의 잘못을 들춰냄으로써 자기의 잘한 점을 자랑하려는 것으로 생각할 것이다.[是는 以人惡으로 有其美也라 하야]"

‖ 경문 ‖

且苟爲悅賢而惡不肖ㄴ댄(使人君自能如此라) 惡用而(爾)求有以異리오(彼將自求賢이어늘 何必汝求異自售리오) 若(汝)唯無詔어다(語也) 王公이 必將乘人而鬪其捷하야(汝唯不語則已어니와 語則人君將乘隙而鬪其敏捷之智라) 而(爾)目將熒之며(爾爲其所乘이면 則目將炫惑이라) 而(爾)色將平之며(氣將自降이오) 口將營之며(口將自救오) 容將形之며(容踖踖焉하야 形其恭이라) 心且成之리니(且釋己以就彼라) 是以火救火며 以水救水라 名之曰益多라(始欲救其虐이라가 今且成之하니 足相助而益增也라) 順始無窮하리니(以後로 將無不順從이라) 若(汝)殆以不信厚言이면(未信而深諫일세니라) 必死於暴人之前矣리라

직역

참으로 어진 이를 좋아하고 不肖한 이를 미워한다면(임금이 스스로 이와 같이 한다면….) 무얼 하려고 네가 남다름으로써 구할 게 있겠는가.(그가 장차 스스로 현인을 구할 것인데, 구태여 네가 남다름을 구하여 스스로 팔려 하는가.) 너는 詔(말함)하지 말지어다. 王公이 반드시 장차 사람의 빈틈을 타고서 그 민첩함을 다투어(네가 말하지 않는다면 그만이겠지만 말할 경우 임금이 그 빈틈을 타고서 그의 민첩한 지혜로 다툴 것이다.) 네 눈이 장차 熒惑될 것이며(네가 임금에게 기회를 만들어주면 눈은 장차 휘둥그레질 것이다.) 네 안색을 장차 평화롭게 할 것이며(氣가 장차 스스로 내려갈 것이다.) 입으로 장차 경영할 것이며(입으로 장차 스스로 구제하려 할 것이다.) 용모는 장차 형식으로 하며(용모가 굽실대게 될 것이다. 그 공순함을 형용한 것이다.) 마음 또한 그대로 이뤄줄 것이리니(또 자신을 버려두고 그에게로 나아감이다.) 이는 불로써 불을 구제함이며 물로써 물을 구제함이다. 이를 이름 하여 '더 많아진 것'이라 말한다.(처음엔 그의 학정을 구제하려다가 오늘날 도리어 이뤄준 셈이니, 이는 서로 虐政을 도와 더 많아진 것이다.) 開始를 따라 무궁할 것이니(그 후로는 장차 순종하지 않을 수 없을 것이다.) 네가 아마 不信으로써 후히 諫言하면(임금이 믿어주지 않은 데에도 깊이 간하기 때문이다.) 반드시 暴人의 앞에서 죽게 될 것이다.

의역

만일 위나라 임금이 참으로 어진 신하를 좋아하고 불초한 무리를 미워한다면 그가 스스로 어진 신하를 구할 것인데, 구태여 네가 너의 남다름을 내세워 그에게 자랑할 것이 있겠는가. 결코 너는 그에게 말해서는 안 될 것이다. 그렇지 않으면 위나라 임금은 반드시 네 말의 빈틈을 노려서 그 민첩한 말솜씨로 너와 다투려들 것이다.

만일 네가 임금에게 그런 기회를 만들어주면 당황한 나머지 너의 눈은 휘둥그레질 것이며 너의 얼굴빛은 스스로 화기를 띄면서 입으론 스스로 위기에서 벗어나려고 들 것이다. 그때 너의 용모는 어떻게든 굽실

대면서 다소곳한 얼굴을 가지게 될 것이며, 마음 또한 자기의 줏대를 버려두고 그에 의견을 따르게 될 것이다.

이는 불로써 불을 끄는 격이요 물로써 물을 막으려는 것이다. 이를 '임금의 학정을 도와 보다 더 포악하게 만든 것'이라 말한다. 처음엔 그의 학정을 저지하려다가 오늘날 도리어 학정을 이뤄준 셈이다. 이를 시작으로 하여 포악한 임금의 학정을 끝없이 순종하지 않을 수 없을 것이다. 만일 너를 믿어주지 않은 데에도 간절하게 충언을 올리면 반드시 포악한 임금의 앞에서 죽음을 얻게 될 것이다.

‖ 선영 주 ‖

形容輕言之人은 究且不能自持하야 曲盡其態라

말을 가벼이 하는 사람은 결국 스스로 부지하지 못하여 그 용모를 곡진하게 됨을 형용한 것이다.

‖ 경문 ‖

且昔者에 **桀殺關龍逢**하며 **紂殺王子比干**하니 **是皆修其身**하야 **以下傴**(音羽니 憐愛也라)**拊人**(君)**之民**하야 **以下拂其上者也**라(逆暴君猜忌之性이라) **故**로 **其君**이 **因其修以擠之**하니(因其好修之心하야 以排蹈之라) **是好名者也**라(一證) **昔者**에 **堯攻叢枝**(一國)**胥敖**하고(一國) **禹攻有扈**하야(一國) **國爲虛**(城爲丘墟)**厲**하고(人爲厲鬼) **身爲刑戮**호되 **其用兵不止**하고 **其求實**(貪得)**無已**하니 **是皆求名實者也**어늘(指上所攻三國이니 一證이라) **而獨不聞之乎**아 **名實者**는 **聖人之所不能勝也**온(勝은 音升이니 言堯禹도 且不堪三國求名之心이라) **而況若乎**아 **雖然**이나 **若**(汝)**必有以也**리니 **嘗以語我來**하라

직역

옛적에 桀은 關龍逢을 죽였으며 紂는 王子 比干을 죽이니 이들은 모두 그 몸을 닦아 아랫사람으로서 人(임금)民을 傴(音은 '羽', 가엾음)拊하여 아랫사람으로서 그 윗사람을 거스른 것이다.(시기하는 포학한 임금의 성품을 거슬린 것이다.) 그러므로 그 人君이 그들의 닦음으로 인하여 그들을 排擠함이니(그의 몸 닦기를 좋아하는 그의 마음으로 인해 배제한 것이다.) 이는 명예를 좋아한 자이다.(하나의 증거)

옛적에 堯는 叢枝(하나의 나라), 胥敖(하나의 나라)를 공략하고 禹는 有扈(하나의 나라)를 공략하여 나라는 虛(城은 廢墟가 되었다.)厲(사람은 厲鬼가 되었다.)가 되었고 몸은 刑戮이 되었지만 그들의 用兵은 그치지 않았고 그들의 求實(貪得)은 끊임이 없었으니 이는 모두 명실을 구한 자들이었는데(위의 세 나라를 攻略한 하나의 증거를 가리킨다) 너 홀로 이를 듣지 못했는가.

名實이란 성인도 이길(勝의 音은 '升', 요임금과 우임금 또한 세 나라가 명예를 추구하는 마음을 이기지 못하였다.) 수 없는데 하물며 너와 같은 이야. 그러나 너에게 반드시 이유가 있을 것이니 한 번 나에게 말해 보아라."

의역

옛적에 하나라의 포학한 임금 걸(桀)은 충신 관용방(關龍逢)을 죽였고 상나라의 포학한 임금 주(紂)는 충간을 했던 왕자(王子) 비간(比干)을 죽였다. 그들은 모두 몸을 닦고 덕을 쌓아 신하로서 임금의 백성을 너무 잘 다스려서 시기와 질투가 심한 임금의 비위를 거슬렀기 때문이다. 이 때문에 그 임금은 몸 닦기를 좋아하는 마음으로 인하여 그들을 배제(排擠)한 것이다. 이는 명예를 좋아한 결과였다.

옛적에 성군으로 일컬어지던 요임금도 자그마한 총지국(叢枝國)과 서오국(胥敖國)을 공략하였고, 우임금 역시 유호(有扈)의 나라를 공략하여 세 나라의 성은 온통 폐허가 되고 백성들은 모두 여귀(厲鬼)가 되었으며 임금의 몸은 피살되었다. 하지만 요임금과 우임금은 전쟁을 그치지 않았고 그들의 전리품에 대한 욕심은 끝이 없었다. 이는 모두 명예와 이익을 추구한 자들의 소행인데, 너만이 이런 말을 듣지 못했다는 것인가. 명예와 이익에 대한 욕심은 요임금과 우임금으로서도 이길 수 없었던 것인데 더욱이 너와 같은 사람이야! 그러나 네가 그처럼 하려는 데에는 반드시 그만한 이유가 있을 것이다. 나에게 한 번 말해 보려무나."

‖ **선영 주** ‖

引往事兩證이라

지난 일을 인용하여 두 예증을 든 것이다.

○ 以上은 皆以己意로 斷其不可往이오 末又設一轉하야 詰之하다

이상은 모두 공자의 뜻으로 결코 가서는 안 됨을 단정 지었고, 끝에서는 또다시 하나의 전변(轉變)을 가설하여 안연을 힐책하였다.

강설

관용방과 비간의 피살은 충직한 신하라는 미명(美名)을 위해 목숨을 바친 것이다. 걸은 그들의 이러한 약점을 이용하였고, 결국에는 그들의 목숨 또한 보다 더 고귀한 가치를 이룩할 수 없었다.

"전쟁을 그치지 않았고 그 전리품에 대한 욕심은 끝이 없었다.[其用兵不止, 其求實無已.]"라는 것은 세 나라에서 욕심을 내어 전쟁을 그치지 않았다는 것이 아니라, 요임금과 우임금이 그러했다는 말이다. 이는 요임금과 우임금이 세 나라가 이미 멸망하였음에도 전쟁을 멈추지 않은 채 탐욕을 부리는 것은 명리를 추구했기 때문이다.

장자의 인식은 명리란 사회집단에 의해 이뤄진 것이며, 명리는 어느

정도 고귀한 것이지만 또한 인간의 목숨보다 더 고귀한 존재는 아니며, 심지어는 자아의 심성수양에 방해가 되는 것이다. 만일 명리를 위해 목숨을 희생한다면 그것은 분명 본말이 전도된 것이다.

‖ 경문 ‖

顔回曰 端(外端肅)而虛하고(內謙虛) 勉(篤其志)而一이면(專其德) 則可乎잇가 曰 惡라 惡可리오(甚不可也라) 夫(衛君)以陽爲充(驕亢之性이 內充이라)孔揚하며(有孔揚之氣) 采色不定하야(浮躁無常은 容外見者 如此라) 常人之所不違라(平日에 人皆阿順이라) 因案人之所感하야 以求容與其心하니(按服人之犯之者하야 以求自暢快라) 名之曰日漸(進也)之德도 不成이온(此等人은 雖日進之나 小德도 不能成이온) 而況大德乎아(況可化之以大德乎아) 將執而不化하야(自以爲是) 外合而內不訾리니(外卽相合이나 而內無自訟之心이라) 其庸詎可乎리오

직역 ‖

顔回가 말하기를, "端(밖으로 단정하고 엄숙함)하고 虛(안으로 겸허함)하며 勉(그 뜻이 독실함)하고 一(그 덕이 전일함)하면 可하겠습니까?"

말씀하시기를, "아! 어찌 가하다 하겠는가.(아주 불가하다.) 그(위나라 임금)는 陽으로써 充滿하고(교만하고 드높은 성품이 마음에 충만함) 심히 드날리어(아주 드날리는 기운이 있음) 采色이 안정되지 않으니(들뜨고 조급하여 떳떳함이 없음은 밖에 보이는 용모가 이와 같다.) 常人도 어기지 못한 바라(평소 사람들이 모두 아부하고 순종함) 사람들의 感(犯諫)한 바로 因해 案服하여 이로써 그 마음에 容與됨을 구하니(남들이 범함을 案服한 자는 스스로 暢快함을 구한 것이다.) 그를 이름 하여 날로 漸(나아감)하는 덕도 이룰 수 없다 하는데(이러한 사람은 비록 날로 나아갈지라도 작은 덕마저 이룰 수 없는데…) 하물며 大德이야.(하물며 대덕으로 교화할 수 있겠는가.) 장차 고집하여 변화하지 않고서(스스로 옳다 생각함) 밖으로 合하면서도 안으로는 살

피지 않으리니(밖으로는 서로 하나가 되지만 안으로는 스스로의 잘못을 살피는 마음이 없음) 그 어찌 가하다 하겠는가."

의역

안회가 대답하였다.

"외모는 단정하고 엄숙하며 안으로는 겸허하고 인을 행하는 데 독실하게 힘쓰고 그 덕을 진일(專一)하게 한다면 괜찮겠습니까?"

공자께서 다시 말하였다.

"아! 어떻게 괜찮다고 할 수 있겠는가. 위나라의 임금은 안으로는 교만하고 뽐내는 심정이 마음에 가득 차 있고, 밖으로는 들뜨고 성급한 감정으로 변덕이 죽 끓듯 함으로써 평소 사람들이 모두 그의 비위를 건들지 않기 위해 아부하고 순종하였다. 그는 남들이 자기에게 권유하거나 간언(諫言)하는 것을 계기로 하여 그들을 억누르는 것으로 그 자신의 마음에 쾌감을 누리는 것이다.

그런 사람을 '날마다 작은 덕으로써 서서히 그를 감화시킨다 할지라도 하나도 이룰 수 없다.'고 말하는데, 하물며 큰 덕으로써 그를 바로잡고 가르칠 수 있겠는가. 그는 반드시 스스로 옳다고 고집하여 제 생각을 바꾸려 들지 않을 것이며, 설령 외면으로는 서로 하나가 되었다 할지라도 내심으론 반드시 그 스스로의 잘못을 반성하는 마음이 없을 것이다. 어떻게 그런 그를 옳다고 할 수 있겠는가."

‖ 선영 주 ‖

據顔子所以似免患이나 然亢暴之人도 尙不可必이라

안자는 이런 것으로 우환을 면할 것처럼 이에 근거하여 말한 것이나, 포학한 임금보다 그 아래 단계의 항포(亢暴)한 자에게도 오히려 꼭 그 우환을 면할 수 있다고 기필할 수 없다.

‖ 경문 ‖

曰 然則我內直而外曲하며 成而上比하리니(提三句) 內直者는 與天爲徒라 與天爲徒者는 知天子(人君)之與己 皆天之所子니 而獨以己言으로 蘄乎而(爾)人善之며 蘄乎而(爾)人不善之邪아(知君與己 同爲天生이오 無自己獨求異之意라) 若然者를 謂之童子라하니(純一無私하야 相忘於天이라) 是之謂與天爲徒니라 外曲者는 與人之爲徒也라 擎(執笏)跽(拜跪)曲拳은(鞠躬) 人臣之禮也니 人皆爲之어늘 吾敢不爲邪아 爲人之所爲者는 人亦無疵焉하나니 是之謂與人爲徒니라 成而上比者는 與古爲徒라 其言이 雖敎讁之나(雖諷切人君이나) 實也古之有也오 非吾有也니라(實則引古成語라) 若然者는 雖直이나 不爲病이니(不以我爲造謗이라) 是之謂與古爲徒니라 若是則可乎잇가

仲尼曰 惡라 惡可리오 太多政法(正人之法이 太多라)而不諜이니(音은 狄이니 偵事人也라 言不審覘人意라) 雖固亦無罪나(可免患矣라) 雖然이나 止是耳니 夫胡可以及化리오(尙未能化之라) 猶師心者也ㄹ세니라(猶費如許營合之心이라)

‖ [illegible] ‖

말하기를, "그러면 제가 안으로는 곧고 밖으로는 굽히며 成語로써 위에 比하겠습니다.(세 구절을 제시함)

안으로 곧게 한다는 것은 하늘로 더불어 무리가 되는 것입니다. 하늘로 더불어 무리가 된 자는 天子(임금)와 자기가 모두 하늘의 자식이 되는 바니, 홀로 자기의 말로써 그 사람에게 선하다 함을 구할 것이며 그 사람에게 불선하다 함을 구하겠습니까?(임금과 자신이 다 함께 하늘이 내려준 것임을 알고서 자기가 홀로 남다름을 추구할 뜻이 없는 것이다.) 그처럼 한 자를 童子라 말하니(純一하고 사심이 없어 모두 天의 경지에서 서로 잊음이다.) 이를 하늘과 더불어 무리가 되었다 말합니다.

밖으로 굽힌다는 것은 사람과 더불어 무리가 되는 것입니다. 擎(笏을 잡음)하고 跽(꿇어앉음)하고 曲拳(몸을 굽힘)하는 것은 人臣의 禮니 사람들 모두가 그처럼 하는데 제가 감히 하지 않을 수 있겠습니까? 사람들이 하는 바를 하는 자는 사람 또한 하자가 없으니 이를 사람과 더불어 무리가 되었다 말합니다.

成語로서 위에 비한다는 것은 옛적과 더불어 무리가 되는 것입니다. 그 말이 비록 그를 敎謫한 것이나(비록 임금을 간절히 풍지할지라도….) 실은 옛적에 있었던 것이지 제가 만든 것이 아닙니다.(실제로는 옛 成語를 인용한 것임) 그와 같은 자는 비록 곧으나 병이 되지 않으니(내가 비방을 만들어낸 것이라 생각지 않음) 이를 옛적과 더불어 무리가 되었다 말합니다."

仲尼가 말씀하시기를, "아! 어찌 가하다 하겠는가. 너무 政法이 많은 데도(사람을 바로잡는 법이 지나치게 많음) 諜하지 않으니(音은 '狄', 일을 정탐하는 사람. 타인의 뜻을 살펴보지 못함을 말함) 비록 또한 죄가 없겠으나(우화을 면할 수 있음) 그러나 이에 그칠 뿐, 어떻게 감화함에 미치겠는가.(오히려 감화할 수 없음) 오히려 마음을 스승 삼은 자이다.(오히려 너의 영합하려는 마음만 허비할 것이다.)"

의역

안연이 다시 말하였다.

"그렇다면 저는 안으로는 곧고 진실한 마음을 지니며, 밖으로는 몸을 굽혀 조심하는 용모를 나타내며, 고사성어를 인용하여 위로 옛사람에게 비유하겠습니다.

이른바 '안으로는 곧고 진실한 마음을 지닌다'는 것은 자연의 하늘과 하나의 무리가 되는 것입니다. 자연의 하늘과 하나가 된다는 것은 임금과 나는 본성에 있어선 모두 다 같이 하늘이 내려준 바에 속한 것입니다. 그러므로 임금과 나는 다 함께 하늘이 내려준 본성임을 알고서 나만이 유독 남다르게 잘한다는 점을 추구할 뜻이 없는데, 어찌 자기가 한 말을 가지고서 남들에게 칭찬해주기를 바랄 수 있겠으며, 또 남들이 잘못했다는 질책에 대해 상관할 게 있겠습니까? 그렇게만 할 수 있다면 사람들은 나를 '순진하고 욕심 없는 어린아이'라 말할 것입니다. 이런 것을 '자연의 하늘과 하나가 되었다'고 말할 것입니다.

이른바 '밖으로는 몸을 굽혀 조심하는 용모를 나타낸다'는 것은 남들과 하나가 되는 것입니다. 다소곳이 홀(笏)을 받들고 얌전히 꿇어앉고 허리를 굽히는 것은 신하로서 갖춰야 할 예의입니다. 모든 사람들이 다 그처럼 하는데 제가 감히 이처럼 하지 않을 수 있겠습니까? 남들이 하는 대로 행하면 남들 또한 저를 욕하지 않을 것입니다. 이를 '남들과 하나가 되었다'고 말할 것입니다.

'고사성어를 인용하여 위로 옛사람에게 비유한다'는 것은 옛적에 있었던 것과 하나가 되는 것입니다. 제가 인용한 고사가 비록 임금에게 간절한 풍자라 할지라도 그 간언(諫言)은 모두 근거가 있는 것으로, 옛적에 있었던 것을 인용한 것이지 제가 만들어낸 것은 아닙니다. 이처럼 말한다면 아무리 직선적으로 간하여도 제가 비방한 것이라 생각지 않을 것입니다. 이를 '옛적에 있었던 것과 하나가 되었다'고 말할 것입니다."

공자께서 다시 말씀하셨다.

"아! 어찌 옳다고 말할 수 있겠는가. 남을 바로잡으려는 법이 지나치게 많으나 아울러 그의 생각을 파악하지 못한 것이다. 이러한 행위는 고루한 것으로 너 자신의 우환쯤이야 면할 수 있겠지만 여기에 그칠 뿐, 더 이상 어떻게 그를 감화할 수 있겠는가. 이는 오히려 그처럼 영합하려는 네 마음만 허비할 뿐이다."

‖선영 주‖

顔子此一層은 已入細矣라 然僅可免害요 未及化人은 猶師心者也일세니라 愈引入細하다

안자가 말한 이 단락의 문장은 이미 정미한 부분에까지 들어간 것이다. 그러나 그것도 겨우 해를 면할 뿐, 남을 변화시키지 못한 것은 오히려 제 마음을 내세워 스승으로 삼았기 때문이다. 문장을 더욱 미세한 부분으로 끌어들인 것이다.

강설

'사심(師心)'이란 나의 원칙을 내세우는 것이다. 자신의 원칙을 지키면서 하늘과 남들과 옛사람과 함께하는 것을 적절하게 배합하여 세상을 살아나간다는 것은 험난한 세상에서도 자신을 보존할 수 있다. 그러나 남들을 감화시킬 수는 없다.

그것은 밖으로는 남들과 동화하는 것처럼 잘 어울리지만 자신의 주견(主見)을 버리지 않은 까닭에 외부의 변화를 결국 받아들이지 않기 때문이다. 이 때문에 자신의 마음을 철저히 버려야 하는 아래의 심재(心齋)를 필요로 하는 것이다.

‖ 경문 ‖

顔回曰 吾無以進矣로소니 敢問其方하노이다 仲尼曰 齋하라(忽下此字하니 微乎ㄴ저) 吾將語若하리라(汝) 有而爲之 其易邪아(汝道有此三術이나 遂易爲耶아) 易之者는 皥天不宜니라(以此爲易면 與廣漠自然之道로 不合이라) 顔回曰 回之家貧하야 惟不飮酒하며 不茹葷者 數月矣니 若此면 則可以爲齋乎잇가(齋字一跌) 曰 是는 祭祀之齋오 非心齋也니라

직역

顔回가 말하기를, "저는 나아갈 수 없으니 감히 그 방법을 여쭙겠습니다."

말씀하시기를, "齋하라!(갑자기 이 글자를 쓰니 미묘하다.) 내 또한 네게 말해주리라. 이를 두고서 한다는 것이 그 쉽겠는가.(네가 이 세 가지의 방

법이 있다고 말하지만 이를 쉽게 할 수 있다고 생각하는가.) 이를 쉽게 여기는 자는 皞天에도 마땅치 않다.(이를 쉽게 생각한다면 廣漠自然의 道와 부합되지 않는다.)"

顔回가 말하기를, "저희 집안이 가난하여 술을 마시지 않으며 파를 먹지 않은 지 몇 달이니 이와 같으면 齋라 할 수 있겠습니까?"('齋' 字가 한 차례 미끄러진 것이다.)

말씀하시기를, "이는 제사의 齋이지, 心齋가 아니다."

의역

안회가 말하였다.

"저는 더 이상 나아갈 수 있는 좋은 방법이 없습니다. 무슨 방법이 있는지 말씀해주시겠습니까?"

"재계(齋戒)하라! 내 다시 네게 말해주리라. 네가 그처럼 영합하려는 마음을 가지고서 위에서 말한 세 가지의 도를 행한다는 것을 어떻게 쉽게 생각할 수 있겠는가. 이를 쉽게 생각한다면 이는 드넓은 자연의 도에 부합되지 않을 것이다."

"저희 집안이 가난하여 술을 마시지 않았으며 파를 먹지 않은 지 몇 달입니다. 이와 같은 것을 재계라 말할 수 있겠습니까?"

"이러한 것은 제사의 재계일 뿐, 마음의 재계(心齋)가 아니다."

‖ 선영 주 ‖

齋字一點이요 **心齋又一點**이니 **語到精處**라 **故作閃跌**이라

'재(齋)' 자가 한 차례이고, 심재(心齋) 또 한 차례이다. 안연의 말이 정미한 경지에 이른 때문에 갑자기 문장이 바뀌었다.

강설

제사의 재계는 유가에서 말하는 산재(散齋)와 치재(致齋)를 말한다. '산재'란 몸가짐을 조심하고 음식 따위를 금기하는 것이며, '치재'란 마음으로 오로지 제사로 받들 대상만을 생각하는 것이다. 예컨대 아버지의 마음을, 그 웃음을, 그 좋아하는 것 등등만을 생각하는, 그에 대한 신일한 생각을 말한다. 이는 어디까지나 신을 섬기기 위한 집중이요, 정신통일이다.

回曰 敢問心齋하노이다 **仲尼曰 若**(汝)**一志**하야(不雜也라 起語에 道不欲雜이니 已照定此處心齋라) **無聽之以耳**(無用形이라)**而聽之以心**하고 **無聽之以心**(幷無用心이라)**而聽之以氣**하라 **聽止於耳**오(止于形骸니) **心止於符**어니와(止於意之所合耳라 蓋心所思之理而驗焉을 謂之符라) **氣也者**는 **虛而待物者也**라(氣無端이 卽虛也라) **唯道集虛**하나니(道來於此라) **虛者**는 **心齋也**니라(六根에 惟聲塵이 最徹이라 故로 此獨以聽言之라)

직역

回가 말하기를, "감히 心齋를 여쭙겠습니다."

仲尼가 말씀하시기를, "네가 心志를 純一하게 하여(뒤섞이지 않음. 첫머리에서 '뒤섞이지 않고자 한다.' 말하니, 벌써 이곳의 心齋에 비춰 결정해 놓은 것이다.) 귀로써 들음이 없고(형체를 씀이 없음) 마음으로써 들으며 마음으로써 들음이 없고(아울러 마음도 씀이 없음) 氣로써 들어야 한다.

들음은 귀에 그치고(形骸에 그침) 마음은 부합한 데 그치려니와(心意의 합한 바에 그침이다. 마음에 생각했던 이치를 증험한 것을 '符'라 한다.) 氣란 虛로서 物을 待한 것이다.(氣에 실마리가 없음은 곧 虛이다.) 오직 道란 虛에 모이니(道가 여기에 모여들게 된다.) 虛란 것은 心齋이다.(육근 가운데 오직 聲塵이 가장 通徹한 까닭에 여기에서 유독 들음으로 말한 것이다.)"

의역

안회가 다시 물었다.

"마음의 재계가 뭔지 말씀해주시겠습니까?"

"너의 마음을 오롯하게 하여 소리를 귀로 듣지 말고 마음으로 들으며, 더 나아가 마음으로 듣지 말고 기(氣)로써 이해해야 한다.

귀의 작용은 외물(外物)의 소리를 듣는 데 그치고, 마음의 작용은 현상을 느끼는 데 그치지만 기(氣)란 허(虛)한 것으로 모든 사물을 용납할 수 있다. 네가 마음을 비워야 여기에 도(道)가 모여들게 된다. 마음을 비우는 것이 바로 마음의 재계[心齋]이다."

‖ 선영 주 ‖

將虛字하야 **點破心齋**하니 **五蘊俱空**이라

허(虛) 자를 가지고서 심재(心齋)를 설파하였다. 오온(五蘊: 色受想行識)이 모두 공(空)한 것이다.

강설

심재(心齋)는 곧 허심(虛心)을 말한다. 그것은 곧 철저한 망아(忘我)이다. 바꿔 말하면, '심재'란 일지(一志)로부터 출발하여 육신의 귀나 분별지각의 마음으로 듣지 말고 기(氣)로 들으면 허심을 얻을 수 있다. '일지'는 심재의 첫 단계이며, 허심은 심재의 구경처(究竟處)이다.

'일지(一志)'란 무엇인가. 정신을 순일(純一)하게 집중하는 것이다. 그 어떤 목표에 대해 단순하게 오로지 그것만을 생각할 뿐, 그 결과에 대해 잊어야 하는 것이다. 예를 들면, 도가에서 수행을 할 적에 눈으로 코끝을 보고[眼觀鼻] 코끝으로 마음을 보는[鼻觀心] 것일 뿐, 참으로 그 어떤 생각도 하지 않는다는 것은 아니다. 전혀 아무런 생각이 없는 맹탕은 곧 암흑의 산중, 귀신 굴속에 거처하는 마왕[黑山鬼窟裏魔王]과 같

은 존재이다. '일지'란 이를 말한 것이 아니다.

'심재'는 듣는 것과 밀접한 관련을 지니고 있다. 인간의 지식은 주로 듣는 데에 의하고 있다. 이는 불교의 25원통(圓通) 가운데 이근통(耳根通)이 가장 오도(悟道)의 경지에 가까운 것과도 일치하는 부분이다. 그러나 듣는다는 것은 청각의 귀로 들어서도 안 되고 마음의 사량분별, 즉 의식으로 들어서도 안 된다. 오직 "허심으로 모든 사물에 응할 수 있는 기(氣)로 들어야 힌다.[氣也者, 虛而待物者也.]" 이로 보면 장자가 말한 '기'란 마음의 근본자리, 즉 수양의 고도경지인 영명(靈明), 성성적적(惺惺寂寂)의 마음을 말한다. 편견과 의식과 억측을 초탈한 견지에서 사물을 관조하는 것이다.

이로 보면 도가에서의 심재는 곧 불가의 오도(悟道)이며, 앞서 말한 무기(無己)와 상아(喪我)와 일맥상통하는 부분이다.

‖ 경문 ‖

顔回曰 回之未始得使에(未能使心齋之時라) 實自回也러니(見我) 得使之也에 未始有回也로소니(忘我) 可謂虛乎잇가(顔子는 眞上智學人이라) 夫子曰 盡矣라 吾 語若하리라(汝) 若(汝)能入遊其樊호되(遊人樊宇之內라) 而無感其名하야(忘名實之所在라) 入則鳴하고(道合則言이라) 不入則止하야(不合則止라) 無門(不開一隙)無毒하야(不發一藥) 一宅(混爲一處)而寓於不得已면(感而後應) 則幾矣리라(則道盡矣라 凡此는 皆言虛也라)

직역 ‖

顔回가 말하기를, "回가 처음 못했을 적에는(心齋를 하지 못했을 때) 실로 스스로 回이더니(自我를 보았음) 그렇게 했을 적에 비로소 回가 있지 않았으니(자아를 잊음) 虛라 말할 수 있겠습니까?(안자는 참으로 으뜸 지혜를 지닌 學人이다.)"

夫子가 말씀하시기를, "극진하다. 내 너(若: 너)에게 말하리라. 너(若:

너)는 능히 그 樊宇에 들어가 노닐면서도(사람의 樊宇 안에서 노닒) 그 명예에 느낀 바 없어(名實의 있는 바를 잊음) 들어가면 말[鳴]하고(도가 부합되면 말함) 들어가지 않으면 그쳐서(부합되지 않으면 그침) 門도 없고(하나의 틈도 열어두지 않음) 毒도 없어(하나의 약도 쓰지 않음) 一宅(混然히 하나가 되는 곳)으로써 부득이한 데 부쳐 두면(감촉된 후에 응함) 거의 가까울 것이다.(곧 도가 극진함이다. 이는 모두 虛를 말함)

의역

안회가 말하였다.

"제가 처음 마음의 재계에 대해 듣지 못했을 적에는 실로 자아를 잊지 못했었습니다. 그러나 이를 듣고 그렇게 했을 적에야 비로소 저를 잊을 수 있었습니다. 이것을 마음을 비운 것이라고 말할 수 있겠습니까?"

"아주 훌륭하다. 내 너에게 말해주리라. 네가 그 경지(울타리) 속에 들어가 노닐면서도 명예와 이익에 동요되지 않으며 그와 도의가 부합되면 말하고 그와 부합되지 않으면 말하지 않아야 한다. 하나의 빈틈도 두지 않고 하나의 약도 쓰지 않은 채, 혼연(混然)히 하나 되는 마음으로써 마지못해 응한다면 거의 도를 다할 수 있을 것이다.

‖선영 주‖

寫虛字 如是라

허(虛) 자를 묘사함이 이와 같다.

강설

안자는 하나를 들으면 열을 아는[聞一知十] 사람이다. 허(虛)의 소식을 전해 듣고서 곧장 망아(忘我), 즉 무아의 경지에 이르렀다. 이는 마치 우두 법융(牛頭法融) 선사가 사조 도신(四祖道信) 선사를 만나기 이전에는 성인이라는 의식을 버리지 못하여 온갖 새들이 꽃 공양을 올렸으나, 도신 선사에 의해 진정한 깨달음을 얻고서 그 의식마저 말끔히 잊어버리자 다시는 새들이 찾아오지 않았다. 이는 주관의 자아세계를 망각함으로써 객관의 존재 또한 따라 망각하였기 때문이다. 이것이 곧 물아양망(物我兩忘)의 세계이다. 안자 또한 무아의 허(虛)에 이르러 위나라 임금 또한 무아에 이르러 안자에게 화는커녕 번뇌 없는 안락한 마음을 향유할 수 있다.

‖ 경문 ‖

絶迹은 易어니와 無行地는 難이오(人之處世에 不行은 易이어니와 行而不著迹은 難이라) 爲人使는 易以僞어니와(人事는 易於假託이라) 爲天使는 難以僞니(天行之妙는 難以假託이라 天行은 所謂無行地者也라 此는 正明上句難字라) 聞以有翼飛者矣오 未聞以無翼飛者也며(神通) 聞以有知知者矣오 未聞以無知知者也케라(寂照라 此는 皆言其人少有以搖曳라 上二句의 虛字 妙用이 如此니 豈若空而已哉아) 瞻彼闋(空竅)者컨대 虛室生白하나니(有空竅則室生白光이니 全是心地上語라) 吉祥止止로다(止는 集也라 惟道集虛也라) 夫且不止일세 是之謂坐馳니라(必是貌似心齋而實外馳라) 夫徇耳目內通하고(耳目在外而徇之於內라) 而外於心知면(心知在內而黜之於外니 虛字也라) 鬼神도 將來舍온 而況於人乎아(人豈有不化乎아) 是 萬物之化也라 舜禹之所紐也며(樞紐) 伏羲几蘧之所行終이온(行之終身) 而況散(上聲 衆人)焉者乎아

직역

발자취를 끊기는 쉽지만 땅에 行함이 없기는 어렵고(사람이 세상에 살면서 행하지 않기는 쉽지만 행하면서도 발자취를 남기지 않는 것은 어렵다.) 사람의 일[人使]은 거짓으로 하기 쉽지만(사람의 일은 가탁하기 쉽다.) 하늘의

일[天使]은 거짓으로 하기 어려우니(天行의 오묘함은 가탁으로 하기 어렵다. 天行은 이른바 땅에 행함이 없는 자이다. 이는 바로 위 구절의 '難' 자를 밝힌 것이다.) 날개가 있음으로써 날았다는 것은 들었지만 날개가 없이 날았다는 것은 듣지 못했으며(神運) 知覺이 있음으로써 안다는 것은 들었지만 지각이 없는 것으로 안다는 것은 듣지 못하였다.(寂照이다. 이는 모두 그런 인물이 적다는 것을 말하여 슬며시 끝맺고 있다. 위의 두 구절에 쓰인 '虛' 字의 妙用이 이와 같으니 어찌 단순한 空에 그치는 것이겠는가.) 저 闋(빈 공간)을 보건대 虛室에 흰빛이 나오나니(빈 공간이 있으면 집에 흰빛이 발생한다. 이는 모두 마음의 터전 위에서 말한 것이다.) 吉祥이 止止하도다.(止는 그침이다. 오직 도는 허한 데로 모여든다.)

그치지 못하기에 이를 坐馳라 말한다.(반드시 이 외모는 心齋와 같으나 실제로 밖으로 치달림이다.) 耳目을 따라 內로 통하고(耳目은 밖에 있으나 내면을 따른 것이다.) 心知를 外로 하면(心知는 내면에 있으나 밖으로 버림이니, '虛' 字이다.) 귀신도 장차 찾아와 머무르거늘 하물며 사람이야.(사람이 어찌 변화하지 않을 수 있겠는가.) 이것이 만물의 변화이다. 舜, 禹의 樞紐이며 伏羲, 几蘧가 행하기를 종신토록 한 것인데(종신토록 행함이다.) 하물며 散(上聲, 衆人을 말함)한 자야."

길에 나서지 않고서 발자국을 남기지 않기는 쉽지만 길을 걸으면서도 발자취를 남기지 않기는 어렵다. 그렇듯이 사람이 한 세상을 살면서 움직이지 않기는 쉽지만 움직이면서도 발자취를 남기지 않기는 어렵다.

사람이 하는 일[人使]은 정식(情識)과 욕구에 부림을 당하여 거짓으로 하기 쉽지만, 하늘이 하는 일[天使]은 자연을 따라 작위(作爲)가 없으므로 거짓으로 하기 어렵다. 날개가 있기에 하늘을 훨훨 날았다는 말은 들었지만 날개가 없이 하늘을 날았다는 말은 듣지 못했다. 그렇듯이 지각(知覺)이 있음으로써 사물의 이치를 안다는 말은 들었지만 지각이 없이 사물의 이치를 안다는 말은 듣지 못하였다.

마음을 비운 그 경지를 살펴보면, 공허한 마음속에서 빛나는 광명이 쏟아져 나온다. 복되고 상서로운 일들이 고요하고 허한 마음으로 모여든다. 그러나 마음을 비우지 못한 채 마냥 앉아 있으면 겉모습이야 마음의 재계처럼 보일지 모르지만, 이는 실로 마음이 밖으로 치달리는 것이다. 그러므로 이를 좌치(坐馳)라 말한다.

귀와 눈 따위의 감각기관은 내면으로 향하게 하고 마음의 기지(機智)를 밖으로 버리면 비워진 그 마음속에 귀신도 찾아와 머무르게 될 것이다. 하물며 사람이 감화되지 않을 수 있겠는가. 이렇게 하면 만물이 모두 변화하게 될 것이다. 이는 순임금과 우임금의 처세에 대한 관건이자 복희씨와 궤기(几蘧)가 일생을 살아오면서 행위의 준칙을 삼은 것이다. 하물며 여느 사람들이야 오죽하겠는가."

‖ 선영 주 ‖

咏歎虛字之妙니 至此則化라 王公은 不足言矣니라

'허' 자의 오묘함을 읊고 감탄함이다. 이에 이르면 만물이 변화하게 되니 제왕의 정치 정도야 더 이상 말할 게 없다.

○ 以上은 引孔顏問答一事이니 先將不好處하야 一層一層 委曲披剝고 然後에 一點齋字하며 然後에 一點心齋字하고 然後에一點虛字하고 然後에 申寫虛字하고 然後에 咏歎虛字하니 說一救正人主하야 直說到杳冥不著之處라 人間世에 具如此本領하니 將恆河沙衆을 不啻納之琉璃界中矣라

○ 이상에서는 공자와 안연이 문답한 일을 인용하였다. 먼저 좋지 않은 부분을 가지고서 한 겹 한 겹 자세히 벗겨나가고 그런 뒤에 한 차례 재(齋) 자를, 그런 뒤에 또 한 차례 심재(心齋) 자를, 그런 뒤에

이어서 한 차례 허(虛) 자를, 그런 뒤에 거듭 '허' 자를 썼으며 그런 뒤에 '허' 자를 읊고 감탄하였다.

임금을 한 차례 바로잡고 구제함을 말하여 곧바로 아득하여 발붙일 수 없는 곳을 말하고 있다. 「인간세」에 이와 같은 본령(本領)을 갖추고 있다. 항하사(恒河沙)처럼 수많은 대중을 단순히 약사유리광여래가 머무는 유리보전(琉璃寶殿)으로 밀어 넣어준 데 그치지 않았다.

○ **絶迹**은 **易**어니와 **無行地**는 **難**이라하니 **細思**컨대 **此是何語**오 **淺人所謂虛**는 **不過是絶迹易事耳**라 **此却無地而行**과 **無翼而飛**와 **無知而知**라 **如此言虛**오 **直是入無間**, **運無方**이니 **豈非人間世之第一義**리오

"발자취를 끊기는 쉽지만 땅 위를 걸으면서 발자취를 남기지 않기는 어렵다."라고 하니 자세히 생각하여 보면 이는 무슨 말인가. 천박한 사람이 말한 허(虛)란 "발자취를 끊기는 쉬운 일"에 지나지 않는다. 여기서는 땅을 밟지 않고서 걸어 다니며 날개가 없이 하늘을 날고 지각없이 아는 것이다. 이와 같아야 '허'라 말할 수 있고 곧장 빈틈조차 없는 데 들어가 일정한 곳에 얽매이지 않고 운용할 수 있다. 이것이 「인간세」의 제일의제(第一義諦)가 아니겠는가.

강설

좌치(坐馳)에는 두 가지 해석이 있다. 일반적으로 몸은 앉아 있으나 마음은 밖으로 치달린다는 것으로, 부정적인 말로 이해하고 있다. 그러나 또 다른 일설은 긍정적인 면으로 이해하여 몸은 비좁은 방에 앉아 있으나 정신만큼은 얽매임 없이 자유로움을 말한다고 한다. 그러나 후자의 말은 장자답지 못한 말로 생각된다.

2. 葉公子高와 孔子問答(섭공 자고와 공자의 문답)

섭공 자고가 제나라에 사신으로 가는 일을 빌려 신하로서 임금을 대하기 어려운 점을 말하고 있다. 여기에서는 신하가 임금을 대할 적에 가지는 의구심, 사신의 명을 받았을 적에 더러는 “인도(人道)의 우환”, 즉 형벌을 면할 수 없고, “음양의 우환”, 즉 화병(火病)을 면할 수 없다. 그리고 나아가 임금의 말을 전하기 어려운 점과 발조심하지 않은 데에서 빚어진 재앙을 말하고 있다. 이러한 화병과 형벌을 해소하기 위해서는 오직 허심(虛心)으로 주어진 운명을 편히 받아들이면 자아의 몸을 잊어야[忘身] 한다. 자아를 잊는 방법으로 양중(養中)과 유심(遊心)을 제시하였으나, 그 요체는 자연의 천도를 따르는 데에 있다.

아래의 5절을 요약하면 다음과 같다.

節		內容		要旨
1	섭공자고의 물음	陰陽之患과 人道之患		畏患患死
2	공자의 대답	先答陰陽之患		忘身安命
3		後答人道之患	溢言之戒	傳其常情
4			駕巧太甚 兩相激勞	必罹禍也
5			乘物遊心	養中

‖ 경문 ‖

葉公子高 將使於齊할세 問於仲尼曰 王使諸梁(子高名)也 甚重하고(重其使는 欲有求於齊也라) 齊之待使者 蓋將甚敬而不急하리니(貌相敬而緩於應事라) 匹夫도 猶未可動也온 而況諸侯乎아 吾甚慄之하노이다(懼也) 子 嘗語諸梁也에 曰 凡事 若小若大히 寡不道以懽成이라(未有不依於道而能暢滿無悔者也라) 事若不成이면 則必有人道之患이오(王將致罪) 事若成이면 則必有陰陽之患하리니(喜懼交戰之後에 二氣 將受傷而疾作이라) 若成若

不成(任之)**而後**에 **無患者**는 **唯有德者**아 **能之**라하니(以上은 述孔子之言이라) **吾 食也**에 **執粗**(甘守粗糲)**而不臧**이라(不求精美) **爨無欲淸之人**이로되(炮炙寡則不熱) **今吾朝受命而夕飮冰**하나니 **我其內熱與**ㄴ저(胸中煩焦) **吾未至乎事之情**(尙未到行事實處라)**而旣有陰陽之患矣**이오(內熱之疾) **事若不成**이면 **必有人道之患**하리니(王必致罪) **是兩也**(受兩患) **爲人臣者 不足以任之**니(何堪兩患이리오) **子 其有以語我來**하라(來는 語助詞라)

직역

葉公 子高가 장차 齊나라에 사신으로 갈 적에 仲尼에게 여쭙기를, "왕이 諸梁(子高의 이름)을 사신으로 보냄이 심히 중하고(그 사신을 존중함은 제나라에 구한 바 있고자 함이다.) 제나라에서 사신을 待한 것은 장차 심히 존경하여 서두르지 않을 것이니(용모는 서로 공경하지만 일에 응함을 늦춘 것이다.) 필부도 오히려 동할 수 없는데 하물며 제후야! 저는 심히 두렵습니다.(慄: 두려움)

선생이 일찍이 諸梁에게 말할 적에 '모든 일은 작고 큰 것이 不道로써 잘 이뤄진 것이 적다.(도에 의지하지 않고서 능히 通暢하여 후회 없는 자는 있을 수 없다.) 일이 이뤄지지 않으면 반드시 人道의 우환이 있고(왕이 장차 죄를 줄 것이다.) 일이 이뤄지면 반드시 陰陽의 우환이 있을 것이리니(기쁨과 두려움이 마음속에서 서로 싸운 뒤에는 음양 二氣가 장차 손상을 받아 병이 생기게 될 것이다.) 이뤄지든 이뤄지지 않든(맡겨두는 것) 그런 후에도 우환이 없는 자는 오직 덕이 있는 자만이 능할 수 있다.' 하니(위는 공자의 말을 서술함이다.) 내 거친 음식을 가질 뿐,(거친 음식을 달게 여김) 좋은 것으로 하지 않았습니다.(精美한 음식을 추구하지 않음) 爨에 淸하고자 하는 사람이 없지만(炮炙이 적으면 열이 나지 않는다.) 이제 나는 아침에 王命을 받고서 저녁에 얼음을 마시니 나는 그 內가 열난 것입니다.(가슴이 타는 것이다.)

나는 일의 實情에 이르지도 않았는데(아직 행사의 實處에 이르지 않았다.)

이미 음양의 우환이 있고(內熱의 병) 일이 만일 이뤄지지 않으면 반드시 人道의 우환이 있을 것이니(왕은 반드시 나의 죄를 물을 것이다.) 이 두 가지는(陰陽과 人道, 두 가지 우환을 받음) 신하된 자로는 감당할 수 없으니(어떻게 음양과 인도, 두 가지의 우환을 감당할 수 있을까?) 선생은 그 점을 저에게 말씀해주시겠습니까?(來는 어조사)"

의역

초나라의 섭공 자고가 제나라에 사신으로 떠나갈 적에 공자에게 물었다.

"초나라 왕께서 저에게 내린 사신의 책임이 아주 막중합니다. 그러나 제나라에선 으레 외국에서 찾아온 사신에 대해 모두 다 겉으로는 공경한 척하면서도 실제로는 게으르기 짝이 없습니다. 이 때문에 한낱 필부마저 감동시킬 수 없는데 하물며 제후를 어떻게 움직일 수 있겠습니까? 저는 매우 두렵습니다.

선생께서 일찍이 저에게 말씀하시기를, '모든 일이란 크든 작든 도리에 맞지 않고서 좋은 결과를 얻을 수 있는 것은 극히 드문 일이다. 그 일을 이루지 못하면 반드시 왕은 죄를 물어 처벌을 받게 되고, 일이 이뤄지면 반드시 기쁨과 두려움으로 마음에 상처를 받아 병이 생기게 될 것이다. 그러므로 그 일이 이뤄지든 이뤄지지 않든 모두 맡겨두되 왕의 처벌과 자신의 병이 생기는 우환이 없을 수 있는 자는 오직 성대한 덕을 지닌 이만이 가능하다.'라고 하셨습니다.

저는 평상시 거친 음식을 달게 여기기에 산해진미를 구하지 않습니다. 이 때문에 적(炙) 따위를 굽는 일이 없어 부엌에 열날 일이 없기에 부엌데기는 구태여 시원한 바람을 쐴 것이 없습니다. 하지만 지금 저는 아침에 왕으로부터 사신의 명을 받고서 저녁나절에 쉴 새 없이 얼음물만 켜는 것은 제 가슴에 두려움과 걱정으로 열이 나서 속이 터지려 하기 때문입니다.

저는 정작 그 일의 실상을 알지도 못한 상태에서 벌써 마음에 상처를 받아 병이 생겼습니다. 그 일이 이뤄지지 못하면 반드시 왕은 저의 죄를 물을 것입니다. 이 두 가지의 우환은 신하 된 자로서 어떻게 감당할 수 있겠습니까? 선생께서 저에게 가르쳐주십시오."

‖ 선영 주 ‖

寫疑懼之情이 **如畫**하니 **措語特雋**이라

의심과 두려운 심정을 묘사함이 한 폭의 그림과 같다. 문장의 쓰임이 특출하고 빼어나다.

강설 ‖

음양에 의한 병환이란 체내(體內)의 음양 기운이 격동하여 조화를 잃은 데서 얻은 병이다. 이는 일이 설령 성취된다 할지라도 가슴속의 음양의 기운이 기쁨으로 인하여 격동한 까닭에 평정을 얻지 못해 쉽사리 정신을 손상하게 됨을 말한다.

‖ 경문 ‖

仲尼曰 天下에 **有大戒**(人經法) **二**니 **其一**은 **命也**오(受之於天) **其一**은 **義也**라(人所當盡) **子之愛親**은 **命也**니 **不可解於心**이오 **臣之事君**은 **義也**니 **無適而非君也**라 **無所逃於天地之間**이니 **是之謂大戒**니라 **是以**로 **夫事其親者 不擇地而安之**는(不論處之順逆이라) **孝之至也**오 **夫事其君者 不擇事而安之**는(不論事之難易라) **忠之盛也**라(二段은 客이라) **自事其心者**는 **哀樂**을 **不易**(入聲)**施乎前**하야(事心을 如事君父之無所擇이면 雖哀樂之境이 不同이나 而不爲所移於前也라) **知其不可奈何而安之若命**은 **德之至也**니라(此段은 主라) **爲人**(人字는 喩心이라)**臣子者**는(身은 乃心之臣子也라) **固有所不得已**하야 **行事之情**(惟行事之實)**而忘其身**이어늘(不計哀樂이라) **何暇**에 **至**

於悅生而惡死리오(能如此면 尙何陰陽之患이리오) **夫子**는 **其行**이 **可矣**니라

직역

仲尼가 말씀하시기를, "천하에 大戒(大經의 法)가 두 가지 있으니, 그 하나는 命이요(하늘에서 받은 것) 그 하나는 義이다.(사람이 마땅히 다해야 할 것) 자식이 어버이를 사랑하는 것은 命이니 마음에 놓을 수 없고, 신하가 임금을 섬기는 것은 義이니 가는 곳마다 임금 없는 데가 없다. 천지 사이에 도망할 바 없으니 이를 大戒라 말한다. 이 때문에 그 어버이를 섬기는 자가 곳을 가리지 않고 편안함은(거처함에 順逆을 논하지 않음) 孝의 지극함이요, 그 임금을 섬기는 자가 일을 가리지 않고 편안함은(일의 難易를 논하지 않음) 忠의 성대함이다.(두 단락은 陪客이다.)

스스로 그 마음을 섬기는 자는 哀樂을 앞에 바꾸어(易: 入聲) 베풀지 않고서(마음 섬기기를 임금과 아버지를 섬기는 것처럼 가리는 바 없으면 비록 슬픔과 즐거움의 경계가 다를지라도 그 앞에서 마음이 변하지 않을 것이다.) 그 어찌할 수 없음을 알고서 천명처럼 편히 여김은 덕의 지극함이다.(이 단락은 主이다.)

사람('人' 자는 마음을 비유함)의 신하요 자식 된 자는(몸은 곧 마음의 신하이다.) 참으로 마지못한 바 있어 事의 情을 행하여(오직 일의 실상을 행함) 그 몸을 잊었는데(슬픔과 즐거움을 계교하지 않음) 어느 겨를에 삶을 좋아하고 죽음을 미워하는 데 이르겠는가.(능히 이와 같이 하면 오히려 무슨 음양의 걱정이 있겠는가.) 부자는 그 행함이 옳다.

의역

공자가 말씀하셨다.

"이 세상에는 두 가지의 법을 아주 경계해야 한다. 그 하나는 하늘에서 받아온 천명(天命)이오, 또 다른 하나는 사람이 당연히 다해야 할 대의(大義)이다.

자식이 어버이를 사랑하는 것은 하늘에서 받아온 천명이라 마음에 버릴 수 없다. 신하가 임금을 섬기는 것은 의당 몸을 바쳐야 할 대의라 어느 나라를 막론하고 임금이 없을 수 없기에 이 세상에 피할 방법이 없다. 이를 아주 경계해야 할 두 가지의 법이라고 말한다.

이 때문에 자식이 어버이를 섬길 적에 힘든 일이든 편한 일이든 그 어떤 곳이든 가리지 않고서 편안한 마음으로 부모를 받드는 것이 지극한 효도이다. 신하가 임금을 섬길 적에 어려운 일이든 쉬운 일이든 그 어떤 일이든 가리지 않고 편안한 마음으로 섬기는 것이 성대한 충성이다.

스스로 마음을 닦는 데 힘쓰는 이는 슬픔이든 즐거움이든 그 어떤 감정에도 흔들리지 않아야 한다. 설령 어찌할 수 없는 어려운 일을 당할지라도 그러한 일들을 편안한 마음으로 천명처럼 받아들이는 것이 지극한 덕성(德性)이다.

사람의 신하요 자식 된 이는 의당 그만둘 수 없는 일들을 편안한 마음으로 받아들이는 것처럼 그 어떤 일이든 자연스럽게 순응하면서 그 일의 실상을 행할 뿐, 자신의 슬픔과 즐거움을 모두 잊어야 할 것이다. 이런 처지에서 어떻게 삶을 탐하고 죽음을 싫어하는 생각을 가질 수 있겠는가. 그대는 이처럼 행해야 할 것이다.

‖ 선영 주 ‖

此는 **先答陰陽之患也**라 **人身**은 **惟心爲主**니 **隨境哀樂**이오 **總不以稍動吾心**이면 **則雖經歷萬變**이나 **而天君晏如**니 **疾何自得攖乎**아

이는 먼저 음양의 우환에 대한 대답이다. 사람의 몸은 오직 마음이 주체로서 경계에 따라 슬퍼하고 즐거워하는 것이다. 모두 조금이라도 나의 마음이 동요되지 않으면 온갖 변화를 겪는다 할지라도 마음이 편안할 터이다. 어찌 음양의 병을 앓을 수 있겠는가.

○ 乍讀兩大戒에 謂是以忠孝로 竦動諸梁이라가 及讀至下에 乃知是兩箇影子라 以君親으로 影心이오 以子臣으로 影身耳라

○ 갑자기 두 가지의 큰 경계를 읽다 보면 이는 충과 효로 사신가는 것을 충동질하다가 아랫부분을 읽어 내려옴에 비로소 그것은 두 가지의 반영임을 알 수 있다. 임금과 어버이로 마음을 반영하고 자식과 신하로 몸을 반영한 것이다.

○ 爲人臣子句는 正接說身事心一邊事하야 不過借用臣子字面이니 切勿誤認之라 莊生取喩는 眞乃無奇不到니 其映插之妙에 有百千伶俐라(舊註에 何足以知之라하다)

○ '위인신자(爲人臣子)' 구절은 바로 몸으로 마음을 섬기는 측면의 일을 뒤이어 말하여 신하와 자식[臣子]이라는 글자를 빌려 쓴 데 지나지 않는다. 절대 이를 잘못 알아서는 안 된다. 장자가 이를 비유한 것은 참으로 빼어나지 않음이 없다. 문장의 오묘한 반영과 삽입은 백 곱 천 곱 영악하기 짝이 없다.(옛 주해에서는 "어떻게 이를 알 수 있겠는가."로 쓰여 있다.)

강설

지극한 효도와 충성[孝之至, 忠之盛]은 유가의 개념이다. 장자는 유가의 개념을 빌려 자아의 마음, 즉 대종사(大宗師)를 임금이요 아버지에게 충효를 다하는 것처럼 섬기는 것을 지극한 덕이라고 말하였다. 충효는 자아를 통하여 임금과 아버지를 섬기는 것에 반하여 장자는 자아의 몸으로 자아의 마음을 잃지 않으려는 것이다.

‖ 경문 ‖

丘 請復(更有陳也라)以所聞하노라 凡交는(交는 鄰이라) 近則必相靡以信하고(相親順以信行이라) 遠則必忠之以言하야(相孚契以言語라) 言必或傳之하나니(必託使以傳之라) 夫傳兩喜兩怒之言은(兩國人君喜怒之言이라) 天下之難者也라 夫兩喜는 必多溢(過也라)美之言이오 兩怒는 必多溢惡之言이니 溢之類也 妄이오(多不實이라) 妄則其信之也 莫오(遲疑貌라) 莫則傳言者 殃이라(兩邊歸咎라) 故로 法言에 曰 傳其常情이오(但傳其平實者라) 無傳其溢言이면 則幾乎全이라하니라(庶可自全이라)

직역 ‖

丘는 청컨대 들었던 바를 말(復: 다시 말함)하리라. 모든 交(交隣)는 친근하면 반드시 서로 믿음으로써 親順(靡[4])하고(서로 信行으로써 친히 하고 순히 함이다.) 소원하면 반드시 언어로써 충실케 하여(서로 언어로써 믿고 계합되는 것이다.) 언어는 반드시 간혹 그에게 전하니(반드시 사신을 빌려 전한다.) 兩喜와 兩怒의 말을 전하는 것은(두 나라 임금의 기쁨과 성냄의 말이다.) 천하에 어려운 일이다. 兩喜는 반드시 溢(지나침)美의 말이 많고 兩怒는 반드시 溢惡의 말이 많으니, 모든 溢의 類는 허망한 것이요(진실하지 못함이 많다.) 허망하면 그 믿음이 더디고(莫: 머뭇거리고 의심하는 모양) 더디면 말을 전한 자는 재앙을 받는다.(양쪽에서 모두 그 잘못을 나에게 돌릴 것이다.) 그러므로 法言에 이르기를, '그 常情을 전하고(다만 그 平實한 것을 전할 뿐이다.) 그 溢言을 전하지 않으면 거의 온전할 것이다.'(거의 스스로 온전히 할 수 있다.)고 하였다.

4) 靡 : 『장자금주금역(莊子今註今譯)』에서는 미(靡)는 미(縻)와 통용되는 글자라 하여 묶임[維繫], 즉 구속의 뜻으로 해석하였으나 선영(宣穎)은 이를 친순(親順)의 뜻으로 보았다. 여기에서는 선영의 뜻을 따름.

의역

내 들었던 바를 다시 그대에게 말하리라. 대체로 나라와 나라 사이에 서로 외교를 할 적에는 이웃의 가까운 나라는 반드시 서로 믿음으로써 오가고 멀리 떨어져 있는 나라는 반드시 믿음직한 말로써 유지하려고 하는데, 그 말은 반드시 사신에 의해 전달되는 것이다.

두 나라 임금의 기쁨과 노여움의 말을 전달한다는 것은 이 세상에 가장 어려운 일이다. 두 나라 임금의 기쁨에 의한 말은 반드시 지나치게 좋은 말만을 많이 하게 되고, 두 나라 임금의 노여움에 의한 말은 반드시 지나치게 나쁜 말만을 많이 하기 마련이다.

좋은 말이든 나쁜 말이든 도(度)에 지나치는 말들은 모두 진실을 잃게 된다. 진실을 잃은 말은 두 나라의 임금이 모두 믿지 않고, 서로 믿지 못하면 양쪽에서 모두 그 말을 전달한 사신에게 허물을 돌려 그 화를 받을 수밖에 없다.

이 때문에 『법언(法言)』이라는 옛 책에서 다음과 같이 말하였다.

'그 진실한 말만을 전할 뿐, 지나친 말을 전해서는 안 된다. 그렇게 하면 한 몸을 보전할 수 있다.'

‖ 선영 주 ‖

傳言에 易過其分이면 則必有致疑之患을 引法言一證이라(揚子法言之名은 取諸此라)

말을 전하다 보면 쉽사리 그 분수를 넘게 된다. 그렇게 하면 반드시 의심을 불러들이게 우환이 있다. 이런 사실을 『법언』을 인용하여 한번 증명하고 있다.(양자의 『법언』이라는 명칭은 여기에서 취한 것이다.)

강설

『법언(法言)』은 두 가지의 해석이 있다. 하나는 선성(先聖)의 격언이

후인의 법이 되는 말이라는 뜻이며, 또 다른 하나는 예전에 이러한 서적이 있었다는 것이다. "서한(西漢) 양웅(揚雄)의 저서 『법언』은 여기에서 취한 것이라"는 선영의 주에 의하면, 이는 양웅의 저서를 말한 게 아니라, 일찍이 이런 책이 있었음을 말한다.

‖ 경문 ‖

且以巧鬪力者는(以拳技相搏者라) 始乎陽이라가(明爲角戱而已러니) 常卒乎陰하야(終則暗用著數相傷이라) 泰至則多奇巧하고(過甚故也라 奇巧는 即上所謂陰也라) 以禮飮酒者는 始乎治라가(初筵秩秩이러니) 常卒乎亂하야(載號載呶라) 泰至則多奇樂이니라(過甚故也라 奇樂은 即上所謂亂也라) 凡事 亦然하야 始乎諒이라가(誠信이라가) 常卒乎鄙하며(鄙詐라) 其作始也 簡이라가(先爲徵兆라) 其將畢也 必巨니라(其後에 弄成一大事라 ○ 以上은 寬言凡事니 不能愼始면 則流弊 必甚이라 以引起下文出言之一端이라)

言者는 風波也오(接入言字는 謂其憑虛相生하야 愈生愈有니라) 行者는 實喪也라(惟其風波라 故行此言이면 則實喪이라) 夫風波는 易以動하고(易於造端이라) 實喪은 易以危니(易於敗壞라) 故로 忿設 無由오 巧言 偏辭니라(忿怒之設端이 無由오 但以巧言偏辭로 相欺而起耳라) 獸死에 不擇音하고(既已忿이면 則口不擇言이라) 氣息 茀然이라(茀音은 勃이니 氣發也니 言其忿氣有餘라) 於是에 並生心厲어늘(至此則彼此皆生惡心矣라 俱承泰至意說이라) 剋核太至면 則必有不肖之心이 應之로되(所以然者는 蓋巧言偏辭로 雕刖太過이면 則動人乖戾之心이라)而不知其然也라(己猶驟不及悟라) 苟爲不知其然也인댄 孰知其所終이리오(必罹禍矣라) 故로 法言曰 無遷令하며(弗移君命이라) 無勸成하라(弗勸人成事라) 過度면 益也니라(蓋以遷令勸成이면 則過於所受節度니 是己自爲增益也라) 遷令과 勸成은 殆事라(其事必危라) 美成은 在久오(好事는 非一時撮弄可成이라) 惡成은 不及改니(一言成惡이니 悔之何及고) 可不愼與아 하니라(法言畢이라)

직역

기교로써 힘을 다투는 자는(권투의 기교로써 서로 겨루는 것이다.) 처음엔 陽으로 하다가(공명하게 다툴 뿐이다.) 항상 陰으로 끝을 맺어(끝에 가서는 보이지 않게 꼼수로 서로 손상하게 된다.) 너무 지나치면 기교가 많고(지나치게 심하기 때문이다. 기교는 바로 위에서 말한 陰이다.) 禮로써 술을 마시는 자는 처음엔 잘 지키다가(처음 술자리에서는 질서가 정연하다.) 항상 亂으로 끝을 맺어(고함을 지르고 큰소리를 치는 것이다.) 너무 지나치면 奇樂이 많다.(지나치게 심하기 때문이다. 奇樂은 바로 위에서 말한 亂이다.) 범사 또한 그러하여 처음엔 진실하다가(진실하고 미더움) 항상 비루하게 끝나며(더럽고 속임) 그 처음에는 간단하다가(앞에는 징조가 된다.) 그 장차 끝날 적에는 반드시 커지게 된다.(그 후에 하나의 큰일을 만들어 낸다. ○ 위에서는 모두 일이란 처음 삼가지 않으면 반드시 流弊가 심하게 됨을 너그럽게 말한 것이다. 이로써 下文의 언어에 대한 一端을 일으켜 세운 것이다.)

言語는 風波이며(이어서 말이 서로 섞이는 것은 허공을 달리어 서로 낳아 더욱 낳을수록 더욱 많아짐을 말한다.) 행동은 實을 喪함이다.(오직 그것은 공허이기에 이 말을 행하면 실상을 잃게 된다.) 風波는 쉽게 동하고(실마리를 쉽게 만들어낸다.) 實喪은 쉽게 위태로우니(쉽게 부서진다.) 그러므로 忿怒의 設端은 연유가 없고 巧言은 偏辭이다.(분노의 設端이 이유가 없고 그저 巧言과 偏辭로 서로의 속임수를 야기할 뿐이다.) 짐승이 죽을 적에 소리를 가리지 않고(이미 분노가 일어나면 입에 말을 가리지 않는다.) 氣息이 茀然하다.(茀의 음은 '勃'이니 성을 냄이다. 그 忿氣가 많음을 말한다.) 이에 아울러 心厲를 내게 되는데(이 지경에 이르면 피차가 모두 惡心을 내게 된다. 이는 모두 '지나치게 되면…'이라는 뜻을 이어서 말한 것이다.) 剋核(逼迫)이 너무 지나치면 반드시 불초한 마음으로 응한 데에도(이렇게 되는 이유는 巧言과 偏辭로 지나치게 조탁하거나 깎아내리면 사람의 乖戾한 마음을 동하게 만든다.) 그는 그런 줄조차 모른다.(자기는 오히려 미쳐 빨리 깨닫지 못한 것이다.) 만일 그가 그런 줄조차 알지 못한다면 누가 그 끝이 어떻게 되는 바를 알겠는가.(반드시 재화를 당하게 될 것이다.)

그러므로 法言에 이르기를, '명령을 옮김이 없어야 하고(임금의 명령을 옮기지 않는다.) 성공을 勸함이 없어야 한다.(사람에게 일을 이루도록 권하지 않은 것이다.) 度에 지나친 것은 더한 것이다.[5](명령을 옮기고 성공을 권하면 節度를 받은 바에서 지나치니 이는 자기가 스스로 增益한 것이다.) 명령을 옮기는 것과 성공을 권하는 것은 위태로운 일이다.(그 일이 반드시 위태롭게 된다.) 아름다운 成就는 장구한 데 있고(좋은 일은 일시에 이뤄지는 것이 아니다.) 좋지 못한 성취는 미쳐 고칠 수 없으니(한 마디의 말이 악을 이루는 법이니 후회한들 어찌 미칠 수 있겠는가.) 삼가지 않을 수 있겠는가.' 하였다. (法言이 끝남)

의역

처음부터 나쁜 일은 없다. 차츰차츰 흘러가면서 좋지 못한 부분으로 확대되기 마련이다. 예를 들면 권투의 기교를 통하여 승부를 겨루는 사람들은 처음 시작할 적에는 공명정대한 규칙을 따르지만, 으레 끝에 가면 보이지 않은 음모 술수를 부리게 되고 지나치게 심하면 온갖 눈속임이 난무하게 된다. 예의를 갖춰 술을 마시는 사람들은 처음 술자리에서야 질서정연하지만, 항상 끝에 가서는 고함을 지르며 큰소리를 치게 되고 지나치게 심하면 흔히 광란의 도가니가 된다.

모든 일들이 매한가지이다. 처음엔 진실하고 미덥지만 항상 끝에는 비루하고 속이며, 처음에는 대수롭지 않게 간단히 시작했다가 끝날 때쯤이면 반드시 커지고 어렵기 마련이다.

말이란 풍파와 같은 것이어서 말이 말을 낳을수록 더욱 많아지고, 따라서 이런 말을 전달하다 보면 그 진실을 잃게 된다. 풍파와 같은 말은 사단(事端)을 만들어내기에 십상이고, 진실을 잃은 말을 전달하다 보면 위태로움과 어려움을 겪기 마련이다. 이 때문에 노여움의 발단은 다른

5) 度에…것이다. : 『법언(法言)』의 인용문은 여기에서 그치며 아래의 문장은 『법언』의 인용문에 대한 장자의 평설(評說)로 보는 것이 옳다. 다만 선영의 주에 따라 아래 문장까지 연결 지은 것임을 밝힘.

이유가 없다. 바로 지나치게 꾸며댄 말과 치우친 말에 의해 발생한 것이다.

동물이 죽음에 몰려 흥분하면 아무런 소리나 내지르면서 거친 숨을 내쉬며 씩씩거리고, 이에 사람을 물어뜯으려는 흉악한 생각을 가지게 된다. 모든 일이 마찬가지이다. 너무 지나치게 핍박하면 상대방은 반드시 좋지 못한 마음으로 나에게 보복하려고 드는 데에도 정작 그 자신은 그런 이유조차 깨닫지 못하고 있다. 만일 그가 참으로 그런 줄조차 깨닫지 못한다면 그에게 결국 어떤 결과가 일어나겠는가. 그는 반드시 재화를 당하게 될 것이다.

이 때문에 법언에 이르기를, '왕으로부터 받은 명을 바꾸려 해서는 안 되고 반드시 그 일을 성취시키려고 해서도 안 된다. 도(度)에 지나치는 일이 스스로가 더 일을 만든 것이다.'고 하였다. 왕으로부터 받은 명을 바꾸려는 것과 반드시 그 일을 성취시키려고 하는 것은 위태로운 일이다. 좋은 일을 이루는 것은 장구한 시간이 필요하며, 좋지 못한 일은 한 번 이루어지면 후회한들 어쩔 수 없으니, 이를 삼가지 않을 수 있겠는가.

‖ **선영 주** ‖

始或不以溢言爲戒라가 不知不覺에 駕巧泰甚하야 必至兩相激怒하니 其害有莫可究者니 豈但致疑之患哉아 此節은 又深一步也라 又引法言一證하다

처음엔 간혹 일언(溢言)으로 경계를 삼지 않다가 자신도 모르는 사이에 교언(嬌言)을 너무 심하게 하여 반드시 두 사람이 서로 격노한 데에 이르게 되니 그 해가 끝이 없다. 어찌 의심을 불러들이는 우환에 그치겠는가. 이 절(節) 또한 한 걸음 깊이 나아간 것이다. 또 법언(法言)을 인용하여 한 차례 증명하고 있다.

강설

'행자실상(行者實喪)'의 실상(實喪)은 일설에 득실(得失)로 보았다. 위의 '언자풍파(言者風波)'의 풍파(風波)와 대칭되는 문장이라는 점에서 보면 '득실'로 보는 것이 보다 타당하다. "말을 전달[行]하는 일에는 득실이 따르는 법이고, 득과 실은 쉽사리 위태롭게 된다."는 뜻 또한 문맥에도 매우 적절하다. 그러나 선영(宣穎)의 소주(小註)에 따라 '사실[實]을 잃다[喪]'로 해석한 것이다.

‖ 경문 ‖

且夫乘物以遊心하야(隨物以遊寄吾心이라) 託不得已以養中이면(託於不得已而應이오 而毫無造端코 以養吾心不動之中이라) 至矣니(道之極則이라) 何作爲報也리오(任齊報答은 可耳나 何必作意於其間이리오) 莫若爲致命이니(但致君命而已不與라) 此其難者니라(知此爲難하야 若外此면 人道之患은 乃不必患이라)

직역

物을 타고서 마음을 놀리어(物을 따라 나의 마음을 붙여둠이다.) 부득이한 데 寄託하여 그 가운데에서 함양하면(마지못한 데에 기탁하여 응한 것이요, 털끝만큼도 실마리를 일으킴이 없고 나의 마음은 不動한 가운데 함양한 것이다.) 지극한데(道의 極則이다.) 어찌 强作으로 보답을 받으려 하는가.(제나라의 보답에 맡겨두는 것이 옳은 일이지 어찌 그 사이에 私意로 强作하려 하는가.) 命을 다하는 것만 같지 못하니(다만 임금의 명을 다할 뿐 자신은 관여한 바 없다.) 이는 그 어려운 일이다.(이것이 어려운 줄 알고서 만일 이를 도외시하면 人道의 우환은 반드시 걱정할 것이 없다.)"

의역

사물의 자연한 이치를 따라 유유자적하면서 마지못한 데에 몸을 맡긴 채, 조금도 동요가 없는 가운데 마음을 함양하는 것이 도(道)의 극칙(極則)으로 가장 좋은 방법이다. 어떻게 억지로 제나라 임금에게 초나라에 유리한 결정을 내려 보답하라고 강요할 수 있겠는가. 이는 초나라의 임금이 나를 사신으로 명한 부분을 가리지 않고 다할 뿐, 자신을 위한 사심(私心)으로 훗날 내가 처벌을 당할까, 속병이 생길까, 그런 두려운 마음을 지녀서는 안 된다. 이것이 어려운 일이다."

‖ **선영 주** ‖

此節은 方道出妙義니라 天下事는 直以遊泳吾心耳니 固無所用吾心也라 湛然而存하야 不得已而應하야 而泰定之中에 毫無擾焉하니 此處世之至精者라 何必經營以圖後患哉아

이 절에서는 바야흐로 오묘한 뜻을 말한 것이다. 천하의 일은 곧 나의 마음을 유영(遊泳)으로 대해야 할 것이니 참으로 나의 마음을 쓸 바 없는 것이요, 담담하게 보존하여 마지못한 채 응하여 가장 안정된 가운데 털끝만큼도 흔들림이 없으니 이는 지극히 정밀하게 처세한 자이다. 어찌 굳이 경영하여 후환을 도모하겠는가.

○ 此三節은 答人道之患也라 上二節은 言不溢言・不泰甚이면 則自無此患이오 末一節은 引入至精하야 幷慮患一念이면 乃不足道라 兩答處는 俱以不得已로 點尾니 蓋因應之妙 乃涉世三昧也라

○ 이 3절은 '인도(人道)의 우환'에 대한 대답이다. 위의 2절은 일언(溢言)을 하지 않으며 너무 심하게 하지 않으면 스스로 이 우환이 없음을 말하였고, 끝 1절은 지극히 정밀한 부분으로 이끌어 들어가 아울러 우환을 염려하는 생각 그 자체를 더 이상 말할 것이 없다. 두 곳의 대답한 부분은 모두 '부득이'로 끝을 맺고 있다. 문장의 오묘한 전말은 곧 숱한 세상사를 경험한 삼매경을 묘사한 것이다.

○ 以上은 引孔子答葉公一事하야 除陰陽之患에 說到忘身은 是一服清凉散也라 除人道之患에 說到養中은 是最上解脫義也니 皆與前文 虛字相發이라

○ 위의 문장에서는 공자가 섭공에게 대답한 일을 인용하여, 음양의 우환을 없애는 데에 대해 '몸을 잊어야 한다.[忘身]'고 말한 것은 한 차례 청량산(淸凉散)을 복용한 것이며, 인도의 우환을 없애는 데에 대해 '중도를 길러야 한다.[養中]'고 말한 것은 최상의 해탈의(解脫義)이다. 모두 앞의 문장에서 말한 '허(虛)' 자와 함께 그 뜻을 서로 밝히고 있다.

강설

양중(養中)의 중(中) 자에 대해 크게 두 가지의 해석이 있다. 본서 대본의 저자, 선영은 "지극히 고요한 가운데 함양한다."라는 뜻으로 해석하여, 경문의 소주(小註)에서는 "마지못한 데에 기탁하여 응한 것이요, 털끝만큼도 실마리를 일으킴이 없고 나의 마음을 동요하지 않은 가운데 함양한 것이다.[毫無造端, 以養吾心不動之中]"고 하였고, 평주(評註)에서 "가장 안정된 가운데 털끝만큼도 흔들림이 없다.[泰定之中, 毫無擾亂]"고 덧붙였다. 이는 모두 동요가 없는 가운데에서 함양함을 거듭 밝힌 셈이다.

선영은 "탁부득이(託不得已)" 즉 어쩔 수 없는 일로 받아들이는 것, 바로 그 점을 동요 없는 상태의 마음으로 인식하였고 그런 가운데에서 마음을 함양한다는 뜻으로 이해한 것이다. 그러나 또 다른 일설은 '양중'을 「양생주」에서 말한 '연독(緣督)'의 뜻으로 해석하였다. 독(督)이란 중(中) 자의 뜻이며, 양(養)이란 연(緣) 자의 뜻으로 이해한 것이다. 양생주에서 말한 '연독'은 포정(庖丁)의 해우(解牛)에서 힘줄과 뼈를 건드리지 않은 공허한 자리를 뜻한다. 즉 중허(中虛)를 의미하는 것이다. 곧 허심(虛心)으로 함양한다는 뜻이다. 이 또한 심재(心齋), 망신(忘身), 아

래에서 말한 순(順) 자의 의미를 종합하여 보면 이를 '연독'과 관련지어 보는 것 또한 나쁘지 않다고 생각한다.

섭공 자고와 공자와의 문답에서 공자는 '부득이'라는 말을 두 차례를 사용하고 있다. 몸을 잊기[忘身] 위한 전제로 "고유소부득이(固有所不得已)"를 말했고, 여기에서는 "탁부득이이양중(託不得已以養中)"이라 하여, 부득이란 '마지못한 일', 즉 어찌 할 수 없이 받아들여야 할 일[不可奈何]을 편안한 마음으로 받아들이는 것이 지극한 덕임을 거듭 말해주고 있다.

3. 衛太子師傅顔闔(위 태자의 사부 안합)

안합이 위 영공 태자의 사부가 된 것을 빌어 태자를 대하기 어려움을 말하고 있다. 그에 뜻을 따라 거스르지 않고 가르치는 교육의 방법을 말하고 있다.

‖ 경문 ‖

顔闔이(魯賢人이라) **將傅衛靈公太子**할세 **而問於蘧伯玉曰 有人於此**하니 **其德 天殺**이라(天奪其監이라) **與之爲無方**이면(縱其敗度라) **則危吾國**이오(必覆邦家라) **與之爲有方**이면(制以法度라) **則危吾身**이라(將先害己라) **其智 適足以知人之過**로대 **而不知其**(自己)**所以過**하나니 **若然者**를 **吾奈之何**오

직역 ‖

顔闔(노나라의 어진 사람)이 장차 衛 靈公 태자의 스승이 되려할 적에 거백옥에게 묻기를, "여기에 어떤 사람이 있는데 그의 德은 天殺이라(하늘이 그의 監을 빼앗음이다.) 그와 더불어 無方[無道]으로 하면(그 敗度를 방종함) 나라가 위태롭고(반드시 나라와 집안이 전복된다.) 그와 더불어 有方[有

道)으로 하면(법도로써 제재함) 나의 몸이 위태롭습니다.(장차 먼저 나를 해칠 것이다.) 그의 지혜는 다만 남들의 허물을 알 뿐, 그(자기)의 허물이 되는 바를 알지 못하니 그런 자를 내 어찌해야 할는지?"

의역

위나라 영공이 노나라의 어진 신하, 안합(顔闔)을 맞이하여 그 태자의 스승으로 삼으려 하자, 안합이 거백옥을 찾아가 물었다.

"여기에 어떤 한 사람이 있습니다. 그의 천성은 잔혹하고 각박하기 짝이 없습니다. 그를 방종하게 놓아두면 나라가 위태롭고, 그를 법도로 바로잡으려 들면 제 몸이 위태롭습니다. 그의 총명한 머리는 남의 잘못만을 알 뿐, 자기의 잘못을 모르고 있습니다. 이런 사람에게 내 어떻게 해야 좋을지 모르겠습니다."

‖ 선영 주 ‖

無方은 不可오 有方도 又不可니 道亦窮矣라 下文解環之法이 甚微라

법도가 없는 것도 옳지 않고 법도가 있는 것 또한 옳지 않다. 도 또한 궁한 것이다. 아래 문장의 해환법(解環法)은 아주 미묘하다.

강설

안합과 거백옥이라는 실재 인물을 통하여 가공의 일을 각색하는 것이 장자의 필치에 나타난 또 하나의 특색이다. 이는 안연과 공자의 물음, 그리고 섭공자고와 공자와의 문답 또한 모두 가공의 일을 실재 인물을 통하여 마치 있었던 일처럼 말하고 있으나, 이는 모두 공자와 거백옥의 입을 빌려 장자 그 자신의 사상을 피력했을 뿐이다.

‖ 경문 ‖

蘧伯玉曰 善哉라 **問乎**여 **戒之愼之**하야 **正汝身哉**어다(自盡其道라) **形莫若就**오(外爲親附之形이라) **心莫若和**라(內寓調濟之意라) **雖然**이나 **之**(此)**二者**도 **有患**하니(猶未盡善이라) **就不欲入**이오(雖附之나 不可陷於其惡이라) **和不欲出**이라(雖調之나 不宜顯己之善이라) **形就而入**이면 **且爲顚爲滅**하며 **爲崩爲蹶**이오(連自家都放倒了라 ○ 此意는 輕하니 非顏闔所患이라) **心和而出**이면 **且爲聲爲名**하며 **爲妖爲孼**이니(顯招人忌면 則致災禍라 ○ 此意는 重하니 恐顏闔不免이라) **彼且爲嬰兒**어든(無知識) **亦與之爲嬰兒**하고 **彼且爲無町畦**어든(無準繩) **亦與之爲無町畦**하며 **彼且爲無崖**어든(無畔岸) **亦與之爲無崖**하야 **達之**면 **入於無疵**리라(一切를 姑順其意하야 至於違我意處면 則渾然而入하야 無疵病可尋이라)

‖ 번역 ‖

蘧伯玉이 말하기를, "선하다, 물음이여. 경계하고 근신하여 너의 몸을 바르게 할지니라.(스스로 그 도리를 다함) 형체는 就함만 같지 못하고(밖으로는 親附의 형상을 지음) 마음은 和함만 같지 못하다.(안으로는 調濟의 뜻을 간직함) 그러나 이(之: 이것) 두 가지 것도 근심이 있으니(오히려 선을 다하지 못한 것이다.) 就하되 陷入하고자 해서는 안 되고(비록 親附하지만 그 악에 빠지지 않음) 和하되 顯出하고자 해서는 안 된다.(비록 調濟하지만 자기의 선을 나타내서는 안 된다.) 형체가 就하다가 陷入하면 전도되고 멸망하며 붕괴되고 蹶失되며(자신까지도 모두 거꾸러뜨린 것이다. ○ 이 뜻은 가벼우니 안합이 걱정할 바 아니다.) 마음이 和하다가 顯出하면 聲과 名이 되고 妖와 孼이 되니(뚜렷이 사람의 시기를 불러들이면 재화가 이르게 된다. ○ 이 뜻은 중대하니 안합이 면치 못하리라 생각된다.)

그가 또 嬰兒이거든(지식이 없음) 또한 그와 더불어 영아가 되고 그가 또 町畦가 없거든(準繩이 없음) 또한 그와 더불어 町畦가 없게 하며 그가 또 畔崖가 없거든(畔岸이 없음) 또한 그와 더불어 畔崖가 없이 하여 이를 통달하면 하자가 없는 데에 들어가리라.(일체 그 뜻을 따라 나의 뜻을 이루는 곳에 이르면 渾然히 들어가 하자를 찾을 수 없다.)

의역

거백옥이 대답하였다.

"너의 물음이 매우 훌륭하다. 조심하고 또 조심하면서 먼저 너의 몸을 바르게 가져야 한다. 밖으로 너의 모습은 그와 친근한 태도를 가지고 안으로 너의 마음은 조화를 이루려는 생각을 가지는 것만 같지 못하다.

그러나 이처럼 행할지라도 그 두 가지 것만으로는 우환을 면할 수 없다. 그에게 친근한 태도를 가지되 그의 악에 빠져들어서는 안 되고, 조화를 이루려는 생각을 가지되 너의 선을 나타내서는 안 된다. 친근한 태도로써 그의 악에 빠져들면 자신까지도 모두 거꾸러지고, 조화를 이루려는 생각으로 너의 선을 나타내면 그는 그대가 명예를 위한다고 생각하여 재화(災禍)를 불러들이게 될 것이다.

그가 어린아이처럼 지각이 없으면 그대 또한 그를 따라 어린아이가 되고, 그가 준칙이 없으면 그대 또한 그를 따라 준칙이 없이 하며, 그가 한계가 없으면 그대 또한 그를 따라 한계가 없이 해야 한다. 이처럼 그를 이끌어 나의 뜻을 이루면 잘못이 없는 바른길로 접어들게 될 것이다.

‖선영 주‖

妙用은 止是一順字라 法華에 曰應以比丘身得度者는 卽現比丘身而爲說法이오 應以女人身得度者는 卽現女人身而爲說法이라 하니라

묘용은 하나의 '순(順)' 자에 그칠 뿐이다. 『법화경』에 이르기를, "비

구의 몸으로 제도해야 할 자는 비구의 몸을 나타내 설법하고, 여인의 몸으로 제도해야 할 자는 여인의 몸을 나타내 설법을 한다."고 하였다.

‖ 경문 ‖

汝는 不知夫螳蜋乎아 怒其臂하야 以當車轍은 不知其不勝任也라 是其才之美者也니라(恃有所長하야 遂欲當車라) 戒之愼之이다 積伐而(爾)美者以犯之라(伐은 矜也니 屢矜伐爾之美行以犯人이라) 幾矣리라(殆矣)

직역 ‖

너는 螳蜋을 알지 못하는가. 그 팔뚝을 怒하여 車轍에 당한 것은 그 勝任하지 못할 줄을 알지 못함이다. 이는 그 才의 아름다운 자이다.(장점을 믿고서 마침내 수레를 당하고자 함이다.) 경계하고 삼갈지어다. 네 아름다움을 積伐하여 범한 것이라(伐은 자랑함이니, 자주 너의 아름다운 행실을 자랑하여 사람들에게 범한 것이다.) 幾하다.(위태로움)

의역 ‖

그대는 사마귀를 보지 못했는가. 사마귀가 팔뚝을 불끈 세운 채 수레바퀴를 가로막는다. 그것은 그 자신이 수레바퀴를 이길 수 없다는 사실을 몰랐기 때문이다. 이는 자신의 장점만을 믿고서 결국 큰 수레에 대항한 것이다. 조심하고 삼가야 한다. 나의 장점을 사람들에게 자주 자랑하여 사람들의 비위를 거슬렸기에 위태로움을 자초한 것이다.

‖ 선영 주 ‖

一喩는 反譬니 言用己則致禍라

하나의 비유는 반설(反說)의 비유이다. 자신의 장점을 사용하면 재화를 자초함을 말한다.

강설

안합이 태자와 함께하면서도 악에 빠져들지 않기는 안합의 경지에서 살펴보면 그다지 어려운 일이 아니다. 그러나 "조화를 이루려는 생각을 가지되 너의 선을 나타내서는 안 된다.[和不欲出. 雖調之, 不宜顯己之善]"는 것은 안합으로서도 이를 면하기는 어려운 일이며, 모든 학자들의 공통된 걱정거리이다. 기양(技癢)이라 말하지 않는가. 자신의 재예를 감출 수 없는 것은 마치 가려운 곳을 긁지 않고서는 못 참는 것처럼, 현학(衒學)과 공명의 과시 따위를 초탈하기는 결코 쉽지 않은 일이다.

‖ 경문 ‖

汝不知夫養虎者乎아 不敢以生物與之는 爲其殺之之怒也오 不敢以全物與之는 爲其決(分裂)之之怒也라(皆恐惹動其性이라) 時其饑飽하고 達其怒心하나니 虎之與人이 異類로되 而媚養己者는 順也글세라(人能順其性也라) 故로 其殺者는 逆也니라(至於噬殺人者는 人先逆其性也라)

직역

너는 범 기르는 것을 알지 못하는가. 감히 生物로써 주지 않는 것은 그의 撲殺의 노여움 때문이요, 범이 全物로써 주지 않는 것은 그의 決裂의 노여움 때문이다.(모두 그 야성을 일으키게 될까 두려워하기 때문이다.) 그 饑飽를 때맞추며 그 怒心을 達하여야 한다. 범과 사람은 유가 다르지만 자기를 길러준 자에게 媚한 것은 순하기 때문이다.(사람이 그 본성을 따른 것이다.) 그러므로 그에게 죽은 자는 거슬렀기 때문이다.(사람을 물어 죽이기에 이른 것은 사람이 먼저 그의 본성을 거슬렀기 때문이다.)

의역

그대는 사육사가 범을 어떻게 길들이는지 모르는가. 범에게 먹이를 생채로 던져주지 않는 것은 범이 그 살아 있는 먹잇감을 물어 죽일 적에 일어나는 그 잔인한 야성이 일어날까를 두려워하기 때문이다. 통째로 먹이를 주지 않는 것은 범이 물어뜯으며 먹을 적에 일어나는 그 잔인한 야성이 일어날까를 두려워하기 때문이다.

범이 얼마쯤이면 배가 부르고 얼마쯤이면 허기지는가를 잘 파악하여 범이 좋아하고 성내는 그의 마음을 따라야 한다. 그처럼 한다면 범과 사람은 비록 같은 무리가 아니지만 자기를 보살펴주는 사육사에게 고분고분하게 된다. 이는 범의 본성을 따라 거스르지 않았기 때문이다. 그러므로 범이 사육사를 물어 죽이기에 이르렀다는 것은 그가 먼저 범의 본성을 거슬렀기 때문이다.

‖ 선영 주 ‖

一喩는 正譬니 言順物則受福이라

하나의 비유는 정설(正說)의 비유이다. 사물의 본성을 따르면 복 받을 수 있음을 말한다.

○ 順字는 是立言主意니 此處露出이라

○ '순(順)' 자는 이 문장의 주된 뜻이다. 이곳에서 드러난 것이다.

‖ 경문 ‖

夫愛馬者는 **以筐盛**(音承)**矢**하고 **以蜄**(灰泥之器)**盛溺**로대 **適有蚊虻僕緣**이어늘(僕은 附也니 言蚊虻이 附緣馬身이라) **而拊之不時**면(愛馬者 爲拍之而出其不意라) **則缺銜**(口銜)**・毁首・碎胸**하야(毁碎胸首之飾은 馬驚而然이라) **意有所至**에(怒心忽至라) **而愛有所亡**하나니(忘人愛己라) **可不愼邪**아(僕之爲附者는 詩에 景命有僕이 是也라 舊解作僕御하야 將僕緣二字를 連下句讀하야 言僕御拊馬라하나 不知上已有愛馬之人이오 此又另說僕御拊之하니 有是文理乎아)

직역

말을 사랑하는 자는 筐으로 똥을 담아내고 蜄(잿빛 진흙 그릇)으로 오줌을 담아내지만 때마침 蚊虻이 僕緣(僕은 붙음이니, 모기와 등에가 말의 몸에 달라붙어 있음을 말함)한데 때 아니게 어루만지면(말을 사랑한 자가 말을 다독거린 것이 말이 생각지도 못한 데서 나온 것이다.) 銜(재갈)을 끊고 머리치장을 망가뜨리고 가슴걸이를 부수어(가슴걸이와 머리의 치장을 부수는 것은 말이 놀라서 그렇게 한 것이다.) 뜻이 이르는 대로(성내는 마음이 문득 이름이다.) 사랑을 잊은 바 있으니(사람이 자기를 사랑해준 것을 잊어버린 것이다.) 삼가지 않을 수 있겠는가.(僕을 '附' 자의 뜻으로 쓴 것은 『시경』에 "景命(큰 천명)이 僕함이 있다."는 것이 바로 이를 말한다. 옛 해석에서는 '僕御'라 하여 僕緣 두 글자를 아래 句讀에 연결 지은 나머지 "'僕御'가 말을 다독거리는 것"이라 말하였다. 그러나 위 문장에 이미 "말을 사랑하는 사람"이 있었는데, 여기에서 또다시 별개의 '僕御'가 어루만졌다고 말하니, 이런 문장의 맥락이 있을 수 있겠는가.)

의역

애지중지 말을 아끼는 사람이 있었다. 심지어는 광주리로 말의 똥을 담아내고 잿빛 진흙으로 빚은 그릇으로 말의 오줌을 담아내기까지 하였다.

그러나 때마침 모기와 등에가 말의 몸에 달라붙어 피를 빨아먹고 있는 사실을 모른 채, 말을 사랑한 자가 때 아니게 말을 다독거리면 말은 평소와 달리 놀래어 성을 낸 나머지, 입의 재갈을 물어뜯고 머리 위에 얹힌 치장을 망가뜨리고 가슴걸이를 부수며 성나는 대로 날뛰면서 자신을 사랑하는 주인까지도 알아보지 못한다. 이는 말의 성질을 거슬렸기 때문이다. 그러니 조심하지 않으면 안 될 것이다.

‖ 선영 주 ‖

就養虎後에 又帶一喩하야 反掉라 虎至暴而順之면 則馴이로되 馬易馴而驚之則暴하나니 物其可攖乎아

범을 기르는 법을 말한 뒤에 또다시 하나의 비유를 가지고서 반대로 쓰고 있다. 범이란 몹시 포악한 동물이나 그 본성을 따르면 잘 길들일 수 있다. 그러나 반대로 말이란 길들이기 쉬운 가축이지만 놀라면 난폭해진다. 이로 보면 모든 존재의 본성을 거슬릴 수 있겠는가.

○ 以上은 引伯玉答顔闔一事라 靈公太子는 非蒯聵則輒也라 觀輒禰其祖면 則靈公이 曾以爲太子를 可知라 與爲無方이면 則危國이오 與爲有方이면 則危身이니 闔計窮矣라 伯玉之妙는 却在與爲無方中而得與爲有方之用하니 秘訣은 止是一順字라

○ 이상에서는 거백옥이 안합에게 대답한 고사를 인용한 것이다. 위 영공의 태자는 괴외(蒯聵)가 아니면 첩(輒)를 말한다. '첩'이 그 조부 위 영공의 왕위를 계승한 것으로 본다면 영공이 일찍이 손자 '첩'을 태자로 삼이왔음을 알 수 있다.

태자와 함께 똑같이 무도하게 대하자니 나라가 위태롭고, 태자와 함께 도의로 대하자니 나의 목숨이 위태롭다. 안합으로서의 계책은 더 이상의 방법이 없었다. 거백옥의 오묘한 대답은 태자와 함께 똑같이 무도하게 대하는 가운데 태자와 함께 도의로 대하는 작용을 얻은 데 있다. 그 비결은 오직 하나의 '순(順)' 자에 있을 뿐이다.

○ 順字는 不是阿附詭隨라 看他話中에 初則就不欲入이오 旣則達於無疵니 全是用人이오 不是爲人用이라

○ '순(順)' 자는 아부와 속임수가 아니다. 그의 말을 살펴보면 처음에는 그와 함께하되 악에 빠져들지 않았고, 끝에 가서는 하자가 없는 데 이르렀다. 이 모두가 사람을 부리는 것이지, 사람에게 부림을 당하지 않은 것이다.

○ 自首至此히 凡三引事니라 三事는 內虛也라 忘身也오 養中也오 順也니 處世에 如此其多方乎아 看來에 忘身도 亦虛也오 養中도 亦虛也라 順之一字는 直是天仙이 化人에 隨方渡衆하되 胸中에 無半絲隔礙니 又虛之至也라 人間世之本領이 如是라

○ 처음부터 이 부분까지 모두 세 가지의 일을 인용하였다. 세 가지의 일은 내허(內虛)이다. 망신(忘身)과 양중(養中)과 순(順)이니, 세상을 살아가는 데 이처럼 그 많은 방법이 있는 것일까? 살펴보니 망신(忘身) 또한 허(虛)요, 양중(養中) 또한 허(虛)이다.

순(順)이라는 한 글자는 곧 천선(天仙)이 사람을 교화함에 있어 방편을 따라 중생을 제도하되 그의 가슴에는 실오라기 하나 막힘과 걸림이 없다. 이 또한 허(虛)의 지극함이다. 「인간세」의 본령은 이와 같다.

○ 衛君之暴厲와 齊楚之敵邦과 太子之橫愤는 皆特取三件難處之人來說이니 於此에 不爲棘手면 人間世에 更無難處之人矣라

○ 위나라 임금의 난폭함, 제나라와 초나라의 적국, 태자의 횡포는 모두 특별히 처세하기 어려운 세 가지의 사람을 취하여 말한 것이다. 이런 일에 손이 묶이지 않는다면 인간의 세상에 다시는 이보다 더 대처하기 어려운 사람은 없을 것이다.

강설

여기에 등장한 세 가지의 비유에 안합은 당랑(螳螂)과 범의 사육사와 애마(愛馬)의 인물을 대표하며, 태자는 거철(車轍)과 범과 말을 대표한다.

이 세 가지의 비유를 통하여 장자는 당시 군주에 대해 어떤 양상을 견지했는지 엿볼 수 있다. 이는 전국시대를 맞아 온 천하는 전쟁의 계

엄 중이어서 당시의 대신은 군명(君命)에 대해 절대복종할 수밖에 없었다. 이는 국민을 위해 존재하는 민주주의와는 전혀 다른 시대 상황이었기 때문이다. 그러나 민주주의의 오늘날에 국민과 관료에게 절대복종을 요한다면 그것은 장자가 살았던 전국시대와 다를 바 없을 것이며, 모든 이들은 사육사와 말을 기르는 사람들처럼 다시는 범과 말의 비위를 건드리지 않으려 들 것이다.

4. 櫟社의 無用之用(쓸모없는 상수리나무의 장수)

유용한 재목은 부근(斧斤)의 환을 불러들이는 것처럼 세속의 가치가 높은 기예와 능력은 생을 힘들게 하는 하나의 도구에 지나지 않는다. 이는 「소요유」의 끝 부분에서 말한 기벽(機辟: 덫)과 부근(斧斤)의 해를 피하여 '무용지용'을 지향해야 한다는 점과 상통하는 부분이다.

‖ 경문 ‖

匠石이(匠名) 之齊할세 至乎曲轅하야(山名) 見櫟社러니(櫟之爲社樹者는 特敘社樹라 伏後寄焉意라) 其大 蔽牛하야(樹身可以隱牛라) 絜(量度)之百圍오 其高 臨山하야 十仞而後에 有枝하니 其可以爲舟者(大可刳舟者라) 旁(旁枝)十數라 觀者如市어늘 匠伯이(石字) 不顧하고 遂行不輟한대 弟子厭觀之라가(飽看) 走及匠石하야 曰自吾執斧斤하야 以隨夫子로 未嘗見材 如此其美也어늘 先生不肯視하고 行不輟은 何邪잇고 曰已矣라 勿言之矣어다 散木也라(無用之棄材라) 以爲舟則沈하고 以爲棺槨則速腐하고 以爲器則速毁하고 以爲門戶則液樠하고(理疎하야 易受雨而多液也라 樠은 音門이니 木名이라 舊本 此處에 俱作此字로되 余意는 或是樠字는 音止니 木枝也라 言其液淋漓 如枝分而流也라) 以爲柱則蠹하나니 是不材之木也라 無所可用일세

故로 能若是之壽니라

직역

匠石(匠人의 이름)이 제나라를 갈 적에 曲轅(山의 이름)에 이르러 櫟社(상수리나무를 사직의 나무로 삼은 것은 특별히 社樹를 서술하여 뒤 문장에서 말하려는 뜻을 복선으로 깔고 있다.)를 보았는데, 그 크기는 소를 가리고(나무의 몸통이 소를 가릴 만하였다.) 헤아려 보니 百圍요, 그 높이는 산에 임하여 十仞이나 된 후에 가지가 있는데 그 배를 만들 수 있는 것(크기는 배를 만들 만하다.)이 곁가지만도 十數箇였다.

觀者가 저자와 같았으나 匠伯(匠石의 字)이 뒤돌아보지도 않고서 마침내 行함을 그치지 않았는데, 제자가 실컷 구경하고 匠石에게 달려와 말하기를, "제가 斧斤을 잡고서 부자를 따름으로부터 일찍이 재목이 이처럼 그 아름다운 것을 보지 못하였는데 선생은 기꺼이 보지 않고 행함을 그치지 않은 것은 어째서입니까?" "그만두어라. 말하지 마라. 散木(쓸모없어 버려진 재목)이다. 이로써 배를 만들면 잠기고 이로써 棺槨을 만들면 속히 썩고 이로써 그릇을 만들면 속히 훼손되고 이로써 문호를 만들면 液樠하고(나뭇결이 단단하지 못해서 쉽사리 습기를 받아들임으로써 액체가 많다. 樠의 독음은 門이니 나무 이름이다. 舊本에는 이 대목에 모두 이 글자로 쓰 [illegible] 나뭇가지를 말한다. 그 액체가 질펀한 것이 마치 나뭇가지 뻗어 나가는 것처럼 흘러내리는 모습이다.) 이로써 기둥을 만들면 좀이 스니 이는 재목이 될 수 없는 나무이다. 쓸모가 없는 까닭에 이처럼 할 수 있었다."

의역

대목(大木: 匠人) 석(石)이라는 사람이 제나라에 가는 길에 곡원산(曲轅山)에 이르러 사직 제단에 서 있는 상수리나무를 보았다. 상수리나무의 크기는 어찌나 크던지 나무의 몸통이 황소 천 마리를 가릴 만하였고 양손을 벌려 헤아려 보니 백 아름이나 되었으며, 나무의 높이는 산

꼭대기에 닿았고 지상에서 10인(仞), 즉 1인이 8척(尺)이니 10인은 24m의 높이에서부터 가지가 뻗어 나갔다. 그 곁가지만으로도 십여 척의 배를 만들 정도였다.

이 때문에 상수리나무를 구경하고자 모여든 사람들로 북새통을 이루었다. 그러나 대목 장석만은 조금도 뒤돌아보지도 않은 채, 가던 발길을 끝내 멈추지 않았다. 그의 제자들은 실컷 구경하고 스승으로 모시는 대목 장석에게 쫓아가 말하였다.

"저희가 연장을 손에 들고 선생을 뒤따른 후로 이처럼 아름다운 목재를 한 번도 구경해 본 적이 없었습니다. 그런데 선생께서는 전혀 쳐다보지 않으신 채 발길을 멈추지 않으신 것은 무엇 때문입니까?"

"그만두어라. 시끄럽다. 그 나무는 크기만 컸지 결이 아름답지 못하여 전혀 쓸모가 없기에 버려진 나무이다. 이 나무로 배를 만들면 물에 잠기고 이 나무로 널을 만들면 빨리 썩게 되고 이 나무로 그릇을 만들면 빨리 부서지고 이 나무로 문을 만들면 나뭇결이 단단하지 못해서 진액이 질펀하게 흘러내리고 이 나무로 기둥을 만들면 좀이 생기게 된다. 이 때문에 이 나무는 재목감이 될 수 없다. 이처럼 아무짝에도 쓸모없는 까닭에 이처럼 장수를 누릴 수 있었던 것이다."

‖ 선영 주 ‖

鄙置不堪으로 點無用二字하다

비루하여 버려져 그 어디에도 쓸 곳이 없다는 것으로 무용(無用) 두 글자를 묘사하였다.

‖ 경문 ‖

匠石이 歸러니 櫟社 見夢曰 汝將惡乎比予哉오 若將比予於文木邪아(成章之木) 夫相(俗作查)梨橘柚와(音由) 果(木實)蓏(草實)之屬은 實熟則剝

且辱하야 大枝折하고 小枝泄하나니(音異 去也) 此以其能으로 苦其生者也니라 故로 不終其天年而中道夭하나니 自(自取)掊擊於世俗者也라 物莫不若是니라(大凡物理皆然) 且予求無所可用이 久矣로되 幾死라가(數有睥睨己者) 乃今得之하야(方得匠石明之) 爲予大用이로다(全生之用) 使予也而有用이런들(不剝則辱) 且得有此大也邪아 且也若與予也 皆物也어늘 奈何哉其相物也오 而(爾)幾死之散人이어니 又惡知散木이리오

직역

匠石이 돌아갔는데 櫟社가 見夢하여 말하기를, "너는 장차 어떻게 나를 비할 것인가. 만일 장차 나를 文木(아름다움을 이룬 나무)에 비할 것인가. 柤(俗字로는 査로 씀), 梨, 橘, 柚(독음은 由)와 果(木實), 蓏(草實)의 속은 열매가 익으면 剝落하고 또 욕을 당하여 大枝는 꺾이고 小枝는 泄(독음은 異니 버려짐)하니 이는 그 능함으로써 그 生을 괴롭힌 者이다. 그러므로 그 天年을 마치지 못하고 중도에 요절하니 스스로(自取)가 세속에 掊擊 당한 자이다. 만물은 이와 같지 않은 것이 없다.(대체로 物理가 모두 그러하다.)

또 나는 쓸모 있는 바 없기를 추구함이 오래이지만 자주 죽을 뻔했다가(이미 차례 나를 엿본 자가 있었다.) 이제야 얻어서(바야흐로 匠石을 만남으로써 이를 밝힌 것이다.) 나의 大用(생을 온전히 보존할 수 있는 用)을 삼은 것이다. 만일 나에게 쓸모가 있었더라면(꺾이지 않았더라면 욕을 당했을 것이다.) 또 이처럼 클 수 있었겠는가. 또한 너나 나는 모두 만물인데 어떻게 그 物相으로써 비아냥거릴 수 있는가. 너는 여러 차례 죽음을 당할 散人이니 또 어떻게 散木을 알 수 있겠는가."

의역

대목 석이 집으로 돌아와 잠을 잤는데 사직단 상수리나무 신령이 꿈에 나타나 말하였다.

"그대는 나를 무엇에 비유하려고 하는가. 나를 아름다운 나무에 비하려 하는가. 풀명자, 배, 귤, 유자와 나무의 과일, 채소의 열매 따위는 열매가 익으면 부러지고 또 수난을 당하여 큰 가지는 꺾이고 작은 가지는 휘어지게 된다.

이는 모두 자신이 지닌 재능 때문에 자신의 삶이 괴로운 것이다. 이 때문에 그들은 제대로 천수(天壽)를 누리지 못하고 중도에 요절하게 된다. 이 모두가 그들 자신이 세속 사람들에 의한 화를 자초한 것이다. 모든 만물이 대체로 이와 같지 않은 게 없다.

또한 나는 쓸모없는 나무가 되기를 추구한 지 오래였다. 하지만 그럼에도 불구하고 나를 엿본 자들이 있어 여러 차례 죽을 뻔했던 고비를 겪었다. 그리고 이제야 겨우 나의 자신을 온전히 보존할 수 있었다. 이것이 바로 나의 대용(大用)이다.

나에게 쓸모 있는 부분이 조금이라도 있었더라면 반드시 부러지고 꺾이는 재화를 당하지 않았을 경우 아마 또 다른 큰 곤욕을 치렀을 것이다. 나 자신이 또한 이처럼 거목(巨木)이 될 수 있었겠는가.

그리고 그대와 나는 모두 하나의 존재에 지나지 않는다. 어떻게 이러한 말을 가지고서 나를 비아냥거릴 수 있는가. 그대는 여러 차례 죽음을 자초할, 쓸모없는 사람[散人]이다. 그런 그대가 어떻게 쓸모없는 나무[散木]를 알아볼 수 있겠는가."

‖ **선영 주** ‖

就無用上에 **轉出大用**이오 **又超又醒**하니 **譏斥匠石亦不堪**이라

무용(無用)의 측면에서 전변(轉變)하여 대용(大用)을 묘사하였고, 또 초월하고 또 각성한 바 있다. 장석 또한 이를 감당할 수 없을 것임을 꾸짖은 것이다.

‖ 경문 ‖

匠石이 覺而診(審也)其夢한대 弟子曰 趣取無用인댄 則爲社는 何邪잇고(言櫟旣急欲取無用以全身이면 則何必又託於社以自存耶아) 曰 密하라(閉口) 若(汝)無言하라(勿再言) 彼亦直寄焉하야(故託於社) 以爲不知己者로 詬厲也라(使不知者는 謂其不能自存而詈罵之며 并無用이 爲大用之義니 都自渾也라) 不爲社者런들 且幾有剪乎아(剪은 伐也라 言豈眞賴爲社以自存耶아) 且也彼其所保 與衆異어늘(言其所守異於俗이라) 而以義(常理)로 譽之(言)하니 不亦遠乎아

직역 ‖

匠石이 잠 깨어 그 꿈을 診(살핌)하였는데, 제자가 말하기를, "趣向이 無用을 취한 데 있다면 社가 된 것은 무엇 때문입니까?"(상수리나무가 이미 쓸모없는 것을 급히 취하여 몸을 온전히 하려 했다면 어찌하여 굳이 또한 사직에 의탁하여 스스로를 보전하였는가.) 말하기를, "密하라(입 닥쳐라). 너는 말하지 마라.(다시 말하지 마라) 그 또한 다만 寄託하여(잠시 사직에 기탁했을 뿐이다.) 나를 알지 못한 자로 하여금 詬厲하도록 한 것이다.(나를 알지 못한 자로 하여금 "스스로 제 몸 하나 보존하지 못하였다."라고 욕하도록 만든 것이며, 아울러 쓸모없는 것이 大用이 된다는 뜻이니, 이 모두가 스스로를 渾然케 함이다.) 社가 되지 않았던들 또한 거의 剪伐이 있었겠는가.(剪은 伐이다. 어찌 참으로 사직을 의뢰하여 스스로를 보전하였겠는가.) 또한 그가 보전한 바는 衆木들과 다른데(그 지키는 바가 세속과 다름을 말한다.) 義(常理)로써 譽(말하다.)하니 또한 멀지 않은가."

의역 ‖

대목 석이 잠에서 깨어나 그가 꾸었던 꿈을 제자들에게 말해주었다. 그 말을 들은 제자가 물었다.

"그의 취향이 진정 쓸모없는 것을 취한 데 있었다면 굳이 사직의 나

무에 의탁한 것은 무엇 때문입니까?"

"닥쳐라! 다시는 입을 벌리지 마라. 사직단의 나무가 된 것 또한 잠시 사직에 의탁했을 뿐이다. 그 상수리나무는 그를 알아주지 못한 이들로 하여금 '스스로 제 몸 하나 보존하지 못하였다.'고 욕하도록 하여 쓸모없는 것이 바로 대용(大用)이라는 것조차 잊게끔 한 것이다.

만일 사직단의 신목(神木)이 되지 않았다 할지라도 사람들의 도끼에 찍혀 잘려나갔을 것이라고 생각하느냐? 또한 그가 제 한 몸을 보전한 것은 여느 세속의 나무들과는 분명 다른 것을 가지고 있는데 일상의 도리로 지껄이니, 이 또한 그의 뜻과는 동떨어진 것이 아니겠는가."

‖ 선영 주 ‖

又就社字하야 翻剝出一層하니 愈誕愈超오 其轉折緊峭이 如怪松圖偃促生姿라

또다시 '사(社)' 자를 가지고서 한 꺼풀을 뒤집어 벗겨주었다. 더욱 허탄(虛誕)하고 더욱 초월한 것이다. 그 전변(轉變)이 긴박하고 드높음이 마치 휘늘어진 괴송도(怪松圖) 한 폭의 자태와도 같다.

○ 以下는 皆言自處之道 貴於不見可用이라 此三節은 借樹木第一喩라

○ 이 아래의 문장은 모두 스스로 처신하는 도리란 남들에게 쓰임을 내보이지 않는 것이 고귀함을 말하고 있다. 이 3절은 나무를 빌리어 첫 비유를 삼고 있다.

강설

나무의 운명은 유용(有用)과 무용(無用)에 의해 결정된다. 쓸모없는

나무를 산목(散木)이라 한다. '산목'의 만년장수에 대해 무지한 사람들은 비평을 가하고 있다. 그러나 이처럼 쓸모없는 나무가 아니었더라면 일찍이 사람들의 손에 의해 잘려나갔을 것이다. 장자는 곧 인간의 운명 역시 유용과 무용에 의해 결정된다고 인식하였다. 이처럼 유용이란 세속적 가치에 의한 평가이다.

5. 商丘大木(상구 언덕의 큰 나무)

이 또한 제4절의 뜻과 같이 경세(警世)의 의미가 깊다.

‖ 경문 ‖

南伯(卽南郭伯長也)子綦 遊乎商之丘라가 見大木焉하니 有異하야 結駟千乘을 隱(蔭也)將芘(覆也)其所藾어늘(所藾는 卽千乘之託蔭者라) 子綦曰 此何木也哉오 此必有異材夫인저하고 而視其細枝하니 則拳曲而不可以爲棟梁이오 俯而視其大根하니 則軸(旋紐)解(而理又不密緻)而不可以爲棺槨이오 咶(同舐)其葉則口爛而傷이오 嗅之則使人狂酲하야(氣薰如醉) 三日而不已이니 子綦曰 此果不材之木也ㅣ며 以至於此其大也로다 嗟乎라 神人도 以此不材니라(神人도 亦以不見其材故로 無用於世而天獨全也라)

직역 ‖

南伯(곧 南郭伯長이다.) 子綦가 商丘를 노닐다가 大木을 보니 남다른 데가 있어 結駟 千乘이 隱(그늘)으로 장차 그 힘입은 바를 덮어[芘]줄 듯 하였는데,(힘입은 바는 곧 그늘에 의지하고 있는 千乘이다.) 子綦가 말하기를, "이는 무슨 나무일까? 이는 반드시 남다른 재목이 있다." 하고서 그 細枝를 살펴보니 拳曲으로서 棟梁을 만들 수 없고 구부려 그 大根을 살펴보니 軸(旋紐)解(나뭇결 또한 치밀하지 않음)로서 棺槨을 만들 수 없고 그

잎을 咶(舐와 같음)한 즉 입이 문드러져 상처가 나고 냄새를 맡은 즉 사람을 狂酲(그 냄새를 맡으면 술 취한 것처럼 된다.)케 하여 三日이 지나서도 사라지지 않았다.

子綦가 말하기를, "이는 과연 재목이 아닌 나무였기에 이로써 이처럼 그 크기에 이른 것이다. 아! 神人도 이처럼 재목이 아니었기 때문이다. (神人 또한 그 재목감을 찾아볼 수 없기 때문에 세상에 쓰임이 없고 天理를 홀로 보전할 수 있었다.)"

의역

남백 자기(南伯 子綦)가 상구(商丘) 지방을 유람하던 차에 큰 나무 한 그루를 발견하였다. 그 나무는 여느 나무들과 달리 나무의 그늘이 어찌나 크던지 말 4천 필이 그 아래에 있어도 모두 덮어줄 정도였다.

자기가 이를 보고서 의아해하며 중얼거렸다.

"이는 도대체 무슨 나무일까? 반드시 여느 나무와는 다른 재목감인 것이다."

그 나무의 작은 가지를 살펴보니 워낙 구불거려서 반듯한 기둥과 들보를 만들 수 없었고 허리를 굽혀 나무의 큰 뿌리를 살펴보니 어찌나 꼬여 있고 나뭇결 또한 촘촘하지 못해서 널을 만들 수 없었고 그 나뭇잎을 살짝 깨물어 보았더니 독기가 있어 입이 문드러져 상처가 생겼고 냄새를 맡아보았더니 고약하기 짝이 없어 술 취한 사람처럼 멍하게 만들었고 그 냄새는 사흘이 지나서까지도 사라지지 않았다.

이에 자기는 다시 중얼거렸다.

"이는 정말 생각했던 대로 재목감이 아닌 나무였기에 이처럼 클 수 있었다. 아! 신인(神人)도 이처럼 재목감이 아니었기 때문에 세상에 쓰임이 없어 천리(天理)를 홀로 보전할 수 있었다."

‖ 선영 주 ‖

非子綦면 不能見及이라 此束句는 冷然이라

자기가 아니었다면 이를 찾아볼 수 없었을 것이다. 이 결구(結句)는 냉랭하다.

‖ **경문** ‖

宋有荊氏(地名)**者**하니 **宜楸栢桑**이라 **其拱把而上者**는 **求狙**(音은 苴니 猿屬이라)**猴之杙**(繫㰁也)**者 斬之**하고 **三圍四圍**는 **求高名**(猶高明大屋也라)**之麗**(屋櫁也라 櫁은 音隱이니 棟也라)**者 斬之**하고 **七圍八圍**는 **貴人富商之家 求樿旁**(棺之全一邊者라 樿은 音善이라)**者 斬之**라 **故**로 **未終其天年而中道夭於斧斤**하나니 **此 材之患也**니라

직역 ‖

宋에 荊氏(地名)가 있으니 楸, 栢, 桑木에 적절하였다. 그 拱把 이상이 된 것은 狙(독음은 저, 원숭이과)猴의 말뚝을 구한 자가 베어 가고 三圍, 四圍는 高名(高明大屋과 같음)의 麗(屋櫁. 櫁의 독음은 隱이니 용마루를 말함)를 구한 자가 베어 가고 七圍, 八圍는 貴人, 富商의 집에 樿旁(널의 한쪽 면 통나무. 樿의 독음은 善.)을 구한 자가 베어 갔다. 이 때문에 그 天年을 마치지 못하고 중도에 斧斤으로 요절하니 이는 재목의 환난이다.

의역 ‖

송나라에 형씨들이 사는 그 지방은 비옥하여 가래나무, 잣나무, 뽕나무를 심기에 적절한 땅으로 나무가 잘 자랐다. 그 나무들이 한두 줌 크기 이상이 되면 원숭이를 기르는 데 사용할 말뚝을 찾는 사람들이 베어 가고 서너 아름 크기의 재목감은 큰 집을 짓는 데 필요한 용마루감을 찾는 사람들이 베어 가고, 일고여덟 아름드리나무는 귀족과 거상(巨商)들의 집안에 널 만들 나무의 통판을 찾는 이들이 베어 갔다. 이 때문에 그 재목들은 하늘에서 내려준 수명을 다 누리지 못하고 중도에 잘려나간 것이다. 이는 쓸모 있는 재목감이라는 데에서 빚어진 화근이

었다.

‖ 선영 주 ‖

子綦口中에 帶敘一事 反襯이라

자기의 말에는 하나의 일을 서술함에 있어 반설법(反襯法)으로 말하였다.

‖ 경문 ‖

故로 解에(巫祝書名)之以牛之白顙(額)者와 與豚之亢(仰)鼻者와 與人有痔病者는 不可以適河라하니(解載此三者는 有疵不可用以祭河라 舊說 如此하니 姑從之라) 此皆巫祝以知之矣라(知其無用이라) 所以爲不祥也로대(以此로 爲不嘉之物이라) 此乃神人之所以爲大祥也니라(可全生則祥莫大焉이라 煞得搖曳라)

직역

그러므로 解(巫祝의 書名)에 "소의 白顙(이마)인 것과 돼지의 亢(仰)鼻인 것과 사람의 痔病이 있는 자는 河水에 갈 수 없다." 하니(解라는 책에 기재에 의하면, 이 세 가지는 하자가 있으므로 이를 河神의 제사에 사용할 수 없다고 한다. 舊說이 이와 같으니 잠시 이를 따르는 것이다.) 이는 모두 巫祝이 알고 있다.(그 無用을 안 것이다.) 상서롭지 못하다고 생각하지만(이로써 아름답지 못한 물건이라 생각한 것이다.) 이는 곧 神人이 大祥으로 여기는 바이다.(생을 보전하면 상서는 이보다 더 큰 것이 없다. 갑자기 여운을 남기고 있다.)

의역

이 때문에 무당 또는 축관들이 사용하는 해(解)라는 책에 다음과 같은 내용이 실려 있다.

"이마에 흰털이 박힌 소, 위로 뒤집힌 코를 가진 돼지, 치질을 앓는 사람은 황하의 수신(水神)을 모시는 제사에 동참할 수 없다."

무당 또는 축관들이 위의 세 가지는 모두 쓸모가 없다는 사실을 알고서 이를 좋지 못한 존재로 인식하고 있다. 하지만 신인(神人)은 이를 아주 상서로운 것으로 여기고 있다. 그것은 삶을 보전하는 것보다 더 큰 것이 없기 때문이다.

‖ 선영 주 ‖

又旁通一事라가 收轉神人이라

또 사방으로 하나의 일을 통하다가 신인(神人)으로 전변(轉變)하여 끝맺고 있다.

○ 此三節은 借樹木第二喩라

○ 이 3절은 나무를 빌려 말한 것으로 둘째 비유이다.

6. 支離疏의 全生免害(성치 않은 몸의 온전한 삶)

몸이 성치 못한 사람은 쓸모없는 산목(散木)과도 같은 존재이다. '산목'이 재목감이 아닌 재목[不材之材]이라면 지리소는 불구의 몸으로 온전한 몸[不具之具]이다.

‖ 경문 ‖

支離(支體不全貌)疏者는(疏는 其名也라) 頤隱於齊하고(同臍) 肩高於頂하고 會撮(髻也)指天하고 五管이 在上하고(背屈則五臟之管이 向上이라) 兩髀

爲脇이로되(脊屈이라 故大腿與肩相亞如脇이라) **挫鍼**(俗作針)**治繲**하야(音은 懈니 浣衣也라) **足以餬口**오 **鼓筴**(箕也)**播精**하야(米之穀者) **足以食十人**이라 **上徵武士**면 **則支離 攘臂於其間**하고 **上有大役**이면 **則支離 以有常疾**로 **不受功**하고(不受功作) **上與病者粟**이면 **則受三鍾**과 **與十束薪**하나니 **夫支離其形者**도 **猶足以養身**하야 **終其天年**이온 **又況支離其德者乎**아(支離其德은 不中世俗之用者也라 ○ 逗正意라)

직역

支離(지체가 온전하지 못한 모양)한 疏(疏는 그의 이름)라는 자가 턱은 齊(배꼽)에 숨겨져 있고 어깨는 이마보다 더 높고 會撮(상투)은 하늘을 가리키고 五管은 위에 있고(등이 굽어 꼽추이면 오장의 기관이 위로 향하게 된다.) 兩 髀骨이 갈비뼈가 되지만(척추가 굽은 까닭에 大腿가 어깨와 가지런하여 갈비뼈와 같다.) 鍼(俗字로는 '針'으로 씀)을 꿰고 헌 옷을 다스려(繲의 독음은 懈. 옷을 빠는 것) 넉넉히 입에 풀칠을 하고 筴(기)을 까불고 精(정밀한 쌀)을 키질하여 넉넉히 十人을 먹이고 있다.

上이 무사를 징집하면 支離는 그 사이에서 팔을 휘젓고 上이 大役이 있으면 支離는 常疾이 있음으로써 功을 받지 않고(功作을 받지 않음) 上이 병자에게 곡식을 주면 三鍾과 十束의 섶을 받으니 그 형체가 支離한 자도 오히려 넉넉히 몸을 길러 그 天年을 마칠 수 있는데 또 하물며 그 德을 지리하게 하는 자야.(그 덕을 支離함은 세속의 쓰임에 맞지 않은 것이다. ○ 正意로 끝맺었다.)

의역

몸이 성치 못한 소(疏)라는 사람이 있었다. 그의 턱은 배꼽 밑에 처박혀 있고 어깨는 이마보다 더 높이 솟아 있고 목 뒤의 머리털은 하늘을 가리키고 오장(五臟)은 등이 굽어 위로 향하고 양쪽 대퇴골(大腿骨)은 어깨와 나란히 있어 마치 갈비뼈처럼 생겼다. 하지만 그는 바느질과

헌 옷가지의 빨래품을 팔아 입에 풀칠하기에 넉넉하고 쌀을 키질하여 쭉정이를 버리면서 열 식구를 잘도 먹이고 있다.

임금이 병사를 모집할 때면 몸이 성치 못한 그는 의기양양하게 그 사이를 활보하면서 팔을 휘젓고 다니며, 임금이 큰 부역을 일으킬 적이면 몸이 성치 못한 그는 고질병이 있다는 이유로 작업을 배당받지 않으면서도 임금이 병든 자들에게 구휼을 내릴 때면 세 섬의 쌀과 열 묶음의 섶을 하사받았다. 이는 그 몸뚱이 하나 성치 못하다는 이유만으로 오히려 한 몸을 잘 보전하여 하늘에서 내려준 수명을 다할 수 있었다. 하물며 세속의 쓰임에 걸맞지 않은 덕이면 오죽하겠는가.

‖ **선영 주** ‖

此節은 **借人形第三喩**니 **漸切身矣**라 **故末句**에 **將正意一影**이라

이 절은 사람의 형체를 빌린 세 번째의 비유이니 차츰차츰 사람의 몸에 간절하다. 그러므로 끝 구절에서 말하고자 하는 주된 뜻을 반영하고 있다.

강설

지리소(支離疏) 역시 가탁의 인물이다. 덕청 감산스님은 "지리(支離)란 그 형체를 버림이며, 소(疏)란 그 지혜를 버림이다. 이는 형체를 잊고 지혜를 버려야 함[忘形去智]을 비유한 것이다."라고 하였다. 즉 세속에서 귀중히 여기는 외모와 능력의 상징으로 여겨지는 지혜를 버려야 한다는 것으로, 즉 세속적 가치의 유용지용(有用之用)을 배제하고 무용지용(無用之用)을 말해주는 것이다.

이은어제(頤隱於齊 - 兩髀爲脇) 이하 5구절의 묘사는 곧 온전하지 못한 '지리소'의 신체를 말해주는 것이다.

7. 楚狂接輿의 亂世之歎(초광 접여가 전하는 난세의 노래)

난세를 살아가면서 화를 면할 수 있는 방법은 곧 무용지용(無用之用)이다. 부재지재(不材之材)처럼 부근(斧斤)의 화를 면하려면 세속적인 유용지용(有用之用)이 되어서는 안 됨을 말하고 있다.

‖ 경문 ‖

孔子 **適楚**러니 **楚狂接輿** **遊其門曰** **鳳兮鳳兮**여 **何如德之衰也**오 **來世**는 **不可待**오 **往世**는 **不可追也**라 **天下** **有道**어든 **聖人成焉**하고(成其功이라) **天下無道**어든 **聖人生焉**하나니(全其生이라) **方今之時**하얀 **僅免刑焉**이라 **福輕乎羽**어늘(易取) **莫之知載**하고(而不知戴) **禍重乎地**어늘(難堪) **莫之知避**로다(而不知避) **己乎己乎**여 **臨人以德**이오(最當止者는 臨人以德之事라) **殆乎殆乎**여 **畫地而趨**로다(最可危者는 拘守自苦之人이라) **迷陽迷陽**이여(卽采薇之薇也라) **無傷吾行**이오(可梳) **吾行卻曲**이여(卻步委曲이오 不敢直道라) **無傷吾足**이어다

山木은 **自寇也**오(自取伐) **膏火**는 **自煎也**라(自取熬) **桂可食故**로 **伐之**오 **漆可用故**로 **割之**어늘 **人皆知有用之用**(俗見)**而莫知無用之用也**이로다(惟神人知之라 ○ 用四喩하야 擺宕正意 最佳 ○ 接輿歌는 論語에 止取六句오 又多不同이라)

직역

공자가 楚에 갔더니 楚狂 接輿가 그의 문을 지나면서 노래하였다.
“봉황이여, 봉황이여, 어찌하여 덕이 쇠하였소.
來世는 기다릴 수 없고 往世는 뒤쫓을 수 없다.
천하에 도가 있으면 聖人이 이루고(그 공을 이룸)
천하에 도가 없으면 성인은 生을 지키니(그 삶을 온전히 함)
바야흐로 지금의 때는 겨우 刑을 면할 만하다.

福은 깃털보다 가볍거늘(쉽게 취할 수 있음) 실을 줄 앎이 없고(실을 줄을 알지 못함)

禍는 땅보다 무겁거늘(감당하기 어려움) 피할 줄 앎이 없어라.(피할 줄을 알지 못함)

말지어다. 말지어다. 사람에게 덕으로 임함이여,(재빨리 그쳐야 할 일은 남들 앞에 덕으로써 임한 것이다.)

위태롭고 위태로움이여, 땅을 그어놓고 나아감이로다.(가장 위태로운 것은 고수하여 스스로 괴로움을 당한 사람이다.)

고사리[迷]여. 고사리여.(迷는 곧 採薇의 '薇' 자이다.) 나의 行(叶 杭)을 傷함이 없고

내 卻曲으로 행함이여(굽은 길을 걸어 감히 곧은길로 가지 않음) 나의 발을 傷함이 없어라.

山木은 스스로 해침이오(스스로 剪伐을 불러들인 것이다.) 膏火는 스스로 태움이며(스스로 태움을 불러들인 것이다.) 桂皮는 먹을 수 있기 때문에 베이게 되고 漆은 쓸모가 있는 까닭에 잘리는 것인데 사람들은 모두 有用의 用만을 알고(세속적인 견해) 無用의 用을 알지 못한다.(오직 神人만이 이를 알 수 있다. ○ 네 가지의 비유를 들어 주된 뜻을 호탕하게 펼쳐놓은 것이 가장 아름답다. ○ 접여의 노래는 論語에서는 다만 여섯 구절을 취하였고, 또 많은 부분이 같지 않다.)"

의역

공자가 초나라에 이르렀을 적에 미친 사람처럼 살아가는 초나라 은자 접여(接輿)가 공자가 머문 문 앞을 지나면서 노래를 불렀다.

봉황이여! 봉황이여! 어쩌다 이처럼 덕이 쇠퇴하였소.

오는 세상이야 기대할 수 없고 지난 세상이야 붙잡아 세울 수 없어라.

이 세상에 도가 있으면 성인은 공업을 이루고

이 세상에 도가 없으면 성인은 삶을 보전하는 법

오늘의 시대에 죽음만은 면해야 하네.
복은 깃털보다 가벼운데도 얻을 줄 모르고
화는 대지(大地)보다 무거운데도 피할 줄 모르다니
그만두자, 그만둬! 남들 앞에 나의 덕 자랑하는 일을…
위태롭다, 위태로워! 선을 그어놓고 나아감이여.
고사리여, 고사리여, 나의 갈 길에 상처가 없도록…
(일설: 가시덤불이여, 가시덤불이여! 나의 발길을 다치지 않도록…)
내 굽은 길로 돌아감이여, 나의 발을 다치지 않도록….

산중의 아름다운 재목은 스스로 도끼를 불러들이고, 기름의 불은 스스로 제 몸을 불태운다. 계피는 식용이 되기에 껍질이 벗겨지고, 옻칠은 도료(塗料)로 쓰이기에 스스로 잘려나간 것이다. 사람들은 세속의 견해란 모두 쓸모가 있는 쓸모만을 알뿐, 쓸모없는 쓸모가 큰 것임을 모르고 있다.

‖ 선영 주 ‖

此節은 借接輿一歌하야 直明正意하고 作收라

이 절은 접여의 노래를 빌어 곧 말하고자 하는 주된 뜻을 직접 말하면서 끝맺고 있다.

○ 以上 凡引四事는 自處之道 盡矣라 自處無用이면 則我與人無爭이오 而人於我 且不得所爭이라 墮聰黜明하야 逍遙無竟이면 處人에 又復何尤오 此虛字徹底處也라

○ 위 문장에서 네 가지의 일을 인용한 것만으로 자처(自處)의 도를 모두 말한 것이다. 무용(無用)으로 자처(自處)하면 나는 저 사람들과 다

틈이 없고, 저 사람 역시 나에게 다툴 바 절로 없을 것이다. 총명함을 버리고 끝없는 경지에서 자유로우면 사람들에게 대처함 또한 그 무슨 잘못이 있겠는가. 이는 '허(虛)' 자를 철저하게 설파한 부분이다.

○ 此篇은 分明處人自處 兩柱却全이라 然不露오 止如散散敘事니 莊子 眞是難讀이니 何怪從來無人識得이라

○ 이 편은 남들에게 대처하는 것과 스스로 처신하는 것, 두 가지 측면을 모두 온전히 할 수 있는 도리를 분명히 밝힌 것이다. 그러나 또렷이 드러내지도 않고 그저 이런저런 일들을 서술하고 있다. 장자는 참으로 읽기 어려운 책이다. "예로부터 장자를 아는 사람이 없다"라는 말을 어찌 이상하게 여길 수 있겠는가.

○ 此篇要旨는 總不外逍遙遊無己妙義라 故曰看透第一篇 無己二字는 一部莊子 盡矣라 此篇은 尤其著者라

○ 이 편의 요지는 모두 「소요유」의 무기(無己)에 대한 오묘한 뜻에서 벗어나지 않는다. 그러므로 "제1편(소요유)의 무기(無己) 두 글자는 장자 1책의 뜻을 극진히 다하고 있음을 간파할 수 있다." 이 편은 그중에서도 이러한 뜻이 가장 또렷한 부분이다.

○ 末引接輿一歌는 深有叔世之慨이오 莊子曳尾泥中이 殆爲是乎인저

○ 끝 부분에서 인용한 접여의 노래는 말세에 대한 개탄이 깊이 스며 있다. 장자가 진흙 수렁에서 꼬리를 흔들며 유유자적하는 한 마리의 거북이 될 수 있었던 것도 이 때문이다.

강설

미양(迷陽)에 대해 왕응린(王應麟)은 가시나무, 즉 형극(荊棘)으로 해석하였다. 가시밭길에 걷는 데에 상처를 입지 말라는 뜻으로 해석하였다. 그러나 본서 저본의 저자 선영은 이를 채미(採薇)의 뜻으로 보았다. 여기에서는 선영의 뜻을 따라 해석하였으나, '무상오행(無傷吾行)'과 무상오족(無傷吾足)은 똑같은 문장구조라는 점에서 보면 나의 발길에 상처가 없기를 바라는 것이다. 이로 보면 '미양'이란 나의 발에 상처를 주는 '가시나무'의 뜻이 보다 더 적절하다.

덕충부 德充符

개요

덕충부란 내면에 덕이 충만하면 그에 걸맞은 기상이 밖으로 나타남을 말한다. 이의 주된 뜻은 외모의 미추(美醜)를 중시하는 관념을 타파하고 인간의 내면세계를 중시하고자 온갖 불구의 인물을 빌려 덕이 충만한 이의 가치를 부각시키고 있다.

바꿔 말하면, 장자가 가장 중요시하는 것은 도(道)와 덕(德)이다. '도'란 만물의 근원이자 귀착점이다. '덕'이란 이러한 도를 얻은 자, 즉 만물의 본성과 품부한 바를 얻은 인격체를 말한다. 이러한 본성과 품부한 바를 얻은 자는 신체상의 결함, 즉 늙거나 불구이거나 취약한 부분, 그리고 세속적 가치에서의 부족한 부분, 즉 가난과 비천함과 무능력 따위를 의식하지 않는다. 그의 자연스러운 본성에 따라 보존하고 확충해나가는 것을 '덕의 충만[德充]'이라고 한다. 덕이 충만하면 그 증험인 부험(符驗)이 나타난다고 함이 곧 덕충부 세 글자의 의의이다.

그렇다면 장자가 생각하는 덕이란 구체적으로 그 무엇을 말하는 것일까? 공자의 입을 통하여 밝혀진 왕태(王駘)의 덕의 경우, 수종(守宗)과 보시(保始) 그리고 상심(常心)을 얻은 자를 말한다. '수종'이란 모든 만물의 핵심이 되는 진리의 세계를 지녔다는 것이며, '보시'란 본시(本始)를 보존한다는 것으로 '수종'과 같은 뜻이다. 이처럼 '수종'과 '보시'는 만물의 근본진리를 표현하고 있다. 이는 우주와 인간의 근본진리와 정체(整體) 개념을 말하고 있다. 그리고 '상심'이란 고금에 변하지 않는 마음의 진리[古今不壞之心理], 즉 진재(眞宰)를 말한다. 이러한 덕을 소유한 진인(眞人)의 '진재'는 자연스럽게 사람을 끌어들이는 흡입력을 지니기에, 그 외모의 미추와 상관없이 사람을 불러들이지 않아도 절로 찾아오는 것이다. 이로 보면, 장자가 생각하는 충만한 덕은 인간의 왜소한 덕이 아닌, 만물의 근본진리로서 천지와 일체가 되는 덕을 갖추었기에 천지와도 같은 위대한 아름다움으로 모든 사람을 감화시킬 수 있다고 인식한 것이다.

덕충부의 6절의 개요는 아래의 도표와 같다.

1. 魯有兀者-彼且何肯以物爲事乎	虛往實歸 潛移默化
2. 申屠嘉兀者也-子乃無稱	明鏡 塵垢不止
3. 魯有兀者-天刑之安可解	尊足者 存焉
4. 魯哀公問於仲尼-德友而已矣	內保之而外不蕩
5. 闉跂支離無脤-獨成其天	德有所長而形有所忘
6. 惠子謂莊子-子以堅白鳴	無以好惡內傷其身

‖선영 주‖

傳曰 有諸內면 必形諸外라하니 身懷一得으로도 意氣炯如온 況盛德之士歟아 修之宥密之中하야 達之名物之表하나니 方且薰蒸窮海하고 陶化黎首니 豈親炙其體而無德輝之溢乎아 夫子의 申申夭夭와 孟子의 睟面盎背는 測其淺深컨대 有同符契라 若夫東封墓林에 荊棘不滋하고 西來函谷에 紫氣先候는 斯其根厚光煜이니 又不特春風이 披拂於座隅하고 醇醪 浸洽於酬答也라 誠則必形이 不其然乎아 雖然이나 此는 德之形也오 而非形也라 夫冠冕佩玉이 未必衷旗오 犀角豐盈이 何當性表리오 而世俗이 趨羶以相高하고 淺夫 矜飾以自喜하나니 其爲鄙陋를 又曷怪焉이리오 昔者에 舜은 重瞳子오 項羽도 亦重瞳子며 禹 烏喙오 勾踐도 亦烏喙니 豈得據其同體하야 謂德之克一哉아 由斯以談컨대 貌孫叔者는 非孫叔也오 似夫子者는 非夫子也라 聖人之耳目鼻口四肢 與衆人同이나 而衆人이 非聖人也라 夫全者 旣未足全이니 則損者도 亦未足損矣라 此 莊子雅常德充而特敍列殘醜하야 以破

夫規規者與ㄴ저 九方皐 相馬曰牡而驪러니 至則牝而黃이라 神契象外하야 有至微者니라 孔子曰 以貌取人이면 失之子羽라하니 鑒德者 必知之矣며 孟子曰 養其小體 爲小人이오 養其大體 爲大人이라하니 進德者必知之矣라 雖然이나 才情이 縱蕩에 又豈第拘方爲累云爾哉아 飾智炫奇는 流輩 所望風推服者也라 而其人 亦遂詡詡自負하야 耀而不止하니 窺其中涵컨대 澌散無餘矣라 徹官骸之蔽에 又蹈智能之紛하나니 悲夫라 達才 遜道於顔曾하고 程朱 深戒於喪志하나니 儒者 皆知誦之하나니 而莊子無情之言은 謂非辨德之照鑑與아

전(傳)에 이르기를, "내면에 진실이 있으면 반드시 바깥으로 나타난다."(『孟子』「告子 下」)라고 한다. 나의 몸에 한 가지 잘한 것만 있어도 의기(意氣)가 양양하게 빛나는데 하물며 성대한 덕을 지닌 선비야 어떻겠는가. 보이지 않는 마음을 닦으면 명물(名物: 세속)의 밖에 나타나 바야흐로 바다 끝까지도 혜택을 입혀주고 많은 사람을 교화시키는 법이다. 그의 몸 가까이에서 공부를 하면 어찌 덕이 빛나 넘치는 기상이 없을 수 있겠는가.

공자의 "구김살 없는 얼굴, 아름다운 용모"와 맹자의 "얼굴이 성대하고 등이 빛나는 기상"이 있었다. 그 두 분의 천심(淺深)을 헤아려 보면 부절(符節)을 합해놓은 듯 똑같다. 이는 동쪽으로 묘역의 숲을 봉하여 주니 가시나무가 자라지 못하였고, 노자(老子)가 서쪽으로 함곡관(函谷關)에 이르자 붉은 상서 구름의 징조가 먼저 나타났다.[1] 이는 그 내면의 뿌리가 두터움에 밖으로 빛이 나는 것과 같다. 이 또한 훈훈한 봄바람처럼 자리에 화기가 넘쳐나고, 주객(主客)의 주고받는 술자리에 좋은 술맛이 젖어드는 정도에 그치지 않는다. "내면에 진실이 있으면 반드시

1) 노자(老子)가 … 나타났다.: 함곡관(函谷關)의 관령(關令) 윤희(尹喜)가 동쪽에서 서쪽으로 옮겨 오는 자기(紫氣)를 보고 성인이 오실 것이라고 기대하였는데, 과연 노자(老子)가 청우(靑牛)를 타고 왔다는 전설이 전한다.『列仙傳』上,「關令內傳」.

바깥으로 나타난다."라는 것은 그런 것이 아니겠는가.

그러나 이는 내면의 덕이 나타난 것이지 겉모습의 형상을 말함이 아니다. 그러므로 의관과 면류관에 주렁주렁 달아놓은 옥은 반드시 그 내면 충심(衷心)의 발로라 말할 수 없고, 풍만함과 아름다움이 넘쳐나는 무소뿔은 어찌 본성의 표상이라 할 수 있겠는가. 세속사람들이 추악하고 비린내 나는 명리(名利)를 좇아나가는 것으로 서로 고상함을 삼고, 천박(淺薄)한 사람들은 긍지와 삼기는 것으로 스스로 기뻐한다. 그들의 비루함 또한 어찌 괴이쩍게 여길 수 있겠는가.

옛적에 순임금은 하나의 눈알에 두 개의 눈동자가 있었는데, 항우의 눈동자 또한 둘이었으며, 우임금의 입은 까마귀 부리처럼 나왔는데 월왕(越王) 구천(句踐)의 입 또한 까마귀의 부리와 같았다. 어떻게 그 겉모습이 같다 하여 내면의 덕이 똑같다고 말할 수 있겠는가. 이로 말하면 손숙(孫叔)의 겉모습을 지닌 자는 손숙이 아니며 공자의 얼굴을 닮은 사람은 공자가 아니다. 그러므로 겉모습이 아름다운 자를 내면의 덕까지 아름답다고 말할 수 없고 겉모습이 부족한 자 또한 덕까지 부족하다 할 수 없다. 이는 장자가 평소 내면의 덕이 충만해야 한다는 점을 숭상한 나머지, 특별히 병들고 추악한 모습을 지닌 이들을 서술, 열거하여 틀에 얽매여 사는 속 좁은 이들의 소견을 타파해 주었다.

구방고(九方皐)가 멀찌감치 서서 천리마의 상을 볼 적에 "수컷으로서 검은 털을 지닌 말"로 생각했었는데 정작 가까이서 살펴보니 암컷이요, 노란 털을 지닌 말이었다. 정신이 현상을 초월하여 하나가 되는 데는 지극히 은미한 것이 있다. 공자가 말하기를, "외모로 사람을 취하면 자우(子羽)에게 잘못을 범한다."(『史記』 권67, 「仲尼弟子列傳」)라고 하니 내면의 덕을 비춰보는 자는 반드시 이를 알 수 있을 것이며, 맹자가 이르기를, "그 작은 몸(눈 귀 따위)을 기르면 소인이요, 그 큰 몸[德性]을 기르면 대인이 된다."(『孟子』 「告子 下」)라고 하니 덕을 닦아나가는 자는 반드시 이를 알 수 있을 것이다.

그러나 재능과 감정이 방종하고 방탕하면 또한 어찌 법에 얽매이는 것을 누(累)라고 생각하겠는가. 지혜를 꾸며대고 기이함을 자랑함으로써 세속의 사람들이 그런 그의 풍모를 바라보고서 추앙하고 외복(畏服)하지만, 그 사람 역시 마침내 자득하고 자부한 채 뽐냄을 그치지 않는다. 그러나 그 내면의 함양한 바를 엿보면 산실되어 남아 있는 게 없다. 관해(官骸: 감각기관과 골육)에 가리고 또한 분분한 지능(知能)으로 살아나가니 슬픈 일이다.

달관한 재주라 할지라도 안연과 증자의 도에 비하면 손색이 있고, 정자(程子)와 주자(朱子)는 완물상지(玩物喪志: 사물을 깊이 玩味하면 뜻을 잃게 된다.)를 경계하여 유학자들은 모두 이를 알고 외워대고 있다. 장자의 무정(無情)에 대한 말은 덕을 분변(分辨)하는 거울이 아니라고 말할 수 있을까?

○ 德充符者는 德充於內면 則自有外見之符也라 劈頭에 出一箇兀者와 又一箇兀者와 又一箇惡人과 又一箇闉跂支離無脤과 又一箇甕盎大癭하야 令讀者로 如登舞場 怪狀錯落하되 不知何故케하니 蓋深明德符 全不是外邊的事라 先要抹去形骸一邊이면 則德之所以爲德은 不言自見일세 却撰出如許傀儡劈面翻來이니 眞是以文爲戲也라

덕충부(德充符)는 내면에 덕이 충만하면 스스로 밖으로 나타나는 증험이 있음을 말한다. 벽두에서 하나의 '올자(兀者)', 또 하나의 '올자(兀者)', 또 다른 하나의 '올자(兀者)', 또 다른 추악한 사람, 또 다른 하나의 인지지리무신(闉跂支離無脤), 또 다른 하나의 옹앙대령(甕盎大癭)을 묘사하여, 독자로 하여금 마치 무대 위에 괴이한 형상을 지닌 광대들이 뒤섞이어 등장하였으나 무슨 까닭인지조차 알지 못하도록 하는 것과 같다.

이는 덕이 나타나는 증험이 모두 바깥의 일이 아님을 깊이 밝혀준 것이다. 먼저 형체에 대한 하나의 일을 없애면 덕이 덕다울 수 있는 바

는 말하지 않아도 절로 나타나게 될 것이다. 그와 같은 꼭두각시를 첫 부분에다 묘사하였다. 이는 참으로 문장을 가지고 유희를 한 것이다.

○ 只是一大翻空反襯之法이라

○ 다만 이는 허공을 뒤집어 거꾸로 붙여놓은 하나의 문법이다.

○ 形與情이 其爲德之累 一也라 形有所忘이오 而情有所未忘이 可乎아 所以로 遞出末二節에一切才能世法이 俱非德符하야 使務外者無著脚處라

○ 형체와 정식(情識)이 덕의 누가 된다는 것은 매한가지이다. 형체를 잊은 바 있음에도 정식(情識)을 잊지 못한다면 이를 옳다 할 수 있을까? 이 때문에 끝 부분 2절에다가 일체의 재능(才能)과 세간법(世間法)이 모두 내면의 덕이 나타난 바 아님을 번갈아 묘사하여, 바깥의 형체와 정식(情識)에 힘쓰는 자들에게 발붙일 곳이 없도록 하였다.

○ 說無情處는 特辨明示不傷身, 不益生之情이오 非寂滅之謂라

○ 무정(無情)을 말한 곳은 몸을 상하지 않고 삶을 더하지 않아야 한다는 이치를 특별히 논변하여 밝힌 것이지, 적멸(寂滅)의 도리를 말한 것은 아니다.

1. 虛往實歸의 潛移默化
(빈 몸으로 갔다가 가득 채워 돌아오는 침묵의 가르침)

이는 외발을 가진 스승 왕태(王駘)의 말 없는 가르침으로, 저절로 감화되어 가는 공덕을 말하고 있다. 왕태의 가르침은 수종(守宗)과 보시(保始)로써 사물의 본질을 파악하여 만물을 불가분의 총체로 인식하는 데에 있다. 그러므로 그의 탁월한 경지는 곧 통일의 세계관을 가진 데 있다고 할 수 있다.

‖ 경문 ‖

魯有兀者하니(兀은 刖足也라) 王駘라 從之遊者 與仲尼로 相若이어늘 常季 問於仲尼曰 王駘는 兀者也로되 從之遊者 與夫子로 中分魯라(弟子各半) 立不教하며 坐不議호되(王駘는 都無言誨라) 虛而往이라가 實而歸하니(弟子 皆有所得이라) 固有不言之教와(承王駘二句) 無形而心成者邪아(默化也라 承弟子二句라) 是何人也오(何等樣人고) 仲尼曰 夫子는(王駘) 聖人也니 丘也는 直(猶特)後而未往耳라(特未及往從之耳라) 丘將以爲師온 而況不若丘者乎아 奚假(何但)魯國이리오 丘將引天下而與從之호리라(與는 猶로 同也라)

직역 ‖

魯에 兀者(兀은 형벌로써 한쪽 발을 잘린 것이다.) 王駘가 있으니 從遊한 자가 仲尼로 더불어 서로 같았는데, 常季가 仲尼에게 묻기를, "王駘는 兀者로되 종유한 자가 부자로 더불어 노나라를 半分하였습니다.(제자가 각기 절반임) 서서는 가르치지 않으며 앉아서는 의논하지 않지만(왕태는 모두 말로써 가르침이 없었다.) 빈손으로 갔다가 채워서 돌아오니(제자가 모두 얻은 바 있었다.) 참으로 말이 없는 가르침과(왕태 이하 2구절을 이어 씀) 形體가 없이 마음으로 이룬 것입니까?(침묵의 교화이다. 제자 이하 2구절을 이어 씀) 이는 어떠한 사람입니까?" 중니가 말하기를, "夫子(왕태)는 성인이니 丘는 다만[直](特 자의 뜻과 같음) 뒷전에도 따라갈 수 없다.(특별히 미칠 수 없다.) 丘는 將次 스승으로 삼으려고 하는데 하물며 丘만 같지 못한 者들이야 어찌[奚假](어찌, 또는 다만) 魯國뿐이겠는가. 丘는 장차 천하를 이끌고서 더불어(與는 猶와 같음) 그를 좇을 것이다."

의역

노나라에 형벌을 받아 한쪽 발을 잃은 왕태(王駘)가 있었다. 하지만 그의 문하에 제자들의 수효는 공자의 제자만큼 많았다. 이를 이상하게 여긴 상계(常季)가 공자에게 물었다.

"왕태는 한쪽 발을 잃은 사람인데도 그를 따르는 제자들이 워낙 많아서 선생과 노나라의 학자들을 반분(半分)하여 각기 절반씩을 차지하고 있습니다. 왕태는 서서 제자를 가르치거나 앉아서 도를 가르친 적이 없지만 그의 제자들은 빈손으로 찾아갔다가 제각기 모두 크게 얻은 바가 있어 흡족한 마음으로 돌아옵니다. 그에게 말이 없는 침묵의 가르침, 그리고 외형으로 볼 수 없는 마음의 감화로써 이뤄진 것입니까? 그는 어떤 사람입니까?"

공자가 대답하였다.

"왕태는 성인이시다. 나는 그의 뒷전에도 미칠 수 없다. 나는 머지않아 그를 스승으로 삼으려고 한다. 더욱이 나만도 못한 사람들이야 오죽하겠는가. 어찌 노나라를 반분(半分)한 데 그치겠는가. 나는 장차 온 세상 사람들을 이끌고 그를 찾아가 그에게 배우려고 한다."

‖ 선영 주 ‖

劈敍一箇兀者는 却是一分外出色人이라

첫머리에서 하나의 올자(兀者)를 서술한 것은 하나의 색다른 사람을 들어 말한 것이다.

○ **贊王駘**에 **先作虛寫**이라

○ 왕태를 찬탄함에 있어 먼저 허사(虛辭)로 묘사하여 쓴 것이다.

강설

왕태 역시 우언으로 가탁한 도가의 이상적 인물이다. 태(駘)란 어리석은 말, 즉 둔마(鈍馬)를 말한다. 범인(凡人)의 안목에서 보면 멍청한 사람이지만 도가의 입장에서 보면 지혜로운 사람을 대표하고 있다. 이는 대지약우(大智若愚), 즉 가장 지혜로운 이는 멍청이처럼 보인다는 의미를 담고 있다. 왕태의 왕(王) 자에 왕으로서의 존숭의 대상과 또는 크다는 의미에서 보면 왕처럼 존경받는 멍청이, 또는 위대한 멍청이라는 뜻이다.

왕태의 가르침은 침묵의 교화로, 앉으나 서나 말이 없다. 그러나 공자는 교불권(敎不倦)이다. 자세하고 꼼꼼하게 거듭거듭 타이르며 가르치기를 게을리하지 않는다. 이것이 도가와 유가의 교육에 대한 차이점이다. 여기에서 말한 도가의 '침묵의 교화'는 곧 불가(佛家)에서 말한 이심전심(以心傳心)의 언어를 벗어난 가르침이다. 도가는 이처럼 유가의 교육방법에서 벗어나 불가에 접근하고 있음을 알 수 있다.

허왕실귀(虛往實歸)는 가장 훌륭한 가르침에 대한 찬사이다. 빈 몸으로 갔다가 가르침을 가득 채워 돌아온다는 의미는 곧 스승의 역할이 여기에 있음을 보여주는 것이다.

‖ **경문** ‖

常季曰 彼는 **兀者也**어늘 **而王先生**하니(儼爲人師) **其與庸**으로 **亦遠矣**라(與庸人相遠이라) **若然者**는 **其用心也 獨若之何**잇고 **仲尼曰 死生**이 **亦**

大矣로되 **而不得與之變**이오(與變俱往하야 殀壽不貳라) **雖天地覆墜**라도 **亦將不與之遺**(又進一層言이니 豈但生死리오)하며 **審乎無假**(能知眞宰)**而不與物遷**이오(不變不遺) **命物之化**(主宰物化)**而守其宗也**니라(執其樞紐니 此四句는 分明是大德敦化一句라)

직역

常季가 말하기를, "그는 兀者이지만 선생보다 王(旺)하니(의젓한 스승) 그는 庸人으로 더불어 또한 먼 것입니다.(용렬한 사람과는 거리가 멀다.) 그와 같은 자는 그 用心이 유독 어떠는지요?" 仲尼가 말하기를, "死生이 또한 크지만 그로 더불어 변하지 않고(변화와 함께 유행하여 요절과 장수에 두 마음을 가지지 않음) 비록 천지가 覆墜할지라도 또한 장차 더불어 버려지지 않으며(또 한 단계 나아가 말함이니 어찌 생사에 그칠 뿐이겠는가.) 거짓 없음을 살펴(참 주재를 앎) 物로 더불어 변천하지 않고(변하지도 않고 버려지지도 않음) 만물의 변화를 명하여(만물의 변화를 주재함) 그 宗을 지켰다.(그 樞紐를 잡음. 이 4구절은 분명 大德敦化의 1구의 뜻이다.)"

의역

상계가 다시 말하였다.

"그는 형벌로 한쪽 발을 잃은 사람이지만 선생보다 더 의젓한 스승인 것으로 보아 그는 여느 사람과는 거리가 멀다 하겠습니다. 그와 같은 분은 그 마음 씀씀이가 어떠는지요?"

공자가 다시 대답하였다.

"죽음과 삶 또한 사람에게 큰일이라 할 수 있다. 그러나 천지의 변화와 함께 유행하여 요절하거나 오래 사는 것에 두 마음을 가지지 않고, 한 걸음 더 나아가 하늘이 무너지고 땅이 꺼진다 할지라도 그는 하늘과 땅과 함께 버려지지 않을 것이며, 거짓이 없는 참 주재[眞宰]를 앎으로써 만물로 더불어 변하지도 않고 버려지지도 않으며, 오히려 만물의 변화를 주재하여 그 종주(宗主: 樞紐)을 지키는 분이다."

‖ 선영 주 ‖

稱駘之德이라 **上四句**는 **還算虛寫**하고 **下四句**는 **直拔其根**이라

왕태의 덕을 칭찬함이다. 위의 4구는 또한 허사로 계산된 것이며, 아래의 4구는 곧바로 그 뿌리를 파헤친 것이다.

강설

장자가 생각하는 이상적인 도가의 성인에 대한 용심(用心)은 공자의 입을 빌려 다음 4단계로 밝혀주고 있다.

첫째, 생사의 일대사(一大事)에 흔들리지 않음이다.[死生亦大矣, 而不得與之變] 이에 대해 선영이 간주(間註)에서 말한 요수불이(殀壽不貳)는 맹자가 말한 입명(立命)(「盡心 上」)의 경지이다. 주희는 이에 대해 다음과 같이 말하였다.

"'요수불이'는 살고 있다 하여 좋아하고 죽는다 하여 슬퍼하지 않음을 말한다. 만약 하루를 죽지 않고 살아 있으면 하루를 바르게 살고, 백 년을 살고 있으면 백 년을 바르게 사는 것이 곧 '입명'이다. '입명'이란 생사에 마음이 흔들리지 않고 몸을 닦아가면서 나에게 주어진 천명을 기다리는 것이다.[朱子曰 殀壽不貳, 不以死生爲吾心之欣戚也. 若一日未死, 一日要是當; 百年未死, 百年要是當, 這便是立命. 立命, 不以殀壽動心.]"

이는 분명 주어진 운명에 순응하며 나의 갈 길을 말없이 나아가는 수신(修身)의 개념이다.

둘째, 여기에서 한 단계 올라서면 생사를 초월하여 하늘과 땅이 사라진다 할지라도 그 자신은 영원히 존재하는 자이다.[雖天地覆墜, 亦將不與之遺] 천지의 창조와 멸망에 상관하지 않고 존재하는 경지이다. 이러한 경지는 함허 득통(涵虛得通)선사가 『금강경』「오가해 서」에서 말한,

"천지에 앞서 존재하였지만 그 시초를 찾아볼 수 없고, 천지의 이후까지 존재하지만 그 끝을 찾아볼 수 없다.[先天地而無其始, 後天地而無其終.]"라는 일물(一物)의 존재이다. 이는 분명 수신의 차원을 벗어나 천지만물을 창조하는 주재자의 경지에 오른 자이다.

셋째, 진리의 주체를 깨달아 사물의 변화에서 초탈한 독존적 지위[審乎無假而不與物遷]를 향유하는 것이다. 이는 그 어떤 존재와도 함께하지 않는 지존무상(至尊無上)의 경지에 오른, 진인(眞人)의 진지(眞知)를 말해 주는 것이다.

넷째, 그는 수동적인 존재가 아니라, 만물의 조화를 주재하고 창조하는 자로서 지구상에 생존하는 상제(上帝)이다.[命物之化而守其宗也] 이것이 장자가 생각하는 도가의 최상의 존재이자 마지막 귀착지[歸宿處]이다. 장자가 만일 이에 상당하는 구체적인 성자로 군림했거나 제삼자를 내세웠다면 그것은 당시 이미 종교로 발전했을 것이다. 그러나 장자는 이에 상당하는 오도자(悟道者)로서의 존재가치를 밝히는 데에 그치지 종교로까지는 나가지 않았다.

‖ 경문 ‖

常季曰 何謂也잇고 **仲尼曰 自其異者**로 **視之**ㄴ댄 **肝膽**이 **楚越也**어니와(世見) **自其同者**로 **視之**면 **萬物**이 **皆一也**니라(眞見) **夫若然者**는(眞見之人) **且不知耳目之所宜**(不必定耳聽而目視라)**而游心乎德之和**하고(渾六用爲一源) **物視其所一而不見其所喪**하야(視萬物爲一致니 烏有得喪이리오) **視喪其足**을 **猶遺土也**니라(答轉彼兀者也一句라)

직역 ‖

常季가 말하기를, "무엇을 말하는 것입니까?" 仲尼가 말하기를, "그 다른 것으로 본다면 肝膽이 楚越이지만(세속의 견해) 그 같은 것으로 본다면 만물이 모두 하나이다.(眞諦의 견해) 그와 같은 자는(眞諦의 견해를 지닌 사람) 또한 耳目의 마땅한 바를 모른 채(반드시 귀로 듣거나 눈으로 보지 않음) 德의 和諧에 마음을 놀리고(六用[六感]을 渾然히 하여 하나의 본원을 삼음) 物은 그 일치로 보면서 그 잃은 바를 보지 않아(만물을 일치로 보니 어찌 득실이 있겠는가.) 그 발을 잃은 것을 흙덩이 버리듯이 하였다.(이 대답은 '그는 兀者… 인데'라는 一句로 轉變된 것이다.)"

의역

상계가 다시 말하였다.

"무엇을 말하는 것입니까?"

공자가 다시 대답하였다.

"세속의 견해에 따라 만물의 서로 다른 점에서 살펴보면 나의 몸속에 있는 간과 쓸개도 북쪽의 초나라와 남쪽의 월나라처럼 서로 멀리 느껴지지만, 진제(眞諦: 진리)의 견해로 만물이 같다는 점에서 살펴보면 삼라만상의 모든 존재가 하나이다.

그처럼 진제의 견해를 지닌 자 또한 귀로 듣거나 눈으로 보지 않기에 귀와 눈의 감각이 어떤 소리와 빛깔을 좋아하는지도 모른다. 육감(六感)을 벗어나 혼연한 진리의 본원 경지에 마음을 놀리고 만물이 모두 하나인 경지를 깨달으면 여기에 어찌 얻음과 잃음이 있겠는가. 그는 한쪽 발 잃은 것을 마치 하나의 흙덩이를 버리듯이 하였다."

‖ 선영 주 ‖

洗發上節하야 最明守其宗이면 則視物無不同이오 視物無不同이면 則無支體彼此之分이라 無支體彼此之分이어니 又烏有孰存孰亡之介意哉아 猶遺土也는 妙라 滿大地 皆土也니 遺土則以土還土耳라 虛空은 原無足也어늘 今喪足은 亦不過以虛還虛耳라(妙絕)

위 구절을 말끔히 씻어 그 종(宗)을 지키면 만물을 똑같이 보지 않은 바 없고, 만물을 똑같이 보지 않은 바 없으면 지체(肢體)와 피차의 구분이 없음을 가장 잘 밝혀 주었다. 지체와 피차의 구분이 없으니 또한 어찌 어느 것이 있고 어느 것이 없다고 개의하겠는가.

"흙덩이 버리듯이 하였다."는 말은 절묘하다. 대지를 가득 메우고 있는 것은 모두 흙이다. 흙덩이를 버리면 흙은 흙으로 되돌아간 것이다. 허공은 원래 발이 없다. 오늘날 발을 잃는 것 또한 공허한 것이 공허한 데로 돌아가는 데 지나지 않는다.(오묘하고 절묘하다.)

○ 此二節은 言駘直未嘗自見爲兀者也라 其德充이 有如是라

○ 이 2절은 왕태가 한 번도 스스로 외발이라 인식하지 않았음을 밝힌다. 그의 덕이 이처럼 충만하다.

강설

깨달음의 대상에는 만물이 같지 않다는 점과 똑같다는 점에 있다. 같지 않다는 점에서 보면 나의 뱃속에 있는 오장육부도 각기 다른 존재이며, 일란성 쌍둥이도 분명 다른 존재이다. 그러나 같다는 점에서 보면 황인이나 흑인이나 백인이 모두 똑같은 사람들이다. 그들의 붉은 피나 그들의 웃음소리나 울음소리, 그들의 모습까지 똑같지 않은 게 없다.

우리는 같은 점과 다른 점, 이 두 가지를 보면서 현상의 차별이나 사람들이 설정한 차이점들이 그 얼마나 불필요한 것이며 또한 괴로움을 안겨주는 것들인지를 간파해야 한다. 선악과 미추(美醜), 시비와 정사(正邪), 수요(壽夭)와 장단(長短) 등의 그 가치와 차별의식에 의해 위선과 고뇌의 연속인지 모른다. 현실의 차별을 초탈하여 같은 점을 깨닫는다는 것은 곧 만법귀일(萬法歸一)의 귀숙처(歸宿處)를 찾아 본원에로의 회귀를 지향하는 것이다.

‖ 경문 ‖

常季曰 彼 爲(去聲)己하야(自修) 以其知로 得其心하고(以其眞知로 得吾心理라) 以其心으로 得其常心이어늘(以吾心理로 得古今不壞之心理이라 常心은 卽復에 其見天地之心的心字니 卽上文之不變不遺者也라) 物何爲最(尊也)之哉오(彼自修耳니 何與人事而尊之爲王先生哉아) 仲尼曰 人莫鑑於流水로되(動故也) 而鑑於止水하나니(靜故也) 唯止라야 能止衆止니라(水不求鑑而人自求鑑은 蓋惟眞止故로 能止衆止者而不他去也라 ○ 一喩) 受命於地에 唯松柏 獨也在하야(句) 冬夏靑靑하고(在字는 言其不凋라 ○ 又一喩) 受命於天에 唯舜이 獨也正하야(句 ○ 得天正性) 幸能正生하야 以正衆生이라(舜能正己之性하야 而物性이 自皆受正이라 ○ 又借舜一影하야 皆言駘之得天獨優라 故로 人自從之니라) 夫保始之徵은(保始는 卽守宗也니 保始者는 必有徵驗이라) 不懼之實이라(譬如養勇者 自有不懼之實이라) 勇士一人이 雄入於九軍하야(忘生死之足懼라) 將求名而能自要者도 而猶若是온(將沽勇名而能期於必成者도 尙忘生死라) 而況官天地하며(官은 猶官骸니 言骸也라) 府萬物하야(府는 藏聚也니 言備之라) 直(猶特)寓六骸하며(以六骸로 爲吾寄寓라) 象耳目하야(以耳目으로 爲吾迹象이라) 一知之所知하고(眞知無二는 歸於得心이라) 而心未嘗死者乎아(得其常心如此니 人豈猶爲死生所變乎아 六句는 作一句讀이라) 彼且擇日而登假라(登假는 猶言遺世獨立이라 按曲禮에 天王이 崩에 告喪曰 天王登假라하니 蓋假字는 讀作遐字니 言其升於高遠也라 此處는 借用造於高遠之意오 不必遂以死言之라 擇日은 猶言指日이라) 人則從是也하나니(人自不能舍之라) 彼且何肯以物로 爲事乎아(總言駘는 死生且不介意니 方欲遺世하야 無心爲人師니 蓋因常季之言하야 有疑駘動衆之意故也라)

직역

常季가 말하기를, "그는 자기를 위하여(스스로 몸을 닦음) 그 앎으로써 그 마음을 얻고(그는 참으로 앎으로써 나의 마음의 이치를 얻은 것이다.) 그 마음으로써 그 常心을 얻었는데,(내 마음의 이치로써 고금에 변하지 않는 마음의 이치를 얻었다. 常心이란 復卦에서 "그 천지의 마음을 볼 수 있다."는 '마음'을 말하니, 이는 上文에서 말한 "변하지도 않고 버려지지도 않을 존재"이다.) 物이 어떻게 그를 높이는가.[最는 尊의 뜻이다.](그 스스로 닦았을 뿐인데, 어떻게 사람의 일에 관여되어 그를 높여 왕 선생으로 삼았는지?)"

仲尼가 말하기를, "사람은 흐르는 물에 비춰볼 수 없고(움직이기 때문이다.) 정지된 물에 비춰볼 수 있으니(고요하기 때문이다.) 오직 그쳐야만 많은 그침을 그치게 할 수 있다.(물은 비춰주려고 추구하지 않아도 사람 스스로 비춰보기를 구한 것은 스스로가 참으로 그친 까닭에 능히 많은 것의 그침을 그쳐 주어 다른 곳으로 가지 않는 것이다. ○ 하나의 비유이다.)

땅에 命을 받음에 오직 松柏이 홀로 있어[在] 겨울이든 여름이든 靑靑하고('在' 자는 시들지 않음을 말한다. ○ 또 하나의 비유이다.) 하늘에 命을 받음에 오직 舜이 홀로 올바름으로써(하늘의 바른 본성을 얻음) 다행히 生을 바르게 하여 많은 사람의 生을 바르게 해줄 수 있다.(순임금은 자기의 본성을 바르게 함으로써 다른 사람의 본성이 스스로 모두 올바름을 받아들인 것이다. ○ 또한 순임금이라는 하나의 그림자를 빌려서 모두 왕태가 하늘에 얻은 바 홀로 넉넉한 까닭에 남들이 스스로 따르게 됨을 말한 것이다.)

始를 보존한 징험은(保始는 宗을 지킴이니 保始한 자는 반드시 징험이 있다.) 두려워하지 않는 실상이 있다.(비유하면 용기를 기른 자는 스스로 두려워하지 않는 실상이 있는 것과 같다.) 勇士 一人이 용감스럽게 九軍으로 들어가(생사의 두려움을 잊음이다.) 장차 명예를 구하여 스스로 요한 자도 오히려 이처럼 하는데,(장차 용맹스럽다는 이름을 사 반드시 성공을 기약하려는 자도 오히려 생사를 잊을 수 있다.) 하물며 天地를 官으로 하며(官은 官骸와 같으니 骸를 말한다.) 萬物을 갖춰 놓고서(府는 소장하고 聚合이니 구비를 말한다.) 다만[直](特 자의 뜻과 같음) 六骸를 寄寓로 하고(六骸로써 나의 寄寓를 삼음) 耳目을 형상으로 하여(이목으로써 나의 발자취와 형상을 삼음) 一知의 아는 바로서(眞知로서 둘이 없는 것은 마음을 얻는 데 귀결된다.) 마음이 일찍이 죽지 않은 자야(그 常心을 얻음이 이와 같으니 그 사람이 어찌 사생에 변화된 바 있겠는가. 6구를 하나의 구두로 보아야 한다.)

그는 또한 날을 가려서 登假한 터라(登假는 遺世獨立이라는 말과 같다. 「曲禮」를 살펴보면 "천자가 죽으면 그의 초상을 알릴 적에 天王登假라 하였다." 하니, 假는 '遐' 자로 읽어야 하니 그가 높고 먼 하늘로 올라갔음을 말한다. 그러나 여기에서는 고차원의 경지로 나아갔다는 뜻을 빌려 말한 것이기에 굳이 죽음에 국한지어 말할 게 없다. 擇日은 指日이라는 말과 같다.) 사람이 곧 그를 따른 것이니(사람 스스로가 그를 버리지 못한 것이다.) 그 또한 어찌 物로써 일을 삼겠는가.(총괄하여 말한다면 왕태는 死生도 개의하지 않는다. 바야흐로 세상을 버리어 남들의 스승이 되고자 하는 데 마음이 없는 자이다. 常季의 말로 인하여 왕태가 많은 사람들을 찾아오도록 동요시켰는지 의심하는 뜻이 있었기 때문이다.)"

의역

상계가 다시 말하였다.

"그분은 자신의 도리를 위해 스스로 몸을 닦고 참으로 앎으로써 나의 마음의 이치를 얻고 내 마음의 이치로써 고금에 변하지 않는 떳떳한 마음의 이치를 얻어 스스로 닦아왔을 뿐인데, 어떻게 남들을 대하였기에 그를 높여 왕 선생으로 삼게 되었습니까?"

공자가 다시 대답하였다.

"흐르는 물은 일렁거리기에 사람의 얼굴을 비춰줄 수 없지만 잠잠한 물은 고요하기에 얼굴을 비춰볼 수 있다. 오직 그 스스로 잠잠하여 고요하여야만 수많은 것들의 고요함을 얻어줄 수 있다.

대지의 기운으로 생명을 받아 자라나는 수많은 초목 가운데 오직 소나무와 잣나무만이 시들지 않은 채 겨울이든 여름이든 항상 푸른 잎을 지니고 있다. 하늘의 기운으로 생명을 받아 태어난 수많은 사람 가운데 순임금만이 자기의 본성을 바르게 함으로써 남들의 본성이 스스로 바르게 되었다.

근본 태초[本始]의 진리를 보존한 자는 반드시 밖으로 증험이 나타나기 마련이다. 비유하자면 평소 용기를 길러온 이는 절로 두려움이 없는 내실이 갖춰지기 마련이다. 어떤 용감한 병사 한 사람이 거침없이 천군만마(千軍萬馬)의 적진 속으로 돌격하여 장차 용맹스러운 전사라는 명성을 얻어 반드시 공업을 세워야겠다고 다짐하는 자도 오히려 이처럼 자신의 생사를 잊을 수 있다. 하물며 하늘과 땅을 하나의 몸으로 생각하고 삼라만상의 모든 만물을 모두 나의 몸으로 갖춰놓고서 정작 나의 육신, 6해(六骸)를 더부살이쯤으로 생각하고 귀와 눈을 환상으로 생각하며, 나아가 전부적인 둘이 없는 참다운 앎(眞知)으로 떳떳한 마음을 지니고서 일찍이 사생(死生)의 변화가 없는 자야 오죽하겠는가.

그는 또한 어느 날짜를 선택하여 고차원의 경지로 나아갈 수 있는 인물이다. 이 때문에 많은 사람들이 기꺼이 그를 따른 것이다. 그가 어찌 많은 사람들을 찾아오도록 선동하는 일을 할 턱이 있겠는가."

‖선영 주‖

從遊之多는 乃人之不得不從也라 駘何心乎아

따르는 제자가 많았던 것은 바로 사람들이 따르지 않을 수 없었기 때문이다. 왕태에게 그 무슨 마음이 있었겠는가.

○ 此節은 言羣弟子未嘗見駘爲兀者也라 德充之符 有如是라

○ 이 절에서는 많은 제자들이 한 번도 왕태가 외발이라는 사실을 알지 못했음을 말한 것이다. 내면의 덕이 충만하면 밖으로 나타난 징험이 이와 같다.

○ 以上은 王駘之兀을 駘自忘之오 羣弟子 相與忘之니 德充符 可思也라

○ 앞의 문장에서는 왕태의 외발이라는 사실을 왕태 그 스스로 잊었고 여러 제자들도 모두 다 함께 잊었음을 말한다. 내면의 덕이 충만하면 밖으로 나타난 징험을 상상할 수 있다.

강설

상계의 말에는 이미 3단계의 경지를 묘사하고 있다.

첫째는 지(知)는 인식의 작용, 즉 지혜를 말하며, 둘째는 심(心)은 인식작용의 주체, 즉 분별작용이 있는 마음을 말한 것으로, 개인적인 주관자아의 마음이다. 그러나 셋째는 여기에서 한 단계 더 나아가 상심(常心)이란 개체의 인식작용의 주체를 벗어나 모든 존재와 상통하는 마음, 즉 분별작용이 일어나지 않는 마음을 말한 것으로, 자아의 마음을 떠나 천지의 마음, 즉 '대우주의 마음'을 말한다. 이는 인식을 초월하여 자아의 근원에, 그리고 다시 나아가 대우주와 일체가 되는 세계를 말하고 있다.

상심은 또한 도를 체득한 후의 허정(虛靜)의 상태이다. 이 때문에 아래의 문장에서 이의 경지를 지수(止水)로 비유하기에 이른 것이다.

2. 明鏡塵垢不止(맑은 거울에는 티끌이 앉지 않는다)

외발의 신도가(申屠嘉)는 높은 지위에 있는 자산(子産)과 동문의 벗으로서 우언(寓言)을 통하여 그의 비루하기 짝이 없는 식견을 묘사하고 있다. 신도가가 한쪽 다리를 잘린 것은 세상의 법망을 제대로 피하지 못한 데 있으나, 오히려 온전한 두 다리를 가진 자산은 내면의 정신세계를 공부하고서도 외적인 형체에 얽매여 있다. 이는 높은 지위에 있는 자로서 온전한 몸을 지니지 못한 불구자에 대해 능욕하는 집정자의 부도덕성을 폭로하고 있다.

‖ 경문 ‖

申屠嘉는 兀者也라 而與鄭子産으로 同師於伯昏無人이러니(雜篇에 作瞀人이라) 子産이 謂申屠嘉曰 我先出則子止하고 子先出則我止호리라(恥與偕行이라) 其明日에 又與合堂同席而坐러니 子産이 謂申屠嘉曰 我先出則子止하고 子先出則我止라 今我將出하리니 子 可以止乎아 其未邪아 且子見執政(子産自稱)而不違하니(避也) 子齊(同也)執政乎아(寫子産呵斥이니 鄙之甚이라) 申屠嘉曰 先生之門에(乃論德之地也라 兜頭一壓이라) 固有執政焉이 如此哉아(固有以勢分相矜이 如此哉아 輕掉一句 毒이라) 子而說(悅)子之執政하야 而後人者也로다(惟自矜其執政일세 故德不如人이라 又冷助一句 更毒이라) 聞之호니 曰 鑑明則塵垢不止오 止則不明也라 久與賢人處則無過라하야늘 今子之所取大者는(求廣見識) 先生也어늘 而猶出言若是하니 不亦過乎아(寫申屠譏彈하니 冷之甚이라)

직역

申屠嘉는 兀한 자이다. 鄭 子産으로 더불어 伯昏無人을 스승으로 삼았는데(雜篇에서는 瞀人으로 쓰여 있다.) 자산이 신도가에게 말하기를, “내가 먼저 나가면 그대는 멈추고 그대가 먼저 나가면 내가 멈추리라.(함께 가는 것을 부끄러워함이다.)”

그 明日에 또 그와 더불어 堂에 함께 하고 자리를 같이 하여 앉았을 적에 자산이 신도가에게 말하기를, “내가 먼저 나가면 그대가 멈추고 그대가 먼저 나가면 내가 멈추리라. 이제 내가 장차 나갈 것이니 그대가 멈추겠는가. 그처럼 못하겠는가. 또 그대는 執政(子産의 自稱)을 보고서도 피하지[違] 않으니 그대는 執政과 함께하려고 하는가.(자산의 꾸짖음을 묘사하니 비열함이 심하다.)”

신도가가 말하기를, “선생의 문하에(이는 덕의 경지를 논함이다. 첫머리에서 한 번 억누름이다.) 참으로 집정이 이와 같을 수 있는가.(참으로 세력과 분수로써 자랑함이 이와 같을 수 있겠는가. 가벼이 한 구절을 말하니, 독설이다.) 그대로서 그대의 집정을 좋아하여 남의 뒷전에 있게 된 것이다.(오직 스스로 그 집정을 자랑으로 여긴 까닭에 덕이 남만 같지 못한 것이다. 또한 냉엄하게 한 구절을 말하니 독설이 더욱 심하다.) 듣자니 거울이 밝으면 塵垢가 묻지 않고, 묻으면 밝지 못하다. 오랫동안 賢人과 거처하면 허물이 없다고 말하는데, 오늘날 그대가 큰 것을 취한 자는(넓은 견식을 추구함) 선생인데도 오히려 이처럼 말을 하니 또한 잘못됨이 아니겠는가.(신도가의 비난과 탄핵을 묘사함이니 매우 냉엄하다.)"

의역

신도가(申屠嘉)는 형벌로 한쪽 발이 잘린 사람이다. 그는 정(鄭)나라 자산(子産)과 함께 백혼무인(伯昏無人)을 스승으로 삼았다. 어느 날, 자산이 신도가에게 말하였다.

"내가 먼저 밖에 나가면 그대는 잠시 가만있고 그대가 먼저 나가면 내가 잠시 기다릴 것이다."

그 이튿날, 두 사람은 또다시 선생의 문하에 함께하여 나란히 자리에 앉게 되자, 자산이 신도가에게 말하였다.

"내가 먼저 밖에 나가면 그대는 잠시 앉아 있고 그대가 먼저 나가면 내가 잠시 기다릴 것이다. 지금 내가 먼저 나가려고 하는데 그대는 잠시 앉아 있겠는가. 그렇게 하지 못하겠는가. 또 그대는 조정의 관료를 보고서도 자리를 피하지 않으니 그대는 조정의 관료와 함께 하려는 셈인가."

신도가가 말하였다.

"도덕을 높이는 선생의 문하에서 공부를 한다는 그대가 이처럼 조정의 관료임을 내세워 권력과 위세를 자랑할 수 있는가. 그대가 그처럼 권력과 위세를 자랑으로 여긴 까닭에 그대의 덕이 남들만 같지 못하게 된 것이다.

내 듣자니 '거울이 깨끗하면 티끌과 먼지가 끼지 않고 먼지가 쌓이면 선명하지 못하다. 어진 이를 오랫동안 모시고 살면 허물이 없다.'라고 하는데, 오늘날 그대가 선생을 찾아와 학문을 추구하고 덕을 닦으면서도 오히려 이처럼 말하니 이 또한 잘못된 일이 아니겠는가."

‖ **선영 주** ‖

又是一箇兀者는 却又是一箇出色人이라

또 하나의 올자(兀者)를 서술한 것은 하나의 색다른 사람을 들어 말한 것이다.

○ 不是子産見識之卑如此라 蓋上一事는 借常季問難發明이오 此一事는 借子産襯剔發明이오 下一事는 又借孔子襯剔發明이니 都是一樣手法이라

○ 이는 자산의 견식이 이처럼 비루함을 말한 것이 아니다. 위에서 말한 하나의 일은 상계와의 문답을 빌려 밝혔고, 여기에서 말한 하나의 일은 자산을 빌려 가까이서 파헤쳐 밝힌 것이며, 아래에서 말한 하나의 일은 또다시 공자를 빌려 가까이서 파헤쳐 밝힌 것이다. 이 모두가 똑같은 수법이다.

강설 ‖

백혼무인(伯昏無人) 역시 가공의 인물이다. 백혼(伯昏)이란 아주 혼미한, 무인(無人)이란 무아의 가탁이다. 세속의 견해에서 보면 몹시 혼미한, 무아(無我)의 인물, 즉 인아상(人我相)을 초탈한 도인을 말한다. 이는 『도덕경』 제21장에서 말한 "나는 홀로 어리숙한데 세속의 사람들은 밝게 안다.[我獨昏昏 俗人察察]"는 사상을 의인화한 것이다. 물론 신도가와 자산의 대화 역시 가공으로 장자의 사상을 밝히려는 데에 각색된

이야기들이다.

‖ 경문 ‖

子產曰 子 旣若是矣어늘(形已受殘) 猶與堯로 爭善하니(堯는 乃善之至者라 故以爲言이라) 計子之德컨대(此德字는 虛니 猶云素行이라) 不足以自反邪아(必有過而後에 致刖이니 當痛自懲艾라) 申屠嘉曰 自狀其過ㄴ댄 以不當亡者 衆하고(言使人自陳其過ㄴ댄 誰肯自認有過乎아 則皆以爲不當犯亡足之條矣라) 不狀其過ㄴ댄 以不當存者 寡니라(不使人自陳其過댄 又誰肯自認有過乎아 則無一人以爲不當亨存足之福矣라 然則世上에 竟無有肯認刖足之過者也리라) 知不可奈何而安之若命은 唯有德者아 能之니라(若夫以刖足으로 爲自然之命而不介意는 非有德者면 不能이니라) 遊於羿之彀中에 中央者는 中(去聲)地也로되 然而不中(去聲)者는 命也라(揷一喻精絶이라 作惡而玩法網者는 譬則遊於羿之彀中者也라 宜爲刑法之所必加니 譬則在中央之中地也라 然而幸免者는 亦命之當苟免耳라 不當刖而刖者는 是命이오 當刖而不刖者도 亦是命이라 與上二句로 作一反照니 便使全足者로 反當深省이라 妙妙라) 人이 以其全足으로 笑吾不全足者 衆矣라 我 拂然而怒라가(猶有世見) 而適先生之所면 則廢然而反하나니(能取大而失所以怒라) 不知케라 先生之洗(字法)我以善邪아 吾與夫子(卽先生道) 遊十九年矣로되 而未嘗知吾兀者也러니(不見形骸) 今子與我로 遊於形骸之內(道德)而子索我於形骸之外하니(跡象) 不亦過乎아 子產이 蹴然改容更貌曰 子乃無稱이어다(慚謝하야 再不必如是言이라)

‖ 직역 ‖

자산이 말하기를, "그대가 이미 이와 같은데(형체는 이미 殘刑을 받은 것이다.) 오히려 堯와 더불어 선을 다투니(요임금은 지극히 선한 자이기에 이 말을 하게 된 것이다.) 그대의 德을 헤아려 보건대(이 '德' 자는 虛이니 素行이라는 말과 같음) 스스로 반성하지 않을 수 있겠는가.(반드시 허물이 있었기에 한쪽 발을 잘리게 된 것이니 마땅히 스스로 크게 징계해야 할 것이다.)"

신도가가 말하기를, "스스로 그 잘못을 말한다면 마땅히 잃어서는 안 될 일이라 한 자 많고(사람으로 하여금 스스로 제 잘못을 말하게 하면 어느 누가 스스로 잘못이 있다 말하겠는가. 모두가 제 발을 잃어야 할 만큼 법에 저촉될 일이 아니었다고 말들 한다.) 그 잘못을 말하지 않는다면 마땅히 보존할 수 없는 일이라 한 자 적다.(사람으로 하여금 스스로 제 잘못을 말하지 않게 한다면 또한 어느 누가 스스로 제 허물이 있다고 인정하겠는가. 한 사람도 발을 보존할 수 있는 복을 누리는 것은 부당하다고 생각할 자 없을 것이다. 그렇다면 세상에는 결국 기꺼이 발을 잘려야 할 잘못을 인정할 사람이 없을 것이다.) 어찌할 수 없음을 알고서 이를 운명처럼 편히 여기는 것은 오직 덕 있는 자만이 능할 수 있다.(한쪽 발을 잘린 것으로 자신의 운명이라 생각하여 介意하지 않는 것은 덕을 지닌 자가 아니면 불가능한 일이다.)

羿의 彀中에 놀 적에 중앙이란 것은 화살을 적중당할 곳이지만, 적중되지 않은 것은 命이다.(하나의 비유를 삽입함이 정밀하고 절묘하다. 죄악을 범하고서도 법망을 우롱하는 사람이란 비유하면 羿의 사정권 내에 노니는 것과 같다. 그에게 반드시 刑法을 가해져야 한다는 것은 당연한 일이다. 비유하면 사정권의 중앙에 있는 것으로 적중될 수밖에 없는 곳이다. 그러나 다행히 모면한 자 또한 운명이므로 구차히 면할 수 있었기 때문이다. 발이 잘려서는 안 될 자가 발을 잘린 것은 운명이요, 발을 잘려야 할 자가 잘리지 않은 것도 또한 운명이다. 위의 두 구절로써 하나의 反照를 삼으니 곧 두 발을 온전히 가진 자로 하여금 도리어 깊이 살피도록 하였다. 절묘하고 절묘하다.) 사람이 그 온전한 발로써 나의 온전치 못한 발을 비웃는 사람이 많다. 내 怫然하게 부아를 냈다가(오히려 세속의 견해가 있다.) 선생의 처소에 찾아가 廢然히 돌아오니(큰 것을 얻음으로써 성난 바를 잃은 것이다.) 선생이 나를 선으로써 씻어준[洗](字法) 것일까? 내 夫子(곧 선생을 말함)와 함께 노닌 지 十九年이지만 일찍이 내가 외발임을 알지 못했는데,(형체를 보지 않음) 이제 그대는 나와 함께 形骸의 內(道德)에 놀면서 그대는 나를 形骸의 밖(발자취)에서 찾으니 또한 잘못됨이 아니겠는가."

자산이 蹴然히 용모를 바꾸면서 말하기를, "그대는 말하지 말지어다.

(부끄러워 사과하면서 다시는 굳이 이처럼 말하지 말라 한 것이다.)"

의역

자산이 말하였다.

"그대의 몸이 이미 이처럼 불구가 되었음에도 오히려 지극한 성자인 요임금과 선을 다투려 하니, 그대의 평소 품행을 살펴보면서 스스로 반성하지 않을 수 있겠는가."

신도가가 말하였다.

"모든 사람들에게 제 잘못을 스스로 말하라 하면 어느 누가 스스로 잘못이 있다고 말하겠는가. 모두가 제 발을 잃어야 할 만큼 법에 저촉될 일이 아니었다고 변명하는 이들이 많은데 반해서, 스스로 제 잘못을 말하지 말라고 한다면 어느 누가 스스로 제 허물을 인정하는 사람이 있겠는가. 어느 한 사람도 나의 발을 잘 보존할 수 있는 복을 누리는 것은 진정 잘못되었다고 스스로 인정할 사람이 없을 것이다. 그렇다면 세상에는 결국 기꺼이 발을 잘려야 할 잘못을 인정할 사람이 없을 것이다.

이미 모든 것이 어쩔 수 없는 일임을 알고서 이를 하늘의 운명처럼 편안한 마음으로 받아들이는 것은 오직 지극한 덕을 지닌 이가 아니고서는 불가능한 일이다. 하나의 비유를 들면, 죄악을 범하고서도 법망(法網)을 우롱하는 자들이란 마치 저명한 궁수(弓手) 예(羿)의 사정권 안에서 노니는 것과 같다. 그에게 반드시 형법이 가해진다는 것은 당연한 일이다. 그의 사정권 안에 있다는 것은 예의 화살을 피할 수 없다. 그러나 다행히 모면한 자 또한 하늘의 운명으로 구차하나마 모면할 수 있었기 때문이다. 발이 잘려서는 안 될 사람의 발이 잘린 것도 운명이요, 발이 잘려야 할 사람이 잘리지 않은 것 또한 운명이다.

사람들은 그들의 온전한 두 발을 가지고서 나의 잃어버린 한쪽 발을 보면서 비웃는 이가 많았다. 나는 대단히 불쾌한 마음을 버리지 못해 그들에게 발끈 성을 냈었다. 하지만 선생의 문하에서 학문을 닦은 이후로부터 보다 큰 것을 얻음으로써 성나는 마음을 모두 잊기에 이르렀다. 선생께서 선함으로써 나의 마음을 씻어준 것일까? 내 선생의 문하에 머문 지 19년이라는 오랜 세월이 흘렀지만 일찍이 나의 다리가 잘려 한쪽뿐인 외발인 줄조차 알지 못했다. 현재 그대는 나와 함께 육신의 내면세계에 놀면서 도덕으로 교유하는 입장인데, 그대는 나를 육신의 외모에서 찾아 절름발이로 생각하니 이 또한 지나친 일이 아니겠는가."

자산이 부끄러운 마음에 갑자기 얼굴빛이 변하였다.

"그대는 다시 말하지 마라."

‖선영 주‖

子産은 欲申屠自反이어늘 乃申屠劈口에 先欲子産自反이라 世人이 漫自回護하야 無一箇肯認罪過하야 究竟犯刑者는 未必皆有己招而泄泄者라 大半이 是國家漏網이라 雖是淡淡說命이나 却使子産兩脚著地處 久矣라 當行斫去矣니 那得不陡然一驚이리오 彀中一喩는 妙妙라 言汝之未兀者는 或反是當兀者耳라 絶妙撲法이라

자산은 신도가가 스스로 반성하기를 원했었는데, 신도가는 입을 열자마자 먼저 자산으로 하여금 스스로를 반성케 하고자 한 것이다. 세상 사람들이 부질없이 자신을 회호(回護)한 나머지 자신의 잘못을 기꺼이 인정하여 마침내 형벌을 받은 자가 하나도 없는 것은 반드시 모두가 자신이 자초하고서도 훨훨 벗어난 것이 아니다. 절반 이상이 빠져나갈 수 있는 나라의 법망(法網) 때문이다. 비록 담담하게 천명임을 말하고 있으나 자산이 이 땅에 두 발을 붙이고 살아온 지 오래라 의당 그 다리가 잘렸어야 할 것이라고 하니, 느닷없이 깜짝 놀랄 일이 아니겠는가.

"예의 사정권 안에 있다[彀中]"는 비유는 절묘하고 절묘하다. 그대가 외발이 되지 않았던 것은 도리어 외발이 될 수 있는 자임을 말한다. 절묘하게 받아치는 문법이다.

○ 以上은 申屠嘉之兀을 嘉自忘之오 其先生相與忘之니 德充符를 可思也라

○ 위의 문장에서는 신도가(申屠嘉)의 외발이라는 사실을 신도가는 스스로 잊었고 그 선생도 모두 다 함께 잊었다. 이는 내면의 덕이 충만하여 밖으로 나타난 징험을 상상할 수 있다.

3. 尊足者存焉(잃은 발보다 더 귀중한 것이 있다)

이 역시 외발 숙산 무지(叔山無趾)가 공자를 찾아가 주고받은 대화를 묘사하여, 공자 역시 외적 형체에 눈이 가려 내면의 덕을 알지 못한다는 점을 밝히고 있다. 앞 단락의 자산과 같은 인식을 말한다.

‖ 경문 ‖

魯有兀者하니 叔山(字)無趾라(無足趾하야 遂爲號하다) 踵見仲尼한대(無趾故로 以踵行이라) 仲尼曰 子不謹하야 前旣犯患이 若是(兀足)矣니 雖今來나 何及矣리오 無趾曰 吾唯不知務하야(不知世務) 而輕用吾身일새 吾是以亡足이어니와 今吾來也는 猶有尊足者存하니(有尊於足者는 不在形骸라) 吾是以로 務全之也라 夫天無不覆하며 地無不載라 吾以夫子로 爲天地어늘 安知夫子之猶若是也리오 孔子曰 丘則陋矣로다 夫子는 胡不入乎아 請講以所聞하소서 無趾 出커늘(徑去) 孔子曰 弟子여 勉之어다 夫無趾는 兀者也로되 猶務學하야 以復補前行之惡이온 而況全德之人乎아

직역 ‖

魯에 兀者가 있으니 叔山(字) 無趾라 한다.(발가락이 없는 사람이라는 뜻

으로, 마침내 자호로 삼았다.) 발뒤꿈치[踵]로 仲尼를 찾아보았는데,(발가락이 없음으로써 발뒤꿈치로 걸어간 것이다.) 중니가 말하기를, "그대가 근신하지 않아서 전일에 이미 우환을 범함이 이와 같았으니(발을 잘림) 비록 이제 찾아온들 어찌 미칠 수 있겠는가."

無趾가 말하기를, "내 世務를 알지 못하여(세상사를 알지 못했음) 가벼이 나의 몸을 썼기에 이로써 발을 잃었지만, 이제 내가 찾아온 것은 오히려 발보다 더 존귀한 것이 있으니(발보다 더 존귀한 것은 형체에 있지 않다.) 내 이로써 온전히 하려고 힘쓴 것입니다. 하늘은 덮어주지 않음이 없고 땅은 실어주지 않음이 없습니다. 나는 夫子로써 천지를 삼았었는데 어찌 부자가 오히려 이와 같을 줄을 알았으리오."

孔子가 말하기를, "丘는 비루하였습니다. 부자는 어찌 들어오지 않으시렵니까? 청컨대 들은 바로써 강론해 주시오."

無趾가 나가자,(곧바로 떠나감) 공자가 말하기를, "제자들이여, 힘쓸지어다. 無趾는 兀者이지만 오히려 학문에 힘을 써 다시 前行의 잘못을 보완하려 하는데, 하물며 全德의 사람이야…."

의역

노나라에 형을 당하여 한쪽 발을 잃고서 마침내 이를 자호(自號)로 삼은 숙산 무지(叔山 無趾)라는 사람이 있었다. 그가 발뒤꿈치로 뒤뚱거리면서 공자를 찾아갔는데, 공자가 그에게 말하였다.

"그대가 평소 삼가지 않아서 지난날 이런 잘못을 범하게 된 것이다. 이제 나를 찾아온들 이를 어찌하겠는가."

숙산 무지가 대답하였다.

"내 세상사를 모르고서 나의 몸을 가벼이 썼다가 이 때문에 나의 발을 잃었습니다. 지금 제가 찾아온 것은 잃어버린 발보다 더 귀중한 것이 있기에 저는 이를 온전히 보존하고자 합니다. 하늘은 덮어주지 않은 만물이 없고 땅은 실어주지 않은 게 없습니다. 저는 선생을 하늘과 땅처럼 드높고 드넓은 인물이라고 생각해 왔었는데 선생이 이와 같을 줄

이야…?"

공자가 다시 말하였다.

"제가 실로 비루하였습니다. 그대는 무엇 때문에 들어오지 않으시려 하십니까? 바라건대 그대의 들은 바를 말씀해주십시오."

숙산 무지가 곧바로 떠나가자, 공자가 제자들에게 말하였다.

"제자들이여, 힘쓸지어다. 숙산 무지는 형벌로 한쪽 발을 잘린 사람이지만 오히려 학문에 힘써 지난날의 잘못을 다시 보완하려고 하는데, 더욱이 잘못을 범하지 않은, 온전한 덕을 지닌 사람이야 오죽하겠는가."

‖ **선영 주** ‖

又是一個兀者는 却又是一個出色人이라

또 하나의 올자(兀者)를 서술한 것은 하나의 색다른 사람을 들어 말한 것이다.

○ 不是孔子又忽爾淺陋이라 都是莊子文字要襯出叔山耳라 不然인댄 孔子何前明於王駘하고 後明於哀駘它어늘 而茲獨暗於叔山乎아

○ 이는 공자가 또한 갑자기 천루(淺陋)해진 것이 아니라, 장자의 전체 문장은 숙산의 입장에서 써내려간 것이다. 그렇지 않다면 공자가 어찌하여 앞에서는 왕태를 밝히고 뒤에서는 애태타(哀駘它)를 밝혀주었는데 여기에서 유독 숙산에 대해 묻어둘 턱이 있겠는가.

‖ **경문** ‖

無趾 語老聃曰 孔丘之於至人에 其未邪아 彼何賓賓(恭貌)以學子爲오(疑孔子 何爲學於聃가) 彼且蘄(求)以諔詭幻怪之名聞하니 不知케라 至人之以是로 爲己桎梏邪아(至人이 以名聞으로 爲桎梏이라) 老聃曰 胡不直使

彼 以死生爲一條하고(無死無生) **以可不可爲一貫者**로(無是無非) **解其桎梏**이 **其可乎**아 **無趾曰 天刑之**어니(言其根器如此) **安可解**리오

직역

無趾가 老聃에게 말하기를, "孔丘는 至人의 경지에 못 이른 것입니까? 그가 어떻게 賓賓(공손한 모양)함으로써 그대(老聃)에게 배울 수 있었습니까?(그런 공자가 어떻게 노담에게 배울 수 있었을까를 의심한 것이다.) 그 또한 諔詭幻怪의 名聞으로써 求[蘄]하니, 알 수 없습니다. 至人이 이로써 자신의 질곡으로 삼습니까?(至人은 名聞을 桎梏으로 삼는다.)"

老聃이 말하기를, "어찌하여 곧 그로 하여금 死生으로써 一條를 삼고 (죽음도 없고 삶도 없다.) 可不可로써 一貫이 된다는 것으로(옳음도 없고 그릇됨도 없다.) 그 桎梏을 풀어줄 수 있는 것이 가능하겠는가."

無趾가 말하기를, "하늘이 그에게 刑을 내림이니(그 근기가 이와 같음을 말함) 어떻게 풀어줄 수 있겠습니까?"

의역

숙산 무지가 노담(老聃)을 찾아가 물었다.

"공구(孔丘)는 아직 지인(至人)의 경지에 이르지 못했습니까? 그가 어떻게 항상 공손한 예모를 갖춰 자주 선생[老聃]을 찾아와 가르침을 받은 것입니까? 그 또한 남다른 명성이 천하에 알려지기를 추구하는 사람인데, 알 수 없습니다. 공자가 지인이라면 그따위 명성을 가지고서 자신의 질곡(桎梏)을 삼을 수 있습니까?"

노담이 답하였다.

"어떻게 공자의 경지에서 죽음도 없고 삶도 없으며 옳음도 없고 그릇됨도 없다는 진리를 깨닫게 하여 그의 질곡을 풀어줄 수 있는 가능성이 있을 수 있겠는가."

숙산 무지가 말하였다.

"그가 명예만을 탐닉하는 근기(根器)는 하늘이 내려준 형(刑)이니 어떻게 그의 질곡을 풀어줄 수 있겠습니까?"

‖ 선영 주 ‖

看來에 叔山은 原是老子一鼻孔出氣人이니 無怪其頡頏夫子라

이를 살펴보면 숙산은 원래 노자와 똑같이 말하는 사람이다. 그가 공자와 우열을 다투는 것을 괴이쩍게 생각할 게 없다.

○ 以上은 叔山之兀을 叔山이 自忘之오 其友 老聃 相與忘之니 德充符를 可思也라

○ 위의 문장에서는 숙산(叔山)이 외다리임을 숙산 그 스스로 잊었고, 그의 벗 노담(老聃)도 모두 함께 잊었음을 말한다. 내면의 덕이 충만하여 밖으로 나타난 징험을 상상할 수 있다.

강설

위에서 줄곧 등장한 세 사람이 올자(兀者)인 발을 잘렸거나 발뒤꿈치를 잘린 수형자(受刑者)들이다. 장자가 그처럼 몸이 온전하지 못한 이들을 즐겨 쓰는 이유는 발보다 더 존귀한 심신(心神)의 내면세계를 드러내기 위함이다.

그들의 형벌은 자신의 흉악한 악행 때문이 아니라 세상물정을 너무 몰라서 당한 잘못이었고, 이를 계기로 내면세계의 완전에 대해 보다 더 노력하게 된 계기가 이뤄진 것이다. 이는 마치 불교에서 말한 '업(業)'과도 같은 개념이다. '업'이란 금생의 악한 일을 범하여 겪는 것이 아니라, 선행을 닦았을지라도 전생에 짊어진 빚 때문에 겪는 것이다. 그럼으로 보다 더 선행을 닦아 전생에 저지른 잘못에 대해 보답의 기회가

주어지고, 결국 빚을 갚고서 열반의 세계에 접어든다는 것이다. 이는 장자의 사상은 너무 유사한 면을 가지고 있다.

4. 內保之而外不蕩

(고요한 마음을 지녀 밖의 사물에 동요하지 않는다)

"불쌍하고 못난 그 사람"이라는 뜻으로 이름 붙인 애태타(哀駘它)는 권력도, 부유함도, 미모도, 말솜씨도 없는 인물이다. 그러나 그에게 나라를 전해 주어도 받지 않은 것을 못내 서운해하는 노나라 임금 애공을 통해서 그가 안으로 고요한 마음을 보존하여 밖의 사물에 동요되지 않았음을 밝혀주고 있다.

‖ 경문 ‖

魯哀公이 問於仲尼曰 衛有惡人(醜人)焉하니 曰 哀駘它라(哀駘는 醜貌오 它는 名也라 駘는 乃駑劣之名이오 又加以哀는 爲可哀之劣人也라 它者는 他也니 泛有所指라 大抵 皆子虛烏有之類也라) 丈夫 與之處者는 思而不能去也오 婦人이 見之에 請於父母曰 與爲人妻론 甯爲夫子妾者 十數而未止也로되 未嘗有聞其唱者也오(不先人) 常和而已矣라(惟感而應) 無君人之位以濟乎人之死오(濟猶拯也) 無聚(積)祿以望人之腹이오(望은 飽也니 如月望則飽滿이라) 又以惡駭天下라(醜貌驚人) 和而不唱하며(不能首事) 知不出乎四域이로되(無位無祿) 且而雌(卽上婦人)雄이(卽上丈夫) 合乎前하나니(丈夫婦人이 皆來親之라 ○ 三句는 是倒疊上文이어늘 舊解는 可笑라) 是 必有異乎人者也라 寡人이 召而觀之호니 果以惡으로 駭天下로되 與寡人處에 不至以月數而寡人有意乎其爲人也오 不至乎期年而寡人信之라 國無宰커늘 而寡人이 傳國焉하니(委以國政之意라 傳俗本에 訛作傳이라) 悶然而後에 應하고(無意爲應) 氾而若辭하니(無意爲辭) 寡人이 醜乎나(公 自愧或不足

與乎아) 卒授之國이러니 無幾何也에(不多時) 去寡人而行이어늘 寡人이 卹(憂貌)焉若有亡也하야 若無與樂是國也로소니 是何人者也오(何等樣人고)

직역

魯 哀公이 仲尼에게 묻기를, "衛에 惡人(추악한 사람)이 있으니 哀駘它라(哀駘는 추악한 모양이요, 它는 그의 이름이다. 駘는 용렬한 모양의 이름인데, 또 哀 자를 더한 것은 '가엾은 못난이'라는 뜻이다. 它는 그 사람이라는 뜻이니 범칭으로 가리킨 것이다. 대저 모두 子虛, 烏有 따위이다.) 한다. 丈夫가 그와 더불어 거처한 자는 사모하여 떠나가지 못하고 부인이 그를 보면 부모에게 청하기를, '남의 妻가 되기보다는 차라리 부자의 첩이 되겠다.'고 한 자 十數임에도 그치지 않으나 일찍이 그가 提唱함을 듣지 못하였고(남에게 앞서지 않음) 항상 화답할 뿐이다.(오직 느낀 대로 感應할 뿐이다.) 君人의 지위로 사람의 죽음을 구제할 수 없으며(濟는 구원과 같음) 聚(積)祿으로 사람의 배를 불려줄[望] 수 없으며(望은 배부름이니 보름달이 되면 가득 차는 것과 같다.) 또한 醜惡함으로써 天下를 놀라게 한다.(추악한 모습이 사람을 놀라게 한다.) 和答하되 제창하지 않으며(먼저 일을 벌이지 않음) 知는 四域을 벗어나지 않으나(지위도 없고 녹봉도 없음) 또한 雌(곧 위의 부인을 말함)雄(곧 위의 丈夫를 말함)이 앞에 모여드니(장부와 부인이 모두 찾아와 친히 한다. ○ 3구는 거꾸로 위 문장을 거듭 말한 것인데, 옛 해석이 가소롭다.) 이는 반드시 남들과 다름이 있다. 寡人이 불러 살펴보았더니 과연 추악함으로 천하를 놀라게 할 만하였다. 寡人과 더불어 거처함에 月數에 이르지 못해서 과인이 그 사람됨에 뜻을 가지게 되었고 期年에 이르지 못해서 과인이 그를 믿게 되었는데, 나라에 재상이 없어 과인이 나라를 맡겼더니(국정을 맡겼다는 뜻이다. '傳' 자를 俗本에 '傳' 자로 잘못 썼다.) 悶然한 후에 응하고(아무런 생각이 없이 응함) 氾然[2]하게 사양한 듯하니(아무런

2) 氾然 : 이는 '민연이후응(悶然而後應)' 구절과 상대되는 문장으로 '범이약사(氾而若辭)'의

생각이 없이 사양함) 과인이 추하게 생각하여(애공이 스스로 혹시라도 전해주지 못할까 부끄러워함이다.) 마침내 그에게 나라를 전수하였더니 얼마 안 있다가(오랜 시간이 아님) 과인을 버리고 떠나가니 과인이 卹(걱정한 모양)焉하게 亡失한 듯하여 이 나라를 더불어 즐길 수 없는 듯하니 이는 어떤 사람인가.(어떤 모양의 사람일까?)"

의역

노나라 애공이 공자에게 물었다.

"위나라에 추악하게 못생긴 한 사람이 있습니다. 워낙 못생겨 남들이 모두 그를 불쌍히 여기는 사람이기에 그의 이름을 '불쌍하고 못난 그'라는 뜻으로 애태타(哀駘它)라고 부릅니다. 하지만 그와 함께 사는 남자들은 그를 사모한 나머지 그의 곁을 떠나가지 못하고, 여자들도 그를 보면 부모에게 보채어 말하기를, '다른 이의 아내가 되기보다는 차라리 그분의 첩이 되겠다.'고 우긴 여인들이 무려 10여 명이 넘습니다. 그러나 일찍이 그가 앞서 그처럼 하라 제창했다는 말을 듣지 못하였고 오직 느낀 대로 항상 감응할 뿐이었습니다.

그는 임금의 지위로 사람의 목숨을 구제할 수 있는 사람도 아니고, 쌓아놓은 재물이 많아 사람들의 배를 불려줄 수 없는 사람입니다. 그의 추악한 얼굴은 사람들을 깜짝 놀라게 할 뿐입니다. 그는 감응할 뿐 먼저 일을 열지 않으며, 그의 지혜는 인간 세상을 벗어나지 않음에도 여인이든 남자이든 그의 앞에 모여드는 것으로 보아 그는 반드시 남들과 다른 점이 있을 것입니다.

그래서 과인(寡人)이 그를 불러 살펴보았습니다. 들었던 대로 정말 못생긴 그의 얼굴은 모든 사람들을 놀라게 할 만하였습니다. 하지만 내가 그와 함께 거처하여보니 한 달이 채 못 되어 나는 그 인품에 관심을 가지게 되었고 1년이 채 못 되어 나는 그를 믿게 되었습니다. 때마

범(氾) 자 아래에 연(然) 자를 넣어 범연(氾然)으로 읽어야 한다.

침 우리나라에 재상이 없어 나는 그에게 나라를 맡겼더니, 그는 반가워하는 기색은커녕 아무런 생각이 없이 응하였고 아무런 생각이 없이 사양한 듯하였습니다. 나는 혹시라도 그에게 그 재상을 물려주지 못할까 부끄러워하였습니다. 끝내 그에게 나라를 전해 주었지만 그는 얼마 후 나를 버리고 떠나갔습니다. 저는 허전한 마음에 뭔가를 잃은 듯하여 다시는 이 나라를 함께 다스리며 즐길 만한 사람을 찾아볼 수 없을 듯합니다. 그는 과연 어떤 사람입니까?"

‖ 선영 주 ‖

又是一個惡人은 却又是一個出色人이라

또 하나의 추악한 사람을 서술한 것은 하나의 색다른 사람을 들어 말한 것이다.

○ 寫得哀駘它에 渾渾圇圇이라

○ 애태타를 묘사함에 있어 혼륜하고 혼륜하다.

‖ 경문 ‖

仲尼曰 丘也 嘗使於楚矣러니 適見㹠(同豚)子 食於其死母者라(設喩) 少焉에 眴若하야(眴音은 絢이니 與旬同이니 目搖也라 㹠子 乍覺母死而驚眩也라) 皆棄之而走는 不見己焉爾며(以母於己에 不似往時之見己爾라) 不得類焉爾일세니라(以己視母에 又不類昔之狀貌爾라) 所愛其母者는 非愛其形也오 愛使其形者也니라(數句는 逗盡全旨라) 戰而死者는 其人之葬也에 不以翣資하며(以其武之實 已喪故로 不備禮라) 刖者之履는 無爲愛之는(以其足之實 已喪故로 謂之不祥이라) 皆無其本矣일세니라(收一句라 戰은 以武爲本이오 履는 以足爲本이어늘 此皆喪之也라 ○ 一喩後에 又帶兩喩라 無本者 無足愛ㄴ댄 則有本者

之必爲人愛를 可知矣니 此處는 皆作反跌이라) **爲天子之諸御**란 **不爪翦**하며 **不穿耳**하며(全其形하야 以垂至尊之盼이라) **取**(去聲)**妻者 止於外**하야 **不得復使**하나니(官不役之오 逸其形하야 以邀新婚之懽이라) **形全**도 **猶足以爲爾**온(使人愛之) **而況全德之人乎**아(德全則是有本者니 人豈能不愛乎아 ○ 又用兩喩니 正觀이라) **今**에 **哀駘它 未言而信**하며 **無功而親**하야 **使人授己國**하되 **唯恐其不受也**하나니(愛之如此) **是必才全而德不形者也**로다(必有本者也라 才全者는 不衒費其才而渾然自全也라)

仲尼가 말하기를, "丘가 일찍이 楚에 사신으로 갔었는데 마침 돼지 새끼[㹠('豚' 자와 같음)子]가 죽은 어미의 젖을 먹는 것을 보았다.(비유를 가설함) 조금 후에 眴若(眴의 독음은 '絢', 旬과 같으니 눈이 휘둥그레진 것이다. 돼지 새끼들이 문득 암돼지가 죽은 것을 깨닫고서 깜짝 놀란 것이다.)하여 모두 버리고서 달아난 것은 자기를 보아주지 않은 때문이며(어미 돼지가 새끼 돼지에게 지난날 자기를 보았던 것과 같지 않았기 때문이다.) 類가 아니었기 때문입니다.(새끼 돼지로서 어미 돼지를 살펴봄에 또한 지난날의 모습과 같지 않았기 때문이다.) 그 어미 돼지를 사랑한 것은 그 형체를 사랑하는 것이 아니라, 형체를 만들어준 그 존재를 사랑한 것입니다.(몇 구절은 전체의 뜻을 모두 다하였다.)

전쟁하다가 죽은 자는 그 사람을 안장할 적에 翣에 힘입지 않으며(그 武의 실상을 이미 잃어버린 까닭에 예를 갖추지 않는다.) 刖者의 신발은 아낄 것이 없는 것은(그 발의 실상을 이미 잃어버린 까닭에 이를 상서롭지 못하다고 말한다.) 모두 그 근본이 없기 때문입니다.(한 구절로 끝맺은 것이다. 전쟁에서는 용감함으로써 근본을 삼고 신은 발로써 근본을 삼는 것인데, 이를 모두 잃은 것이다. ○ 하나의 비유를 든 뒤에 또다시 두 가지의 비유를 들고 있다. 근본이 없는 자를 사랑할 수 없다면 근본이 있는 자는 반드시 남들에게 사랑을 받을 수 있다는 점을 미루어 알 수 있다. 이곳은 모두 반어법으로 쓰여 있다.) 천자의 諸御

가 되려면 손톱을 깎지 않으며 귀를 뚫지 않으며(그 형체를 온전히 하여 지존에게 보이는 것이다.) 아내를 맞이한[取](去聲) 자는 밖에 그치게 하여 다시는 일을 시키지 않으니(官에서 그에게 일을 시키지 않으며 그 형체를 편히 하여 신혼의 즐거움을 맞이하도록 함이다.) 형체의 온전함으로도 오히려 이렇게 만드는 것인데(사람으로 하여금 그를 사랑하게 만든 것이다.) 하물며 덕을 온전히 지닌 사람이야.(덕이 온전하다는 것은 근본이 있는 자이니, 사람들이 어찌 사랑하지 않을 수 있겠는가. 또다시 두 비유로써 바로 붙여 말하고 있다.) 이제 哀駘它는 말이 없어도 믿어주며 功業이 없어도 친히 하여 사람으로 하여금 자기의 나라를 전해 주되 오직 그 받지 않을까 두려워하니(사랑함이 이와 같다.) 이는 반드시 재주가 온전하고 덕이 나타나지 않은 자입니다.(반드시 근본이 있는 것이다. 재주가 온전한 것은 그 재주를 자랑하지 않고 渾然히 스스로 온전히 함이다.)"

의역

공자가 말하였다.

"제가 일찍이 초나라에 사신으로 간 적이 있었습니다. 때마침 암돼지가 죽은 줄도 모른 채 어미의 젖을 빠는 돼지 새끼들을 보았습니다. 돼지 새끼들은 조금 후에 어미 돼지가 죽었다는 것을 알고서 깜짝 놀라 눈이 휘둥그레진 채, 암돼지를 버리고서 모두 달아나 버렸습니다.

그것은 어미 돼지가 지난날처럼 새끼 돼지를 보살펴주지 않았기 때문이며, 새끼 돼지 역시 어미 돼지의 모습이 지난날과 달랐기 때문입니다. 새끼 돼지들이 어미 돼지를 사랑한 것은 그 암돼지의 형체를 사랑한 것이 아니라, 그 형체를 만들어준 주체의 내면정신에 있기 때문입니다.

「전투를 하다가 죽은 병사를 안장할 적에 그의 상여에 삽(翣)을 사용하지 않는 것은 그의 몸을 찾지 못하고 잃어버렸기에 장례에 관을 사용하지 않고 관을 사용하지 않기에 이에 필요한 장식을 갖추지 않은 때문이며, 형벌로 다리를 잘린 자의 신발을 아낄 게 없는 것은 그의 발을 이미 잃어버린 까닭에 이를 필요로 하지 않기 때문입니다. 장례에 삽을 사용할 수 있는 근본인 관이 없고, 신발이란 두 발을 근본으로 삼는데, 그 근본이 되는 발을 잃은 데서 연유한 것입니다.」

천자를 가까이에서 모시는 비빈(妃嬪)이 되려면 손톱을 깎지 않으며 귀를 뚫지 않은 채 그의 형체를 온전히 하여 지존에게 보이는 것이며, 관아에서는 아내를 맞이한 신랑을 멀리 내보내어 일을 시키지 않고 그의 몸을 편히 하여 신혼의 즐거움을 맞이하도록 합니다. 온전한 형체를 가진 것만으로도 오히려 그들의 사랑을 이처럼 만들어주는 것인데, 하물며 온전한 덕성을 지닌 사람을 어찌 사랑하지 않을 수 있겠습니까?

지금 애태타는 말하지 않아도 사람들이 믿고 아무런 공업이 없는 데에도 그를 가까이하고, 임금으로 하여금 자기의 나라를 그에게 전해 주면서도 그가 오히려 받지 않을까 두렵게 만든 것으로 보아 그는 반드시 재주가 온전하고 덕이 드러나 보이지 않은 자입니다."

‖선영 주‖

入手一喩오 又帶兩喩니 先作反跌하야 接連下兩喩하고 又作正襯하니 可見人之親信它는 乃是它有充實之本 存焉이라 故不得而不愛之니 此所謂符也라

하나의 비유를 쓰고 또다시 두 가지의 비유를 쓰고 있다. 먼저 반어법으로 쓰고 뒤이어서 아래의 두 가지의 비유를 썼으며 또다시 정설(正說)로 쓰고 있다. 이를 통해 사람들이 그를 믿고 가까이하는 것은 그에게 충만한 근본이 존재하기 때문임을 볼 수 있다. 그러므로 그를 사랑하지 않을 수 없었다. 이것이 이른바 '징험[符]'이다.

○ 本字는 便是德充이오 愛字는 便是符라(引哀駘它大意는 此處에 已畢이오 下二節은 止將才全一註 德不形一註라)

○ '본(本)' 자는 내면에 덕이 충만함을, 그를 사랑한다는 '애(愛)' 자는 곧 밖으로 나타난 '징험[符]'이다.(哀駘它를 인용한 대의는 이곳에서 이미 끝난 것이다. 아래의 2절은 다만 才全에 관한 주석이요, 德不形에 관한 주석이다.)

‖ 경문 ‖

哀公曰 何謂才全고 仲尼曰 死生存亡과 窮達貧富와 賢與不肖와 毁譽饑渴과 寒暑는 是事之變이오 命之行也라(皆人事之變遷無定과 天命之運行不停者라) 日夜相代乎前호되 而知(智)不能規乎其始者也라(當前變化는 不留瞬息이어늘 而雖有智者나 不能取詰其所自來也라) 故不足以滑和며 不可入於靈府오(惟其如是라 故當任其自然하야 不足攖心以滑吾之天和오 不可交引而擾吾之靈府라 天和者는 沖瀜之朕이오 靈府者는 精神之宅也라) 使之和豫로 通而不失於兌하며(使和豫之氣 流通而不失吾怡悅之性이라 兌는 悅也라) 使日夜無郤하야(且使和豫之通者는 無一息罅隙이라 郤은 同隙하다) 而與物爲春하나니(隨物所在에 皆同遊於春和之中이라) 是接而生時於心者也니(是는 四時不在天地로되 而吾心之春이 無有間斷者라야 乃接續而生時於心也니 妙句妙句라 生時字는 因春字來라) 是之謂才全이니라

‖ 번역 ‖

哀公이 말하기를, "무엇을 재주의 온전함이라 하는가?"

仲尼가 말하기를, "死, 生, 存, 亡과 窮, 達, 貧, 富와 賢, 不肖와 毁, 譽, 饑, 渴과 寒, 暑는 人事의 변화요 天命의 운행이라,(모두 인사의 변천이 일정함이 없는 것과 天命의 운행이 멈추지 않음이다.) 日夜로 앞에서 서로 교대하되 知(智)가 그 시초를 엿보지 못합니다.(앞의 변화는 눈 깜짝할 사이도 머물지 않지만 지혜 있는 자라도 그 유래를 알 수 없다.) 이 때문에 和를 어지럽히지 않아야 하고 靈府에 끌어들임이 없어야 하고(오직 이와 같은 까닭에 마땅히 그 자연에 맡겨둠으로써 마음이 걸리어 나의 天和를 어지럽히지 않고 서로 이끌어 나의 靈府를 소요시키지 않는다. 天和는 沖融의 조짐이요, 靈府는 정

신의 집이다.) 그 和豫로 하여금 통하여 기쁨[兌]을 잃지 않으며(和豫의 氣를 유통시켜 나의 기쁨의 본성을 잃지 않도록 한 것이다. 兌는 기쁨[悅]을 말한다.) 日夜로 틈[郤]이 없게 하여(또한 和豫를 통한 자로 하여금 한 호흡의 사이도 틈이 없게 함이다. 郤은 '隙' 자와 같음) 物로 더불어 봄이 되게 하니(物의 소재에 따라 모두 春和의 가운데 노는 것과 같다.) 이는 접하여 마음에 時를 생함이니(이는 四時가 천지에 있지 않지만 내 마음의 봄이 間斷이 없어야 이에 접속하여 마음에 四時를 낳게 된다. 절묘한 구절이며 질묘한 구절이다. 生時의 글자는 '春' 자로 인해 유래된 것이다.) 이를 재주의 온전함이라 말합니다."

애공이 공자에게 물었다.

"재주의 온전함이란 무엇을 말합니까?"

"죽음과 삶, 생존과 멸망, 비천함과 벼슬살이, 가난과 부유함, 어짊과 불초함, 훼방(毁謗)과 명예, 배고픔과 목마름이란 인간사의 무상한 변화이자 천명의 순환이요 유행입니다. 그 변화는 눈 깜짝할 사이도 머물지 않은 채 밤낮으로 그의 앞에서 끊임없이 교차하지만, 아무리 지혜 있는 자라도 그 유래를 엿볼 수 없습니다.

이와 같은 까닭에 이를 그 자연에 맡겨둠으로써 마음에 걸림이 없어 충융(沖融)의 조짐인 천성(天性)의 화기(和氣)를 어지럽히지 않고 나의 마음의 영부(靈府)를 어지럽히지도 않습니다. 그리고 그 화기가 넘쳐 나의 기쁨의 본성을 잃지 않도록 하고 또한 넘치는 화기를 한 호흡의 사이도 빈틈이 없게 하여 어떤 물건이든 그 있는 데에 따라서 모두 화사로운 그의 봄의 화기 속에서 노니는 것과 같이 만들어줍니다. 이는 내 마음속의 봄이 끊임없이 이어져 내 마음속에서 사계절을 만들어낸 것입니다. 이러한 자를 두고서 재주의 온전함이라 말합니다."

‖ **선영 주** ‖

能不用其才면 則才全矣라 萬態遞乘하야 一時一時와 一日一日에 天

地에 從無相肖之一刻이오 古今에 從無可據之一瞬이어늘 而欲出其智巧하야 與造化爭하니 亦愚 甚矣라 才全者는 任之則無往不得也라

그 재주를 쓰지 않으면 재주가 온전한 것이다. 온갖 세태(世態)가 번갈아 다가오기에 시시때때로 또는 하루하루에 천지에는 서로 닮은 것은 한 시각도 없으며 고금에 근거할 만한 한순간도 없다. 그럼에도 지교(智巧)를 내어 천지의 조화와 다투고자 하니 또한 어리석음이 심하다. 재주가 온전한 자는 이에 맡겨두니, 어느 곳을 갈지라도 자득하지 않음이 없다.

○ 不失於兌는 在我一和豫通也오 與物爲春은 天下一和豫通也라 接而生時於心은 妙妙分明이니 是造化在我胸中에 一片活潑이라 中庸의 浩浩其天一句註脚은 莫過於此라

○ 마음의 기쁨을 잃지 않는다는 것은 나에게 있어 하나의 화예(和豫)로 통함이요, 만물로 더불어 봄이 된다는 것은 천하에 있어 하나의 화예로 통함이다. 뒤이어서 마음에 사시(四時)가 생(生)한다는 것은 오묘하고 분명한 문장이다. 이는 천지의 조화가 나의 가슴속에서 활기차게 존재하는 것이다. 『중용』의 "드넓고 드넓은 그 하늘이다."는 구절의 주각(註脚)은 여기에서 벗어나지 않는다.

‖ 경문 ‖

何謂德不形고 曰 平者는 水停之盛也라(天下之平은 莫盛於停水라) 其可以爲法也니(凡取平者는 水可以爲之法이라) 內保之而外不蕩也글세니라(言水停之妙如此라 故可以爲法이라) 德者는 成和之修也라(修太和之道하야 旣成을 乃名爲德也라 故和莫過於德成이니 如平莫盛於水停이라) 德不形者는(不形者는 內保之而外不蕩이니 如水停之妙也라) 物不能離也니라(飮和者는 必親愛乎德이니 如

取平者는 必師法乎水也라)

직역

“무엇을 德이 나타나지 않은 것이라 말하는가.”

“平한 것은 물의 停止가 성함이라,(천하에 평평한 것으로는 고요한 물보다 더 성대한 것이 없다.) 그 법이 될 수 있으니(대체로 평평함을 취하는 것은 물로써 법을 삼는다.) 안으로 보존하여 밖으로 動蕩하지 않기 때문입니다.(고요한 물의 오묘함이 이와 같기에 이로써 법을 삼는다.) 德이란 것은 太和를 닦아 이룬 것입니다.(太和의 도를 닦아 이미 성취한 것을 이에 德이라고 말한다. 그러므로 太和는 덕을 이룬 것보다 더 나은 것이 없으니 평평함은 고요한 물보다 더 성대함이 없는 것과 같다.) 덕이 나타나지 않은 자는(德이 나타나지 않은 자는 안으로 보존하고 밖으로 動蕩하지 않음이니 마치 고요한 물의 오묘함과 같다.) 物이 떠나지 않는 것입니다.(그 太和의 덕을 입은 자는 반드시 덕을 친히 하고 사랑하니, 평평함을 취하려는 자가 반드시 물에서 본받는 것과 같다.)”

의역

애공이 다시 공자에게 물었다.

“덕이 나타나지 않은 것이란 무엇을 말합니까?”

“천하에 평평한 것으로는 고요한 물보다 더 평평한 것이 없습니다. 따라서 평평함을 취할 적에 물을 법으로 삼는 것은 안으로 보존하여 밖으로 일렁거리지 않기 때문입니다. 태화(太和)의 도를 닦아 성취한 것을 덕이라 말하니, 태화는 덕을 이룬 것보다 더 좋은 것이 없기에, 평평함은 고요한 물보다 더 성대함이 없는 것과 같습니다. 안으로 보존하고 밖으로 움직이지 않은 것이 마치 고요한 물의 오묘함처럼 덕이 드러나 보이지 않은 자는 만물이 자연히 그를 가까이하여 그의 곁을 떠나지 않는 것입니다.”

‖ 선영 주 ‖

將水之停하야 爲德不形은 作喩妙妙라 水停而平之盛者 在焉하니 取法者 安往乎아 德不形而和之至者 在焉하니 物雖欲離之나 烏能乎아

물의 고요함을 가지고서 "덕의 나타나지 않음"을 삼은 것은 절묘하고 절묘한 비유이다. 물이 고요함으로써 평평함의 성대함이 있다. 법을 취하려는 자가 다시 그 어디로 갈 것이 있겠는가. 덕이 나타나지 아니함으로 태화의 지극함이 존재한다. 사람들이 아무리 그에게서 떠나려 해도 어떻게 떠날 수 있겠는가.

○ 內保之而外不蕩은 爲水停找一註也어늘 却已爲德不形作註矣라 故說德不形處 更不須解也라 物不能離句는 找轉前面親愛意이니 最明이라

○ 안으로 덕을 보존하여 밖으로 동탕(動蕩)질하지 않는다는 것은 '물이 고요하다'는 데에 대한 주석이다. 그럼에도 사람들은 도리어 "덕이 나타나지 않는다."는 데에 대한 주석으로 잘못 인식하고 있다. 이 때문에 "덕이 나타나지 않는다."는 데에 대한 설명 부분에 다시 해석을 필요로 하지 않는다. "사람들이 그에게서 떠날 수 없다"는 구절은 앞에서 말한 '친애'한다는 뜻을 전변(轉變)하여 쓴 것이니 가장 명백하다.

강설

전덕지인(全德之人)은 곧 온전한 덕을 추구하는 사람이다. 그를 재전(才全)이라 한다. 온전한 덕을 지닌 자의 특색은 자신의 훌륭한 점을 드러내 보이지 않는다. 이것이 덕불형(德不形)이다. 그 어떤 일을 당해도 마음이 도와 함께하여 내심의 평정을 잃지 않고, 밖으로 사생, 존망, 부귀, 빈천, 기갈(飢渴), 한서(寒暑) 등에 흔들리지 않는 것이다. 이것이

'내보지이외불탕(內保之而外不蕩也)'이다.

애태타는 추악하기 짝이 없는 사람으로 권력도 부귀도 용모도 구변도 지식도 없는 사람이지만, 위와 같은 내면의 덕으로 애공의 마음을 사로잡은 것이다.

‖ 경문 ‖

哀公이 **異日**에 **以告閔子曰 始也**에 **吾以南面而君天下**하야 **執民之紀而愛其死**로(恐民之傷) **吾自以爲至通矣**러니 **今吾聞至人之言**하니(孔子之言哀駘它者) **恐吾無其實**하야 **輕用吾身**하야 **而亡吾國**이라 **吾與孔丘**로 **非君臣也**라 **德友而已矣**니라

직역 ‖

哀公이 異日에 閔子에게 말하기를, "처음엔 내 南面으로써 천하에 임금이 되어 백성의 기강을 바로잡고 그들의 죽음을 측은히 여기는 것으로(백성이 다칠까 두려워함) 나는 스스로 지극히 通한 것이라 여겼더니 이제 내 至人의 말을 들어보니(공자가 哀駘它에 대하여 말해준 것.) 나는 그 實相이 없이 나의 몸을 가벼이 써서 나의 나라를 망하게 될까 두렵다. 나는 孔丘로 더불어 君臣이 아니라 덕으로 벗을 삼을 따름이다."

의역 ‖

애공이 어느 날, 민자(閔子)에게 말하였다.

"처음엔 나는 임금의 지위에 올라 나라를 다스릴 적에 백성의 기강을 바로잡아 그들의 목숨을 잃게 될까 측은히 여기는 마음만으로 나는 스스로 가장 훌륭한 정치라 여겼더니만, 이제 막상 지인(至人)에 대한 말을 들어보니 나에게 아무런 실상 없이 나의 몸을 가벼이 움직여 나라를 잃게 될까 두렵다. 나는 공자와 임금과 신하의 사이가 아니라, 덕으로 사귀는 벗일 뿐이다."

‖ 선영 주 ‖

非孔子면 **不足以悉哀駘它之妙**라 **哀公**이 **不獨傾心哀駘而反傾心孔子**는 **極是**라

공자가 아니었다면 애태타의 오묘함을 잘 알지 못했을 것이다. 애공이 유독 애태타에게 마음을 기울이지 않고 도리어 공자에게 마음을 기울인 것은 지극히 옳은 일이다.

○ **以上**은 **哀駘它之醜**를 **丈夫婦人**이 **忘之**하고 **魯君**이 **忘之**하니 **德充符**를 **可思也**라

○ 위의 문장에서는 애태타(哀駘它)의 추악한 용모를 남자나 부인이 잊었고 노나라 임금마저 잊기에 이르렀다. 내면의 덕이 충만하여 밖으로 나타난 징험을 상상할 수 있다.

5. 德有所長而形有所忘

(내면의 덕이 훌륭하면 겉모습을 잊게 된다)

이 세상에 가장 못난 인물이 그 누구일까? 꼽추에다가 절름발이, 제멋대로 생긴 몸에 입술조차 없는 얼굴을 지닌 인기지리무신(闉跂支離無脤), 그리고 목덜미에 동이처럼 커다란 혹을 달고 사는 옹앙대영(甕盎大癭), 아마 이 세상에 그보다 더 못생긴 사람은 일찍이 없을 것이다. 그러나 그처럼 추악한 외모를 잊게 해준 것이 있다. 그것은 곧 그의 내면의 덕이다.

‖ 경문 ‖

闉跂支離無脤이(闉은 曲城也라 人之體曲이 似之故로 取以爲稱이라 跂는 脚

根不著地也라 闉跂者는 曲體而跂行也라 支離는 形不整也라 脤은 卽脣字也니 無脤은 口無脣也라 總其諸般醜形하야 以爲之號也라) **說**(去聲)**衛靈公**한대 **靈公**이 **說**(悅)**之而視全人**하되(全體之人) **其脰**(音豆 頸也)**肩肩**하고(細竦貌) **甕盎大癭**이(癭音은 隱이니 頸瘤也라 瘤之大 如甕盎이라 故稱曰 甕盎大癭也라) **說**(去聲)**齊桓公**한대 **桓公**이 **說之而視全人**하되 **其脰肩肩**이러라(以二殘體之人可悅로 反覺全體者之脰 細長이 不合式也라 ○ 肩은 當作顧니 音은 慳이라 考工記數目顧脰의 註에 云長脰貌라하다)

직역

闉跂支離無脤(闉은 굽은 성곽이니 꼽추의 굽은 몸이 이처럼 보이기 때문에 이를 취하여 이름 삼은 것이다. 跂는 바닥이 땅에 닿지 않은 것이다. 闉跂는 꼽추로서 절룩거리며 걷는 자를 말한다. 支離는 형체가 단정하지 못한 것이다. 脤은 곧 脣'字이니 無脣은 입술이 없는 것이다. 그 숱한 추악한 모습을 총괄하여 이로 이름 삼은 것이다.)이 衛 靈公을 遊說하자, 영공이 그를 좋아하여 온전한 사람을 보되(온전한 몸을 지닌 사람) 그 목脰(독음은 '豆', 목을 말함)을 肩肩하다 여기고(가늘고 삐쭉한 모습) 甕盎大癭(癭의 독음은 '隱', 목덜미의 혹. 큰 혹이 동이처럼 컸기 때문에 甕盎大癭이라 일컬은 것이다.)이 齊 桓公을 遊說하자, 환공이 그를 좋아하여 온전한 사람을 보되 그 목을 肩肩하다고 여겼다. (두 추악한 모습의 사람을 좋아함으로써 도리어 온전한 몸을 지닌 사람의 목이 가늘고 길어서 격식에 맞지 않다고 생각하게 된 것이다. ○ 肩은 마땅히 '顧' 자로 써야 하니, 독음은 慳. 「考工記」의 "數目顧脰" 주석에 목이 긴 모양이라 하였다.)

의역

꼽추에다가 절름발이, 제멋대로 생긴 몸에 입술조차 없는 얼굴의 사내[闉跂支離無脤]가 위나라 영공(靈公)을 찾아가 유세하자, 영공이 그를 좋아한 나머지 온전한 몸을 지닌 보통사람의 목덜미를 보고서 가늘고 삐쭉하다고 여겼다.

목덜미에 큰 혹이 동이처럼 생겼기에 옹앙대영(甕盎大癭)이라 일컬은 혹부리 영감이 제나라 환공(桓公)을 찾아가 유세하자, 환공이 그를 좋아한 나머지 온전한 몸을 지닌 보통사람의 목덜미를 보고서 가늘고 삐쭉하다고 여겼다.

‖ 선영 주 ‖

又是兩個不全之人은 却又是兩個出色人이라

또 온전하지 못한 두 사람을 서술한 것은 하나의 색다른 사람을 들어 말한 것이다.

○ 上文에 四個人은 錯敘오 此兩個人은 整敘라

○ 위 문장에서 네 사람은 뒤죽박죽 서술하였고 이 두 사람은 정돈하여 서술하였다.

○ 兩個不全之人을 兩君이 不獨忘彼之醜라 而反覺全人之醜하니 是極有神理說話라 德充符를 可思也로다

○ 온전하지 못한 두 사람을 두 임금이 그 추악한 용모를 잊었을 뿐 아니라, 도리어 온전한 사람을 추악하게 여겼다. 이는 지극히 신묘한 이치가 넘치는 말이다. 내면의 덕이 충만하여 밖으로 나타난 징험을 상상할 수 있다.

‖ 경문 ‖

故로 德有所長이면 而形有所忘이어늘(道破) 人不忘其所忘하고(形宜忘) 而忘其所不忘하나니(德不宜忘) 此謂誠忘이니라(眞忘之大者니라 昔人이 有徙宅而忘其妻者를 以爲可咤로되 不知一世人之眞忘이 更有甚也라)

직역

그러므로 덕에 장점이 된 바 있으면 형체는 잊은 바 있는데(道破: 說破) 사람들은 그 잊어야 할 것을 잊지 못하고(형체는 마땅히 잊어야 한다.) 그 잊어서는 안 될 것을 잊으니(덕은 잊어서는 안 된다.) 이를 참으로 잊은 것이라 말한다.(참으로 크게 잊은 사람이다. 옛날 어떤 사람이 자기 집을 이사한 뒤에 그의 아내를 알아보지 못했던 것을 한심스러운 사람이라 여겼다. 그러나 세상 사람들의 진짜 건망증은 이보다 더 심하다.)

의역

그러므로 남보다 뛰어난 덕을 지니면 일그러진 그들의 몸까지도 잊게 된다. 세간의 사람들은 잊어야 할 형체는 잊지 못하고 그 잊어서는 안 될 덕을 잊는다. 이를 진짜 건망증이 심한 사람이라 말한다.

‖ 선영 주 ‖

此節은 方點明德形之辨이니 總收上文이라

이 절은 바야흐로 덕이 나타나게 된 데에 대한 논변을 밝힌 것이니 위의 문장을 모두 총괄하여 끝맺은 것이다.

○ 上文에 其是六位 殘疾奇醜之人은 莊子 也不是隨手塡寫的이라 寫一王駘에 可見弟子於師 以德不以形也오 寫一申屠嘉와 一叔山無趾에 可見師於弟子 以德不以形이며 朋友與友에도 亦當以德不以形也오 寫一哀駘它及闉跂大癭에 可見君臣之間에도 亦以德不以形也라 倫類中에 惟父子兄弟 原以性合이오 不消以形骸之見爲人過慮일세 故莊子不說이오 此外則師弟朋友君臣은 皆以義合者라 皆易從形骸起見이라 莊子特敍這六段事하야 爲世人撤去胸前一片塊壘也라 夫婦 亦以義合者어늘 莊子何以不說고 看他敍哀駘它處에 特夾敘婦人甯爲其

妾數語하니 則夫婦之間은 以德不以形을 又可見矣라 如此散散數段文字를 讀之에 似乎泛雜이로되 却不知已寫盡人倫之道라 莊子精蘊이 如此라

○ 위 문장에서 모두 여섯 사람의 추악하고 병든 사람들은 장자 또한 손 내키는 대로 써 내려간 것이 아니다. 왕태를 묘사한 부분은 스승에게 제자란 덕으로 대하는 것이지 형체로 대하지 않음을 볼 수 있고, 신도가와 숙산무지를 묘사한 부분은 제자에게 스승이란 덕으로 대하는 것이지 형체로 대하지 않음을 볼 수 있고, 벗과 벗 사이에서도 덕으로 대하는 것이지 형체로 대하지 않는다. 애태타와 인기지리무순, 옹앙대영을 묘사한 부분은 군신의 사이 또한 덕으로 대하는 것이지 형체로 대하지 않음을 볼 수 있다.

오륜(五倫) 가운데 오직 부자, 형제는 천성으로 합한 사람이기에, 보이는 형체를 가지고 사람들이 잘못 생각하지 않은 까닭에 장자가 말하지 않았다. 그러나 이 밖의 사제, 붕우, 군신은 모두 의리로 합한 자이기에, 모두가 형체를 따라 쉽사리 견해를 일으키기 마련이다. 장자는 특별히 이 여섯 단락의 고사를 서술, 세상 사람들을 위하여 그들 가슴속에 쌓인 흙더미를 걷어치운 것이다.

부부 또한 의리로 합한 자임에도 장자는 무엇 때문에 이를 말하지 않은 것일까? 장자가 애태타를 서술한 부분에서 특별히 "여인들이 차라리 그의 첩이 되기를 원한다."는 몇 마디의 말을 서술하고 있다. 부부 사이는 덕으로 대하는 것이지 형체로 대하지 않음을 또한 여기에서 찾아볼 수 있다.

이와 같이 띄엄띄엄 몇 단락의 문자를 읽어보면 뒤섞여 있는 것처럼 보이지만, 이는 이미 인륜의 도를 모두 극진하게 묘사한 것이다. 장자의 정미하고 심오함이 이와 같다.

○ 以上은 形一邊畢이라

○ 위의 문장은 형체라는 측면을 모두 끝맺은 것이다.

‖ 경문 ‖

故로 聖人은 有所遊하야(心遊於逍遙之天也라) 而知爲孽이며(智計之巧는 乃枝孽也니 如草木之旁出者라) 約爲膠며(約束之禮는 乃膠漆也오 非自然而合者라) 德爲接이며(有得之德은 乃接續也니 如中斷而復續者라) 工爲商이라(工藝之能은 乃商賈也니 如居貨而求售者라) 聖人은 不謀어니(無思無慮) 惡用知며 不斲이어니(質任自照) 惡用膠며 無喪이어니(渾然全具) 惡用德이며 不貨어니(中無積物) 惡用商이리오 四者는(上四惡用) 天鬻也니라(鬻養也) 天鬻也者는 天食(音嗣)也라(天養之者蓋食天之元氣也) 旣受食於天이어니 又惡用人이리오(猶言不食人間煙火니 蓋聖人與造化로 爲一氣하야 一切世情을 無所用之니 如飧霞者 無復人間煙火相也라 用意最精이라) 有人之形이로대(貌則人也) 無人之情이니라(四者不用) 有人之形故로 羣於人하고(與人其處) 無人之情故로 是非 不得於身이니라(是非之端) 眇乎小哉여(形은 爲萬物中之一物이라) 所以屬於人也오(猶人之類) 謷(大貌)乎大哉여(情累盡捐) 獨成其天이니라(浩浩其天은 心遊逍遙也라 又咏嘆四句라)

직역

그러므로 성인은 遊한 바 있어(마음이 逍遙의 하늘에 노니는 것이다.) 知로 孽을 삼으며(智計의 기교는 곧 枝孽이다. 초목의 곁가지와 같다.) 約을 膠로 삼으며(約束의 禮는 곧 膠漆이니 자연스럽게 합한 것이 아니다.) 德을 接으로 삼으며(얻은 덕은 곧 접속이니 가운데서 끊겼다가 다시 이어나간 것과 같다.) 工을 商으로 삼는다.(工藝의 기능은 곧 商賈이니 재물을 가지고서 값을 구하는 것과 같다.) 성인은 꾀하지 않으니(생각이 없고 염려가 없다.) 어디에 知를 쓰며 쪼개지 않으니(바탕 그대로 맡겨둠) 어디에 膠를 쓰며 喪함이 없으니(渾然하게 온전히 갖추고 있음) 어디에 德을 쓰며 재물이 없으니(가운데 쌓인 물건이 없다.) 어디에 商을 쓰겠는가. 네 가지 것(위 네 가지의 "어디에 …을(를) 쓰겠는가."를 말함)은 天으로 기름[鬻](鬻은 養育)이다.

天으로 기른다는 것은 하늘의 밥[天食](食의 독음은 '嗣')이다.(天으로 기른다는 것은 하늘의 元氣를 먹는 것이다.) 이미 하늘에 음식을 받았으니 또한 어찌 사람의 음식을 쓰겠는가.(인간의 煙火를 먹지 않는다는 말과 같다. 聖人은 천지의 造化로 더불어 一氣가 되어 일체 세간의 情을 쓴 바 없으니, 眞氣를 먹는 자란 다시는 인간 煙火의 모습이 없는 것과 같다. 그 마음 씀씀이 가장 정밀하다.) 사람의 형체를 가지고 있지만(용모는 사람이지만….) 사람의 情이 없다.(위 네 가지의 "어디에 …을(를) 쓰겠는가."가 없다.) 사람의 형체를 가지고 있기 때문에 사람들과 함께 하고(사람과 더불어 함께 거처함) 사람의 情이 없기 때문에 是非가 몸에 이르지 않는다.(시비의 실마리) 조그맣고 작음이여,(형체는 만물 가운데 하나의 물건이다.) 사람에 屬하는 바요(사람의 유와 같다.) 크고[謷](큰 모양) 큼이여,(情과 累를 모두 버린 것이다.) 홀로 그 하늘을 이뤘노라.("드넓고 드넓은 그 하늘이다."라는 것은 마음을 逍遙에 노닌 것이다. 또한 4구를 읊어 감탄한 것이다.)

그러므로 성인의 마음은 유유자적하여 지계(智計)의 기교를 곁가지로 생각하고 약속의 예를 교칠(膠漆)로 생각하고 얻음의 덕을 사람들과의 매개(媒介)로 생각하고 공예(工藝)의 기능을 장사치로 생각한다.

성인은 생각이 없으니 어디에다가 지혜를 쓰며, 자연의 바탕 그대로 맡겨두니 어디에다가 교칠을 쓰며, 혼연(渾然)하여 온전히 갖추고 있으니 어디에다가 덕을 쓰며, 쌓아놓은 재물이 없으니 어디에다가 장사를 할 수 있겠는가. 위의 네 가지는 하늘의 자연으로 기른 것이다.

하늘의 자연으로 기른다는 것은 하늘의 원기(元氣)를 먹은 것이다. 이미 천지의 조화로 더불어 일기(一氣)가 되어 하늘의 음식을 공양받는다. 또한 어찌 사람들이 사용하는 음식을 필요로 하겠는가. 사람의 얼굴을 지니고 있지만 사람의 치우친 감정이 없다. 사람의 얼굴을 지니고 있기에 사람들과 함께 거처하고, 치우친 감정이 없기에 사람들의 시비소리가 그의 몸에 이르지 않는다. 형체는 만물 가운데 하나의 물건으로서 조그맣고 작음이여, 사람들과 같은 유이며, 정식(情識)과 누(累)를 모두 버리어 위대함이여, 홀로 그 드넓은 하늘을 이뤘노라.

‖선영 주‖

上文에 旣言形非德之所在어늘 此에 又恐人或以智能世法으로 爲德일세 故로 復言聖人 心有所遊는 乃與造化로 一氣하야 一切人情을 無所用之니 是情도 亦非德之所在也라(本題德字는 深이요 此節德爲接的德字는 淺이라)

위 문장에서 이미 형체란 덕이 있는 바가 아니라고 말했는데, 여기서는 사람들이 혹시라도 지능(智能)과 세간법(世間法)을 덕으로 생각할까 두렵다. 이 때문에 다시 성인의 마음이 노는 바는 이에 천지의 조화와 하나가 되어 일체 인정(人情)을 따른 바 없다. 인정 또한 덕이 있는 바가 아니다.(本題의 '德' 자의 뜻은 깊고, 이 절에서 '德爲接'의 德 자의 뜻은 얕다.)

6. 無以好惡內傷其身

(좋아하고 싫어하는 감정으로 몸을 상해서는 안 된다)

장자는 감정과 정욕을 방종하여 노심초사하면 삶을 해치고 본성을 잃게 된 점을 비판하여 무정(無情)을 제시한 것이다. 무정이란 천연에 맡겨 일호의 사사로운 감정이 있어서는 안 됨을 말한다.

‖ 경문 ‖

惠子 謂莊子曰 人故無情乎아 莊子曰 然하다 惠子曰 人而無情이면 何以謂之人이리오 莊子曰 道與之貌하며 天與之形이어니 惡得不謂之人이리오(言道與天이 旣生之爲人則是人矣라) 惠子曰 旣謂之人인댄 惡得無情이리오(惠子는 蓋以人之靈性으로 爲情이라) 莊子曰 是는 非吾所謂情也라(言惠子認情字 先錯이라) 吾所謂無情者는 言人之不以好惡로 內傷其身하고(所惡者는 乃好惡之情이 生於人慾者也라 任天性而不任人慾이면 則內無煩傷矣라) 常因自然而不益生也니라(妙妙라 本生之理는 不可以人爲有加也라) 惠子曰 不益生이면 何以有其身이리오(惠子는 以爲生須人事滋培之라) 莊子曰 道與之貌하며 天與之形이어니(旣足於道與天矣라) 無以好惡로 內傷其身이어늘(又何用以人情自損爲리오) 今子 外乎子之神하고(馳騖其神) 勞乎子之精하야(疲困其精) 倚樹而吟하며(高歌也) 據槁梧而瞑하나니(琴瑟嫺熟하야 效瞽師之不用目이라 二句는 言惠以技能自衒也어늘 舊解에 作眠睡하니 可笑라) 天選子之形이어늘(天於生物之中에 選子爲人形하니 本無不足之理라) 子以堅白鳴이로다(子乃以技能之情自衒은 如堅白之論으로 妄自爭鳴이니 亦大遠於德充也己라 ○ 住得斬然이라)

‖ 번역 ‖

惠子가 莊子에게 말하기를, "사람이란 情이 없어야 하는가."

莊子가 말하기를, "그렇다."

혜자가 말하기를, "사람으로서 정이 없으면 어떻게 사람이라 말할 수 있을까?"

장자가 말하기를, "道는 용모를 주었고 天은 형체를 주었다. 어떻게 사람이라 말하지 않을 수 있겠는가.(道와 하늘이 이미 사람으로 내어 주었으니, 이것이 사람이다.)"

혜자가 말하기를, "이미 사람이라 한다면 어떻게 정이 없을 수 있겠는가.(혜자는 사람의 靈性을 情으로 생각한 것이다.)"

장자가 말하기를, "이는 내가 말한 정이 아니다.(혜자는 '情' 자를 먼저 잘못 인식한 것이다.) 내가 말한 無情이란 사람이 좋아하고 미워하는 것으로써 안으로 그 몸을 상하지 않고(미워한 것은 곧 好惡의 감정이 인욕에서 발생한 것이다. 天性에 맡겨 두고 인욕에 맡겨두지 않으면 안으로 煩傷이 없을 것이다.) 항상 자연으로 인하여 生을 더하지 않아야 한다.(심묘하고 심묘하다. 本生의 이치는 사람으로서 더할 수 있는 것이 아니다.)"

혜자가 말하기를, "생을 더하지 않는다면 어떻게 그 몸을 둘 수 있겠는가.(혜자는 生이란 반드시 人事로 북돋아야 한다고 생각하였다.)"

장자가 말하기를, "道는 용모를 주었고 天은 형체를 주었다.(이미 道와 天이 족한 것이다.) 좋아하고 미워하는 것으로써 안으로 그 몸을 상해서는 안 되는 것인데(또한 어찌 인정으로 스스로 손상을 끼치려 하는가.) 이제 그대는 그대의 神을 밖으로 하고(그 정신을 밖으로 내달리다.) 그대의 精을 피곤하게 하여(그 정신이 피곤하다.) 나무에 기대어 읊으며(큰소리로 노래를 부름) 槁梧에 의지한 채 눈감으니(거문고와 비파에 익숙하여 精神이 눈의 감각을 쓰지 않은 것처럼 하고자 함이다. 2句는 혜자가 자기의 기능을 스스로 자랑한 것인데, 옛 해석에서는 '졸고 있다.'는 것으로 말하니, 가소로운 일이다.) 하늘이 그대의 형체를 가려서 주었는데(하늘이 생물 가운데 그대를 가려서 사람의 형체로 만들어주니 본디 부족한 이치가 없다.) 그대는 堅白으로써 爭鳴하는구려!(그대가 기능의 情으로써 스스로 자랑한 것은 마치 堅白論으로 부질없이 스스로 爭鳴한 격이니 이 또한 내면의 덕의 충만한 것과는 거리가 멀다. ○ 칼로 자르듯이 끝맺음이다.)"

의역

혜자가 장자에게 말하였다.

"사람이란 감정이 없어야 하는가."

장자가 대답하였다.

"그렇다."

"인간으로서 감정이 없다면 어떻게 사람이라 할 수 있겠는가."

"도(道)는 사람의 얼굴을 주었고 하늘은 사람의 형체를 주었다. 어떻게 사람이라 말하지 않을 수 있겠는가."

"사람이라 한다면 어떻게 감정이 없을 수 있겠는가."

"이는 내가 말한 감정이 아니다. 내가 말한 감정이 없어야 한다는 것은 천성에 맡겨두기에, 좋아하고 미워하는 인욕으로 안으로는 자신의 본성을 손상하지 않고 항상 하늘의 자연에 맡겨둔 채, 본래 낳아준 데에서 더함이 있어서는 안 된다."

"본래 낳아준 데에서 더함이 있어서는 안 된다면 어떻게 자기의 몸을 보존할 수 있겠는가."

"도는 사람의 얼굴을 주었고 하늘은 사람의 형체를 주었다. 좋아하고 미워하는 인욕의 감정으로 안으로 자신의 본성을 손상해서는 안 된다. 그럼에도 지금 그대는 그대의 정신을 밖으로 내달리고 그대의 정신을 피곤하게 하여 나무 아래에 기대어 큰소리로 노래를 부르며 거문고와 비파에 익숙하여 의지한 채 눈을 감고 있다. 하늘이 수많은 생물 가운데 그대를 가려서 사람의 형체로 만들어주었다. 본래 부족한 이치가 없는데 그대는 견백론(堅白論)으로 부질없이 지껄여대니 이 또한 내면의 충만한 덕과는 거리가 멀다."

‖ **선영 주** ‖

此節은 **特特借惠子辨明無情之說**이오 **不是寂滅之謂也**라 **只是任吾天然**하야 **不增一毫而已**니 **可見莊子與佛氏之學**이 **不同**이라

이 절은 특별히 혜자를 빌어 무정(無情)에 관한 말을 변명한 것이지, 불가(佛家)의 적멸(寂滅)을 말한 것은 아니다. 단 나의 천연(天然)에 맡겨 하나의 털끝만큼도 더하지 않을 뿐이다. 장자와 불씨의 학문이 다름을 여기에서 찾아볼 수 있다.

○ 此二節은 自忘形外補一層意하야 蓋至於忘情하니 而德符를 愈可知矣라

○ 이 2절은 "형체를 잊어야 한다." 외에 한 단계의 뜻을 보완하여 "정(情)을 잊어야 한다."는 경지에 이른 것으로, 내면의 덕이 쌓여 밖으로 나타난 징험을 더욱 알 수 있다.

강설

도가에서 중시하는 것은 곧 도(道)와 덕(德)이다. 도는 만물의 본원이자 귀숙처(歸宿處)이며, 덕이란 만물이 도에서 얻어온 만물의 본성(本性)과 품부(稟賦)이다. 사람이 본성과 품부를 보존하면 신체적인 결함, 예컨대 잔질(殘疾)·병약(病弱)·노쇠(老衰) 등과 사회생활의 부족한 면, 즉 빈천과 무용지물에 대하여 아랑곳하지 않는다. 자연의 천리에 따라 이를 보존하고 유지하는 것을 덕충(德充)이라 하며, 이에 대한 증험을 '부(符)'라고 한다. 이 편에서는 이 점을 밝히고 있다.

대종사 大宗師

개요

대종사는 위대한 종조(宗祖)요, 위대한 스승을 말한다. 그것은 곧 우주의 도(道)이다. 우주는 생생불식(生生不息), 끊임없이 만물을 낳아주는 위대한 생명체이며, 그러한 우주의 내면세계가 도이다. 도는 끊임없이 만물을 낳아주는 생명체의 근본진리이다. 이러한 우주의 진리, 즉 도를 깨달은[悟道] 자는 진인(眞人)이다. 그는 곧 인간의 대종사이다. 진인의 진지(眞知)는 곧 우주의 진리를 깨달음을 말한다.

우주의 진리를 깨달은 진인의 경지는 어떤 것일까?

첫째, 천인합일(天人合一)의 자연관(自然觀)이다. 인간과 자연은 서로 극복의 상대가 아니라 조화를 이뤄야 할 대상이다. 둘째, 사생일여(死生一如)의 인생관(人生觀)이다. 죽고 사는 것은 밤낮의 순환운행과 같은 것으로 자연의 섭리이다. 셋째, 편안한 마음으로 죽음을 받아들이는 생사관(生死觀)이다. 머리가 있으면 꼬리가 있듯이, 생이 있으면 반드시 죽음이 있기 마련이다. 머리만을 좋아하고 꼬리를 싫어한다면 꼬리 없는 생명체를 무어라 말할 것인가. 넷째, 주어진 그 어떤 빈천의 운명하는 천명관(天命觀)이다.

대종사의 주된 사상은 위와 같이 도를 깨달은 이는 대도(大道)의 세계에서 생사와 시비를 모두 잊고서[相忘乎道術] 서로가 막역(莫逆)한 벗이 되어, 대종사가 부여한 천명에 따라 부귀빈천과 장단수요(長短壽夭)에 순응하는 것이다.

이의 문단은 모두 10단락으로 구성되어 있다.

제1. 知天之所爲－是之謂眞人. 하늘과 인간의 관계를 제시하고 있다.
이는 자연과 인간의 관계에 대한 논술이다. 자연과 인간과의 관계를 하나로 인식하는 천인일체(天人一體)의 관념을 통해서 인간과 우주가 하나 되는, 즉 진인(眞人)의 정신세계에 대해 장자는 네 차례의 해설을 통하여 진인의 진지(眞知)를 밝혀주고 있다.

제2. 死生命也－一化之所待乎. 사생이란 자연의 섭리로 피할 수 없다. 마치 주야의 변화와 같다. 이는 곧 자연의 법칙이다. 이에 대한 9소절(小節)의 문장은 빼어난 비유를 통하여 이를 역설하고 있다. 따라서 사람은 형체의 자아에 국한되지 말고 천지의 대조화와 함께 유행하면서, 즉 자연변화의 흐름 속에서 영생을 함께해야 한다는 점이다.

제3. 夫道有情有信－而比於列星. 대종사는 곧 도(道)이며, 도체(道體)는 무형(無形)이며 영원하며 무한한 능력의 주체임을 말하고 있다.

제4. 南伯子葵問乎女偊－參寥聞之疑始. 남백자규와 여우의 문답을 통하여 도를 배워나가는 진학(進學) 과정 9단계와 독서로부터 득도(得道)까지의 순서 9단계를 말해주고 있다. 이는 장자의 오도(悟道)과정을 말해 주는 것으로 오도의 경지는 그 어디에까지 이르며, 이러한 오도의 경지는 독서로부터 비롯됨을 말해 주고 있다.

제5. 子祀…四人相與友曰－成然寐蘧然覺. 자사・자여・자리・자래 네 사람의 막역한 교우를 통하여 사생존망의 일체를 밝혀주고 있다.

제6. 子桑戶…三人相與友曰－人之君子天之小人也. 자상호・맹자반・자금장 세 사람의 막역한 교우를 통하여 사생의 감정에 얽매이지 않은 해탈의 세계를 밝혀주고 있다. 살고 죽는 것은 자연변화의 필연적인 현상이다. 자연의 변화를 편안하게 받아들여야 정신의 자유를 얻을 수 있다. 따라서 이 단락에서는 생에 대한 집착과 죽음에 대한 공포가 없다는 데에 대해 많은 부분을 할애하고 있다. 예교(禮敎)에 구속된 유가인물이 자상호의 주검 앞에서 두 벗이 태연스럽게 노래하는 모습을 보고서 깜짝 놀라는 것은 유가의 세속적인 허례(虛禮)에 집착한 결과이다. 자상호의 두 벗이 "유가의 인물들이 어떻게 예의 본의를 알겠느냐"는 비웃음은 많은 사람의 이목(耳目)을 의식하여 이뤄진 유가의 상례를 비판하는 것으로, 유가의 근본적인 생사관이 결여되어 있음을 폄하하는 말이다.

제7. 顔回問仲尼曰孟孫才－乃入於寥天一. 초상을 잘 치렀다는 맹손재의 상례를 묘사한 것이다. 장자가 생각하는 훌륭한 상례는 유가의 인식과는 정반대이다. 그는 생사의 진면목을 깨달아 자연 변화의 진리를 인식함으로써 유가의 상례에 얽매이지 않았음을 말해주고 있다.

제8. 意而子見許由－刻彫衆形…此所遊已. 의이자와 허유와의 대화를 통하여 요순이 모든 인류에게 인의와 시비로 구속하고 있음을 질책하고 있다. 이는 유가의 전통적 도덕규범과 이론가치에 대해 비판을 가한 것이다. 유가의 도덕규범과 이론가치의 속박으로 다시 인류의 정신세계에 자유자재함을 상실하게 되었음을 말한다.

제9. 顔回曰回益矣－丘也請從而後乎. 좌망(坐忘)에 대한 묘사이다. 좌망에 대한 장자의 인식은 "이형거지 동어대통 시위좌망(離形去知, 同於大通, 是謂坐忘.)"이다. 이형(離形)이란 육체적 생리에 의한 탐욕을 버리는 것이며, 거지(去知)란 심리의 작용에서 일어나는 거짓과 속임을 버리는 것이다. 이와 같이하면 탁 트여서 막힘이 없고 가림이 없어 드넓은 대통(大通)의 세계로 나갈 수 있다. 이는 앞서 말한 고목사회(枯木死灰)와 불가의 적멸(寂滅)과도 같은 인식이다.

제10. 子輿…淋雨十日－然而至此極者命也夫. 이는 자상호의 지독스런 가난을 통하여 천명을 편안한 마음으로 받아들이는 사상을 묘사하고 있다. 자연의 변화는 곧 천명이며, 천명을 편안한 마음으로 받아들인다는 것은 곧 천지 대자연의 변화와 함께하면서 거스르지 않고 순응하며 흘러가는 것이다.

‖선영 주‖

人之生也에 聚族而居하야 必有所自來니 宗이 是也오 人之學也에 同堂而處하야 必有所從受니 師 是也라 夫宗有繼禰之統支나 猶其小

者也오 至於繼別則大矣며 夫師有一事之取資나 猶其小者也오 至於聖門則大矣라 雖然이나 皆猶其小者也라 夫遊氣紛擾하야 化成萬物하되 而來者 不測所自하고 於穆不己하야 各正性命하되 而受者 忘其所從이니 是何爲者耶아 張子曰 乾稱父오 坤稱母라 民吾同胞오 物吾與也라하니 可以知大宗矣오 老子曰 人法地하고 地法天하고 天法道하고 道法自然이라하니 可以知大師矣라 此莊子所以有大宗師之說也니라

是大宗師也 未嘗物物而植之命之也라 溥濩無方하고 旋運無窮하야 各聽物之所遇하야 爲修短하되 而要之屈伸往來와 盛衰消長 一理之自然而不能易이며 數之必然而無所逃而已矣어늘 人於其間에 貪生惡死하나니 亦未見其貪之惡之而大候將至에 遂能少延其晷刻者也라 是不亦多用其邅回乎며 亦愚之甚乎아 則又有巧者 出焉하야 挾養生之術하야 與造物爭衡而希不朽之事로되 乃渾沌至今히 亦未見有一老尙遺者也라

嗚呼라 屈伸往來와 盛衰消長은 是道之體而乾坤之所以爲乾坤者也어늘 今也生於大道乾坤之中하야 而獨欲爲一塊然不化者於其間인댄 是必非此宗而宗之하고 非此師而師之然後에 可也라 六合之外와 太一之上에 有是伸而不屈하며 來而不往하며 盛而不衰하며 長而不消之宗師乎哉아 則是巧者之多知與衆愚之相去 其間不能以寸也로다 眞知者는 知宗師之不可逆故로 與道爲體而與乾坤者遊하야 吾固無所用吾知也하나니 無所用吾知 斯爲大宗師之肖子順弟也已라

사람이 태어남에 일족이 모여 사는 데는 반드시 시조의 유래가 있다. 종(宗)이 바로 그것이다. 사람이 학문을 닦으면서 한 강당에 거처하는 데는 반드시 물려받아야 할 사람이 있다. 스승[師]이 바로 그것이다.

종(宗)에는 조부를 계승한 적손과 지손의 차이가 있으나 오히려 그것은 작은 종조(宗祖)이다. 그 밖의 다른 선조를 계승하기에 이르면 보다

더 큰 종조[大宗]이다. 스승에게 하나의 일을 배운다는 것은 오히려 작은 스승이다. 성인의 문하에 이르면 보다 더 큰 스승[大師]이다.

하지만 이 모두가 오히려 작은 것들이다. 천지에 유행하는 기운이 가득하여 만물을 낳아주되 이르러오는 그 존재가 어디로부터 온 것인지 알 수 없다. 아! 끝없이 심오한 천지의 이치로 모든 만물이 각기 그 성명(性命)을 바르게 이루되 생을 받아 태어난 인물 역시 그 어디에서 온 것인지도 모르고 있다.

그것은 무엇일까? 장횡거(張橫渠) 선생이 "하늘은 아버지라 일컫고 땅은 어머니라 하기에 백성은 나의 동포요 만물은 나와 함께하는 존재이다."(「西銘」)고 말하였다. 횡거 선생은 대종(大宗)의 존재를 알았다고 말할 만하다. 『노자』에 이르기를 "사람은 땅을 본받고 땅은 하늘은 본받고 하늘은 도를 본받고 도는 자연을 본받는다."(제25장)고 한다. 노자는 대사(大師)의 실체를 알았다고 말할 만하다. 장자가 대종사를 말하게 된 이유는 바로 여기에 있다.

대종사는 모든 만물에 하나하나 심어주고 명하여주는 것이 아니다. 일정한 곳 없이 드넓고 끝없는 우주에 선회하고 운행하는데, 각각 만물과의 만남이 다름에 따라서 장수를 누리는 것과 요절하는 차이가 있기 마련이다. 하지만 굴신(屈伸) 왕래(往來)와 성쇠(盛衰) 소장(消長)은 자연스러운 하나의 이치로서 바뀔 수 없는 것이며, 기수(氣數)의 필연으로 도저히 피할 수 없는 것이다.

그럼에도 사람들은 그런 천지조화의 자연 속에서 삶을 탐닉하고 죽음을 싫어하여 주어진 필연을 받아들이려 하지 않는다. 하지만 아무리 삶을 탐닉하고 죽음을 싫어할지라도 죽음[大候]의 시간이 다가오면 생명의 시간을 조금이나마 연장한 자를 보지 못하였다. 이 또한 미련 없이 떠나지 못한 채, 너무나 미적대며 머뭇거리는 일이 아니겠는가. 이 또한 매우 어리석은 일이 아니겠는가. 또한 기교를 부리는 자들이 세상에 나와 양생술로써 조물주와 다투어 영생불사를 바랐지만, 태고의 혼돈기로부터 오늘에 이르기까지 어느 한 사람도 살아남은 이를 보지 못하였다.

아! 굴신 왕래와 성쇠 소장의 유행은 도의 본체로서 하늘과 땅이 하늘과 땅다울 수 있는 진리이다. 그럼에도 오늘날 대도(大道)가 순환하는 하늘 아래, 땅 위에 살면서 유독 그 사이에서 하나의 흙덩이처럼 변화되지 않기를 원한다면 이는 반드시 대종(大宗)을 대종으로 삼지 않고 대사(大師)를 대사로 삼지 않아야만 가능한 것이다.

상하 사방[六合]의 밖, 태극[太一]의 위에서 영원히 펼쳐나갈 뿐 굽히지 않으며 이르러오기만 할 뿐 떠나가지 않으며 성대할 뿐 쇠퇴하지 않으며 성장할 뿐 소멸되지 않을 진리의 대종사가 있을 수 있을까? 이는 기교를 부리는 자가 뛰어난 지혜로 대단한 일이나 하는 것처럼 보이지만 숱한 어리석은 중생과의 거리는 한 푼 한 치도 되지 않는다. 참답게 진리를 아는 이는 진리의 대종사를 거스르지 못한다는 사실을 알고 있다. 이 때문에 도와 더불어 하나가 되어 천지와 함께 노닐면서 사이고요 나의 지혜를 조금도 쓰지 않는다, 사사로운 나의 지혜를 쓰지 않는 그것이 대종사를 닮은 아들[肖子]이요, 순종하는 제자이다.

○ 旣然有個大宗師댄 則雖欲自異나 又豈能出其範圍耶아 且謂之宗師ㄴ댄 則看他一屈一伸, 一往一來, 一盛一衰, 一消一長컨대 這便是無行不與二三子的榜樣이라 希聖者 希天은 此處에 煞須取法하되 死心塌地하야 與造化一體니 又何處에 用得私智妄圖之事哉아

○ 이미 이렇듯 하나의 대종사가 존재한다면 아무리 대종사와 달리 독자적으로 벗어나려고 한들 또한 어떻게 대종사의 범주에서 벗어날 수 있는 생명체가 있을 수 있을까?

또한 이를 대종사라고 말한다면 그 하나의 굴신(屈伸), 하나의 왕래(往來)와 하나의 성쇠와 하나의 소장(消長)의 도리를 살펴보고자 할진대, 이는 곧 공자가 말했던 것처럼 "나의 일상에 모든 것을 너희 제자

들과 함께하지 않은 게 없다.”(『논어』)는 표본이다. 대종사의 굴신 왕래 성쇠 소장이 모두 우리와 함께하지 않은 게 없다.

“성인이 되기를 바라는 자”가 한 단계 향상하여 “하늘처럼 되기를 바란다”면 반드시 여기에서 법을 취하여야 한다. 견문각지(見聞覺知)의 죽은 마음을 모두 놓아버리고 천지조화와 하나가 되었다. 또한 어느 곳에 사사로운 지혜로써 부질없이 도모하는 일이 있을 수 있겠는가.

○ 此篇은 特爲攝生者하야 下一鍼砭이라 攝生者 謂天之生物은 固出於自然이로되 而人之永年은 則可以力致라하야 於是에 勤加導養하고 謹其嗜慾하야 自以所知 出於庸衆之外라 莊子 先爲致贊하고 劈手에 卽與捩轉하야 見他分天分人이 乃正是夢夢多事라 夫人者는 天之所生也니 天人이 同一自然이라 未嘗有二니 則生死之間에 曾可以我與乎哉아 彼之所知도 亦大不必矣라

○ 이 편은 특별히 섭생자(攝生者: 養生人)를 위하여 일침(一鍼)을 가하고 있다. 섭생자는 “하늘이 만물을 내심은 자연에서 나온 것이지만 인간의 불로장생은 노력으로 이를 수 있다.”라고 하여, 이에 부지런히 도인법(導引法)과 양생술(養生術)을 더하고 기욕(嗜慾)을 절제하면서 자신의 아는 바가 여느 사람보다 더 뛰어나다고 여기고 있다.

장자는 먼저 그들을 극찬하고서 붓을 들자마자 곧 이를 꺾어서 전환하여 그처럼 하늘이니 사람이니 구분한다는 것은 바로 흐리멍덩 많은 일을 만들어내는, 부질없는 짓이라고 비판을 가하였다.

사람이란 하늘이 내려준 생명체다. 하늘과 사람이 똑같은 자연이다. 그것은 하나이지 둘의 차이가 없다. 삶과 죽음의 사이를 나 자신이 관여할 수 있겠는가. 그들이 알고 있는 것 또한 절대 그렇지도 않다.

○ 過得生死關去라야 方是眞人이오 看得生死關破하야사 方是眞知

라 接連將眞人하야 補寫四段하고 至第四段하야 特點天與人不相勝也하나니 可見天人一致라야 這纔是眞知라

생사의 관문을 벗어나야 비로소 진인(眞人)이요, 생사의 관문을 간파하여야 비로소 진지(眞知)라 할 수 있다. 진인을 가지고서 연이어 네 단락을 보완하여 썼으며, 제4단락에 이르러서는 특별히 하늘과 사람이 서로 이길 수 없음을 점찍어 말하였다. 이는 하늘과 사람이 일치되어야 비로소 진지(眞知)임을 볼 수 있다.

○ 父雖親이오 君雖尊이나 而大宗師之所在에 不啻君父也라

○ 아버지는 천친(天親)이요, 임금은 존귀하나 대종사가 있는 곳에는 임금과 아버지의 정도에 그치지 않는다.

○ 呴濡 不如相忘이오 毁譽 不如兩忘이며 而綢繆於生死 尤不如其任運也라

○ 메마른 땅의 물고기가 물거품으로 서로 적셔주는 것은 모두 생사를 잊은 것만 같지 못하고, 요임금을 칭찬하고 걸을 욕하는 것은 모두 시비를 잊는 것만 같지 못하며, 생사에 얽혀 있는 것 또한 천지의 운행에 맡겨두는 것만 같지 못하다.

○ 藏天下於天下而不得所遯은 妙妙라 遍天下 總是這一個物事運用이니 若說個藏이면 則何處能私割得一些耶아 若因而付之則滿空大地 都是我的이니 從何有亡失之端哉아

○ "천하를 천하에 감추어두면 도망할 바 없다."라는 구절은 오묘하

고도 절묘하다. 천하에 가득함은 모두가 이 하나의 사물의 운용이다. 만일 소장할 만한 곳을 말한다면 어느 곳을 사사로이 잘라낼 수 있을까? 이로 인하여 그대로 붙여두면 허공에 가득한 온 누리가 모두 나의 것이다. 어디에 나의 몸을 잃을 실마리가 있겠는가.

○ 聖人은 遊於物之所不得遯而皆存하니 正如住在寶山에 便到處是寶라 一切衿袖篋笥와 懷挾扃鐍之智를 俱用不著이라 此千古聖學之秘密義니 除却莊生코 再無能說者也라

○ 성인은 사물을 잃을 수 없는 데에 놀면서 모두 존재하니, 바로 보산(寶山)에 머물면 도처(到處)에 보배가 널려 있다. 소맷자락과 상자 속에 감추거나 빗장과 자물쇠를 잠그는 따위의 일체 지혜를 모두 어디에 쓸 수 없을 것이다. 이는 천고(千古) 성학(聖學)의 비밀이 담긴 깊은 뜻이기에 장자를 제외하고는 다시 이를 말할 수 있는 사람은 없을 것이다.

○ 從死生命也以下는 咏嘆大宗師之妙하며 疊疊用譬喻하야 夾發振跌이로되 只是不曾明明指出이라가 至數層咏嘆之下하야 接出夫道二字하니 大宗師 纔一現身이라

○ '사생이 천명'이라는 구절 아랫부분은 대종사의 오묘함을 영탄(詠嘆)하였으며, 거듭거듭 비유를 사용하여 이 뜻을 밝히고 있다. 하지만 단 한 번도 뚜렷하게 지적하지 않다가 몇 단락 영탄한 뒷부분에 이르러서야 뒤이어 '부도(夫道)' 두 글자를 씀으로써 대종사가 비로소 현신(現身)하게 된 것이다.

○ 點出道字에 便極力形容道字之妙하며 便歷歷指點古來神聖이 無

不宗師此道하나니 是前半篇正文收束處오 下面七大段文字는 止是爲前半篇하야 作引證發明耳라 其前四段은 直明生死 當順乎宗師오 五六二段은 辨明道體니 以世人誤認宗師故也오 末段은 收出命字니 命은 乃大宗師之賦物者也라 人生이 惟當受命이 是一篇扼要歸宿處라

○ '도(道)' 자를 쓸 적에 모든 힘을 다해 '도' 자의 오묘함을 나타냈으며, 하나하나 옛 신인(神人)과 성인들이 이 '도'를 대종사로 삼지 않음이 없음을 지적하였다. 이는 전반부의 문장을 끝맺은 부분이다.

아래 일곱 단락의 문자는 다만 위 전반부의 뜻을 밝히기 위해 거듭 인증(引證)과 천명(闡明)을 한 것이다. 그 앞부분의 4단락은 곧 삶과 죽음에 있어 의당 대종사의 뜻을 순종해야 함을 밝혔고, 5·6 두 단락에서는 도체(道體)를 논변하여 밝혔다. 이는 세상 사람들이 대종사를 잘못 인식하였기 때문이다. 끝 단락에서는 '명(命)' 자로 끝맺었다. 명(命)이란 대종사가 만물에게 부여해준 것이다. 사람이 살아가는 동안 의당 천명을 받아들여야 한다는 것이 「대종사」 1편의 중요한 귀결처(歸結處)이다.

1. 天與人不相勝 (眞人은 하늘과 인간이 하나가 된 경지이다)

이 단락은 천인일체(天人一體)의 관념을 말해주고 있다.

천인(天人)의 관계, 즉 하늘과 인간의 작용은 본래 구분이 없는 것으로 하늘과 사람이 서로 극복하려 해서는 안 된다. 인간과 자연은 언제나 상호불가분(相互不可分)의 정체성(整體性)으로 자연과 인간은 친화의 관계이지 적대적 관계가 아니다. 장자의 천인일체 관념은 인간과 우주의 일체감으로, 인간과 우주의 동질성과 융합성을 말해주고 있다.

인간과 자연의 이러한 관계를 깨달은 자가 곧 진인(眞人)이다. 이 단락에서 진인의 정신세계에 대해 다방면으로 묘사하고 있다. 진인에 대한 4가지의 해석[眞人四解]이 바로 그것이다.

‖ 경문 ‖

知天之所爲하며 知人之所爲者는 至矣니라(言有人知天이오 又能知人이면 豈非超出於衆乎아)

직역 ‖

하늘의 所爲를 알며 사람의 所爲를 아는 者는 지극하다.(어느 사람이 하늘을 알고 또 사람을 안다면 그는 여느 사람보다 뛰어난 경지가 아니겠는가.)

의역 ‖

하늘의 자연을 알며 사람의 행위를 아는 사람은 사물의 이치를 통찰함이 지극하다.

‖ 선영 주 ‖

劈空에 將知字하야 虛起二句하고 用兩字하야 贊一句라

첫머리에 '지(知: 知天之…, 知人之….)' 자를 가지고서 구체적 사실을 적시하지 않은 채 두 구절을 일으켰고, '지의(至矣)' 두 글자를 사용하여 한 구절로 찬탄하고 있다.

○ 虛將天人分開는 實是以客意로 作引하야 却故爲斗立之筆이라

○ 구체적 사실을 적시하지 않은 채 하늘과 사람을 나누어 논한 것은 실로 주된 뜻이 아니다. 객의(客意)를 인용하여 고의로 우뚝 푯대를 세워놓은 문장이다.

‖ 경문 ‖

知天之所爲者는 天而生也오(天然而生은 謂出於自然也라) 知人之所爲者는 以其知之所知로(衛生之術이라) 以養其知所不知하야(年命之數라) 終其天年而不中道夭者니 是知之盛也니라

직역

하늘의 所爲를 아는 자는 天으로서 삶이요,(天으로서 산다는 것은 자연에서 나옴을 말한다.) 사람의 所爲를 아는 자는 그 앎의 아는 바로써(養生術) 그 앎의 알지 못한 바를 함양하여(年命의 數) 그 天年을 누리어 중도에 요절하지 않는 者니 이는 앎이 성대함이다.

의역

하늘의 자연을 아는 이는 하늘의 자연에 따라 사는 것이요, 사람의 행위를 아는 이는 그가 알고 있는 양생술(養生術)을 가지고서 사람으로선 알 수 없는 생사변화의 이치를 망각한 채, 제 목숨을 연장하여 자신의 천수(天壽)를 맘껏 누리면서 중년에 요절하지 않으려는 것이다. 이를 인간의 지식으로서 능사(能事)라고 여길 것이다.

‖ 선영 주 ‖

承明起手二句오 又贊一句라

첫머리 두 구절의 뜻을 뒤이어서 밝혔고 또 한 구절로 찬탄하고 있다.

○ 衆皆夢夢而生하고 夢夢而死로되 此獨知天生爲自然이나 人壽可力致라하니 是其知 遠勝於衆也나 實是客意어늘 却是鄭重一筆이로다 (饒他有知ㄴ댄 不過終其天年하야 不夭而已오 非能於天年外에 多添得一刻이니 此又話中分寸線索也라)

○ 모든 사람들은 흐리멍덩 살아가고 흐리멍덩 죽어가지만 그 사람은 유독 "하늘의 낳아주심은 자연이지만 장수(長壽)는 인간의 힘으로 이뤄질 수 있음"을 알고 있다. 이로 보면 그의 앎은 여느 사람들보다 훨씬 뛰어난 것이다. 그러나 이는 실로 장자가 말하려는 주된 뜻이 아니다. 사실은 객의(客意)임에도 도리어 정중하게 묘사한 문장이다.(설령 그에게 앎이 있다면 그 天年을 누리어 중도에 요절하지 않는 데에 지나지 않을 뿐이다. 하늘이 정해놓은 天年 이외는 一刻이라도 수명을 연장할 수는 없다. 이는 또 그 말 가운데 한 치의 실오라기까지 구분한 것이다.)

강설

천(天)이란 장자의 개념에서 가장 이해하기 어려운 부분이다. 이의 이해를 돕기 위해 먼저 유가의 '천'에 대한 해석을 살펴보면, 북송(北宋)의 이천(伊川: 程頤)선생은 『주역』의 건괘(乾卦) 괘사에 대한 『역전(易傳)』에서 다음과 같이 말하였다.

"천(天)이란 전체적인 면에서 말하면 도(道)이다. '하늘도 성인을 어기지 않는다.'는 '하늘'이 바로 도를 말한다. 그러나 하나하나 구분 지어 말하면 형체(形體)로는 '천(天)', 주재(主宰)로는 제(帝), 공용(功用)으로는 귀신(鬼神), 묘용(妙用)으로는 신(神), 성정(性情)으로는 건(乾)이라 말한다.[天專言之, 則道也, 天且弗違, 是也. 分而言之, 則以形體, 謂之天; 以主宰, 謂之帝; 以功用, 謂之鬼神; 以妙用, 謂之神; 以性情, 謂之乾.]”

이처럼 유가에서는 ‘천’을 다섯 가지로 구분 지어 명확하게 논급하고 있다. 장자 역시 다양한 측면에서 언급하고 있으나 크게는 두 가지로 집약할 수 있다. 그것은 주재(主宰)와 변화(變化)에 대하여 말하였다. 먼저 주재의 의미로 살펴보면, 하늘은 고대에 만물을 주재하는 지존(至尊)의 존재로 인식되어 인간의 천자(天子) 역시 최고의 주재 역량을 갖추고 있다는 것이며, 또 다른 면은 하늘과 땅을 병칭하여 ‘천지(天地)’라 하는데 이는 우주 또는 자연계를 통칭한다. 이는 자연의 법칙, 즉 순환의 변화를 대표하는 존재이다.

하늘의 주재는 조물주의 의지에 의해 만물을 조종한다는 것이지만, 변화의 법칙은 필연적이다. 자연의 변화는 곧 천리가 순환하는 그 필연을 말한다. 장자는 이 가운데 필연의 변화법칙을 중시한 까닭에 주재적 하늘의 개념에 대해 상대적으로 가볍게 인식하였다. 그렇다고 장자는 주재적 하늘에 대해 전혀 논급하지 않았다는 것은 아니다.

여기에서 말한 “하늘에 자연변화의 소위(所爲)를 안다.”는 것은 아래 문장에서 언급한 사생(死生)의 변화와 개개인에 주어지는 부귀빈천의 천명을 위주로 언급하였는바, 이 역시 변화의 유행에 중점을 두고 말하였다.

‖ 경문 ‖

雖然이나 有患하니(一句 忽振轉이라) 夫知는(聰明之用이라) 有所待而後에 當이로되(須計較安排라야 纔妥라) 其所待者 特未定也니(其須計較安排者는 特又未可據爲是也라) 庸詎知吾所謂天之非人乎며 所謂人之非天乎리오(搖擺二句하야 正承明未定이라 天人은 止是一理니 豈有二乎아)

직역

비록 그러나 근심이 있으니(이 구절에서 갑자기 전환된다.) 知란(총명의 작용) 기다린 바 있는 후에야 타당케 되지만(반드시 계교와 안배가 있어야만 비로소 타당케 된다.) 그 기다리는 바 특히 정해 있지 않으니(그 반드시 계교와 안배가 있다는 것은 특별히 또한 이를 근거하여 옳다고만은 할 수 없다.) 어찌 내가 말한 天은 사람이 아니며 이른바 사람은 天이 아님을 알 수 있겠는가.(두 구절에 여운을 남기면서 바로 "일정하지 못하다."는 뜻을 밝힌 것이다. 하늘과 사람은 하나일 뿐이다. 어찌 둘이 있을 수 있겠는가.)

의역

하지만 아무리 그처럼 한다 할지라도 문제가 있다. 총명한 지혜란 반드시 필요한 대상을 계교(計較)하고 안배(按配)하여야 비로소 시비의 판단을 적절하게 대처할 수 있다. 그러나 필요한 대상이란 변화무쌍하여 일정하지 않기에 이를 근거로 옳다고만은 말할 수 없다. 내가 말한 하늘의 자연이란 사람의 행위가 아니며, 이른바 사람의 행위는 하늘의 자연이 아님을 알 수 있겠는가.

‖ 선영 주 ‖

忽然轉筆하야 將知字打落에 見得是後來安排的이니 殊不足據오 又加庸詎知三字하고 將上面數知字하야 便一齊掃却하니 其行文이 飄忽이라 止是看得貪圖長生者 有如兒戲耳로다

갑자기 문장을 전환하여 '지(知)' 자를 썼던 곳에 후일 안배한 것임을 볼 수 있으니 이는 자못 근거할 수 없는 일이다. 이에 또다시 '용거지(庸詎知)' 세 글자를 더하여 그 위에 몇몇 '지(知)' 자를 모조리 쓸어 없애버렸다. 그 문장의 맥락이 거침없어 상상을 초월한다. 다만 불로장생을 욕심내어 이를 도모한 사람이란 마치 어린아이의 유희와 같음을 볼

수 있을 뿐이다.

‖ 경문 ‖

且有眞人而後에 有眞知니라

직역

또 眞人이 있는 후에야 眞知가 있을 수 있다.

의역

진인(眞人)만이 참다운 앎[眞知]을 지닐 수 있다

‖ 선영 주 ‖

又一轉筆하야 遞出眞人眞知라

또 한 번 문장을 전환시켜 진인과 진지(眞知)를 번갈아 말하고 있다.

강설

대종사는 도(道)를 말한다. 하지만 '도'란 매우 추상적인 개념이다. 이 편에서 자주 등장하는 진인(眞人)이란 대종사의 도를 깨달아 이를 기초로 '도'와 함께 존재하여 '도'에서 태어나고 '도'로 회귀하는 사람이다. 이 때문에 여느 세속사람들과는 다른 진실하고 올바른[眞正] 인물임을 말한다. 여느 사람들은 '도'의 근본을 망각한 채, 생리의 욕구와 감각의 세계에 의해 온갖 형태를 각색하거나 연출하기에 이를 진실하고 올바른 사람이라고 말할 수 없다.

‖ 경문 ‖

何謂眞人고(又喝一句) 古之眞人은 不逆寡하며(寡且不逆이온 況於衆乎아)

不雄成하며(不以身先人成功이라) 不謨(同謨)士하나니(士는 當作事니 不以計謀作事라) 若然者는 過而弗悔하며(雖有差失이나 而無懊悔라) 當(去聲)而不自得也라(雖合事宜나 而不快意니 言其得失이 無係死生을 可知라) 若然者는 登高不慄하며 入水不濡하며 入火不熱하나니(言其利害不攖이니 死生을 可知라) 是는 知之能登假於道也 若此하니라(此其見識이 乃如升高至遠이라야 於道에 無所不明이니 豈世之所爲知哉아)

직역

무엇을 眞人이라 말하는가.(또 1구로 갈파함) 옛 眞人은 적은 것을 거스르지 않으며(적은 수효의 사람 또한 거스르지 않는데 하물며 많은 사람이야.) 雄으로 이루지 않으며(나의 몸으로써 남보다 앞서 공을 이루지 않음) 일[士: 事]을 꾀하지 않는다.(士는 마땅히 '事' 자로 써야 할 것이니, 計謀로써 일을 일으켜서는 안 된다.) 그와 같은 자는 잘못이 있어도 후회하지 않으며(비록 잘못이 있으나 후회가 없다.) 妥當하여도 자득하지 않는다.(비록 시의적절함을 얻어도 마음에 흡족해하지 않으니, 그 득실이 생사에 관계된 바 없음을 알 수 있다.) 그와 같은 자는 높은 데에 올라가도 두려워하지 않으며 물에 들어가도 젖지 않으며 불 속에 들어가도 뜨겁지 않으니(그 이해에 걸림이 없음을 말하니 사생에 대해서도 알 만하다.) 이는 앎이 道에 오름이 이와 같다.(이는 그 견식이 지극히 고차원의 경지에 이르러야만 도에 대해 밝게 알지 않은 바 없으니 어찌 세간에서 아는 지혜를 말하겠는가.)

의역

진인(眞人)만이 참다운 앎[眞知]을 지닐 수 있는데, 어떤 이를 진인이라 말하는가.

옛 진인은 적은 수효의 사람 또한 거스르지 않는데, 하물며 많은 사람의 뜻을 거스르는 일이 있겠는가. 나의 몸으로 남보다 앞서 공을 내세우지 않으며 계교(計較)와 지모(智謀)로써 쓸데없는 일을 일으키지 않는다. 그와 같은 진인은 설령 잘못이 있을지라도 후회하지 않으며 아무리 잘한 일이 있어도 마음에 흡족해하지도 않는다. 그가 잘잘못을 분별하지 않은 것으로 보아 생사에도 관계치 않음을 알 수 있다.

그와 같은 사람은 높은 데에 올라가도 두려워하지 않으며 물속에 빠져도 젖지 않으며 불 속에 들어가도 뜨거워하지 않는다. 그는 그 어떤 이해에도 집념이 없다. 그가 사생을 대함에도 어떻게 할지를 미루어 알 만하다. 이러한 그의 견식은 지극히 고차원의 경지에 이르러야만 이처럼 도(道)에 대해 밝게 알 수 있다. 어찌 세간에서 말하는 하찮은 지혜를 말하겠는가.

‖ 선영 주 ‖

眞人一解라

진인(眞人)에 대한 첫 번째 해석이다.

○ 眞知知字와 及此段知字는 都是因上文知字 相影而下로되 究而言之면 眞人은 則未嘗有知可名也라

○ 진지(眞知)의 '지(知)' 자와 이 단락의 '지(知)' 자는 모두 위 문장의 '지(知)' 자로 인하여 서로 반영하여 쓴 것이지만, 궁극적으로 말하면 진인에겐 '지(知)'라는 글자마저도 붙일 수 없다.

강설

"진인은 높은 데에 올라가도 두려워하지 않으며 물속에 빠져도 젖지 않으며 불 속에 들어가도 뜨거워하지 않는다."라는 것은 「소요유」에서 말한 "홍수가 하늘 끝까지 넘실대도 그는 빠져죽지 않는다. 큰 가뭄에 무쇠와 바위가 녹아내리고 대지와 산자락이 훨훨 불타도 그는 뜨거움

조차 느끼지 않는다."는 구절과 일맥상통한 부분이다. 이는 육체를 지닌 이상 견딜 수 없는 고통이다. 육신을 초탈한 정신세계가 아니고서는 도저히 이룰 수 없는 경지이다.

이로 보면, 진인에 대한 첫 번째 해석은 현실세계의 인간사회를 초탈한 정신적 승화에 중점을 두고 있다.

‖ **경문** ‖

古之眞人은 **其寢不夢**하고(無意想也라) **其覺**(音敎)**無憂**하며(無得喪也라) **其食不甘**하고(無嗜慾也라) **其息深深**이라(無浮擾也라) **眞人之息**은 **以踵**이오(呼吸이 通於湧泉은 言深也라) **衆人之息**은 **以喉**라(止於厭會之際는 至淺也라) **屈服者**는(議論에 爲人所屈者라) **其嗌**(聲之入)**言**(聲之出)이 **若哇**하고(爲人所屈이면 則喉間呑吐하니 其狀이 如欲哇者라 形容無養之人이니 好笑라) **其嗜欲深者**는 **其天機淺**이니라(由其平日斲喪故로 不能淵淵浩浩라 ○ 六句는 單就其息句하야 一脚이라)

직역 ‖

옛 眞人은 그 잠을 잠에 꿈꾸지 않고(생각이 없기 때문이다.) 그 잠을 깸에(覺: 음은 '敎') 근심이 없으며(얻고 잃음이 없기 때문이다.) 그 음식이 달지 않고(嗜慾이 없기 때문이다.) 그 호흡이 깊고 깊다.(들뜨고 소요됨이 없기 때문이다.) 眞人의 호흡은 발꿈치로써 하고(호흡이 발바닥의 湧泉穴에서 통하니, 깊숙한 호흡을 말한다.) 衆人의 호흡은 목구멍으로써 한다.(厭會穴의 부분에서 그치니, 지극히 얕은 호흡을 말한다.) 굴복한 자는(의논하다가 사람에게 굴복당한 사람) 그 嗌(속으로 들어가는 소리)와 言(토해내는 소리)이 토한 듯하고(사람에게 굴복당하면 목구멍 사이에서 소리를 삼키고 토하는 모습이 구역질하려는 것과 같다. 소양이 없는 사람을 묘사함이니, 매우 가소롭다.) 그 嗜欲이 깊은 자는 그 天機가 얕다.(평소에 잃어버린 까닭에 淵淵浩浩할 수 없다. ○ 6구는 다만 '其息' 句에 나아가 하나의 주각을 거듭 말하고 있다.)

의역

옛 진인은 생각이 없기에 잠을 자면서도 꿈을 꾸지 않는다. 얻고 잃음이 없기에 잠을 깨어서도 걱정이 없다. 기욕(嗜慾)이 없기에 음식이 달다는 것도 느끼지 않는다. 들뜨고 흔들리는 마음이 없기에 호흡이 깊고도 깊다. 진인의 깊숙한 호흡은 발바닥의 용천혈(湧泉穴)까지 통하고 세인(世人)의 지극히 얕은 호흡은 목구멍 인후혈(咽喉穴)의 부분에 그칠 뿐이다.

서로 이야기를 나누다가 남에게 굴복당한 사람의 말소리는 목구멍 속으로 기어들어 가는 소리로, 목구멍 사이에서 소리를 삼키고 토하는 모습이 구역질하려는 것과 같다. 이는 소양이 없는 사람으로 가소롭기 짝이 없는 꼴불견이다. 이는 그 기욕이 깊은 사람일수록 그의 천기(天機)가 얕아지기 때문이다.

‖ 선영 주 ‖

眞人二解라

진인(眞人)에 대한 두 번째 해석이다.

○ 如此人은 純示天機라 人事之知 毫不用이라

이와 같은 사람은 순전히 천기(天機)를 보인 것이다. 인사(人事)의 지혜를 털끝만큼도 쓰지 않는다.

강설

진인에 대한 두 번째 해석은 기욕(嗜慾)의 탐심(貪心)에서 벗어났기에 마음과 몸이 한가로워 꿈속에서나 깨어서나 한 생각이 일어나지 않음을 말한다. 그러나 세상 사람이 위와 같이 호흡이 거칠고 천기(天機)

가 얕은 것은 기욕에 몰닉하여 진성(眞性)을 상실함으로써 전혀 천연(天然)의 묘성(妙性)을 모르고 하나같이 거짓된 분별지식에 떨어져 참된 앎이 없기 때문이다.

특히 천기의 천심(淺深)을 가늠하는 척도는 곧 인간의 호흡과 그 음성을 통하여 알 수 있다는 점이다. 바꿔 말하면, 현대인의 건강과 운명은 그 호흡의 깊이와 음성의 여하에 따라 그의 미래의 삶과 장수 여부의 진단이 가능하다는 말이다.

‖ 경문 ‖

古之眞人은 不知說(悅)生하고 不知惡死하야 其出(生爲出이라)不訢하며(生不訢喜라) 其入(死爲入이라)不距하야(死不拒吝이라) 翛然(無累貌라)而往하고 翛然而來而已矣라(視死生을 一往來之常耳라) 不忘其所始하며(知生之源이라) 不求其所終하야(任死之歸라) 受而喜之하고(受生之後에 常自得이라) 忘而復之하나니(忘其死而復歸於天이라) 是之謂不以心捐道하며(不以慾心으로 背自然之道라) 不以人助天이라(不以人으로 爲助天命之常이라 蓋貪生者는 皆以心捐道오 以人助天者也라) 是之謂眞人이니라 若然者는(申贊之라) 其心志(忘)하고(志字는 趙氏訂正에 當作忘字하니 無思也라) 其容寂하며(無爲也라) 其顙頯하야([illegible]) 凄然似秋하고 煖(音暄)然似春하야 喜怒通四時하야(正明上二句니 言皆無心이 猶四時之運이라) 與物有宜호되 而莫知其極이니라(隨事合宜而無跡可尋이라)

「故로 聖人之用兵也는 亡國(亡人之國이라)而不失人心하며 利澤 施於萬世로되 不爲愛人이라(由仁義行이오 非行仁義也라 以聖人治世之無心으로 明眞人之無心이라 用兵句는 是自然之義오 利澤句는 是自然之仁이라) 故로 樂通物은 非聖人也며(一項) 有親은 非人也며(二項) 天時는 非賢也며(三項이니 擇時而動이면 便有計較成敗之心이라) 利害不通이 非君子也며(四項이니 以其有所趨避라) 行名失己 非士也며(五項이니 務名喪實也라) 亡身不眞이 非役人

也니라(六項이니 徒棄其身而無當於眞性은 止爲世所役耳오 非能用人者也라 ○ 此六項人者는 凡皆以有心故也라) **若狐不偕**와(古賢) **務光**과(黃帝時人이니 耳長七寸이라) **伯夷**와 **叔齊**와 **箕子**와 **胥餘**와(比干) **紀他**와 **申徒狄**은(殷人이니 負石沈河라) **是役人之役**이오(爲人用이라) **適人之適**(快人意라)**而不自適其適者也**니라(與眞性으로 何益고 ○ 證五六 二項이니 蓋上四項人은 猶易明이어니와 惟行名亡身二項人은 莫不稱之니 如八子 是也라 大所患於貪生者는 豈以棄生求名爲賢哉아 故特點此抹之라 ○ 申此一大段은 聰明眞人一切無心이라)」

직역

옛 眞人은 삶을 좋아할 줄도 알지 못하고 죽음을 싫어할 줄도 알지 못하여 그 出(生을 出이라 말함)을 기뻐하지 않으며(태어나도 기뻐하지 않음) 그 入(죽음을 入이라 말함)을 거절하지 않아(죽음을 거절하거나 인색하지 않음) 倏然(누가 없는 모양)히 떠나가고 倏然히 올 뿐이다.(사생을 하나의 일상적인 일례로 본 것이다.) 그 비롯한 바를 잊지 않으며(기의 본원을 앎이다.) 그 마친 바를 구하지 않고(죽음의 歸處에 맡겨둠) 받고서 기뻐하고(生을 받은 후에 항상 자득함) 잊고서 회복하니(그 죽음을 잊고서 다시 하늘로 돌아감) 이를 욕심으로써 道를 저버리지 않으며(욕심으로써 자연의 도를 저버리지 않은 것이다.) 人爲로 천명을 助長하지 않음이다.(人爲로써 천명의 常理를 조장하지 않는다. 생을 탐한 자는 모두가 욕심으로 도를 저버리고 인위로 천명을 조장하는 자이다.) 이를 眞人이라 말한다.

그와 같은 자는(거듭 찬탄함) 그 마음이 志하고('志' 자는 趙氏의 訂正에 의하면 '忘' 자로 써야 한다고 한다. 생각이 없음을 말한다.) 그 용모가 고요하며(작위가 없음) 그 이마가 頯하여(頯의 독음은 '恢', 上聲. 크고 소박한 모양) 凄然함이 가을과 같고 暖(독음은 暄)然함이 봄과 같아 喜怒는 四時와 통하여(바로 위 두 구절을 밝힘이니 모두 무심함이 사계절의 운행과 같음을 말한다.) 物로 더불어 적절함이 있되 그 다함을 알 수 없다.(일에 따라 적절하게 하되 자취를 찾을 수 없다.)

「그러므로 성인의 用兵은 나라를 멸망시키되(남의 나라를 멸망시킴) 인심을 잃지 않으며 利澤이 만세에 미치되 사람을 사랑하지 않는다.(仁義를 따라 행함이지, 인의를 고의로 행함은 아니다. 성인의 治世는 무심으로 한다는 것으로 진인의 무심을 밝힌 것이다. 用兵 구절은 자연의 義요, 利澤 구절은 자연의 仁이다.) 그러므로 物을 樂通함은 聖人이 아니며(1項) 親함이 있음은 사람이 아니며(2項) 天時는 賢이 아니며(3項이니 때를 가려 움직이면 곧 計較와 成敗의 마음이 있는 것이다.) 利害를 통하지 못함이 군자가 아니며(4項이니 이익으로 달려나가고 흉함을 피한 바 있기 때문이다.) 명예를 행하고 몸을 잃음이 선비가 아니며(5項이니 명예에 힘써 실상을 잃음이다.) 몸을 잃어 眞性이 아닌 것이 사람을 부림이 아니다.(6項이니 한낱 그 몸을 버리고 眞性에 해당함이 없는 것은 다만 세상에 부림을 당할 뿐, 사람을 부리는 자가 아니다. ○ 이 여섯 항목의 사람들은 모두가 有心으로 했기 때문이다.) 狐不偕(옛 현인)와 務光(黃帝 때 사람으로 귀의 크기가 7촌이었다.)과 伯夷와 叔齊와 箕子와 胥餘(比干)와 紀他와 申徒狄(殷代 사람으로 스스로 돌을 짊어지고 하수에 몸을 던졌다.)과 같은 이는 사람의 일에 부림당하고(사람의 用이 됨) 사람의 自適함을 자적하게 하여(사람의 마음을 기쁘게 함) 스스로 자적함을 자적하지 못한 자이다.(眞性에 무슨 도움 되겠는가. ○ 5, 6 두 항목의 사람을 증명함이니, 위의 4항은 오히려 쉽게 밝힐 수 있지만 오직 '명예에 힘쓰고' '몸을 잃음' 두 항목의 사람은 모두가 그에 대해 일컫지 않은 바 없다. 狐不偕 이하 여덟 사람과 같은 자가 바로 그것이다. 생을 탐하는 자를 미워하는 것은 생을 버리고 명예를 추구하는 것을 어질다고 여기기 때문이 아니겠는가. 그러므로 특별히 이를 써서 그들을 말살시킨 것이다. ○ 이 대단락의 뜻을 거듭 밝힌 것은 모두 眞人이란 일체가 무심임을 밝힌 것이다.)」

의역

옛 진인은 삶을 좋아할 줄도, 죽음을 싫어할 줄도 모른다. 그는 이 세상에 태어난 것을 기뻐하지도 않지만 죽음을 마다하거나 떠나는 길에 미련을 두지도 않는다. 그는 죽음과 삶을 하나의 일상적인 왕래쯤으로 생각하여 훌훌 털고 떠나가며 무심으로 올 뿐이다. 삶의 본원을 잊지 않고 죽음의 귀처(歸處)를 맡겨둔 채, 생명을 받아 항상 자득하고 죽음을 잊고서 다시 하늘로 돌아간다. 그러기에 인욕으로 자연의 도를 저버리지 않으며 인위로써 천명의 떳떳한 진리를 조장(助長)하지도 않는다. 이러한 사람을 '진인'이라고 말한다.

그와 같은 진인의 마음은 생각이 없고 그 용모가 고요하여 작위(作爲)가 없으며 그 이마가 크고 소박하여 쌀쌀함이 가을 날씨와 같고 따사로움이 봄 햇살과도 같다. 그의 무심한 기쁨과 노여움은 사계절의 운행처럼 자연과 상통하여 그 어떠한 사물에도 적절하게 대처하되 그의 자취를 찾을 수 없기에 그의 깊은 속을 헤아릴 수 없다.

「그러므로 진인의 무심(無心)은 성인이 치세(治世)를 무심으로 하는 것과 같다. 그러므로 성인의 용병(用兵)은 남의 나라를 멸망시키되 인심을 잃지 않으며 은택이 만세에 미치되 사람을 사랑하지도 않는다. 이 때문에 사물에 거침없이 회통함은 성인이 아니며 사사로이 친함은 사람이 아니며 때를 가려 움직임은 어진 이가 아니며 이해의 타산에 얽매임은 군자가 아니며 명예에 힘써 몸을 잃음은 선비가 아니다. 몸을 잃어 진성(眞性)을 버리면 세상에 부림을 당할 뿐, 사람을 부릴 수 없다.

옛 현자인 호불해(狐不偕)·무광(務光)·백이(伯夷)·숙제(叔齊)·기자(箕子)·서여(胥餘)·기타(紀他)·신도적(申徒狄)과 같은 이들은 사람들이 좋아하는 일에 부림을 당하여 그들을 기쁘게 만들어 주었을 뿐, 스스로의 진성(眞性)에 대한 자적(自適)을 스스로 누리지 못한 이들이다.」

‖선영 주‖

眞人三解라

진인(眞人)에 대한 세 번째 해석이다.

○ 看破生死하야 極寫眞人無心之妙라

○ 생사를 간파(看破)하여 진인(眞人)의 오묘한 무심(無心)을 지극히 묘사한 것이다.

강설

“고성인지용병야(故聖人之用兵也)… 이불자적기적자야(而不自適其適者也)”까지의 101자는 일설에 의하면 잘못 삽입된 문장이므로 삭제해야 한다고 한다.

이 단락의 첫 부분으로부터 “부여인불상승야 시지위진인(夫與人不相勝也 是之謂眞人)” 구절까지 그 중간 ‘고지진인(古之眞人)’을 네 차례 말하였고, ‘시지위진인(是之謂眞人)’을 두 차례 말하여 문맥의 일관성을 갖춘 데 반하여 이 부분의 101자는 상하의 문장과 그 뜻이 같지 않음으로 착간(錯簡)이라고 생각된다.

또 다른 의문점으로 첫째, “성인이 병력을 동원하여 남의 나라를 멸망시킬지라도 그 나라의 인심을 잃지 않는다.[故聖人之用兵也, 亡國而不失人心.]”라는 말이란 장자답지 못한 말이며, 둘째, 무광(務光) · 기타(紀他) · 신도적(申徒狄)은 모두 허유(許由)와 같은 성격의 인물이다. 잡편(雜篇) 「양왕(讓王)」에 의하면, 무광은 상나라 탕임금이 나라를 넘겨주려 하자 바위를 안고 여수(廬水)에 몸을 던졌으며[湯又讓務光, 乃負石而自沈於廬水.], 기타는 탕임금이 자신에게 천하를 물려줄까 봐 은둔하였고,[湯與務光, 務光怒之, 紀他聞之, 帥弟子而踆於窾水.] 신도적 역시 탕임금으로부터 천하를 물려받을까 봐 하수(河水)에 몸을 던졌다.[申徒狄, 因以踣河.] 이와 같이 허유처럼 고결한 인물로 묘사되어 있다.

그러나 허유는 「소요유」에서 성인으로 묘사한 데 반하여, 무광 등은 여기에서 “나 자신을 버려두고 남을 위해 몸을 바쳐 자신의 마음은 정작 괴로웠다.[是役人之役, 適人之適, 而不自適其適者也.]”로 묘사되어 허유와 상반된 대조를 이루고 있는 점 역시 석연치 못하다.

그리고 “적인지적이불자적기적자야(適人之適而不自適其適者也)” 구절 또한 외편(外篇) 「병무(騈拇)」에 보인다.

이러한 점으로 보아 이 부분의 101자는 장자 후학의 말이기에 '외편'으로 넣어야 할 내용으로 생각된다.

‖ 경문 ‖

古之眞人은 其狀이 義而不朋하고(與物同宜而無私比라) 若不足而不承하야(卑以自牧言이로되 而非居人下라) 與乎(豈整貌)其觚而不堅也며(豈然觚稜이로되 而不執固라) 張乎(恢宏貌)其虛而不華也며(恢然淸虛로되 而非浮華라) 邴邴乎(喜貌)其似喜乎며(似喜耳로되 不可指其爲喜라) 崔乎(動貌)其不得已乎며(不得已而動耳오 未嘗好動이라) 滀乎(滀은 音觸이니 水聚也라 水聚則有光澤이라) 進我色也며(和澤之色은 令人可親이라) 與乎(閒適貌)止我德也며(寬閒之德은 使我歸止라) 厲乎(嚴毅貌)其似世乎며(嚴毅 如傳世不苟라) 謷乎(遠人貌)其未可制也며(遠人하야 不可控制라) 連乎(綿長貌)其似好閑也며(連綿하야 似優閑不迫이라) 悗乎(悗은 音門이라 上聲이니 廢忘貌)忘其言也라(相忘이면 雖言이나 若無言이라 ○ 以上은 形容其美 非一端이라)

「以刑爲體하고(乃立治之楨幹이라) 以禮爲翼하고(乃行世之羽儀라) 以知爲時하고(乃因時之妙用이라) 以德爲循하나니(乃衆由之彝性이라) 以刑爲體者는 綽乎其殺也오(無心作威라) 以禮爲翼者는 所以行於世也오(非我强制라) 以知爲時者는 不得已於事也오(非作聰明이라) 以德爲循者는 言其與有足者면 至於丘也어늘(德之所在에 人人可至라 我特循之耳니 如丘之所在에 有足者皆可至로되 我特與同登耳오 非自立異라) 而人은 眞以爲勤行者也라하나니(人視眞人爲勤於修行이나 豈知其毫末以我與乎아 ○ 以上은 形容其因應無爲라)」

故로 其好也一이오(世有好我者를 眞人視之에 一理也라) 其弗好之也一이며(有弗好我者를 眞人視之에 亦一理也라 二句는 言不分彼此라) 其一也一이오(以理爲一者를 眞人視之에 固一也라) 其不一也一이라(以理爲不一者를 眞人視之에 亦一也라) 其一은 與天爲徒오(以自然希天者也라) 其不一은 與人爲徒라(以

造作與人者也라) 天與人이 不相勝也니(眞人則知一而已라 此三句는 申明其一也오 二句는 言不分天人하고 便應轉'庸詎知天之非人乎며 人之非天乎'二句하니 眞人之眞知 如此라) 是之謂眞人이니라

직역

옛 眞人은 그 형상이 義로 하되 붕당을 짓지 않으며(物로 더불어 적절하게 하되 사사로이 함께함이 없다.) 부족한 듯하나 받들지 아니하여(몸을 낮추어 스스로 다스리되 남들의 밑에 있지 않는다.) 與(풍만하고 정돈된 모양)하게 그 모가 나되 堅執하지 않고(풍만하여 모가 나지만 고집하지 않음) 張(큰 모양)하게 그 淸虛하되 浮華하지 않고(크나큰 淸虛와 같으면서도 浮華하지 않음) 邴邴(기쁜 모양)하게 그 기쁜 듯하고(기쁜 것처럼 보이지만 그 기쁨을 가리킬 수 없음) 崔(동한 모양)하게 마지못하고(마지못한 후에 움직일 뿐, 한 번도 움직임을 좋아하지 않는다.) 滀(滀의 독음은 觸이니 물이 모인 것이다. 물이 모이면 광택이 있음)하게 나의 안색을 나아가며(和澤한 안색은 사람으로 하여금 친하게 해주었다.) 與(한적한 모양)하게 나의 덕을 그치며(너그럽고 한가한 덕은 나로 하여금 돌아가 그치게 해주었다.) 厲(엄숙하고 굳센 모양)하게 그 세상과 같으며(엄숙하고 굳셈은 세상에 전하여 구차하지 않음과 같다.) 謷(원대한 모양)하게 制裁하지 못하며(遠大하여 控制할 수 없다.) 連(길게 이어진 모양)하게 그 한가로움을 좋아하는 것과 같으며(끊이지 않고 이어짐이 여유로워 절박하지 않음과 같다.) 悗(悗의 독음은 '門', 上聲, 잊은 모양)하게 그 말을 잊는다.(서로 잊으면 비록 말이 있을지라도 말이 없는 것과 같다. ○ 이상에서는 그의 아름다움이 한 가지가 아님을 형용한 것이다.)

「刑을 體로 삼으며(이는 정치를 세우는 근간이다.) 禮를 翼으로 삼으며(이는 세상에 행하는 羽儀이다.) 知를 時로 삼으며(이는 時宜로 인하는 妙用이다.) 德을 循으로 삼으니(이는 많은 사람이 따라야 할 떳떳한 본성이다.) 刑을 體로 삼은 자는 그 죽이는 데 너그럽고(무심으로써 위엄을 삼는다.) 禮를 翼으로 삼은 자는 세상에 행하는 바요(내 강제로 한 것이 아니다.) 知를 時로 삼은

者는 일에 마지못해 함이요(총명을 강작함이 아니다.) 德을 循으로 삼은 자는 그 발이 있는 자들이라면 더불어 언덕에 이를 수 있는데(덕의 있는 곳이란 사람마다 이를 수 있지만, 나 혼자만 덕을 따른 것이다. 예를 들면 언덕이 있는 곳이라면 발이 있는 자는 모두가 오를 수 있으나 나만이 유독 함께 오른 것일 뿐, 스스로 남다른 면을 세운 것이 아니다.) 사람들은 참으로 부지런히 행한 자라고 생각한다.(사람이 진인을 보되 수행을 부지런한 것으로 생각하나. 어찌 그 털끝만큼도 나의 관여한 바 없음을 알겠는가. ○ 위의 문장에서는 인하여 응하되 작위가 없음을 형용한 것이다.)」

「그러므로 좋아하여도 하나로 하고(세상에서 나를 좋아한 사람도 진인이 볼 적에는 하나의 이치로 한다.) 좋아하지 않아도 하나로 하고(나를 좋아하지 않는 자도 진인이 볼 적에는 또한 하나의 이치로 한다. 두 구절은 피차를 구분하여 보지 않음을 말한다.) 그 하나라 하는 것도 하나로 하고(이치를 하나로 삼는 자도 진인이 볼 적에는 참으로 하나라 한다.) 그 하나가 아니라 하는 것도 하나로 한다.(이치를 하나가 아니라고 하는 자도 진인이 볼 적에는 또한 하나라 한다.)」

그 하나라 하는 것은 하늘로 더불어 무리가 되고(자연으로써 하늘을 바란 자이다.) 그 하나가 아니라 하는 것은 사람으로 더불어 무리가 된다.(조작으로써 사람과 함께하는 자이다.) 하늘과 사람이 서로 이기지 않으니(眞人은 이를 알 뿐이다. 이 3구절은 거듭 "그 하나[其一]"를 밝힌 것이며 2구절은 天人을 나누지 않음을 말하였고 곧 "어찌 하늘이 사람이 아니며, 사람이 하늘이 아니겠느냐."라는 두 구절로 전환하니, 이는 眞人의 眞知가 이와 같다.) 이를 眞人이라 말한다.

의역

옛 진인은 내면에 덕이 충만하기에 그 겉모습으로 나타나는 기상이 한 가지가 아니다.

남들과 잘 어울리면서도 사사로이 붕당(朋黨)을 짓지 않으며, 자기의 몸을 낮추어 부족한 듯이 자신을 다스리되 남들의 밑에 있지 않으며, 풍만하고 정돈되어 모가 나지만 고집을 내세우지 않고, 크나큰 허공과 같으면서도 들뜨거나 화려하지 않으며, 기쁜 것처럼 보이지만 그 기쁨이 무엇인지 가리킬 수 없으며, 마지못한 후에 움직일 뿐 한 번도 움직임을 좋아하지 않으며, 화기로운 나의 안색은 남들에게 친근함을 느끼게 하며, 너그럽고 고요한 덕은 남들이 나에게 찾아오도록 만들며, 엄숙하고 굳셈은 세상에 전하면서도 구차스럽지 않으며, 원대(遠大)하여 제재할 수 없으며, 끊이지 않고 이어짐이 여유로워서 절박하지 않으며, 서로가 잊으면 비록 말을 나눌지라도 말이 없는 것과 같다.

「그러나 그는 형벌을 치국(治國)의 근간으로 삼으며, 예의를 치세(治世)의 우익(羽翼)으로 삼으며, 지혜를 시의(時宜)로 삼으며, 덕행을 많은 사람이 따라야 할 떳떳한 본성으로 삼는다.

형벌을 치국의 근간으로 삼은 자는 무심(無心)으로 위엄(威嚴)을 갖추기에 처벌하는 데에 너그럽고, 예의를 치세의 우익으로 삼은 자는 내가 억지로 한 것이 아니기에 스스로 세상에 행하여지고, 지혜를 시의로 삼은 자는 억지로 총명함을 일삼지 않고 마지못해 일하는 것이며, 덕행을 많은 사람이 따라야 할 떳떳한 본성으로 삼은 자는 덕의 있는 곳이란 누구나 이를 수 있지만 나만이 덕을 따른 것이다. 예를 들면 두 발을 지닌 사람이라면 그 누구이든 그 언덕을 모두 오를 수 있음에도 불구하고 나만 오를 뿐, 남들은 오를 수 없다고 여겨 스스로 남달리 내세우지도 않는다.

그러나 사람들은 진인을 보면서 그가 남들과 달리 부지런히 수행한 것처럼 생각하지만, 진인이란 털끝만큼도 사사로운 마음으로 상관하지 않은 자임을 그들이 어찌 알 수 있겠는가.」

그러므로 이 세상에 나를 좋아하는 사람일지라도 진인은 그를 달리

대하지 않고 똑같이 생각하며, 나를 좋아하지 않는 자일지라도 진인은 또한 그를 달리 대하지 않고 똑같이 생각한다. 나를 좋아하든 싫어하든 그들을 의식하거나 차별하지 않는다.

그들이 이치를 하나로 생각하여 똑같이 보는 것도 진인이 볼 적에는 참으로 하나라 하고, 그 하나의 이치가 아니라고 생각하여 똑같이 보지 않는 것도 진인이 볼 적에는 또한 참으로 하나라 한다.

그 하나라고 생각하여 똑같이 보는 것은 하늘의 자연으로 더불어 하나의 무리가 되고, 그 하나가 아니라 생각하여 똑같이 보지 않는 것은 인위(人爲)의 조작(造作)으로써 사람과 함께하는 자이다. 하늘과 사람이 서로 대립을 이루지 않은 자를 진인이라고 말한다.

‖ 선영 주 ‖

眞人四解라

진인(眞人)에 대한 네 번째 해석이다.

○ **世俗之知**는 **謂天人二者也**며 **眞人之眞知**는 **謂天人一者也**라 **天與人**이 **不相勝**이어늘 **而欲以所知**로 **養所不知**니 **是人足以勝天乎**아 **此句**는 **將眞人眞知**하야 **收盡起處天人之說**이라(古之眞人을 凡四番洗發盡無餘하야 使人知眞人境界如此오 前番小小計算聰明이 自當通身汗出矣라)

○ 세속의 지혜는 하늘과 사람을 둘로 나누어 말하지만 진인(眞人)의 진지(眞知)는 하늘과 사람을 하나로 보는 것을 말한다.

하늘과 사람이 서로 대립하여 이기려 들지 않아야 한다. 그럼에도 세속의 사람들은 자신이 아는 섭생술을 가지고서 하늘이 정해 놓은, 도저히 알 수 없는 자신의 운명을 연장하려는 것이다. 그렇다고 인간의 힘으로 하늘의 뜻을 이길 수 있겠는가.

이 구절은 진인의 진지(眞知)를 가지고서 첫 부분의 천인(天人)에 관한 말을 모두 끝맺고 있다.(옛 진인을 모두 네 차례나 말하여 남김 없이 말끔하게 밝혀 사람으로 하여금 진인의 경계가 이와 같음을 알려주었다. 앞에서 언급한 "하찮은 계산과 총명을 내세운 이"들은 온몸에 식은땀이 절로 흐를 것이다.)

강설

이형위체(以刑爲體)로부터 진이위근행자야(眞以爲勤行者也)까지의 13구 72자는 형벌과 예의를 주장하는 것으로 장자의 사상과 맞지 않고 대종사의 주된 뜻과도 일치하지 않는다. 이는 삭제해야 할 착간(錯簡)이다. 이를 삭제하면 상하 문장의 의미와 통하게 된다.

형벌에 의한 정치사상은 법치주의에 의한 것으로 장자의 사상과는 거리가 멀다. 그리고 장자가 살았던 전국시대는 어느 하루도 편할 날이 없었던 칠국쟁웅(七國爭雄)의 혼란기였다. 그런 참상을 겪은 이의 입에서 다시 전쟁을 들먹거릴 수 있었을까? 예(禮) 또한 유가에서 이상으로 생각하는 행동규범이지, 일찍이 장자가 지향한 바가 아님을 많은 부분에서 알 수 있다. 그러나 원본의 체제에 따라 번역하였음으로 이를 참고하기 바란다.

2. 死生一如의 人生觀(죽음과 삶을 하나로 보는 장자의 인생관)

이 단락은 아홉 개의 작은 단락으로 구성되어 한 단계 한 단계의 비유를 통하여 장자의 뛰어난 견해와 문장력을 유감없이 발휘하고 있다.

주된 내용은 삶과 죽음이란 주야의 순환과 같은 것으로 자연의 법칙이자 피할 수 없는 천명이다. 그러므로 형체의 구각(軀殼)에 얽매이지 말고 천지 대조화에 순응하여 자연의 조화 속에서 영원한 생명의 안식처를 찾아야 함을 역설하고 있다.

‖ 경문 ‖

死生이 命也오 其有夜旦之常은 天也라 人之有所不得與니(去聲) 皆物之情(實也)也니라(死生 定於命은 猶夜旦運於天이니 有生이면 必有死오 有旦이면 必有夜니 豈人之所能著力哉아 此皆物之實理如此니 無足生其悲戀也라)

직역 ‖

死生은 命이요 그 夜旦의 떳떳함은 하늘이라, 사람은 관여할 수 없으니 모두 만물의 情(實)이다.(사생이 천명에 정하여 있음은 하늘에서 운행하는 밤과 낮의 순환과 같다. 생이 있으면 반드시 죽음이 있고, 아침이 있으면 반드시 밤이 있기 마련이다. 어떻게 사람이 여기에 힘을 붙일 수 있겠는가. 이는 모두 만물의 진리가 이와 같다. 슬퍼하거나 연연한 마음을 낼 수 없다.)

의역 ‖

인간의 죽음과 삶이란 필연적인 운명이다. 밤과 낮이 하늘에 순환하며 운행하는 자연의 법칙이다. 삶이 있으면 반드시 죽음이 있고 아침이 있으면 반드시 밤이 있기 마련이다. 석양에 지는 해를 붙잡을 수 없듯이 하루하루 맞이하는 나의 죽음을 어떻게 인간의 힘으로 상관할 수 있겠는가. 이는 모두 만물의 이치가 이와 같은 것이기에 굳이 슬픈 마음을 가질 게 없다.

‖ 선영 주 ‖

上文에 說眞人하야 視天人爲一己하고 將天人分岐之見하야 撤去不足道矣라 然天人不相勝은 其辭 猶爲渾融이어늘 此節은 特作一提하야 點破死生疑團하야(夜旦一譬 了然이라) 推出天字오 並非人之一毫所得이니 與參大宗師意라야 纔一逼動振醒이라

위 문장에서는 진인(眞人)을 말하여 하늘과 사람을 하나의 몸으로 보

았고, 하늘과 사람을 나누어 보는 견해에 대해서는 더 이상 말할 게 없다고 잘라 말하고 있다.

그러나 위 단락의 "하늘과 사람이 서로 대립하여 이기지 않는다."라는 구절은 그래도 혼융(渾融)한 말인데, 이 절에서 특별히 밤과 낮이라는 구절을 제시하여 죽음과 삶에 대한 의심 덩이를 타파해주면서(생사를 주야에 비유한 것은 분명한 설명이다.) '천(天)' 자를 들추어냈다. 그리고 아울러 사람으로서는 털끝만큼도 개의할 수 있는 게 아니다. 대종사의 뜻과 함께하여야 비로소 한 차례 핍진(逼眞)하게 송동(竦動)하고 진작하여 각성할 수 있다.

강설

이의 문장에서 눈여겨보아야 할 글자는 세 글자이다. 명(命)과 천(天)과 정(情)이다. 인간의 생사는 개인의 운명[命]이자 그것은 곧 대우주의 순환 변화의 천리[天]이다. 이러한 순환의 변화에 의해 만물의 생사와 왕래는 불변의 실정(實情), 즉 진리[情]이다. 인간의 생사는 도도히 흘러가는 강물을 따라 해저물고 달 뜨는 시간에 맞추어 물의 본원인 바다로 회귀하는 것이다.

‖ 경문 ‖

彼特以天爲父하야(倒裝句法이라 言人以父生我而戴之爲天也라) 而身猶愛之온 而況其卓乎아(大宗師)

직역

그들은 특히 아버지를 天으로 삼아(句法을 거꾸로 꾸밈. 사람들은 아버지가 나를 낳아주었다고 하여 하늘처럼 받든다.) 몸소 오히려 그를 사랑하는데, 하물며 그보다 탁월함이야.(大宗師)

의역

사람들은 아버지가 낳아주셨다는 이유 하나만으로 아버지를 하늘처럼 떠받들며 사랑하고 있다. 하물며 그보다 더 높은 대종사의 존재야 오죽하겠는가.

‖ 선영 주 ‖

此下는 疊疊咏嘆大宗師不可不順이라

아래의 문장은 거듭거듭 대종사에게 순종하지 않을 수 없음을 읊조리고 감탄한 말이다.

○ 以親으로 一喩大宗師로되 不啻乎親也라

○ 어버이를 들어 한 차례 대종사를 비유하였지만, 대종사의 위상은 어버이 정도에 그치지 않는다.

‖ 경문 ‖

人特以有君으로 **爲愈乎己**라하야(勢分 勝乎己라) **而身猶死之**온(效忠) **而況其眞乎**아(大宗師는 眞君也라 單用眞字는 就上面君字也라)

직역

사람들은 특히 임금으로써 나보다 낫다고 생각하여(勢分이 나에 비해 더 殊勝하다.) 몸소 오히려 그를 위해 죽는데,(충성을 다함) 하물며 그보다 眞君이야.(대종사는 참 임금이다. '眞' 자만을 쓴 것은 위에 '君' 자가 있기 때문이다.)

의역

사람들은 임금의 지위가 나보다 낫다는 이유 하나만으로 몸소 그를 위해 충성을 바치고 있다. 하물며 그보다 더 권위가 있는 대종사, 참 임금의 존재야 오죽하겠는가.

‖ **선영 주** ‖

以君으로 一喩大宗師로되 不啻乎君也라

임금으로써 한 차례 대종사를 비유했지만 임금 정도에 그치지 않는다.

○ 親一邊에 用卓字는 大宗師 親而且尊也오 君一邊에 用眞字는 大宗師 尊而且親也라

○ 어버이의 측면에 '탁(卓)' 자를 쓴 것은 대종사는 가까우면서도 존엄하기 때문이며, 임금의 측면에 '진(眞)' 자를 쓴 것은 대종사는 존엄하면서도 또한 가깝기 때문이다.

‖ 경문 ‖

泉涸에 魚相與處於陸하야 相呴以濕하고 相濡以沫이 不如相忘於江湖며

직역

泉이 메말랐을 적에 물고기가 서로 함께 육지에 있으면서 서로가 습기로써 呴하고 서로 泡沫로써 적셔줌이 강호에서 서로 잊음만 같지 못하며,

의역

시냇물이 바싹 메말랐을 적에 물고기 떼가 메마른 땅 위에 모두 모여 서로 습기를 내뿜어주고 서로 물거품으로 적셔주고 있다.

그러나 모두 지난날 강호에서 생사(生死)를 모두 잊고 지냈던 것만 같지 못하다.

‖ 선영 주 ‖

又一喩니 呴濕濡沫이 不如相忘於江湖하고 貪生怕死 不如相忘於宗師也라

또 하나의 비유이다. 습기로 불어주고 물거품으로 적셔주는 것이 강호에서 서로 잊었던 것만 같지 못하고, 생을 탐하고 죽음을 두려워하는 것은 모두가 대종사의 진리에서 잊은 것만 같지 못하다.

강설

시냇물이 고갈되어 건천(乾川)이 된 육지란 사지(死地)를, 물거품을 서로 내뿜어주는 것은 생의 연장을 위한 애착, 즉 호생오사(好生惡死)를, 강호는 대도(大道)를 비유함이다. 강호에서 서로 모두가 잊고 산다는 것은 아래의 문장에서 이[魚相忘於江湖]의 대칭으로 "사람은 서로 도의 경지에서 잊는다.[人相忘於道術]"라고 말하였다. 이에 관해서는 해당 부분에서 다시 자세히 언급하기로 한다.

‖ 경문 ‖

與其譽堯而非桀也론 不如兩忘而化其道니라(此道字 輕이니 不過是非之道라)

직역

그 堯를 칭찬하고 桀을 비난하는 것은 모두 잊고 그 道를 化하는 것만 같지 못하다.(이 '道' 자의 뜻은 가볍다. 시비의 도를 말하는 데에 지나지 않는다.)

의역

요임금을 선하다고 칭찬하며 폭군 걸을 악하다고 욕하는 것은 시비의 소리를 모두 잊고서 시비를 모두 하나의 대도(大道)로 융화(融化)하는 것만 같지 못하다.

‖ 선영 주 ‖

又一喩니 譽堯非桀은 不如兩忘其道오 好生惡死는 不如兩忘其係累也라(如此用喩之妙는 便非世人所解이니 何況其更精者라)

또 하나의 비유이다. 요임금을 칭찬하고 폭군 걸을 욕하는 것은 시비(是非)의 도(道)를 모두 잊은 것만 같지 못하고, 생을 좋아하고 죽음을 싫어하는 것은 모두 생사의 얽매임을 잊는 것만 같지 못하다.(이처럼 오묘한 비유는 세간 사람으로서는 이해할 수 있는 것이 아니다. 더욱이 그보다 더 정밀한 뜻이야!)

‖ 경문 ‖

夫大塊(地也) 載我以形하고 勞我以生하고 佚我以老하고 息我以死라 故로 善吾生者는 所以善吾死也니라(純任自然이 所以善吾生也라 如是則死 亦不見爲苦矣니 豈不善乎아)

직역

大塊(大地)는 나를 형체로써 실어주고 나를 生으로써 수고롭게 하고 나를 늙음으로써 편안하게 하고 나를 죽음으로써 쉬게 해주었다. 그러므로 나의 삶을 잘살아간다는 것은 나의 죽음을 잘한 것이다.(모두 자연에 맡겨둠이 나의 생을 잘 살아간 것이다. 이처럼 살면 죽음 또한 괴로움임을 보지 못할 것이다. 어찌 선하지 않겠는가.)

내지는 나의 육신을 통하여 이 세상에 몸을 붙이고 살도록 하였고, 삶이라는 것으로 나를 힘들게 하였고, 늙음이라는 것으로 나를 편안하게 하였고, 죽음이라는 것으로 나를 편히 쉬도록 해주었다.

그러므로 자연의 섭리에 맡겨 나의 삶을 잘 누리면 죽음 또한 그렇게 괴로운 존재라는 것을 느끼지 못할 것이다.

‖선영 주‖

生死는 一理라 不過乾坤之幻泡耳라 生而任乎天이면 則死亦無所係이라 故善吾生이면 則善吾死矣라

죽고 삶은 하나의 이치이다. 하늘과 땅은 영원한 것처럼 인식하지만 변화하는 입장에서 보면 하나의 허환(虛幻)과 물거품에 지나지 않는다. 삶을 누리되 하늘에 맡겨두면 죽음 또한 얽매인 바 없다. 그러므로 나의 생을 잘 누리면 나의 죽음을 잘 맞이할 수 있다.

○ 順乎宗師 乃所爲善也라(此處에 夾一段正論이라)

○ 대종사에게 순종하는 것이 곧 나의 생을 잘 누리는 것이라 할 수 있다.(이 부분에는 한 단락의 正論을 가지고 있다.)

강설

위의 문장[大塊 載我以形 … 所以善吾死也]은 상하의 문장과 연결되지 않을 뿐 아니라 아래 제5단락의 '자사(子祀), 자여(子輿)' 등 네 사람의 문답에 거듭 기록되어 있는바, 이는 착간(錯簡)의 연문(衍文)으로 보는 이가 많다.

‖ 경문 ‖

夫藏舟於壑하고 **藏山於澤**을 **謂之固矣**나 **然而夜半**에 **有力者 負之而走**어늘 **昧者不知也**라(造化默運이어늘 而藏者 猶謂在其故處를 謂之昧라하니 誠昧也라 ○ 豈但夜半이리오 當面에 便已負去也라 夜半은 喩言不見耳라)

직역

배를 산골짜기에 감추고 山을 연못에 감추는 것을 견고하다고 말하지만 그러나 夜半에 힘 있는 자가 짊어지고 달아났는데도 혼매한 자는 알지 못한다.(천지의 조화는 말없이 운행하는데, 감춰둔 사람들은 오히려 숨겨둔 그 자리에 잘 있을 것이라고 생각한다. 참으로 혼미한 일이다. ○ 어찌 안 보이는 한밤중에만 그러하겠는가. 바로 우리의 눈앞에서 벌써 짊어지고 가버린 것이다. 야반은 보이지 않음을 비유한 말이다.)

의역

산골짜기 보이지 않는 곳에 깊숙이 배를 감추고 연못 속에 깊숙이 그물[山=汕]을 감춰놓은 것을 내가 잘 감춰두어 남들이 훔쳐가지 못할 것이라고 생각한다. 하지만 아무것도 보이지 않는, 캄캄한 한밤중에 힘 있는 자[조물주]가 숨겨둔 배와 그물을 몰래 짊어지고서 이미 도망쳐버렸는데도 혼미한 자는 잃어버린 사실조차 모르고 있다.

‖ **선영 주** ‖

駭喩切喩로다

깜짝 놀랄 만한 비유이며 간절한 비유이다.

○ 導養家는 時刻保守하야 自謂養於不朽之宅이라호되 却不知造化推移하야 明抽暗換하야 未幾之間에 頭童齒豁하야 老矣死矣라 乃方相與歎惜하되 不知其至於老死者 不在於旣老旣死也라 當其時刻保守에 正時刻抽換하야 後息之我 己非前息라 故로 俄而彼方懵然하니 謂之有知乎아 無知乎아 文之微妙警策하야 令衛生者로 毛寒骨竦하고 旁觀者도 啞然大笑라(昧者는 不知也니 妙라 所云知之至와 知之盛者는 乃是如此一色人이라)

○ 불로상생을 꿈꾸는 도양가(導養家: 養生家)는 세월을 영원히 보존하면서 스스로 "죽지 않는 몸을 기른다."라고 말들 하지만 천지조화는 시시각각으로 흘러가면서 낮과 밤이 교차하여 얼마 안 되는 사이에 머리칼은 빠지고 이빨은 듬성듬성하여 늙어 죽음의 길로 치닫고 있다. 그때야 비로소 서로가 탄식하고 애석해하지만, 그가 늙고 죽음에 이르게 된 것은 이미 늙고 이미 죽음을 맞이한 오늘에 있지 않다는 사실을 전혀 알지 못한 것이다.

세월을 아무리 보존하고 지키고 있을 적에도 시간은 흐르고 흘러서 지금 호흡하고 있는 나는 벌써 조금 전에 내쉬던 호흡이 아니다. 그러므로 잠깐 사이에 그는 전혀 이런 사실을 까마득히 모르니 이를 안다고 말해야 할까? 모른다고 말해야 할까? 장자의 문장이 미묘하게 경책(警策)하여 위생자(衛生者: 양생가)의 모골(毛骨)을 소름 끼치게 만들었고 방관자를 아연실소(啞然失笑)케 하였다.(昧란 알지 못함이니 오묘하다. 세상 사람들이 말하는, '앎의 지극함'과 '앎의 성대함'이란 바로 이와 똑같은 사람들이다.)

○ 讀此一節하니 人在世間에 眞是無法可處라

○ 이 1절을 읽어보니 사람이 세상에 살아 있을 적에 참으로 거처할 만한 방법이 없다.

강설

"산골짜기에 배를 감추고 연못에 산(山)을 감춘다."라는 것은 남들이 훔쳐갈까 두려운 마음에 이를 숨긴 것이다. 그러나 산을 훔쳐간다는 비유란 타당치 못한 면이 있다. 산골짜기에 배를 감춤은 배를 훔쳐갈까 두려워한 것이지만, 산을 훔쳐갈까 걱정하는 사람이 있을까? 따라서 혹자는 산(山) 자란 산(汕)의 오자(誤字)라 한다. 산(汕)은 어망(漁網)을 말한다. 어부의 입장에서 배와 그물을 훔쳐갈까 염려한 나머지 배는 깊은 산 속에, 그물은 물속에 숨겨둔다고 한다. 이로 보면 세속의 어부에게서 흔히 볼 수 있는 일을 들어 장자는 비유를 했으리라고 믿는다.

위의 비유는 나의 목숨을 훔쳐갈 조물주가 겁이 나서 몸을 숨겨 죽지 않으려고 양생(養生)을 하되 심지어는 연단(鍊丹)의 약물 또는 도인법(導引法) 따위를 통하여 불사장생(不死長生)을 꿈꾸지만 조물주의 생사변화를 벗어난 사람은 동서고금에 유사 이래로 일찍이 없다. 장자는 이를 비유한 것이다. 여기에서 말한 유력자(有力者)란 조물주를 말한다.

이 세상에 불공평한 일들이 많지만, 부귀빈천과 동서고금을 가리지 않고 가장 공정한 도를 찾는다면 그것은 백발이라는 공도(公道)이다. 본래 천지의 사이에 아주 아득한 옛날로부터 털끝만큼의 사심이 없는 공공(公共)의 존재이다. 황제라 해서, 성현이라 해서 일찍이 봐주는 것도 없다. 기운의 성쇠에 따라 조만간에 백발이 생기는 것은 조물주의 공정한 마음이다. 백발은 인생의 가을로 죽음의 겨울이 다가오고 있음을 알려주는 일종의 경고이다.

그러나 이러한 경고에도 아랑곳하지 않은 채, 하늘에서 내려준 본성을 잃고서 육근(六根)에 의하여 기욕성색으로 끊임없이 치달려 되돌릴 수 없는 세월 속에 발길을 멈춘 적이 있는가. 갈 길을 잃고서 허우적거리며 꿈속에 헤매면서 미루어 나갈 곳을 전혀 알지 못하고 있다. 그러다가 어느 날 아침, 거울 앞에서 희고 다 빠져버린 머리털을 보면서 세월의 무상을 탓하고 가을바람에 한숨을 짓는다. 돌이켜보면 이처럼 나의 덧없는 인생이 늙을까 두려워하고 겁을 내어 백발을 탓하지만, 어찌 보면 백발은 탐욕에 끝이 없는 오늘의 나를 위해 경계하고 꾸짖는 자임을 그 누가 알았겠는가.

이로 보면 몸을 숨겨 피하려고 드는 이보다 차라리 순응하면서 나로서 도저히 미칠 수 없는 생각을 하지 말고 고뇌하지 않는 것이 현명한 처사이다.

‖ 경문 ‖

藏小大有宜나 **猶有所遯**이어니와(藏小於大는 宜也어니와 不知與化爲體면 雖藏之得宜나 無以禁其日變也라) **若夫藏天下於天下**면 **而不得所遯**이니 **是恆物**(常理)**之大情**(實)**也**니라

직역 ‖

작은 것을 큰 데에 감춘 것은 잘한 일이나 오히려 遯(亡失)한 바 있거니와(작은 것을 큰 데에 감춘 것은 적절한 것이나 천지의 조화로 더불어 일체가 되어야 함을 알지 못하면 적절하게 감췄다 할지라도 날마다 변해 가는 것을 금할 수 없다.) 천하를 천하에 감춘다면 遯(亡失)한 바 없을 것이니, 이는 恆物(常理)의 큰 情(實)이다.

의역

작은 물건을 큰 데에 감춘 것은 참으로 잘한 일이다. 그러나 천지의 조화와 하나 됨을 알지 못하면 아무리 잘 감췄다 할지라도 날마다 변해가는 것을 금할 수 없지만, 천하를 천하에 감춘다면 변해가는 바 없을 것이다. 이것이 모든 사물의 진실한 섭리이다.

‖선영 주‖

讀此一節에 却有一上上處法이라

이 1절을 읽노라면 상상처(上上處)의 법이 있다.

○ 屈伸往來와 盛衰消長은 一氣循環者니 天下之實理也라 養生者는 獨欲以身으로 爲不化之物하니 是一氣循環中에 得容此塊然之橛株也라 有是理乎哉아 究竟有負之走者而已라 不知故로 方且藏之면 則方且遯之라 夫遯之正生於藏之之過也오 設也 悟天下之理 非我一人所得私하야 而因而付之天下면 則此理便隨在與我共之矣라 天下는 一循環之理也오 我는 一循環之理中之人也니 又烏得所遯哉아 蓋物理之實이 原是如此하니 此便是於隙駒世界中에 無法可處之一上上處法也라

○ 굴신(屈伸), 왕래(往來), 성쇠(盛衰), 소장(消長)은 일기(一氣)의 순환이니 천하의 진실한 이치이다. 그럼에도 양생자들은 유독 자신의 몸을 변하지 않은 존재로 생각하고 있다. 이는 천지의 일기(一氣)가 순환하여 변화하는 가운데 자기만이 변하지 않은 고목의 그루터기처럼 오래 살려는 것이다. 그러나 그렇게 될 리가 있겠는가. 결국 그를 짊어지고서 달아나는 세월이 있을 뿐이다. 하지만 이런 사실을 알지 못한 까닭에 비로소 이를 감추자마자 잃어버리게 된 것이다. 이처럼 잃어버리

게 된 것은 감추려는 잘못에서 비롯된 것이다.

만일 천하의 이치가 나 한 사람만이 사사로이 얻은 바 아님을 깨달아 이를 천하 공공(公共)의 진리 속에 넣어두면 그 진리는 내가 있는 어느 곳에서나 나와 함께 하게 될 것이다. 천하는 순환의 이치요, 나는 순환의 이치 가운데 한 사람일 뿐이다. 또한 어떻게 잃은 바 있겠는가. 만물 이치의 실상(實相)이 원래 이와 같다. 이는 순간의 세계 속에서 거처할 만한 상상처(上上處)의 법이 있을 수 없다.

강설

장소대(藏小大)는 장소어대(藏小'於'大)를 말한다. 장자의 문장에 수사기법은 흔히 도상법(倒裝法)이나 생략을 통하여 이뤄지고 있다. 여기에서 어(於) 자를 생략한 채 그 의미를 전달하고 있다. 여기에서 말한 소대(小大)란 배와 골짜기[舟壑], 그리고 산과 연못[山澤]을 말한다. 작은 배는 큰 골짜기에 숨기고 작은 [illegible] 큰 연못 속에 숨김을 말한다.

이는 위에서 말한 바와 같이 양생가의 불사상생을 비유한 것이다. 그러나 양생가들이 이루려는 것은 영원히 존재하는 불사신(不死身)을 얻으려는 데에 있다. 모든 존재는 이뤄지면 반드시 무너지는 것이다. 태어나면 반드시 죽는 법이고 나라의 흥망 또한 그러하다.[物之有成, 必有壞, 譬如人之有生必有死, 而國之有興必有亡也.] 이는 양생가의 한계를 말해주는 것이다.

따라서 이의 해결방법은 "천하를 천하에 감추는" 데에 있으며, 이에 대한 감산(憨山) 덕청(德淸)스님의 주해는 다음과 같다.

"만일 이 몸과 천지 만물이 도와 더불어 하나가 되어 혼연(渾然)한 큰 조화로 구분이 없는 진리를 깨닫는다면, 진리란 형상이 없는 것이다. 형상이 없는 나의 진리가 형상이 없는 우주의 진리 속에 하나가 되는 것이 바로 '천하를 천하 속에 감추는 것이다.' 이처럼 대우주와 하나가 되었기에 잃어버릴 가능성이 전혀 없는 것이다. 이 경지는 천지 만물이 다 함께 하는 진리의 실정(實情)이다. 이 때문에 '모든 사물의 진실한 섭리[恒物之大情]'라고 말한 것이다.[若知此身與天地萬物, 皆與道爲一, 渾然大化而不分, 是藏無形於無形, 如此則無遯, 則如藏天下於天下而不得所遯矣. 此天地萬物之實際也, 故曰恆物之大情.]"

이와 같이 천하(天下)란 무형의 진리, 즉 생사의 분별이 없는 무생무사(無生無死)의 근본자리로 인식하였다. 바꿔 말하면 나의 근본진리를 가지고서 우주의 근본진리와 함께한다는 것을 "천하를 천하 속에 감추는 것"으로 인식한 것이다.

‖ **경문** ‖

特犯(淮南子에 作範하니 是라)**人之形**호되 **而猶喜之**하나니 **若人之形者**는 **萬化而未始有極也**니(生物之形이 無窮無盡이라) **其爲樂**을 **可勝計邪**아(孰不自喜其身이오) **故**로 **聖人**은 **將遊於物之所不得遯而皆存**이니라(乘於變化之途하야 放於日新之流니 是物理之所不得遯也라 則我常與理一而皆存矣라)

직역 ‖

특히 사람의 형체를 犯(淮南子에서는 範 자로 쓰니 옳다.)하되 오히려 기뻐하니 사람의 형체와 같은 것은 萬化로서 애당초 다함이 없다.(생물의 형체가 다함이 없고 끝이 없다.) 그 즐거움이 됨을 이루 헤아릴 수 있을까?(어느 누가 제 몸을 스스로 좋아하지 않겠는가.) 그러므로 성인은 장차 物의 遯할 수 없는 곳에 놀면서 모두 존재할 수 있는 것이다.(변화의 道를 타고서 日新의 흐름에 놓아두니 이는 物理를 잃을 수 없다. 나는 영원히 이치가 하나되어 모두 존재할 수 있다.)

의역 ‖

사람들은 특히 사람의 형체를 얻어 태어난 것만으로 기뻐하고 있다. 하지만 사람의 몸에는 생로병사(生老病死)의 덧없는 변화가 끝이 없다. 이처럼 허망한 몸을 가지고서 과연 스스로 기뻐할 수 있을까?

「선영(宣穎)의 주에 의하면, “사람의 형체처럼 태어난 존재는 애당초 무궁무진하다. 그 어느 존재인들 제 몸을 좋아하지 않겠는가.”라고 하였다.」

이 때문에 성인은 만물이 변화하지 않는, 영원한 진리의 경지에 놀면서 모두 대도(大道)와 하나가 되어 존재할 수 있다.

‖ 선영 주 ‖

悟得此理면 則我與此理 是一個物事라 故曰皆存이라하니라

이러한 이치를 깨달으면 나는 이 이치와 하나이다. 그러므로 ‘모두 존재한다’고 말한다.

○ 聖人은 全體造化에 形有生死로되 而此理는 已與天地同流하니 皆存之義 微矣로다

○ 성인은 전체(全體)의 조화에 형체에는 삶과 죽음이 있지만 이 진리는 이미 천지와 함께 유행하니 ‘모두 존재한다’는 뜻이 은미하다.

‖ 경문 ‖

善夭善老하며 善始善終을 人猶效之온 又況萬物之所係며(大宗師也) 而一化之所待乎아(大宗師也라 萬物은 總一個變化오 一化는 必聽乎宗師也라)

직역 ‖

夭를 선히 하며 老를 선히 하며 始를 선히 하며 終를 선히 하는 것을 사람이 오히려 본받는데 또 하물며 만물이 매여 있는 바이며(大宗師) 一化의 係待한 바야.(대종사이다. 만물은 모두가 하나의 변화이며, 하나의 변화는 반드시 종사에 말을 따르고 있다.)

의역

요절이든, 장수이든, 태어남이든, 죽음이든 순리대로 편안히 따르는 그 자체만으로도 사람들이 오히려 본받는 것인데, 하물며 모든 만물의 근원[大宗師]으로서 천지의 일체 변화가 필요로 하는 도(道)야 오죽하겠는가.

‖ 선영 주 ‖

苟有一體之善人이라도 猶效之온 況爲萬化所係待者 乃不知取法乎아 聖人이 遊於物之所不得遯은 止是識得宗師하야 舍己相從耳라

참으로 일체(一體)를 소유한 선인(善人)만으로도 오히려 그를 본받는데, 하물며 모든 조화의 뿌리요, 필요한 바 되는 도리를 취하여 본받을 줄 몰라서야 되겠는가. 성인은 만물이 잃지 않은 경지에서 놀 수 있었던 것은 대종사만을 알고서 자신의 작은 몸을 버려두고 만물이 함께할 수 있는 이치를 모두 서로 따르는 데에 있을 뿐이다.

○ 以上은 凡九小段이니 譬喩層層剝換하야 有樹花爭發이오 春水亂流之勢하니 文家勝境이라

○ 위의 문장은 모두 작은 아홉 단락이다. 비유가 하나하나 바뀌면서 마치 나뭇가지 위에 꽃송이가 다투어 피어나고 봄 물결이 어지럽게 흐르는 듯한 문세(文勢)이다. 문장가의 훌륭한 경지이다.

3. 道體의 無形과 永遠(도의 본체는 형상이 없고 영원하다.)

이 단락에서는 도체(道體)의 주재에 대해 말한 것으로, 진인이 체득해야 할 도는 바로 이를 말한다. 도의 본체는 형상이 없으나 영원한 주재로서 수많은 신성(神聖)들이 이를 얻어 향유한 바 있음을 밝히고 있다.

‖ 경문 ‖

夫道는(至此에 方接出道字니 是大宗師主名이라) **有情**(靜之動也라)**有信**이나(動之符也라) **無爲無形**이라(雖有情有信이나 而無爲無形이라) **可傳而不可受**며(雖有師可傳이나 而不能必弟子之可受라) **可得而不可見**이니(雖可以心得이나 而無跡之可見이라) **自本自根**하야(道는 爲事物根本이니 更無有爲오 道之根本者는 自本自根耳라) **未有天地**에 **自古以固存**이라(未有天地先에 有道니 所以自本自根이라) **神鬼神帝**며(帝는 即鬼之尊者오 其神은 皆道니 神之也라) **生天生地**니라(一陰一陽은 生於道라)

‖ 직역 ‖

道는(여기에 이르러 처음으로 '道' 자를 쓰고 있다. 이것이 대종사의 주된 이름이다.) **情**(고요함 속의 움직임) **信이 있으나**(動의 符驗) **作爲가 없고 형체가 없다.**(비록 情과 信이 있으나 작위와 형체가 없다.) **傳할 수 있으나 받을 수 없으며**(비록 스승이 전할 수 있으나 반드시 제자가 받을 수 있다고는 할 수 없다.) **얻을 수 있으나 볼 수 없으니**(비록 마음으로 얻을 수 있으나 발자취를 찾아볼 수 없다.) **스스로 本이 되고 스스로 根이 되어**(道는 사물의 근본이니 다시 有爲가 없고, 도의 근본은 스스로가 本이요, 根이다.) **천지가 있지 않을 적에 예로부터 참으로 존재해 왔다.**(천지가 있기 이전부터 道가 있었다. 이것이 스스로 本이요, 根이 되는 바이다.) **鬼를 신비롭게 하고 帝를 신비롭게 하며**(帝는 곧 귀신보다 존귀한 존재요, 그 神은 모두 道이니 이것을 신비롭게 만들어준다.) 하늘을 낳고 땅을 낳아주었다.(하나의 음과 하나의 양은 道에서 발생한 것이다.)

의역

대종사의 도는 진실한 실체와 증험이 있으나 어떠한 작위나 형체도 찾아볼 수 없다. 스승이 전할 수는 있으나 반드시 제자가 받을 수 있다고 말할 수 없고, 마음으로 얻을 수는 있으나 발자취를 찾아볼 수는 없다.

도는 만물의 근본으로서 천지가 창조되기 이전, 그 옛날 옛적으로부터 이미 존재해 왔다. 귀신의 변화와 상제의 주재를 신비롭게 만들어주었고, 하늘과 땅을 낳아주기도 하였다.

‖ 선영 주 ‖

上文에 雖說天字나 天不過與道爲體耳라 大宗師는 畢竟是道오 此處에 方點出하야 詳寫一番이로되 如水中味月中色하니 妙不可尋이라

위의 문장에서 비록 '천(天)' 자를 말하였지만 천(天)은 도(道)와 일체가 된다는 데 지나지 않는다. 대종사는 결국 도(道)이며 이 부분에서 비로소 이를 써서 한차례 자상히 묘사하였지만, 물의 맛, 달의 빛과 같으니 오묘함을 찾을 수조차 없다.

‖ 경문 ‖

在太極之上(猶前也니 上也라)而不爲高며 在太極之下而不爲深이며 先天地生而不爲久며 長(上聲)於上古而不爲老니라

직역

太極의 위(앞과 같음. 위를 말함)에 있어도 높다 못 하며, 태극의 아래에 있어도 깊다 못 하며, 天地에 앞서 발생하였으나 長久하다 못 하며, 上

古보다 오래되었으나 늙었다 할 수 없다.

의역

도란 태극의 위에 있으나 높지도 않고 태극의 아래에 있으나 깊지도 않다. 그리고 천지 창조 이전에 존재하였으나 장구하다 못 하고 태고보다 오래되었으나 늙었다고 말할 수 없다.

‖ **선영 주** ‖

又極贊四句라

또한 4구절로 극찬하였다.

‖ 경문 ‖

狶韋氏(古帝名) 得之하야 以挈天地하고(整頓乾坤) 伏羲氏 得之하야 以襲氣母하고(忻合元氣) 維斗(北斗는 爲天綱維라 故曰維斗라) 得之하야 終古不忒하고(不易其度라) 日月 得之하야 終古不息하고(不輟其明이라) 堪坏(崑崙山神이니 人面獸形이라) 得之하야 以襲崑崙하고 馮夷(馮은 音平이니 水神이라) 得之하야 以遊大川하고 肩吾(泰山之神) 得之하야 以處泰山하고 黃帝 得之하야 以登雲天하고(鼎湖上升) 顓頊(高陽氏) 得之하야 以處玄宮하고(恭默思道) 禺強(北方之神이니 卽眞武也라) 得之하야 立乎北極하고 西王母(西方之神) 得之하야 坐乎少廣하야(西方空界之名이라) 莫知其始하고 莫知其終하며 彭祖 得之하야 上及有虞하고 下及五伯하며(年八百歲) 傳說 得之하야 以相武丁하야 奄有天下하고 乘東維하며(箕尾間也) 騎箕尾하야(尾星旁에 有一星하니 名傳說이라) 而比於列星하니라(以上諸神은 半出荒唐이어늘 莊子 但取以寓意니 不暇論也라)

직역

狶韋氏(옛 聖帝)가 이를 얻어 천지를 묶었고(천지를 정돈함) 伏羲氏가 이를 얻어 氣母를 襲合하였고(기꺼이 元氣에 부합됨) 維斗(北斗는 하늘의 綱維가 됨으로 維斗라 말함)는 이를 얻어 終古에 어긋남이 없었고(그 躔度를 바꾸지 않음) 일월은 이를 얻어 終古에 쉼이 없었고(그 밝음을 그치지 않음) 堪坏(崑崙山神. 사람의 얼굴에 짐승의 몸을 지닌 산신)는 이를 얻어 崑崙을 襲하고 馮夷(馮의 讀音은 平, 水神)는 이를 얻어 大川에 놀았고 肩吾(泰山의 神)는 이를 얻어 태산에 살았고 黃帝는 이를 얻어 雲天에 올랐고(鼎湖에서 白日에 昇天하였음) 顓頊(高陽氏)은 이를 얻어 玄宮에 살았고(공손하고 말없이 도를 생각함) 禺强(北方의 神, 곧 眞武[玄武와 같음])은 이를 얻어 북극에서 있었고 西王母(西方의 神)는 이를 얻어 少廣에 앉아(西方 空界의 이름) 그 시초를 알지 못하고 그 종말을 알지 못했으며 彭祖는 이를 얻어 위로 有虞에 미치고 아래로 五伯[五覇]에 미쳤으며(享年 800세) 傅說은 이를 얻어 武丁을 도와 天下를 소유하였고 東維星을 탔으며(箕尾星의 사이) 箕尾星을 타고서(尾星 곁에 하나의 별이 있는데 傅說이라 한다.) 列星과 함께 하였다.(이상의 모든 신들은 절반이 황당한 말들이다. 장자는 단 寓意를 취한 것이다. 이에 대해 논할 게 없다.)

옛 성제(聖帝)인 희위씨(狶韋氏)는 도를 얻어 천지를 정돈하여 묶었고,
복희씨는 도를 얻어 기꺼이 원기(元氣: 氣母)에 부합되었고,
하늘의 북두성은 도를 얻어 끝까지 그 전도(躔度)를 바꾸지 않았고,
해와 달은 도를 얻어 영원히 그 밝음을 그치지 않았고,
사람의 얼굴에 짐승의 몸을 지닌 곤륜산신(崑崙山神), 감배(堪坏)는 도를 얻어 곤륜산에 머물고,
수신(水神)인 풍이(馮夷)는 도를 얻어 대천(大川)에 놀았고,
태산의 산신 견오(肩吾)는 도를 얻어 태산에 살았고,
황제(黃帝)는 도를 얻어 하늘에 올랐고,

전욱고양씨(顓頊高陽氏)는 도를 얻어 현궁(玄宮)에 살았고,

북방의 신 우강(禺强)은 도를 얻어 북극에 서 있었고,

서방의 신 서왕모(西王母)는 도를 얻어 소광(少廣)에 앉아 그 시초와 그 종말을 알지 못했으며,

팽조(彭祖)는 도를 얻어 위로는 유우씨(有虞氏)에, 아래로는 오패(五覇)에 미쳤으며, 부열(傅說)은 도를 얻어 무정(武丁)을 도와 천하를 소유하였고, 동유성(東維星)과 기미성(箕尾星)을 타고서 열성(列星)과 함께 하였다.

‖선영 주‖

雜寫古之神聖若干人이로되 無不以道爲大宗師者니 區區小智로 反思躍冶也耶아 至此一篇이 大勢束住라

옛 수한 신성(神聖)들을 뒤섞어 썼지만 도를 대종사로 삼지 않은 이가 없다. 사람의 하찮은 작은 지혜로써 조물주의 그 조화[躍冶]를 돌이켜 생각할 수 있겠는가. 이 1편에 이르러서 대단락의 문장을 끝맺고 있다.

강설

여기에서 말한 도(道)는 만물의 창조주이다. 하늘의 모든 것을, 그리고 땅 위에서 이뤄지는 것들, 그리고 최고의 성자(聖者) 역시 도가 없었다면 창조되거나 이룩될 수 있었을까? 이러한 경지는 『금강경 오가해(金剛經五家解)』의 함허(涵虛) 서문을 참고하기 바란다.

함허는 그의 서문에서 도를 하나의 존재, 즉 일물(一物)이라 말하였다. 도라는 존재는 이름과 형상[名相]이 있기 이전에 존재하여 고금의 시간을 관통하고, 공간적으로 작게는 하나의 미진(微塵)에까지, 크게는 널리 법계(法界)를 포괄하고도 남음이 있다.

안으로는 항하사와 같은 성품의 덕[性德]과 한량없는 오묘한 작용[妙用]이 원래 스스로 구족(具足)하며, 밖으로는 모든 사물에 응함이 마치 거울처럼 오랑캐가 다가서면 오랑캐의 얼굴을, 대국 놈이 오면 대국 놈의 얼굴을 비춰주듯 응하고, 또한 큰 종처럼 크게 치면 큰소리로, 작게 치면 작은 소리로 울려나오는 것과도 같다.

하늘은 이 도를 얻어 만물을 덮어주고, 땅은 이 도를 얻어 만물을 실어주고 사람은 이 도를 얻어 하늘과 땅 사이에 거처하고, 하늘에는 해와 달과 별까지 땅에는 초목, 곤충에 이르기까지 모든 형상을 지닌 것은 모두 도를 종주로 삼아 그 생명이 성립되지 않은 게 없다.

도란 이처럼 광대하여 비할 데 없고 이처럼 드높아서 무어라 말할 수 없다. 이 세상에 신비한 존재라 말하지 않으랴? 모든 일상에 또렷이 나타나 있지만 찾으려 하면 그 자취가 없어 볼 수도 들을 수도 없으니 이것이 신비한 존재이다.

현현(玄玄)하다 말하지 않으랴? 천지의 창조에 앞서 있었지만 그 시초를 찾을 수 없고 천지의 멸망보다 뒤까지 존재하여 그 끝을 알 수 없다. 이를 공(空)이라 말할까? 유(有)라 말할까? 왜 그렇게 되는 것인지 그 소이연(所以然)을 알 수 없다.

4. 不死不生의 究竟處 (죽음과 삶이 없는 최고의 경지)

이는 남백자규(南伯子葵)와 여우(女偊)와의 문답을 통해서 오도(悟道)의 구체적인 단계와 이를 체득하기 위한 9단계의 진학(進學)의 과정을 말하고 있다. 도의 극치는 생사를 벗어남으로써 깨달음을 얻게 되고 한 걸음 더 나아가 불사불생(不死不生)의 경지에 이르러 혼란한 세상에서도 언제나 마음이 흔들리지 않는 선정(禪定)을 얻은 경지가 곧 오도의 구경처(究竟處)임을 말하고 있다.

‖ 경문 ‖

南伯子葵 問乎女偊(偊는 音禹니 弱子也라 以其色少故名이라)曰 子之年이 長矣로되 而色若孺子는 何也오 曰 吾聞道矣로라 南伯子葵曰 道可得學邪아 曰 惡라 惡可리오 子非其人也니라 夫卜梁(姓)倚는(名) 有聖人之才로되(聰明) 而無聖人之道어니와(是子貢一流人) 我는 有聖人之道로되 而無聖人之才라(忘聰明은 是顔子一流人이라) 吾欲以敎之ㄴ댄 庶幾其果爲聖人乎아(難之之詞니 意總不喜恃才也라) 不然인댄 以聖人之道로 告聖人之才 亦易矣어늘 吾猶守而告之호라 參日而後에 能外天下하고(忘世故也라) 已外天下矣로되 吾又守之하야 七日而後에 能外物하고(忘交接也라) 已外物矣로되 吾又守之하야 九日而後에 能外生하고(忘生體也라 自天下而物而生愈近則愈難外也라 ○ 三七九는 是內修家語어늘 偶用之라) 已外生矣而後에 能朝徹하고(外生者는 忘我也라 學道人이 止是這一關難透니 透此一關이면 則見無不明矣라 朝徹者는 如平旦之淸明也라 自此以下는 止是遞將去니 如是而後能靜數句也라) 朝徹而後에 能見獨하고(獨은 卽一也라) 見獨而後에 能無古今하고(古今이 一也라) 無古今而後에 能入於不死不生이니라(生死이 一也라 至此則道在我矣라) 殺生者는 不死오(死其心이면 則神理活이니 是死 非死也라) 生生者는 不生이니라(生其心이면 則神理死니 是生 非生也라 凡人心知覺이 無刻不萌이라 故謂之爲生이오 不受宗師之命者는 皆此也라 故殺之則理存이니 是死之者 有不死也오 生之則理亡이니 是生之者 有不生也라 二句는 正解主不死不生也라) 其爲物이(聖人之道) 無不將也며 無不迎也며 無不毁也며 無不成也라(四句는 止是各處變現하야 同一自然이라) 其名爲攖甯이니 攖甯也者는 攖而後에 成者也니라(於世紛攖擾亂而成吾之大定이라)

직역

南伯子葵가 女偊에게 묻기를,(偊의 讀音은 禹, 나약한 어린이. 그 안색이 젊기 때문에 붙여진 이름이다.) "그대의 나이가 많은 데에도 안색이 어린아이와 같은 것은 무엇 때문입니까?" "내, 도를 깨달았노라."

남백자규가 말하기를, "도를 배울 수 있습니까?"

"아! 어떻게 할 수 있겠는가. 그대는 그만 한 사람이 아니다. 卜梁(姓)倚(名)는 성인의 재주(총명)는 있으나 성인의 도는 없거니와(이는 子貢과 같은 유의 사람이다.) 나는 성인의 도는 있으나 성인의 재주는 없으니,(총명을 잊음이니, 顏子와 같은 사람이다.) 내 가르치고자 한다면 그가 과연 성인이 될 수 있을까?(그를 어렵게 여기는 말이니, 모두가 재주 믿고서 기뻐하지 않을 것이라는 뜻이다.)

그렇지 않다면 성인의 도로써 성인의 재주에 고하는 것은 또한 쉽겠지만 나는 그래도 固守했던 것으로 告하였나니 삼 일 후에 능히 천하를 잊고(세상을 잊기 때문이다.) 이미 천하를 잊었으나, 내 또 이를 고수하여 칠 일 후에 능히 物을 잊고(交接을 잊음) 이미 物을 잊었으나, 내 또 이를 고수하여 구 일 후에 능히 生을 잊고(生體를 잊음. 천하로부터 物, 그리고 生에 이르니, 더욱 가까울수록 더욱 잊기 어려운 것이다. ○ 3, 7, 9일은 內修家의 말인데 우연히 이를 인용한 것이다.) 이미 生을 잊은 후에 능히 朝徹하고(生을 잊음은 자아를 잊은 것이다. 도를 배우는 사람들이 이 하나의 관문을 통하기 어렵다. 이 하나의 관문을 통하면 견해가 밝지 않음이 없을 것이다. 朝徹은 이른 아침의 해맑은 기운과 같다. 이 경지로부터 아랫부분은 차례로 번갈아 나아갈 뿐이다. 마치 대학의 "일정한 뜻의 방향이 있은 뒤에 마음이 고요하게 된다."는 몇 구절과 같다.) 朝徹한 후에 능히 獨을 볼 수 있고(獨은 곧 一理이다.) 獨을 볼 수 있는 후에야 능히 古今이 없고(古今이 하나이다.) 고금이 없는 후에야 능히 죽지도 않고 태어나지도 않는 데에 들어갈 수 있다.(生死가 하나이다. 이에 이르면 도가 나에게 있다.) 生을 죽이는 자는 죽지 않고(그 마음을 죽이면 神理가 살게 되니, 이 죽음은 결코 죽음이 아니다.) 生을 生한 자는 살아 있지 않는다.(그 마음을 살리면 神理가 죽게 되니, 이 삶은 결코 삶이 아니다. 인심의 지각이 시각마다 싹트지 않을 적이 없다. 그러므로 이를 生이라 말한다. 宗師의 명을 받지 않은 자는 모두 이것 때문이다. 그러므로 이것을 죽으면 이치가 보존되니, 이것이 生을 죽이는 者는 결코 죽지 않는 것이요, 이것을 살리면 이치를 잃게 되니 生을 生한 자는 살아 있지 않는 것이다. 이 두 구절은 위의 "죽지도 않고 태어나지도 않는다."는 것을 해석한 것이다.) 그 物(성인의 도) 됨됨이 보내지 않음이 없으며 맞이하지 않음이 없으며 훼손하지 않음이 없으며 성취하지 않음이 없다.(네 구절은 다만 각처에서 변화하고 나타나 자연과 하나처럼 되는 것이다.) 그 이름을 攖甯이라 하니 攖甯이란 것은 攖한 후에 이뤄진 것이다."(세상의 어지러운 데서 나의 大定을 이룰 수 있다.)

의역

남백자규가 여우에게 물었다.

"그대는 나이가 많은 데에도 어린 여아처럼 얼굴빛이 고운 것은 무엇 때문입니까?"

"나는 도를 깨달았노라."

남백자규가 다시 물었다.

"도를 배울 수 있겠습니까?"

"아! 어떻게 할 수 있겠는가. 그대는 그럴만한 사람이 못된다. 복량의(卜梁 倚)는 성인의 지각총명은 있으나 성인의 도는 없다. 그러나 나는 성인의 도는 있으나 도리어 성인의 지각총명은 없다. 내, 그를 가르치고 싶었지만 그가 과연 성인이 될 수 있을까?

그렇지 않다면 성인의 도를 성인의 총명을 지닌 이에게 말해준다면 또한 쉽게 받아들일 것이다. 하지만 나는 내가 일찍이 굳건하게 지켜왔던 나의 공부 방법을 그에게 일러주었다.

나는 사흘이 지난 후에야 나의 몸은 인간의 세상사[天下事]를 잊기에 이르렀다. 이미 세상사를 잊었으나 내 또다시 이를 굳건히 지켜오다가 이레가 지난 후에야 나의 마음은 만물과의 접촉을 잊기에 이르렀다.

이미 만물과의 접촉을 잊었으나 내 또다시 이를 굳건히 지켜오다가 아흐레가 지난 후에야 나의 생명(육신)을 잊고서 자아를 초탈할 수 있었다.

이처럼 나의 몸을 잊고서 초탈한 후에야 가슴이 탁 트이고 훤히 밝아 마치 아침의 솟아오르는 태양처럼 투철한 경지를 얻을 수 있었다.

가슴이 탁 트이고 훤히 밝은 후에야 만물이 하나라는 절대 진리의 경지를 볼 수 있었다.

하나라는 절대 진리의 경지를 깨달은 후에야 고금이라는 시간의 제한이 사라졌고, 시간의 제한이 사라진 후에야 죽지도 않고 태어나지도 않는, 생사 관념의 구속에서 벗어날 수 있었다.

마음에서 일어나는 분별(分別) 지각(知覺)은 시시각각 싹트지 않을 적이 없다. 이 때문에 마음에서 일어나는 지각의 생각들을 생(生)이라 말한다. 분별 지각에서 일어나는 망상의 생각[生]을 죽이면 신명의 허령불매(虛靈不寐)한 근본 이치[神理]가 살아나니, 총명의 분별 지각의 죽음은 결코 죽음이 아니요, 총명의 분별 지각이 일어나는 것을 오히려 살려내면 낼수록 신명의 밝은 진리는 죽게 된다. 총명에 의한 분별 지각의 망상이 살아난다는 것은 결코 삶이 아니다.

성인의 도는 어느 곳에서나 변화하고 또렷이 나타나 자연의 진리와 하나가 되기에 목전의 수많은 사물에 따라 보내거나 맞이하거나 훼손되거나 성취되지 않은 게 없다. 이처럼 얽히고설킨 분분한 세상사 속에서도 나의 마음에 큰 안정[大定]을 이루어 전혀 동요하지 않는, 편안함을 명명하여 영령(攖寧)이라고 한다. '영령'이란 이처럼 어지러운 세상에서도 편안한 마음이 이뤄짐을 말한다."

‖ **선영 주** ‖

自外天下로 **至外生**은 **有功夫次第**로되 **自朝徹**로 **至無古今**은 **無功夫次第**라 **蓋學至外生**에 **已了悟矣**오 **至入於不死不生**이면 **則道成矣**라

천하를 잊음으로부터 생(生)을 잊음에 이르기까지는 공부의 차례가 있지만, 조철(朝徹)로부터 고금이 없는 데 이르기까지는 공부의 차례가 없다. 학문이 생(生)을 잊는 데에 이르면 이미 깨달음을 얻은 것이요, 죽지도 태어나지 않은 데에 들어가 이르면 도(道)가 이뤄진 것이다.

○ **見獨者**는 **夫道一而已矣**니라 **能見及此**면 **又何古今之別**과 **生死之異哉**아 **此乃爲親見大宗師也**라

○ 독(獨)을 보았다는 것은 도가 하나임을 깨달은 것이다. 이를 보게 되면 또한 어찌 고금의 차별과 생사의 차이가 있겠는가. 이는 곧 대종사를 친견한 것이다.

○ **載道者**도 **心也**오 **害道者**도 **亦心也**라 **夫心旣載道**면 **但當聽順乎道而已**라 **譬如舟子載人**이면 **但當聽順乎人而已**어늘 **今却舟子弄權**하야 **恣己妄行**하야 **不由人作主張**이면 **豈不誤煞此人耶**아 **故必屛却舟子**하야 **不復吐氣然後**에 **人載於舟**하고 **舟載乎人**하야 **洸洋所之**에 **中流自在也**라 **知此**면 **則知殺生者不死**이오 **生生者不生之爲說矣**라 **二句**는 **是特把金針**하야 **示普天下學道人**이라

○ 도를 실어주는 것도 마음이요, 도를 해치는 것 또한 마음이다. 마음이 이미 도를 싣고 있다면 의당 도를 순종하여 따라야 할 뿐이다.

비유하면 뱃사공이 손님을 실었으면 의당 손님의 말에 순종하여 따라야 할 뿐인데, 정작 뱃사공이 그의 권한을 남용하여 제 마음대로 농간을 부려 손님의 주장을 따르지 않는다면 어찌 그 손님의 발길을 그르치지 않을 수 있겠는가. 그러므로 반드시 뱃사공을 물리쳐 기염(氣焰)을 토하지 못하도록 하여야 손님은 배를 타고 배는 손님을 실어줌으로써 둥실둥실 강상(江上)에 가볍게 떠서 자재(自在)할 수 있는 것과 같다.

이를 알면 "망상의 생각을 죽이는 자는 결코 허령불매의 정신이 죽지 아니하고 망상의 생각이 일어나는 자는 결코 허령불매의 신명이 살아남을 수 없다."라는 말의 의미를 알 수 있을 것이다. 두 구절은 특별히 금침(金針)을 가지고서 온 천하의 도를 배우는 사람들에게 보여준 것이다.

○ 攖甯은 妙라 不從世相中透鍊出來면 不是第一種學問이니라

○ 영령(攖甯)은 오묘하다. 세간의 현상 속에서 투철하게 연마해내지 못한다면 이는 으뜸가는 학문이 아니다.

강설

장자는 이 부분보다 더 자세히 오도(悟道)와 진학(進學)의 과정을 언급한 바 없다. 공자는 『논어』에서 "도를 깨달으면 저녁에 죽어도 좋다.[朝聞道, 夕死可矣.]"라고 하여 오도(悟道)의 중요성을 말했으나 그 과정에 대해서는 말하지 않았고, 맹자 역시 "깊이 도에 따라 나아가는 것은 자득하고자 함이다.[深造之以道, 欲其自得之也.]"라고 하여 도를 얻기 위해서는 도에 따라 나아가야 한다는 점을 강조했으나, 그 구체적인 방법에 대해서는 말하지 않았다. 장자는 득도(得道)의 과정을 그 누구보다 구체적으로 예시하였고, 독서로부터 오도까지의 아홉 단계 역시 자세하다.

득도의 단계는 오도 이전과 그 이후로 구분된다. 오도 이전의 단계는 천하를 잊음[外天下]으로부터 생을 잊음[外生]에 이르기까지다. 이는 도를 얻기 위해 노력해 나아가는 수행의 차례, 즉 오도(悟道)의 과정을 말한 것이기에 여기에는 3일, 7일, 9일이라는 날짜의 단계와 한량(限量)이 있다. 이는 분명 점수(漸修)의 과정이다.

그러나 조철(朝徹) 이하는 오도 이후의 경지이다. '조철'이란 아침에 떠오르는 태양처럼 밝은 경지를 얻었다는 것으로, 활연관통(豁然貫通) 내지 확철대오(擴徹大悟)의 경지를 말한다. 이처럼 활연관통에서 보았던 견지는 곧 견독(見獨)으로, 독(獨)이라는 하나의 경지는 곧 만수일본(萬殊一本), 즉 만법귀일(萬法歸一)의 한 이치를 본 것이다. 하나의 이치란 고금의 시간을 초월하고 생사 그 자체가 없는 불사불생(不死不生)의 구경처(究竟處)이다. 이는 돈오(頓悟)의 측면에서 오도 이후는 일시

에 이뤄지는 것이지, 시간의 한계를 두고 이뤄지는 점수(漸修)의 세계가 아니기에 3일, 7일, 9일이라는 단계와 한량이 없다.

장자는 점수돈오를 주장한 셈이다. 이처럼 진리의 본원을 깨달은 자의 삶은 어떨까? 그는 오도 이후 다시 세속의 혼란과 분분한 세상사를 대해서도 마음에 전혀 동요가 없는 선정(禪定)의 세계를 구가하게 된다. 이러한 진속불이(眞俗不二)의 세계가 곧 영녕(攖寧)이다. 이는 「심우도(尋牛圖: 十牛圖)」의 마지막 단계인 제10송 입전수수(入廛垂手)의 경지이다. '입전수수'란 저잣거리에서 많은 사람과 숱한 일을 함께하면서도 전혀 흔들림이 없는 정신의 세계이다.

이처럼 힘든 세상 속에서 흔들림이 없는 정신세계는 곧 전국시대라는 극심한 혼란기에서도 마음에 안정을 잃지 않은 장자 그 자신을 묘사하고 있다. 현대에 사는 여느 사람 역시 어려운 세상을 살면서도 마음을 평정을 잃지 않는다면 늙어가는 얼굴이 다시 동안으로 되돌아오지 않을지.

‖ 경문 ‖

南伯子葵曰 子獨惡乎聞之오 曰 聞諸副墨之子니라(書籍文字也라 文字는 是翰墨爲之나 然文字는 非道也라 不過傳道之助耳라 故謂之副墨이오 又對初作之文字言之면 則凡後之文字 皆其孳生者라 故謂之曰副墨之子也라하니라) 副墨之子는 聞諸洛誦之孫하고(文字는 須誦讀之라 洛誦者는 樂誦也라 對前輩讀書者 言則今其孫也라) 洛誦之孫은 聞之瞻明하고(讀書須見得徹이라) 瞻明은 聞之聶許하고(見得徹이오 須聽之聰이라 聶은 附耳小語也오 許는 進也라 雖小語聽之나 卽進悟也라) 聶許는 聞之需役하고(聽之聰이오 又須行之勤이라 需는 待也오 役은 行也니 待行之始爲實也라) 需役은 聞之於謳하고(行之勤이오 又須得遊泳之趣라 於는 音은 烏니 卽古烏字라 故借爲烏니 呼歎詞라 謳者는 歌之別調라 咏嘆之歌吟之는 乃寄趣之深也라) 於謳는 聞之玄冥하고(遊泳矣오 又須至於寂默忘言也라 玄冥은 寂默之地라) 玄冥은 聞之參寥하고(忘言矣오 又須至於悟虛也라 參은 參悟오

寥는 空虛也라) 參寥는 聞之疑始하니라(悟虛矣오 又須至於無端倪라야 乃聞道也라 疑始者는 似有始而未嘗有始也라)

직역

南伯子葵가 말하기를, “그대는 홀로 어디에서 들으셨습니까?”

“副墨의 아들에게 들었다.(서적의 문자를 말한다. 문자는 翰墨으로 쓴 것이다. 그러나 문자는 道 그 자체는 아니다. 도를 전함에 도움이 되는 데에 지나지 않을 뿐이다. 그러므로 이를 副墨이라 말한다. 또한 처음 창작한 문자로 말한다면 그 이후에 쓰인 문자들은 모두 孳生이다. 그러므로 이를 부묵의 아들이라고 말한다.) 副墨의 아들은 洛誦의 손자에게 들었고(문자는 반드시 송독해야 한다. 洛誦이란 기쁜 마음으로 외워대는 것이다. 선배 독서자를 상대하여 말하면 오늘날 그의 손자이다.) 洛誦의 손자는 瞻明에게 들었고(독서를 할 적에는 반드시 투철하게 보아야 한다.) 瞻明은 聶許에게 들었고(투철하게 보고 반드시 총명하게 들어야 한다. 聶이란 귀엣말로 소곤거리는 것이며 許는 나아감이다. 귀엣말을 듣는다 할지라도 곧 나아가 깨달은 것이다.) 聶許는 需役에게 들었고(총명하게 듣고 또 반드시 부지런히 행하여야 한다. 需는 기다림이요, 役은 행함이니 행하려고 기다리는 그 시초가 실상이 된다.) 需役은 於謳에게 들었고(부지런히 행하고 또한 반드시 遊泳의 志趣를 얻어야 한다. 於의 讀音은 烏, 곧 옛날의 ‘烏’ 자이다. 이 때문에 이를 假借하여 烏라 하니 呼歎詞이다. ‘謳’는 노래의 別調이다. 이를 詠唱하고 이를 노래로 읊조리는 것은 志趣를 寄託함이 깊다.) 於謳는 玄冥에게 들었고(遊泳하고 또한 반드시 寂默과 忘言의 경지에 이르러야 한다. 玄冥은 寂默의 경지이다.) 玄冥은 參寥에게 들었고(말을 잊고 또한 반드시 虛를 깨닫는 경지에 이르러야 한다. 參은 參悟요, 寥는 공허함이다.) 參寥는 疑始에게 들었노라.(공허를 깨닫고 또한 반드시 실마리가 없는 데 이르러야 이에 도를 들을 수 있다. 疑始는 시작이 있는 것처럼 보이지만 일찍이 시작이 있지 않다.)”

의역

남백자규가 다시 물었다.

"그대는 어디에서 이런 말을 들으셨습니까?"

"나는 서적의 문자인 부묵(副墨: 문자)의 아들에게서 들었다.

서적의 문자인 부묵의 아들은 이를 기쁜 마음으로 외워대는 낙송(洛誦: 誦讀)의 손자에게서 들었고,

기쁜 마음으로 외워대는 낙송의 손자는 이를 투철하게 보아온 첨명(瞻明: 見解明徹)에게서 들었고,

투철하게 보아온 첨명은 이를 귀엣말로 소곤거려도 깨닫는 섭허(聶許: 心得)에게서 들었고,

귀엣말로 소곤거려도 깨닫는 섭허는 이를 총명하고 부지런히 행하는 수역(需役: 實行)에게서 들었고,

총명하고 부지런히 행하는 수역은 이를 노래로 읊조리는 오구(於謳: 詠吟)에게서 들었고,

노래로 읊조리는 오구는 이를 적묵(寂默)과 망언(忘言)의 현명(玄冥: 靜默)에게서 들었고,

적묵과 망언의 현명은 이를 공(空) 도리(道理)를 깨달은 참요(參寥: 空寂)에게서 들었고,

공 도리를 깨달은 참요는 태시(太始)가 있는 것처럼 보이지만 일찍이 태시가 없는 의시(疑始: 玄妙)에게서 들었노라."

‖ **선영 주** ‖

不過言由讀書而深之하야 **乃至於得道**라 **撰出如許名字**는 **以經傳之體**로 **例之**컨대 **似乎不雅**나 **然莊子**는 **從來 止是以文爲戲**니 **所云寓言十九者也**라

독서로 말미암아 보다 심오하게 나아가 이에 도를 얻은 데에 이르는 과정을 말한 것에 지나지 않는다. 이처럼 지어낸 이름들을 경전(經傳)의 문체와 견주어보면 고상하지 못한 것처럼 보인다. 하지만 장자는 예

로부터 문장을 유희로 삼았을 뿐이다. 이른바 우언(寓言)이 열에 아홉이다.

○ 說到疑始에 大道毫無端倪니 又那著得何時是生과 何時是死之見耶아

○ 장자의 말이 의시(疑始)의 경지에 이름에 대도는 털끝만큼도 실마리를 찾아볼 수 없다. 또한 어떻게 어느 때 태어나고 어느 때 죽는다는 견해를 붙일 수 있겠는가.

○ 以上은 借女偊之言하야 一證이라

○ 위의 문장은 여우(女偊)의 말을 빌려 한 차례 증명하고 있다.

강설

부묵지자(副墨之子)·낙송지손(洛誦之孫)·첨명(瞻明)·섭허(聶許)·수역(需役)·오구(於謳)·현명(玄冥)·참요(參寥)·의시(疑始)는 도를 깨닫기 위한 학습의 9단계이다. 독서를 통하여 오도(悟道)까지의 순서이다. 이는 불가의 경우, 선종(禪宗)의 돈오돈수(頓悟頓修)보다는 교학(敎學)에 의한 점오점수(漸悟漸修)의 과정을 말해주고 있다.

그러나 위에서 말한 득도(得道)의 단계는 중국에 불교가 유입되기 이전부터 득도에 대한 기본사상이 이미 어떻게 성립되어 있는가를 이해할 수 있으며, 훗날 선종의 오도에 적지 않은 영향을 끼쳤다는 점을 여기에서 알 수 있다.

5. 父母於子 惟命是從

(자식은 부모의 말씀이라면 오로지 따를 뿐이다)

이는 자사(子祀), 자여(子輿), 자리(子犁), 자래(子來) 등 네 사람의 막역한 벗의 대화를 통해 사생존망이 하나임을 밝히고 있다.

‖ 경문 ‖

子祀,子輿,子犁,子來四人이 **相與語曰 孰能以無爲首**하고(首者는 始也라) **以生爲脊**하고(脊者는 中也라) **以死爲尻**며(尻者는 終也라 三句 孰能오) 孰知死生存亡之一體者오(譬如自首而脊而尻는 總爲吾之一體也라 ○ 一句孰知라) 吾與之友矣리라 四人이 相視而笑하고 莫逆於心하야 遂相與爲友러니(此外 果無足訂契者라)

[illegible]

子祀와 子輿와 子犁와 子來 네 사람이 서로 더불어 말하기를, "누가 능히 無를 머리로 삼고(首는 처음이다.) 生을 허리로 삼고(脊은 중간이다.) 죽음을 꽁무니로 삼으며(尻는 끝이다. 3구절을 누가 능할 수 있겠는가.) 누가 死生存亡의 一體를 아는가.(비유하면 머리로부터 허리에, 그리고 꽁무니에 이른 것은 모두 나의 한몸이다. ○ 1구를 어느 누가 알겠는가.) 내, 그로 더불어 벗으로 삼으리라."

네 사람이 서로 바라보면서 웃고 마음에 거슬림이 없어 서로 더불어 벗 삼았었는데,(이밖에 과연 訂正하거나 契合할 것이 없다.)

‖ 의역 ‖

자사, 자여, 자리, 자래 네 사람이 서로 만나 이야기를 나누었다.

"누가 무(無)를 시초로 삼고 생(生)을 중간으로 삼고 죽음을 끝으로 삼으며, 누가 사생과 존망이 하나임을 아는가. 나는 그런 그들을 벗으로 삼을 것이다."

네 사람이 서로 바라보면서 껄껄 웃으며 마음에 거슬림이 없어 서로 벗으로 삼았다.

‖ 선영 주 ‖

抒寫凡物에 始終止成이 渾淪一理니 醒透無比라

모든 존재의 시종(始終)과 성괴(成壞)는 혼륜(渾淪)한 하나의 이치임을 서술한 것이다. 깨달음과 투철함이 비할 데 없다.

○ 凡物은 始於無하니 猶體之首오 中於生하니 猶體之脊이오 終於死하니 猶體之尻라 天下無一物 能不以無爲首 生爲脊 死爲尻者也어늘 而乃曰孰能者는 明明必有始,必有中,必有終이어늘 猶自悍然 忘其旣往하고 據其現在하고 拒其將來하야 波汲一生하야 不獲自在하니 是無一人能者也라 自首而脊而尻는 總成吾之一體니 孰不知之리오 自無而生而死하야 共完吾之一理도 亦猶是也라 果若看徹此際면 自然覺得缺一不可어늘 今且悅生而惡死는 豈非愛脊而憎尻乎아 是無一人知者也라 其語意 透脫이 如此라

○ 모든 존재는 무(無)에서 비롯하니 나의 몸에 머리와 같다. 삶을 중간 단계로 삼으니 나의 몸에 허리와 같다. 죽음을 끝 단계로 삼으니 나의 몸에 꽁무니와 같다. 이 세상에 어떤 존재이든 무를 머리로, 생을 허리로, 죽음을 꽁무니로 삼지 않은 것이 없다.

그럼에도 불구하고 이에 "누가 그처럼 생사를 하나로 생각할 수 있을까."라고 말한 것은 분명히 반드시 시작이 있고 중간이 있고 끝이 있어야 하는 것은 당연한 일이다. 그러나 세상 사람들은 오히려 지독스럽게도 과거의 '무'라는 세계를 잊은 채 현재의 삶에 집착하고 미래의 죽음

을 거부하기에 일생 동안 이러한 영향으로 자유자재의 삶을 얻을 수 없다. 따라서 그 누구도 생사를 하나로 생각하는 사람을 찾아볼 수 없는 것이다.

머리로부터 허리에, 그리고 꽁무니에 이르기까지 모두 하나로 종합하여 하나의 내 몸을 이루고 있다는 사실을 그 누가 모르겠는가. '무'에서 비롯하여 태어났다가 죽음에 이르기까지 모두 하나로 종합하여 나의 진리를 완성해 나가는 과정 또한 이와 같다.

이러한 경지를 투철하게 간파하면 자연히 그 어느 것 하나 없어서는 안 됨을 깨닫게 될 것이다. 그러나 오늘날 삶을 좋아하고 죽음을 싫어한다는 것은 허리를 좋아하고 꽁무니를 싫어하는 격이 아니겠는가. 이 때문에 어느 한 사람도 이를 깨달은 자가 없다. 장자가 말한 뜻은 이처럼 투철하고도 초탈하다.

강설

위의 분장에서 "물고기는 강호에서 생사를 잊고 사람은 서로 도술에서 생사를 잊는다.[魚相忘乎江湖, 人相忘乎道術]"고 말한 바 있다. 여기에서 말한 자사・자여・자리・자래 네 사람은 물고기가 강호에서 생사를 잊은 것처럼 대도(大道)의 견지에서 생사를 초탈한 막역한 교우(交友)로서 생사를 잊은 인물들을 말한다. 아래에서 언급한 자상호(子桑戶)・맹자반(孟子反)・자금장(子琴張) 세 사람의 교우 역시 이의 연장에서 거듭 생사초탈한 인물임을 말해주는 것이다.

위의 논지는 간명하면서도 심오하다. 무(無)에서 태어나 죽음을 통하여 다시 무로 환원하는 3단계는 필연의 과정임을 말해주고 있다. 뿌리에서 싹이 트고 다시 뿌리를 덮어주는 낙엽처럼 생과 사는 그 어느 것 하나 빼놓을 수 없는 순환이자 변화이다. 이러한 필연의 섭리를 부정한다는 것은 마치 허리의 일부분만을 간직한 채 꽁무니가 없는 몸을 지닌 것과 다를 바 없다. 이는 하반신 불구의 몸이다. 장자는 삶을 탐닉한 나머지 죽음을 거부한다는 것이란 하반신 불구를 자초하는 격이라고 인식한 것이다.

‖ 경문 ‖

俄而오 子輿有病이어늘 子祀往問之한대 曰 偉哉라(大也며 美也라) 夫造物者 將以予爲此拘拘也여(嘆一句라 指病體拘攣이니 如下文所云이라) 曲僂(戚施)發背하야(背瘡) 上有五管하고(瘡孔) 頤隱於齊하고(同臍) 肩高於項하고 句贅(項腓也라 句音은 溝니 曲也라 贅爲項腓니 見字彙라)指天이라(句曲其項腓故로 指天이라하니 皆極寫其曲僂也라) 陰陽之氣 有沴이나(音은 例니 氣亂也라) 其心은 閒而無事하야(不以病攖心也라) 跰𨇤(跰音 駢이니 並足貌오) 𨇤은(音仙이니 邪行貌라)而鑑於井(本是子輿嘆一句는 卽來鑑井이니 却夾八句하야 敘事於中이라) 曰 嗟乎라 夫造物者 又將以予로 爲此拘拘也여(又嘆一句라) 子祀曰 女惡之乎아 曰 亡(無)라 予何惡리오 浸假(浸漸假使라)而化予之左臂하야 以爲鷄면 予因以求時夜하며(因以는 妙妙라 順乎宗師라) 浸假而化予之右臂하야 以爲彈이면 予因以求鴞炙하며(順乎宗師라) 浸假而化予之尻하야 以爲輪하고 以神爲馬면 予因而乘之리니 豈更駕哉오(順乎宗師라) 且夫得(生)者는 時也오 失(死)者는 順也니 安時而處順이면 哀樂이 不能入也라(不悅生而惡死라) 此古之所謂縣解也이늘(無生死之累면 則係結 都捐矣라) 而不能自解者는 物有結之니라(爲物情所累니라) 且夫物不勝天이 久矣어늘(天者는 宗師所在라) 吾又何惡焉이리오

직역 ‖

얼마 안 있다가 子輿가 病이 들어 子祀가 찾아가 문병을 하자, (子輿가) 말하기를, "거룩하다.(위대하고 아름다움) 造物者가 나로써 이처럼 拘拘하게 함이여."(감탄한 한 구절이다. 병든 몸의 拘攣을 가리키니 아래 문장에서 말한 바와 같다.)

子輿는 꼽추[曲僂](戚施)에다가 등창(등에 난 종기)이 나서 위에는 五管

(종기 구멍)이 있고 턱은 배꼽[齊](臍 자와 같음)에 묻혀 있고 어깨는 목덜미보다 높고 句贅(項椎, 句의 讀音은 '溝', 굽어짐. 군더더기를 項椎라 한다. 이는 字彙에 보인다.)는 하늘을 가리켰다.(그의 목덜미가 굽었기 때문에 하늘로 솟구친 것이니 모두 그의 꼽추를 지극히 묘사하고 있다.) 음양의 氣가 沴(독음은 例, 기운이 어지러움)하나 그 마음은 한가로이 하릴없어(질병으로써 마음이 얽매이지 않음) 꼬이는 발로 절룩거리면서 걸어가 跰𨇤(跰의 讀音은 '騈', 발이 꼬이는 모양. 足鮮의 讀音은 '仙'이니 절룩거리며 걷는 모양) 우물에 비춰보면서(본디 이는 子輿가 탄식한 한 구절이다. 곧 우물가로 다가와서 스스로 비춰본 것인데 문득 8구를 넣어 그 가운데에다가 그를 서술하고 있다.) 말하기를, "슬프다. 造物者가 나로써 이 拘拘하게 함이여."(또 탄식한 한 구절이다.)

子祀가 말하기를, "그대는 싫은가."

"아니다. 내가 어찌 싫어하겠는가. 浸假(浸漸假使)로서 나의 左臂를 변화하여 닭을 만들면 나는 인하여 이로써 時夜를 구할 것이며(因以는 오묘하고 오묘한 문장이다. 대종사에게 순종함이다.) 浸假로서 나의 右臂를 변화하여 탄환을 만들면 나는 인하여 이로써 鴞炙을 구할 것이며(대종사에게 순종함이다.) 浸假로서 나의 꽁무니를 변화하여 이로써 수레바퀴를 만들고 이로써 말을 만들면 나는 인하여 탈 것이니 어찌 다시 멍에를 씌울 것이 있겠는가.(대종사에게 순종함이다.) 또 얻음[得](生)이란 適時로 하고 잃음[失](死)이란 순응하니 適時에 편안하고 순응으로 처하면 슬픔과 즐거움이 들어오지 않는다.(삶을 좋아하고 죽음을 싫어하지 않는다.) 이는 옛적에 이른바 縣解라 하였는데,(생사의 누가 없으면 얽매임을 모두 버릴 수 있다.) 스스로 해방되지 못한 자는 物에 結縛이 있는 것이다.(物情에 얽매인 것이다.) 또 物이 하늘을 이기지 못한 지 오래이거늘(하늘은 宗師가 있는 곳이다.) 내, 또한 어찌 싫어하겠는가."

의역

얼마 후, 자여가 병으로 앓아누웠다. 자사가 문병차 그를 찾아가자, 자여가 말하였다.

"거룩하다. 조물주가 나에게 이처럼 곱사병을 주심이여."

자여는 꼽추에다가 등창이 나서 위로는 오장(五臟)의 혈관이 솟아 있고 얼굴은 배꼽 아래에 묻혀 있고 두 어깨는 목덜미보다 높고 목 뒤의 군더더기는 하늘을 가리키고 있었다.

그의 몸에 음양의 기운이 조화를 이루지 못하여 기혈(氣血)의 착란으로 모든 신체가 펀치 못하였지만, 그는 그의 병에 얽매이지 않고 한가로운 마음으로 하릴없이 꼬이는 발을 절룩거리면서 우물 곁으로 걸어가 스스로 자신의 몸을 비춰보면서 말하였다.

"슬프다. 조물주가 나에게 이처럼 곱사병을 주심이여."

자사가 물었다.

"그대는 그런 자네가 싫은가."

"아니다. 내가 무엇 때문에 이를 싫어하겠는가. 조물주가 나의 왼쪽 팔뚝을 가져다가 닭으로 만들면 나는 이로 인하여 새벽을 알리는 첫닭 소리를 낼 것이다. 조물주가 나의 오른 팔뚝을 가져다가 탄환을 만들면 나는 이로 인하여 부엉이를 잡아 적(炙)을 만들 것이다. 조물주가 나의 두 쪽 엉덩이를 가져다가 한쪽 엉덩이로 수레바퀴를 만들고 한쪽 엉덩이로 말을 만들면 나는 이로 인하여 말을 채워 수레를 탈 것이다. 어찌 여기에 다시 멍에를 씌울 것이 있겠는가.

또 생명을 얻어 태어나는 것 또한 때맞추어 받아들이고 죽음을 맞이하여서도 순응하였다. 살고 죽는 것을 때맞추어 받아들이고 순응하는 마음으로 대처하면 슬픔과 즐거움의 감정들이 나의 마음을 어지럽히지 못할 것이다. 이는 옛말에 이른바 거꾸로 매달아 놓은 데서 풀려난 것이라 한다.

그러나 스스로 해탈하지 못한 자는 외물(外物)의 속박에 머물러 있기 때문이다. 또 이 세상의 모든 존재는 자연의 조화, 하늘의 대종사를 이기지 못한 지 오래이다. 내가 또한 무엇을 싫어하겠는가."

‖ **선영 주** ‖

非常解脫之見이오 **非常透脫之文**이라 **化鷄化彈化輪馬**는 **觸手拈來**에 **悉入妙境**이니 **如金丹在握**에 **隨點瓦礫**하야 **盡成珍寶也**라

대단히 해탈한 견해요, 대단히 초탈한 문장이다. 닭으로 변화하고 탄환으로 변화하고 바퀴와 불로 변화하는 것은 손에 닥치는 대로 들이서 모두 오묘한 경지에 넣어둔 것이다. 마치 나의 손아귀에 금단(金丹)을 들고서 기왓장과 자갈에 바르는 족족 모두 진귀한 보배로 만들어지는 것과 같다.

강설 ‖

이 부분에서는 두 가지 점을 눈여겨보아야 한다.

첫째는 도(道)를 조물주로 언급하였다는 점이다.

앞서 대종사편 [illegible] 밝힌 바 있다. 그러나 도라는 것은 매우 추상적일 뿐, 구체적 사실을 들어 말하기에 모호하다. 그러나 도는 만물을 창조하고 주제하는 근원이라는 점에서 살펴보면 그것은 곧 조물주이다. 조물주는 만물의 기원이자 귀결처이다. 모든 변화의 그 배후에 조물주의 능력이 존재하는 것이다. 이는 우주의 삼라만상 그 어느 것 하나 도에서 떠날 수 없음을 말해주는 것이다.

둘째는 장자의 철저한 물아양망(物我兩忘)의 사상이다.

장자는 자여의 입을 빌려 사후에 닭이든 탄환이든 바퀴이든 말이든 오로지 조물주의 뜻에 따를 것임을 분명히 말하고 있다. 그러나 닭과 말은 동물이요, 탄환과 바퀴는 인간의 손에 의해 만들어지는 한낱 물건에 지나지 않는다. 인간과 동물은 분명 귀천이 다르며, 인간과 인간의 피조물인 물건과는 더 말할 나위 없다.

그러나 장자는 「제물론」의 끝 부분 호접지몽(胡蝶之夢)에서 "호랑나비와 장주(莊周)가 분명 다른 존재"라고 했다. 하지만 장주의 꿈에 호랑

나비인지, 호랑나비의 꿈에 장주인지 객관과 주관이 모두 사라진 물화(物化), 즉 물아양망의 경지에서 호랑나비와 장주를 하나로 인식한 바 있다.

장자는 모든 만물을 하나로 융화하여 인간과 닭 또는 말에 대해 귀천의 구분을 두지 않았을 뿐 아니라, 여기에서 한 걸음 더 나아가 인간이 제조한 물건까지도 조물주의 피조물로 인식한 나머지, 인간과 기계 즉 무정물(無情物)이든 유정물(有情物)이든 그 모든 것을 대등한 조물주의 피조물로 인식했던 장자의 '물아양망'의 사상을 여기에서 다시 한 번 볼 수 있다.

‖ **경문** ‖

俄而오 **子來有病**하야 **喘喘然**(氣促貌라)**將死**어늘 **其妻子環而泣之**러니 **子犁往問之曰 叱**(喝其妻子)**避**하라(使去) **無怛化**니라(怛音答이니 驚也라 人死는 乃由變而化하니 不宜驚之라 楊大年이 臨卒에 戒家人曰 汝輩勿哭驚吾라하니 卽此之謂矣라) **倚其戶**하야 **與之語曰 偉哉**라 **造化**여 **又將奚以汝爲**며 **將奚以汝適**고 **以汝爲鼠肝乎**아 **以汝爲蟲臂乎**아(爲此至微至賤이니 未可知也라) **子來曰 父母於子**에(倒裝句法이니 言子於父母也라) **東西南北**을 **惟命之從**이어늘 **陰陽於人**에 **不翅父母**라 **彼近吾死**어늘(近은 猶迫也라) **而我不聽**이면 **我則悍矣**라 **彼何罪焉**고 **夫大塊載我以形**하고 **勞我以生**하고 **佚我以老**하고 **息我以死**라 **故**로 **善吾生者**는 **乃所以善吾死也**니라 **今大冶鑄金**에 **金踴躍曰 我且必爲鏌鋣**라하면 **大冶必以爲不祥之金**이라하리니 **今一犯**(同範)**人之形而曰 人耳人耳**라하면(唯願世世爲人이라) **夫造物者**도 **必以爲不祥之人**이라하리라 **今一以天地**로 **爲大鑪**하고 **以造化**로 **爲大冶**어니(鑪者는 鑄器오 冶者는 鑄匠也라) **惡乎往而不可哉**아(又一喩라 ○ 鼠肝蟲臂之慮는 到此에 一時氷釋이라) **成然寐**며(成則無事라 寐亦無事故로 以爲形容이라) **蘧然覺**로다(蘧有形貌로되 寐則忘形이요 覺則有形故로 以爲形容이라 ○ 又

一喩라 蓋凡人은 偶然而生하고 偶然而死하니 不過如夢覺耳라 兩句는 陡住奇絶이라)

직역

얼마 안 있다가 子來가 병환이 위독하여 숨을 가쁘게 내쉬며(숨이 헐떡이는 모양) 장차 죽으려 할 적에 그의 처자가 빙 둘러 울고 있었다.

子犁가 찾아가 문병하면서 말하기를, "왜!［叱］(그 처자를 나무라는 소리) 저리 가!［避］(나가도록 쫓아내는 것) 변화하는 이를 놀라게 하지 말라.(怛의 독음은 笞, 놀람. 사람의 죽음은 변화로 말미암아 바뀌어 가는 것이니 그를 놀라게 해서는 안 된다. 楊大年이 임종에 식구들에게 경계하여 말하기를 "너희는 곡하여 나를 놀라게 하지 마라." 하니 곧 이를 말한다.)"

그의 戶에 기대어 그와 더불어 말하기를, "거룩하다, 조화여. 또 장차 너로써 무엇을 만들며 장차 너로써 어디로 가게 할까? 너로써 쥐의 간을 만들까? 너로써 벌레의 팔뚝을 만들까?(이는 지극히 미천한 것이니 알 수 없다.)"

子來가 말하기를, "부모에게 자식이란(거꾸로 쓴 句法이다. "자식은 부모에게…"라는 뜻이다.) 동서남북을 오직 명하는 대로 따르는데 陰陽에 있어 사람이란 부모 정도뿐만이 아니다. 그가 나의 죽음을 임박게[近](近은 迫과 같음) 하였는데 내가 듣지 않는다면 나는 어긴 것이다. 그에게 무슨 죄가 있는가. 大塊는 나를 형체로써 실어주었고 나를 生으로써 수고롭게 하였고 나를 늙음으로써 편안케 하였고 나를 죽음으로써 쉬게 해주었다. 이 때문에 나의 삶을 선히 한 자는 곧 나의 죽음을 선히 한 바이다.

이제 大冶가 쇠를 주조할 적에 쇳물이 뛰면서 말하기를, '나를 반드시 鏌鋣로 만들어 달라.'고 하면 大冶는 반드시 좋지 못한 쇠라고 생각할 것이다. 이제 한 번 사람의 형체를 犯(거푸집과 같음)하는데, '사람으로, 사람으로'라고 말하면(오직 世世로 인간이 되기를 원한 것이다.) 造物者도 반드시 좋지 못한 사람이라고 생각할 것이다. 이제 한 번 천지로써 大鑪를 삼고 조화로써 大冶를 삼았으니(鑪는 주조하는 그릇, 冶는 주조하는 장인) 어디를 간다 한들 不可하겠는가.(또 하나의 비유이다. "쥐의 간, 벌레의 팔뚝이 될지라도"라는 염려는 여기에 이르러서 일시에 얼음 녹듯 사라졌다.)"

이뤄진 듯이 잠자고(일이 이뤄지면 하릴없어 잠 또한 쉽게 들기 때문에 이로써 형용한 것이다.) 蘧然히 잠이 깬다.(蘧然히 형체와 용모가 있으나 잠잘 때는 형체를 잊고 잠이 깨면 형체가 잊기에 이로써 형용한 것이다. ○ 또 하나의 비유이다. 모든 사람들은 우연히 태어나고 우연히 죽으니 잠자고 잠 깨는 것과 같은데 지나지 않는다. 두 구절은 갑자기 奇絶한 경지에 이르렀다.)

의역

그 얼마 후, 자래의 병환이 위독하여 가쁜 숨을 내쉬며 헐떡이면서 임종을 맞으려 하자, 그의 아내와 아들들이 빙 둘러앉아 울고 있었다.

자리가 그를 찾아 문병을 하다가 그들을 나무랐다.

"왝! 저리 비켜라. 죽음이란 천지의 변화에 의해 바뀌어가는 것일 뿐이다. 그를 놀라게 해서는 안 된다."

그리고 자래의 문에 기대어 그와 이야기를 나누었다.

"거룩하다, 천지의 조화여. 사후에 그대를 무엇으로 만들어줄까? 그대를 어디로 보내줄까? 그대를 쥐의 간으로 만들어줄까? 그대를 벌레의 다리로 만들어줄까?"

자래가 말하였다.

"자식이란 부모에게 있어 동서남북 그 어느 곳이든 부모의 말을 따르는 법이다. 사람에게 있어 천지 음양과의 관계는 단순히 부모 정도에 그치지 않는다. 음양의 조화가 나에게 죽음을 내려주었는데 내가 그의 말을 따르지 않는다면 나는 버릇이 없는 자식이다. 그에게 무슨 잘못이 있겠는가.

대지는 나의 몸을 실어주면서 '고생 좀 하라'고 나에게 생명을 주었고, 편안하게 지내라고 나에게 늙음을 주었고, 쉬라고 나에게 죽음을 주었다. 그러므로 생전에 나의 삶을 잘 살면 죽음 또한 잘 맞이할 수 있다.

지금 대장장이가 거푸집에 쇳물을 부어 금속 기물을 만들려는 찰나에 갑자기 쇳물이 날뛰면서 '나를 반드시 막야 명검으로 만들어주오.'라고 부탁하면 대장장이는 반드시 방정맞은 쇠똥이라고 생각하게 될 것이다.

그렇듯 지금 조물주가 사람의 형상을 만들려는 찰나에 갑자기 '저를 사람으로…, 저를 사람으로….'이라고 부탁하면 조물주 역시 못된 놈이라고 생각할 것이다.

나는 지금 하늘과 땅을 큰 용광로로 생각하고 음양의 조화를 대장장이로 생각하고 있다. 내 어디인들 못 갈 곳이 있겠는가."

자래는 그 말을 마치고서 모든 일을 끝마친 듯이 편안한 마음으로 잠자듯 눈을 감았다가 또 아무런 일이 없었다는 듯 잠에서 깨어났다.

‖ 선영 주 ‖

非常透脫之見이오 非常解脫之文이라 父母一喩는 讀之에 氣降이오 鑄金一喩는 讀之에 意悚이오 寐覺一喩는 讀之에 神超라 前兩喩中에 夾一段正論이 如層峰起伏이오 末一喩兩句는 陡住 如峭壁斬然하야 小小亦具奇致라

대단히 초탈한 견해요, 대단히 해탈한 문장이다. 부모의 말에 따라야 한다는 비유 부분을 읽노라면 기운이 아래로 처져 내리지만, 금물(金物)의 주조(鑄造)에 대한 비유 부분을 읽노라면 의기(意氣)가 솟는 듯하고, 잠자는 듯 눈을 감고 잠 깬 듯이 다시 눈을 떴다는 비유 부분을 읽노라면 정신이 초월하게 된다.

앞의 두 비유 가운데 한 단락의 정론(正論)은 마치 층층이 쌓인 산봉우리의 기복(起伏)과 같고, 끝 부분의 비유 두 구절은 마치 높다란 절벽이 깎아지른 듯하여 조그마한 것까지 모두 기이한 풍치(風致)를 갖추고 있는 것과 같다.

○ 以上은 借子祀等四人하야 一證이라

○ 위의 문장은 자사(子祀) 등 네 사람을 빌려 한 차례 증명하고 있다.

강설

자래는 도를 깨달은 진인(眞人)이다. 그러나 그의 죽음 앞에 둘러앉아 우는 처자식을 보면 오도(悟道)란 그 누구에게도 전해줄 수 없는 개인적인 일임을 다시 한 번 확인할 수 있다.

앞의 문장에서 대종사의 도를 조물주로 인격화하여 말하였고, 여기에 이르러서는 조화(造化)를 언급하였다. 조물주와 조화의 관계는 다층적이다. 조물주는 본체, 조화는 작용이며, 또 다른 방면에서는 능(能)과 소(所), 즉 능생자(能生者: 主動의 근본)와 소생자(所生者: 被動의 결과)의 구분이 있다. 송대 성리학의 이(理)의 본체와 기(氣)의 작용에 대한 관계와도 상통하는 부분이다.

조화는 곧 음양의 실체에 의해 이뤄지는바, 조물주의 실체는 음양으로, 이의 변화가 곧 조화이다. 조화는 변화하면서 조물주의 작용이 되어 삼라만상을 창조한다는 것이 장자의 창조론이다. 이 때문에 장자는 "사람은 음양과의 관계에 있어 단순히 부모 정도에 그치지 않는다(陰陽於人, 不翅父母)"고 하여 조물주를 음양으로 서술하기에 이른 것이다.

6. 死生一如의 人生觀
(죽음과 삶을 하나로 보는 장자의 인생관)

생사는 자연현상의 변화에 의한 필연의 현상이다. 따라서 자연의 변화에 순응하고 편안한 마음으로 이를 받아들여야 그 정신세계에 자유와 해탈을 만끽할 수 있다. 그러므로 주검의 앞에서 태연하게 노래할 수 있는 것이다. 그러나 유학자의 인정과 예의라는 입장에서 살펴보면 그것은 참으로 해괴하고 놀랄 일일 뿐이다.

‖ 경문 ‖

子桑戶、孟子反、子琴張 三人이 相與友曰 孰能相與於無相與며(無相與之心이라) 相爲於無相爲오(無相爲之跡이라) 孰能登天遊霧하야(超於物外라) 撓挑(戲弄)無極하야(至虛) 相忘以生에(不悅生이라) 無所終窮고(不惡死라) 三人이 相視而笑하야 莫逆於心하야 遂相與友러니

직역 ‖

子桑戶와 孟子反과 子琴張 세 사람이 더불어 벗을 하고서 말하기를, "누가 能히 서로 함께함이 없는 데에서 서로 함께하며(서로 함께하는 마음이 없다.) 서로 위함이 없는 데에서 서로 위하고(서로 위하는 자취가 없다.) 누가 능히 하늘에 올라 안개에서 놀면서(만물의 밖에 초월함) 無極(至虛)을 撓挑(희롱함)하여 서로 生으로써 잊음에(생을 기뻐하지 않음) 다함(終窮)이 없을까?"(죽음을 싫어하지 않음) 세 사람이 서로 바라보면서 웃고 마음에 거슬림이 없어 서로 벗으로 삼았더니,

의역 ‖

자상호, 맹자반, 자금장 세 사람이 서로 벗이 되어 말하였다.

"서로 어울리려는 마음이 전혀 없는 무심(無心)한 경지에서 함께 어울리고, 서로 위하려는 발자취를 찾아볼 수 없는 무위(無爲)의 경지에

서 서로 위할 수 있는 사람은 그 누구일까?

저 높은 하늘에 올라가 안갯속에서 놀면서 무극의 지허(至虛)를 유희하여, 모두 생을 기뻐하지 않고 죽음 또한 싫어하지 않을 수 있는 사람은 그 누구일까?"

세 사람이 서로 마주 바라보며 껄껄껄 웃고서 서로 거슬리는 마음이 없어 더불어 벗으로 삼았다.

‖ **선영 주** ‖

與前子祀等定交로 是一樣氣味라

앞의 자사(子祀) 등의 교유와 모두 똑같은 기미(氣味)이다.

강설

위 세 사람의 교우는 세속을 초탈하여 무궁한 우주에서 유유자적하는 데에 있다.

서로 어울리려는[相與] 것과 서로 위하려는[相爲] 것은 곧 세속의 인정이다. 세속의 정을 벗어나면 서로 어울림이 없는[無相與] 무심에서 서로 함께하고[相與於無心也], 서로 위함이 없는[無相爲] 무위(無爲)로 위하는[無爲而爲也] 것이다.

이와 같이 세 사람의 교우는 무심과 무위를 말한다. 이는 망세(忘世)의 결과이다. 세상을 잊고서 초탈하면 이어 무궁한 하늘의 안개[天霧]와 지극히 빈자리의 무극(無極)에 유희하게 된다.

하늘의 안개란 기체(氣體)를 말할 뿐이다. 하늘에 올라가 안갯속에서 논다는 것은 곧 허공을 타고서 천지의 기(氣)를 부리는[登天遊霧者, 乘虛御氣也.] 것이며, 지극히 빈자리의 무극에서 유희한다는 것은 법계에 가득함[撓挑無極者, 所謂遍法界也]을 말한다. 무극이란 끝이 없는 법계를 말한다. 이 또한 「소요유」에서 지인(至人)이 천지의 정기(正氣)를 타고서 대우주와 함께하여 천인(天人)이 일체(一體)가 되는 경지이다. 이로 보면 위에서 언급 자래(子來) 등 4인과 자상호(子桑戶) 등 3인 모두 지인의 교우(交友)라 하겠다.

‖ 경문 ‖

莫然有間에(莫然은 猶漠漠然이니 形容淡交也라) 而子桑戶死어늘 未葬에 孔子聞之하고 使子貢往하야 待事焉이러니(助治喪事라) 或編曲하고(編次歌曲이어늘 舊云織薄은 非是라) 或鼓琴하야(二或字는 指子反子琴이라) 相和而歌曰 嗟來桑戶乎여 嗟來桑戶乎여 而(爾)已反其眞이어늘(還歸造化라) 而我猶爲人猗로다(歎辭) 子貢이 趨而進曰 敢問臨尸而歌 禮乎아 二人이 相視而笑曰 是惡知禮意리오(禮之意는 在反眞이라)

‖ [illegible] ‖

莫然(漠然은 漠漠然과 같으니 담담한 교유를 형용함)하게 얼마 있다가 子桑戶가 죽었는데 장례를 치르기 전에 공자가 듣고서 子貢으로 하여금 찾아가 일을 돕도록 하였더니,(초상의 일을 도와 다스림) 或은 編曲하고(歌曲을 編次한 것인데 舊說에 蠶薄(曲薄)을 짜는 것이라는 말은 옳지 못하다.) 或은 鼓琴하여(두 개의 或 자는 子反, 子琴을 가리킨다.) 서로 화답하면서 노래하기를, "슬프다, 桑戶여. 슬프다, 桑戶여. 너[而](네)는 이미 그 眞으로 돌아갔는데(조화로 돌아감) 우리는 오히려 사람이어라.(탄식하는 소리)"

자공이 종종걸음으로 나아가 말하기를, "감히 여쭙건대 주검의 앞에서 노래하는 것이 예입니까?"

두 사람이 서로 바라보면서 웃고서 말하기를, "이 사람이 어떻게 예의 뜻을 알겠는가.(禮의 참뜻은 反眞에 있다.)"

‖ 의역 ‖

담담하게 교유하던 어느 날, 자상호가 죽었다. 그의 장례를 치르기

전에 공자는 그의 부음을 듣고서 자공에게 그곳을 찾아가 장례를 돕도록 하였는데, 자공이 그곳에 갔을 때, 어떤 사람은 노래를 부르고 어떤 사람은 거문고를 켜면서 서로 화답하였다.

"아! 슬프다, 자상호여. 아! 슬프다, 자상호여. 그대는 앞서 천지조화 속으로 돌아갔는데 우리는 아직도 인간 세상에 있구나."

자공이 종종걸음으로 그들을 찾아가 물었다.

"친구의 주검 앞에서 노래를 부르는 것이 초상의 예의라 말할 수 있습니까?"

두 사람이 서로 바라보며 웃고서 말하였다.

"이 사람이 어떻게 예의의 참뜻을 알겠는가."

‖ 선영 주 ‖

禮者는 天理之節文이로되 禮以意言이면 則刋落節文하야 獨任天理矣라 人之生은 天理然也오 人之死도 亦天理然也라 同在天理中에 又烏在分歌哭跡乎아 禮意二字는 至精至微어늘 若阮嗣宗曰 禮豈爲我輩設이리오하니 則淺矣라

예는 천리(天理)의 절문(節文)이지만 예의 본뜻으로 말하면 절문을 떨쳐버리고서 오직 천리에 맡겨두는 것이다. 사람의 태어남은 천리가 그러함이요, 사람의 죽음 또한 천리가 그러한 것이다. 모두 천리 가운데 있는데 또한 어떻게 노래와 울음의 형적(形迹)으로 나누는 데에 있겠는가. 예의(禮意)라는 두 글자의 의미는 지극히 정밀하고 지극히 은미(隱微)한 것인데, 옛적에 완사종(阮嗣宗: 阮籍의 字)은 "예는 어찌 우리를 위해 마련된 것이겠는가."라고 하니 천근(淺近)한 말이다.

강설

"아! 슬프다, 자상호여[嗟來桑戶乎]"라는 한탄은 그 누구를 위한 슬픔

일까? 이승을 떠난 자상호의 죽음을 위해 슬퍼하는 것이 아니라, 허환(虛幻)의 이승에 인간으로 존재하는 그들 자신의 처지를 스스로 슬퍼하는 탄식이다.

자상호, 맹자반, 자금장 세 사람은 더할 수 없는 막역한 사이이다. 그러나 자상호의 죽음을 애도하기는커녕 그의 주검 앞에서 두 사람은 거문고를 켜며 노래를 불렀다. 이는 오늘날의 현실세계에서 참으로 이해하기 이려운 부분이다. 정녕 친구의 빈소에서 노래를 부를 수 있을까? 공자는 "조문하여 곡을 하면 슬픔이 남아 있어 그날은 노래 부르지 않는다.[哭則不歌]"고 하였다. 그러나 도가의 진정한 목적은 내면의 마음과 도를 중시하는 것이지, 외적인 육체의 생사변화에 있지 않기 때문이다. 자상호의 죽음은 반기진(反其眞), 그 진공(眞空)의 세계로 돌아갔다는 데에서 그들의 지향하는 세계를 엿볼 수 있다.

그뿐만 아니라, 주검 앞에서 노래하는 그들에 대해 자공이 의아해했던 것은 곧 도가에 대한 유가의 비판정신이다. 장자가 여기에 자공을 등장시킨 본의는 예의의 겉치레를 중시하는 유가의 규범을 폄하하려는 데에 그 목적이 있다. 그렇다면 도가에서 인식하는 진정한 예의(禮意)란 무엇일까? 천리(天理), 즉 자연변화에 맡겨두는 것[獨任天理]을 예의 본질로 인식하였다. 『도덕경』(하편, 제38장)에 의하면, "도를 잃은 후에 덕이 있고 덕을 잃은 후에 인이 있고 인을 잃은 후에 의가 있고 의를 잃은 후에 예가 있다. 예라는 것은 충신의 마음이 박하고 혼란의 으뜸이다.[失道而後德, 失德而後仁, 失仁而後義, 失義而後禮. 夫禮者, 忠信之薄而亂之首.]"라고 한다.

이로 보면 도가에서 규정하는 예의 기준은 '도, 덕, 인, 의'의 상실 후에 파생된 부산물이 바로 예라고 말한 것이다. 이처럼 도가에서 인식하는 예의 범주는 가장 하위의 개념에 속한다. 그러나 유가에서는 이와 반대로 행동규범과 사회윤리의 최고의 준칙이자 그 가치로 여겨왔다. 따라서 자공은 공자로부터 학습해왔던 가치관의 혼란을 일으키지 않을 수 없는 처지라 하겠다.

‖ 경문 ‖

子貢이 反하야 以告孔子曰 彼何人者邪오(何等樣人고) 修行無有하고(無檢修之事라) 而外其形骸하야 臨尸而歌호되 顔色不變이라 無以命(名稱)之로소니 何人者邪잇고(稱之爲何等人고) 孔子曰 彼는 遊方之外者也오(遊於方隅之外니 所謂出乎世法이라) 而丘는 遊方之內者也라(遊於方隅之內니 所謂在世法中이라) 外內不相及이어늘 而丘使女(汝)往弔之하니 丘則陋矣로다 彼方且與造物者로 爲人하야(猶言爲友) 而遊乎天地之一氣라 彼以生爲附贅縣疣하고(音尤니 瘤也라) 以死爲決疣潰癰하나니(疣音은 換이니 疽屬이니 言死則累解라) 夫若然者는 又惡知死生先後之所在리오(一氣循環이라) 假於異物하야 託於同體라(卽圓覺經의 地風水火四大 合而成體之說이니 蓋視生偶然耳라) 忘其肝膽하고 遺其耳目하야(外身也라 視死偶然耳라) 反覆終始에 不知端倪하야(生死死生을 任其變化循環이라) 芒然(無係貌라)彷徨乎塵垢之外하며 逍遙乎無爲之業이어니 彼又惡能憒憒然(昏亂貌라)爲世俗之禮로 以觀(音貫이니 示也라)衆人之耳目哉아

직역 ‖

사공이 돌아와 이로써 공자에게 고하기를, "그들은 어떤 사람입니까?(어떠한 사람일까?) 修行이 있지 않고(몸을 살피고 닦는 일이 없음) 그 形骸를 잊고서 주검에 임하여 노래 부르되 안색이 변하지 않았습니다. 그들을 命名(명칭)할 수 없으니 어떤 사람입니까?(그를 어떤 사람이라 말해야 할는지?)"

공자가 말하기를, "그들은 方外에 노는 자들이고(方隅의 밖에서 노니 이른바 세간법에서 벗어났음을 말한다.) 丘는 方內에 노는 자이다.(方隅의 안에서 노니 이른바 세간법 속에 있음을 말한다.) 밖과 안이 서로 미칠 수 없는데 丘가 너[女](汝)로 하여금 찾아가 조문하도록 하였으니 丘가 비루하다. 그들은 바야흐로 造物者로 더불어 사람처럼 여기어(벗이 되었다는 말과 같

음) 천지의 一氣에 놀고 있다. 그들은 生에 대하여 군더더기가 붙어 있는 것쯤으로, 혹부리가 달려 있는[縣疣](독음은 '尤', 혹부리) 것쯤으로 생각하고, 죽음에 대하여 등창을 짜내고 종기를 찢어내는[決疣](疣의 讀音은 '換', 등창 따위. 죽으면 累에서 벗어남을 말한다.) 것쯤으로 생각하니, 그와 같은 자는 또 어찌 死生 先後의 있는 바를 알겠는가.(一氣의 순환이다.) 異物은 빌려 同體에 기탁함이니(곧 圓覺經에서 말한, "地, 風, 水, 火 四大가 합하여 형체가 이뤄진다."라는 말이니, 삶을 우연으로 본 것이다.) 그 肝膽을 잊고 그 耳目을 버리어(몸을 잊은 것이다. 죽음을 우연으로 본 것이다.) 반복 종시에 실마리를 알지 못하여(生死와 死生을 그 변화의 순환에 맡겨둠이다.) 芒然(얽매임이 없는 모양)히 塵垢의 밖에서 방황하며 無爲의 業에서 소요하니 그가 또한 어찌 憒憒然(혼란한 모양)하게 세속의 예를 행하여 이로써 衆人의 耳目에 볼거리[觀](독음은 貫, 보여줌을 말함)를 만들겠는가."

사공이 되돌아와 공자에게 이 사실을 말씀드렸다.

"그들은 도대체 어떤 사람들입니까? 자기의 몸을 살피거나 닦지도 않고, 그들의 몸을 잊은 채 주검의 앞에서 노래를 부르면서도 얼굴빛 하나 변하지 않았습니다. 그들을 뭐라 말해야 할지 알 수 없습니다. 그들은 도대체 어떤 사람들입니까?"

공자가 말하였다.

"그들은 세속을 벗어나 방외(方外)에 노니는 자들이고 나는 세속의 방내(方內)에 사는 사람이다. 세속을 초월한 바깥과 그렇지 못한 속이란 서로 미칠 수 없는데 내가 너를 시켜 그곳을 찾아가 조문하도록 한 것이 나의 잘못이다.

그들은 조물주와 함께 벗이 되어 천지의 일기(一氣) 속에서 놀고 있다. 그들은 삶을 군더더기가 붙어 있고 혹부리가 달려 있는 것쯤으로 생각하고, 죽음을 등창을 짜내고 종기를 찢어내는 것쯤으로 인식하고 있다. 그와 같은 분들이 어떻게 생사 선후의 구별이 있음을 알 턱이 있겠는가.

사람의 몸이란 지(地), 수(水), 화(火), 풍(風) 따위의 각기 다른 원소(元素)를 빌려다가 하나의 합성체에 가탁하여 이뤄진 것일 뿐이다. 그들은 뱃속의 간담(肝膽)을 잊고 외모의 이목(耳目)을 버린 채 태어났다가 죽고 죽었다가 다시 태어나는 순환과 윤회를 천지의 변화에 맡겨두고서 얽매임 없이 진세(塵世) 밖에서 편안하고 무위자연(無爲自然)의 경지에서 소요하고 있다. 그런 그들이 어찌 너절하게 세속의 예의를 잘 거행하여 이로써 수많은 사람의 볼거리를 제공할 턱이 있겠는가."

‖ **선영 주** ‖

擧世 皆言爲禮로되 **問其禮之故**면 **不知也**라 **不過以飾人之視聽耳**라 **憒憒二句**는 **說透世情故**로 **知禮意二字之妙也**라

온 세상이 모두 예를 행한다고 말들 하지만 그 예의 소이연(所以然)을 물으면 알지 못한다. 이는 남들의 구경거리와 소문거리를 꾸미려는데 지나지 않는다. 회회(憒憒) 두 구절은 세간의 정을 투철하게 말한 까닭에 예의(禮意) 두 글자의 오묘한 뜻을 알 수 있다.

강설 ▌

앞에서 말한 하늘에 올라가 안갯속에 놀면서 무궁한 우주에 유희한다는 것은 인간의 모습을 초탈한 세계이다.[登天遊霧撓挑無極, 此忘形也.] 그리고 주검의 앞에서 유유자적 노래를 부르며 안색조차 변하지 않은 것은 생사의 운명을 초탈한 세계이다.[臨尸而歌顔色不變, 此忘命也.]

공자는 방내(方內)에 대해 알고 있을 뿐 아니라 방외(方外)에 대해서도 잘 알고 있다. 물론 이는 공자의 사상이 아닌 장자의 허구에서 비롯된 가탁의 말이다. 방내와 방외는 세속의 안과 세속의 밖을 말한다. 방(方)이란 방우(方隅), 즉 한쪽 구석이라는 땅을 말한다. 지구상에서 일

어나는 세간법(世間法)을 뜻한다.

‖ 경문 ‖

子貢曰 然則夫子는 **何方之依**잇고 **曰 丘**는 **天之戮民也**라(自謙方內니 猶言帝縣未解라) **雖然**이나 **吾與汝共之**하리라(己之所得을 不欲隱이라) **子貢曰 敢問其方**하노이다 **孔子曰 魚相造乎水**하고(造之爲言은 生也라) **人相造乎道**하나니 **造乎水者**는 **穿池而養給**하고(得水면 不拘多少而養可給矣라) **相造乎道者**는 **無事而生定**이니라(隨分量相安而生可定矣라) **故**로 **曰 魚相忘乎江湖**하고 **人相忘乎道術**이라하니라(愈大則愈適이니 此豈但養給而已리오 豈但生定而已리오)

직역 ‖

子貢이 말하기를, “그렇다면 부자께서는 어느 方에 의지하시렵니까?”

말하기를, “丘는 하늘의 戮民이다.(스스로 方內에서 겸손함이니, 帝縣에서 풀리지 못하였다는 말과 같다.) 그러나 나는 너와 함께하리라.(나의 얻은 바를 숨기고자 하지 않은 것이다.)”

자공이 말하기를, “감히 그 방법을 여쭙나이다.”

공자가 말하기를, “물고기는 서로 물로 나아가고(造라는 말은 生이다.) 사람은 서로 道로 나아가니, 물로 나아간 자는 연못을 파면 기르기에 넉넉하고(물만 있으면 많고 적은 물에 얽매이지 않고 기르기에 넉넉하다.) 서로 道로 나아간 자는 할 일이 없어야 삶이 안정되는 것이다.(분수를 따라 서로 편안함으로써 삶이 안정될 수 있다.) 그러므로 ‘물고기는 서로 강호에서 잊고 사람은 서로 道術에서 잊는다.’고 한다.(더욱 클수록 더욱 적합하니 이는 어찌 기르기 넉넉한 데 그치겠으며, 어찌 삶을 안정한 데 그치겠는가.)”

의역 ‖

자공이 말하였다.

"그렇다면 선생께서는 어느 쪽을 따르시렵니까?"

"자연 진리의 입장에서 보면 나는 하늘의 형벌을 받은 사람이다. 그러나 나와 너는 방외의 도를 함께 추구해야 할 것이다."

자공이 다시 물었다.

"그렇게 할 수 있는 방법이 어떤 것인지 말씀해 주십시오."

"물고기는 모두 물을 찾아가야 하고, 사람은 모두 도를 찾아가야 한다. 물을 찾아간 물고기는 물만 있으면 많고 적은 물에 얽매이지 않고, 도를 찾아간 사람이 분수를 따르면 태평하고 하릴없어 삶이 안정된다. 그러므로 '물고기는 강호에서 모두 생사를 잊고, 사람은 대도(大道)에서 모두 시비를 잊는다.'고 한다."

‖ **선영 주** ‖

此는 **夫子所心得者**어늘 **擧示子貢**하니 **如此**면 **豈天之戮民哉**아

이는 부자(夫子)가 마음에 얻은 바를 자공에게 들어 보여줌이니, 이와 같이 하면 어찌 하늘의 형벌을 받은 사람이라 할 수 있겠는가.

[illegible]

여기에서 말한 "물고기는 강호에서 모두 생사를 잊는다.[魚相忘乎江湖]"라는 구절은 이미 앞에서 언급한 바 있다. 강호는 도를 비유한 말이다. 물고기는 강호에서 모든 것을 잊고서 활기차게 사는 것처럼, "물고기가 연못에서 뛰어오르는[魚躍于淵]" 것처럼 사람 역시 대도(大道)라는 그 속에서 물고기처럼 활기차고 살아야 할 것이다.

그러나 이처럼 활기차고 행복할 수 있는 비결은 그 어디에 있는 것일까? 하나의 잊을 망(忘) 자에 있다. 도를 닦는다는 것은 잊기 위해 도를 닦는 것이다. 크게는 나의 생사를 잊고 작게는 모든 일에 시비를 잊는 것이다.

그러나 아직은 도를 깨닫지 못해 잊을 수 없다면 그 차선책으로 아예 모르는 게 약이며, 아는 게 우환[識字憂患]이다. 매천(梅泉) 황현(黃玹)은 그의 절명시(絶命詩)에서 "이 세상에는 아는 사람 노릇하기 어렵다[難作人間識字人]"고 말한 바 있다. 사소한 일에도 안 보고 안 들으면 마음 편하다. 그러나 하찮은 것일지라도 듣거나 보아서 알면 고뇌하기 마련이다. 어떤 일면에선 새로운 소식이 없는 것이 가장 좋은 소식이다. 수많은 정보를 안다는 것은 나의 생활에 편리함을 제공한다고 하지만, 그에 반하여 괴로운 면이 더 많다는 사실을 모른 것이다. 현재 내가 먹고 있는 이 빵이 가장 맛있는 것이라고 생각하면 행복하다. 더 맛있는 빵을 알면 알수록 현재의 빵은 더욱 맛이 사라지게 된다. 설령 내일 지구의 종말이 온지라도 모르면 그 순간까지 행복한 것이다. 설령 알면 그렇다고 어떻게 할 것인가.

도를 깨달은 이는 대도의 속에서 모든 것을 잊었기에 더 이상 말할 나위 없겠지만, 세속의 사람은 가능하면 빨리 잊는 것이 행복이고 모르는 게 삶의 활력소일지도 모를 일이다.

‖ 경문 ‖

子貢曰 敢問畸人하노이다(子貢 言若此면 則爲獨行人矣라 故로 問畸人이라) **曰 畸人者**는 **畸**(異也라)**於人而侔**(合也라)**於天**이니라로 **故**로 **曰 天之小人**은(拘拘禮法하야 不知性命之情이라) **人之君子**오(稱爲有禮라) **人之君子**는 **天之小人也**라하니라(相反이라)

직역 ‖

子貢이 말하기를, "감히 畸人을 여쭈옵니다.(자공은 "이와 같이 한다면 特立獨行하는 사람이다. 그러므로 畸人을 묻는다."라는 것을 말한다.)"

말하기를, "畸人이란 사람들과 다르지만[畸](남다름) 하늘과 짝[侔](합하여 짐)이 된 것이다. 그러므로 '하늘의 소인(예법에 얽매여 性命의 情을 알지 못한 자)은 人間의 君子요(예가 있음을 일컬음) 인간의 군자는 하늘의 소인이다.'고 한다.(상반됨)"

의역

자공이 다시 물었다.

"기인(畸人)이 어떤 것인지 말씀해 주십시오."

"기인이란 여느 세속사람과는 달리 하늘의 자연과 하나가 되는 것이다. 그러므로 '천리 자연의 관점에서 살펴보면 천리를 위배한 하늘의 소인은 도리어 중생계(衆生界)의 군자요, 중생계의 군자는 천리를 위배한 하늘의 소인이다.'고 한다."

‖ 선영 주 ‖

小人君子를 再一反對로 言之니 則生死澹忘하야 與造物爲友者는 天之君子也어늘 而人且譏其臨尸而歌라하야 背於禮法하니 是天之君子는 人之小人이오 人之小人은 天之君子矣니라

소인과 군자를 한두 차례 반대로 말하였다. 생사를 담담하게 잊고서 조물주와 짝이 되는 사람은 하늘의 군자인데 사람들은 그가 주검의 앞에서 노래한다고 하여 예법(禮法)를 저버렸다고 비난하였다. 이는 하늘의 군자는 인간의 소인이며, 인간의 소인은 하늘의 군자이다.

○ 以上은 借子桑戶等三人하야 一證이라

○ 위의 문장은 자상호 등 세 사람을 빌어 한 차례 증명하고 있다.

7. 孟孫在의 母死不痛
(맹손재는 어머니의 죽음 앞에서 슬퍼하지 않았다)

이는 맹손재(孟孫才)의 거상(居喪)을 통하여 생사의 진상(眞相)과 변화의 도리를 밝히고 있다. 맹손재가 어머니의 죽음 앞에서 슬퍼하지 않은 것은 어머니에 대한 경멸과 무정함이 아니라, 생사의 관문을 간파한 달관의 세계에서 어머니의 죽음을 본 것이다.

‖ 경문 ‖

顔回 問仲尼曰 孟孫才(名才)其母死커늘 哭泣無涕하며 心中不慼하며 居喪不哀라 無是三者로되 以善喪으로 蓋魯國하니 固有無其實而得其名者乎잇가 回一怪之하노이다

직역 ‖

顔回가 仲尼에게 묻기를, "孟孫才(이름은 才)는 그의 어머니가 죽었음에도 우는 데 눈물이 없으며 마음속에 슬퍼하지 않으며 居喪에 슬퍼하지도 않았다. 이 세 가지가 없는 데에도 거상을 잘한다는 것으로써 魯國을 뒤덮으니, 참으로 그 實相이 없이 그 이름을 얻은 자입니까? 回는 이상하게 생각합니다."

의역 ‖

안회가 공자에게 물었다.

"맹손재는 그의 어머니가 죽었는데도 그의 우는 얼굴엔 눈물이 흐르지 않았고 슬픈 마음이 없었으며 상중(喪中)에도 슬퍼하지 않았습니다. 이처럼 상주(喪主)로서 갖춰야 할 세 가지 점이 없음에도 초상을 잘 치렀다는 명성이 노나라를 뒤덮었습니다. 참으로 그 실상이 없이 허명(虛名)을 얻은 자입니까? 저는 이 점을 이상하게 생각합니다."

‖ 선영 주 ‖

孟孫名實不相符니 眞不可解라 看下文컨대 疊出妙義라

맹손재의 초상은 명분과 실상이 서로 부합되지 않으니 참으로 이해할 수 없다. 아래의 문장을 보면 거듭 오묘한 뜻을 말하고 있다.

‖ 경문 ‖

仲尼曰 夫孟孫氏는 盡之矣라(盡道) 進於知矣니라(進於知喪禮者라) 唯簡之而不得이나(簡者는 略於事라 世俗相因에 不得獨簡일세 故로 未免哭泣居喪之事라) 夫已有所簡矣라(然不知不覺에 已無涕不慼不哀矣니 是已有所簡矣라) 孟孫氏는 不知所以生하고 不知所以死하며(生死를 付之自然이니 此其進於知也라) 不知就[1]先하고(不知生故) 不知就後(不知死故)하야 若化爲物하야 以待其所不知之化已乎ㄴ져(順其所以化하야 以待其將來所不可知之化니 如此而已라) 且方將化에 惡知不化哉며 方將不化에 惡知已化哉아(四句는 正不知之化也니 總非我所能與者也라) 吾特與汝로 其夢未始覺者邪ㄴ져(未能若孟孫之進於知也라)

직역 ‖

仲尼가 말하기를, "孟孫氏는 다하였다.(도를 다함) 아는 자보다 더 나아간 것이다.(상례를 아는 자보다 더 훌륭한 것이다.) 오직 간략하게 하려 했지만 그러지 못했으나(簡은 일을 생략한 것이다. 세속에서 서로 인함으로 그 홀로 간략하게 할 수 없었기 때문에 哭泣과 居喪의 일만큼은 버리지 못했다.) 이미 간략하게 한 바 있었다.(그러나 자기도 알지 못하고 깨닫지 못한 사이에 이미 눈물이 없고 슬픔이 없고 애통함이 없었다. 이는 이미 간략하게 한 바 있다.) 맹

1) 不知就後 ; 就 자는 일설에 孰 자의 오자라 한다. 이는 글자의 형태가 비슷한 데에서 잘못 쓴 것으로 보았다.

손씨는 태어나게 된 바를 알지 못하고 죽게 된 바를 알지 못하며(삶과 죽음을 자연에 맡겨두니, 이것이 상례를 아는 자의 경지로 나아간 것이다.) 앞으로 나아갈 줄도 모르고(生을 알지 못하기 때문이다.) 뒤로 물러설 줄도 모르고(죽음을 알지 못하기 때문이다.) 변화를 따라[若: 順의 뜻] 物이 되어 그 알 수 없는 바의 변화를 기다릴 뿐이다.(그 변화하는 바를 따라서 그 장래의 알 수 없는 변화를 기다림이 이와 같을 뿐이다.) 또 바야흐로 변화함에 어찌 변화하지 않음을 알 것이며, 바야흐로 변화하지 않음에 어찌 이미 변화함을 알 수 있겠는가.(4구절은 바로 알 수 없는 변화이다. 모두 나로서는 관여할 수 있는 것이 아니다.) 나는 다만 너와 더불어 그 꿈속에서 애당초 잠깨지 못한 자이다.(맹손이 상례를 아는 자의 경지로 나아간 것만 못하다.)

의역

공자가 말하였다.

"맹손씨는 거상(居喪)의 도리를 극진히 다한 자이다. 그는 상례를 잘 안다는 사람보다 한 걸음 더 앞서 나간 것이다. 그는 초상을 보다 간단하게 치르려 했지만 세속에서 그처럼 모든 사람들이 거행해오는 일이었기에 이를 생략한다거나 아예 무시할 수 없는 처지였다. 이 때문에 세속의 의례에 따라 곡이라든지 슬픔이라든지 거상의 일만큼은 그저 버리지 못했을 뿐이다. 그러나 자신도 모르는 사이에 이미 곡을 하면서도 눈물을 찾아볼 수 없었고 그의 마음에 쓰라린 슬픔도 없었고 거상 중에 애통해함도 없었다.

이는 무엇 때문일까? 맹손씨는 삶과 죽음을 자연에 맡겨두어 태어나게 된 이유를 알지 못하고 죽게 되는 이유조차 알지 못하였다. 생을 알지 못한 까닭에 앞으로 나아가 더 살려고 할 줄도 모르고, 죽음을 알지 못한 까닭에 뒤로 물러나 죽지 않으려고 발버둥 칠 줄도 모른 채, 다만 자연의 변화에 따라 죽음을 맞이하고 그 훗날 무엇으로 다시 태어날지 알 수 없는 자연의 변화를 오로지 기다렸을 뿐이다.

다시 말하면 천지자연의 변화를 가지고서 어떻게 변화하지 않은 상태를 알 수 있을 것이며, 변화하지 않은 상태를 가지고서 어떻게 이미 변화를 거친 정황을 알 수 있겠는가. 나는 너와 함께 꿈속에 있으면서 애당초 잠에서 깨어나지 못한 자에 지나지 않는다.

‖ **선영 주** ‖

寫孟孫才 看得生死關破라 **吾與母**는 **總在大宗師變化中**이니 **又安所容其涕慼哀痛也邪**아

맹손재가 생사의 관문을 간파한 데 대한 묘사이다. 나와 어머니는 모두 대종사의 변화 가운데에 있다. 또한 어찌 그 눈물과 슬픔과 애통함을 용납할 수 있겠는가.

○ **今方爲人**은 **是已化爲此物也**니 **今後**에 **又未知造物將化之爲何物也**오 **惟順以待之而已**라 **且方將化**라도 **烏知此理之皆存**이며 **方將不化**라도 **烏知形骸之倏易**리오 **寫得化不化**는 **如風馳電掣**하야 **閃爍不定**하니 **纔見造物運用之神**이오 **纔見世俗悲戀之淡**이라 **說到吾與汝夢而未覺**에 **可見孟孫才 已臻大徹**이라 **故**로 **曰孟孫氏 進於知矣**라하니라

○ 오늘날 바야흐로 사람이 될 수 있었던 것은 이미 천지의 변화로 이 존재가 이뤄진 것이다. 오늘 이후로 또다시 조물주가 장차 어떤 변화로 어떤 존재를 만들어 줄지는 알 수 없다. 오직 순응하며 기다릴 뿐이다. 바야흐로 장차 변화할지라도 어떻게 이 이치가 모두 존재한 줄을 알 수 있으며, 바야흐로 장차 변화하지 않는다 할지라도 또한 어떻게 형해(形骸)가 갑자기 바뀔지 알 수 있겠는가.

변화하고 변화하지 않는 것은 마치 세찬 바람이 몰아치고 번갯불의 섬광이 스치는 것처럼 번쩍번쩍 일정하지 않음을 묘사한 것이다. 여기에서 곧 조물주의 신비한 운용(運用)을 볼 수 있고, 곧 세속인의 비련

(悲戀)에 대해 담담함을 볼 수 있다.

"나와 너는 그 꿈속에서 애당초 잠에서 깨어나지 못했다."는 대목에 이르러 맹손재의 경지가 이미 크게 통달한 데에 이르렀음을 볼 수 있다. 이 때문에 "맹손씨는 상례를 잘 아는 사람보다 한 걸음 더 앞으로 나아갔다."고 말한 것이다.

‖ **경문** ‖

且彼有駭形而無損心하며(彼는 卽孟孫氏오 駭字는 卽一動字耳라 雖有駭動之形而心無損耗이니 此句는 言其靜存이라) **有旦宅而無情死**라(旦者는 每日之異也라 寓於日遷之宅而眞理未嘗或息이니 此句는 言其活潑이라) **孟孫氏**는 **特覺**이로되 **人哭亦哭**이니(已何容心고) **是自其所以乃**니라(乃는 猶言那等樣也라 言孟孫氏之哭泣도 亦不過見人如此코 隨之如此니 何嘗有此我之母死而特致其痛之心乎아 此其所以如那樣 無涕不慼不哀也라 句特奇拗라) **且也相與吾之耳矣**로되(世人은 但知據一我耳라) **庸詎知吾所謂吾之乎**리오(豈知吾之所由來乎아 若見透理 便一定不足自據라) **且汝夢爲鳥而厲**(同戾)**乎天**하고(儼然鳥矣라) **夢爲魚而沒於淵**하나니(儼然魚矣라) **不識**케라 **今之言者**(而今에 却又是一個人이 在此言語라) **其覺者乎**아 **夢者乎**아(未知魚鳥是覺耶아 夢耶아 抑今人是覺耶아 夢耶아 自己毫不能主也라) **造適**에 **不及笑**라가 **獻笑**에 **不及排**니(人但知笑爲適意오 不知케라 當其忽這適意之境에 心先喩之하야 不及待笑也라가 及至忽發爲笑오 又是天機自動이니 何嘗及安排而爲之乎아 是適與笑는 自己毫不能主也라 二句造意 入微하니 眞從絲髮中 剖析出來也라) **安排而去化**라야(排字는 綴上面排字來니 言由此觀之컨대 可見凡事 皆非己所及排오 彼冥冥中에 自有排之者니 今但當安於所排而忘去死化之悲라) **乃入於寥天一**이니라(乃入於空虛之天之至一者耳라)

직역 ‖

또 그는 駭形은 있으나 마음을 損함은 없으며(그[彼]는 곧 맹손씨이다. '駭' 자는 곧 하나의 '動' 자이다. 비록 깜짝 놀라 움직이는 형체가 있으나 마음에

損耗된 바 없으니, 이 구절에서는 그의 마음을 고요하게 보존함을 말한다.) 旦宅에 있으면서도 情은 죽음이 없다.(旦은 매일 달라지는 것이다. 날로 변해가는 집에 붙어 있지만 實理는 일찍이 쉼이 없으니, 이 구절에서는 그 마음의 활기참을 말한다.) 孟孫氏는 홀로[特] 깨달았지만 사람들이 곡하면 또한 곡하니(몸에 어찌 마음에 용납하겠는가.) 이것이 그가 그처럼[乃] 하게 된 것이다.(乃는 그처럼이라는 말과 같다. 맹손씨의 울음 또한 사람들이 이와 같이 하는 것을 보고서 그저 이와 같이 따라서 우는 데에 지나지 않을 뿐이다. 어찌 일찍이 나의 어머니의 죽음으로써 특별히 그 애통한 마음을 다할 수 있겠는가. 이는 그가 이처럼 눈물도, 슬픔도, 애통한 마음이 없을 수밖에 없는 까닭이다. 이 구절은 특별히 기이하게 꺾어 돌려 쓴 문장이다.) 또 서로가 더불어 自我라 하지만(세간 사람들은 다만 자기 하나의 자아에 근거할 뿐이다.) 어떻게 내가 말한 자아를 알 수 있겠는가.(어찌 내가 말한 자아의 유래를 알 수 있겠는가. 만일 이를 간파하면 나의 자아란 털끝만큼도 의지할 수 없는 존재임을 알 것이다.)

또 너의 꿈속에 새가 되어 하늘에 이르고[厲](戾와 같음. 엄연한 한 마리의 새였다.) 꿈속에 물고기가 되어 연못에 헤엄치니(엄연한 한 마리의 물고기였다.) 알 수 없다. 지금 말한 자는("여기에 또한 어떤 한 사람이 있어 말한다고 하자."라는 뜻) 그는 잠을 깬 것일까? 꿈속에 있는 것일까?(물고기와 새가 된 것은 잠을 깨어 있는 것일까? 꿈속에 있는 것일까? 아니면 오늘날 사람이 잠을 깨어 있는 것일까? 꿈속일까? 자기는 털끝만큼도 주재할 수 없다.) 適意에 나아가서도 웃음에 미치지 않고 웃음을 드리되 안배에 미치지 않으니(사람들은 다만 쾌적한 마음에 웃을 줄만 알 뿐이다. 알 수 없다. 갑자기 쾌적한 경지에 당하여 마음이 먼저 이 사실을 깨닫고서 웃음을 필요로 한 것이 아니다. 문득 웃음으로 터져 나오는 것 또한 天機가 스스로 움직임이다. 어찌 일찍이 안배하여 그처럼 한 것이라 할 수 있겠는가. 이처럼 自適과 웃음은 털끝만큼도 자기가 주재할 수 없다. 이 두 구절은 말의 뜻이 깊은 경지의 미묘한 부분으로 들어갔다. 참으로 실오라기와 머리털 가운데서 이를 갈라낸 것이다.) 배치한 대로 편안히 받아들여 변화에 대한 슬픔을 버려야만('排' 자를 위의 排 자에서 이어온 것이다. 이로 본다면 모든 일은 모두 자신이 안배할 수 있는 게 아니다. 저 冥冥한 가운데 스스로 안배되어 있다. 이에 그제 안배한 바에 따라 죽음의 슬픔을 잊어야 할것임을 볼 수 있다.) 이에 寥天의 一에 들어갈 수 있다.(이에 공허한 하늘의 至一에 들어갈 수 있다.)"

의역

또 그 맹손씨는 움직이는 형체를 가지고 있으나 심신(心神)을 손상한 적은 없으며, 날로 변해가는 몸에 붙어 있지만 진실한 이치는 일찍이 멈춤이 없다. 맹손씨만 유독 이런 사실을 깨달았지만 남들이 그처럼 곡하기에 그 또한 그처럼 따라 곡한 데 지나지 않았을 뿐이다. 어머니의 죽음으로써 특별히 그 애통한 마음을 어찌 다하였겠는가.

또 세간 사람들은 모두가 그저 그 자신이 알고 있는 자아, 즉 육체적 자아만을 근거로 인식할 뿐, 내가 말하는 진정한 자아, 즉 정신적 자아란 그들이 인식한 육체적 자아가 아니라는 사실을 그들이 어떻게 알 수 있겠는가.

다시 말하면, 여기에 어떤 사람이 있어 어떤 꿈을 꾼다고 하자.

그의 꿈속에 한 마리의 새가 되어 허공에 높이 날고, 꿈속에 한 마리의 물고기가 되어 연못 깊숙이 헤엄쳤다고….

그렇다면 그가 한 마리의 물고기와 한 마리의 새가 된 것은 잠을 깨어 있는 것일까? 꿈속에 있는 것일까? 아니면 현재 그 사람이 잠을 깨어 있는 것일까? 꿈속에 있는 것일까? 그 자신은 털끝만큼도 자신을 마음대로 주재할 수 없다.

그뿐만 아니라 사람들은 기쁜 마음이 있으면 그저 웃을 줄만 알뿐, 생각지도 않게 느닷없이 기쁜 일이 있으면 나도 모르는 사이에 웃음이 터져 나오게 된다. 그 또한 천기(天機)가 스스로 자연스럽게 움직인 것일 뿐, 어떻게 그처럼 웃으려고 안배하여 웃는 것이라고 할 수 있겠는가. 이처럼 스스로의 기쁜 마음과 웃음마저도 자기의 마음대로 주재할 수 없다.

이로 보면 모든 일이란 모두 자기 스스로 안배한 것이 아니라, 저 아득한 하늘에서 절로 안배한 것이다. 사람들은 그저 조물주가 배치한 대로 편안히 받아들이고 음양의 변화에 따라 맞이하는 죽음에 대한 슬픔을 잊어야만 공허한 하늘의 순일(純一)한 경지에 들어갈 수 있다."

‖ 선영 주 ‖

母死不痛은 明是輕其母니 雖曰變化無常이나 此爲母解則可耳라 在爲子者 終無以解於輕其母也어늘 看他此段에 一轉發出第一層議論來라 無損心二句는 將孟孫才하야 寫得天地同流오 人哭亦哭二句는 將孟孫才하야 寫得萬物一體하야 上比乎天하고 下通乎物히 並無一處安著得已見이라

由此言之컨대 不是已之無母라 乃是世間에 本無有吾라 爲魚爲鳥에 有使之者오 一適一笑에 有使之者니 誰爲可據之吾哉아 若夫涕則必吾涕之也오 感則必吾感之也오 哀則必吾哀之也니 乃吾之爲吾는 本無有焉이어늘 又誰爲涕之,感之,哀之者哉아 直代孟孫氏하야 把吾字徹去하니 眞不食煙火人之第一等議論也라(問有自然之適笑어니 何無自然之哀感고 曰樂生哀死는 本非造化之理所有也라 故로 曰哀樂不入이라 古之所謂縣解라하니라) 安排去化에 入於寥一이니 此時雪釋冰融하야 纖影不留矣라 寥天一은 卽道也오 卽大宗師也라

어머니가 죽었음에도 애통하게 곡하지 않는다는 것은 분명 그 어머니의 죽음을 대수롭게 생각하기 때문이다. 아무리 천지변화의 무상함에 따라 그저 죽은 것이라고 말하겠지만 이러한 행위는 어머니의 죽음에 대한 실체를 깨달은 측면에서 이처럼 말할 수 있다. 하지만 자식의 도리로는 결코 모친상을 가볍게 여겼다는 점에 대해서 변명할 여지가 없다.

그러나 이 단락의 논지를 살펴보면 문장이 한차례 전환하면서 제1의 경지가 그 무엇인가에 대한 논지를 밝혀주고 있다. 무손심(無損心) 이

하 두 구절은 맹손재를 들어 천지의 조화와 함께 유행한 사람임을 묘사하였고, “남들이 곡하면 나 또한 곡한다.”는 두 구절은 맹손재를 들어서 만물과 일체(一體)가 되어 위로는 하늘에 가깝고 아래로는 만물에 통하여 아울러 어느 곳에서도 자신의 견해를 붙임이 없음을 묘사한 것이다.

이로 말하면 이는 자기의 어머니가 없을 뿐 아니라, 이 세상에는 본디 ‘나’라는 존재도 없다. 한 마리의 물고기와 한 마리의 새가 되는 것도 자의에 의한 게 아니라, 그렇게 만들어준 자가 있다. 한 번 기뻐하고 한 번 웃는다는 것도 자의에 의한 게 아니라, 그렇게 만들어준 자가 있다. 그렇다면 무엇을 가지고 자아(自我)라 말할 수 있겠는가.

남들이 눈물을 흘리면 반드시 나 역시 눈물을 흘려야 할 것이며, 남들이 근심하면 반드시 나 역시 근심해야 할 것이며, 남들이 슬퍼하면 반드시 나 역시 슬퍼해야 할 것들이다. 곧 나를 나라고 할 수 있는 존재는 본래 그 어디에도 없다. 또한 어느 누구를 위해 눈물을 흘리고 근심하고 슬퍼할 것이 있겠는가. 곧바로 맹손씨를 대신하여 ‘나’라는 존재, ‘오(吾)’ 자를 들어 모두 끝맺었다. 참으로 세속을 초탈하여 인간의 음식을 먹지 않는 사람의 으뜸가는 의논이다.(묻기를, “자연스러운 자적과 웃음이 있는데 어찌하여 자연스러운 근심과 슬픔이 없을 수 있겠는가.” 답하기를, “태어남을 좋아하고 죽음을 슬퍼하는 것은 본디 천지조화의 이치로 고유한 바 아니다. 그러므로 ‘슬픔과 즐거움이 나의 마음에 들어오지 않으니 옛적에 말한 거꾸로 매달려 있는 고통에서 벗어난 것이라.’ 말한다.”) 이는 인위적 안배를 버리고서 요일(寥一)의 경지에 들어감이니 이때에는 눈이 녹고 얼음이 풀린 듯하여 실오라기 그림자 하나 남아 있지 않다. 요천일(寥天一)은 곧 도(道)이며 곧 대종사(大宗師)이다.

○ 以上은 借孟孫才一證이라

○ 위의 문장은 맹손재를 빌려 한 차례 증명하고 있다.

강설

"꿈속에 한 마리의 새가 되어 허공에 높이 날고, …한 마리의 새가 된 것은 잠을 깨어 있는 것일까? 꿈속에 있는 것일까?"라는 구절은 「제물론」의 끝 부분에서 말한 호접지몽(胡蝶之夢)과 일맥상통한 부분이다. 그러나 여기에서는 하나의 꿈을 꾼다든지 잠을 깬다든지 기쁨이라든지 웃음까지도 모두 나의 의지와 상관없이 조물주의 조화에 의한 것임을 밝히고 있다. 특히 꿈이란 유식의 제7 아뢰야식이라는 잠재의식에 의해 이뤄진 것인바, 잠재의식 역시 전도(顚倒)된 의식의 일종에 지나지 않는다. 이처럼 잘못된 심리적 의식이나 신체의 행위는 모두 진심(眞心)의 주재에 의한 부산물이다. 이는 철저한 조물주 일원론(一元論)의 신봉자이자, 망아(忘我)의 극치라 하겠다.

8. 死生一如의 人生觀(죽음과 삶을 하나로 보는 장자의 인생관)

여기에서는 도체(道體)의 본래 면목을 밝힌 부분으로 이의 경지에서 사생일여(死生一如)의 인생관이 형성될 수 있는 기조를 말해주고 있다.

‖ **경문** ‖

意而子 見許由한대 **許由曰 堯何以資**(敎益)**汝**오 **意而子曰 堯謂我**호되 **汝必躬服仁義而明言是非**라 하더이다 **許由曰 而**는(爾) **奚來爲軹**오(斥之言何必來此爲乎아 軹는 助語辭라) **夫堯旣已黥汝以仁義而劓汝以是非矣**어니(累以世法이 如加之以刑然이라) **汝將何以遊夫遙蕩**(閒放)**恣睢**(自得)**轉徙**(變化)**之塗乎**아(言汝被他教壞了니 何以遊於遙放任化之境乎아 ○ 遊此境은 全在順之어늘 若服仁義而明是非면 則膠執不通矣리라)

직역

意而子가 許由를 찾아뵙자, 허유가 말하기를, "堯가 무엇으로써 너에게 도움[資](가르침의 도움)을 주었는가." 의이자가 말하기를, "堯가 저에게 말하기를, '너는 반드시 몸소 인의를 服行하고 시비를 분명하게 말하라.'고 하였습니다."

허유가 말하기를, "너[而](爾)는 무얼 하려고 왔는가.(배척하여 "무얼 하려고 이곳을 찾아왔는가."라고 말한 것이다. 軹는 어조사) 堯는 이미 너에게 인의로써 墨刑[黥]을 했고 너에게 시비로써 劓刑을 한 것이니(世法에 얽매임은 마치 형벌을 가한 것과 같다.) 네가 장차 어떻게 遙蕩(閒放), 恣睢(自得), 轉徙(變化)의 길에서 놀 수 있겠는가.(네가 그의 가르침에 의해 파괴되었다. 어떻게 한가롭고 조화에 맡기는 경지에 소요할 수 있겠는가. 이 세 경지에 소요할 수 있는 것은 모두 순종하는 데 있다. 만일 인의에 힘쓰고 시비를 밝힌다면 집착하여 통할 수 없다.)"

의이자(意而子)가 허유(許由)를 찾아뵙자, 허유가 그에게 물었다.

"요(堯)임금이 너에게 어떤 가르침을 주었느냐?"

"요임금이 저에게 '너는 반드시 인의를 몸소 행하고 시비를 분명하게 구별하라.'고 말하였습니다."

"그런 네가 무얼 하려고 나를 찾아왔느냐? 요임금은 이미 너에게 인의로써 묵형(墨刑)을 가했고 너에게 시비로써 의형(劓刑)을 가한 것이다. 그의 가르침에 의해 파괴된 네가 어떻게 한가롭고 자득하고 자연변화의 경지에서 소요할 수 있겠는가."

‖ 선영 주 ‖

仁義는 乃道之支流니 順乎天이면 則不必踐仁義之跡과 立仁義之名矣라 莊子教學道人에 止是探其源이라

인의는 도의 지류이다. 천리를 순종하면 굳이 인의의 자취를 밟는다거나 인의의 이름을 세울 것이 없다. 장자는 도를 배우는 사람들에게 그 본원을 탐구하도록 하는 데 있을 뿐이다.

‖ 경문 ‖

意而子曰 雖然이나 吾願遊其藩하노이다(謙言이니 雖不能遵途나 願涉其藩籬라) 許由曰 不然하다 夫盲者는 無以與乎眉目顔色之好하고 瞽者는 無以與乎靑黃黼黻之觀이니라 意而子曰 夫無莊(美人)之失其美와 據梁(力士)之失其力과 黃帝(智聖)之亡其知는(失與亡은 皆言不自據也라) 皆在鑪錘之間耳어니(有以道化之者면 則皆去舊習而就陶鑄矣니라) 庸詎知夫造物者之不息(生息)我黥而補我劓하야 使我乘成하야 以隨先生邪아(黥劓는 雖已殘缺이나 苟有息之補之者면 依舊完成矣라 然則天今使我遇先生은 安知不載一成體以相隨耶아 以息補推許하고 以乘成自謂하야 又婉轉하고 又有地步하니 語最巧妙라 乘은 載也오 成字는 就黥劓二字上用來라) 許由曰 噫라 未可知也로다 我爲汝하야 言其大略하리라 吾師乎여 吾師乎여(直呼宗師라) 䪡(音은 齎니 利也라) 萬物而不爲義며 澤及萬世而不爲仁이며(如此說來면 堯之仁義도 豈尙容置喙哉아) 長於上古而不爲老며 覆載天地하고 刻彫衆形而不爲巧니 此所遊已니라(應轉遊字라)

▌직역 ▌

意而子가 말하기를, "비록 그러하오나 저는 그 藩籬에서나마 놀기를 원하옵나이다."(겸손한 말이다. 비록 선생의 途를 따를 수 없을지라도 그 울타리이나마 밟고자 함이다.) 허유가 말하기를, "그렇지 않다. 盲者는 眉目, 顔色의 어여쁨을 함께할 수 없고 瞽者는 靑黃, 黼黻의 볼거리를 함께할 수 없다."

意而子가 말하기를, "無莊(美人)이 그 아름다움을 잃은 것과 據梁(力士)이 그 힘을 잃은 것과 黃帝(智聖)가 그 지혜를 잃은 것은(잃어버렸다는 것은 모두 스스로 근거하지 않음을 말한 것이다.) 모두 鑪錘의 사이에 있으니(道로써 교화해준 자가 있으면 모두 舊習을 버리고 陶鑄되어 나갈 수 있다.) 어찌 造物者가 나의 墨刑[黥]을 되살려주고[息](生息) 나의 劓刑을 보완하여 나로 하여금 成體를 乘載하고서 선생을 따르게 하지 않을 줄을 알겠는가.(墨刑과 劓刑로 신체가 이미 殘缺되었으나 참으로 이를 되살리고 이를 보완한다면 예전처럼 완성될 것이다. 그렇다면 오늘날 하늘이 나로 하여금 선생을 만나게 한 것은 어찌 하나의 成體를 가지고서 선생을 따르게 함이 아닌 줄을 알겠는가. 훼손된 몸을 되살리고 보완하는 것으로써 미루어 허락하고 成體를 가지고서 스스로를 말하고 또 원만하게 전환하고 또다시 한 걸음 나아가니, 그 말은 가장 정교하고 오묘하다. 乘은 싣는다는 뜻이며, 成이라는 글자는 墨刑과 劓刑 두 글자에 의해 쓰인 것이다.)"

허유가 말하기를, "슬프다. 알 수 없다. 내, 너를 위해 그 대략을 말해주리라. 나의 宗師여, 나의 宗師여.(곧바로 대종사를 부른 것이다.) 만물에게 이로움 䪡의(讀音은 齏, 이로움)을 주되 義로 생각지 않으며 만세에 은택을 미치되 仁으로 생각지 않으며(이와 같이 말한다면 堯의 인의로 어찌 입을 벌릴 수 있겠는가.) 上古보다 장구하되 年老하다 생각지 않으며 천지를 덮어주고 실어주며 많은 형상을 아로새기되 기교라 생각지 않으니 이것이 遊한 바이다.(응당 '遊' 자로 전환하고 있다.)"

의역

의이자가 말하였다.

"그러하오나 저는 선생의 길을 따라 행할 수 없을지라도 그 울타리 곁이나마 밟았으면 합니다."

허유가 다시 말하였다.

"그렇지 않다. 봉사는 아름다운 얼굴을 함께 볼 수 없고, 판수는 화려한 빛깔과 무늬를 함께할 수 없다."

"아름다운 무장(無莊)이 자기의 아름다움을 잃어버리고 역사(力士)인 거양(據梁)이 자기의 힘을 잃어버리고 지혜로운 황제(黃帝)가 자기의 지혜를 잃어버릴 수 있었던 것은 모두 도의로 가르쳐준 이가 있었기에 그 모두가 지난날의 잘못과 그 습관을 버릴 수 있었습니다. 어찌 조물주가 지난날 당한 저의 묵형과 의형을 예전의 모습처럼 되살려주고자 저의 완성된 몸을 가지고서 선생을 따르도록 하는 일이 아니라고 말할 수 있겠습니까?"

"슬프다. 참으로 알 수 없는 일이다. 내, 너를 위해 그 대충을 말해주겠다.

나의 대종사여, 나의 대종사여. 만물에 널리 이로움을 주되 자신의 의(義)라 생각지 않고, 만세에 길이 은택을 미쳐주되 자신의 인(仁)이라 생각지 않으며, 태고 이전에 이미 존재했으나 오래되었다 생각지 않고 천지를 덮어주고 실어주며 온갖 형상을 만들어주었으나 그 기교를 드러내지 않았다. 이것이 바로 무심(無心) 무위(無爲)의 소요유이다."

‖ **선영 주** ‖

從虛空하야 畫出一大宗師니 不爲義, 不爲仁은 將堯的仁義兩字하야 打落其是非兩字하야 更不必言이오 不爲老, 不爲巧는 又陪說兩句라

허공에서 하나의 대종사를 그려낸 것이다. "의(義)라 생각지 않고 인(仁)이라 생각지 않는다."라는 것은 요임금이 말한 인의(仁義) 두 글자를 가지고서 시비(是非) 두 글자를 떨쳐버렸기에 다시는 굳이 말할 것도 없으며, "늙었다 생각지 않고 기교로 생각지 않는다."라는 것 또한 두 구절을 덧붙여 말한 것이다

○ 仁義禮樂은 豈非聖教所必須리오 要之컨대 皆聖人爲中人說法耳오 不可皆語之以性道니 則勢不得舍仁義禮樂矣라 莊子著書는 却是要學道人 親見道體오 稍一支離면 便與道體不似라 故로 特盡與捐

之니 所謂要畫眞容인댄 添不得一毫彩色也라 六經은 是以道治世之書오 莊子是直揭道體之書라(後에 凡擯仁義禮樂之旨는 同此라)

○ 인의, 예악은 성인의 가르침에 반드시 필요한 대상이 아니겠는가. 요컨대 이는 모두 성인이 중간 정도의 근기(根器)를 지닌 사람을 위한 설법이기에, 그들에게 모두 근본적인 본성과 도[性道]에 대해 말해줄 수 없었다. 그러나 결국 인의, 예악을 버릴 수 없는 것이다.

장자가 이 책을 저술한 의도는 도를 배우려는 사람으로 하여금 도체(道體)를 친히 보게 하려는 것이다. 조금이라도 지리(支離)하면 그것은 도의 본체와는 전혀 다르다. 이 때문에 특별히 모조리 다 버리도록 한 것이다. 이른바 참다운 얼굴을 그리려고 한다면 일호(一毫)의 채색도 더할 수 없다. 유가의 육경(六經: 역경, 서경, 시경, 춘추, 악기, 예기)은 도(道)로써 세상을 다스리는 책이요, 장자는 곧 도체(道體)를 들추어 밝혀주는 책이다.(아래의 문장에서 인의와 예악을 배척한 모든 뜻은 이와 같다.)

○ 以上은 借許由一證이라(大道는 不在仁義라)

○ 위의 문장은 허유를 빌려 한차례 증명하고 있다.(대도는 인의에 있지 않다.)

강설

'오사호 오사호(吾師乎 吾師乎)'는 대종사를 말하며, 그것은 도(道)이다. 그 이하의 4구절, 즉 만물에 이로움을, 만세에 은택을, 상고보다 장수를, 하늘을 덮어주고 땅을 실어주고 만물의 형상을 새겨줌[整萬物, 澤及萬世, 長於上古, 覆載天地刻彫衆形]이란 도의 작용이다.

일반상식으로 생각하면, 작용에는 작위(作爲)의 노력이 있기 마련이다. 그러나 도의 작용은 이와는 다르다. 도의 작용은 인(仁)이라고, 의

(義)라고, 더 나이가 많다고, 기교라고도 생각지 않는다.[不爲仁 不爲義 不爲老 不爲巧] 이를 무위이화(無爲而化), 즉 하는 일 없이 유유자적하면서 이러한 작용을 이뤄내는 것이다. 장자는 이를 대종사의 소요유(逍遙遊), 곧 '소유이(所遊已)' 세 글자로 표현하였다. 그러나 여기에서 인의를 들어 말함은 유가의 대표적 사상이나 대도(大道)의 입장에서 보면 도의 작용 일부분인 지나지 않음을 말해주는 것이다.

그뿐만 아니라 장수는 생명의 한계, 기교는 지혜의 산물이다. 대종사는 장수의 한계를 소유하고 지혜의 기교를 소유한 자일까? 대종사는 지혜와 장수를 소유한 자라기보다는 생명 그 자체요 지혜 그 자체이다.

사람에게 지혜가 있고 대종사 또한 지혜가 있다고 말한다면 양자(兩者)는 그 어느 정도의 차이가 있음을 인정한 것이다. 그렇다면 인간의 지혜와 대종사의 지혜를 상호 비교할 수 있는 존재일까? 인간의 생명은 생명의 끝이 있지만 대종사의 생명에 그 언젠가는 끝이 있을 것이라고 말할 수 있을까? 이 때문에 대종사는 생명 그 자체요 지혜 그 자체라고 말한다. 이처럼 대종사, 즉 도는 생명의 원천이요 지혜의 원천으로 존재하는 것이다.

9. 大道는 不在仁義禮樂(대도는 인의와 예악에 있지 않다)

여기에서는 대도(大道)는 인의와 예악에 있지 않다. 오로지 좌망(坐忘)의 대통(大通) 경지에 있음을 안연의 말을 통해 밝혀주고 있다.

‖ 경문 ‖

顔回曰 回益矣이니다 **仲尼曰 何謂也**오 **曰 回忘仁義矣**이니다 **曰 可矣**나 **猶未也**니라 **他日**에 **復見曰 回益矣**이니다 **曰 何謂也**오 **曰 回忘禮樂矣**이니다(孫月峯曰 忘仁義는 止是去是非心이로되 忘禮樂은 則全然不拘束

矣라 故로 忘禮樂은 在忘仁義後라) **曰 可矣**나 **猶未也**니라 **它日**에 **復見曰 回益矣**이니다 **曰 何謂也**오 **曰 回坐忘矣**이니다 **仲尼 蹴然曰 何謂坐忘**고 **顔回曰 墮肢體**하며 **黜聰明**하야 **離形去知**하야(總上二句라) **同於大通**이라(大通則一切放下矣라) **此謂坐忘**이니다 **仲尼曰 同則無好也**오(無私心) 化則無常也니(無滯理) 而(爾)果其賢乎인저 丘也 請從而(爾)後乎리라

직역

顔回가 말하기를, "回는 더 나아갔습니다." 仲尼가 말하기를, "무엇을 말하느냐?" "回는 인의를 잊었습니다." "가하나 아직은 미흡하다."

他日에 다시 찾아뵙고서 말하기를, "回는 더 나아갔습니다." "무엇을 말하느냐?" "回는 예악을 잊었습니다."(孫月峯이 말하기를, "인의를 잊었다는 것은 다만 시비의 마음을 버렸을 뿐이나, 예악을 잊었다는 것은 전연 구속이 없다. 그러므로 예악을 잊음은 인의를 잊은 뒤에 있다.) "가하나 아직은 미흡하다."

他日에 다시 찾아뵙고서 말하기를, "回는 더 나아갔습니다." "무엇을 말하느냐?" "回는 坐忘을 하였습니다."

仲尼가 蹴然히 말하기를, "무엇을 坐忘이라 말하는가." 顔回가 말하기를, "肢體를 떨어뜨리며 聰明을 버려 形體를 여의고 知解를 버림으로써(위의 두 구절을 總括함이다.) 大通과 같게 하였습니다.(크게 통하면 모든 것을 놓아버리게 된다.) 이를 坐忘이라 하옵니다."

仲尼가 말하기를, "같으면 좋아함이 없고(사심이 없음) 化하면 常이 없으니(이치에 걸림이 없음) 너[而](爾)는 과연 그 어질다. 丘는 청컨대 너의 뒤를 따르리라."

의역

안회가 공자에게 말씀드렸다.

"제가 얻은 바 있습니다."

"무엇을 말하느냐?"

"저는 인의(仁義)의 시비(是非)를 잊었습니다."

"괜찮기는 하지만 아직은 미흡하다."

훗날 안회가 다시 공자를 찾아뵙고서 말씀드렸다.

"제가 얻은 바 있습니다."

"무엇을 말하느냐?"

"저는 예악의 구속을 버렸습니다."

"괜찮기는 하지만 아직은 미흡하다."

훗날 안회가 다시 공자를 찾아뵙고서 말씀드렸다.

"제가 얻은 바 있습니다."

"무엇을 말하느냐?"

"저는 좌망(坐忘)을 얻었습니다."

공자께서 갑자기 벌떡 일어나 되물었다.

"무엇을 좌망이라 말하느냐?"

안회가 대답하였다.

"사지와 육체의 감각을 모두 버리고 총명한 귀와 밝은 눈의 작용을 모두 버리어 이처럼 밖으로는 육신을 여의고 안으로는 알음알이를 버림으로써 천지의 대통(大通) 세계와 하나가 되었습니다. 이를 좌망이라 하옵니다."

이에 공자는 감탄해 마지않았다.

"대통의 세계와 하나가 되면 사심(私心)이 사라져 좋아하는 마음이 없고, 자연으로 변화하면 이치에 걸림이 없어 집착이 사라지게 된다. 너는 과연 어질다고 말할 만하다. 나는 너의 스승이 아니라, 내가 너의 뒤를 따르리라."

‖ **선영 주** ‖

從忘仁義而忘禮樂하고 從忘禮樂而坐忘하니 愈進愈微라

인의를 잊음으로부터 예악을 잊게 되고 예악을 잊음으로부터 좌망을 얻게 되니 나아갈수록 더욱 미세하다.

○ 解坐忘處에 讀上三句면 是一切淨盡하야 人易知之로되 讀第四句 同於大通에 非見到者면 不能知也라 試思컨대 坐忘이면 何以能大通이며 大通이면 何故로 是坐忘고 這全不是寂滅邊事也라

○ 좌망을 해석한 부분에 위의 3구절을 읽노라면 일체가 말끔히 사라져 사람들이 쉽게 이를 알 수 있지만, 넷째 구절의 "대통(大通)과 하나가 된다." 구절을 읽노라면 견식(見識)이 최고의 경지에 이른 자가 아닐 경우, 이를 알 수 없을 것이다.

시험 삼아 생각해보건대 좌망(坐忘)이면 어떻게 대통(大通)할 수 있으며, 대통이면 무엇 때문에 이를 좌망이라 하는가. 이는 모두 적멸(寂滅) 경지의 일이 아니다.

○ 仲尼 贊顏子云同則無好也오 化則無常也라하니 無一字는 是顏子口中語니 妙妙오 同字化字는 乃所云大通也라 同字는 是橫說大通이오 化字는 是竪說大通이니 此聖賢心地密印處也라 讀此에 可見孔顏心學이오 可見莊子傾服聖門이라(陳詳道曰 枝海以爲百川이면 則見川不見海오 合百川以歸海면 則見海不見川이라 道는 海也오 仁義禮樂은 百川也니 回得道而忘仁義禮樂은 是覩海而忘百川이라 然猶未忘道也라 至於離形忘物하고 去知忘心하야 寔然無所係心이면 則道果何在哉아 與我兼忘而已矣니 此回之所以賢也라 ○ 可嘆世人이 讀此等處에 謂是異端語오 未必孔顏眞言이라가 及讀也處莊子寓言孔子事에 又認眞拈作話柄하야 謂其譏彈聖賢이라하니 此等人은 吾未如之何也已矣라)

○ 공자가 안연을 칭찬하여 말하기를, "대통의 세계와 하나가 되면 좋아하는 마음이 없고, 자연으로 변화하면 집착이 사라지게 된다."고

하니, 무(無)라는 한 글자는 안연의 입에서 나온 말이다. 오묘하고 오묘하다.

'동(同)' 자와 '화(化)' 자는 여기에서 말한 대통(大通)이다. 동(同)은 대통의 횡설(橫說: 空間)이요, 화(化)는 대통의 수설(竪說: 時間)이다. 이는 성현 마음의 밀인(密印) 경지라 말할 만한 경지이다. 이를 읽노라면 공자, 안연의 심학(心學)을 엿볼 수 있고 장자가 공자의 문하에 경도(傾倒)되어 심복(心服)하고 있음을 찾아볼 수 있다.(陳詳道가 말하였다. "큰 바다를 나누어서 百川이라 말한다면 하천만 보았을 뿐, 바다를 보지 못한 것이다. 모든 시냇물을 합하여 바다로 귀결지으면 바다만 볼 수 있을 뿐, 시냇물은 볼 수 없다. 道는 바다요, 인의와 예악은 수많은 하천이다. 안회가 도를 얻어 인의와 예악을 잊었다는 것은 바다를 보고서 수많은 하천을 잊은 것과 같다. 그러나 아직은 도마저 잊지는 못한 것이다. 주관의 형체를 여의고 객관의 사물을 잊고 알음알이를 버리며 마음을 잊고서 편안히 마음에 얽매인 바 없는 경지에 이르면 도는 과연 어디에 있을까? 자아로 더불어 모두 잊게 한다. 이것이 안회의 어진 경지이다." ○ 한심스러운 일은 세간 사람들이 이 부분의 문장을 읽으면 이를 이단의 학설이라 하여 공자, 안자의 참 말씀이 아니라고 말하다가, 다른 부분에서 장자가 공자의 말이라고 寓言한 대목을 읽으면 또다시 이를 공자의 참 말씀으로 인식한 나머지, 시빗거리를 조장하여 성현을 비방하고 탄핵한다고 말들 한다. 이러한 사람들을 나로서는 어찌할 수 없다.)

○ 以上은 借顔子一證이라(大道는 不在仁義요 不在禮樂이며 幷不在形知라 蓋此二段은 又恐人誤認宗師하야 特爲辨之라)

○ 위의 문장은 안자를 빌려 한 차례 증명하고 있다.(대도(大道)는 인의에 있지 않고 예악에 있지 않으며 아울러 형체와 알음알이에 있지 않다. 이 두 단락은 또한 사람들이 대종사를 잘못 인식할까 두려워하여 특별히 이를 논변한 것이다.)

강설

"인의를 잊음으로부터 예악을 잊게 되고 예악을 잊음으로부터 좌망을 얻게 된다."라는 것은 앞서 말한 바와 같이 "도를 잃은 후에 덕이 있고 덕을 잃은 후에 인이 있고 인을 잃은 후에 의가 있고 의를 잃은 후에 예가 있다.[失道而後德, 失德而後仁, 失仁而後義, 失義而後禮.]"라는 말과 같다. 이를 역으로 인의예악을 버리면 대종사의 경지, 곧 적멸밀인(寂滅密印)의 구경처(究竟處)에 이르게 됨을 말해주는 것이다.

여기에서 말한 이형거지(離形去知)는 「재물론」에서 말한 고목사회(枯木死灰)의 상아(喪我)이자, 「소요유」에서 말한 지인(至人) 무기(無己)의 세계이다. 형체를 여읨[離形]의 것은 형체가 고목과 같은[形如枯木] 것이며, 지혜를 떨쳐버린[去知] 것은 마음이 꺼져버린 재와 같은[心如死灰] 것이다. 따라서 대종사의 적멸은 곧 '무기' '상아'와 일치됨을 알 수 있으며, 나아가 좌망의 대통(大通)세계는 곧 '무기' '상아'의 경지와 일체임을 또한 알 수 있다.

10. 父母豈欲吾貧哉(자식의 가난을 바라는 부모 없다)

> 세간의 부모와 임금의 명령은 어쩌다 어길 수도 있겠지만 대종사의 명은 어길 수 없다. 세상살이의 고난과 시련은 모두 천명으로서 나에게 사의(私意)가 있는 것이 아닌바, 인생의 무거운 짐을 놓아두고 천명을 따르는 것이 학문의 바른길임을 말하고 있다.

‖ 경문 ‖

子輿 與子桑友러니 **而淋雨十日**이어늘 **子輿曰 子桑 殆病矣**라하고 **裹飯而往食**(音祀)**之**할세(子輿亦貧故로 不裹糧而裹飯이라) **至子桑之門**하니 **則若歌若哭**하야 **鼓琴曰 父邪**아 **母邪**아 **天乎**아 **人乎**아 **有不任其聲**(其聲

悲放이 若力不勝이라)而趨(音促)擧其詩焉이어늘(歌不成緖라 二句 形容妙라) 子輿 入曰 子之歌詩 何故若是오 曰 吾思夫使我至此極者而弗得也로다 父母 豈欲吾貧哉리오 天無私覆하고 地無私載니 天地 豈私貧我哉리오 求其爲之者而不得也라(頓挫) 然而至此極者는 命也夫인저

직역

子輿가 子桑으로 더불어 벗이었는데 淋雨가 열흘을 내리자, 자여가 말하기를, "자상이 거의 病이 되리라." 하고 밥을 싸 가지고 찾아가 그에게 밥을 주려할 적에(子輿 또한 가난한 까닭에 양식을 싸 가지 못하고 밥을 싸 가지고 간 것이다.) 자상의 문에 이르니 노래하는 듯, 곡을 하는 듯 거문고를 켜면서 말하기를, "아버지인가, 어머니인가, 하늘인가, 사람인가." 그 소리를 이기지 못한 채,(그 구슬픈 소리는 마치 힘이 없어 이기지 못한 듯하였다.) 그 詩를 숨 가쁘게[趨](독음은 促) 들어 노래하였다.(노래를 끝맺지 못한 것이다. 두 구절을 서술한 형용이 오묘하다.)

자여가 들어가 말하기를, "그대가 시를 노래함이 무슨 까닭에 이와 같은지?" "나는 나를 이처럼 곤궁한 데 이르게 한 자를 생각해 보았지만 알 수 없다. 父母가 어찌 나의 빈곤을 원하겠는가. 하늘은 사사로이 덮어줌이 없고 땅은 사사로이 실어줌이 없으니 천지가 어찌 사사로이 나를 가난하게 만들었겠는가. 그렇게 만든 자를 찾아보았지만 알 수 없었다.(갑자기 문장이 꺾인 것이다.) 그러나 이러한 곤궁에 이르게 된 것은 天命이다."

의역

자여(子輿)와 자상(子桑)은 벗이었다. 장맛비가 열흘을 연거푸 내리자, 자여는 "생활이 어려운 친구, 자상이 아마 배를 곯고 있을 것이다."고 걱정하였으나 자여 또한 가난한 까닭에 많은 양식을 싸 가지는 못하고 밥 한 그릇을 싸들고 찾아가 그에게 전해주려고 자상의 문밖에

이르렀을 때, 그는 노래를 하는 듯, 흐느끼는 듯이 거문고를 켜면서 응얼거렸다.

“아버지가 그런 것일까? 어머니가 그런 것일까? 하늘이 그런 것일까? 사람이 그런 것일까?”

그 구슬픈 소리는 힘이 없어 목소리가 제대로 나오지 못한 듯싶었고, 그 노래는 가쁜 숨소리로 끝을 맺지 못하였다.

자여가 자상의 집으로 들어가 물었다.

“그대의 노랫소리가 무슨 까닭에 이처럼 애달픈 것인지?”

“나는 이처럼 나를 어렵게 만든 자가 누구인지 곰곰이 생각해 보았지만 도저히 알 수 없다. 부모로서 나에게 어떻게 이와 같은 가난을 바랄 수 있겠는가. 하늘은 사사로운 마음으로 덮어주는 곳이 없고 땅은 사사로운 마음으로 실어주는 곳이 없는데, 하늘과 땅이 어떻게 사사로운 마음으로 나를 가난하게 만들겠는가. 나를 이렇게 만든 것을 아무리 찾아보았지만 도저히 알 수가 없다. 그러나 이처럼 어려운 데 이르게 된 것은 천명에 의한 것이다.”

‖ 선영 주 ‖

貧困之來 不能逃也라 於是에 從而揣測之하고 揣測之而不得其故라 乃擧而歸之於命焉이오 歸之於命은 子桑이 此時에 一齊放下矣라

찾아오는 가난을 피할 수 없다. 이에 가난이란 어디에서 찾아온 것인가를 헤아려보고 또 생각해 보았다. 그러나 헤아려보고 또 생각해 보았지만 그 이유를 알 수 없었다. 그러다가 갑자기 가난을 들어 천명으로 귀결 지었다. 천명으로 귀결 지은 것은 자상이 이때에 모든 것을 내려놓은 것이다.

○ 命者는 何오 大宗師 搏捖萬化하야 無臭無聲이라 然而行者 已

行이오 生者 已生이니 不可謂無所受也오 則不可謂無所授也라 提出命字는 乃大宗師化權所在니 烏得不順乎아

○ 천명이란 무엇일까? 대종사가 만화(萬化)를 만들어냄에 냄새와 소리조차 없다. 그러나 운행한 자는 이미 운행하고 태어난 자는 이미 태어나니 받은 바가 없다고 말할 수 없다. 그렇다면 내려주는 바 없다고 말할 수도 없다. 명(命) 자를 제출한 것은 바로 대종사의 조화이자 권능에 있는 바이니 어찌 순종하지 않을 수 있겠는가.

○ 以上은 借子桑一證이라 人生五福에 第一是壽오 六極第四에 方是貧이라 今貧도 且有命이니 烏有壽而無命者오 令養年者로 廢然自反矣라

○ 위의 문장은 자상을 빌려 한 차례 증명하고 있다. 사람의 오복 가운데 첫째는 장수(長壽)요, 육극(六極)의 네 번째는 바야흐로 가난을 말한다. 오늘날의 가난 또한 천명이다. 어찌하여 장수를 누리는 데에 천명이 없을 수 있겠는가. 양생자로 하여금 다시 스스로를 돌이켜 보게 하였다.

○ 親之命은 可違也오 君之命은 可竊也오 師之命은 可不習也로되 獨有大宗師 這個命은 布散潑綽하니 雖若無心이나 及一受之에 再逃不得이오 任你絶世聰明이라도 只在範圍之內니 須於此處에 發悟하야 一切放下라야 纔有入道之門이라 莊子 點此一字收篇하니 是特爲普天下學道人하야 勞攘沸騰中에 惠一卷冰雪文也라

○ 어버이의 말은 어길 수 있고 임금의 명은 숨길 수 있고 스승의 말은 그대로 따르지 않을 수도 있지만 유독 대종사의 명은 삼라만상에

널리 퍼져 있다. 무심한 듯하나 그 명을 한 번 받게 되면 다시는 피할 수 없다. 그대의 절세(絶世) 총명을 맡겨두어도 그 범주 내에 있다. 반드시 천명이라는 이 부분을 깨닫고서 모든 것을 내려놓아야 비로소 도에 들어갈 수 있는 문이 있다.

장자는 '명(命)'이라는 한 글자로써 「대종사」를 끝맺고 있다. 이는 특별히 온 우리의 도를 배우는 사람을 위하여 힘들고 들끓는 가운데 차가운 얼음과 눈과 같은 문상을 내려준 것이다.

○ 殀壽不貳오 修身以俟之는 所以立命也라하니 可作此篇總註라(聖門에 子貢은 不及顔子라 ○ 處世에 只因不受命이라) 後人이 每有採莊子語에 附會神仙之術者하니 豈知莊子學問之正이오 聖門津筏之書也리오

○ "요절과 장수에 두 마음을 가지지 않고 몸을 닦으면서 기다리는 것은 천명을 세우는 바이다."고 하니, 「대종사」의 총괄적인 주석이라 말할 수 있다.(공자의 문하에 子貢은 顔子에 미칠 수 없다. ○ 거처함에 다만 천명을 받아들이지 않은 데서 유래한 것이다.) 후인이 으레 장자의 말을 채택할 때 신선술에다가 덧붙여 말한 자들이 있다. 그들이 어떻게 장자는 학문의 정도(正道)요, 성문(聖門)의 진벌(津筏)이 되는 책임을 알 수 있겠는가.

강설

자상의 가난은 곧 장자의 생존 당시 전국시대의 혼란에 의한 참혹한 삶이 자상의 어려움과 다를 바 없음을 말해주는 것이며, 전국시대의 혼란 또한 도저히 이해할 수 없는 것으로 천명으로 귀결 지어 이에 순응하려는 장자의 인식을 엿볼 수 있다.

응제왕 應帝王

개요

「응제왕」이란 어떤 사람이 제왕의 자격에 부응하느냐와 어떻게 다스리는 것이 제왕의 통치에 부응하는 방법이냐를 말한다. 그것은 혼돈(混沌)의 천심(天心)을 지닌 사람이 제왕의 자격에 부응하는 인물이며, 무위(無爲)의 정치가 곧 제왕 통치의 방법임을 밝혀주는 것이다.

따라서 이 편에서 장자는 무치주의(無治主義)의 사상, 즉 백성을 간섭하지 않은 정치로 인간 본성의 자연을 따라 백성의 의지로 의지를 삼는 통치이념을 말해주고 있다.

본편은 7단락으로 나누어 볼 수 있다. 이는 앞의 다섯 단락은 타인의 문답을 통해 무위정치를 말하고, 뒤의 두 단락은 장자 자신의 말을 통하여 무위정치의 실체를 밝히고 있다.

제1	타인의 문답	齧缺과 王倪
제2		肩吾와 接輿
제3		天根과 無名人
제4		陽子居와 老聃
제5		季咸과 壺山
제6	장자의 말	至人之心若鏡
제7		混沌七日死

제1. 우언(寓言)의 가상인물인 포의자(蒲衣子)를 빌려 무위정치를 말하고 있다.

제2. 초나라 광인(狂人) 접여와 견오의 대화를 빌려 제왕이 자신의 의견에 따라 제도를 마련한다는 것은 진실한 덕이 아님을 말하고 있다.

제3. 천근(天根)과 무명인의 문답을 빌려 만물의 자연에 따라 사심을 두지 않는 정치를 말하고 있다.

제4. 세속에서 말하는 능력 있는 자, 지혜로운 자, 부지런한 자들이란 성인의 도(道)와는 거리가 먼 것으로 한낱 아전에 지나지 않음을 말하여 무위정치에 반하는 인물임을 말하고 있다.

제5. 귀신처럼 알아맞히는 계함(季咸)의 관상을 통하여 호산(壺山)은 위정자란 마음을 비워야 하는 것이지, 마음을 내보여서는 안 됨을 말하고 있다.

제6. 이로부터 아래는 위의 다섯 단락에서 모종의 인물을 인용했던 것과는 달리 장자 자신의 의견을 밝힌 것으로, 위정자는 독단과 지모(智謀)를 쓰지 말고 거울처럼 객관세계에 순응하여 민심을 반영해야 함을 밝히고 있다.

제7. 이 역시 장자의 의견으로써 무위정치를 밝힌 것이다. 혼돈은 천신(天心)이다. 혼돈을 위해 하루에 한 구멍씩 뚫어주자 이레 만에 혼돈이 죽듯이 위정자가 오늘 하나의 법을, 내일 또 다른 하나의 법을 세워 번거로운 정치를 하면 결국 백성의 천심(天心)은 죽음의 땅에 떨어지게 됨을 말한다. 개인의 수양 또한 이와 다를 바 없다.

‖ **선영 주** ‖

自有天下以來로 爲君者 凡幾氏矣오 前謂之帝오 後謂之王이라 指各不勝屈矣로되 而克當乎其職者를 何不數數見也오 天生民而立之君하시니 自天言之면 爲天子라 必體天之心而後에 爲肖子오 自民言之면 爲民牧이라 必順民之性而後에 爲良牧이어늘 乃由古及今에 德合天人者 幾帝幾王耶아 然則亦居帝位而謂之帝오 備王數而謂之王耳니 未可謂之應帝應王者也라

夫天之心은 何心也오 民之性이 卽其心也라 一氣所化로 溥爲芸生하니 芸生之數 莫可紀極이로되 要未有不各具一天者也라 故로 一民之性을 傷이면 則天心傷其一矣니 爲君者 體天之心은 惟在乎不拂民之性而已라 今也 以一人之私로 乘莫抗之勢하야 無論草菅吾民而芟刈之오 卽其經綸制作이 有毫髮弗準於自然之道하야 而民性之傷이 已陰受之로되 而不敢訴라 然且曰已丕變矣며 已咸若矣라하니 嗟乎라 亦孰知帝王成其治功之日이 卽蒸黎失其淳樸之初也耶아

且夫天之運行이 亘億萬世로되 未有易也어늘 而人於其間에 不得不分古分今은 何耶아 升降之際는 是人爲之歟아 抑君人者 爲之歟아 卽人爲之는 抑君人者之故歟아 非君人者之故歟아 天不欲一日無君이어늘 乃以有君之故로 而使世日以下하니 是天之不欲一日少者로 而反以爲自削之具歟아 古今帝王이 亦曾撫心自問否也아

究而言之컨대 君多一法이면 則民多一智하야 始而上下相遁이라가 終遂上下相角이라 故로 帝王이 不輕啓天下之智면 則古今이 常如一日矣리라

借曰經緯周密하고 措施曲當하야 無不本之大道하야 以爲敷張이라도 而菁華爛漫하야 殆至無餘면 則殺伐之地 亦少竭矣니 草木之生也에 發花過盛이면 識者 知其將萎하나니 此卽治天下之理也라 故로 莊子作應帝王하사 亦願人君常爲天下하야 留其渾沌而已矣니라 渾沌者는 天心也라

천하가 생긴 이후로 임금이 된 자는 모두 몇몇 성씨의 왕조를 거쳐왔을까? 예전에는 오제(五帝)라 하였고 후대에는 삼왕(三王)이라 하였다. 손가락으로 이루 꼽을 수 없으리만큼 많은 제왕들이 있어 왔다. 하지만 제왕으로서의 직책을 넉넉히 잘 담당한 자들을 어찌하여 흔히 볼 수 없는 것일까?

하늘이 백성을 내어주고 그들을 위해 임금을 세워주었다. 하늘로 말하면 "하느님의 아들" 즉 천자(天子)라 한다. 그렇다면 반드시 아버지뻘인 하늘의 마음을 체득하여야 훌륭한 아들[肖子]이라 할 것이다. 백성으로 말하면 "백성을 다스리는 사람" 즉 민목(民牧)이라 한다. 반드시 백성의 본성을 따라야만 훌륭한 목민관이라 할 것이다.

그러나 예로부터 오늘에 이르기까지 그들의 덕이 하늘과 사람에 부합된 인물로서의 제(帝)는 몇이나 되며 왕은 몇이나 될까? 그렇다면 그들은 또한 제위에 있음으로써 그저 '제'라 말하고 왕의 숫자를 채움으로써 그저 왕이라 말한 것일 뿐, 그들이 '제'에 상응하고 '왕'에 상응한 인물이라 말할 수 없다.

하늘의 마음이란 무슨 마음일까? 백성의 본성이 곧 하늘의 마음이다. 일기(一氣)의 변화하는 바에 의해 수많은 생명이 태어난다. 수많은 생명의 수효를 이루다 셀 수 없지만 요컨대 제각기 하나의 하늘을 갖추고 있지 않은 존재가 없다. 그러므로 한 백성의 본성을 손상하면 하늘의 마음 그 하나를 손상한 셈이다. 임금이 된 이가 하늘의 마음을 체득한다는 것은 오직 백성의 본성을 어기지 않은 데에 있을 뿐이다.

오늘의 제왕이란 일개인의 사사로운 욕심으로 그 어느 누구도 대항할 수 없는 막강한 세력과 지위에 편승한 나머지, 백성의 목숨을 대수롭지 않게 생각하여 한낱 풀잎처럼 잘라버리는 잘못이야 더 이상 말할 게 없다. 그들의 경륜(經綸)과 제작(制作)이란 털끝만큼도 자연의 도리에 준하지 못함으로써 이미 보이지 않게 백성의 본성이 손상되었음에도 백성은 감히 하소연할 수도 없다.

그럼에도 통치자들은 또한 자신의 선정으로 "백성들이 이미 크게 변화했다.", "백성이 이미 모두 순하게 되었다."고 착각하니 슬픈 일이다. 이 또한 제왕의 통치가 이뤄지는 날, 곧 백성들의 순박한 본성이 상실되기 시작한 날임을 그 누가 알고나 있는지?

하늘의 운행은 억만년에 이르도록 변함이 없건만 인간의 세상은 그 사이에 고금으로 구분 짓지 않을 수 없는 것은 무엇 때문일까? 세상의 도의에 관한 높낮이는 백성이 그렇게 만든 것일까? 아니면 임금이 그처럼 만든 것일까? 백성이 그렇게 된 것은 임금 때문일까? 임금 때문이 아닐까?

하늘의 뜻은 어느 하루도 임금이 없어서는 안 된다고 생각하는데, 도리어 임금이 존재함으로써 세상의 도의는 날로 저속하게 변하여 갔다. 이는 하늘이 하루라도 없어서는 안 된다고 생각했던 그 제왕이 도리어 세상의 도의를 깎아내리는 도구가 된 것일까? 고금의 제왕 또한 한번쯤 가슴을 쓸어내리며 이에 대해 스스로 의문이나 가져보았을까?

궁극적으로 말하면, 제왕이 하나의 법을 더 만들면 백성은 하나의 지혜가 더 첨가되어 처음에는 상하가 서로 피하다가 끝내는 상하가 서로 다투게 된다. 이 때문에 제왕이 위에서 천하 백성들에게 얄팍한 지혜를 열어주지 않는다면 고금은 언제나 하루처럼 변함이 없을 것이다.

"나라를 다스리는 경륜이 주도면밀하고 조처하는 바 보편타당하여 대도(大道)에 근본하여 정사를 펼쳐나간다."라고 말할지라도, 화려한 꽃이 흐드러지게 피면 피어날수록 그 뿌리가 되는 대덕(大德)의 돈화(敦化) 터전 또한 사라지고 고갈하게 된다. 풀과 나무가 성장하면서 지나치게 많은 꽃이 피면 식견이 높은 이들은 그 꽃이 머지않아 시들게 되리라는 사실을 알고 있다. 이것이 곧 천하를 다스리는 이치이다. 그러므로 장자가 「응제왕」을 지어 또한 임금은 항상 천하를 위하여 그 혼돈(混沌)의 순박함을 남겨두기를 원했을 뿐이다. 혼돈이란 천심(天心)이다.

○ 前面歷引五段은 總見君天下에 貴無爲而治요 末二段은 用己意發明이라

○ 앞부분에서 하나하나 다섯 단락을 인용한 것은 천하에 임금이 되어서는 무위(無爲)를 귀중히 여겨 다스려야 함을 총괄하여 보여준 것이요, 끝 두 단락은 자신의 뜻으로써 밝히고 있다.

○ 季咸一段은 奇絶이라 帝王以一人으로 立天下之上에 下而百官과 下而萬姓이 人人皆季咸也라 何則고 意指一有所向에 其覘候之審과 應驗之速이 雖神巫라도 弗若也라 故로 帝王一身之外는 天下 皆環而相之者니라 詩不云乎아 民具爾瞻이라하니 若聖帝明王이 所存者神이오 所過者化하야 旋轉天下而無端하고 甄陶天下而無迹이면 孰得而相之哉아 故로 爲於無爲하며 治於不治하야 變化 因乎一心이면 機械는 泯於衆志니 吾安得如壺子者而奉之爲君哉아

○ '계함' 단락은 기특하고 절묘한 문장이다. 제왕은 지존의 한 사람으로 이 세상에 가장 높은 자리에 앉아 있노라면 아래로는 백관, 그 아래로는 만백성, 그 모든 사람이 다 관상쟁이 계함(季咸)들이다.

무엇 때문인가. 제왕의 한 생각에 그 어떤 것을 지향한 바 있으면 백성은 임금의 뜻을 엿보아 살피고 거기에 따라 재빠르게 응한다. 아무리 신무(神巫)와 같은 사람으로서도 그처럼 민첩할 수 없을 것이다. 그러므로 제왕의 일신(一身) 밖에 세상 모든 사람들은 모두가 제왕을 에워싸고 제왕의 관상을 살펴보는 무리들이다.

『시경』에서 말하지 않았던가.

"백성이 모두 그대를 우러러본다."라고.

예컨대 성제(聖帝)와 명왕(明王)이 "마음을 먹은 대로 신비롭게 이뤄지고 지나가는 곳마다 변화하여" 천하를 운전하되[旋轉] 그 실마리를 찾을 수 없고 천하를 도야(陶冶: 甄陶)하되 그 자취를 찾을 수 없다면 어느 누가 그의 관상을 엿볼 수 있겠는가.

이 때문에 작위(作爲)가 없는 것으로 작위를 삼고, 다스림 없는 것으로 다스려서 백성의 변화는 임금의 한 마음에서 인연하고, 변사스러운 기계와도 같은 마음이 백성의 생각에서 사라지게 된다. 내 어떡하면 호자(壺子)와 같은 사람을 임금으로 받들 수 있을까?

○ 人君一念之萌을 天下 伺爲趨避하나니 智巧紛紜이 皆由是起라 帝王玄德默運하야 化馳若神이면 則天下由而不知라 雖渾沌이라도 至今存이라야 可也라

○ 임금의 마음에서 일어나는 한 생각을 세상 사람들이 모두 엿보면서 추종하기도 하고 회피하기도 한다. 백성의 수많은 지혜와 기교는 모두 이로 말미암아 일어나는 것이다. 제왕이 현묘한 덕[玄德]으로 말없이 다스려서 신(神)처럼 변화시키고 몰아가면 이 세상 모든 사람들은 이를 따르면서도 그 사실조차 깨닫지 못할 것이다. 비록 혼돈(混沌)이라고 말하지만 오늘날 이를 보존하여야만 가능한 일이다.

○ 末一喩는 奇絶이라 以鑿空之文으로 寫難明之義하야 使人讀之意消라

○ 끝부분의 '혼돈이 죽어가는 비유'는 기특하고 절묘하다. '일곱 구멍을 파낸다'라는 문장으로써 밝히기 어려운 뜻을 묘사하여, 이를 읽는 사람으로 하여금 사사로운 생각을 녹아내리게 하였다.

1. 泰氏의 眞德不二(태씨가 말하는 진실한 덕)

아래의 제5단락까지 모두 무위정치(無爲政治)를 말하고 있다. 우언의 인물, 포의자(蒲衣子)를 통하여 위정자는 진실한 덕으로 백성을 속이는 일이 없으면 되는 것이지, 권모술수는 물론 인의의 명목으로 민심을 사로잡으려 해서는 안 됨을 말하고 있다.

‖ 경문 ‖

齧缺이 問於王倪호되 四問而四不知어늘(見齊物論이라 妙妙라 天下에 無可容吾知名也라) 齧缺이 因躍而大喜하야 行以告蒲衣子한대(即披衣子니 王倪之師라) 蒲衣子曰 而(爾)乃今知之乎아 有虞氏는 不及泰氏라(古帝) 有虞氏는 其猶藏仁義以要人하야 亦得人也나 而未始出於非人이어니와(非人者는 物也라 有心要人이면 則猶繫於物이니 是未能超然出於物之外也라) 泰氏는 其臥徐徐하고(安舒) 其覺于于하야(自得) 一以己爲馬하며 一以己爲牛라(不見己之有異라) 其知 情信하며(情은 實理也니 知實理면 則甚信而無僞니 道外無知也라) 其德이 甚眞하니(德則一眞不二하야 無欺德也라) 而未始入於非人이니라(泰氏는 渾同自然하야 毫無物累니 是未始陷入於物之中也라)

직역 ‖

齧缺이 王倪에게 물었는데 네 차례 물은 것을 네 차례 모두 알지 못하자,(「齊物論」에 보인다. 절묘하고 절묘한 문장이다. 천하에 나의 지혜를 용납할 곳이 없다.) 齧缺이 이로 인하여 뛰면서 크게 기뻐하여 蒲衣子(곧 披衣子니, 王倪의 스승이다.)를 찾아가 이로써 告하였는데, 蒲衣子가 말하기를, "너[而](爾)는 지금에야 알고 그것을 알았느냐? 有虞氏는 泰氏(古帝)에 미치지 못한다. 유우씨는 그 오히려 인의를 간직하고서 사람들에게 요하여 또한 사람을 얻었다. 그러나 애당초 非人에서 벗어나지 못하였지만(非人이란 物이다. 마음에 사람을 요하는 마음이 있어도 오히려 物에 얽매임이다.

이는 超然하게 物의 밖에 벗어나지 못함이다.) 泰氏는 그 누워 잠자매 徐徐(安舒)하고 그 잠깸에 于于(自得)하여 한편으론 자기의 몸으로써 말을 삼고 한편으론 자기의 몸으로써 소를 삼았다.(자기와 차이가 있음을 보지 못한 것이다.) 그 지혜는 情信하며(情은 實理이니, 實理를 알면 심히 믿고서 거짓이 없으니 道 밖에는 아는 게 없다.) 그 덕은 매우 진실하여(德은 하나의 참다움으로 둘이 아니어서 속임의 덕이 없다.) 애당초 非人에 들어가지 않았다.(泰氏는 자연과 渾同하여 터럭 끝만큼도 누가 없다. 이는 애당초 物 가운데 빠지지 않은 것이다.)"

의역

설결이 왕예에게 네 가지의 문제를 가지고서 네 차례 물었으나, 지혜롭기로 이름난 그는 네 차례 모두 모른다고 답하였다. 왕예는 이 세상에 자신의 지혜를 이해하고 받아들일 사람이 없기에 아예 모른다고 답하였던 것이다. 하지만 설결은 그의 말속에 깊은 뜻이 담겨 있다는 사실을 모른 채, 그가 모른 것을 자신이 알고 있다는 데 대해 매우 기뻤다.

설결은 뛸 듯이 기쁜 나머지, 단숨에 왕예의 스승 포의자를 찾아가 이 사실을 말하자, 포의자가 말하였다.

"너는 유우씨 순임금이 옛 제왕인 태씨에 미치지 못한다는 사실을 알고 있는가? 유우씨는 인의를 표방(標榜)하여 인심을 결속시켰다. 그렇게 하여 인심을 얻었지만 세속의 사물을 초탈하여 얽매임이나 거치적거리는 것을 훌훌 털어버리지는 못하였다.

옛 제왕인 태씨는 누워 잠자면 그저 편히 자고 잠을 깨면 소요(逍遙)자적(自適)하여, 한편으로 남들이 자기의 몸을 말이라 말하든, 한편으로 남들이 자기의 몸을 소라 말하든 아무런 차별의식이 없었다. 그 지혜는 진리를 알면 아주 믿고서 거짓이 없으니 도(道) 이외에 아는 게 없고, 그의 덕은 매우 진실하여 둘이 없는 진일(眞一)로서 거짓이 없었다.

태씨는 애당초 천지의 자연과 하나가 되어 털끝만큼도 세속의 누를 찾아볼 수 없다. 그는 원래 세속에 빠지지 않은 분이다."

‖ 선영 주 ‖

仁義治世 非不美라 **然稍出有心**이면 **不如相忘之大**니라 **觀於泰氏**면 則帝王之道를 可知矣라

인의로 세상을 다스림이 아름답지 않은 것은 아니다. 그러나 조금이라도 고의의 유심(有心)에서 나오면 그것은 모두 잊어버리는 위대함만 못하다. 태씨를 살펴보면 제왕의 도가 어떤 것인지 알 수 있다.

강설

여기에서 말한 태곳적의 제왕 태씨(泰氏)는 가공의 인물이다. 요순은 유가에서 최고의 이상으로 생각하는 성왕(聖王)이다. 따라서 장자는 요순을 능가하는 가공의 인물을 등장시켜 유가의 정치관을 타파하려는 데에 그 목적을 두고 창출된 인물이 바로 태씨이다. 일설에 태씨는 태호복희씨(太昊伏羲氏)라 말하지만, 이 역시 그 근거가 충분치 못하다.

아무튼 장자가 말한 태씨는 성인의 덕을 지니고서 성인의 지위에 올라 성인의 통치가 그 무엇인가를 보여준 성왕정치의 표본이다. 유유자적한 삶으로 피아의 차별의식이 없는 참다운 지혜와 덕으로 자연과 함께하여 세속의 사물에 몰닉하지 않은 자임을 말한다.

네 차례 물었는데 네 차례 대답하지 못하였다는 것은 「제물론」에서 말한 사불지(四不知: "知物之所同是乎?" "知子之所不知邪?" "物無知邪?" "固不知利害乎?")를 말한다. 「제물론」에서는 지적(知的)인 측면에 중점을 두어 이사무애법계(理事無碍法界)를 밝혔으나 여기에서는 제왕에 중점을 두어 무애행(無碍行)의 통치를 역설하고 있다.

2. 正己而後行(위정자 자신을 바르게 한 뒤에 정치하라)

이는 무위정치란 위정자가 자신의 본성을 바르게 한 뒤에 백성이 할 수 있는 일만을 하게 하는 데 있다. 독재자의 독단에 따른 제도를 강력히 비판하고 있다.

‖ 경문 ‖

肩吾 見狂接輿한대 **狂接輿曰 日中始 何以語女**오 **肩吾曰 告我**호되 **君人者 以己出經**하며(以己造經制라) **式義度人**이면(式은 用也니 用義以裁度人이라) **孰敢不聽而化諸**리오 하더이다

狂接輿曰 是는 **欺**(僞也)**德也**니라(非眞德이라) **其於治天下也**에 **猶涉海鑿河**며(欲就海中하야 鑿一河인댄 必溺而無成이라) **而使蚊負山也**니라(以至微로 負至鉅댄 必不能勝이니라 上句는 喩造作難爲之事오 下句는 喩民不堪命이라) **夫聖人之治也**는 **治外乎**아(故로 詰一句니 經義는 正是治外也라) **正而後**에는 **行**하야(必自正性命之理而後에 可行이니 言治內也라) **確乎能其事者而已矣**니라(不强人以性之所難爲라) **且鳥**는 **高飛**하야 **以避矰弋之害**하고 **鼷鼠**는 **深穴乎神丘**(名山)**之下**하야 **以避薰鑿之患**이어늘(物各有知如此라) **而曾二蟲之無知**아(二蟲도 尙知避患이온 曾謂人이 反無知하야 可以欺德驅之乎아)

직역

肩吾가 狂人 接輿를 찾아뵙자, 광인 접여가 말하기를, "日中始[인명]가 무엇으로써 너에게 말해주더냐?"

견오가 말하기를, "저에게 말하기를, '군주 된 자는 자기로써 經制를 내며(자기로써 經制를 조작한 것이다.) 義를 式하여 사람을 裁度하면(式은 씀이니, 義를 사용하여 사람을 裁度한 것이다.) 누가 감히 듣고서 변화하지 않으리오?'라고 하였습니다."

광인 접여가 말하기를, "이는 欺德(僞德)이다.(진실한 덕이 아니다.) 그는

천하를 다스림에 있어 바다를 건너면서 하수를 파는 것이며(바다 가운데에서 또 하나의 河水를 파려 한다면 반드시 바다에 빠져서 성취할 수 없다.) 모기로 하여금 태산을 짊어지게 하는 것과 같다.(지극히 작은 것으로써 지극히 큰 것을 짊어지게 한다면 반드시 이겨낼 수 없다. 위의 구절은 하기 어려운 일을 조작함을 비유하였고, 아래의 구절은 백성이 命을 감당할 수 없음을 비유한 것이다.) 성인의 다스림은 바깥을 다스리는가.(이 때문에 一句로 힐책하니, 出經의 '經'과 式義의 '義'는 곧 바깥을 다스림이다.) 바르게 한 후에 행하여(반드시 스스로 性命의 이치를 바르게 한 이후에 行함은 內를 다스림을 말함이다.) 확실하게 그 일을 능히 하게 할 뿐이다.(사람들에게 본성으로 하기 어려운 바를 억지로 하도록 하지 않는다.) 또한 새는 높이 날아 矰弋의 해를 피하고 鼷鼠는 神丘(名山)의 아래 깊은 굴을 파고서 熏鑿의 환을 피하는데(모든 존재마다 각각 이처럼 앎이 있다.) 일찍이 二蟲보다도 無知한가.(두 벌레도 오히려 환란을 피할 줄 아는데 일찍이 사람으로서 도리어 무지하여 속임의 德으로써 백성을 부려갈 수 있다고 생각하는가.)"

의역

견오가 거짓으로 미친 척 살아가는 초광 접여(楚狂 接輿)를 찾아뵙자, 접여가 말하였다.

"일중시가 너에게 무얼 말해주던가?"

"저에게 말하기를, '나라의 임금이 된 이는 자기의 의견에 따라 제도를 마련하고 의리를 본받아 백성을 제재하면 백성으로서 어느 누가 감히 임금의 명을 듣고서 감화되지 않겠는가.'라고 하였습니다."

접여가 그에게 다시 말하였다.

"이는 진실한 덕이 아니다. 거짓으로 백성을 속이는 일이다. 그런 그가 천하를 다스린다는 것은 마치 바다 한가운데에서 또 하나의 하수(河水)를 파려는 격으로 이뤄질 수 없는 일을 꾸민 것이요, 아주 작은 모기에게 큰 태산을 짊어주는 격이라 백성은 그 왕명을 감당할 수 없을 것이다.

성인이 천하를 다스리는 것은 제도, 의리 따위의 외물(外物)을 들어 다스리는 것일까? 반드시 먼저 제왕 그 자신의 성명(性命)을 바르게 닦은 후에야 백성을 감화시켜 다스려나갈 수 있는 것이다. 하지만 백성들에게 본성으로서 할 수 있는 일만을 하도록 맡겨둘 뿐, 도저히 할 수 없는 어려운 일을 억지로 하라고 강요하지 않는다.

새들도 하늘 높이 날아 화살과 주살의 해를 피할 줄 알고, 생쥐도 신구(神丘)라는 명산 아래 깊숙이 굴을 파고서 불 피우거나 파헤치는 환을 피할 줄 알고 있다. 이처럼 미물들도 제 생명을 보호할 줄 아는데, 하물며 백성은 만물의 영장으로서 새와 생쥐보다 무지하여 거짓된 도리로써 다스릴 수 있다고 생각하는가."

‖ **선영 주** ‖

日中始는 純是强制人的說話라 接輿 先以正己오 而又不强人所難하니 爲帝王者 當如是라

일중시는 순전히 "백성이란 강압으로 통제해야 한다."고 말하자, 접여는 통치자가 먼저 몸을 바르게 하고, 또 백성들에게 어려운 일을 억지로 시켜서는 안 된다고 하니, 제왕이 된 자는 이와 같이 해야 한다.

강설

장자는 제왕이 '자기의 뜻'에 따라 제도를 만들어내고 의(義)로 모든 일을 헤아리는 처사는 진실하지 못한 정치이자 동시에 백성을 죽이는 일이라고 인식하였다. 이는 '자기의 뜻'에 의한 일개인의 독재와 '의'를 내세워 자신의 목적을 이룩하는 빙공성사(憑公成私)의 위선이 가득한 현실정치의 기만성을 갈파한 것이다.

새와 생쥐는 날고 기는 모든 동물을 대표하고 있다. 동물도 본능에 따라 죽음을 피할 줄 아는데, 하물며 고등동물이라는 인간이 제 죽음을

앉아서 순순히 받아들일 것이라고 생각하느냐는 힐책이다.

3. 順物自然無容私(백성의 자연을 따르고 사심을 두지 말라)

이는 정치권력에 대한 심한 혐오감을 표출함과 아울러 위정자가 사심 없이 백성의 자연한 본성을 따르면 저절로 다스려진다는 무위정치를 말하고 있다.

‖ 경문 ‖

天根이(人名) 遊於殷陽이라가(殷山之陽) 至蓼水(水名)之上하야 適遭無名人而問焉曰 請問爲天下하노이다 無名人曰 去하라 汝는 鄙人也라 何問之不豫也오(問所不當하야 使我不樂이라) 予 方將與造物者로 爲人이라가(視造物 如人而偕之라) 厭則又乘夫莽眇之鳥하고(虛無之氣) 以出六合之外하야 而遊無何有之鄉하며(太虛之地) 以處壙埌(猶曠浪)之野어늘 汝又何帠(音은 藝니 語辭라)以治天下로 感予之心爲오(所以使我不豫라)

又復問한대 無名人曰 汝遊心於淡하고(無營擾) 合氣於漠하야(無聲臭) 順物自然(無造作)而無容私焉이면(不用我智라) 而天下治矣리라

직역 ‖

天根(人名)이 殷陽(殷山의 양지)에 놀다가 蓼水(水名)의 위에 이르러 때마침 無名人을 만나 묻기를, "청컨대 천하 다스림을 여쭈옵니다."

무명인이 말하기를, "가거라. 너는 鄙人이다. 어찌하여 그런 것을 물어 기쁘지 않게 만드는가.(부당한 바를 물어 나를 기분 나쁘게 만든 것이다.) 내 바야흐로 造物者와 더불어 사람을 삼다가(조물주를 사람처럼 보아 그와 함께함이다.) 싫으면 또 莽眇의 새(虛無의 氣)를 타고 이로써 六合의 밖으로 나가 無何有의 고을(太虛의 터전)에 놀며 이로써 壙埌(曠浪과 같음)한

들에 處하는데, 너는 또 어째서[何帠](帠音은 藝, 어조사) 천하를 다스리는 것으로써 나의 마음을 悲感들게 하는가.(나를 기분 나쁘게 만든 것이다.)"

또다시 묻자, 무명인이 말하기를, "그대가 담박한 데 마음을 놀리고(경영과 騷擾함이 없다.) 冥漠에 氣를 합하여(소리와 냄새가 없음) 物의 자연을 따라(조작이 없음) 사사로움을 용납하지 않으면(나의 지혜를 쓰지 않음) 천하가 다스려질 것이다."

의역

천근이라는 사람이 은산 남쪽 기슭에 놀러 왔다가 요수의 위에 이르러 때마침 무명인을 만나 그에게 물었다.

"천하를 다스리는 방법을 여쭙겠습니다."

무명인이 천근에게 대답하였다.

"떠나거라. 너는 비루하기 짝이 없는 사람이다. 무엇 때문에 묻지 않아야 할 것을 물어 나의 마음을 언짢게 하는가.

나는 조물주를 사람처럼 여기고서 그와 함께 놀다가 그것도 싫증 나면 또다시 허무(虛無) 원기(元氣)의 화신인 망묘(莽眇)라는 새를 타고서 천지 사방의 밖으로 훨훨 날아가 그 어떤 것도 존재하지 않는 태허의 고을에 놀면서 끝없이 드넓은 들녘에 거처한다. 너는 또 무엇 때문에 천하를 다스리는 법을 물어 나의 마음을 산란하게 하는가."

천근이 또다시 묻자, 무명인이 말하였다.

"그대가 경영하거나 소요함이 없이 청정(淸淨) 무위(無爲)의 담박한 데에 나의 마음을 놀리고, 소리도 없고 냄새조차 없는 홍몽(鴻濛) 명막(冥漠)한 데에 나의 원기(元氣)와 하나가 되어 조작이 없이 만물의 자연을 따르고 나의 사사로운 지혜를 쓰지 않으면 천하가 다스려질 것이다."

‖ 선영 주 ‖

遊心於淡과 合氣於漠은 是宥密修己之道오 順物自然하야 無容私焉은 是變化治人之道니 帝王之事 盡矣라

"담박한 데 마음을 놀림"과 "명막한 데에 기가 합한다."는 것은 깊고 고요하게 몸을 닦는 도요, "만물의 자연을 따라 사사로움을 용납함이 없음"은 변화하여 사람을 다스리는 도이다. 제왕으로서의 능사는 여기에 다한 것이다.

강설 ‖

"담박한 데 마음을 놀림"과 "명막한 데에 기가 합한다."는 것은 몸을 닦는 도로서 명명덕(明明德)에, "만물의 자연을 따라 사사로움을 용납함이 없음"은 백성을 다스리는 도로서 신민(新民)에 상당하는 부분이다.

'담박'은 무욕(無慾)이며 '명막(冥漠)'은 혼돈이다. 무욕과 분별의식이 없는 혼돈의 마음이 곧 몸을 닦는 도이다. 이러한 덕으로 사심 없이 자기중심의 세계와 인본주의(人本主義)에서 벗어나 백성의 마음과 만물의 자연을 따르는 것이 통치의 방법이다.

4. 聖人의 胥徒技係(성인의 서리요 기예에 얽매인 자)

세속에서 말하는 능력 있는 자, 지혜로운 자, 부지런한 자들이란 성인의 도와는 거리가 먼 것으로 한날 아전에 지나지 않음을 말하여 무위정치에 반하는 인물임을 말하고 있다.

‖ 경문 ‖

陽子居(陽子의 名은 居라) 見老聃曰 有人於此하니 嚮疾彊梁하며(趨事

甚勇하니 能也라) **物徹疏明**하며(燭物甚明하니 智也라) **學道不倦**하나니 **如是者**는 **可比明王乎**잇가 **老聃曰 是**(此人)**於聖人也**에 **胥易**(如胥徒之番易役事라)**技係**라(如技藝之係累此身이라) **勞形怵心者也**니라(形心 兩不能適이니 智能之累 何以異此리오 言學聖人而愈遠也라) **且也虎豹之文**은 **來田**하며(二獸는 因有文彩로 致人來獵이라) **猨狙之便**과(便捷) **執斄**(牛名)**之狗**는 **來藉**하나니(二獸는 因有技巧로 致人繫縛이라) **如是者**를 **可比明王乎**아(智能은 特招累之具어늘 以爲可比明王인댄 則此五獸之招禍도 亦可比明王乎아)

陽子居 蹴然曰 敢問明王之治하노이다 **老聃曰 明王之治**는 **功蓋天下而似不自己**하며(原無心爲功也라) **化貸**(施也)**萬物而民弗恃**하며(無心施化故로 民忘也라) **有莫擧名**이로되(似有而無能名이라) **使物自喜**하야(皞皞如而不知誰使之者라) **立乎不測**(所存者神이라)**而遊於無有者也**니라(行所事無라)

직역

陽子居(陽子의 이름은 居)가 老聃을 보고서 말하기를, "여기에 사람이 있는데, 嚮疾 彊梁하며(일에 나아감이 매우 용감스러우니, 능력 있는 자이다.) 物을 通[徹]하여 疏明하며(物을 비추어 봄에 매우 밝으니, 지혜로운 자이다.) 道 배우기를 게을리하지 않으니, 이와 같은 자는 가히 明王에 비할 만합니까?"

노담이 말하기를, "이(그 사람)는 성인에게 있어서 胥易(胥徒의 番易役事와 같음)과 技係(技藝로 몸을 얽매임과 같음.)라 형체가 수고롭고 마음이 두려운 자이다.(형체와 마음 모두 快適하지 못하니 知能의 累가 어찌 이와 다르겠는가. 성인을 배울수록 더욱 멀어짐을 말한다.) 또 虎豹의 무늬는 田獵을 불러오며(두 짐승은 문채가 있음으로써 사람들로 하여금 사냥을 불러들인 것이다.) 猨狙의 便(便捷)과 斄牛(牛名)를 잡는 개는 藉하게 만드니(두 짐승은 기량이 있음으로써 사람들이 결박하러 오게 만든 것이다.) 이와 같은 자를 가히 明王에 비할 수 있을까?(지능은 특별히 누를 불러들이는 도구인데, 이를 明王에 비견할 수 있다면 다섯 짐승이 화를 불러들이는 것 또한 明王에 비교할 수 있다는 말인가?)"

양자거가 蹴然하여 말하기를, "감히 明王의 정치를 여쭈겠습니다."

노담이 말하기를, "明王의 정치는 功이 천하를 뒤덮어도 자기가 아닌 것처럼 하며(원래 공을 삼으려는 데 無心함이다.) 덕화를 만물에 貸(베풂)하여도 백성이 依恃하지 않으며(덕화를 베푸는 데 무심한 까닭에 백성이 잊은 것이다.) 有하나 이름을 들 수 없지만(있는 듯하나 무이라 말할 수 없다.) 物로 하여금 스스로 기쁘게 하며(皞皞如하여 누가 그렇게 만든 줄을 모른 것이다.) 不測에 서서(存한 바 신비함이다.) 有가 없는데 노는 자이다.(하릴없는 바를 행한 것이다.)"

양자거가 노담을 만나 물었다.

"여기에 어떤 사람이 있는데, 일 처리에 아주 민첩하고 당차 능력 있는 자이며 사물을 보는 데 투철하고 매우 밝은 눈을 지닌 지혜로운 자이며 도를 배우는 데 정진하여 게으름 없이 부지런한 자입니다. 그와 같은 인물을 성왕(聖王)에 견줄 만하겠습니까?"

노담이 그에게 말하였다.

"그 사람은 성인에게 있어 순번에 따라 일을 하는 아전[胥吏]과 같고 하나의 기술에 얽매여 고생하는 재주꾼과 같기에 몸과 마음이 모두 괴롭고 편치 못한 자이다. 아는 게 많고 능력이 뛰어난 세속의 누(累)가 어찌 이와 다르겠는가. 이와 같은 지혜와 능력으로 성인의 도를 배우려 한다면 배울수록 더욱 멀어지게 된다.

또 호랑이나 표범은 아름다운 털과 가죽을 지니고 있기에 사냥꾼을 불러들이고, 원숭이의 날렵한 재주와 이우(犛牛) 사냥을 잘하는 사냥개는 그들이 지닌 하찮은 기량 때문에 자신의 올가미를 불러들이는 법이다. 그처럼 인간의 지혜와 능력 역시 나의 일신에 화를 불러들이는 도구일 뿐이다. 그를 어떻게 성왕에 비할 수 있겠는가."

양자거는 부끄러워하면서 다시 물었다.

"감히 성왕의 정치가 어떤 것인지 여쭈겠습니다."

"성왕의 정치란 그의 공로가 천하를 뒤덮을지라도 원래 자신의 공으로 삼으려는 데 무심했던 까닭에 자기가 한 일이 아닌 것처럼 여기고, 만물에 덕화를 베푸는 것 또한 무심으로 했던 까닭에 백성들 역시 그의 덕화에 의지해 살고 있는 것조차 잊어버렸다.

그의 공로와 덕화가 분명 있는 듯하다. 하지만 그렇다고 그에 대해 뭐라고 말할 수 없으며, 모든 사람으로 하여금 자족하고 기쁘도록 하여 주었으나 그렇다고 누가 그렇게 해준 줄도 모른다. 백성으로서는 헤아릴 수 없는 경지에 있기에 그가 머문 곳에는 신비한 감화가 있는 것으로 무위(無爲)의 행(行)을 행하여 무(無)의 세계에서 노니는 분이다."

‖ **선영 주** ‖

老子數語는 寫盡帝王氣象이라

노자의 몇 마디 말은 제왕의 기상을 극진하게 묘사하고 있다.

○ 立乎不測一句는 引動下文一大幅文字라

○ '입호불측(立乎不測)' 한 구절은 아래 문장에 한 단락 큰 폭의 문자를 이끌어 일으키고 있다.

강설

양자거는 명철한 제왕을 물었는데, 노담은 이에 대해 성인을 말하고 있다. 이는 성인의 덕이 있어야 명철한 제왕이 될 수 있다는 것으로 내성외왕(內聖外王)의 관념을 말해주는 것이다.

명철한 제왕의 통치 결과는 모든 정치가 잘 이뤄져 백성이 은택을 입으면서도 그것이 제왕의 통치에 의한 것임을 모르는 데에 있다. 이는

『도덕경』(상권, 제17장)에서 말한 '태상불지유지(太上不知有之)', 즉 "가장 훌륭한 정치는 백성이 훌륭한 임금의 덕화 때문임을 모르는 것이다." 바로 「격양가(擊壤歌)」의 "임금의 힘이 나에게 그 무엇을 주었던가.[帝力於我何哉]"라는 뜻이다.

5. 萬姓 人皆季咸(만백성이 사람마다 관상쟁이들)

만백성은 임금의 마음을 너무나 잘 알아맞혀서, 귀신처럼 잘 알아맞히는 점쟁이, 계함(季咸)으로서도 따라갈 수 없다.

마음을 비우고 심숙이 간직한 호자(壺子)의 관상을 볼 수 없다는 점을 정치에 미루어, 위정자가 마음을 비우고 무위(無爲)로 해야 백성이 흔들리지 않고, 위정자가 마음을 내보이지 않아야 백성의 추향과 회피가 사라지게 됨을 말하고 있다.

‖ 경문 ‖

鄭有神巫하니(善相吉凶) 曰季咸이라 知人之死生存亡과 禍福壽夭하야 期以歲月旬日이 若神일세 鄭人見之에 皆棄而走어늘(惟恐言其不吉이라) 列子 見之而心醉하야 歸以告壺子曰 始吾以夫子之道로 爲至矣러니 則又有至焉者矣로소이다

壺子曰 吾與汝로 旣(盡也)其文이나 未旣其實이어늘(未嘗以精蘊與列子라) 而(爾)固得道與아 衆雌而無雄코 而又奚卵焉이리오(雌之生卵에 必雄交之어늘 今無雄이면 何得有卵이리오 譬如已未與以實이어늘 列子 何得知道也리오 ○ 衆雌無雄은 笑盡天下人矣라) 而(爾)以道與世亢하야 必信일세(此道字는 就列子所能言之니 言汝揚其能하야 以取信於人이니 自處 先已淺露矣라) 夫故로 使人得而相汝니(人故得窺測之라) 嘗試與來하라 以余示之호리라

직역

鄭나라에 神巫가 있으니(길흉을 잘 아는 자) 季咸이라 한다. 사람의 死生, 存亡과 禍福, 壽夭를 알아 歲, 月, 旬, 日로 기약함이 神과 같기에 정나라 사람들은 그를 보면 모두 멀리 달아나버렸다.(그가 오직 불길한 일을 말할까 두려워함이다.) 列子는 그를 보고서 심취하여 돌아와 이로써 壺子에게 고하여 말하기를, "처음엔 나는 夫子의 道를 지극하다고 생각했었는데 또 지극한 자가 있습니다."

壺子가 말하기를, "내, 너와 더불어 그 文을 旣(다함)하였지만 그 實을 다하지 않았는데(일찍이 精蘊으로써 열자와 함께하지 않았다.) 네[而](爾)가 참으로 도를 얻었느냐? 많은 암컷으로서 수컷이 없이 또 어떻게 알을 낳을 수 있을까?(암컷이 알을 낳을 때는 반드시 수컷과 교배해야 하는데 오늘날 수컷도 없이 어떻게 알을 낳았을까? 이미 精蘊의 실상을 함께하지도 않았는데 열자가 어떻게 道를 알 수 있을까라는 점을 비유한 것이다. ○ 여러 암컷에 수컷이 없다는 것은 천하 사람의 비웃음거리이다.)

네가 道로써 世人과 더불어 드높여 반드시 믿음이 있었기에(이 '道' 字는 열자가 능히 말할 수 있는 데에 나아가 말함이니, "네가 그 능함을 자랑하여 사람들에게 믿음을 취함이니, 스스로 처신함이 이미 먼저 얕고 드러난 것이다.) 이런 까닭에 사람으로 하여금 너의 관상을 보게끔 만든 것이다.(남들이 이 때문에 엿보아 헤아릴 수 있다.) 시험 삼아 함께 데려오라. 나를 그에게 보여보자."

의역

정나라에 귀신처럼 잘 알아맞히는, 영검 있는 무당이자 관상쟁이인 사람이 있었다. 그의 이름을 계함이라고 한다.

그는 사람들의 사생, 존망과 길흉, 화복을 너무도 잘 알아맞혀서 어느 해, 어느 달, 어느 열흘, 어느 날에 그런 일을 당할 것이라고 말하면 귀신처럼 들어맞았다. 정나라 사람들은 그를 보면 행여 자기에게 불길한 말을 할까 두려워서 모두 멀리 달아나버렸다.

열자는 계함을 만나 그에게 심취하여 호자의 문하에 돌아와 이 사실을 말씀드렸다.

"저는 처음엔 선생의 도가 가장 높다고 생각했었는데, 오늘날 더 높은 사람이 있습니다."

호자가 열자에게 말하였다.

"나는 너에게 외식으로 볼 수 있는 문상만을 모두 보여주었을 뿐, 일찍이 내면세계의 정수[精蘊]를 너에게 보여준 적이 없었다. 네가 어디에서 도를 얻을 수 있었다는 말이더냐? 수많은 암탉이 알을 낳을 때는 반드시 수탉과 교미해야 하는데, 오늘날 수탉도 없이 어떻게 알을 낳을 수 있었다는 말이더냐? 그렇듯 나는 너에게 정수의 실상을 말해주지도 않았는데 네가 어떻게 도를 알 수 있었다는 말이더냐?

아마 네가 너의 입장에서 말할 수 있을 정도의 도를 세상 사람들 앞에서 맘껏 자랑하여 사람들의 믿음을 얻었나 보다. 이처럼 너의 처신이 천박하여 심오하지 못했던 까닭에 그 계함이라는 이가 너의 관상을 엿볼 수 있었다.

그렇다면 시험 삼아 네가 계함을 데려오도록 하라. 나를 그에게 한번 보여 보자꾸나."

‖선영 주‖

以道與世亢에 **必信**이라 **故**로 **使人得而相汝**라하니 **可知從來帝王**은 **都是暴其所長**하야 **期民信從**이라 **故**로 **天下得窺其意向**하야 **以爲趨避**니라

"너의 도를 세상 사람들과 맘껏 자랑하여 남들의 믿음을 얻었던 까닭에 그 계함이라는 사람이 너의 관상을 볼 수 있도록 한 것이다."고 하니, 예로부터 수많은 제왕들이 모두 그 장점을 드러내어 백성들이 믿고 따르게 하고자 다짐하였다. 그러므로 천하 사람들이 그 의향을 엿보고

서 추향(趨向)과 기피(忌避)의 지표를 삼은 것이다.

강설

여기에 이미 관상쟁이가 알아맞힐 수 있는 비결은 바로 속을 내보여준 본인에게 달려 있다. 속언(俗言)에 "말하지 않으면 귀신도 모른다. [人不言 鬼不知]"고 한다. 본인이 내보여주지 않으면 아무리 용한 점쟁이라 할지라도 알아맞힐 수 없는 법이다. 그래서 세속에 용한 점쟁이라도 점을 물으려고 찾아간 사람이 제입으로 말하지 않으면 그 뒷부분은 모르기 마련이다. 찾아간 그가 자기의 입으로 너절너절 말을 다하니까 점쟁이의 적중 확률이 더 높아가는 것과 같다.

따라서 나의 속을 들추어내지 않으면 아무리 귀신이라 할지라도 그의 운명을 점칠 수 없다. 이 때문에 한 생각도 일어나지 않은 무심의 도인은 점을 칠 수 없는 법이다.

‖ 경문 ‖

明日에 列子 與之見壺子한대 出而謂列子曰 嘻라 子之先生이 死矣라 弗活矣라 不以旬數矣로다(接連三句하야 摹術士口角如畫라) 吾見怪焉이며 見濕灰焉이로다(奇語라 言其容無氣焰이라)

列子入하야 泣涕沾襟하야 以告壺子한대 壺子曰 鄕에 吾示之以地文이라(靜意니 陰也라) 萌乎不震不正이니(震은 動也오 正은 止也니 將生機 萌乎九地之下에 若生而不生이라) 是 殆見吾杜德機也라(閉其生意之徵이라) 嘗又與來하라(壺子 命之라)

직역

明日에 열자가 그와 더불어 壺子를 보였는데, 나와서 열자에게 말하기를, "아! 그대의 선생이 죽겠다! 살지 못할 것이다. 열흘도 셀 수 없다.(세 구절을 연이어서 術士의 口角을 그림처럼 摹寫하였다.) 내, 괴함을 보았으며 濕灰를 보았다.(기묘한 말이다. 그에게 털끝만큼도 氣焰이 없음을 말한다.)"

열자가 들어가 泣涕로 옷깃을 적시면서 호자에게 고하자, 호자가 말하기를, "조금 전에 내가 그에게 地文으로써 보여주었다.(고요한 뜻이니 陰이다.) 萌動하였지만 震[動]하지도 않고 正[止]하지도 않으니(震은 동함이요, 止은 고침이니 장차 生機가 九地 아래에서 萌動하려고 함에 나올 듯하면서도 나오지 않은 것이다.) 이는 자못 나의 杜德機(그 生意의 징조가 닫혀버린 것이다.)를 보여줌이다. 또다시 함께 오라!(호자가 그를 데려오도록 명하였다.)"

그 이튿날, 열자는 계함을 데리고 찾아와 호자의 얼굴을 살펴보였다. 계함이 호자의 관상을 본 뒤, 밖으로 나와 열자에게 말하였다.

"아! 그대의 선생이 죽겠다. 영영 살지 못한다. 열흘도 살 수 없을 것이다. 나는 그의 얼굴빛에서 이상한 것을 보았다. 그의 얼굴이 물에 젖은 재처럼 털끝만큼도 생기(生氣)의 기염(氣焰)을 찾아볼 수 없었다."

열자가 호자의 방으로 들어가 눈물을 줄줄 흘려 옷깃을 흠뻑 적시면서 호자의 말을 그대로 전하자, 호자가 그에게 말하였다.

"내가 조금 전에 마음을 고요히 하여 음(陰)의 상태인 지문(地文)을 그에게 보여주었다. 나의 생기(生機)가 땅속 깊이 구지(九地)의 아래에서 싹트려 함에 나올 듯하면서도 아직 나오지 않았다. 그렇다고 생기가 멈춰버린 것도 아니다. 이는 생의(生意)의 징조(徵兆)가 닫혀버린 것으로 보여주었기 때문이다. 다시 한 번 그를 데리고 오라!"

‖ **선영 주** ‖

地文은 妙라 示之以靜은 則伏於大陰也라 萌乎不震不正은 妙라 非無生意也라 然伏則不動이라 故로 不震이오 雖不震이나 而不可謂無有也라 故로 不正이니라 杜德機는 妙라 一杜字는 較退藏二字에 更爲精

爽이라 機者는 其徵也라

지문(地文)은 오묘하다. 고요로써 보여줌은 태음(大陰)에 잠복되어 있는 것이다.

"맹동하였지만 움직이지도 않고 그치지도 않는다."라는 구절은 절묘하다. 생의(生意)가 없는 것이 아니다. 그러나 잠복해 있으면 움직이지 않은 까닭에 진동하지 않고, 비록 진동하지 않으나 없다고 말할 수 없기 때문에 멈추지도 않는다.

두덕기(杜德機) 구절은 절묘하다. 하나의 '두(杜)' 자는 퇴장(退藏) 두 글자에 견주어 더욱 정밀하고 상쾌하다. 기(機)란 그 징조이다.

‖ 경문 ‖

明日에 **又與之見壺子**한대 **出而謂列子曰 幸矣**라 **子之先生**이 **遇我也**여 **有瘳矣**라(術士口角如畫) **全然有生矣**라(全然은 列子에 作灰然이라 對上文濕灰復然이니 甚好라) **吾見其杜權矣**로다(杜閉中에 覺有權變하야 與昨日不同이라)

列子 入하야 **以告壺子**한대 **壺子曰 鄉吾示之以天壤**이라(動意니 陽也라) **名實不入**이로대(諸無所有) **而機發於踵**이니(一段生氣 自踵而發이라) **是殆見吾善者機也**라(善은 卽生意也라) **嘗又與來**하라(又命之라)

직역 ‖

명일에 또 그와 더불어 호자를 보였는데, 나와서 열자에게 말하기를, "다행이다. 그대 선생이 나를 만남이여! 치유되었다.(術士의 口角이 그림과 같다.) 모두 불이 붙음[全然]으로 生氣가 있다.(全然은 列子에 灰然으로 쓰고 있다. 上文의 濕灰에 對稱으로 다시 불타는 것을 말하니 매우 좋은 말이다.) 내, 그 杜權을 보았다.(杜閉한 가운데 權變이 있어 어제와 다름을 깨달았다.)"

열자가 들어가 이로써 호자에게 고하자, 호자가 말하기를 "조금 전에 내가 天壤으로써 보여주었다.(動한 뜻이니 陽이다.) 名實이 들어오지 않았으나(모두 있는 바 없다.) 機가 발바닥에서 발하니(하나의 생기가 발바닥으로부터 발산된 것이다.) 이는 나의 善者(善은 곧 生意이다.)의 機를 보여준 것이다. 또다시 함께 오라.(또다시 그를 데려오도록 명한 것이다.)"

그 이튿날, 열자는 또다시 계함과 함께 와서 호자의 얼굴을 다시 보였다. 계함이 호자의 관상을 본 뒤, 밖으로 나와서 열자에게 말하였다.

"참으로 다행이다. 그대 선생이 나를 만난 것이…! 이젠 나았다. 물에 젖은 재처럼 생겼던 얼굴이 다시 화색이 돌아 이젠 살 수 있을 것이다. 어제와 달리 오늘은 그의 막혔던 생기(生機)에 변화가 있다."

열자가 들어가 호자에게 계함의 말을 전하자, 호자가 말하였다.

"내가 조금 전에 생기가 동하는 태양을 열어 천양(天壤)을 그에게 보여주었다. 아직 뚜렷한 명실(名實)이 있는 것은 아니지만 겨우 하나의 생기가 발뒤꿈치로부터 발산된 것이다. 이는 나의 생의(生意)의 기틀을 그에게 보여준 것이다. 다시 한 번 계함을 데리고 오라!"

‖ 선영 주 ‖

天壤은 妙라 示之以動則啓於大陽也라 名實不入은 妙니 一念不雜이라 纔是一片純陽이 機發於踵은 妙라 自靜而動이 如一陽之復根於黃泉也라 善者機는 妙라 此善字는 卽易繫繼之者善也라 善字는 一元之氣相續이니 乃天之所以爲生也라

'천양(天壤)' 구절은 절묘하다. 동함으로 보여줌은 태양을 열어준 것이다. "명실이 들어오지 않았다."고 함은 절묘하다. 한 생각이 뒤섞이지 않은 것이다. 겨우 하나에 순양(純陽)의 기(機)가 발뒤꿈치에서 발산했다는 구절은 절묘하다. 정(靜)으로부터 동(動)함이 마치 일양(一陽)이

다시 황천(黃泉)에 뿌리를 두고 있는 것과 같다.

'선자기(善者機)' 구절은 절묘하다. '선(善)' 자는 곧 『주역』「계사」의 "이를 계승한 것이 선이다."는 구절이 바로 그 뜻이다. '선' 자는 일원(一元)의 기(氣)가 서로 이어짐이니, 곧 하늘이 그것으로 생(生)을 삼는 것이다.

‖ 경문 ‖

明日에 又與之見壺子한대 出謂列子曰 子之先生이 不齊하야(動靜不定) 吾無得而相焉이로니 試齊어든 且復相之호리라

列子 入하야 以告壺子한대 壺子曰 吾鄕示之以太冲莫勝하니(冲漠之氣 無所偏勝이라 勝字는 列子에 作朕이라) 是殆見吾衡(平也)氣機也라(持平하야 不可擬以一端이라) 鯢桓之審(鯢는 所盤桓之處라 審音은 盤이니 水盤聚處也라)爲淵이오 止水之審爲淵이오 流水之審爲淵이라 淵有九名이어늘 此處三焉이라(九淵之名은 全見列子라) 嘗又與來하라(又命之라)

직역 ‖

명일에 또 그와 더불어 호자를 보였는데, 나와서 열자에게 말하기를, "그대의 선생이 똑같지 않다.(동정이 일정치 않음.) 내, 상을 볼 수 없으니, 시험 삼아 한결같아지거든 다시 상을 볼 것이다."

열자가 들어가 이로써 호자에게 고하자, 호자가 말하기를 "내 조금 전에 太冲莫勝으로써 보여주었다.(冲漠의 氣가 偏勝한 바 없다. '勝' 자는 『列子』에 '朕' 자로 쓰여 있다.) 이는 나의 衡(平)氣機를 보여준 것이다.(持平하여 하나의 실마리로써 헤아릴 수 없다.) 鯢桓의 審(鯢는 盤桓한 곳이다. 審의 字音은 '盤'이니 물이 盤聚한 곳이다.)이 연못이 되며 止水의 審이 연못이 되며 流水의 審이 연못이 된다. 연못에는 아홉 가지 이름이 있는데, 이는 세 가지에 처한 것이다.(九淵의 이름은 모두 『열자』에 나타나 있다.) 함께 오라.(또 다시 그를 데려오도록 명하였다.)"

의역

그 이튿날, 또다시 열자는 계함을 데리고 와 호자의 얼굴을 보였다. 계함이 호자의 관상을 본 뒤, 밖으로 나와서 열자에게 말하였다.

"그대 선생의 동정이 이랬다저랬다 일정하지 않다. 나로서는 관상을 볼 수 없다. 선생의 얼굴이 안정되면 다시 한 번 상을 보아야겠다."

열자가 호자의 방에 들어가 계함의 말을 전하자, 호자가 말하였다.

"내, 조금 전에 충막무짐(冲漠無眹)으로써 음양 동정이 어느 한 쪽에도 편승(偏勝)함이 없는 것을 보여주었다. 이는 음양의 편승이 없이 모두 저울대처럼 평평한 기기(氣機)를 보여준 것이다.

소용돌이치는 깊은 물도 연못이고 고요히 깊은 물도 연못이고 흐르는 깊은 물도 연못이다. 연못에는 아홉 가지 이름이 있는데, 나는 그중 세 가지를 계함에게 보여준 것이다. 다시 한 번 계함을 데리고 오라!"

‖ 선영 주 ‖

太冲莫勝은 妙라 示之以非動非靜則陰陽俱渾也요 衡氣機는 妙라 旣莫勝則兩平如衡矣니 二語 微乎微乎인저 鯢桓之審 爲淵은 況天壤也이어늘 有鯢在焉은 靜中有動也요 止水之審 爲淵은 況地文也어늘 純乎止水則靜矣요 流水之審 爲淵은 況太冲莫勝也어늘 半流半審하야 得平衡之意라 皆取乎淵者는 不離乎渾藏不測之地也니 其喻意 精妙絶倫이라

태충막승(太冲莫勝) 구절은 절묘하다. 동하지도 않고 고요하지도 않음으로써 보여주었다. 이는 음양이 모두 혼연(渾然)함이다.

형기기(衡氣機) 구절은 절묘하다. 이미 음양의 편승이 없다. 두 음양이 평평하여 저울대와 같다. 이 두 구절의 말은 은미하고 은미하다.

"예환지심위연(鯢桓之審爲淵)" 구절은 천양(天壤)을 비유한 것인데 예환(鯢桓)이 존재함은 고요한 가운데 움직임이 있고, "지수지심위연(止水

之審爲淵)" 구절은 지문(地文)을 비유한 것인데 지수(止水)가 순일하면 고요함이요, "유수지심위연(流水之審爲淵)" 구절은 태충막승(太冲莫勝)을 비유한 것인데 절반은 흐르고 절반은 모여 있어 평형을 얻었다는 뜻이다. 모두 연못으로 비유를 취한 것은 혼장불측(渾藏不測)의 경지에서 벗어나지 않는다. 그 비유의 뜻이 정묘하고 뛰어나다.

강설

아홉 가지의 연못이란 『열자(列子)』 2권, 「황제(黃帝)」 제2에 나타난 예선(鯢旋)·지수(止水)·유수(流水)·남수(濫水)·옥수(沃水)·궤수(氿水)·옹수(雍水)·견수(汧水)·비수(肥水)를 말한다.[鯢旋之潘爲淵, 止水之潘爲淵, 流水之潘爲淵, 濫水之潘爲淵, 沃水之潘爲淵, 氿水之潘爲淵, 雍水之潘爲淵, 汧水之潘爲淵, 肥水之潘爲淵, 是爲九淵.]

강물은 한 가지이지만 지형의 높낮이와 평지, 그리고 험준한 곳에 따라 소용돌이치는 모습과 흐르고 멈추는 차이가 있다. 이렇듯이 사람의 마음 역시 하나이지만 바깥 사물의 상황, 즉 어렵거나 평이한 일에 따라 동요와 고요함, 그리고 진퇴(進退)의 모습이 나타나게 된다.

‖ 경문 ‖

明日에 又與之見壺子한대 立未定에 自失而走커늘 壺子曰 追之하라 列子 追之不及하야 反以報壺子曰 已滅矣오(不見其形이라) 已失矣라(不知所往) 吾弗及矣로소이다

壺子曰 鄕吾示之以未始出吾宗이라(囿以大易之先이라) 吾與之虛而委蛇하야(虛其機而順化無跡이라) 不知其誰何라(汎然無向) 因以爲弟靡며(一無所持也라 弟音은 頹니 俗本에 作弟는 誤라) 因以爲波流일세(一無所滯也라) 故로 逃也니라

직역

명일에 또 그와 더불어 호자를 보려고 할 적에 바로 서지도 못한 채 自失하여 달아나버리자, 호자가 "그를 뒤쫓아 가라." 하였다. 열자가 뒤쫓아 갔으나 미치지 못하고 돌아와 호자에게 아뢰기를, "벌써 사라졌습니다.(그 모습을 볼 수 없음) 이미 잃어버렸습니다.(간 곳을 알 수 없음) 제가 미칠 수 없었습니다."

호자가 말하기를, "조금 전에 내가 애당초 나의 宗을 드러내 보이지 않음으로써 보여주었다.(大易의 先으로써 가둬둔 것이다.) 내, 그와 함께하되 虛하여 委蛇한지라,(그 機를 비우고서 조화를 따르되 자취가 없다.) 그 누구인지 모르는 것이다.(汎然히 향한 바 없음) 인하여 弟靡(하나도 가진 바 없다. 弟의 字音은 '頹'. 俗本에 '第' 자로 쓴 것은 오류이다.)하다 생각하고 인하여 波流(하나도 막힌 바 없음)하다 생각한 것이다. 이 때문에 도망친 것이다."

또 그 이튿날, 다시 계함을 데리고 와 호자의 관상을 보려고 할 적에 미처 바로 서기도 전에 얼이 빠져 달아나버리자, 호자가 "어서 뒤쫓아 가서 그를 다시 데려와라."라고 하였다. 열자가 부지런히 뒤쫓아 갔으나 그를 붙잡지 못하고 되돌아와 호자에게 아뢰었다.

"벌써 그의 모습이 보이지 않아 그가 어디로 갔는지 알 수 없습니다. 그래서 제가 뒤쫓아 갈 수 없었습니다."

호자가 말하였다.

"조금 전, 나의 근본자리인 대도(大道)를 드러내 보이지 않은, 태역(大易)의 이전, 참모습을 그에게 보여주었다.

이처럼 나는 계함과 함께하면서도 그 마음[機]을 비움으로써 천지조화를 따라 변화하되 그 자취를 찾아볼 수 없도록 하였다. 이 때문에 그가 나의 실체가 뭔지를 모른 것이다.

그래서 그는 나에 대해서 바람 부는 대로 나부끼듯이 하나도 가진 바 없다 생각하였고 물결치는 대로 흐르듯이 하나도 막힌 바 없다고 생각했던 까닭에 도망쳐버린 것이다."

‖ 선영 주 ‖

天地之初에 有太素, 有太始, 有太初, 有太易이라 太素者는 質之始오 太始者는 形之始오 太初者는 氣之始오 太易者는 未見氣라 未始出吾宗은 則太易之先也라 一絲未兆오 萬象俱空이니 是何等境界오 虛而委蛇 不知誰何는 無己也오 因爲弟靡와 因爲波流는 無物也라 此一節은 尤微之微者也라 學道至此라야 纔爲入聖이오 帝王至此라야 纔爲存神이니 切勿作漫語畧之니라

천지의 태초에 태소(太素), 태시(太始), 태초(太初), 태역(太易)이 있다. 태소란 바탕[質]의 시초요, 태시란 형체의 시초요, 태초는 기운의 시초요, 태역은 기(氣)를 찾아볼 수 없다.

"애당초 나의 종(宗)을 드러내 보이지 않은 것"은 태역의 시초라, 한 실오라기의 조짐도 없고, 만상이 모두 공(空)이니 이는 어떤 경계일까? "허이위이 부지수하(虛而委蛇 不知誰何)"는 무기(無己)이며, "인위퇴미(因爲弟靡)"와 "인위파류(因爲波流)"는 무물(無物)이다. 이 1절은 더욱 은미한 가운데 은미하다.

도를 배워 이 경지에 이르러야 비로소 성인에 들어갈 수 있으며, 제왕이 이 경지에 이르러야 비로소 신(神)을 보존할 수 있으니, 부질없는 말로써 대수롭지 않게 해서는 안 될 것이다.

‖ 경문 ‖

然後에 列子 自以爲未始學而歸하야(自悔所學膚淺이라) 三年不出하고 爲其妻爨하며(不知有妻也라) 食豕如食人하고(食音은 祀니 不見爲豕也라) 於事에 無與親하며(不知有事也라) 雕琢(雕去巧琢이라)復朴하야(歸於眞也라) 塊

然獨以其形立하며(無情無爲니 喪偶之貌라) **紛而封哉**나(封哉는 當從列子하야 作封戎이니 渾無端緒也라) **一以是終**하니라(道無復加라)

직역

然後에 열자 스스로 애당초 배우지 못했다고 생각하여 돌아가(스스로 배운 바 얕음을 후회하였다.) 삼 년을 나오지 않고 그 妻를 위하여 밥을 지으며(아내가 있는 줄 모른 것이다.) 돼지 먹이기를 사람 먹이듯이 하고(食의 字音은 '祀'. 돼지임을 보지 못한 것이다.) 일에 더불어 친함이 없고(일이 있는 줄 모른 것이다.) 巧琢을 버리고서[彫](巧琢을 떨쳐버린 것이다.) 소박함으로 회복하여(참으로 돌아감이다.) 塊然히 홀로 그 형체로써 서며(情識과 作爲가 없음이니, 짝을 잃은 모양이다.) 紛紜함으로 封哉하나(封哉는 마땅히 『列子』를 따라 封戎으로 써야 한다. 渾然하여 端緒가 없음이다.) 하나같이 이로써 마쳤다.(道는 다시 더할 수 없다.)

의역

그런 일을 겪은 뒤, 열자는 스스로 학문이 얕음을 후회하고서 집으로 돌아가 3년 동안 문밖을 나오지 않은 채, 아내가 있음에도 있는 줄 모르고서 그 아내를 위해 대신 밥을 지어 올리고, 돼지를 돼지로 보지 않고서 사람에게 밥을 주듯이 기르고, 세상의 일에 무심하여 사사로이 한 바 없고, 허식을 떨쳐버리고 본래의 소박함으로 돌아가 마치 흙덩이처럼 정식(情識)과 작위(作爲)가 없이 몸을 잊었다.

이 때문에 세상사 분분하여 끝이 없으나 열자는 무심으로 차별의 정식(情識)을 버리고 한결같이 그렇게 살다가 한 생을 마쳤다.

‖ **선영 주** ‖

以上六節의 **引季咸壺子事**는 **不過要明帝王當虛己無爲**하야 **立於不測**하야 **不可使天下**로 **得相其端**하야 **以開機智耳**라 **壺子**는 **便是帝王**

垂拱榜樣이오 季咸은 便是百姓具瞻榜樣이라 其取意 微渺無倫하니 粗心對之면 乃不曉所謂也리라

위 6절의 계함과 호자의 일을 인용한 것은 제왕이란 몸을 비우고 무위(無爲)로 헤아릴 수 없는 경지에 서서, 천하 사람으로 하여금 그 실마리를 엿보고서 기지(機智)를 열지 못하도록 해야 함을 밝히려는 데 지나지 않는다.

호자는 곧 제왕 무위정치의 표본이요, 계함은 백성이 모두 우러러 엿보는 표본이다. 그 뜻을 취함이 미묘하기 비할 데 없다. 거친 마음으로 이 글을 대하면 그 무슨 말인지 알 수 없을 것이다.

강설

'분이봉재(紛而封哉)'는 이설(異說)이 많은 단어 중의 하나인데 대체로 두 가지의 설로 집약된다. 하나는 선영(宣穎)의 주처럼 『열자』의 설을 따라 '봉융(封戎)'으로 보는 것이다. 이는 어지러운 세상사가 끝없이 밀려든다는 뜻으로 해석된다. 그러므로 '분이봉재(紛而封哉)'의 분이(紛而)는 분연(紛然)과 같은 뜻으로 해석한다.

또 하나는 [illegible] 곽상(郭象)의 주처럼 "비록 움직이나 진성(眞性)은 흩어지지 않는다.[雖動而眞不散]"라고 하여 분이(紛而)를 '동이(動而)'의 뜻으로 보았고, 봉(封)은 수(守) 자의 뜻으로 '진불산(眞不散)'이라 해석한 것이다. 이는 세상사가 어지럽지만 진(眞: 本性)을 잃지 않은 것으로 보았다. 이 때문에 성현영(成玄英)의 소(疏)에서는 "봉(封)이란 지킴[守也]이다."라고 하여 곽상의 뜻을 다시 밝히고 있다.

그러나 본 국역에서는 선영의 해설에 따르면서 이를 참고로 갖춰놓은 것이다.

6. 至人의 用心若鏡(지인의 마음 씀씀이는 거울과 같다.)

이로부터 아래는 위의 다섯 단락에서 모종의 인물을 인용했던 것과는 달리 장자 자신의 의견을 내세워, 위정자는 독단과 지모(智謀)를 쓰지 말고 거울처럼 객관세계에 순응하여 민심을 반영해야 함을 밝히고 있다.

‖ 경문 ‖

無爲名尸며 **無爲謀府**며 **無爲事任**이며 **無爲知主**오 **體盡無窮**호되(無所不該라) 而遊無朕하며(一毫不著이라) 盡其所受於天호되 而無見得이니(無意於有得이라) 亦虛而已니라(以虛之一字로 總括之라) 至人之用心은 若鏡이라(無心而自明이라) 不將不迎하며(來斯應이라) 應而不藏이라(去不留라) 故로 能勝物而不傷이니라(既以虛字로 結上文이오 又著此四句하야 解个虛字라)

직역 ‖

名의 尸[主]를 위함이 없으며 謀의 府를 위함이 없으며 事의 任을 위함이 없으며 知의 主를 위함이 없고 무궁함을 체득하여 다하되(갖추지 않은 바 없다.) 無朕에 놀며(一毫도 부칠 수 없다.) 그 하늘에 받은 바를 다하되 얻음을 봄이 없으니(얻는 데 뜻이 없다.) 또한 허할 뿐이다.(虛라는 한 글자로 총괄하였다.)

至人의 用心은 거울과 같다.(無心으로 스스로 밝음이다.) 보내지 않으며 맞이하지도 않으며(이르러 옴에 이에 應함이다.) 응하되 간직하지 않는다.(떠나감에 남겨두지 않는다.) 그러므로 能히 物을 이기되 傷하지 않는다.(이미 '虛' 자로써 上文을 끝맺고 또 이 4구절을 써서 하나의 '虛' 자를 해석하였다.)

의역 ‖

명예의 표적이 되는 공명심이 없으며 모략(謀略)의 창고가 되는 지모

(智謀)가 없으며 일의 담당자가 되는 소임(所任)이 없으며 지혜의 주인공이 되는 모사(謀士)가 되지 마라.

무궁한 대도를 모두 체득하여 갖추지 않은 바 없을지라도 한 털끝도 붙일 수 없는, 소리와 냄새의 자취조차 없는[無朕] 경지에 노닐며, 그 하늘에 받은 바 자연의 본성을 다하되 스스로 본성을 얻었다는 한 생각도 없어야 한다. 또한 마음을 비울 뿐이다.

지인(至人)의 무심한 마음은 깨끗한 거울과 같다. 사물의 오감을 맡겨두듯이 앞서 보내지도 맞이하지도 않는다. 사물이 이르러 오는 족족 응하되 한 번 떠나가면 이미 떠난 것을 마음속에 간직해두지도 않는다. 그러므로 나는 그 사물을 이겼음에도 그 사물에 의해 다시 피해를 당하지 않는다.

‖ **선영 주** ‖

此段은 **又直言應帝王之道**는 **在虛己無爲也**라

이 단락은 또한 제왕에 상응하는 도는 몸을 비우고 작위가 없는 데 있음을 직접 말한 것이다.

강설

‘지인지용심(至人之用心)’ 이하 ‘능승물이불상(能勝物而不傷)’까지의 22자는 장자의 학문과 그 효험이 모두 여기에 담겨 있다. 나의 마음에 안녕과 타인에게 괴로움과 불편함을 안겨주지 않으면서 모두 함께 행복할 수 있는 세계이다.

무위(無爲) 그것은 거울과 같은 마음의 세계이다. 마음의 본체에 흔들림 없이 사물에 대처함 또한 흔들림 없는 것이 무위의 실체이다. 장자가 말한 무위의 정치는 무심무욕의 세계에서 미리 오지 않은 일을 생각하여 기대한다거나 떠난 일에 미련을 끊지 못하고 추억에 사로잡

혀 살거나 현실의 일에 집착한 나머지 연연해서도 안 되는 것이다. 가장 평정을 잃지 않는 마음으로 나의 생각을 내세우지 않는 정치, 그런 정치의 실현이 하루빨리 이뤄지기를 꿈꿔본다.

7. 混沌의 七日之死(혼돈이 이레 만에 죽다)

이 역시 장자의 의견으로써 무위정치를 밝힌 것이다. 혼돈을 위해 하루에 한 구멍씩 뚫어주자 이레 만에 혼돈이 죽듯이, 위정자가 오늘 하나의 법을, 내일 또 다른 하나의 법을 세워 번거로운 정치를 하면 결국 백성은 죽음의 땅에 떨어지게 됨을 말한다. 개인의 수양 또한 이와 다를 바 없다.

‖ 경문 ‖

南海之帝 爲儵이오(音叔이라 南方은 陽故로 以言儵而有라) **北海之帝 爲忽**이오(北方은 陰故로 以言忽而無라) **中央之帝 爲渾沌**이라(中者는 陰陽所渾이니 以喩自然이라) **儵與忽**이 **時相與遇於渾沌之地**러니(陰陽이 皆起於此라) **渾沌**이 **待之甚善**이어늘 **儵與忽**이 **謀報渾沌之德曰 人皆有七竅**하야 **以視**(兩目)**聽**(兩耳)**食**(一口)**息**이어늘(兩鼻) **此獨無有**하니 **嘗試鑿之**호리라하고 **日鑿一竅**하야 **七日而渾沌死**하다(妙妙)

직역

南海의 帝를 儵이라 하고(音은 叔. 남방은 陽인 까닭에 이로써 문득 有임을 말한다.) 北海의 帝를 忽이라 하고(북방은 陰인 까닭에 이로써 문득 無임을 말한다.) 中央의 帝를 渾沌이라 한다.(中은 음양이 渾然한 바이니 이로써 自然을 비유함이다.)

儵과 忽이 때로 혼돈의 땅에서 서로 만났는데(음양이 모두 여기에서 일어난다.) 혼돈이 그들 대접하기를 매우 잘하였다. 儵과 忽이 혼돈의 덕을 갚고자 꾀하기를, "사람은 모두 일곱 구멍이 있어 이로써 보고(두 눈) 듣고(두 귀) 먹고(하나의 입) 숨을 쉬는데(두 콧구멍) 이[混沌]만 홀로 없으니 시험 삼아 뚫어주자." 하고 날마다 한 구멍씩을 뚫었는데 七日 만에 혼돈이 죽어버렸다.(절묘하고 절묘하다.)

의역

남해의 임금을 숙(儵)이라 하고 북해의 임금을 홀(忽)이라 하고 중앙의 임금을 혼돈(渾沌)이라 한다.

숙과 홀이 으레 혼돈의 땅에서 만났는데, 혼돈이 융숭하게 그들을 잘 대접하였다. 숙과 홀 두 임금이 혼돈의 아름다운 마음에 보답하고자 상의하였다.

"사람들은 모두 일곱 구멍이 있어 두 눈으로 보고 두 귀로 듣고 하나의 입으로 먹고 두 콧구멍으로 숨을 쉬는데, 유독 혼돈에게만 없다. 우리가 시험 삼아 일곱 구멍을 뚫어주자."

이에 하루에 한 구멍씩을 뚫어나갔는데, 이레 만에 혼돈은 그만 죽고 말았다.

‖ 선영 주 ‖

末段에 忽生一喩하니 峭絶冷絶이라

끝 단락에서 갑자기 하나의 비유를 썼는데 드높고 썰렁하다.

○ 天下는 一渾沌之天下也오 古今은 一渾沌之古今也라 今日立一法하고 明日設一政하야 機智豁盡하고 元氣消亡矣라 從來帝王이 除去幾人코 其餘 皆儵也忽也니 皆鑿渾沌之竅而致之死者也라

○ 천하는 하나의 혼돈의 천하이며, 고금은 하나의 혼돈의 고금이다. 오늘날 하나의 법을 세우고 다음날 또 다른 하나의 정치를 베풀어 기지(機智)가 모두 다한고 원기(元氣)가 소멸되어 없어지는 것이다. 예로부터 제왕 몇몇 사람을 빼놓고 그 나머지는 모두 숙(儵)과 홀(忽)이다. 그 모두가 혼돈의 구멍을 파서 죽음에 이르게 한 제왕들이다.

○ 何以取名儵忽而言其鑿竅고 帝王相禪에 一事儵造而有하고 一事忽廢而無하야 數番因革之後에 淳朴琢盡矣라 解此라야 方知帝儵帝忽取義之妙라

○ 어떻게 하여 숙과 홀이라는 이름을 취하고 그들이 구멍을 팠다고 말하는가. 제왕이 서로 선위(禪位)함에 하나의 일을 갑자기 만듦으로써 일이 있게 되고, 하나의 일을 문득 폐지함으로써 없게 되어 여러 차례 인습과 개혁을 거친 후에 순박함이 모두 사라지게 된 것이다. 이를 이해해야 비로소 숙과 홀이라는 글자의 의의를 취한 오묘한 뜻을 알 수 있을 것이다.

○ 中央之帝 爲渾沌者는 守中則自然之道 全也어늘 七日而渾沌死하니 莊子於此에 不勝大悲라

○ 중앙의 임금을 혼돈이라 한 것은 중도를 지키면 자연의 도가 온전할 수 있다. 이레 만에 혼돈이 죽으니, 장자는 이에 대해 큰 슬픔을 가눌 길 없었다.

강설

숙(倏)과 홀(忽)이란 숙홀(倏忽)이라는 단어를 나누어 말한 것으로 문득문득, 느닷없이 갑자기라는 뜻이다. 혼돈이란 중앙의 지위에 존재하

는, 동서남북이 일어나지 않는 자리, 즉 순박(淳樸)한 자연 상태로 희로애락이 일어나지 않은 본성을 말한다.

숙홀에 의해 "혼돈이 이레 만에 죽었다."는 구절은 「응제왕」의 마지막이자, 내 7편의 끝이다.

「응제왕」의 끝 부분이라는 면에서 보면, 숙홀은 두 가지의 뜻이 있다. 이 제왕이 있었는가 싶으면 또 다른 제왕이 왕위에 오른다는 것과 정치에 임하여 이런 일을 하는가 싶으면 갑자기 또 다른 일을 벌인다는 뜻이다. 이처럼 이 제왕, 저 제왕이 끊임없이 제위(帝位)에 올라 이런저런 생각지도 못한 정치, 즉 백성들에게 보여주고 들려주고 숨 쉬며 살게 하고 먹여주겠다는 숱한 정치에 슬로건을 내세움에 따라 순박한 백성들이 죽어나간다는 것이다. 순박한 백성이 죽으면 그 빈자리에 어떤 사람들이 채워질까? 혼돈의 순박한 모든 사람의 본성은 고금과 동서에 변함이 없으련만 그 누가 이처럼 만든 것일까? 진정 장자의 피눈물의 통곡을 느낄 수 있다.

그러나 내 7편의 마지막 구절이라는 면에서 살펴보면, 숙홀은 여기에도 두 가지의 뜻이 있다. 어느덧 이승에 태어났다가 어느덧 사라져가는 인생살이가 덧없이 빠르다는 것과 이런저런 끝없는 망상분별심이 시시각각으로 일어남을 말한다. 덧없는 허망한 생으로 끊임없이 일으키는 망상은 그 무엇을 생각하는 걸까? 그 뿌리를 더듬어보면 거의가 보고 듣고 먹고 숨 쉬는[視聽食息], 즉 육근(六根)의 거센 탐욕이다. 탐욕의 물결이 하늘 끝까지 넘실댐으로써 혼돈의 순박한 본성을 잃게 된다. 바로 이것이 「소요유」에 말한 무기(無己)의 기(己), 「제물론」에서 말한 상아(喪我)의 아(我)에 탐착한 때문이다. 앞서 말한 바와 같이 "사람에게 가장 큰 우환은 오직 나의 몸을 챙긴 데에 있다.[人之大患, 惟吾身有.]"는 것처럼 식색(食色) 따위의 탐욕에 의해 인간성을 상실해가는 현대인 또한 제 자신을 위해 통곡하지 않을 수 없을 것이다.

편자 박완식朴浣植

- 전주대학교 한문교육과 교수
- 번역서로 대학, 중용, 性理字義, 禪과 詩, 茶山四書 등이 있다.

장자를 만나다 南華經解 宣穎註

초판인쇄 2014년 4월 25일
초판발행 2014년 5월 08일

편　　자 박완식
발 행 인 윤석현
발 행 처 도서출판 박문사
등록번호 제2009-11호
책임편집 이신
마 케 팅 권석동

우편주소 서울시 도봉구 창동 624-1 북한산현대홈시티 102-1106
대표전화 (02) 992-3253(대)
전　　송 (02) 991-1285
홈페이지 www.jncbms.co.kr
전자우편 bakmunsa@hanmail.net

ISBN 978-89-98468-29-3 93820　　　　**정가** 37,000원